NINA BRUHNS

Zero Unit

Böses Erwachen

NINA BRUHNS

BÖSES ERWACHEN

Roman

Ins Deutsche übertragen von
Dorothea Kallfass

LYX
EGMONT

Die Originalausgabe erschien 2009 unter dem Titel *If Looks Could Chill*
bei The Berkley Publishing Group, a division of Penguin Group (USA)
Inc., New York.

Deutschsprachige Erstausgabe Mai 2012 bei
EGMONT Verlagsgesellschaften mbH,
Gertrudenstr. 30–36, 50667 Köln

1. Auflage
Redaktion: Birgit Herden
Satz: Greiner & Reichel, Köln
Druck: GGP Media GmbH, Pößneck
ISBN 978-3-8025-8514-2

www.egmont-lyx.de

Dieses Buch ist all meinen Freundinnen im »Kiss of Death«-Online-Verbund der Romance Writers of America® gewidmet. Eine Frauentruppe sondergleichen! Vielen Dank für ein Dutzend wunderbarer Jahre voller Mord und Totschlag.

1

Botschaft von Dumani; Istanbul, Türkei
Fünf Jahre zuvor

»Sie sieht jung aus.«

Marcs Blick schnellte zu Bobby Lee Quinn hinüber. Sein STORM-Kollege in dem elegant geschnittenen Smoking lehnte lässig an einer Säule, nippte gerade an einem Martini und sah ganz so aus, als würde er sich jeden Tag auf Botschaftsempfängen herumtreiben.

Doch Marc wusste es besser. Tatsächlich war Quinn ein Landei aus Alabama, mit Pistolenschmiere unter den Fingernägeln von all den Bodenoffensiven, die er in den letzten sechs oder sieben Jahren für STORM Corps durchgeführt hatte. Trotzdem flogen ihm die Frauenherzen aus unerfindlichen Gründen nur so zu.

»Zu jung für dich, *Bougre*«, sagte Marc warnend. Als ob das etwas nützen würde. Quinn jagte jedem Rockzipfel nach, der vorbeiging. Marc wandte sich wieder dem jüngsten CIA-Zugang dieses Sommers hier in Istanbul zu – Darcy Zimmermann. Frisch wie ein Frühlingsregen glich sie in dem schulterfreien blauen Abendkleid, das ihre arabischen Gastgeber entweder sabbern oder aber die Stirn runzeln ließ, einer wunderschönen Bayou-Orchidee. Sie war als Assistentin des Kulturattachés der amerikanischen Botschaft getarnt, zog allerdings für eine Spionin bereits jetzt eindeutig zu viel Aufmerksamkeit auf sich.

In diesem politischen Hexenkessel voller Hinterhältigkeiten,

Eifersüchteleien und Intrigen gab er dem blonden Naivchen vielleicht eine Woche. Höchstens.

»Ob man sich bei ihr strafbar macht?«, sinnierte Quinn.

Dieu. Wenn Quinn sie in die Finger bekam, nicht mal eine Woche. »Wieso? Führst du irgendetwas im Schilde, *mon ami*?«

»Hast du ein Problem damit, Kollege?«

Ja. Das hatte er. So wie sie aussah, kam sie direkt vom College und war Quinn sicher nicht gewachsen, was immer der sich auch ausmalen mochte.

Doch das ging ihn nichts an. Und wenn man sie nach Istanbul geschickt hatte, war sie sicherlich in der Lage, auf sich selbst aufzupassen. Solange sie nicht gerettet werden musste oder seinen Einsatz in Gefahr brachte, war ihm egal, wie sie aussah. Mit einem Achselzucken hakte er das Thema ab.

Schließlich waren sie nicht wie Pinguine herausgeputzt hierher in die Botschaft von Dumani gekommen, um Frauen aufzureißen. Sie hatten einen Auftrag. Und Quinn war ein Profi. Er würde sich nicht ablenken lassen. Falls doch, wäre die *foutu* – verdammte – Rettung sein Problem.

Die CIA hatte sich bei dem geplanten Überfall STORM zu Hilfe geholt, um sich notfalls aus der Affäre ziehen zu können. Als private Spezialeinheit war die Strategic Technical Operations and Rescue Missions Corporation, kurz STORM Corps, für verschiedene Firmen oder auch Privatpersonen im Einsatz. Hauptsächlich bestand ihre Arbeit darin, Geiseln oder kritische Objekte aufzuspüren und zu sichern. Sie wurden jedoch auch hinzugezogen, wenn es um besonders sensible oder kontroverse Geheimeinsätze ging, die offizielle Regierungseinheiten nicht übernehmen wollten oder konnten.

So wie bei diesem Auftrag.

Weiter oben im dritten Stock der Botschaft befand sich ein Safe, und in diesem Safe lag ein Umschlag mit nagelneuen

Ausweispapieren für Jallil Abu Bakr und Abbas Tawhid – die mutmaßlichen Drahtzieher der Al-Sayika-Organisation, eine der schlimmsten internationalen Terrorgruppen seit al-Qaida. Allein im letzten Jahr hatten Al-Sayika-Zellen die holländische Börse in die Luft gejagt, einen jordanischen Prinzen vergiftet, der sich aktiv für die Gleichberechtigung der Frauen im Islam eingesetzt hatte, sowie den französischen Polizeichef ermordet, weil er bei Rassenunruhen in den Pariser Banlieues rigoros durchgegriffen hatte. Da Abu Bakr und Tawhid mindestens genauso fanatisch wie Bin Laden, bei der langfristigen Planung aber noch weitaus raffinierter waren, standen sie auf sämtlichen Fahndungslisten ganz weit oben – direkt unter ihrem großen Bruder im Geiste. Leider war Abu Bakr ein Mysterium; kein lebender Spion aus dem Westen hatte ihn bislang jemals zu Gesicht bekommen. Und Abbas Tawhid war ein unbarmherziger, skrupelloser Soziopath, der Frauen verachtete und es nur wegen seiner Brutalität so weit nach oben geschafft hatte. Sein Gesicht war zwar hinlänglich bekannt, nicht jedoch die Decknamen, unter denen er reiste. Die Ausweise dieser beiden Männer in die Finger zu bekommen, würde ein enormer Fortschritt sein.

Doch das war noch nicht alles.

Was noch bedeutsamer war: Im Safe der Botschaft vermutete man außerdem die Pläne zur Entwicklung und zum Einsatz eines hochgiftigen, tödlichen biologischen Kampfstoffes, bei dem es sich Gerüchten zufolge um eine Art Armageddon-Virus handelte, eine Kreuzung aus Vogelgrippe, Schweinegrippe, Pocken, Milzbrand und Ebola – was es eben an Scheußlichkeiten gab. Schon einzeln, für sich genommen, waren sie alle tödlich. Eine Kombination davon würde die Hölle auf Erden bedeuten. Buchstäblich. Es war von entscheidender Bedeutung, dass der Einsatz der Waffe rechtzeitig gestoppt wurde.

Noch heute Abend würden Marc und Quinn den Safe der

Botschaft knacken und die Dokumente der beiden Terroristen digitalisieren, ohne auch nur die geringste Spur zu hinterlassen. Damit würden sie es ermöglichen, dass man die beiden Anführer schnappte und somit Al-Sayikas stetig wachsendem Einfluss in terroristischen Kreisen noch rechtzeitig Einhalt gebot.

CIA-Barbie – alias Darcy Zimmermann – sollte ihnen eigentlich die Safekombination zukommen lassen, die sie einer geschäftstüchtigen Putzkraft der Botschaft abgeluchst hatte. Mithilfe der amerikanischen Steuerzahler hatte jene Dame zweifelsohne das Geschäft ihres Lebens gemacht.

Marc fragte sich, wie Zimmermann den Deal zustande gebracht hatte – insbesondere bei ihrem Aussehen. Schließlich brachten die meisten konservativen Muslime jeder unverheirateten Frau, die so viel Haut zeigte und Männern so unbefangen begegnete, tiefes Misstrauen entgegen. Eigentlich hatte er als Kontaktperson eher eine kleine, tantenhafte Frau um die vierzig, ohne jeden Schick oder gar Make-up, dafür mit festem Schuhwerk erwartet. Darcy Zimmermann, groß, blond und schön wie ein Model, passte so gar nicht zu diesen Erwartungen. Die Firma hatte anscheinend neuerdings ihre Einstellungskriterien verschärft.

Wenn man vom Teufel sprach. Gerade kam Zimmermann, eingehakt am Arm des Landwirtschaftsbeauftragten von Dumani, auf ihn und Bobby zu. Sie lachte über irgendetwas, das der alte *Roué* ihr ins Ohr geflüstert hatte – dafür musste der sich beinahe auf die Zehenspitzen stellen –, als sie Marc und seinen Kollegen bemerkte.

»Da seid ihr ja!«, rief sie mit einem fröhlichen Winken, so als würden sie sich bereits kennen. »Ich dachte schon, ihr zwei wärt ohne mich gegangen!«

Ohne zu zögern, erwiderte sie Quinns breites Lächeln und ließ sich von ihm umarmen, dann küsste sie ihn rechts und links auf die Wange, wie es unter Europäern üblich war. »Herzchen, darf ich dir Scheich Asud vorstellen?« Sie machte alle miteinander bekannt und benutzte dabei die Decknamen für diesen Einsatz.

Ihr Auftreten war souverän, so viel musste Marc ihr zugestehen.

Auf Quinn traf das gleichermaßen zu. Ein schmieriges Grinsen, und schon war er ihr fester Freund, *le tayau*. Nicht, dass Marc besonders interessiert gewesen wäre. *Bon*, sie war schön, aber überhaupt nicht sein Typ. Ihm waren Frauen lieber, die nichts mit der Welt zu schaffen hatten, in der er sich bewegte. Und im Gegensatz zu Quinn hielt er Arbeit und Vergnügen immer streng voneinander getrennt.

Während des belanglosen Geplauders mit Asud betrachtete Marc prüfend die Umgebung. Aus den Plänen, die sie von STORM erhalten hatten, wusste er, dass es sich bei dem Botschaftsgebäude um einen umgebauten alten osmanischen Palast handelte. Detailreiche Schnitzereien und Mosaike schmückten die Stuckwände und hohen Decken der Räume, und die gewundenen Marmorbögen mit dem vergoldeten Zierrat um sie herum bildeten den perfekten Hintergrund für die luxuriösen Möbel und die Teppiche, die sowohl Böden als auch Wände bedeckten. Ziemlich beeindruckend.

Die gute Nachricht war, dass im Inneren des Palastes die alte Baustruktur wegen ihres historischen Wertes nur wenig verändert worden war – das schloss die unzureichenden Sicherheitsvorkehrungen mit ein. Nirgendwo Kameras, Alarmsirenen oder Bewegungsmelder. Die schlechte Nachricht hingegen war, dass überall um die Haupttreppe herum Wachen verteilt waren. An denen vorbeizukommen dürfte äußerst schwierig werden.

»Sollen wir dem Bufett einen Besuch abstatten?«, schlug Zimmermann vor, nachdem Asud endlich begriffen hatte, woher der Wind wehte, und sich unter einem Vorwand davongemacht hatte. Dann hakte sie sich bei ihnen beiden unter. »Ich heiße übrigens Quinn«, sagte Bobby Lee, der sie etwas näher als nötig an sich zog.

Sie lächelte zu ihm auf. »Ja. Ich weiß. Seid ihr bereit, Jungs?«

»Hast du die Kombination?«, fragte Marc, bemüht, die Sache voranzutreiben, während sie gemächlich vom Salon zu dem opulenten Speisesaal schlenderten. Um dorthin zu gelangen, mussten sie sich durch drei weitere kleine Räume voller Menschen kämpfen. Instinktiv hielt er nach verdächtigen Gesichtern oder auffälliger Körpersprache Ausschau. So weit, so gut.

»Folgt mir einfach«, antwortete sie.

Während sie sich in die Schlange vor dem Bufett einreihten, nahm jeder von ihnen einen Teller und wählte ein paar Happen aus dem überbordenden Angebot aus. Da sie offensichtlich einen Plan verfolgte, begleiteten er und Quinn sie zunächst einfach nur und hielten sich bereit. Marc hatte sich eigentlich selbst eine Taktik zurechtgelegt gehabt, aber was blieb ihm übrig? Mit dem Fuß aufstampfen und darauf bestehen, dass sein Plan der bessere sei? Was vielleicht ja gar nicht zutraf. *Semper Gumby*.

»Wie gefällt dir Istanbul denn bislang so?«, fragte er Zimmermann, um das Schweigen zu brechen. *Ah, merde*. Sie und Quinn schmachteten sich bereits über die Vorspeise hinweg an. Marc musste sich zurückhalten, um nicht mit den Augen zu rollen. *Nehmt euch ein Zimmer.* Bitte. *Nach dem Einsatz*.

»Ein unglaublicher Ort«, antwortete sie, ohne den Blick von Quinn abzuwenden. »Wunderschöne Stadt.«

»Hast du denn gar keine Angst?«, fragte Quinn. »Ganz alleine hier, als junge Frau und so. Istanbul ist schließlich nicht ungefährlich.«

Sie schenkte ihm ein strahlendes Lächeln. »Machst du dir etwa meinetwegen Sorgen?«

Er lächelte zurück. »Würde mir gar nicht gefallen, wenn dir irgendetwas passieren würde.«

Jedenfalls nicht, bevor er sie nicht in sein Hotelzimmer bekommen hatte, dachte Marc. *Salleau Prie.*

Sie streckte die Hand aus und tippte Quinn neckisch mit dem Finger gegen das Kinn.

»Verflucht, ja, das wäre gar nicht lustig.«

Gerade als Marc sich räuspern und vorschlagen wollte, sich auf die Arbeit zu konzentrieren, zwinkerte sie ihm zu und verschwand rückwärts in einem gewölbten Durchgang, den er aus den Plänen kannte. Von einem Perlenvorhang verdeckt, sah er aus wie die anderen gleichmäßig aneinandergereihten Marmorbögen an der hinteren Wand des Raumes. Aber dieser hier führte über einen dunklen Verbindungsgang zu den Küchen im hinteren Teil des Gebäudes.

Für ihr Verschwinden hatte sie genau den Moment abgepasst, in dem die Wache kurz in eine andere Richtung geblickt hatte, weil dort laut klappernd ein Löffel auf den Marmorboden gefallen war. Eine abgekartete Sache?

Alors. Nicht schlecht. Marc folgte ihr ebenso unbemerkt, und auch Quinn kam ihnen nach.

Sie stellten ihre Teller zu dem von Darcy auf einen im Schatten stehenden Geschirrwagen ab. Auf ein Zeichen von ihr eilten sie gemeinsam den Flur entlang, bis sie zu einer engen Treppe gelangten.

»Das ist der Dienstbotenaufgang«, flüsterte Darcy. »Die Treppe führt bis ganz nach oben. Ihr wisst, wo der Safe versteckt ist, ja?« Ihr Blick huschte zwischen den Männern hin und her, schließlich blieb er an Marc hängen.

»Zweites Obergeschoss. Zweites Büro im Ostflügel«, ratterte er herunter.

»Genau. Hier.« Sie zog eine rot gemusterte *Kufiya*, die traditionelle Kopfbedeckung arabischer Männer, und eine bronzefarbene geflochtene *Agal*-Kordel, wie sie die dumanesischen

Sicherheitsleute trugen, aus der Schublade eines antiken Flurtisches. »Du wirst weniger auffallen als Quinn«, sagte sie zu Marc.

Na klar – während Quinn kurzes, goldblondes Haar hatte und seine Augen von einem Blau waren, wie man es sonst nur bei Huskys im tiefsten Winter von Alaska fand, war Marc ein eher dunkler Typ; unverkennbar *Cajun* eben.

»Hinzu kommt, dass ich diesen Einsatz leite«, teilte er ihr trocken mit.

»Gib dich als Wachmann aus«, fuhr sie fort, ohne auf die milde Spitze einzugehen. »Du kannst doch Arabisch, oder?«

Marc nickte. »Ein bisschen.«

»Gut. Da wäre allerdings noch eine Komplikation.«

Naturellement. Ohne die würde einem typischen, gemeinsam mit der CIA durchgeführten Chaos-Einsatz doch etwas fehlen. Und er hatte tatsächlich geglaubt, das wäre ein leichter Job, abgesehen von Quinns nervigem Geflirte.

»Die Stufen zwischen dem ersten und dem zweiten Stock sind heute erst neu lackiert worden«, sagte Darcy. »Und noch nicht ganz trocken.«

Also würde er bleibende Spuren hinterlassen. Hm, *mal pris*. Gar nicht gut.

»Wie bitte?«, explodierte Quinn flüsternd, sein Gesicht verdunkelte sich vor Zorn. »Warum hast du uns das nicht gleich–«

»Weil es trotzdem klappen wird«, beteuerte sie, an Marc gewandt. »Alles, was du tun musst, ist, im ersten Stock auf die Haupttreppe zu wechseln und dich an den Wachen vorbei in den anderen Flügel zu schleichen. Dort gibt es eine alte Haremstreppe, die ebenfalls in den zweiten Stock führt.«

Von der wussten sie bereits, hatten diesen Weg jedoch als unnötig gefährlich abgetan. Anstatt auf den Flur führte sie nämlich direkt in die Privatgemächer des Botschafters. *Foutre*.

Quinn sah aus, als würde er sie am liebsten erwürgen. »Und wie zum Teufel soll er an den Wachen vorbeikommen, ohne–«

»Er wird unter ihnen gar nicht auffallen. Außerdem werden wir beide ein Ablenkungsmanöver starten«, erwiderte sie ungeduldig, bevor sie sich wieder Marc zuwandte. »Geh einfach auf Position und halte dich bereit, okay?«

Hörte sich haarsträubend an. Aber haarsträubend hatte sich in der Vergangenheit durchaus bewährt.

»Was soll's.« Er nahm ihr die *Kufiya* ab und drapierte sie sich gekonnt über Kopf und Schultern. Sie brauchten nun mal den Inhalt des Safes: die Al-Sayika-Ausweise und die Pläne für den biologischen Kampfstoff. Egal, um welchen Preis. Und außerdem, was konnte schlimmstenfalls schon passieren? Ein Exekutionskommando bei Sonnenaufgang? Und wenn schon. Das übliche Berufsrisiko.

»Die Safekombination?«, fragte er.

Sie rasselte die Nummern herunter, und er prägte sie sich gut ein. Zu seiner Überraschung reckte sie sich und gab ihm noch einen Kuss auf die Wange. »Viel Glück.« Dann eilte sie zurück in den Speisesaal und war verschwunden.

Quinn schüttelte den Kopf, er war ganz und gar nicht zufrieden. »Immer noch Zeit, das alles abzublasen, Kumpel. Oder auf unseren eigenen Plan umzusteigen.«

»Keine Sorge, *Bougre*. Aber diese Ablenkungsgeschichte? Die sollte besser richtig gut sein. Wenn irgendetwas schieflaufen sollte, treffen wir uns am vereinbarten Ort.«

»Klar. Gleich nachdem ich der Kleinen den Hals umgedreht habe.«

Mit zusammengebissenen Zähnen eilte Robert Lee Quinn im Laufschritt hinter der CIA-Tussi her. Herr im Himmel. Wären er und Lafayette nur ausgestiegen, solange noch Zeit dazu war.

Feuchte *Lackfarbe*? Verdammter Mist. Diese ganze Angelegenheit schrie geradezu nach einem fürchterlichen Desaster.

Nun ja, was hatte er erwartet – bei diesem Verein? Und da hatte er schon davon geträumt, eine engere Verbindung zwischen ihren beiden Organisationen aufbauen zu können … Sehr viel enger.

Wutschnaubend folgte er der jungen Agentin durch den Perlenvorhang zurück in den Speisesaal. Darcy Zimmermann war zwar heiß wie ein Julinachmittag in Tuscaloosa, aber wenn sein Freund durch ihre mangelnde Erfahrung und Vorbereitung sein Leben verlieren sollte …

In den vergangenen sechs Jahren bei STORM hatte Bobby Lee immer mal wieder mit Lafayette zusammengearbeitet und den *Cajun* dabei ins Herz geschlossen. Marc erwartete von anderen nur das Beste und bekam das meistens auch. So wie jetzt. Wenn er allerdings tatsächlich daran glaubte, dass dieser Plan aufgehen konnte, dann war er wirklich nicht von dieser Welt.

Sobald sich die Perlenstränge hinter Bobby Lee geschlossen hatten, empfing ihn Darcy Zimmermann mit einer »zufälligen« leichten Berührung ihres prachtvollen Körpers, während sie sich wieder am Bufett einreihten. Wenn er den Teller nicht umklammert hätte, bis die Fingerknöchel weiß hervortraten, wäre er ihm in seiner kurzen Verwirrung glatt aus der Hand gefallen. Der verführerische Augenaufschlag, mit dem sie ihn anschließend bedachte, war reinster, unverfälschter Sex. Sogar ihr Haar hatte sie durcheinandergebracht, damit es aussah, als hätte er noch vor Kurzem seine Finger darin vergraben.

Nun denn.

Er korrigierte sich im Geiste. Zumindest an diesem Teil des Plans hatte er nicht das Geringste auszusetzen.

Kapiert hatte er natürlich sofort. Gerade hatten sie ein heißes Stelldichein im Flur gehabt, was erklärte, wieso sie plötzlich aus einer Ecke kamen, zu der eigentlich niemand Zutritt hatte. Der neben dem Durchgang postierte Wachmann war entsetzt, als er sie entdeckte. Aber nach einem aufreizenden Blick von Zimmermann grinste er nur anzüglich und ließ sie durch. Bobby Lee grüßte ebenso zurück. Sollte der andere ihn ruhig für einen geilen Bock halten.

Dann verschwand plötzlich der Teller aus seinen Händen und er fand sich inmitten des Getümmels wieder, durch das Darcy Zimmermann ihn so beiläufig auf die Eingangshalle zuführte, dass sie keine Aufmerksamkeit auf sich zogen. Seiner eigenen Aufmerksamkeit konnte sie sich ohnehin gewiss sein, seit sie eben mit ihm auf Tuchfühlung gegangen war.

Dieses Kleid, du lieber Himmel!

Die trägerlose bodenlange Robe war ein wahres Kunstwerk. Blau wie das Paradies des Propheten, aufreizend wie Perlen, die einem aus der Hand rollten, wurde es scheinbar nur von ihren Kurven gehalten, die es umschmeichelte wie ein Mann, den es nach mehr gelüstete. Und so ziemlich jedem Mann hier würde es nach mehr gelüsten, wenn er auch nur ansatzweise eine Chance bei ihr bekäme. Ihn eingeschlossen. Verflucht, ihn ganz besonders. Ihm war, als staue sich sein Atem hinten in der Lunge, weil er so angestrengt darauf wartete, dass sich ihr blaues drapiertes Oberteil selbstständig machen und von den Brüsten rutschen würde. Ihren wirklich unglaublichen Brüsten. Voll und reif, genau in der richtigen Größe, kess und knackig. Brüste, in denen sich ein Mann vollständig verlieren könnte.

Vielleicht war die CIA ja gar nicht so bescheuert. Sie hatte eindeutig das Zeug zur Mata Hari.

Und zugegeben, diese Ablenkungsgeschichte war gar nicht so übel. Könnte funktionieren.

Als sie in der Eingangshalle angekommen waren, riss er sich lange genug von ihrem Anblick los, um sich einen Überblick zu verschaffen. Obwohl der Abend noch jung war, waren bereits einige Diplomaten mit ihrer jeweiligen Begleitung im Aufbruch begriffen und warteten darauf, dass die Chauffeure mit ihren Limousinen vorfuhren. Als Nächstes sah er sich den Raum genauer an. Obwohl die achteckige, in Marmor und Gold gehaltene Empfangshalle unmöbliert war und keine weitere Funktion besaß, als den Palast wie eine überdimensionale Tür zu schmücken, war sie größer als das ganze heruntergekommene Haus, in dem Bobby Lee aufgewachsen war. Die armselige Hütte mit zwei Zimmern mitten im Nirgendwo zu überbieten, war zugegebenermaßen auch nicht besonders schwer. Im Gegensatz zu jener trüben Erinnerung war dieser Ort so herausgeputzt wie für eine Hochzeit – tiefe, kunstvoll ausgearbeitete Alkoven umsäumten den gesamten Eingangsbereich, und überall standen riesige eingetopfte Palmen sowie blühende Sträucher. Der Duft von Jasmin und Orangen durchströmte den Raum.

Oder war das Darcy Zimmermann?

Sie hakte sich bei ihm unter und deutete mit einem kaum merklichen Kopfnicken auf den Mittelpunkt des Zimmers – breite Stufen, die wie eine vergoldete Treppe in den Himmel zu führen schienen. Zu dieser Treppe musste Lafayette im ersten Stock wechseln, an drei bewaffneten Wachen vorbei, bevor er unbemerkt zur anderen Seite zurückkehren und weiter über die früher den Frauen vorbehaltene Stiege bis hin zu dem Stockwerk, in dem der Safe sich befand, gelangen konnte. Und mit diesen großen, bösartig dreinschauenden Wachmännern war bestimmt nicht zu spaßen. Alle waren in traditionelle arabische Gewänder gekleidet, an Hüftgurten blitzten Krummschwerter auf. Ach ja, und sie trugen AK-47-Gewehre.

Das konnte hässlich werden.

»Na schön. Und jetzt?«, fragte er gedämpft in Zimmermanns blonde Haarpracht hinein.

Obwohl er einsfünfundneunzig groß war, musste er sich dabei nicht bücken. Verdammt, in diesen Absatzschuhen war sie wirklich groß. Und als sie ihr Gesicht hob, um ihm zu antworten, kam er nicht umhin zu bemerken, dass sie auch noch verdammt gut roch. Nicht nach Orangen und Jasmin, sondern nach einer exotischen Mischung aus …

»Hast du in irgendeiner dieser Taschen ein Kondom?«, murmelte sie, packte ihn am Revers und schmiegte sich wie eine Geliebte an ihn. Dabei glitten ihre Finger weiter nach unten.

Langsam! Einen Moment mal. Wie bitte? »Ähm –« *Was* hatte sie da gerade gesagt, verflucht noch eins?

Nicht, dass er nicht vollkommen hingerissen gewesen wäre.

»Nur falls du den Einsatz lieber vergessen und mit zu mir kommen möchtest«, fügte sie mit einem amüsierten Zwinkern hinzu.

Das rang ihm ein Lächeln ab. Sehr witzig, ha ha. Na schön, nun war er wieder bei der Sache. Dabei schien sie keine Ahnung zu haben, wie sehr sie mit dem Feuer spielte.

Es lag ihm allerdings fern, sie zu warnen. Wenn etwas heiß war, dann entflammte es nur allzu leicht. Und diese Frau war mehr als heiß. Sie wollte ein Ablenkungsmanöver? Hölle, das konnte sie haben.

Er legte ihr die Hände um die Taille und ließ sie gemächlich an den Hüften entlang bis auf den Hintern gleiten. Wie es ihr Liebhaber tun würde. Während er Darcy in die Augen sah, zog er sie fest an sich. Körpermitte an Körpermitte. Genau da, wo er sie haben wollte.

Augenblicklich stockte das Geplapper um sie herum und wurde zu einem Flüstern – einige der Umstehenden kicherten, andere klangen missbilligend – zweifellos ruhten nun alle Blicke im Foyer auf ihnen.

Wieder beugte er sich leicht zu ihr und murmelte: »Von wegen ›nur falls‹, Süße. Nachher gehörst du ganz mir.«

Sie riss die Augen auf, so als ob sie nicht darauf vorbereitet gewesen wäre, dass er sie auf die Probe stellen würde. Kaum überraschend. Wenn man bedachte, was sie für eine Granate war. Wahrscheinlich waren die meisten Männer, die ihr ansonsten begegneten, schlichtweg überwältigt oder zogen den Schwanz ein, weil sie nicht damit zurechtkamen, wie stark und forsch sie auftrat.

Ihn hingegen erregte das nur umso mehr. Er mochte es, wenn er einer Frau auf Augenhöhe begegnen konnte. Und das war hier eindeutig der Fall.

Ohne irgendetwas oder irgendjemanden um sich herum zu beachten, kam er ihr noch näher, um seinen heißen Atem betont langsam auf ihre Wange hinab bis zu den Lippen zu hauchen. Als er schließlich ihren Mund fand, stöhnte sie leise auf. Und dann küsste er sie. So, als ob er seine Androhung gleich hier und jetzt wahr machen wollte.

Ein wirklich unangemessenes Verhalten auf einem Botschaftsempfang wie diesem – ganz besonders, wenn ein islamisches Land der Gastgeber war. Eigentlich rechnete er damit, dass ihm ein unverschämter Kuss wie dieser eine schallende Ohrfeige eintragen würde. Selbstverständlich als Teil der Ablenkung.

Aber irgendwie ging seine gewagte Strategie nach hinten los. Denn sie erwiderte seinen Kuss. Als hätte sie vor, ihn beim Wort zu nehmen.

Jesus, Maria und Joseph!

Seit sich ihre Zungen berührt hatten, war er hart wie die sie umgebenden Marmorsäulen. Himmel, wie gut sie schmeckte.

Aber er konnte das nicht zulassen. Nicht hier. Nicht jetzt. Die Wachen, rief er sich selbst zur Ordnung. Die sollst du ablenken, nicht dich selbst.

Also nahm er ihren Kopf so in beide Hände, dass er einen Blick hinauf in den ersten Stock werfen konnte, während er sie leicht zur Seite drehte. Immerhin schien es zu wirken. Fassungslos starrten die Männer diese atemberaubende Frau an, die ganz ungeniert einen Mann küsste, der offensichtlich nicht ihr Ehemann war.

Und dann sah er Marc, der gerade aus dem Schatten des vom Ostflügel herführenden Korridors trat.

Jetzt wurde es ernst.

Er musste absolut sicher sein, dass diese Wachen abgelenkt blieben, völlig in den Bann geschlagen von dem, was er und Zimmermann aufführten, sodass sich Marc unbehelligt hinter ihnen vorbeischleichen konnte.

Und nur deswegen führte er Darcy, nachdem er sie herumgedreht hatte, Schritt für Schritt rückwärts, während er weiterhin küsste, als würde es um ihr Leben gehen. Nur deswegen, natürlich.

Dabei steuerte er auf eine der schmalen Wandabschnitte zwischen zwei kunstvollen Bögen zu und blieb erst stehen, als ihr Rücken gegen die mosaikverzierten Kacheln stieß. Das riss sie aus ihrem Bann. Mit einem Ruck befreite sie sich aus seinen Armen, sammelte sich kurz, dann schob sie ihn beschämt kichernd von sich, ganz so, als wäre sie eine Botschafts-Nachwuchskraft, die etwas zu spät versuchte, ihre Anstellung zu retten. »Hör auf, Liebling! Alle starren uns an!«

In ihren Augen las er jedoch ein »Warte nur, bis wir alleine sind, mein Lieber«.

Echt oder Teil der Inszenierung?

Beides?

Das blieb zu hoffen.

»Okay«, raunte sie dann tief durchatmend. »Marc hat es zur anderen Seite geschafft.«

Dem Himmel sei Dank.

Bobby Lee strich sich das Jackett glatt und gesellte sich zu ihr.

Gemeinsam lehnten sie an der kühlen Wand. Sein Atem ging schnell vor Erregung. Verflucht noch eins, er war echt scharf auf sie.

»Also, bist du bei deinen Einsätzen immer derartig erfinderisch?«, fragte er sie so leise, dass es kaum noch hörbar war. Urplötzlich war er maßlos eifersüchtig auf die anderen Agenten, mit denen sie während ihrer kurzen, aber zweifelsohne glanzvollen Karriere als Spionin Ähnliches erlebt hatte.

»Ach, du würdest dich wundern«, sagte sie.

Das bezweifelte er.

»Mir kam es jedoch so vor, als ob du derjenige gewesen warst, der unbedingt noch eins drauflegen musste«, bemerkte sie dann.

Möglich.

Er schaute sie an. Kam ins Grübeln. War das jetzt privat? »Du schienst keinerlei Einwände zu haben«, sagte er achselzuckend und gab sich betont gleichgültig. »Hat jedenfalls seinen Zweck erfüllt.«

»Ja«, stimmte sie ihm zu. »Das hat es.«

Er vergrub die Hände in den Hosentaschen, um dem Drang zu widerstehen, sie wieder an sich zu ziehen. »Du küsst übrigens fantastisch.«

Sie lächelte. »Ich weiß.«

Ihm entfuhr ein barsches, trockenes Lachen. »Mit diesem Mundwerk wirst du noch einmal in ernsthafte Schwierigkeiten geraten.«

»Erzähl mir was, das ich noch nicht weiß.«

»Na schön.« Er wandte sich ihr mit todernster Miene zu. »Wenn sie dich morgen feuern, dann fang doch bei mir an.«

Erst blinzelte sie kurz, dann starrte sie ihn unverwandt an. »Mach dich nicht lächerlich. Sie werden mich nicht rauswerfen.«

»Vielleicht nicht gleich morgen. Aber ich wette tausend Dollar, dass es weniger als zwei Wochen dauert, bis sie dich ganz plötzlich versetzen. An einen Ort, der weitaus weniger glamourös sein wird als Istanbul. Sie werden Dinge von dir verlangen, die du bestimmt nicht tun willst.« Jedenfalls wollte er verflucht noch mal hoffen, dass sie die nicht tun wollte. »Sobald es dazu kommt, ruf mich einfach an.«

»Die Wette nehme ich an«, sagte sie. »Weil du verrückt bist.«

»Vielleicht. Aber ich bin bereits etwas länger dabei, Schätzchen. Ich kenne die Methoden deiner Vorgesetzten.«

Ihr Blick wurde ungläubig. »Und all das nur, weil ich deinen Kuss nicht abgewehrt habe?«

»Ganz bestimmt nicht. Es war mehr die Art, wie du dich von mir hast küssen lassen.«

Offenbar verstand sie ihn immer noch nicht. Aber er brauchte Klarheit.

Also rückte er näher und tat so, als flüsterte er ihr schmutzige Intimitäten ins Ohr. »Dass ich dich geküsst habe, hatte überhaupt nichts mit diesem Auftrag zu tun. Das wissen wir beide. Aber die wissen das nicht. Sie werden nicht verstehen, dass ich einfach ein unwiderstehlicher Typ bin, den du gerne im Bett hättest. Sie werden denken, dass du bereit bist, mit jedem anderen das Gleiche zu tun.«

Mit angehaltenem Atem wartete er darauf, wie sie reagieren würde.

»O mein Gott.« Ihr Mund verzog sich zu einem schiefen Lächeln. »Du bist wahrhaftig verrückt.«

Scheiße.

»Merk dir einfach STORM Corps. Wir stehen im Washingtoner Telefonverzeichnis.«

»Hör mal. Ich weiß wirklich zu schätzen, dass –«

Aber er gab ihr nicht mehr die Gelegenheit, ihren Gedanken zu Ende zu führen. Stattdessen unterbrach er sie, mit einem Mal wieder ganz der Profi.

»Marc. Er ist wieder zurück und hat mir vom Treppenabsatz aus ein Zeichen gegeben – er hat die Papiere. Wir sollten besser schnell handeln.«

Darcy Zimmermann hatte während ihrer kurzen Zeit bei der CIA bereits einige gewaltige Egomanen erlebt, aber STORM-Mitglied Bobby Lee Quinn toppte wirklich alles. Sie schob ihr Erstaunen angesichts dieses wirklich unglaublichen Dünkels beiseite und setzte die gespielte Verführung fort.

Während sie noch mit den Gesichtern einander zugewandt an der Wand lehnten, packte er sie und schob sie in die Nische neben ihnen.

»Was tust –«, japste sie entsetzt auf.

Doch er brachte sie mit einem Kuss zum Schweigen. Offenbar waren die provokanten, aber harmlosen Küsse, die sie erwartet hatte, nicht das, was Bobby Lee Quinn vorschwebte. Er überrumpelte sie ganz plötzlich – der Mann war einfach unberechenbar.

In ihrer Überraschung war sie nicht geistesgegenwärtig genug, um ihm Widerstand zu leisten. Und etwa drei Sekunden später war Widerstand das Letzte, wonach ihr der Sinn stand. O.K., nicht gerade prinzipientreu.

Überraschungen hatten ja auch was für sich.

Und Himmel, was für ein Kuss!

Alles an dem Mann war hart und fest. Sein muskulöser Körper, den er an ihren drückte. Sein Mund und seine Zunge, die mit einem blindwütigen Angriff über sie herfiel. Sein Schwanz, der sich in ihren Bauch bohrte, war groß und hart und gab ihr unmissverständlich zu verstehen, dass er sie genau jetzt besitzen wollte. Er sprühte geradezu vor sexueller Energie und Männlichkeit.

Wie war das noch mit der gespielten Verführung? Wenn das

hier gespielt war, dann hatte Bobby Lee Quinn einen verdammten Oskar verdient.

Stöhnend gab sie der heftigen Attacke nach. Ihre Brustwarzen wurden hart. Ihr Puls ging unregelmäßig. Ihre Gliedmaßen schmolzen dahin – genau wie ihre Denkfähigkeit.

Mochte er auch ein Ego so groß wie ganz Kanada haben, so war er doch zum Sterben sexy. Im College hätte sie keinen einzigen hitzigen Moment lang gezögert, sich auf Quinn einzulassen. Nur zu gerne hätte sie sich jetzt eingeredet, dass sie inzwischen vernünftiger geworden war. Schließlich hatte sie es nach der letzten katastrophalen Beziehung geschafft, Männern ganz aus dem Weg zu gehen. War einfach ein Totalschaden gewesen. Der Typ hatte doch wirklich die Unverfrorenheit besessen, um ihre Hand anzuhalten, von Kindern zu sprechen und gleichzeitig ein Verhältnis mit einer anderen Frau zu haben.

Aber dieser Mann ... Bei diesem Mann zog sich ihr der ganze Unterleib zusammen, und das heiße Zentrum zwischen ihren Beinen verzehrte sich geradezu unter Schmerzen nach seiner Berührung.

Vielleicht sollte sie es einfach geschehen lassen.

Inzwischen hatte sie seinen Berührungen überhaupt nichts mehr entgegenzusetzen. Er liebkoste ihre Brüste. Dann zerrte er ihr das Oberteil des Kleides bis zur Taille hinunter.

Himmel Herrgott. »Quinn!«

»Ablenkungsstrategie«, murmelte er.

Sie verschluckte den Protestschrei, der ihr schon auf den Lippen lag. Doch seine Hände fanden ihre nackten Brüste, ihre Brustwarzen, kniffen fest zu, und nun schrie sie doch laut auf.

Nur hörte sich der Schrei gar nicht nach ihr an. Vielmehr klang es so, als ob ein Mann schreien würde. Aber nicht Quinn. Sein Mund war immer noch viel zu sehr damit beschäftigt, sie zu küssen.

Sie riss sich von ihm los.

Die Wachen. Sie waren es, die so laut schrien. Und zwar in ihre Richtung.

Bereits zum zweiten Mal an diesem Abend kämpfte sie sich mühsam aus diesem Nebel der Begierde frei, in den Quinn sie eingehüllt hatte. Wie war ihm das nur erneut gelungen?

Ihr Dekolleté war so weit nach unten verrutscht, dass es an Unsittlichkeit grenzte. Vergeblich versuchte sie noch, ihre Blöße zu bedecken, aber die Wachen waren zu schnell bei ihnen. Laut brüllend. Waffen schwenkend. Sie zogen sie auseinander. Zerrten sie hinaus in die Empfangshalle, zu all den anderen.

»Verdammt noch mal, lassen Sie mich los!«, kreischte Darcy.

Mit entsetztem Gesichtsausdruck wehrte sich Quinn, um ihr beistehen zu können. Offenbar hatte er das hier nicht geplant. Was für eine Erleichterung.

»Lassen Sie die Dame zufrieden! Um Himmels willen, lassen Sie sie sich anziehen!«, brüllte er. Neben weiteren, anatomisch schwer auszuführenden Vorschlägen, die sich gewaschen hatten.

Ein wirklich richtig gutes Ablenkungsmanöver.

Sie war halb nackt. Quinns Vokabular erstaunlich einfallsreich. Todbringende AK-47-Gewehre richteten sich auf ihre Köpfe. Alle im Saal waren vor Schreck wie gelähmt.

Bis auf den dritten Wachmann.

In dieser Nacht ihrer Karriere lernte Darcy Zimmermann eine wichtige Lektion: In jeder Menge gibt es einen – das eine unvermeidliche Mitglied aus dem feindlichen Lager, das tatsächlich wachsam ist und seine Arbeit gut macht.

Der dritte Wachmann starrte nicht auf ihren nackten Busen. Oder zielte mit der Waffe auf Quinn. Obwohl er mitten im Handgemenge stand, blieb sein Blick fest auf die Treppe gerichtet, so, wie es ihm befohlen worden war. Und genau dort entdeckte er Lafayette. Der sich gerade hinunterschleichen wollte. Sie fluchte leise. Wo waren Marcs *Kufiya* und *Agal* geblieben? Wahrscheinlich hatte er sich dazu entschieden, eine Abkürzung zu nehmen und dachte, ohne die Verkleidung könnte er besser in der Menge untertauchen.

»Stehen bleiben!«, rief der Wachmann und eilte auf Marc zu, um ihn noch rechtzeitig abzufangen, bevor er sich mit einem Sprung über das Treppengeländer davonmachen konnte. »Halt, oder ich schieße!«

Ein halbes Dutzend Waffen wurde auf einmal durchgeladen, und das Geräusch hallte wie eine Salve Schüsse von dem Marmor wider.

Lafayette erstarrte. Und war sofort von drei weiteren Wachmännern umringt.

Darcy drehte sich der Magen um.

Oh, Scheiße.

Sie waren so was von erledigt.

2

Fünf Jahre später
Dezember, Gegenwart
Lower St. Martin Parish, Louisiana

Überall auf dem feuchten Erdboden verstreut lagen in einem heillosen Durcheinander halb verfaulte Tierkadaver und Knochenreste. Die in der kühlen Morgenluft vom Sumpf herüberwabernden Nebelfetzen verliehen der Szenerie etwas Unwirkliches.

Leider war das hier nur allzu wirklich, dachte Marc Lafayette, während er langsam durch die trägen grünen Gewässer des Bayou Creche watete und sich diese ekelhafte Ansammlung sterblicher Überreste besah.

Ihn packte die Wut. *Dieu*, das war übel. Der schlimmste Fall bislang.

Plötzlich durchbrach das *Plitsch-Platsch*, *Plitsch-Platsch* eines ins Wasser eintauchenden Paddels die morgendliche Stille. Er blieb stehen und lauschte. Waren die Terroristen etwa zurückgekehrt, um die tödlichen Auswirkungen ihres jüngsten Biowaffen-Experiments zu begutachten?

So viel Glück würde er wohl kaum haben.

Rasch blickte Marc sich um, bevor er sich in die schützende Deckung einer Gruppe Sumpfeichen duckte. Gut, dass er den Einbaum weiter oben am Flusslauf festgemacht hatte. Dank seiner jahrelangen Erfahrung als Jäger – sowohl von Tieren als auch von Menschen – verschmolz er mühelos mit dem saftig grünen Laubwerk der Bäume.

Ein Kanu mit nur einem einzelnen Insassen glitt an ihm vorbei.

Es gehörte zu Charlie Thibadeaux' Bootsverleih. Die Frau darin kam Marc jedoch nicht bekannt vor. Sie mochte Ende zwanzig sein. Das weiche, schwarzbraune Haar war zu einem dicken Zopf zurückgebunden. Reizvolles Gesicht. *Très jolie*. Sehr hübsch.

In dem Moment, als er das unverkennbar auf der Rückseite ihrer Windjacke prangende »LSP« entdeckte, hatte sie jedoch jeglichen Reiz für ihn verloren. Louisiana State Police.

De merde. Was zum Teufel hatte …

Als die Frau die toten Tiere erblickte, schnappte sie erschrocken nach Luft. Dann hielt sie sich eine Hand vor den Mund und lenkte ihr Boot an das schlammige Ufer neben dem grausigen Fund. Voller Entsetzen starrte sie den größten Kadaver an – einen ausgewachsenen Schwarzbären. Außerdem lagen dort viele Vögel und Sumpfbiber, und im nahe gelegenen Wasser trieb sogar ein aufgeblähter Alligator. Vergiftet von einem gentechnisch veränderten Virus, das zur Waffe geworden war.

Alles Hinweise auf die terroristische Bedrohung durch eine biologische Waffe, wie sie auf amerikanischem Boden noch nie vorstellbar gewesen war.

Bis jetzt.

Eine einfache Polizistin hier aus der Gegend konnte das natürlich nicht wissen.

Nahm er zumindest an.

»O mein Gott«, murmelte die Frau, und ihre Worte klangen wie ein ergriffenes Gebet durch das Dickicht der moosbehangenen Zypressen.

Was hatte sie überhaupt hier verloren, verdammt noch mal? Zwar lag Bayou Creche nur anderthalb Kilometer vom Highway 70 entfernt, aber die Beamten der hauptsächlich für die Straßen zuständigen Landespolizei wagten sich eigentlich nie so weit in den Sumpf hinein, obwohl theoretisch das gesamte Staatsgebiet in ihren Zuständigkeitsbereich fiel. Schon gar nicht in einem Kanu. Und erst recht nicht ohne guten Grund. Also war sie nicht zufällig hierhergekommen.

Putain de merde. Das fehlte ihnen gerade noch. Eine *foutu* neugierige Polizistin am Hacken.

Während sie alles fotografierte und sogar Proben von den Kadavern nahm, verharrte Marc gute fünfzehn Minuten reglos und ohne einen Laut von sich zu geben. Innerlich kochte er jedoch. Was zur Hölle sollte das denn bitte? War sie etwa von der Spurensicherung?

Das würde dem Boss nicht gefallen. Überhaupt nicht.

Seit wann interessierte sich die LSP für Tiermorde? Gab es nicht irgendwo einen verfluchten Verkehrsstau, der aufgelöst werden musste?

Endlich stieg die junge Frau wieder in ihr Kanu und paddelte in Richtung Fernstraße davon. Wieso vermietete Charlie Thibadeaux seine Boote an *étrangers*, die im Sumpf nichts verloren hatten? Marc nahm sich vor, später ein Hühnchen mit ihm zu rupfen. Charlie hätte ihn zumindest darüber informieren sollen. Er beschloss, den Mann auf seine Gehaltsliste zu setzen. Dann zog er sein Smartphone hervor und schickte noch schnell eine Nachricht an das vorübergehende STORM-Hauptquartier, das sich zurzeit in einem abgelegenen Angelcamp zwölf Kilometer weiter nördlich eingerichtet hatte.

Die Antwort kam in Sekundenschnelle. Marc fluchte leise vor sich hin.

Mit allen Mitteln aufhalten.

Gina Cappozi stand vor dem kleinen Ventilator an ihrem Arbeitstisch, damit der sanfte Lufthauch ihre Tränen trocknete – sie hatte weiß Gott genug davon vergossen.

Und Tränen brachten sie nicht weiter. Das wusste sie inzwischen. Aus langer leidvoller Erfahrung. Manchmal wurde dadurch sogar alles noch schlimmer. Denn ihre Entführer konnten weinende Frauen nicht ausstehen. Frauen waren ihnen generell zuwider.

Außerdem waren Tränen etwas für diejenigen, die noch hoffen konnten. Die Hoffnung hatte Gina jedoch schon vor zwei Monaten verloren.

Und an den Moment, in dem das geschehen war, erinnerte sie sich noch genau: Nachdem sie von diesen widerlichen Terroristen gefangen genommen worden war, hatte sie wochenlang darauf gewartet, dass jemand mit gezückter Waffe durch die Tür gestürmt kommen und sie wie der Prinz aus dem Märchen aus diesem erbärmlichen behelfsmäßigen Labor befreien würde. Wie dumm von ihr. Wie schrecklich naiv. An dem Tag, an dem *tatsächlich* jemand hereingeplatzt war, hatte sie gebetet, es möge die Polizei sein. Von ihr aus auch das FBI, die CIA oder Wade, ihr Ex … Und in den tiefsten dunklen Winkeln ihres Herzens hatte sie sich sogar diesen Dreckskerl Gregg van Halen herbeigewünscht.

Aber natürlich war es wieder nur das Oberarschloch Abbas Tawhid gewesen. Wie immer. Denn niemand außer Tawhid kam je durch diese Tür, egal wie sehr Gina sich das wünschte. Niemand.

Tawhid schien es besondere Freude zu bereiten, sie mit Geschichten über seine früheren Opfer zu quälen. Einmal gab er damit an, wie er einen knallharten amerikanischen Agenten durch anderthalb Jahre Folter so gebrochen hatte, dass der Mann tatsächlich gedacht hatte, sein Name sei Schwein. Der Kerl habe irgendwann sogar darauf geantwortet, sei auf Befehl umhergekrochen und habe sich in seinem eigenen Dreck gesuhlt. Dann hatte Tawhid gelacht. Und mit diesem ausdruckslosen Blick aus toten Augen auf sie herabgesehen. Da war ihr klargeworden, dass er all das wohl auch mit ihr anstellen würde, sollte sie nicht tun, was er sagte. Verflucht, wahrscheinlich sogar dann, wenn sie ihm gehorchte.

Aber am schlimmsten war dieses Lachen gewesen. Brutal. Unbarmherzig. Grausam.

In diesem Moment war ihr eines klargeworden: Niemand würde sie jemals retten. Ihr Leben war vorbei. Sie würde in diesem Rattennest sterben. Wahrscheinlich schon bald. Jedenfalls, wenn sie Glück hatte.

Ernüchtert schaltete sie den Ventilator aus.

Dann sollte es wohl so sein.

Aber würde sie diesem Teufel bei der Verwirklichung seines schrecklichen Plans helfen, der das Land, das sie so liebte, in den Abgrund reißen wollte?

Nein.

Niemals.

Sie hatte keine Angst.

Wirklich nicht.

Zum Lachen war ihr aber auch nicht gerade zumute.

Im Halbdunkel der Abenddämmerung blickte TFC Tara Reeves von der Louisiana Landespolizei zitternd – wegen der Kälte wohlgemerkt, und nicht aus Angst – zu dem unleserlichen Schild über der großen verfallenen Bretterbude auf, deren ebenso baufällige Veranda über den trägen Fluss hinausragte. Dann schaute sie auf den Zettel in ihrer Hand, um den Namen ein weiteres Mal abzugleichen.

Au Chien.

Stimmte überein. Na toll.

Auf dem schlammigen Parkplatz neben der zwielichtigen Raststätte wimmelte es von Harleys, alten Fords und Lastwagen in allen vorstellbaren Farben und Größen. Neben der anderen

Seite der Hütte lagen die pechschwarzen Gewässer eines sumpfigen Flusses – eines Bayous – mit unaussprechlichem Namen. Sie war mitten im gottverlassenen Nirgendwo gelandet. Noch dazu drang laute Musik aus jeder Öffnung des Gebäudes, obwohl es acht Uhr an einem Mittwochabend war. In der Klitsche war richtig was los.

Gott steh ihr bei. Musste sie da *wirklich* reingehen?

Tara konnte sich ausmalen, wie man sie dadrin mit ihrer Uniform und der standardmäßigen SIG Sauer-Pistole empfangen würde. Mit genau der gleichen Ablehnung und den unverschämten Bemerkungen, in deren Genuss sie den ganzen Nachmittag über gekommen war.

Ließ sie sich davon einschüchtern? Kein bisschen. Aber es hing ihr zum Hals raus.

Ein klein wenig mulmig war ihr schon zumute. Aber nicht wegen der Raststätte. Sondern weil sie verfolgt wurde. Beschattet. Da war sie zu neunzig Prozent sicher.

Schon den ganzen Tag über quälte Tara dieses ungute Gefühl. Ein unerklärliches Kribbeln im Nacken, das ihr dann als Schauer den Rücken hinunterkroch. Angefangen hatte es, als sie diese bemitleidenswerten toten Tiere entdeckt hatte.

Vergiftet. Von irgendeiner illegal in den Sumpf geleiteten, superschädlichen Chemikalie. Was das anging, war sie hundertprozentig sicher. Die tödlichen Auswirkungen waren ihr nur allzu vertraut.

Wer auch immer für diese Umweltsünde verantwortlich war, würde dafür bezahlen, und zwar nicht zu knapp. Dafür würde sie sorgen. Wenn das so weiterging, war es nämlich nur noch eine Frage der Zeit, bis auch noch *Menschen* starben. Falls das nicht bereits geschehen war.

Eine unerträgliche Vorstellung. Tara würde nicht zulassen, dass ungezügelte unternehmerische Gier einem weiteren unschuldigen Kind die Mutter nahm. Niemand sollte durchmachen müssen, was sie selbst erlebt hatte.

Allerdings musste sie die Übeltäter erst noch ausfindig machen, bevor sie ihnen den Hahn abdrehen und sie ihrer gerechten Strafe zuführen konnte. Und auch den Ursprung der Umweltverpestung musste sie finden.

Niedergeschlagen verschränkte sie die Arme vor der Brust. Warum wollte ihr bloß keiner der Einheimischen helfen? Sie waren doch schließlich diejenigen, die dabei draufgehen würden. Verdammt, sie brauchte doch nur jemanden, der sie weiter in die Sumpfgebiete hineinführte, als sie sich ohne Ortskenntnisse allein vorwagte. Den Rest konnte sie alleine erledigen.

Ein Mann und ein Boot. Für einen Tag. Vielleicht auch zwei.

War das wirklich zu viel verlangt?

Doch das war es offenbar. Jeder der offiziellen Reiseführer und auch jeder andere, den sie heute Nachmittag deswegen angesprochen hatte, war »zu beschäftigt« oder »nicht interessiert« gewesen. Der Kerl, von dem sie das Kanu geliehen hatte, hatte sogar mit einer Schrotflinte vor ihr herumgefuchtelt. Als ob sie etwas dafür konnte, dass die letzten Schwachköpfe, die nicht von hier gewesen waren und denen er sein bestes Boot gegeben hatte, es so stark überladen hatten, dass es abgesoffen war. Diese Typen hatten doch tatsächlich versucht, eine schwere Klimaanlage und einen Kühlschrank in die Wildnis zu verfrachten. Einzig ihrer Polizeiuniform war es zu verdanken gewesen, dass dieser Charlie Thibadeaux ihr keine Ladung Schrot in den Hintern gejagt hatte. Welche Ironie. Hatte dieselbe Uniform doch dafür gesorgt, dass ihr alle anderen Reiseführer zuvor die Tür vor der Nase zugeschlagen hatten. Und ihr Nordstaaten-Akzent hatte auch nicht gerade geholfen. Beides zusammengenommen brachte das Gespräch jedes Mal in Sekundenschnelle zum Erliegen.

Inzwischen war Tara jedenfalls beim Bodensatz der Gesellschaft angelangt: Arbeitslose und Schwarzbrenner würden vielleicht nicht davor zurückschrecken, einer uniformierten Yankee-Polizistin die Gegend zu zeigen, wenn sie sich so ein bisschen was dazuverdienen konnten.

Plötzlich hörte Tara ein Knacken in den Zweigen hinter ihrem Boot. Mit einer Hand an der SIG drehte sie sich um und ging in die Hocke.

Ein großer Mann kam aus den Schatten hinter dem Parkplatz geschlendert. »Sachte, *Chère*«, sagte er gedehnt. »Seit wann ist es verboten, einen heben zu gehen?«

Sie stieß den Atem aus und versuchte, ihre Verlegenheit hinter einem betont ruppigen Ton zu verbergen. Seit wann war sie derartig schreckhaft? »Für Sie TFC Reeves«, stieß sie zwischen zusammengebissenen Zähnen hervor, »und wenn Sie nicht Gefahr laufen wollen, erschossen zu werden, sollten Sie sich nicht von hinten an eine Polizeibeamtin heranschleichen.« Sie steckte die Waffe wieder zurück in das Holster.

Aber er lächelte nur und zuckte unbeeindruckt mit den Schultern. »Werd ich mir merken … TFC Reeves.« Sein schwerfälliger *Cajun*-Akzent überzog die absichtlich lang gezogenen drei Buchstaben mit reinster Melasse, sodass es mehr nach Süßholzgeraspel als nach der offiziellen Rangbezeichnung »Trooper First Class« klang.

Dann stellte er sich genau vor Tara. Der Mann war wirklich groß. Mindestens einsneunzig, mit breiten Schultern. Gut aussehend. Er besaß diese faszinierende Schurken-Ausstrahlung, die den dunklen *Cajun*-Männern eigen war. Einzig eine hochrote Narbe an der Schläfe, die sich bis in das dichte schwarze Haar hineinzog, störte das Bild. Durch sie wirkte er fast ein wenig … gefährlich.

Er schaute sich auf dem Parkplatz um. »Irgendwas Verdächtiges im Gange, von dem ich noch nichts mitbekommen habe, TFC Reeves?« Als er den Blick wieder auf sie richtete, spiegelten sich die bunten Lichterketten, die kreuz und quer über das Dach der Raststätte gespannt waren, in seinen schwarzen Augen. Er hob einen Mundwinkel. »Oder … sind Sie vielleicht wegen was anderem hier …?«

Ach. Wie subtil.

Tara schob sich den breiten Polizeihut aus dem Gesicht und bedeutete ihm, näher zu kommen. Dann lehnte sie sich etwas vor. Auch er neigte sich zu ihr hinunter, bis ihre Gesichter nur noch wenige Zentimeter voneinander entfernt waren.

»Darf ich das als Aufforderung zur Unzucht verstehen, *Cher*?«, fragte sie leise, aber mit drohendem Unterton in der Stimme, über den auch das vertrauliche *Cajun*-Kosewort nicht hinwegtäuschen konnte.

Sein Blick glitt gemächlich zu ihrem Mund. »*Mais non*, Officer.« Als er ihr direkt in die Augen schaute, wurde sein Lächeln noch breiter. »Mich könnten Sie sich eh nicht leisten.«

Nach diesen Worten wich er ihr aus und machte sich über den engen Landungssteg und die Vorterrasse auf den Weg zum Vordereingang des *Au Chien*.

Zähneknirschend kniff Tara die Augen zusammen.

Tja. Wenn das mal kein *Heidenspaß* werden würde.

Nachdem der Sumpf-Casanova im Lokal verschwunden war, sammelte sie sich erst noch einige Minuten, bevor sie sich ebenfalls auf den Weg zum Eingang machte.

Als sie den Schankraum betrat, war es wie in einem dieser alten Western, wenn John Wayne in den Saloon kommt und alle innehalten, um ihn anzustarren. Nur war das *Au Chien* zu groß, als dass jeder Einzelne sofort bei ihrem Anblick erstarrt wäre. Aber während Tara sich einen Weg durch das Getümmel bahnte, verstummten nach und nach alle um sie herum.

Tara ließ sich jedoch genauso wenig beirren wie John Wayne. Schließlich war sie das gewohnt. Überall, wo sie hinkam, war es dasselbe. In der Öffentlichkeit riefen ihre Uniform und die Waffe diese Reaktion hervor. Bei der Arbeit stach sie dadurch hervor, dass sie eine Frau war. Polizistinnen waren in ihrem Bereich dünn gesät. Ihre männlichen Kollegen verhielten sich deshalb entweder vollkommen ablehnend oder betrachteten sie als ihr persönliches Spielzeug. Doch das trieb Tara ihnen schnell aus. An die damit zusammenhängende Einsamkeit hatte sie sich gewöhnt. Wie auch immer. Sie war ja nicht hier, um Freundschaften zu schließen.

Also setzte sie ein sorgfältig einstudiertes freundliches Lächeln auf und stellte sich an den glänzenden Holztresen. Der grauhaarige Barkeeper lächelte zwar zurück, doch sein Blick blieb misstrauisch. »Kann ich Ihnen helfen?«

Sie kam direkt zur Sache. »Ich suche nach einem guten Führer für das Sumpfgebiet. Man hat mir gesagt, ich soll hier nachfragen.«

Der Barkeeper nickte wissend. »Tja, nun. Wir sind ja auch so 'ne Art Treff für Naturburschen aus der Gegend hier. Was für'n Führer hatten Sie sich'n da vorgestellt?«

»Jemand, der sich in den Bayous auskennt. Ich untersuche das Tiersterben, das in letzter Zeit hier in der Gegend beobachtet wurde.«

Weiter wollte sie das nicht ausführen. Denn sobald die Worte »giftige Abwässer« fielen, ging der Ärger erst richtig los. Besonders in Louisiana. Da kämpften Umweltapostel und Gutmenschen gegen diejenigen, die ihre Jobs in der großen, schmutzigen Industrie behalten wollten – weil sie auf das Geld angewiesen waren.

Tara hielt sich da raus. Ihr ging es nur um die Einhaltung der Gesetze. Außerdem wollte sie verhindern, dass noch mehr

Menschen einen sinnlosen und schrecklichen Tod starben, und Witwer und mutterlose Kinder zurückblieben.

»Tja, nun. Mal seh'n.« Der Barmann schaute sich in dem überfüllten Lokal um. Dann zeigte er auf zwei Männer, die in einer Holznische herumlümmelten. »Bei den *fils* da können Sie's ja mal versuchen. Die können Ihnen auch wen anders empfehlen, falls sie nich' können.«

Nach Jungs sahen die Kerle nun wirklich nicht aus, eher wie zwei überfütterte Gorillamännchen. Aber in der Not frisst der Teufel Fliegen. Bis Montag mussten die Ermittlungen abgeschlossen sein. Länger würde Taras Chef sie nicht von ihrem Arbeitsplatz weglassen. Wenn er allerdings erfuhr, womit sie befasst war ... Dann hätte sie wohl alle Zeit der Welt. »Zerbrechen Sie sich ma' nich' Ihr hübsches Köpfchen wegen dieser Sache. Sind doch nur'n paar tote Tierchen. Nix von Belang.«

Sie rang kurz mit sich, ließ es dann aber sein, bestellte sich ein Bier – nur um den Schein zu wahren –, bedankte sich bei dem Barmann und ging zu dem Tisch mit den Gorillas hinüber.

Aber da hatte sie auch nicht viel mehr Glück. Nachdem sie sich mit den Männern unterhalten hatte und genau wie von zwei weiteren angeblichen Reiseführern mit lahmen Ausreden abgespeist worden war, nahm sie doch einen Schluck aus ihrer Flasche.

Anschließend holte sie sich noch eine Abfuhr bei drei anderen Primitivlingen, trank daraufhin die Flasche halb aus und trat wieder an die Bar.

»Na, *fille*, hat wohl nicht geklappt, was?«, erkundigte sich der Barkeeper.

Nach einem letzten angewiderten Schluck stellte sie das Bier ab.

»Weiß nicht, ob die Uniform ihnen solche Angst macht oder ob's an mir liegt.«

Er lachte in sich hinein und stützte die Arme auf den speckigen Tresen. »Tja, nun. Sie können eigentlich genauso gut den Kerl da drüben fragen. Dem macht so schnell nichts Angst«, schlug er dann vor und deutete auf einen Mann, der sich gerade über den Billardtisch beugte. *Hal-lo*. Er hatte ihr den Rücken zugedreht. Na schön, es war eher sein *Hinterteil*, das ihr zugewandt war.

Und was für ein Hintern. Fest. Schlank. Muskulös. Als er sich noch ein wenig tiefer beugte, spannte die gut sitzende Jeans, und ihr wurde richtig was geboten. Um es mal so zu sagen.

Oh, *Ma*ma.

»Also, der Junge, ja, der is' hier im Bayou aufgewachsen, aber längere Zeit weg gewesen. Kennt den Sumpf trotzdem wie seine Westentasche.«

Junge. Na klar. Der Mann war weit über dreißig, mindestens. Nicht, dass sein Alter irgendeine Rolle spielte.

»Ist er vertrauenswürdig?«, fragte sie mit einem Blick auf das große KABAR-Jagdmesser, das er sich ans Bein geschnallt hatte.

Der Barkeeper lächelte. »Nun, da gab es Gerede um eine Haftstrafe, aber das sind nur olle Kamellen. Zahlt jedenfalls immer die Zeche und gibt gutes Trinkgeld.«

Das klang ja reizend. »Sonst gibt's niemanden mehr?«

»Denke, Sie haben's bereits bei jedem versucht, *fille*.«

Okidoki. Dann fiel die Wahl also auf Monsieur Knackarsch. »Geben Sie mir eins von dem, was er da gerade trinkt«, forderte sie den Barkeeper auf und legte ihm zehn Dollar Trinkgeld hin. Er reichte ihr eine eisgekühlte Flasche Stella Artois.

Also gut. Jetzt musste es einfach klappen. Wenn es ihr nicht gelingen sollte, für den Trip morgen einen Führer anzuheuern, wusste sie auch nicht mehr weiter. Wahrscheinlich würde sie alleine in den Sumpf fahren, sich verirren und niemals wieder herausfinden. Das würde ihrem Vorgesetzten gefallen.

Während Tara die prachtvolle Kehrseite dieses Kerls bewunderte, wartete sie geduldig, bis er seinen Spielzug beendet hatte. Sein Gegner hatte nicht den Hauch einer Chance. Als er alle Kugeln eingelocht hatte, trat sie vor und hielt ihm genau in dem Augenblick das Bier hin, als er sich umdrehte.

Und erstarrte.

Mist.

Der Typ von draußen. Monsieur Knackarsch war der Sumpf-Casanova.

Ihr grässlicher Tag war hiermit komplett.

Ohne mit der Wimper zu zucken, nahm er ihr die Flasche ab, lächelte auf diese Art, die sie auf die Palme brachte, und sagte: »Dachte mir schon, dass Sie's sich anders überlegen würden, *Chère*. Schön zu sehen, dass ich es immer noch draufhabe.«

Sie schäumte vor Wut. »Ja, nun, da wäre ich mir nicht so sicher. Wenn Sie *tatsächlich* denken, ich sei zu Ihnen gekommen, um … um –«

Aber er ignorierte ihr Gestammel einfach, setzte die Flasche an und trank einen großen Schluck. Mit Lippen, die so voll und wohlgeformt waren, dass sie wie geschaffen dafür waren …

Himmel noch eins.

»Weswegen sind Sie denn dann rübergekommen?«, fragte er und hielt sie mit betont unschuldigem Blick aus verführerisch dunklen Augen gefangen. Als hätte er nicht bemerkt, wie sie ihn angestarrt hatte.

Sie presste die Lippen aufeinander. Na schön. Das war keine gute Idee. *Überhaupt nicht* gut. Schließlich war sie nicht hier, um einen Mann kennenzulernen. Oder … irgendetwas von dem zu tun, was ihm da offensichtlich vorschwebte.

Tara wollte grundsätzlich nichts mit Männern zu tun haben. Jedenfalls nicht *so*. Sie hatte sich davon verabschiedet, kurz nachdem sie ihre Dienstwaffe bekommen hatte. Pistolen und Männer vertrugen sich offensichtlich nicht gut. Entweder nahmen die

Kerle eine abwehrende Haltung ein und wurden plötzlich zum Obermacho, sobald sie die SIG entdeckten, oder es machte sie für ihren Geschmack viel zu sehr an. Dann bekam Tara jedes Mal eine Gänsehaut.

Irgendjemand musste sie durch den Sumpf führen. Das war alles. Aber dem Einbaum von *diesem* Typen würde sie nicht zu nahe kommen wollen. Niemals.

Tara räusperte sich. »Ähm, nur so«, sagte sie dann. »Wollte mich nur entschuldigen, weil ich da draußen auf dem Parkplatz so ruppig war und Sie mit einer Waffe bedroht habe. Man sieht sich.«

Doch als sie sich abwandte, rief er ihr hinterher: »Hey, *Chère*. Hab gehört, Sie suchen einen Führer.«

Natürlich hatte er das.

»Kennen Sie jemanden?«, fragte sie über die Schulter hinweg zurück.

»Na ja, ich bin echt gut«, sagte er mit diesem teuflischen Lächeln.

»Ach ja?« Sie blieb stehen, so als ob sie darüber nachdenken würde. Und schüttelte den Kopf. »Nö. Kann ich mir nicht leisten, Sie erinnern sich?« Dann ging sie weiter.

Aber er hatte Tara eingeholt, ehe sie bei der Tür angelangt war, und hielt sie am Arm fest. »Warten Sie!«, sagte er.

Sie fuhr herum und bedachte ihn mit einem bösen Blick.

Er löste die Finger von ihrem Arm und hob abwehrend die Hände. »Tut mir leid. Wollte nicht unverschämt sein, TFC Reeves. Hören Sie, können wir uns unterhalten?«

»Worüber denn?«

Er deutete auf die Tür. »Draußen.«

Das ist doch Bockmist, Reeves.

Andererseits schien sie in letzter Zeit sowieso nur noch Mist zu bauen.

Ach, zum Teufel.

Sie ging vor, und er folgte ihr über die Veranda und den Steg bis zum Parkplatz. Nach der stickigen Luft und dem ohrenbetäubenden Lärm in der Bar war die kühle stille Dezembernacht geradezu eine Wohltat. Er führte sie um das Haus herum zum Bayou, dessen Wellen leise gegen das schilfbesetzte Ufer plätscherten.

Sie zog die Jacke enger um sich. »Also?«

»Sie brauchen jemanden, der Sie herumführt, und ich kenne mich hier besser aus als irgendjemand sonst aus der Gegend.«

Sie schüttelte erneut den Kopf. »Sorry, ich habe kein Interesse daran, Sie anzuheuern.«

»Jeden dieser Verlierer da drinnen hätten Sie genommen. Warum nicht mich?«

Sie warf ihm einen vernichtenden Blick zu. »Das wissen Sie doch.«

Er kam ein bisschen näher und blieb dann direkt vor ihr stehen. »Weil Sie sich zu mir hingezogen fühlen? *Chère*, das ist doch nur ein Pluspunkt.«

Tara musste lachen. Dann stupste sie ihn mit dem Zeigefinger an. »Sie. Sind nicht bei Trost.« Sie versuchte, sich an ihm vorbeizudrängen.

Aber er versperrte ihr den Weg und verschränkte die Arme vor der breiten Brust. »Ich will ehrlich sein. Den Job könnte ich wirklich gut gebrauchen. Und ich dachte, es würde helfen, wenn ich mit Ihnen flirte. Aber wenn Ihnen das nicht gefällt, werde ich damit aufhören.«

»Es gefällt mir *nicht*.«

»Dann wäre das geklärt.«

Er wirkte aufrichtig und hörte sich vernünftig an. Beinahe zu vernünftig. Sie kniff die Augen zusammen. »Warum brauchen Sie den Job?«

Seine Schultern hoben sich. »Das Übliche.«

Ihr fiel wieder ein, was der Barmann erzählt hatte. Sie versuchte, nicht an das an seinem Schenkel festgeschnallte KABAR zu denken. »Wann waren Sie im Gefängnis?«

Es folgte eine kurze Pause. »Definieren Sie Gefängnis.«

»Alles klar.« *Ich denke gar nicht daran.* »Trotzdem danke.« Sie trat wieder einen Schritt zur Seite.

Er hielt sie erneut auf. »Na schön. Ich war eine Zeit lang Kriegsgefangener. Nun, eher ein politischer Häftling, wenn Sie so wollen. Irgendwie.«

Tara blieb wie angewurzelt stehen. Ein ehemaliger Kriegsgefangener? Der einen Job suchte. Ihr Vater, der Exsergeant, hätte ihn auf der Stelle angeheuert, ohne weiter nachzufragen. Aber wie ihr Vater nie müde wurde zu betonen, sie war nicht wie er. Nicht einmal ansatzweise.

»Wo?«, fragte sie.

Wieder zögerte er. »In Istanbul.«

Tara musterte den gut aussehenden *Cajun*. Mit der Türkei hatten die Vereinigten Staaten keinen Krieg geführt, da war sie ganz sicher. Jedenfalls nicht, seit er auf der Welt war. Er war ihr gegenüber also nicht ganz ehrlich. Und mit dem langen Haar, seiner überheblichen Art und nicht zuletzt der Piratennarbe wirkte er doch eher wie ein Drogenschmuggler und nicht wie ein Soldat. Es hätte sie keinesfalls überrascht, wenn er deswegen in einem türkischen Gefängnis gelandet war. Dennoch … der durchtrainierte Körper, seine stolze Haltung und diese Augen … seinem Blick entging nichts, er strahlte Selbstvertrauen aus und Entschlossenheit. *Gefährliche* Augen. All das passte genau auf einen Mann, der längere Zeit beim Militär gewesen war.

Ja genau, oder aber Drogen geschmuggelt hatte.

Doch ihr Instinkt sagte ihr, dass er nicht log. Jedenfalls nicht, was das anging.

Als er den Mund zu einem verschmitzten Lächeln verzog, wich der gefährliche Ausdruck einer noch weitaus bedrohlicheren Anziehungskraft. »Es gab da auch noch so eine Sache während der Mittelstufe, bei der ich mich ein wenig in die Nesseln gesetzt habe. Da ging es um ein schnelles Auto und eine ältere Frau.«

Gott. Sie machte eine abwehrende Handbewegung. »Will ich gar nicht wissen. Im Ernst.«

»Bedeutet das, ich habe den Job?«

Herrje. Was *dachte* sie sich nur dabei? Er war der letzte Mann auf der Welt, mit dem sie auf engem Raum in einer ihr unbekannten wilden Landschaft gefangen sein sollte, in der sie sich nicht alleine zurechtfand. Ohne eine Fluchtmöglichkeit.

Aber außer ihm kam niemand mehr infrage – sie hätte aufgeben müssen.

Und Tara Reeves gab *niemals* auf.

»In Ordnung«, sagte sie also widerstrebend. »Nur einen Tag. Wir treffen uns um acht Uhr morgens hier, und Sie bringen Ihr Boot mit. Und wenn Sie nicht auf die Minute pünktlich sind, brauchen Sie gar nicht erst hier aufzukreuzen.«

Als sie dieses Mal an ihm vorbeigehen wollte, ließ er sie durch.

»Keine Sorge, ich werde da sein«, rief er ihr nach.

Sie seufzte auf.

Ja.

Genau das bereitete ihr ja solche Sorgen.

Marc wartete ab, bis die *jolie* Polizistin halb über den Parkplatz gelaufen war, dann folgte er ihr geduckt.

Diese Frau war eine Unruhestifterin, wie sie im Buche stand. Auch wenn er sie nicht von der Bettkante stoßen würde. Überraschenderweise. Denn sie war ein Cop. Entsprach also überhaupt nicht seinem Beuteschema. Frauen, die verdeckte Waffen trugen, waren normalerweise nicht sein Fall – zumindest wenn es sich um bedrohliche Schusswaffen handelte. Aber diese hier war auch noch auf ganz andere Art und Weise gefährlich. Zwischen ihnen hatte es ganz gewaltig gefunkt. Und in Kombination mit ihrem Job war der Ärger da seiner Meinung nach bereits vorprogrammiert.

Er wusste eine temperamentvolle *jolie fille* durchaus zu schätzen. Wenn sie nackt unter ihm lag. Da, wo sie hingehörte. Aber er schätze es *gar nicht*, wenn sie sich in seine Arbeit einmischte. Und das tat die hier. Und wie.

Noch dazu hatte sie ihn ganz schön aus der Fassung gebracht. Und das hatte nichts mit seinem Auftrag zu tun. Sie machte ihn echt fertig – und zwar nicht, weil sie seine sexuellen Avancen zurückgewiesen hatte. *Donc*, es hatte ihn schon getroffen. Aber nur ein bisschen. Jedenfalls brachte sie sein Blut in Wallung. Und das war gar nicht gut. *Dieu*. Offensichtlich hatte sie ihm so ziemlich den Kopf verdreht.

Restlos zur Verzweiflung trieb ihn aber, dass ihm von der Teamleiterin aufgetragen worden war, Tara Reeves' höchst ungelegen kommende Untersuchung der Tiermorde um jeden Preis aufzuhalten oder sie wenigstens auf eine falsche Fährte zu locken. Verflucht, das war quasi gleichbedeutend mit babysitten. Er wusste ganz genau, wofür die Abkürzung STORM stand, und zwar nicht für »Sumpf-Touren-Reiseführer Marc«. Sein Job war es, Terroristen zu jagen und die Welt zu retten. Und nicht, den einheimischen Reiseführer für irgendeine neugierige Polizistin zu spielen.

Schon seit Wochen war er einsatzbereit. Trotzdem behandelten ihn die STORM-Oberbefehlshaber wie einen Invaliden – nur weil er vor drei Monaten im Sudan schlecht mit dem Fallschirm aufgekommen war. Vier gebrochene Rippen und ein zerschmetterter Arm waren nun wirklich keine so große Sache.

Außerdem war das alles längst verheilt. Er war so gut wie neu, bis auf ein, zwei Narben und ein paar Zipperlein.

Zum Teufel, und selbst wenn seine Reaktionsfähigkeit gelitten hätte – und das hatte sie *nicht* –, war er dennoch kein Babysitter. Jedes einzelne Mitglied dieses kleinen Erkundungstrupps hatte seine Aufgabe zu erfüllen. Die Zeit lief ihnen davon, und das Team verließ sich auf Marc, der den Einheimischen Informationen abringen sollte, um den möglichen Aufenthaltsort der Al-Sayika-Zelle näher einzugrenzen, die hier eine schreckliche Biowaffe entwickelte. Anschließend sollte er dabei helfen, die Kerle zur Strecke zu bringen.

Und genau das würde er auch tun. Ohne sich von irgendeiner verdammten Polizistin und ihren Ermittlungen ablenken zu lassen.

Oder von ihrem verführerischen Mund.

Merde.

Marc schluckte den erneut aufsteigenden Ärger hinunter, sprang in seinen Wagen und verfolgte Tara Reeves bis zu der billigen Absteige ein paar Kilometer weiter die Straße runter, in der sie sich ein Zimmer genommen hatte. Er behielt ihr Fenster im Auge, bis das Licht ausging, dann schob er dem Nachtportier – zufällig ein entfernter Großcousin von ihm – einen Zwanziger zu, damit der ihn informierte, sollte Tara vor dem Morgengrauen irgendwohin gehen.

Bei der Lageberichterstattung nachher würde er ein ernstes Wörtchen mit seiner Teamleiterin zu reden haben.

Und morgen würde er diese verfluchte Polizistin loswerden. Ihm würde schon etwas einfallen.

Mit dem Babysitten war jedenfalls Schluss.

3

Haven Oaks Sanatorium
Central New York

Ihr Name war eine Ironie des Schicksals.

Denn es konnte kaum einen weniger rebellischen Menschen geben als FBI Special Agent Rebel Haywood.

Rebel verabscheute ihren Namen. Allerdings belastete er sie auch nicht mehr als die anderen amüsanten Neurosen, die ihre Eltern ihr mit auf den Weg gegeben hatten. Nicht, dass sie es ihnen nachgetragen hätte. Offensichtlich hatten es ihre Eltern auch nicht leicht gehabt. Wenn die rebellischste Tat im Leben darin bestand, die einzige Tochter Rebel zu nennen ... wie jämmerlich war das denn bitte?

Hatten sie damit ihrer Hoffnung auf Veränderung Ausdruck verleihen wollen? Oder war die Wahl ihres Namens nur das letzte Aufflackern einer längst untergegangenen aristokratischen Südstaaten-Mentalität gewesen? Wer wusste das schon.

Jetzt gerade war Rebel jedoch danach, sich ihrem Namen entsprechend zu verhalten. Und wie. Am liebsten hätte sie gewütet und geschrien, um ihren Freund Alex Zane zur Vernunft zu bringen.

Doch das würde sie schön bleiben lassen. Denn abgesehen davon, dass er in den letzten zwei Jahren bereits zur Genüge angebrüllt und misshandelt worden war, hätte es sowieso nichts geändert. Sein übertriebenes Ehrgefühl würde ihm nie erlauben, etwas anderes als »das Richtige« zu tun – bis zum bitteren Ende.

Wieso war ihm das bloß nicht bewusst? Konnte er denn wirklich nicht sehen, dass Helena Middleton die völlig falsche Frau für ihn war?

»Freust du dich denn gar nicht für mich?«, fragte Zane sie jetzt. Gerade hatte er ihr verkündet, dass er und Helena endlich einen Termin für ihre unglückselige Vermählung festgesetzt hatten.

Großartig. Da Rebel direkt nach ihrer Schicht die zweistündige Fahrt hierher nach Upstate New York auf sich genommen hatte, ging es inzwischen bereits auf Mitternacht zu. Sie war erschöpft. Viel zu erschöpft, um sich jetzt auch noch über dieses ganz spezielle Thema zu streiten.

»Doch, und wie«, log Rebel also und trat ans Fenster, damit sie ihm nicht in die Augen blicken musste. Lieber betrachtete sie die im Dunkel liegenden gepflegten Rasenflächen des Sanatoriumgeländes.

Nicht zu fassen, dass Rebel diejenige gewesen war, die Alex und Helena zusammengebracht hatte. Das ärgerte sie am meisten an der ganzen Sache. Als sie ihre FBI-Ausbildung abgeschlossen hatte und für die New Yorker Außenstelle eingeteilt worden war, hatte sich ihre Jugendfreundin Helena gemeldet, die auch gerade von Charleston nach New York gezogen war. Eine WG. Das klang perfekt. Zane hatte damals noch bei Zero Unit gearbeitet. Zero Unit war eine der CIA unterstellte Spezialeinheit für verdeckte Einsätze, und Rebel war in ihren ersten Berufsjahren als FBI-Verbindungsfrau eingeteilt worden. Ab und zu waren sie und Alex nach dem Dienst noch etwas trinken gegangen, um über ihre Arbeit als Agenten zu sprechen. Selbstverständlich nur über die Dinge, die nicht streng geheim waren. An einem dieser Abende hatte sich Helena ihnen angeschlossen, und dank ihrer lebhaften Art und ihrem makellosen Äußeren war der Rest, wie man so schön sagt, Geschichte.

»Ich freue mich wirklich unglaublich für dich, Alex.«

»Du klingst nicht gerade begeistert.«

Rebel seufzte. »Die Ehe ist eine ernst zu nehmende Angelegenheit. Besonders …« Sie unterbrach sich, weil sie auch *dieses* Thema lieber vermeiden wollte.

Als Alex vor drei Monaten von den Toten auferstanden war, hatte er sich an nichts erinnern können, was vor seiner sechzehnmonatigen Gefangenschaft geschehen war. Er war so gut wie blind gewesen und derartig geschwächt, dass er kaum das Bett verlassen konnte. Nur mühsam war es ihm gelungen, sich wieder ins Leben zurückzukämpfen. Dickköpfig war er allerdings noch genau wie vor seiner Geiselnahme.

»Besonders weil was?«, wollte er wissen. »Weil ich sie nicht mehr alle habe? Weil ich nachts immer noch schreiend aufwache? Weil ich ihn immer noch nicht hochbekomme, es sei denn …« Dieses Mal sprach *er* nicht zu Ende, sondern starrte wütend vor sich hin. Seine Frustration war beinahe mit Händen zu greifen.

Rebels Wangen brannten. Darüber wollte sie nun wirklich nichts hören. An diesen Körperteil von ihm wollte sie nicht einmal *denken*. Kurz nachdem er aus dem Sudan zurückgekehrt und damit dem sicher geglaubten Tod von der Schippe gesprungen war, hatte er dieses Thema schon einmal angesprochen. Aber Rebel hatte das rasch unterbunden. Denn so eng war ihre Freundschaft nun auch wieder nicht. Sie waren Kollegen, mehr nicht. *Nur Kollegen*. Außerdem war Alex Zane vergeben. Er war seit zweieinhalb Jahren mit ihrer guten Freundin Helena Middleton verlobt, die ihm die Treue gehalten und während der sechzehn Monate, in denen man ihn für tot hielt, auf ihn gewartet hatte. Auch in den endlosen Wochen seiner Amnesie hatte sie ihm unentwegt zur Seite gestanden. Allerdings hatte sie dabei auch immer ein wenig leidenschaftslos gewirkt.

Jedenfalls sollte er, wenn überhaupt, mit Helena über seine sexuellen Probleme sprechen. Und nicht mit Rebel.

Sie räusperte sich. »Ich meine ja nur, du hast schließlich viel durchgemacht. Vielleicht solltet ihr es etwas langsamer angehen lassen, bevor ihr eine so schwerwiegende Entscheidung trefft. Hast du das mit deinem Therapeuten besprochen?«

»Verdammt noch mal, Rebel, ich will nicht mit meinem Scheißtherapeuten darüber reden, sondern mit *dir*!«

»Na na, Ausdrucksweise, Zane.«

»Tut mir leid.«

Sie drehte sich wieder um und betrachtete ihn. Alex saß aufrecht in seinem Krankenbett, hatte ein Bein angewinkelt und den Unterarm darauf abgestützt. Er trug eine dieser blauen Krankenhaushosen. Himmelblau, genau wie seine Augen. Nervös stocherte er in den Überresten seines Abendessens herum. Als sie ihn hier eingeliefert hatten, war er vollkommen abgezehrt und insgesamt in einem hundsmiserablen Zustand gewesen. Inzwischen hatte er wieder ein bisschen zugenommen, war aber immer noch sehr schlank.

Doch selbst mit fünfzehn Kilo zu wenig auf den Rippen war er immer noch bei Weitem der attraktivste Mann, den Rebel jemals getroffen hatte: leicht gebräunt und mit sonnendurchwirktem Haar, da er regelmäßig ausgedehnte Spaziergänge in den umliegenden Gartenanlagen unternahm. Außerdem zog er täglich seine Bahnen im Schwimmbad, sodass auch die ehemals breiten Schultern und seine definierten Bauchmuskeln langsam zurückkehrten.

Früher hatte er durch seine hünenhafte Statur und den durchtrainierten Körper mehr Ähnlichkeit mit einem Wikinger gehabt. Heute wirkte er, schlank wie er war und mit den vielen Narben, die seinen Körper überzogen, eher wie ein ätherischer Elfenkönig.

Würde er doch nur sein Oberteil anziehen. Dann könnte sie leichter dem Drang widerstehen, zu ihm auf sein Bett zu steigen, sich an ihn zu schmiegen und seine flachen bronzefarbenen Brustwarzen zu küssen. Er war die fleischgewordene Versuchung.

Du liebes bisschen! Sie sollte sich wirklich dringend einen Freund zulegen.

»Rebel?«

Als sie ihren Blick endlich von seinem Oberkörper losriss, bemerkte sie, dass er offensichtlich auf eine Antwort wartete. »Tut mir leid … was hast du gesagt?«

»Gibt es sicher keinen anderen Grund, warum du dagegen bist, dass ich heirate?«

Sie nahm allen Mut zusammen und blickte ihm fest in die Augen. »Doch, da wäre noch etwas.«

Einen flüchtigen Augenblick lang versteifte sich sein ganzer Körper, und auch seine Pupillen weiteten sich. »Tatsächlich?«

»Das weißt du doch genau. Wir können es schließlich nicht ewig ignorieren, Zane. Irgendwann müssen wir darüber reden.«

Er schien wie erstarrt. »Einverstanden.«

»Bist du wirklich bereit? Begreifst du, was das bedeuten würde?«

Langsam löste er sich aus seiner Starre und schaute sie eindringlich an. »Ja, ich … Himmel, ja. Angel, ich …«

Der Kosename ließ Schmetterlinge in ihrem Bauch tanzen. Vor seiner Gefangenschaft hatte Alex Rebel immer »Haywood« genannt und sie ihn »Zane«. Aber nachdem er zurückgekehrt war, hatten sie angefangen, sich zu duzen. Und er hatte es sich angewöhnt, sie manchmal Angel zu nennen. Warum er das tat, wusste sie nicht genau, aber ihr wurde jedes Mal ganz schwindlig vor Glück, gleichzeitig fühlte sie sich jedoch entsetzlich schuldig. Er sollte Helena so nennen und nicht sie.

Also ignorierte sie das flaue Gefühl im Magen und konzentrierte sich stattdessen lieber auf die Realität. »Gestern hat mich dein Freund Kick Jackson angerufen. Er ist jetzt gerade unterwegs zu diesem Al-Sayika-Einsatz, den er erwartet hatte. Ich bin überrascht, dass du das noch nicht angesprochen hast.«

Einen Moment lang wirkte Zane verwirrt, er starrte sie einfach nur reglos an. »Was? Ach so, ja. Das. Oh. *Herrgott*!« Er presste die Hände auf seine Augen. Bei seiner Rückkehr waren sie schrecklich entzündet gewesen. Selbst jetzt machten sie ihm noch manchmal zu schaffen. »Genau. Das.« Nachdem er einmal tief durchgeatmet hatte, blickte er mit diesem ihr so vertrauten starrköpfigen Ausdruck zu ihr auf, aber obendrein wirkte er auch ein wenig schuldbewusst. »Ich habe dir doch schon gesagt, dass du dich da nicht einmischen sollst.«

»Tja, zu spät. Meine Versetzung zu dem Gina-Cappozi-Fall ist endlich durch und …«

»*Wie bitte*? *Verdammt,* Rebel, ich möchte dich nicht mal ansatzweise in der Nähe von dieser Sache wissen!«

»Ach, und wie genau stellst du dir das vor? Soll ich meinem SAC sagen, tut mir leid, Sir, aber ich kann den Job nicht annehmen, mir ist die verschwundene Wissenschaftlerin, die wahrscheinlich von Al-Sayika-Terroristen entführt wurde, egal? Und meine weitere Karriere ebenfalls?«

»Es muss doch noch andere Fälle …«

»Und was sage ich deinem besten Freund? Dass ich nicht mithelfen will, diese Fanatiker aufzuspüren, die seiner Meinung nach hinter der Cappozi-Entführung stecken? Dieselben, die, wenn ich das hinzufügen darf, dir das angetan haben!« Sie deutete auf seine Narben. »Nein, Zane. Ich bin an diesem Fall dran, und das werde ich auch weiterhin sein, ob dir das nun passt oder nicht.«

Er starrte sie wütend an. Wütend, war das zu fassen? Dann

griff er nach ihrer Hand und zog sie neben sich aufs Bett. »Verflucht, Rebel. Ich meine das todernst. Ich …«

»Nicht fluchen, Zane!«

»Wenn ich mit Flüchen deine verdammte Aufmerksamkeit bekomme, dann von mir aus, verfluchte Scheiße!« Er packte sie an den Schultern. »Du scheinst nicht zu verstehen, wie gefährlich das ist. Kick ist der Meinung, dass wir beide verraten wurden – zweimal –, und zwar von irgendjemandem, der entweder für die CIA oder vielleicht sogar für Zero Unit arbeitet, aber eigentlich Al-Sayika in die Hände spielt. Das erste Mal damals in Afghanistan und dann im Sudan auch wieder. Wir sprechen hier von einem Maulwurf in Regierungskreisen, Rebel. Nicht über irgendeinen Spinner.«

»Wenn das stimmt, dann ist es doch umso wichtiger, Gina Cappozi zu finden, damit sie den Verräter entlarven kann«, entgegnete Rebel.

Sein Griff wurde fester. »Ein Mann in dieser Position würde alles tun – *einfach alles* –, um die auszuschalten, die ihn enttarnen wollen. Was glaubst du denn, warum sie damals im Sudan versucht haben, Kick in die Luft zu jagen? Warum, meinst du, hält STORM Corps mich in diesem gottverlassenen Sanatorium versteckt? Glaubst du wirklich, dass mein gesundheitlicher Zustand immer noch so schlecht ist?«

Inzwischen war sein Gesicht so nahe an ihrem, dass ihr der Zimtgeruch von dem Nachtisch, den er gerade gegessen hatte, in die Nase stieg. Und ein Hauch Zitrone, das musste sein Shampoo sein. Sie musste schlucken.

»Ich würde mich verdammt noch mal umbringen, wenn dir wegen mir etwas zustoßen sollte. Ich schwöre bei Gott, das tue ich.«

Vergeblich versuchte Rebel, sich ihm zu entwinden. »Ich bin FBI-Agentin, Zane. Das ist meine Arbeit. Und du solltest so etwas nicht sagen. Das meinst du doch gar nicht ernst. Denk doch mal an Helena. Du willst doch bestimmt, dass deine zukünftige Frau vor diesem Terror geschützt wird, oder etwa nicht?«

Seine blauen Augen schienen in Flammen zu stehen. »Ja«, stieß er zwischen zusammengebissenen Zähnen hervor. »Das will ich.«

»Na also.« Endlich schaffte Rebel es, sich von ihm zu lösen und sich mit wackligen Knien wieder aufzurichten. »Je schneller ich Dr. Cappozi und ihre Entführer ausfindig mache, desto eher können wir alle wieder ruhig schlafen.«

Der ernste Tonfall ließ ihn aufhorchen. »Wieso? Was ist denn passiert?«

»Das sagte ich doch schon. Kick ist abkommandiert worden.«

Er schaute sie durchdringend an. »Und?«

Obwohl sie es ihm eigentlich nicht hatte sagen wollen, hatte er die Wahrheit verdient. Selbst wenn sich seine Albträume dadurch verschlimmern sollten. »Zane, es geht um Abbas Tawhid.«

Er wurde kreidebleich. »Tawhid? Was ist mit ihm?«

»Kick hat gesagt, sie hätten seine Spur zu einer Al-Sayika-Zelle hier in den Staaten, genauer gesagt in Louisiana, verfolgt. Und dass er einen neuen Anschlag planen würde. Irgendeine Art Biowaffe. Die er hier einsetzen will. Auf amerikanischem Boden.«

»Himmelherrgott noch mal.«

Dieses Mal machte sie sich nicht die Mühe, ihn wegen seiner Ausdrucksweise zurechtzuweisen. Er hörte ihr ohnehin nicht zu. Tawhid, der sadistische Al-Sayika-Anführer, war einer der beiden Männer, die Alex während seiner Gefangenschaft gefoltert hatten. Wenngleich der zweite Terrorist, Jallil Abu Bakr oder auch Sultan der Schmerzen genannt, derjenige gewesen war, der tatsächlich Hand an ihn gelegt hatte, so wurde doch vermutet, dass Abbas Tawhid den Befehl gegeben hatte, Alex zu brechen.

»Dasselbe scharfgemachte Virus, der Kick beinahe das Leben gekostet hätte?«, fragte Alex.

Rebel nickte. »Ich glaube schon. STORM hat ein Team zusammengestellt, um ihn aufzuspüren, und Kick gehört dazu. Er hatte keine Zeit mehr, um noch hier bei dir vorbeizukommen und dir alles genauer zu erklären, deswegen hat er mich gebeten, das zu übernehmen.«

Alex fuhr sich durchs Haar und spannte die Kiefermuskeln an. »Aber wenn Al-Sayika, wie von uns vermutet, hier in den USA einen Maulwurf hat, dann könnte Kicks Team unter Umständen direkt in eine Falle tappen!«

»Deswegen wurden entsprechende Sicherheitsvorkehrungen getroffen. Außerdem weiß die CIA gar nichts von diesem Einsatz. Nur STORM ist involviert.«

»Du weißt davon.«

»Vertrau mir, ich habe es keiner Menschenseele erzählt.«

»Spielt keine Rolle. Der Sultan der Schmerzen hat so seine Methoden. Er weiß einfach alles«, sagte Alex mit rauer Stimme, und ein Schleier legte sich über seinen Blick, als er sich an die schrecklichen Erlebnisse erinnerte, die sie sich nicht einmal vorstellen mochte.

»Der Sultan ist tot, Zane«, erinnerte sie ihn. Manchmal gewannen seine traumatischen Erinnerungen die Überhand, und er vergaß das. »Kick hat ihn erschossen, weit weg im Sudan.« Sie nahm seine Hand. »Und Tawhid werden sie auch erwischen. Das verspreche ich dir. *Kick* hat es dir versprochen.«

»Wir können nur hoffen, dass er es wahr macht«, sagte Alex und schluckte. »Bevor es für uns alle zu spät ist.«

Die Treffen zum Lagebericht fanden in der größten Hütte des Angelcamps statt, das von STORM seit nicht einmal vierundzwanzig Stunden als temporäres Hauptquartier genutzt wurde.

In genau derselben Küche, in der das Team auch die Mahlzeiten einnahm. Manchmal verbanden sie das eine mit dem anderen. Heute Abend waren vier der sechs Teammitglieder anwesend, alle mit einer Kaffeetasse in der Hand. Marc war der Fünfte. Der sechste Platz war noch frei.

Der streng geheime STORM-Einsatz war von höchster Ebene im US-Ministerium für Innere Sicherheit in Auftrag gegeben worden, weil ein Tierarzt hier aus der Gegend einige vermeintliche Fälle von Vogelgrippe in der Sumpfvogelpopulation gemeldet hatte. Doch nach genauerer Prüfung hatte sich herausgestellt, dass es sich um einen noch viel heimtückischeren Cocktail aus resistenten Milzbrandviren handelte, die mit einem besonders ansteckenden, sich rasch verbreitenden und tödlichen Stamm von Grippeviren kombiniert worden waren. Dafür waren nicht viel mehr als die Standardmethoden der Gentherapie nötig gewesen, wie sie auch schon bei der Behandlung von Mukoviszidose angewandt wurden.

Und wie es der Zufall wollte, war erst vor drei Monaten dem Teammitglied Kick Jackson genau dasselbe neuartige Virus injiziert worden, als ihn ein Einsatz in den Sudan geführt hatte. Zum Glück hatte er überlebt – seine Zielperson hingegen, der Al-Sayika-Anführer Jallil Abu Bakr, hatte nicht so viel Glück gehabt.

Aber laut den Experten der Seuchenschutzbehörde, die die Louisiana-Todesfälle untersucht hatten, war inzwischen noch weiter an dem Virus herumgetüftelt worden. Alles deutete darauf hin, dass er bald als Waffe eingesetzt werden konnte. Durch einen Sprühnebel könnten dann ganze Menschenmengen mit dem tödlichen Virus infiziert werden, und innerhalb weniger Tage würden sich Millionen Menschen anstecken. Vielleicht sogar binnen Stunden, wenn die Terroristen mit ihren gentechnischen Änderungen erfolgreich gewesen waren.

Eine andere Schwierigkeit lag in der Herstellung eines wirksamen Impfstoffes. Dieser konnte nur mit einer Kopie desselben Virus hergestellt und dann als abgeschwächter Lebendimpfstoff eingesetzt werden. Doch unglückseligerweise verbot das Moratorium von 1972 der amerikanischen Regierung die Herstellung derartiger biologischer Kampfstoffe. Jedenfalls auf legale Weise.

Dies war ein weiterer Grund, warum man STORM hinzugezogen hatte. Ein kleines, unabhängiges Team aus geschulten Spezialkräften war erstens schneller in der Lage, die Terroristen aufzuspüren und auszuschalten. Darüber hinaus gab es bei STORM Wissenschaftler, die an dem Impfstoff arbeiten konnten, ohne dass die Regierung die Verletzung des Moratoriums offiziell verantworten musste.

Jedenfalls waren seit den ersten toten Vögeln drei weitere Funde von Tierkadavern gemeldet worden, einschließlich dem von heute Morgen, der bereits beseitigt und zur weiteren Untersuchung an die Gesundheitsbehörde geschickt worden war. All das passte zu den Nachrichten, die der Geheimdienst abgefangen hatte und in denen die groß angelegte Biowaffen-Offensive angekündigt wurde, die man seit Jahren fürchtete. Und zwar auf amerikanischem Boden, ausgeführt von einer hierherverpflanzten terroristischen Zelle, die der Fanatiker Abbas Tawhid anführte. Schon vor fünf Jahren hatten Marc und sein Team eben jenen Terroristen dingfest machen und seine Pläne durchkreuzen wollen, waren aber gescheitert.

Ein zweites Mal würde ihm das nicht passieren.

Das Innenministerium hatte eilig eine Spezialeinheit zusammengestellt, die sich ganz offiziell mit der biologischen Bedrohung befasste. Aber solange STORM nicht herausgefunden hatte, wo genau sich die Zelle und das Geheimlabor befanden, wagte niemand einen Vorstoß.

Marc kam ein wenig zu spät zu der mitternächtlichen Lagebesprechung, bei der sie sich gegenseitig über die jeweiligen Fortschritte auf dem Laufenden hielten. Nachdem er den anderen kurz zugenickt hatte, setzte er sich zu ihnen an den Tisch. Ihm starrten vier dämlich grinsende Gesichter entgegen. Nein, eigentlich nur drei, denn die Leiterin des Einsatzes wirkte eher gespannt. *Dieu*. Schön zu sehen, dass er so viel Zuversicht weckte.

»Also, wie lief's mit der hübschen Polizistin?«, fragte Darcy Zimmermann.

Ein grobkörniges Foto zeigte ihn auf dem Parkplatz des *Au Chien* im Gespräch mit TFC Tara Reeves. Das Bild war von oben aufgenommen worden und wurde gerade am Tisch herumgereicht. STORM hatte die firmeneigene Drohne, auch UAV genannt, zur Verfügung gestellt, um sie bei ihrem Einsatz zu unterstützen. Sie war die neueste technologische Errungenschaft in STORMs stetig größer werdendem Waffenarsenal aus dem militärischen Überwachungsbereich. Das recht langsame, kleine Aufklärungsflugzeug war mit einer hochmodernen, flächendeckend arbeitenden Kamera von großer Reichweite sowie mit Infrarotsensoren ausgestattet. Bedient und gelenkt wurde es allerdings von einer bemannten mobilen Bodeneinheit, die sich Hunderte Kilometer entfernt oder gar auf einem anderen Kontinent befinden konnte.

Mon Dieu. Marc wusste zwar, dass die Drohne selbst aus fünfzehn Kilometern Entfernung die Fliege auf der Nase eines Tangos – einer feindlichen Person – fotografieren konnte, trotzdem brachte es ihn jedes Mal auf die Palme, wenn er selbst das Ziel war. Und auf diesem Foto hier gaffte er Tara Reeves an wie ein Mann, der seit zwei Jahren keinen Sex mehr gehabt hatte.

Was leider auch zutraf.

Und das war seine eigene Schuld.

Um Zeit zu gewinnen, ließ er sich erst einmal auf den Stuhl gegenüber von Zimmermann fallen.

Darcy Zimmermanns Karriere hatte etwas holprig begonnen – sie beide hatten vor fünf Jahren demselben Team angehört und den Einsatz vermasselt, der die Biowaffen-Pläne von Al-Sayika hätte vereiteln können. Anschließend war Zimmermann von STORM angeworben worden und hatte sich zu einer außergewöhnlichen Agentin, einer Top-Computerspezialistin und einer verdammt guten Führungskraft entwickelt. Obwohl Marc locker sechs oder sieben Jahre älter war als sie, hatte er daher kein Problem damit, sich ihr unterzuordnen.

Allerdings würden sie *niemals* zusammenarbeiten, wenn sie nicht die Teamleiterin wäre. Denn sobald Marc einen Einsatz leitete, gab es eine strikte Regel: keine Frauen. Nicht etwa, weil er Frauen nicht respektiert hätte. Doch Marc hatte in seiner Jugend seine Mutter und seine fünf Schwestern beschützen müssen – so etwas konnte er nicht auch noch bei der Arbeit gebrauchen. Schließlich kannte er alle Tricks: Wie Frauen mit den Wimpern klimperten und versprachen, genau das zu tun, was er ihnen gesagt hatte … und stattdessen genau das machten, was sie wollten, verflucht noch mal.

Dass ihn bloß keiner falsch verstand – er liebte Frauen wirklich über alles, das tat er, o ja. Liebte seine *Maman* und seine Schwestern abgöttisch. Aber bei der Arbeit hatten weibliche Wesen einfach nichts zu suchen. Politisch unkorrekt? *Mais*, ja. Aber so war es nun mal. Frauen mussten schließlich beschützt werden, und in seinem Job lauerten überall Gefahren.

Bei Zimmermann hatte er es sich schon vor langer Zeit abgewöhnt, sie als weibliches Wesen zu betrachten. Obwohl sie wie ein Supermodel aussah, konnte sie einen mit bloßen Händen auf zwanzig verschiedene Arten umbringen, wenn ihr danach war. Jeder bei STORM, der schon etwas länger dabei war, vermied es tunlichst, ihr querzukommen. Mit einer Ausnahme: Bobby Lee Quinn, der Mann, der sie angeworben hatte. Und der tat noch weit mehr, als ihr nur querzukommen. Aber bei ihm war das etwas anderes, und außerdem war er gerade auf der anderen Hälfte des Erdballs, *merci Dieu*.

Dank seiner *Maman* und den fünf Schwestern war Marc eigentlich nicht so dumm, dass er mit einer Frau diskutierte. Nach all dem Ärger heute war er jedoch wirklich schlecht drauf und gereizt. Er wollte dieses fünf Jahre zurückliegende Fiasko unbedingt wiedergutmachen. Und diese grauenhafte Bedrohung für sein Land abwenden. Aber um das zu tun, musste er *unbedingt* aus dieser Babysitter-Nummer rauskommen.

»Ja, hab mich ihr als Führer angeboten«, antwortete er, ohne weiter auf die »Hübsche Polizistin«-Bemerkung einzugehen. Lieber zeigte er mit einem mürrischen Blick, was er davon hielt. »Aber mir gefällt das immer noch nicht. Sie wird mich nur Zeit kosten. Warum heuern wir nicht irgendjemanden an, der sich mit ihr herumschlägt?«

Zimmermann setzte diesen angestrengten Herr-verleih-mir-Geduld-mit-diesen-minderbemittelten-Männern-Blick auf, den er inzwischen schon gut kannte. Den hatte sie oft drauf. Besonders dann, wenn Quinn in der Nähe war. »Das haben wir doch bereits besprochen, Lafayette. Wir brauchen dich da draußen bei den Einheimischen, damit du dich umhörst, schließlich hast nur du hier persönliche Kontakte. Außerdem bist du noch nicht wieder hundertprozentig auf dem Damm. Deswegen hast du dich ja einverstanden erklärt, es langsam angehen zu lassen.«

»Aber nicht so verflucht langsam«, grummelte er. »Den Aufpasser für Reeves zu spielen hält mich nur auf. So kann ich nicht vernünftig arbeiten, und das bei dem Zeitdruck, unter dem wir stehen.«

»Wir haben ihre Vorgesetzten bereits kontaktiert, damit sie

TFC Reeves von dem Fall abziehen. Aber wir müssen vorsichtig sein. Du weißt doch genau, was passiert, sollte die hiesige Polizei Wind von einer möglichen terroristischen Bedrohung in ihrem Zuständigkeitsbereich bekommen.«

Natürlich – sie würden sich einmischen und alles verhunzen, sodass der Geheimeinsatz in null Komma nichts *aufgeflogen wäre.*

»Dann brauche ich doch morgen früh gar nicht mehr da aufzutauchen«, schlug er vor.

»Bitte, halt einfach durch, bis wir sicher wissen, dass sie weg ist.« Zimmermann atmete geräuschvoll aus und warf einen Blick in die Runde. »Könnt ihr auch mal was dazu sagen, Leute?«

Neben ihr saß Aufklärungspilot Rand Jaeger, Funker und Drohnenspezialist des Teams. Vor vier Jahren hatte STORM ihn der siebzehnten Staffel der Air Force weggeschnappt. Der ursprünglich aus Südafrika stammende Kommunikationsexperte war kein Mann vieler Worte und irgendwie undurchschaubar. Bei ihm liefen alle Informationen zusammen. Unabhängig von den Umständen fand er immer einen Weg, wie sich das Team während eines Einsatzes besprechen und notfalls die STORM-Befehlshaber kontaktieren konnte.

Virtuelle Kommunikation war seine Spezialität. Persönliche Gespräche hingegen eher weniger. Daher zuckte er nur mit den Achseln.

»Wenn sie morgen immer noch da ist, könntest du versuchen, sie irgendwie zu vergraulen.« Dieser Vorschlag kam von J.C. Kowalski, dem Bioterrorismus-Experten unter ihnen. Allerdings sah er weniger wie ein genialer Forscher, sondern eher wie ein Mitglied der russischen Mafia aus, und er klang auch so. Da Marc bislang noch nicht mit Ski zusammengearbeitet hatte, kannte er ihn noch nicht so gut. Aber er schien ein anständiger

Kerl zu sein. Wenn man mal davon absah, dass er sich immer auf Zimmermanns Seite schlug. Wahrscheinlich, weil sie die Einzige war, die seinen seltsam verschrobenen Humor verstand. »Rand hat Reeves überprüft«, fuhr Ski fort. »Und wie sich herausstellte, ist sie eine Großstadtpflanze aus dem Norden. So wie ich.« Er lächelte. »Zeig ihr ein paar große Echsen, und glaub mir, sie wird die Beine in die Hand nehmen und laut kreischend zu ihren Polizisten-Kumpels zurückrennen. Vielleicht sogar bis nach New York City.«

Ski hatte ganz offensichtlich noch nicht die Bekanntschaft von TFC Tara Reeves gemacht.

»Sie scheint mir nicht so der ängstliche Typ zu sein«, wandte Marc ein, der seinen Ärger so schnell nicht vergessen konnte. »Eher wild entschlossen.« Egal, ob es dabei um ihre Ermittlungen ging oder darum, ihn auf Abstand zu halten. Zu schade. Denn an seinem gereizten Grundzustand war die zweijährige Abstinenz sicherlich nicht ganz unschuldig.

»Ein Grund mehr, sie im Auge zu behalten«, sagte Zimmermann. »Du musst sie in eine andere Richtung lenken, bis sie abgezogen wird. Wenn sie anfängt, sich hier in der Gegend umzuhören, werden das auch die Tangos mitbekommen und ihre Zelte abbrechen. Und sollten sie dieses Armageddon-Virus irgendwo in einem Ballungsraum einsetzen, dann ist das Spiel aus.«

»Genau deswegen sollte ich mithelfen, diese Mistkerle zu finden«, gab Marc zurück. »Und nicht Zeit damit verschwenden, den Aufpasser für irgendein verfluchtes Weibsbild zu spielen.« *Oje*. »Für eine Polizistin«, korrigierte er sich zu spät.

Während die Männer im Raum amüsiert wirkten, machte Zimmermann den Eindruck, als würde ihr gleich die Hutschnur platzen.

»Eine Kreuzung aus Vogelgrippe und Milzbrand, Lafayette. Ein Albtraumszenario wie dieses fürchten wir schon seit Jahren«, erinnerte sie ihn grimmig. »Und falls es dir entfallen sein sollte: Beim letzten Mal haben wir es vermasselt, und diese Scheißkerle sind uns entwischt.«

»Als ob du mich daran erinnern müsstest«, knurrte er.

Der katastrophal fehlgeschlagene Einsatz vor fünf Jahren hätte das Ende der zwei berühmt-berüchtigten Al-Sayika-Anführer und ihres Terrorregimes bedeuten können. Aber Marc, Darcy und Bobby Lee Quinn hatten die beste Gelegenheit, die die westliche Welt je dazu gehabt hatte, versaut. Anschließend hatte Marc vier lange Monate in einem türkischen Gefängnis verbracht, Darcy war wegen »unziemlichen Verhaltens« bei der CIA rausgeflogen, und Quinn … nun ja, Quinn hatte eine Frau abgekriegt. Wie üblich.

Marc würde alles tun, um diesen Fehler wieder auszubügeln.

»Jetzt ist es an uns, diese Typen ein für alle Mal aufzuhalten«, sagte Darcy. »Und zum Teufel, ich werde nicht zulassen, dass deine unangebrachten Macho-Allüren oder dein verwundetes männliches Ego diesen Einsatz gefährden, Lafayette! Die Zukunft unseres Landes hängt von uns ab.«

Marc atmete einmal tief durch, um sich zu beruhigen. Sie hatte ihn vollkommen falsch verstanden. Er wollte doch nur *helfen*, und zwar mit vollem Einsatz, und nicht auf eine Außenposition verbannt werden.

»Sie hat recht«, sagte Kick leise.

»*Et tu*, Jackson?«, knurrte Marc.

Kick Jackson war der Scharfschütze im Team. Wenn überhaupt, so dachte Marc, dann hätte Kick sich auf seine Seite schlagen müssen. Denn sie beide hatten erst vor Kurzem einen ganz schön heftigen Einsatz im Sudan hinter sich gebracht. Dabei hatte Marc sich auch seine Verletzungen zugezogen. Jackson war in Afrika von Al-Sayika gefangen genommen und mit einem Vorstadium des Virus infiziert worden, dessen Verbreitung sie jetzt verhindern wollten. Sein Leben hatte auf Messers Schneide gestanden. Trotzdem war es ihm noch gelungen, Jallil Abu Bakr, einen der Anführer, zu töten, während STORM einen Luftangriff auf das Terroristenlager geflogen hatte. Leider hatte der andere Topterrorist, Abbas Tawhid, dem Bombenhagel entkommen können.

Die einzigen Überlebenden dieses Sondereinsatzes waren Marc, Kick und sein bester Freund Alex Zane gewesen – das arme Schwein wurde in irgendeiner Nervenklinik versteckt, da er für den Dienst untauglich war. Kicks frisch angetraute Ehefrau Rainie war ebenfalls mit ihm im Sudan gewesen, aber das war eine ganz andere Geschichte.

Jedenfalls hatte Kick es sich zur Lebensaufgabe gemacht, Al-Sayika zu erledigen. Genau wie Marc.

»Du weißt, wie gerissen Tawhid ist«, sagte Kick. »Und wie paranoid.«

Ja, das wusste Marc. Und anscheinend hatte *le connard* es bis in die Vereinigten Staaten geschafft und war entschlossen, den Tod seines Mitanführers zu rächen, indem er dieses fürchterlichen Weltuntergangs-Virus freisetzte.

»Würde mich nicht überraschen, wenn Tawhid bezahlte Informanten unter den Einheimischen hätte«, sagte Zimmermann.

»Ich bin auch von hier«, erwiderte Marc. »Mir würden sie es sagen, wenn er jemandem Geld angeboten hätte.«

»Genau«, sagte sie zustimmend und schob ihm das Foto mit TFC Tara Reeves vor die Nase. »Und deswegen ist es ja auch so wichtig, dass du dich wie eine Klette an sie dranhängst. Solange du bei ihr bist, wird sie nicht als Außenstehende betrachtet werden. So können wir hoffentlich verhindern, dass Tawhid von ihrer Rumschnüffelei Wind bekommt. Währenddessen erfährst du vielleicht sogar noch irgendetwas Nützliches.«

Ja, vielen Dank auch, das von Darcy heraufbeschworene

Kletten-Bild war wirklich hilfreich. Marc drehte das Foto um und fuhr sich verärgert durchs Haar. *Rien à foutre.* Er war überstimmt worden. Und auch wenn STORM nichts dagegen hatte, dass sich die Teammitglieder beratschlagten, hatte der Anführer doch immer das letzte Wort und bestimmte letztendlich, wie die Dinge liefen.

»Na schön. Ich werd mich um sie kümmern«, sagte er unwirsch.

Aber verdammt noch mal, er hatte da wirklich keine Lust drauf, es sei denn, *er* würde dabei endlich auch mal eine Frau abbekommen.

Bobby Lee Quinn rollte sich von dem Pritschenwagen, der ihn von Houma aus bis hierher an den Arsch der Welt mitten in Louisiana mitgenommen hatte, und hievte sich den Rucksack auf die Schultern.

»Sind'se sicher, dasse hier richtig sind?«, fragte der Fahrer ihn aus dem Fenster gelehnt. Seine Zigarette glühte im Dunkel. Die letzten Ausläufer der Zivilisation hatten sie schon vor längerer Zeit hinter sich gelassen. Danach war überall um sie herum nur noch Sumpf und noch mehr Sumpf gewesen, wo man auch hinschaute.

Aber Bobby Lee war sich sicher. Er hatte sich in seinem Leben schon durch dunkle Dschungelgebiete und sandige Ebenen geschlagen und sich dabei nur an den Sternen orientiert. Dagegen war das hier geradezu ein Zuckerschlecken. Verflucht, es gab sogar eine befestigte Straße und einen fahrbaren Untersatz, in dem er nicht frieren musste.

Aber ihn rührte, wie besorgt der Alte war. Lag an der Uniform. Einem Soldaten half man immer gerne. Nicht wie früher, nach Vietnam – darüber hatte sein alter Herr immer voller Bitterkeit gesprochen.

Natürlich war Bobby Lee kein echter Soldat, nicht mehr. Zumindest nicht offiziell.

Aber das war unwichtig.

Nachdem er sich mit einem Winken bei dem alten Mann bedankt hatte, klappte er den Kragen hoch, um sich gegen die Kälte zu wappnen, und bog in eine verlassene unbefestigte Straße ein, die vom Highway abging. Während er Drecklachen und Ochsenfröschen auswich, legte er immer mehr an Tempo zu, wie ein Schneeball, der den Abhang hinunterrollte. Denn er wusste, was ihn am Ende dieses Weges erwarten würde.

Darcy Zimmermann.

Sie war Fluch und Segen zugleich.

Verflixt. Ihr würde *überhaupt nicht* gefallen, dass er hier auftauchte. Zumindest morgen früh nicht mehr.

Für heute Nacht hoffte er auf ein wenig mehr Entgegenkommen. Und dabei lag die Betonung auf Kommen.

Nach einem halbstündigen Marsch gelangte er zu dem Angelcamp, in dem das Team seine Zelte aufgeschlagen hatte. Alles wirkte friedlich. Aber er ließ sich nicht täuschen. Zimmie war immer gründlich. Außerdem ein wahres Computergenie. Das schloss elektronische Sicherheitsmaßnahmen mit ein. Wahrscheinlich hatte sie das Lager in einen wahren Hochsicherheitstrakt verwandelt.

Lächelnd schlug er nach dem Moskito, der sich gerade auf seinem Hals niederlassen wollte. Zum Teufel, wenn das mal kein Spaß werden würde.

Wieder einmal hatte sich Quinn in ihre Träume geschlichen. Dieser Blödmann.

Sie konnte ihn riechen. Selbst durch den stinkenden Sumpf und den süßlich-muffigen Geruch der Matratze hindurch, die mit einer Zeltplane überzogen war.

Quinn roch ganz besonders. Unglaublich erregend. Nach einem richtigen Mann. Sie liebte seinen Duft. Selbst wenn er nach zweiundsiebzig Stunden Marsch durch den Dschungel ganz verschwitzt und vor Dreck starrend in ihr Bett kroch, roch er so gut, dass er sie kaum anzufassen brauchte, um sie zum Höhepunkt zu bringen. Und später, nachdem er sie auf den Bauch und sich selbst auf sie gerollt hatte, konnte sie ihn noch tagelang auf jedem Quadratzentimeter ihrer Haut riechen, auch noch, nachdem er selbst lange fort war. Dieser einzigartige männliche Geruch, mit dem er sie markierte, schien jedes Mal tief in ihre Poren einzudringen.

Das war einfach nicht gerecht. Denn *ihr* Duft ließ sich offensichtlich einfach so abwaschen.

Als sie nämlich einmal von ihm hatte wissen wollen, ob es umgekehrt auch so sei, da hatte er nur gelacht und geantwortet, ein Stück Seife sei die Lösung.

Mit dieser Antwort hatte er ihr mehr verraten, als sie eigentlich wissen wollte.

Nicht, dass sie in Bobby Lee vernarrt gewesen wäre. *Um Gottes willen, nein.* Darcy weigerte sich, ihm zu verfallen. Aber weh hatte es trotzdem getan. Jedenfalls ein wenig.

Und doch ließ sie ihn immer wieder in ihr Bett. Selbst wenn er gar nicht körperlich anwesend war. So wie heute Nacht.

Dieser moschusartige, würzige Geruch, der ihn stets umgab, schien die winzige Anglerhütte auszufüllen. Seufzend wand sie sich in ihrem Bett, denn sie sehnte sich so sehr nach ihm, dass es kaum auszuhalten war. Mochte er auch ein verfluchter Mistkerl sein, aber was er im Bett mit ihr anstellte, war einfach unglaublich. Von seinen Fingerfertigkeiten gar nicht erst zu reden. Oder wozu er mit seiner Zunge imstande war …

Glücklicherweise war ihr Traum-Quinn genauso gierig wie sie selbst. Denn seine geschickte Zunge glitt langsam ihren Oberschenkel hinauf, feucht warm und samtweich. *Oh, ja.* Sie stöhnte leise auf. Spreizte die Beine. Und hörte dieses sexy Grollen, das Quinn immer dann von sich gab, wenn sie etwas getan hatte, das den stahlharten Schutzpanzer um ihn herum beinahe aufgebrochen hätte. Die Betonung lag auf *beinahe*. Denn er verlor niemals ganz die Beherrschung, wenn sie zusammen waren. Nicht einmal dann, wenn er zum Höhepunkt kam. Bei Quinn ging es immer um Kontrolle … entweder packte er sie am Haar oder hielt sie anderswo fest. So stark, dass er dabei oft blaue Flecken hinterließ.

Aber vielleicht war es auch besser so. Sie hatte genügend Hingabe für sie beide.

Doch damit war jetzt Schluss … zumindest in der Wirklichkeit.

Aber in ihren Träumen … welcher Schaden konnte da schon entstehen?

Während er mit den Händen an ihrer Hüfte hinabfuhr, um ihr das Höschen hinunterzuzerren, das sie sich mit einem T-Shirt zum Schlafen angezogen hatte, stöhnte sie erneut auf. Dann half sie ihm, damit sie nichts mehr trennte und sie seine Lippen auf der nackten Haut spüren konnte, und seufzte zufrieden. Er fuhr mit der Zunge in sie hinein. Sie spreizte die Beine noch weiter. Und hörte wieder diesen kehligen Laut.

Seine Liebkosungen rissen sie mit wie ein wilder Sturm. Wirbelnd und peitschend, mit einer Intensität, die ihre Welt aus den Angeln hob und sie vor Wonne überfließen ließ.

Schwer atmend schrie sie Quinns Namen in die Dunkelheit hinein und wünschte, er wäre jetzt wirklich hier bei ihr. Gott sei Dank war er es jedoch nicht, denn sonst hätte er an ihrer Stimme gehört, wie sehr sie ihn tatsächlich brauchte. Das hätte ihm Angst gemacht. Ihr jedenfalls flößte es gewaltige Angst ein.

Denn sie durfte sich nicht zu stark nach ihm sehnen. Konnte sich nicht zugestehen, ihn zu brauchen.

Nein, sie brauchte ihn nicht.

Sie brauchte niemanden.

Zwischen ihnen ging es nur um Sex. Das war alles.

Egal wie gefühlvoll ihre Schreie klangen.

Darcy schwamm auf dieser Welle der Sehnsucht und Leidenschaft, die seine Zunge in ihr auslöste, und ließ sich forttragen. In ihren Träumen war sie sicher, hier konnte sie sich gehen lassen, sich von dem tiefen, jähen Vergnügen übermannen lassen, bis ihr ganzer Körper in schier endlosen Zuckungen Erlösung fand. Anschließend konnte sie sich sorglos an ihm festklammern, wenn er zu ihr nach oben kam und in sie hineinfuhr. Konnte der trunkenen Freude nachgeben, wenn er tief in sie eindrang, immer tiefer, bis er sie mit diesem seltsam vollkommenen Gefühl erfüllt hatte, das sie immer dann spürte, wenn er in ihr war.

Niemals hätte sie ihm das erlaubt, wenn er wirklich hier gewesen wäre. Denn sie bedeutete ihm überhaupt nichts.

Ihr Traum-Quinn jedoch hielt sie ganz fest, bewegte sich immer weiter in ihr, flüsterte ihr Dinge ins Ohr, die sie abwechselnd dahinschmelzen und vor Scham erröten ließen. Bis sie erneut zum Höhepunkt kam. Und auch er kam, brüllte seine Lust hinaus, während er ihre Handgelenke fest umklammert hielt, als ob er sie in Ketten legen wollte.

Während Darcy langsam wieder zu sich kam, genoss sie sein schweres Gewicht auf ihrem Körper, mit dem er sie in die harte, zerbeulte Matratze drückte. Sie schnupperte seinem herrlich erotischen Duft nach, dem Geruch ihres Liebesspiels, der das ganze Bett einhüllte. Nichts erfüllte sie mehr als dieses kurze Glück, das sie in seinen Armen fand. Als er sie auf sich zog, stöhnte sie zufrieden auf, und sobald er sie sanft streichelte, ging ihr Stöhnen in ein leichtes Seufzen über. Nachdem er ihr das zerzauste Haar aus dem Gesicht gestrichen hatte, gab er ihr einen leidenschaftlichen Kuss.

»Verdammt, Mädchen, du hast mir gefehlt«, flüsterte er.

Und erst als sie in seine Arme gekuschelt einschlief und in einen echten Traum hinüberglitt, wurde ihr klar …

Oh. Mein. Gott.

Er *war* tatsächlich hier.

4

Sie wollte sich klammheimlich davonstehlen.

Als Bobby Lee das bemerkte, war er sofort hellwach und schloss die Arme fest um die über ihm ausgestreckte Frau, ohne auch nur die Augen zu öffnen. Es war immer dasselbe. Darcy Zimmermann wollte nicht mit ihm schlafen.

Und damit war nicht der Sex gemeint. Damit hatte sie kein Problem. Im Gegenteil. Seit ihrem Kennenlernen waren sie jedes Mal, wenn sich ihre Wege kreuzten, übereinander hergefallen. Nein, sie wollte nur nicht gemeinsam mit ihm einschlafen. Er wusste nicht, woran es lag. Aber es störte ihn wahnsinnig. Wenn er sich nämlich schon solche Mühe gab, eine Frau sexuell zufriedenzustellen, dann konnte sie ihm doch wenigstens ein bisschen Geschmuse gönnen. Und noch ein wenig länger an ihn gekuschelt daliegen.

Er liebte es, eine nackte Frau im Arm zu halten. Nichts war besser, als mitten in der Nacht aufzuwachen und noch im Halbschlaf in sie hineinzugleiten. Vielleicht auch einfach so wieder einzuschlafen, ohne dass viel mehr passierte.

Es war einfach *schön*, die Nacht im Bett einer Geliebten zu verbringen. Noch dazu war es ein seltenes Vergnügen, denn Bobby Lee kannte nur wenige Frauen, denen er genug vertraute, um bei ihnen zu übernachten. Und von denen war ihm diese hier bei Weitem die liebste. Konkurrenzlos.

Aber Darcy Zimmermann war ein kompliziertes Wesen.

»Leg dich wieder hin«, befahl er ihr.

»Was zum Teufel hast du hier zu suchen?«, wollte sie mit

gedämpfter Stimme von ihm wissen. Ja, klar. Als ob nicht bereits jeder im Lager gehört hätte, wie sie es miteinander getrieben hatten.

»Ein paar Stunden Schlaf«, antwortete er. »War 'ne lange Reise hierher.«

»Dann such dir einen anderen Platz. Ich will nicht …«

»Ich bin noch lange nicht mit dir fertig. Brauch nur 'ne kleine Pause, dann geht's weiter.«

Sie atmete tief ein. Himmel, wie schnell sie auf ihn ansprang. »Vielleicht will ich ja gar nicht, dass du …«

Er seufzte. Und rollte sie mit einer einzigen geschmeidigen Bewegung wieder unter sich, drückte ihr die Beine mit dem Knie auseinander und glitt in sie hinein. Er musste gar nicht erst überprüfen, ob er schon wieder steif war. Denn das war er immer, wenn Darcy Zimmermann in seiner Nähe war: hart und bereit. Also wollte er natürlich nirgendwo anders schlafen.

»Quinn! Kein Kondom!«, keuchte sie.

Das war ihm überdeutlich bewusst. Und es fühlte sich richtig gut an.

»Wenn du nicht so herumzappeln würdest, könnte ich mich vielleicht etwas länger zurückhalten«, sagte er. Nicht, dass er ernsthaft Gefahr lief zu kommen. Er hatte sich vollkommen unter Kontrolle. Wie immer.

»Du bist so ein elender« – genau da packte er sie an den Oberschenkeln und stieß ein wenig tiefer zu – »*Ahh*. Verflucht, Quinn.«

Aber sie klang nicht ernsthaft wütend. Schließlich wusste sie, dass er sauber war, und er wusste, dass sie nicht schwanger werden würde. Diese Form der Verhütung war nur ein symbolischer Akt. So wie nicht im selben Bett zu schlafen.

Nachdem er sich kurz aus ihr zurückgezogen hatte, drang er erneut ein und wurde mit einem widerwilligen Stöhnen belohnt. »Wirst du mich bei dir übernachten lassen?«, fragte er erneut.

Sie versuchte, sich ihm zu entwinden. »Das ist Erpressung.«

Während er sie weiterhin fest umschlungen hielt, knabberte er erst an ihrem Ohrläppchen und glitt dann mit der Zunge an ihrem Hals entlang. »O ja.«

»Dir ist schon klar, wie schmal dieses Bett ist.«

»Dann werden wir es eben schön gemütlich haben.« Er stieß noch einmal ganz langsam zu. »Abgemacht?«

Sie stieß geräuschvoll die Luft aus. »Einverstanden.« Noch ein angestrengter Atemzug. »Aber nur, wenn ich oben sein darf.«

Na ja, ehe er sich schlagen ließ! Ein triumphierendes Lächeln stahl sich auf seine Lippen. »Na schön. Ausnahmsweise.«

Schon hatte er sie wieder umgedreht und langte, mit Darcy rittlings auf ihm sitzend, nach einem der Kondompäckchen, die er neben dem Bett auf einem Campinghocker deponiert hatte. Dann hielt er es Darcy hin.

Mit einer hochgezogenen Augenbraue besah sie sich den Stapel. »Ganz schön ehrgeizig, Quinn, selbst für deine Verhältnisse.«

»O ihr Klein… Ahhhh –«, stöhnte er, als sie ihm äußerst geschickt das Gummi überstreifte. »… gläubigen«, fügte er dann mit rauer Stimme hinzu.

Verflucht, es war einfach *vie-hie-l* zu lange her.

Nachdem Darcy die Hand zwischen seine Beine hatte gleiten lassen, umfasste sie zärtlich seine Hoden. Küsste ihm ein Stöhnen von den Lippen und drückte zu. Immer fester. *Viel zu fest!*

Als Bobby Lee erschrocken die Augen aufriss, sah er, wie sie ihn beobachtete, und ihr schwaches Lächeln wirkte leicht bedrohlich.

»Hey!«, quiekte er. *Mist*. Er hatte doch tatsächlich *gequiekt*. »Was zum Teufel?«

»Also, Bobby Lee Quinn«, begann Darcy, als sie sich seiner ungeteilten Aufmerksamkeit hundertprozentig sicher sein konnte. »Du wirst mir jetzt *ganz genau* verraten, was du hier zu suchen hast!«

Okay, tief durchatmen.

Sie konnte das schaffen. O ja, das würde sie.

Als Marc Lafayette über den menschenleeren Parkplatz des *Au Chien* auf sie zugeschlendert kam, setzte Tara eine betont geschäftsmäßige Miene auf und versuchte, möglichst gelassen zu wirken. Das mulmige Gefühl im Magen, so als würde ihr Frühstück darin Achterbahn fahren, ignorierte sie einfach. Er war pünktlich. Natürlich. Scheibenkleister, sogar fünf Minuten zu früh. Offensichtlich wollte er ihr keinen Grund liefern, ihn loszuwerden.

Er sah immer noch genauso unfassbar gut aus wie schon gestern Abend, außerdem wirkte er gut erholt und putzmunter. Im Gegensatz zu ihr, so viel war mal sicher. Denn in den wenigen Stunden, seitdem sie sich das letzte Mal begegnet waren, hatte Tara sich schlaflos hin und her gewälzt, weil sie dieses unverschämt attraktive Lächeln und seine dunklen Augen mit dem Schlafzimmerblick einfach nicht mehr aus dem Kopf bekommen hatte. Wahrscheinlich sah sie aus wie ein Sumpfungeheuer.

Nicht, dass es eine Rolle spielen würde, ob er sie gut aussehend fand. Nicht die Spur.

»TFC Reeves«, begrüßte er sie mit diesem schleppenden Akzent, nachdem sie sich ihren Rucksack geschnappt hatte und aus dem Wagen gestiegen war. »Wie geht es Ihnen heute Morgen?« Er trug auch wieder dieses KABAR-Messer bei sich, genauer gesagt hatte er es sich um den Oberschenkel geschnallt. Nervös – wer, sie etwa?

»Mr Lafayette. War nicht sicher, ob Sie es schaffen würden.«

Er lächelte. »Marc, bitte – ›Mr Lafayette‹ kommt einem doch

so schwer über die Lippen.« Dabei glitt sein Blick kurz zu ihrem Mund hinab. Immerhin behielt er seinen nächsten Gedanken jedoch für sich.

Zumindest war sie sich sicher, dass er daran gedacht hatte.

Vielleicht dachte aber auch nur *sie* daran.

Gott.

»Und warum«, fügte er hinzu, da sie aus Wut über ihre mangelnde Selbstbeherrschung zu keiner Antwort imstande war, »hätte ich es denn nicht schaffen sollen?«

Sie blinzelte. Versetzte sich gedanklich einen Tritt in den Allerwertesten. »Nur so.« Sie blickte in den Bayou hinab. »Haben Sie ein Boot?«

»Habe ich.« Trotzdem machte er keine Anstalten loszugehen. Stattdessen legte er den Kopf schief und musterte ihr Outfit, das aus Jeans, einem ZZ Top-Shirt und einer Fleece-Jacke bestand. »Heute ohne Uniform?«

»Sie scheint die Leute hier aus irgendeinem Grund zu stören. Außerdem bin ich nicht im Dienst. Das hier ist keine offizielle Untersuchung.«

Er zog die Brauen hoch. »Ach nein?«

»Nein. Also, können wir dann los? Wir müssen ein ziemlich großes Gebiet abfahren.«

»Sicher.« Ehe sie widersprechen konnte, hatte er ihr schon den Rucksack abgenommen. Dabei rutschte ihre Jacke ein wenig zur Seite. »Die Waffe an der Hüfte verdirbt allerdings irgendwie den lässigen Gesamteindruck«, gab er nach einem kurzen Blick darauf zu bedenken.

»Als ob ich mit Ihnen in dieses Boot steigen und auch nur einen Meter in den Sumpf hineinfahren würde, ohne mich schützen zu können«, gab Tara ungerührt zurück. Dann ging sie auf den kurzen Anlegesteg zu, der hinter der Raststätte auf den Bayou hinausführte.

Anstatt sich beleidigt zu fühlen, ging er jedoch lächelnd neben ihr her. »Und wovor haben Sie mehr Angst – vor dem Sumpf oder vor mir?«

»Spielt das eine Rolle?«

Immer noch lächelnd blickte er zur Seite. »Nun ja. Vielleicht.«

Als sie seinem Blick folgte, bemerkte sie das lange schmale Boot unten im Wasser. Aber … verdammt. Ein Boot war das nicht. Sondern ein Zweierkajak.

Bestürzt besah sie sich die Sitzverteilung. Genau wie bei diesem Bobschlitten in Disneyworld, in dem sie mit ihrem Highschool-Freund gesessen hatte. Derjenige, der vorne saß, musste sich zwischen die Beine des Hintermanns quetschen, ohne irgendeine Barriere dazwischen. Damals war sie noch vollkommen unbedarft gewesen, aber nach der Bobfahrt hatte sie das leider nicht mehr behaupten können. So viel hatte sie über den Kerl überhaupt nicht wissen wollen. Ihr war die ganze Sache schrecklich peinlich gewesen.

Na schön, das hier ging also *überhaupt* nicht. Wenn Lafayette dachte, er könnte –

»Auf keinen Fall«, sagte sie.

»Keine Sorge, ich …«

»Nein!«

»Ist doch nur ein Kajak, *Chère*, und kein Bett. Ich werde weder flirten noch …«

»Welchen Teil von *nein* haben Sie nicht verstanden?«

»Tja. Ich dachte, Sie wollten heute ein großes Gebiet abfahren. Mit einem Kajak können wir sogar diejenigen Stellen erreichen, bei denen ein Einbaum nicht mehr durchkommt. Wir können Abkürzungen durchs Flachwasser nehmen. Und schnell ist es auch.« Er zuckte mit den Achseln. »Aber wenn Sie solche Angst davor haben, mich zu berühren, dann können wir natürlich auch den Einbaum nehmen.«

»Ich bin State Trooper des Staates Louisiana«, zischte sie, »und bewaffnet. Bilden Sie sich also bloß nicht ein, ich hätte Angst vor Ihnen.«

»Dann also schüchtern?«

Was er daran so unglaublich lustig fand, konnte sie nicht nachvollziehen. »Ja, so könnte man sagen.«

»Nun, also. Dann ist es doch praktisch, dass der Vordersitz sich verschieben lässt.« Sie kniff die Augen zusammen. »Damit ich paddeln kann. Falls Sie so, ähm, schüchtern sind, dass die Rückenlehne Ihnen nicht ausreicht.«

»Rückenlehne?«

Als Tara sich das Kajak noch einmal genauer ansah, entdeckte sie schnell die kleinen Einkerbungen, dort wo der Sitz verstellt werden konnte. Und im Vorderteil lag neben dem wasserdichten Packsack auch ein gepolsterter Sitz mit kleiner gebogener Lehne.

Na schön, das war jetzt richtig peinlich. Er hatte also bereits darüber nachgedacht und entschieden, dass sie ganz klar zu zimperlich sei, um auf eine Rückenlehne verzichten zu können, selbst wenn die Sitze mindestens einen halben Meter Abstand hatten.

Herrje. War sie wirklich *so* leicht zu durchschauen?

Und wann genau hatte sie sich eigentlich in eine dämliche alte Jungfer verwandelt?

»Wunderbar«, sagte sie, verfluchte sich aber gleichzeitig innerlich dafür, wie tantenhaft das nun wieder klang.

»*Bon*. Sollen wir dann?«

Unvermittelt schoss ihr Puls in die Höhe.

Okay, was *stimmte* bloß nicht mir ihr? Dieser Mann war ein Prachtkerl. Wen interessierte es, ob sie direkt auf seinem Schoß saß? Wer würde überhaupt davon erfahren? Es war schließlich nicht so, als ob die Kerle auf der Wache es herausfinden und ihr unter die Nase reiben konnten … was auch immer sich ihre schmutzigen kleinen Gehirne ausmalen mochten. Oder gar ihr Vater mit seinem strengen Verständnis davon, was schicklich war und was nicht. In seinen Augen konnte sie ohnehin nie etwas richtig machen. Aber selbst wenn sie den ganzen Tag damit verbrachte, mit Marc Lafayette zu flirten, würde keine Menschenseele jemals etwas davon erfahren.

Auch wenn sie das keinesfalls vorhatte. Sich an ihn heranzumachen. Warum etwas beginnen, das von Anfang an zum Scheitern verurteilt war? Mal davon abgesehen, dass Marc Lafayette eher wie ein Typ für eine Nacht wirkte. Und das kam für Tara nun *überhaupt nicht* infrage.

Also straffte sie die Schultern und folgte ihm hinunter zum Wasser. »Wissen Sie, wo die Tierkadaver gefunden wurden?«

Ihm schien der abrupte Themenwechsel überhaupt nicht aufzufallen. »Hab mich erkundigt, ich dachte mir nämlich schon, dass Sie das interessieren würde.«

Das brachte ihm Punkte für die gute Vorbereitung ein. Er war also nicht nur gut im Süßholzraspeln, sondern auch als Pfadfinder zu gebrauchen. »Genauso ist es. Dann werden wir dort zuerst hinfahren.«

»Jawohl, Ma'am.«

Sie zuckte zusammen. »Nennen Sie mich lieber Tara«, sagte sie dann.

Er war gerade dabei, den Bug des Kanus ans schlammige Ufer zu ziehen, sah aber bei ihren Worten vom Boot auf. Und da war es wieder – dieses Lächeln. »Schätze, dann sind wir jetzt Freunde, *Chère*, oder nicht?«

Mein Gott, wie konnte jemand derartig unausstehlich und gleichzeitig so verflucht charmant sein? »Treiben Sie's nicht zu weit, Lafayette«, warnte sie ihn und beobachtete, wie er ihren Rucksack in den Trockenbeutel stopfte und hinten im Boot verstaute.

»*Mais non, Chère*.« Er setzte sich ins Kajak und machte es sich auf dem Rücksitz des niedrigen, engen Bootes gemütlich. Mit einem Gesichtsausdruck, als könnte er kein Wässerchen trüben. »Das würde ich doch niemals tun, ich doch nicht.«

Himmel, *zitterten* ihr etwa die Hände? Rasch verschränkte Tara die Arme und klemmte die Hände dabei unter die Achseln. »Gut.«

Nachdem er den zusätzlichen Sitz vor sich eingepasst hatte, schob er ihn so hin, dass ihm gerade noch genügend Platz blieb und sie einigermaßen bequem einsteigen konnte. *Herrje*. Viel zu nahe beieinander.

Dann streckte er die Hand aus, um ihr behilflich zu sein. Und ganz plötzlich hatte Tara ihre Meinung geändert. War wieder zu der schrecklich schüchternen alten Jungfer geworden, die sich davor fürchtete, ihm zu nahe zu kommen. Irrational, dämlich, aber nicht zu ändern. Vielen Dank auch, Dad.

Aber dann fing sie seinen herausfordernden Blick auf. Er *rechnete* damit, dass sie kneifen und davonrennen würde.

Das altbekannte Gefühl von Unzulänglichkeit in der Magengegend hätte sie beinahe davon überzeugt, dass es so auch besser wäre. Aber sie würde dem nicht nachgeben.

Auf keinen Fall.

Stattdessen griff sie entschlossen nach Lafayettes warmer, kräftiger Hand und brachte es sogar irgendwie fertig, in den Sitz zu gleiten, ohne die Fassung zu verlieren, als er sie an der Hüfte mit den Oberschenkeln umschloss und sich dabei auch noch ihre Knie berührten. Und zwar unter der Abdeckung, wo sie nichts erkennen konnte. Noch dazu hatten sich seine und ihre Füße verknotet oder was auch immer da unten vor sich ging.

Ach du lieber Gott!

Und dann, als sie schon dachte, ihr müsste das Herz in der Brust zerspringen vor Aufregung, lehnte er sich zu ihr hinunter und flüsterte ihr ins Ohr: »Glauben Sie mir, *Chère*, wenn ich irgendwas treiben wollte, dann würden Sie das schon merken.«

Darcy wusste, das sie sich extrem unreif verhielt.

Aber es war ihr egal. Denn sie war so unglaublich wütend, dass sie beinahe Feuer gespien hätte.

Wie konnten die STORM-Befehlshaber es nur wagen, sie als Team-Anführerin abzuziehen? Und stattdessen … ihn … diesen …

Nicht zu fassen!

»Müsste gleich da sein, Darce«, sagte Rand und zeigte auf den Laptop vor ihr. Und tatsächlich tauchte gerade in diesem Moment unverkennbar der Erdumriss auf dem Monitor auf. »Die Drohne sollte den ersten Umlauf noch in dieser Stunde beendet haben.«

»Danke«, gab sie kurz angebunden zurück. Dann nahm sie den Zoom-Schalthebel zur Hand und steuerte die live vom RPV sendende Kamera über das Gitternetz, das Louisiana umgab.

Aber vergeblich. Sie sah ständig Quinns Gesicht vor sich, wie er ihr gestern Nacht die Neuigkeiten überbracht hatte. Mutig von ihm. Sie hatte ihn wirklich in die Mangel genommen und gedroht, ihm die Eier abzureißen, wenn er ihr nicht verriet, warum er sich wie ein Strauchdieb hier ins Lager geschlichen hatte, als sei dies ein Kindergarten und kein durch unzählige Sicherheitsmaßnahmen weitläufig abgesichertes Basislager.

Er war doch tatsächlich davon ausgegangen, dass er sie nur flachzulegen bräuchte, und dann wäre alles in Butter.

Und das, wo sie ihre Stellung verloren hatte und ausgerechnet durch *ihn* ersetzt worden war.

Der verdammte kleine Mistkerl.

Na gut, klein traf es vielleicht nicht so richtig.

»Tempo drosseln und Stillstand«, sagte Rand.

Darcy bemühte sich, die lästigen Gedanken zu verscheuchen. Zoomte dann noch ein wenig näher heran und versuchte, zwischen den unzähligen kleinen gelben Punkten auf dem Bildschirm das Angelcamp auszumachen.

Dann lockerte sie die Finger, die den Steuerhebel viel zu fest umklammert hatten. Zum Teufel, wenn sie überhaupt durch jemanden ersetzt werden musste, dann hätte es Marc Lafayette sein müssen. Er war nicht nur erfahrener, sondern auch einige Jahre älter als sie. Und er war bereits hier. Warum also nicht er?

Warum hatte sie überhaupt ersetzt werden müssen?

Zwar hatte Quinn behauptet, es läge nur daran, dass ihre Computerkenntnisse während dieses Einsatzes ständig gebraucht würden und die Doppelbelastung als Teamleiterin für sie deswegen als zu hoch eingeschätzt worden wäre – wie bei *jedem anderen* an ihrer Stelle auch. Und nur deswegen hätten sie Quinn als strategischen Experten hinzugeholt. Er sei auch nur rein zufällig gerade jetzt von seinem letzten Auftrag OCONUS zurückgekehrt, um ihre Führungspflichten übernehmen zu können.

Welch glückliche Fügung.

Mit einem zornigen Schnauben konzentrierte Darcy sich wieder auf den Bildschirm. Erst machte sie die Mündung des Atchafalaya-Flusses aus, folgte ihr nach oben, bis sie Morgan City gefunden hatte, dann Stephensville, und wandte sich in nordwestliche Richtung. Folgte dem Highway 70 bis zur Abzweigung, dann vergrößerte sie das Bild so weit, bis es nicht mehr weiterging. Ja, da waren sie. Sowohl die neun Hütten als auch die daneben parkenden Fahrzeuge waren klar zu erkennen. Außerdem die Lichtung mit dem an einem Wohnwagen befestigten Schnellboot und dann noch der Moby, wie die Bodenstation des RPV liebevoll genannt wurde. Nachdem sie einen Knopf gedrückt hatte, wurde das Bild grünlich mit schwarzen Silhouetten und vier orangefarbenen Klecksen, die sich innerhalb dieser Strukturen bewegten.

»Steh mal auf und lauf umher«, wies sie Rand an. Als er der Aufforderung nachkam, bewegte sich auch einer der orangenen Tupfer mit ihm. Sie tippte noch kurz etwas ein und sagte: »Alles klar, hab uns markiert.«

Da sprang ihr einer der anderen wabernden Umrisse ins Auge. *Quinn*. Was hatte er immer noch in ihrer Hütte verloren? Richtete sich wahrscheinlich gerade gemütlich dort ein. Tja, wenn er dachte, er könne mit ihr dort wohnen, dann war er aber wirklich auf dem Holzweg.

Im ersten Moment war sie verärgert genug gewesen, um den STORM-Befehlshabern sexistische Motive zu unterstellen. Einer Frau trauten sie wohl nicht zu, diesen immer wichtiger werdenden Auftrag erfolgreich zu meistern. Aber sie war vernünftig genug, um einzusehen, dass das bestimmt nicht der Grund war. In der Vergangenheit waren bereits jede Menge solcher Operationen von Frauen geleitet worden.

Also musste es wohl an ihr liegen.

So viel zu ihrer steilen Karriere.

Wenngleich Quinn ihr mehrmals das Gegenteil versichert hatte. Aber was hätte er auch sonst sagen sollen? Seine Eier hatten zu diesem Zeitpunkt schon einen hübschen Blauton angenommen.

Wütend packte Darcy den Steuerknüppel und zoomte wieder zurück, bis sie den Umkreis von etwa einem Kilometer auf dem Schirm hatte. Na toll, so ein Mist. Da leuchteten mindestens eintausend andere Körperumrisse auf, und jeder davon könnte das Terroristenversteck anzeigen.

Oder keiner.

Wie sollte ein sechsköpfiges Team all diese Punkte untersuchen? Wenn Lafayette nicht bald mit einer heißen Spur von den

Ortsansässigen um die Ecke kam, die ihnen dabei helfen würde, ihr Suchgebiet einzugrenzen, dann mussten sie einen anderen Weg finden.

Bloß welchen?

Und wie zum Teufel sollte sie Anweisungen von ausgerechnet dem Mann in der Welt entgegennehmen, der ständig dafür sorgte, dass sie sich nicht mehr konzentrieren konnte – dass ihr die Beherrschung, der gesunde Menschenverstand und sämtliche Kleider abhandenkamen? Und all das mit nur einem einzigen Blick aus diesen scheinbar unschuldig blauen Augen.

O ja. Das würde ein Riesenspaß werden.

Mit zittrigen Händen nahm Gina eines der sechs identischen Fläschchen mit dem todbringenden getrockneten Virusisolat aus dem Gestell. Dann ließ sie es rasch wieder in die Halterung zurückgleiten und schüttelte die Hände aus.

Heilige Mutter Gottes.

Kaum zu glauben, dass sie dieses Zeug tatsächlich ohne Schutzkleidung anfassen musste. *Wieder einmal*. Man hatte ihr eine Atemschutzmaske und Malerhandschuhe aus dem Baumarkt gegeben, aber die konnten sie nicht wirklich schützen.

Also dankte sie zum wiederholten Mal stumm dem Himmel, weil die Universität alle Forscher dazu verdonnert hatte, sich gegen Milzbrand impfen zu lassen … und betete zum tausendsten Mal darum, dass die behelfsmäßig zusammengeschusterte Schutzimpfung, die sie sich in den ersten Wochen ihrer Gefangenschaft selbst verabreicht hatte, angeschlagen hatte. In dieser ersten Zeit hatte sie vorsätzlich alle Virusproben bis auf eine untauglich gemacht. So hatte sie ihre Entführer eine Weile an der Nase herumgeführt, während sie jeden Tag beflissen mit ihren Gerätschaften herumhantierte. Aber statt des tödlichen Cocktails, den sie haben wollten, hatte Gina an einem Impfstoff gearbeitet. Um Zeit zu gewinnen, bis sie gerettet werden konnte.

Aber dann hatte Tawhid vollkommen überraschend einen Test verlangt. Er hatte einige der Vögel, die sie in den Sümpfen gefangen hatten, mit dem Inhalt eines ihrer Fläschchen behandeln lassen. Nach mehreren Tagen waren die Tiere immer noch am Leben. Nicht einmal krank.

Da war Tawhid richtig wütend geworden.

Zwei Monate später waren ihre Wunden und blauen Flecken zwar verschwunden, nicht aber die Erinnerung an die unglaublichen Schmerzen, die er ihr zugefügt hatte. Damals war Gina klar geworden, dass sie nicht versuchen durfte, ihn für dumm zu verkaufen. Sondern einfach das tun musste, was er von ihr verlangte. Niemand würde ihr das verübeln. Schließlich war sie Wissenschaftlerin und keine Agentin – sie war nicht dafür ausgebildet, der Folter zu trotzen.

Aber sie brachte es einfach nicht über sich.

Also hatte sie für den Fall der Fälle damit begonnen, so etwas wie einen Selbstzerstörungsmechanismus in das Erbmaterial einzubauen, der verhindern sollte, dass das Virus sich in seinem Wirt fortpflanzte … So konnte seine ansteckende Wirkung unterbunden werden. Aber das Labor war ein solches Provisorium, dass es schon an ein Wunder gegrenzt hätte, sollte ihr das *tatsächlich* gelungen sein. Also musste sie sich noch etwas anderes einfallen lassen, um die Pläne der Terroristen zu vereiteln. Oder sie würde bei dem Versuch sterben. Sie würde ja sowieso sterben müssen. Das wusste Gina.

Davor hatte sie keine Angst. Wenn sie ihr eigenes Leben etwas früher opfern musste, um diese Wahnsinnigen davon abzuhalten, dass sie Ginas Land angriffen und ihre Freunde und Nachbarn umbrachten, dann würde sie das mit Freuden tun.

Aber aus einem Grund wollte sie unbedingt überleben: Sie

wollte diesen verräterischen Mistkerl Gregg van Halen aufspüren.

Nur ihm hatte sie all das hier zu verdanken. Gregg mit seinem Prachtkörper und seinen Sexspielchen. Mit ihm hatte sie ganz neue Dinge ausprobiert, die sie nie zuvor getan hatte. Von denen sie sich nicht einmal hätte vorstellen können, sie zu tun, egal mit welchem Mann. Die Erinnerung daran ließ Gina *immer noch* manchmal nachts aufschrecken, weil sie ihre Träume beinahe zum Höhepunkt gebracht hatten. Ja, sie sehnte sich immer noch nach ihm: Gregg van Halen.

Selbst jetzt, nachdem sie ihn durchschaut hatte, verlangte es ihren Körper nach ihm. Nach seinen Berührungen. Obwohl er ihr das alles hier angetan hatte. Gina, seine Geliebte, verkauft hatte. Und das auch noch an die schlimmsten Feinde seines Landes.

Wie konnte er nur? Was hatte ihn zu einem Verrat dieses Ausmaßes getrieben?

Wenn sie auf wundersame Weise noch am Leben sein sollte, sobald das alles hier vorbei war, dann würde sie ihn suchen. O ja. Das würde sie.

Gregg van Halen tat besser daran zu verschwinden. So weit weg wie möglich und so schnell er konnte.

Denn sie würde ihn verfolgen. Und wenn sie mit dem verfluchten Scheißkerl fertig war, dann würde *er* um Gnade betteln. Und dieses Mal würde es nicht um ihre sexuelle Erlösung gehen.

Sondern um sein Leben.

Sie würde ihn ausfindig machen, und wenn es das Letzte war, was sie tat. Und dann würde sie einen Dolch in sein schwarzes Herz stoßen.

So, wie er es mit ihr getan hatte.

5

»Ja, Baby. Mir geht's gut. Ich vermiss dich aber schrecklich … ich weiß. Aber pass gut auf dich auf. Bitte geh auf keinen Fall von Haven Oaks weg, ja, Schatz?«

Bobby Lee wartete höflich, während Kick Jackson das stündliche Telefonat mit seiner frisch angetrauten Ehefrau Rainie führte. Normalerweise machte es ihn krank, wenn ein erwachsener Mann sich so aufführte, aber offensichtlich kam dieser ganze Schmalz bei Kick wirklich von Herzen. Der Kerl war einfach unsterblich verliebt, so viel war sicher.

Der Arme konnte einem leidtun.

Kick warf ihm einen Blick zu und strahlte so sehr, dass Bobby Lee kurzfristig einen Zuckerschock befürchtete. Puh!

»Okay, Schatz, ich liebe dich … Ich dich auch. Denk unter der Dusche an mich.«

Herrje. So genau wollte er es gar nicht wissen. Bobby Lee musste sich wirklich zusammenreißen, sonst wäre er ungeduldig auf und ab gegangen, damit der Mann endlich auflegte.

»'tschuldige«, sagte Kick ohne echtes Bedauern, nachdem er sein Smartphone zugeklappt hatte. »Ich bin eben frisch verheiratet«, fügte er dann noch lächelnd hinzu.

Frisch verheiratet. Allein bei der Vorstellung bekam Bobby Lee Ausschlag.

Trotzdem klopfte er dem großen, schlaksigen Mann auf die Schulter, während sie sich gemeinsam auf den Weg zur größten Hütte machten. Nach dem Frühstück hatte Bobby Lee sich ein paar Stunden in die Unterlagen zum aktuellen Einsatz vertieft –

auch, damit Zimmie sich noch etwas abregen konnte, bevor sie wieder aufeinandertrafen. Währenddessen hatte Kick sich mit dem umfangreichen Waffenarsenal in seiner Hütte vertraut gemacht. Dann hatte seine Frau angerufen.

»Besser dich hat's erwischt als mich, Kumpel«, zog Bobby Lee ihn jetzt auf. »Besser dich als mich.«

»Ich wünschte, du hättest auch so viel Glück. Apropos. Wie läuft's denn so mit Zimmermann?«

Bobby Lee seufzte lässig. »Die Nacht hat zunächst einmal ziemlich vielversprechend begonnen.«

Kick lachte. »Ja. War kaum zu überhören. Aber die, äh, Tonlage schien sich später, so gegen vier Uhr morgens, irgendwie zu verändern. Was war denn los?«

»Da ist sie aufgewacht.«

Kick warf ihm einen kurzen Blick zu und brach dann in schallendes Gelächter aus. »Autsch, Kumpel.«

»Ja.«

»Also, STORM Dog Sechs, wie willst du ihre Gunst zurückgewinnen?« Kick war ehemaliger Marine, so wie einige andere der Jungs bei STORM. Dog Sechs war ein Militärausdruck für den befehlshabenden Offizier.

Bobby Lee war zwar nur Teamleiter, und deswegen war das »Dog« nicht ganz verdient, aber er verstand den Witz und verzog das Gesicht. »Keinen blassen Schimmer. Hast du 'nen Rat für mich, du weißt schon, so als frisch verheirateter Romantiker?«

Kick erwiderte das Lächeln. »Du willst einen Rat?«

»Genau. Lieber ein Dog Sechs mit Sonderrechten bei Zimmie, als von ihr in die Hundehütte verbannt zu werden.«

»Aber ich nehme an, du bist nicht bereit, das Kommando wieder an sie abzugeben?«

Bobby Lee zuckte mit den Achseln. »Was bleibt mir übrig? Befehl ist Befehl.«

»Hm. Befehle ausführen. Das kommt immer gut an in so einem Fall.«

Bobby Lee warf Kick einen vernichtenden Blick zu.

Aber der lachte nur. »Na schön, ich rate dir Folgendes: Wälz dich im Staub und bettle um Gnade. Sag ihr, dass du in Zukunft ihr Sklave sein wirst.«

Ja, klar.

Obwohl die Vorstellung einen gewissen Reiz ausübte … besonders der letzte Teil … Aber … »Ist das nicht ein wenig übertrieben?«

»Du könntest es auch mit Pralinen versuchen. Du weißt schon, um Endorphine freizusetzen. Super für den Sex. Und, ach ja, sich zu entschuldigen kommt eigentlich auch immer ganz gut.«

»Aber ich habe doch überhaupt nichts –«

Kick verdrehte die Augen. »Spielt keine Rolle, Mann. Entschuldige dich trotzdem. Aber was auch immer du tust, geh heute Abend *auf gar keinen Fall* in ihre Hütte und erwarte nichts, solange sie dich nicht dazu aufgefordert hat. Sonst machst du alles nur noch schlimmer.«

Bobby Lee seufzte erneut. So viel zu *dieser* Taktik.

Gott, und das alles für ein bisschen heißen Sex.

War es das wirklich wert?

Zu gerne hätte er mit Nein geantwortet. *Verflucht*, nein. Für keine Frau der Welt würde er sich solche Mühe machen.

Nur … für sie.

Als sie letzte Nacht aus der Hütte marschiert war und ihn alleine zurückgelassen hatte, mit nichts weiter als ihrem Duft in den Laken, da hätte er am liebsten wie ein Zweijähriger nach ihr geschrien. Schließlich war er um die halbe Welt gereist, nur um sie wiederzusehen.

Himmel, Arsch und Wolkenbruch, ihn hatte es wirklich erwischt.

In Zukunft würde er sich lieber wieder an bedeutungslose Techtelmechtel mit irgendwelchen Tussis halten, schwor er sich. Das war bedeutend weniger kompliziert. Und entsprach eher seinem Naturell. Bobby Lee war sowieso nicht ganz klar, warum ihm ausgerechnet an dieser Frau so viel lag.

Mist. »Ach, zum Teufel«, sagte er niedergeschlagen. »Ich bin ja auch nicht zum Rummachen hier, sondern um Terroristen zu schnappen.«

»Versteh ich«, erwiderte Kick und war mit einem Mal wieder ganz ernst. »Und zwar nur zu gut. Mich hätte auch nichts in der Welt von Rainie trennen können – bis auf die Gelegenheit, Abbas Tawhid umzulegen.«

Zimmie war zu wütend gewesen, um Bobby Lee über den Einsatz zu informieren. Sie hatte einfach die Unterlagen auf das Bett geschleudert und war aus der Hütte gestürmt.

»Das ist also unsere Mission?«, fragte er Kick. »Ihn umzulegen?«

»Das ist *meine Mission*. Ehrlich gesagt ist mir egal, was STORM will.« In die Augen des Soldaten schlich sich ein mörderischer Ausdruck. »Bei Gott, Quinn, wenn wir ihn finden sollten, dann darfst du nicht von mir verlangen, dass ich nicht schieße. Ich verbringe lieber den Rest meines Lebens im Gefängnis, als dass ich diese Bestie am Leben lasse. Nach all dem, was er meinem Freund Alex angetan hat.«

Einen derartig hasserfüllten Blick hatte Bobby Lee bisher selten gesehen. Aber bei einem guten Mann wie Kick musste man diese Empfindung respektieren. Offizieller Auftrag hin oder her. Hier ging es um persönliche Abrechnung.

Er nickte. »Verstehe.«

Also schön. Jetzt mussten sie das Arschloch nur noch finden.

»Hör mal«, sagte Kick. »Da gibt es noch etwas, das du wissen solltest.«

»Schieß los.«

Inzwischen waren sie beinahe bei der großen Hütte angelangt. Also blieb Kick stehen. »Ich weiß nicht, wie viel darüber in den STORM-Akten steht, aber hast du von dieser Wissenschaftlerin gehört, die vor ein paar Monaten in New York entführt wurde?«

Bobby Lee nickte. »Es wird vermutet, dass Al-Sayika sie gefangen hält. Richtig?«

»Ja. Ich bin mir da auch ziemlich sicher, und außerdem glaube ich, dass ich daran schuld bin.«

Moment mal. Das war Quinn neu. »*Du?* Wenn ich mich richtig erinnere, dann wurdest du damals doch gerade aus dem Sudan evakuiert, und dein Leben hing am seidenen Faden.«

»Schon, aber als wir zurück in New York waren und erfuhren, dass Gina verschwunden war, hat sich Rainie furchtbare Sorgen gemacht.«

»Warte mal, Gina? Das ist doch auch der Vorname von Dr. Cappozi, der entführten Forscherin?«

Kick nickte. »Genau die. Sie und Rainie sind beste Freundinnen. So ein Zufall, meinst du nicht auch?« Quinns Gesichtsausdruck verriet, dass er keinesfalls an einen Zufall glaubte. »Na, jedenfalls habe ich dann selbst ein wenig nachgeforscht. Meine alten Kontakte aktiviert, um etwas über ihr Verschwinden herauszufinden.«

»Und …?«

Kick ging aufgeregt ein paar Schritte hin und her und blieb dann wieder vor Quinn stehen. »Da muss ich etwas weiter ausholen. Es ist eine lange Geschichte, aber zusammengefasst läuft es in etwa darauf hinaus: Als meine alte CIA-Einheit für verdeckte Einsätze – du weißt schon, Zero Unit? – mich in den Sudan verfrachtet hatte, da war meine Frau Rainie durch ein paar unglückliche Verwicklungen mit dabei. Davon wusste allerdings niemand. Und wir beide kannten uns zu diesem Zeitpunkt auch noch nicht so gut …«

Moment mal. »*Wie bitte?*«, unterbrach ihn Bobby Lee überrascht.

»Wie schon gesagt, ist eine verwickelte Geschichte. Jedenfalls hatte Gina nach Rainies Verschwinden Himmel und Hölle in Bewegung gesetzt, um herauszufinden, was die CIA mit ihr angestellt hatte.«

»Woher zum Teufel wusste Gina, dass die CIA darin verwickelt war? Über deren Verbindung zur Zero Unit weiß doch kein Außenstehender Bescheid.«

»Weil es Rainie schaffte, ihre Freundin anzurufen, bevor wir verschifft wurden. Und sie hat ihr einen Namen genannt. Von einem CIA-Mitarbeiter.«

Bobby Lee schnitt eine Grimasse. »Ich wette, das hat ihr nicht gerade weitergeholfen.«

»Eher im Gegenteil. Als sie anfing, bei der CIA anzurufen und Fragen zu stellen, wurde ein Zero-Unit-Mitglied auf sie angesetzt, um sie zu … besänftigen. Der Mann heißt van Halen. Er ist derjenige, der alles über ihre Arbeit in Erfahrung brachte. Sie entwickelt eine Sprühimpfung für Kinder. Viele Terroristen würden sich die Finger nach einer solchen Spezialistin lecken und wären bereit, dafür jede Menge Geld auf den Tisch zu legen.«

»Herrgott.« Bobby Lees Miene wurde immer aufmerksamer. »Und du vermutest …«

»Dass da einer nicht widerstehen konnte, als er herausbekam, woran Gina arbeitet. Irgendjemand hat da ein Geschäft gewittert.«

»Verflucht, Kick. Meinst du damit –«

»Was ich sagen will ist: Nur wenige Tage, nachdem sie diesem Zero-Unit-Agenten van Halen begegnet ist, ist Dr. Gina Cappozi ebenfalls verschwunden. Ich musste eine Menge Leute schmieren und ganz schön tief wühlen, um ihre Spuren zu verfolgen. Du kommst nie darauf, wo sie Gina geschnappt haben.«

Fast fürchtete sich Bobby Lee davor, die Frage zu stellen. »Irgendwo in der Bronx, so stand es jedenfalls in den Akten. Niemand weiß, was sie dort verloren hatte.«

»Und ob sie das wissen. Zero Unit hat sie einkassiert. Ihr nordöstliches Hauptquartier liegt in der *Bronx*. Und wurde übrigens direkt am Tag darauf verlegt.«

Himmel. Wenn das alles wahr sein sollte …

»Kick, ich muss einhundertprozentig sicher sein, das alles, was du mir da sagst, auch stimmt. Du glaubst also, dass Zero Unit, oder in anderen Worten die CIA, unsere Regierung, hinter der Entführung von Dr. Cappozi steckt?«

»Natürlich wird das alles offiziell abgestritten. Inoffiziell auch. Und ich weigere mich zu glauben, dass es sich um eine von der Behörde bewilligte Aktion gehandelt haben könnte. Aber ich bin überzeugt, dass jemand aus unseren Reihen, möglicherweise sogar ein Zero-Unit-Mitglied, Gina an Tawhid ausgeliefert hat. Wahrscheinlich derselbe Verräter, der mindestens zwei Einsätze, an denen ich beteiligt war, sabotiert hat. Außerdem glaube ich, dass sie hier irgendwo in Louisiana festgehalten wird und den tödlichen Virus entwickelt hat, an dem die Tiere im Sumpf zugrunde gegangen sind.«

»Gegen ihren Willen.«

»Auf jeden Fall.«

»Kann sie das? Das Virus zur Waffe machen?«

»Das entsprechende Fachwissen hätte sie jedenfalls.«

Also war das Team auf der Suche nach einer tickenden Zeitbombe.

Bobby Lee atmete einmal tief durch und versuchte, das alles zu verarbeiten. Himmel, Arsch und Zwirn. »Wissen die STORM-Oberen Bescheid? Über diesen CIA-Verräter?«

Kick nickte. »Marc Lafayette war gemeinsam mit mir im Sudan bei diesem Einsatz, und ich habe ihm schon dort von meinen Vermutungen erzählt. Zum Glück hatte ich mit Zero Unit ausgemacht, dass ich die Organisation nach diesem letzten Auftrag verlassen würde. Daran haben die sich auch tatsächlich gehalten. Lafayette hat mich dann ermutigt, bei STORM anzuheuern, damit wir den Scheißkerl gemeinsam aufspüren können. Als ich mich verpflichtet habe, haben wir zwei STORM-Führungskräften von meinem Verdacht berichtet. Auch mein Freund Alex Zane ist eingeweiht, weil er bei dem einen Einsatz dabei war, bei dem wir in einen Hinterhalt geraten sind, und sein Leben deshalb in Gefahr sein könnte. Und Rainie weiß natürlich auch Bescheid. Aber niemand bei Zero Unit.«

Ach was. »Verständlich.«

»Na, jedenfalls dachte ich, du solltest das wissen. Aber erst kommt dieser Einsatz hier. Bevor wir uns um den Verräter kümmern können, müssen wir zuerst Tawhid und seine neueste Bedrohung ausschalten.«

»Und hoffentlich Dr. Cappozi finden, bevor sie von den Terroristen umgebracht wird.«

»Ich habe Rainie versprochen, Gina zurückzubringen, Quinn. Lebendig.«

Nun ja, was das anging – da hatte er kein gutes Gefühl. »Du solltest es wirklich besser wissen, Kumpel. Versprich nie etwas, das du nicht auch halten kannst.«

»Aber ich werde mein Versprechen halten, Quinn. Darauf kannst du Gift nehmen.«

Darcy war es gelungen, Quinn aus dem Weg zu gehen, seit sie heute Morgen aus der Hütte gerauscht war. Aber diese Atempause war vor einer Viertelstunde jäh unterbrochen worden. Da war er nämlich gemeinsam mit Kick in die große Hütte marschiert, war gleich zu ihr gekommen und hatte sich von ihr Bericht erstatten lassen. Dabei hatte er sich mit Dackelblick über ihre Schulter gelehnt.

Die gute Nachricht war: Bis jetzt hatte sie ihm noch nicht den Hals umgedreht.

Stattdessen verhielt sie sich professionell. Abgeklärt. Sachlich. Tat so, als würde sie akzeptieren, dass sie degradiert worden war. *Unverdient* degradiert.

Mit anderen Worten: Sie verhielt sich wie ein guter Teamplayer.

Sie würde das hinbekommen. Ganz sicher.

»Verdammt, Zimmie, du bist echt schnell. Ausgezeichnete Arbeit«, lobte er sie gerade. »Jetzt verstehe ich, warum sie dich lieber am Computer haben wollten. Ist ja wie bei diesen Numbers-Typen im Fernsehen.«

Quinns Lob prallte an ihr ab. Sie erledigte einfach nur ihre Arbeit. Wenngleich sie akzeptiert hatte, dass sie nicht länger die Teamleiterin war, würde sie sich verflucht noch mal nicht durch eine so durchschaubare Schmeichelei beschwichtigen lassen. Was war das – Mitarbeiterführung für Anfänger? Oder hatte er es aus dem Grundkurs Kindererziehung? Denn ihre Eltern waren damals genauso vorgegangen, als sie Darcy – ihr in verzweifelten Zeiten adoptiertes erstes Kind – mit den heiß ersehnten eigenen Kindern ersetzt hatten, die nach ihr gekommen waren. Auch das hatte Darcy damals sofort durchschaut.

»Danke«, gab sie zurück. Und wartete. Dabei hätte sie am liebsten Befehle erteilt. *Bildet kleine Teams. Jeder übernimmt einen Teil der Liste. Überprüft jedes Gebäude gründlich und meldet euch regelmäßig zurück. Los los, Leute, wir müssen ein paar Tangos schnappen.*

»Wie bist du auf diese Adressen gekommen?«, fragte Quinn jedoch, anstatt aufzuspringen und loszulegen.

Was für eine Zeitverschwendung. Aber so, wie er sie ansah, erwartete er wohl tatsächlich eine Antwort. »Rand hatte die Idee, auf Basis der RPV-Aufnahmen die Wärmecharakteristik einzelner Gebäude auszuwerten und mit ihrem Energieverbrauch abzugleichen, um so eine grobe Vorauswahl zu treffen«, erklärte sie ungeduldig. »Ski hat währenddessen recherchiert, was für Labormaterial man braucht, um –« Hilfe suchend sah sie sich zu Ski um.

»Um ein hochansteckendes, mit Milzbrand kombiniertes Grippevirus herzustellen«, half er ihr aus. »In kleinsten Mengen, allerdings mit neuester Technik. Das bedeutet, das mutierte Virus würde sich durch Beimengung eines intranasal wirkenden Pulvers mit Geliermechanismus so schnell verbreiten, dass es damit zur Biowaffe wird.«

Darcy musste sich ein Lächeln verkneifen. Indem er sich ein wenig umständlicher als nötig ausdrückte, gab Ski ihr zu verstehen, dass er auf ihrer Seite war. Denn Quinn war ein einfacher Soldat, kein Superhirn, so wie sie beide.

»Genau«, fuhr Darcy ohne Pause fort. »Jedenfalls haben wir uns nach der Analyse der Wärmebilder in das Computersystem des hiesigen Energieversorgers gehackt und eine Liste von Kunden erstellt, die in Skis Raster fallen. Alle bekanntermaßen rechtmäßigen Unternehmen haben wir natürlich aussortiert. Anschließend haben wir den aktuellen Verbrauch mit dem vor vier Monaten verglichen. Diejenigen Gebäude, bei denen ein signifikanter Anstieg zu beobachten war, stehen auf Liste A. Das sind nur zwei Dutzend Adressen.«

Quinn nickte. »Erstklassige Arbeit. Und jetzt wird es Zeit, sich die Hände schmutzig zu machen.« Er klopfte mit einem Finger auf die ausgebreitete Karte des Sumpfgebietes, die vor ihm auf dem Tisch lag. »Ich nehme an, ihr habt die Koordinaten?«

Sie reichte ihm drei Seiten, jede für ein anderes Gebiet: Die

Dörfer im Süden und im Norden sowie die umliegenden Sumpfgebiete.

Er stand auf. »In Ordnung. Rand, du kommst mit mir. Wir kümmern uns um die Dörfer.« Er reichte Kick eine der Listen. »Du wirst dir mit Ski die Bayous vornehmen. Okay, dann wollen wir diese Arschlöcher mal ausfindig machen.«

Äh.

»*Entschuldige bitte?*«, sagte Darcy laut in den Raum hinein. Alle erstarrten mitten in der Bewegung. »Und wohin gehe ich?«

Quinn wirkte überrascht. Alle anderen peinlich berührt. »Nirgendwohin. Bleib hier und entwickle noch ein Alternativszenario«, sagte er dann. »Wir können uns schließlich nicht darauf verlassen, dass wir gleich mit dem ersten Vorstoß erfolgreich sein werden.«

»Willst du mich *verarschen*? Erwartest du ernsthaft, dass ich hier herumsitze und Däumchen drehe, während ihr vier Machos rausgeht und die Bösewichte jagt? *Ganz bestimmt nicht!*«

»Da du bei diesem Einsatz die Computerexpertin bist, und –«

»Nur zu deiner Information: Ich habe bereits überall angefragt, ob jemand online Laborutensilien oder Chemikalien, vor allem dieses besondere Gelierpulver bestellt hat. Das heißt, ich kann jetzt sowieso nichts tun als auf die Antworten warten.«

»Dann möchte ich, dass du –«

»Was du *möchtest*, ist mir scheißegal, Quinn. Ich bin für den operativen Einsatz ausgebildet, genau wie du, und ich bin verdammt gut. Brav hier im Lager zu bleiben und eine ruhige Kugel zu schieben kommt für mich überhaupt nicht infrage!«

Das war ja wohl die Höhe!

»Hör mal, Zimmie –«

»Verdammt, Quinn, komm mir bloß nicht mit Zimmie –«

»Schon gut! Schon gut! Aber selbst wenn ich einverstanden wäre – es ginge nicht auf, weil Marc sich noch um diese Polizistin kümmert. Es gäbe also gar keinen Partner für d–«

»Ich kann auch alleine losziehen«, unterbrach ihn Kick. »Bin sowieso gewohnt, auf eigene Faust zu arbeiten. Vielleicht treffe ich da draußen ja sogar auf Lafayette.«

»Danke«, sagte Darcy zu ihm und langte nach der Liste mit den Dörfern, bevor Quinn es tun konnte. »Dann geh ich mit Ski.«

Aber Quinn riss ihr die Liste wieder aus der Hand. »Nein.« Eines der beiden Blätter gab er Rand. »Du und Ski, ihr nehmt euch die hier vor. Kick, schaffst du die Bayous alleine?

»Aber sicher, Boss.«

Na super. Das bedeutete also …

Quinn wandte sich zu ihr um. »Du kommst mit mir, Zimmermann. Oder hast du deine Meinung geändert?«

Sie blickte ihn finster an. »Ist mir egal, mit wem ich eingeteilt bin. Gehen wir.«

Special Agent Rebel Haywood balancierte eine Teetasse auf den Knien und jubelte innerlich.

Jippieh. Volltreffer!

Einfach erstaunlich. Ein freundlicher Mensch mitten in New York City, der seine Nachbarn tatsächlich persönlich kannte und auch noch bereit war zu reden. Wie unwahrscheinlich war das denn bitte?

Rebel war auf Spurensuche im Gina-Cappozi-Fall. Wenn auch auf etwas ungewöhnliche Art und Weise. Die drei anderen FBI-Agenten der Cappozi-Taskforce konzentrierten sich darauf, Ginas Entführer zu identifizieren, welche vermutlich einer von Abbas Tawhid geleiteten Al-Sayika-Zelle angehörten. Alex' Freund Kick war überzeugt, dass Gina irgendwo in Louisiana festgehalten wurde. Aber solange sein STORM-Team den Aufenthaltsort nicht aufspüren konnte, gab es dafür keinerlei Beweise.

Also hatte Rebel sich überlegt, dass es vielleicht sinnvoll war, Dr. Cappozis Verschwinden von der anderen Seite her aufzurollen – sich also auf Gina zu konzentrieren. Inzwischen waren fast drei Monate vergangen, aber niemand hatte offiziell herausgefunden, weshalb gerade sie zum Entführungsopfer geworden war. Schließlich gab es auch noch andere Wissenschaftler, die auf ihrem Gebiet forschten.

Zane hatte Rebel nach seiner Rückkehr erzählt, dass sein alter Freund Kick Jackson während der Flucht einen Entzug hatte durchmachen müssen. Rainie, die als Krankenschwester in der Notaufnahme gearbeitet hatte, hatte ihm beigestanden und war auf diese Weise unvermittelt in einen tödlichen Spezialeinsatz von Zero Unit mitten im Sudan hineingeraten. Dort war es ihr und Kick später auch gelungen, Zane aus einem berüchtigten Al-Sayika-Ausbildungslager zu befreien.

Inzwischen waren Kick und Rainie verheiratet. Und Rainie war überzeugt, dass die Terroristen auf Gina aufmerksam geworden waren, weil diese nach Rainies Verschwinden immer wieder bei der CIA-Behörde nachgehakt hatte. Kick ging davon aus, dass es einen Al-Sayika-Maulwurf in der Regierung gab. Aber wer konnte das sein?

Irgendwo in den Ereignissen der letzten Wochen vor Ginas Entführung musste es einen Hinweis darauf geben. Wenn Rebel den fand, dann würde sie vielleicht auch herausbekommen, wo genau Gina festgehalten wurde und wer sie verraten hatte – falls es diesen Jemand gab.

»Sie und Dr. Cappozi waren also befreundet, Mrs Duluth?«

»Oh, ja«, erwiderte die alte Dame und nickte bekräftigend. Sie war schätzungsweise um die achtzig, hatte silbriges Haar, und wenn Rebels Glückssträhne anhielt, dann wusste sie alles über jeden einzelnen Bewohner des Häuserblocks, in dem Gina Cappozi sechs Jahre lang gelebt hatte. »An den wenigen freien Tagen ist Gina häufig auf ein Tässchen Tee vorbeigekommen. So ein liebes Ding. Sie hat es zwar nie offen gesagt, aber wollte wohl ein Auge auf mich haben. Falls ich hinfallen und nicht mehr hochkommen sollte, wissen Sie?« In ihren Augen blitzte der Schalk auf.

Rebel lachte leise in sich hinein. Sowohl die Polizei als auch das FBI hatten bereits mit allen Nachbarn in der Straße gesprochen, in der Gina Cappozis Brownstone-Häuschen stand. Aber Mrs Duluth lebte zwei Blocks weiter. Direkt neben einem kleinen Blumenladen. Dorthin war Rebel gegangen, weil ihr die vielen Vasen in Ginas Wohnung aufgefallen waren, und es nahelag, im Blumenladen vorbeizuschauen – vielleicht hatte Gina ja hier eingekauft. Dort hatte sie die redselige Rentnerin kennengelernt, die gerade Kamelien für den Gemeinschaftsgarten des Viertels gekauft hatte. Ein echter Durchbruch.

»Dr. Cappozi scheint eine nette Frau zu sein.«

»Oh, das ist sie. Liebt Gartenarbeit, obwohl sie hier in der Stadt weiß Gott nicht viel Gelegenheit dazu hat. Wenn sie mal nicht da ist, dann gieße ich immer ihre Farne und Usambaraveilchen«, fügte Mrs Duluth noch hinzu. Dann erstarb ihr Lächeln. »Ich mache mir solche Sorgen. Drei Monate sind eine wirklich lange Zeit, selbst falls sie einiges regeln musste. Ich hoffe, ihr ist nichts zugestoßen.«

Die Vermutung der Regierung, dass Dr. Cappozi von Terroristen entführt worden sei, war ein streng gehütetes Geheimnis. Wenn etwas davon durchsickerte, geriet Gina in noch größere Gefahr. Offiziell galt sie deshalb einfach als vermisst und mögliches Opfer eines Gewaltverbrechens.

»War sie denn oft unterwegs?«, fragte Rebel.

»Eigentlich ist sie nicht mehr so viel gereist«, sagte Mrs Duluth und legte die Stirn in Falten. »Jedenfalls nicht mehr seit …« Die alte Dame seufzte.

Rebel unterdrückte ein Gähnen, um nicht unhöflich zu wirken. Sie war erst nach drei Uhr morgens von dem Besuch bei Zane zurückgekommen. Obwohl sie heute erst ein wenig später zur Arbeit gegangen war, hatte sie doch nicht mehr als vier Stunden geschlafen. Und heute Nachmittag sollte sie auch noch den neuen SAC der Cappozi-Sondereinheit kennenlernen. Denn der bisherige Taskforce-Leiter hatte gestern Abend plötzlich einen Herzinfarkt erlitten und würde wochenlang ausfallen. Na, da würde sie ja einen großartigen ersten Eindruck machen.

Sie riss sich zusammen und konzentrierte sich. »Seit wann nicht mehr, Mrs Duluth?«

»Seit Gina sich von ihrem Verlobten getrennt hatte.«

Rebels Magen zog sich zusammen. *Verlobter*. Ihr neues Hasswort. Na gut, vier Stunden Schlaf – voll wirrer Träume – waren sogar eine Übertreibung. Denn davor hatte sie bestimmt noch eine ganze Stunde lang die Decke angestarrt. Und darüber nachgedacht, was Alex Zane wohl dazu brachte, Helena Middleton heiraten zu wollen.

Von ihrer makellosen Schönheit und dem quirligen Wesen mal abgesehen. Ihrer stets rücksichtsvollen Art. Ach so, ja, und dem Stammbaum, der bis zur *Mayflower* zurückreichte, sowie einem nicht unbeträchtlichen Treuhandvermögen.

Doch die letzten beiden Dinge waren einem Mann wie Zane hundertprozentig egal, schalt sich Rebel. Es war sein verfluchtes Ehrgefühl, das ihn in diese Ehe trieb.

Hör endlich auf, an Zane zu denken.

Sie warf Mrs Duluth einen Blick zu. Worüber hatten sie gerade gesprochen? *Verlobter*. Genau. Wie hatte sie das nur vergessen können.

»Gina war also verlobt?«, hakte sie nach und nahm sich vor, Rainie danach zu fragen. Denn die musste als beste Freundin doch über eine geplatzte Verlobung Bescheid wissen. »Haben Sie den Mann kennengelernt?«

»Ich habe ihn vielleicht ein- oder zweimal getroffen. So ein netter Mann.« Ihr Gesichtsausdruck wurde lebhafter. »Na, er hat doch für das FBI gearbeitet, so wie Sie! Vielleicht kennen Sie ihn ja sogar? Ach so! Bestimmt hat er Sie zu mir geschickt.«

»Nein, ich glaube nicht. Erinnern Sie sich noch an den Namen?«

»Er hieß Wade. Wade …« Die ältere Frau überlegte. »Und dann irgendetwas mit Bergen.«

Rebel notierte sich alles und setzte ein Sternchen dahinter. Wenn es um vermisste Frauen ging, dann war ein Exverlobter bei ihr immer sofort ganz oben auf der Liste der Verdächtigen. Interessant, dass er für die Firma arbeitete.

Warum Kick ihr wohl nicht von Ginas Ex erzählt hatte, besonders da der Kerl noch irgendwie eine Rolle zu spielen schien? Na ja, Kick hatte sich eigentlich überhaupt sehr bedeckt gehalten. Nur weil seine Frau Rainie eng mit Gina befreundet war, hatte sie am Ende überhaupt etwas aus ihm herauskitzeln können. Er war so unwillig wie ein Zweijähriger vor einem Teller Brokkoli gewesen. Wahrscheinlich fürchtete er, die Informationen könnten irgendwie an den Verräter durchsickern, den er und Alex in der CIA vermuteten, obwohl Rebel ihm geschworen hatte, keiner Menschenseele auch nur das Geringste über diese ganze Angelegenheit zu verraten. Denn Kick war der Meinung, dass der Al-Sayika-Maulwurf möglicherweise auch in einer der anderen Behörden saß, die mit Zero Unit, seiner ehemaligen Spezialeinheit, verbunden waren. Und jede undichte Stelle konnte ihn das Leben kosten. Genau wie Alex, Rainie und Gina.

Plötzlich kam Rebel ein furchtbarer Gedanke. Das FBI war

doch auch eine bundesstaatliche Behörde. Konnte dieser Verlobte der Maulwurf sein?

Nein. Das war unmöglich. Kick und Alex waren sich ziemlich sicher, dass derjenige, der sie verraten hatte, für die CIA arbeitete. Nicht für das FBI.

Andererseits gab es überhaupt keinen handfesten Beweis für einen Doppelagenten oder Terroristen, eigentlich nicht einmal für Ginas Entführung. Nur Indizien. Gina Cappozi konnte auch einfach abgetaucht sein, oder vielleicht sogar ermordet, und zwar aus ganz anderen Gründen als wegen ihrer Forschungsarbeit in der Virengenetik, wie jeder in der Taskforce annahm.

Ein FBI-Agent wusste mit Sicherheit, wie er jemanden verschwinden lassen konnte, warum auch immer. Also, warum hatte sich noch niemand diesen Exverlobten vorgeknöpft? Oder ihn wenigstens in den Akten erwähnt?

»Wade lag wirklich viel an Gina. Aber ich vermute, er war ihr ein bisschen zu altmodisch, besonders was seine Vorstellung von Mann und Frau anging. Er wollte nämlich, dass sie ihren Beruf an den Nagel hängte und zu ihm nach Washington D. C. zog, um mit ihm zusammenzuleben. Gina wollte aber lieber hier in New York an ihrer Karriere feilen … eine Makrone, Liebes?«

»Danke.« Rebel nahm sich einen Keks und knabberte daran herum. Ihre Gedanken schweiften wieder einmal zu Zane ab. Was *er* wohl vorhatte, wenn er erst einmal verheiratet war? Bei Zero Unit war er ja bereits ausgestiegen. Ein anderer Beruf in diesem Bereich kam wegen seiner schlechten körperlichen Verfassung wohl auch nicht mehr infrage. Wahrscheinlich würde er den Rest seines Lebens angelnd am Strand sitzen. Und sich von seiner perfekten, vermögenden Ehefrau verhätscheln lassen.

Nach der sechzehnmonatigen Folterhaft hatte er das weiß Gott verdient.

Sie schüttelte das beklemmende Gefühl im Brustkorb ab. »War es eine hässliche Trennung? Haben sich Gina und Wade viel gestritten?«, fragte sie Mrs Duluth.

»Oh, nein. Nichts dergleichen. Obwohl ihn Ginas Entscheidung sehr verletzt hat, war er nicht nachtragend. Im Gegenteil, als damals diese Sache mit Rainie passiert ist, also mit Ginas bester Freundin, da hat er ihr sogar geholfen.«

Rebel fuhr in die Höhe und blinzelte erstaunt.

Weder Kick noch Zane hatten je erwähnt, dass dieser Wade in Rainies Verschwinden verwickelt gewesen war.

»Tatsächlich?«, fragte sie.

»Als Rainie nicht auffindbar war, war Gina außer sich«, erklärte Mrs Duluth ihr. »Wade hat dann wohl herausgefunden, bei wem Rainie war, und Gina die entsprechende Telefonnummer gegeben.« Sie machte ein missbilligendes Gesicht. »Und so hat sie ja wohl auch diesen … Herrn … kennengelernt, mit dem sie dann zusammen war.«

Rebel zog verwirrt die Stirn kraus. »Wer? Rainie?«

»Nein. Gina. Irgendwie hatte er mit dem Militär zu tun.« Die ältere Dame schüttelte sich leicht. »Ein schrecklicher Mensch. Regelrecht zum Fürchten, wenn Sie mich fragen, mit diesen Armeehosen und den Kampfstiefeln.« Sie beugte sich ein wenig vor und sagte verschwörerisch: »Er fährt auch Motorrad.«

Rebel unterdrückte ein Lächeln. Der Kerl hörte sich in ihren Ohren eigentlich ziemlich attraktiv an. Armeeklamotten und Motorräder fand sie schon immer heiß. Wie es der Zufall wollte, hatte Zane früher –

Sie spannte den Kiefer an. *Nicht ablenken lassen.*

»Also«, vergewisserte sie sich, »Gina hat die Telefonnummer dieses neuen Freundes von Wade bekommen? Und dieser neue Kerl hat irgendwie mit Rainies Verschwinden zu tun gehabt?«

»Genau so war es – jedenfalls was die Telefonnummer anbelangt. Aber Rainie war ja gar nicht verschwunden. Sie war nur mit diesem dritten jungen Mann unterwegs, einem gewissen Jackson. Rainie ist inzwischen mit ihm verheiratet, müssen Sie wissen.«

»Ja, das ist mir bekannt.« Zane war der Trauzeuge gewesen, also hatten Helena und Rebel auch an der kleinen Hochzeitsfeier teilgenommen. Die Zeremonie hatte im Haven Oaks Sanatorium stattgefunden, weil die Ärzte Zane noch nicht aus dem Bett lassen wollten. Eine wunderschöne Feier. So unglaublich romantisch. Und peinlich. Denn aus unerfindlichen Gründen hatte Rebel die ganze Zeit über weinen müssen. Auch Rainie hatte Tränen vergossen, allerdings wegen ihrer besten Freundin Gina, die nicht dabei sein konnte. Damals hatte Rebel auch das erste Mal mit dem Gedanken gespielt, sich versetzen zu lassen, um bei der Suche nach Gina mitzuhelfen.

Wegen dieser persönlichen Verbindung lag Rebel die Lösung des Falls besonders am Herzen. Außerdem verdächtigte man dieselben Sadisten, wegen denen Zane immer noch jede Nacht schreiend aus furchtbaren Albträumen aufschreckte, auch für Ginas Entführung verantwortlich zu sein. Trotzdem war Zane überhaupt nicht begeistert gewesen, dass Rebel sich einbringen wollte. Deswegen hatte es auch so lange gedauert, bis sie tatsächlich um ihre Versetzung gebeten hatte. Jedes Mal, wenn sie mit dem Thema anfing, hatte Zane dichtgemacht. Aber das war sein Problem. Denn sie musste es einfach tun.

»Jedenfalls«, fuhr Mrs Duluth fort, »hat Gina sich mit diesem Mann getroffen, und ich nehme an, dass sie sich zunächst sehr gut verstanden haben, denn er kam dann zu jeder Tages- und Nachtzeit vorbei und stand vor ihrer Tür. Und sie hat ihn immer reingelassen.«

Okay, Moment mal. »Welcher Mann jetzt?«

»Der mit den Armeekleidern und dem Motorrad. Ich weiß

das, weil er die Maschine immer vor dem Blumenladen abgestellt hat und dann die zwei Blocks bis zu ihr gelaufen ist. Sehr merkwürdig, wenn Sie mich fragen. Noch etwas Tee, Liebes?«

»Nein, danke.«

Hm. Das war *wirklich* seltsam.

Rebel stellte ihre Teetasse auf das Beistelltischchen mit der Häkeldecke, das neben dem zerschlissenen altmodischen Sofa stand. Mit einem Mal war sie wie elektrisiert. Sehr seltsam, und noch dazu waren das ganz neue Erkenntnisse. Weder ein Verlobter namens Wade noch ein neuer Freund oder jemand mit einem Motorrad wurden irgendwo in den Akten erwähnt. Und Kick hatte auch nichts dergleichen erzählt.

»Sie kennen nicht zufällig den Namen dieses Mannes?«, fragte Rebel hoffnungsvoll.

»O doch. Gregg. Mit zwei G. Ich erinnere mich daran, weil einer meiner Neffen auch so heißt. Aber ich glaube nicht, dass Gina mir seinen Nachnamen verraten hat.«

Rebel schrieb das alles auf, und dabei beschlich sie ein untrügliches Gefühl: *Das war sie* – die Spur, nach der sie suchte. Sie war sich ganz sicher. »Sie sagten, *zunächst* schienen sie sich gut zu verstehen. Ist dann etwas vorgefallen?«

»Nun ja, an dem Tag, nachdem Gina weggefahren ist, habe ich meine Einkäufe erledigt. Und als ich nach Hause kam, war da eine Nachricht von ihr, die unter meiner Tür durchgeschoben worden war. Darin stand, dass sie für ein paar Wochen zu ihrer Familie fahren würde, und sie fragte, ob ich mich bis dahin um ihre Pflanzen kümmern könnte. Also habe ich angenommen, dass sie sich gestritten hatten.«

Rebel richtete sich auf. »Wie kommen Sie darauf?«

»Ihr Nachbar von nebenan sagte mir, *ihm* hätte sie gesagt, dass sie nur den Tag über unterwegs sein würde. Das war aber *einen Tag vorher* gewesen. Warum also wäre sie sonst ohne diesen Gregg zurückgekommen und dann gleich am nächsten Tag wieder fortgefahren, um ihre Familie zu besuchen?«

Bei Rebel stellten sich die Nackenhaare auf. »Ohne ihn zurückgekommen? Sie meinen, sie war *mit ihm* unterwegs, als sie das erste Mal wegfuhr?« Nirgendwo in den Unterlagen war erwähnt gewesen, dass Gina irgendwohin gefahren war, weder am Tag ihres Verschwindens noch am Tag zuvor. Mit wem auch immer. Und diese Nachricht unter der Tür hätte jeder schreiben … oder Gina mit Waffengewalt dazu zwingen können.

»Aber ja. Sie war an jenem Tag mit ihm unterwegs«, nickte Mrs Duluth und schenkte sich noch etwas Tee nach. Aber sie führte das nicht weiter aus.

»Wie kommen Sie darauf?«

Mrs Duluth blinzelte, ganz offensichtlich hielt sie Rebel für schwer von Begriff. »Nun, Liebes, an dem Tag, bevor ich die Nachricht fand, habe ich doch gesehen, wie Gina mit ihm auf seinem Motorrad wegfuhr!«

6

Der Plan zeigte *keinerlei* Wirkung.

Marc beobachtete, wie Tara, ohne mit der Wimper zu zucken, an einem über zwei Meter langen Alligator vorbeipaddelte. Ha! Er hatte Kowalski ja gleich gesagt, dass man ihr nicht so leicht Angst machen konnte, und damit hatte er goldrichtig gelegen. Warum war er überhaupt auf diesen bescheuerten Vorschlag seines Teamkollegen eingegangen?

»Ganz schön viele Alligatoren da draußen heute«, bemerkte sie und hielt ihr Paddel dabei locker in der Hand, so als wollte sie dem Tier eins überziehen, sollte es ihr zu nahe kommen. Zumindest hätte er ihr das glatt zugetraut.

Marc hatte jedenfalls eine Schrotflinte in Reichweite, und zwar gleich hinter ihm im Trockensack. Außerdem trug er noch die Beretta und sein KABAR-Messer am Körper, für alle Fälle. Er hatte ihr zwar Angst einjagen, dabei aber kein Risiko eingehen wollen.

»Sind immer viele von denen im Sumpf unterwegs, *Chère*«, gab er zurück.

»Schlangen und riesige Spinnen gibt es auch zuhauf, wie ich feststellen konnte.«

»*Mais*, ja.« Und er hatte sie beflissen auf jede einzelne aufmerksam gemacht. Doch das hatte auch nichts genützt.

Ein weiterer Alligator glitt neben ihnen durchs Wasser. Dieser hier war ein kleineres Exemplar. Tara warf Marc einen wissenden Blick über die Schulter zu. »Scheint mir fast so, als hätten Sie uns vorsätzlich durch die größten Kolonien dieser Biester gelenkt, die sie kennen.«

Erwischt.

»Aber *Chère*, warum sollte ich das tun?«

»Gute Frage. Sie sind wohl nicht zufällig darauf aus, mir Angst einzujagen?«

Dieser Frau konnte man einfach nichts vormachen. »Noch mal, warum sollte ich denn so etwas tun?«

Sie drehte sich wieder nach vorne um und betrachtete prüfend die dicht bewachsene Wildnis um sie herum. Den ganzen Morgen über hatte sie hochkonzentriert das braungrüne Wasser gemustert, prüfend jeden schmalen bewachsenen Landstreifen und jedes flache Inselchen betrachtet, an dem sie vorbeigekommen waren. Denn sie vermutete, dass eine Chemikalien-Müllkippe oder eine andere Art der Verschmutzung für den Tod der Tiere verantwortlich war, und rechnete mit weiteren Kadavern. Inzwischen hatten sie alle Fundorte abgeklappert und waren gerade auf dem Weg zum ersten der Jäger, die damals diese Vorfälle gemeldet hatten.

»Tja, warum wohl?«, sagte Tara. »Vielleicht um sich einen Spaß mit dem kleinen Yankee-Mädel zu erlauben? Damit Sie sich mit ihren Freunden darüber amüsieren können, was für ein Feigling ich war und wie ich in Panik geraten bin?«

Attends. Obwohl sie diese Behauptung leichthin ausgesprochen hatte, verriet ihm doch etwas in ihrer Stimme, dass dies keinesfalls scherzhaft gemeint war. Und Marc erfasste sehr wohl, was sie unausgesprochen ließ, denn er hatte in seinem Leben oft genug selbst unter Vorurteilen leiden müssen.

»Gehen die etwa so mit Ihnen um?«, fragte er angewidert. »Ihre männlichen Kollegen?«

Wieder warf sie ihm über die Schulter hinweg einen scharfen Blick zu. »Wie kommen Sie darauf?«

Er lachte freudlos auf. »Sehen Sie mich doch mal an, *Chère*, und dann raten Sie einfach wild drauflos.«

Tara kam seiner Aufforderung nach, indem sie ihn eingehend betrachtete. Ihr Blick glitt über seinen Oberkörper, die breiten Schultern, die muskulösen Arme, die markante Kinnlinie. »Tut mir leid. Sie wirken nicht gerade wie ein Mann, mit dem man sich anlegen möchte.«

Für einen Mann in seinem Beruf war dies wohl das größte Kompliment, das man ihm machen konnte. Ihre Bewunderung brachte Marcs Blut in Wallung. Trotzdem versuchte er, sie näher an die Wahrheit heranzuführen. »Dann stellen Sie sich doch stattdessen einen dürren kleinen *Cajun*-Jungen vor, und raten Sie noch mal.«

Langsam dämmerte es ihr. »Oh. Verstehe.« Tara legte den Kopf leicht schräg. »Und deshalb sind Sie zum Militär gegangen? Um noch mehr gepiesackt zu werden?«

Darin war sie wirklich gut. Lenkte andauernd durch Gegenfragen von sich selbst ab. Marc entschied, ihr trotzdem zu antworten. »Nö«, sagte er, ohne eine Miene zu verziehen. »Wollte nur endlich von meinen fünf Schwestern weg.« Zuerst war das auch so gewesen. Aber als er dann tatsächlich fort gewesen war und gesehen hatte, wie andere junge Männer von ihren Familien behandelt wurden, da war seine innere Verbundenheit zu ihnen nur noch enger geworden, denn trotz ihrer eigensinnigen Art waren sie immer äußerst liebevoll zu ihm gewesen. Sogar sich um sie kümmern zu müssen, hatte er ironischerweise vermisst, obwohl er ja gerade dem hatte entkommen wollen. Inzwischen musste er sich von ihnen fernhalten, um ihre Sicherheit nicht zu gefährden. Aber er vermisste sie schrecklich, auch wenn sie ihn regelmäßig zur Weißglut trieben.

Tara lachte überrascht. »Sind Sie etwa das Nesthäkchen?«

»*Non*. Der Älteste.« Er lächelte sie an. »Oder sehe ich etwa wie ein Baby aus?«

Sie musterte ihn noch einmal von oben bis unten. Dieses Mal

ließ er die körperliche Reaktion einfach zu. Ihm fuhr ein heißer Blitz direkt zwischen die Beine. Wer hatte noch mal gesagt, dass sie nicht sein Typ war?

»Nein«, sagte sie dann und drehte sich wieder um.

Und Marc wusste nicht, welche Frage sie damit beantwortet hatte – die laut gestellte oder die unausgesprochene.

Schade. Denn eine schnelle Nummer hätte ihm wirklich geholfen, diese schreckliche Anspannung loszuwerden. Den ganzen Morgen über hatte er schon mit seiner Erregung zu kämpfen. Als hätte er eine *foutu* Zugbrücke zwischen den Beinen. Und er hätte schwören können, dass sich ihre Wangen gerade jetzt röteten. Sie wollte ihn. Nur zugeben konnte sie das nicht. Weder ihm noch sich selbst gegenüber.

Eine Mokassinschlange schwamm an ihnen vorbei. Elegant glitt der lange, kupferfarben glitzernde Körper durch die hellgrüne Entengrütze auf der dunklen unberührten Wasseroberfläche. Tara sah jedoch kaum hin. Tatsächlich *hatte* er das Kajak durch die bekannteste Alligator-Ansammlung im ganzen Umkreis gesteuert und dabei jede einzelne Giftschlage in dem trüben Bayou und jede große Spinne hervorgehoben, genau, wie sie gesagt hatte.

Marc gab auf.

»Sie kommen also aus dem Norden, ja?«, fragte er.

»Als ob Sie das nicht hören könnten.«

»Und was hat Sie hierher nach Louisiana verschlagen?«

In der Gesprächspause, die sich daraufhin entspann, paddelten sie zwischen den dicken Baumstämmen der über ihnen aufragenden Zypressen hindurch und wichen herabhängenden Moossträngen aus. Nur das verängstigte Kreischen der Vögel, in deren Territorium sie eindrangen, war zu hören. Einige der Tiere breiteten ihre riesigen Flügel aus und flogen davon, die anderen hüpften einfach unter lautem Protest von Ast zu Ast.

»Hurrikan Katrina«, antwortet sie schließlich. »Ich bin als freiwillige Helferin hergekommen. Und geblieben.«

Interessant. »Das war ziemlich schlimm, was?«

»Ja. Ziemlich schlimm.«

»Woher aus dem Norden?«

»Eine Kleinstadt in Pennsylvania.«

Er steuerte eine Sumpfeiche mit ausladenden Wurzeln an, die über und über mit dem satten Orange und Grün der Bromelien bedeckt war. »Und wovor sind Sie geflüchtet?«

Ihr Rücken versteifte sich. »Wieso glauben Sie, dass ich vor irgendetwas auf der Flucht bin?«

Konnte sie denn nicht ein einziges Mal einfach nur seine Frage beantworten? »Sind Sie das denn nicht?«

»Nein.«

Na ja. Außer vor ihm. »*Bon*.«

»Wie weit ist es noch bis zu diesem Ort, an dem der Jäger wohnt? Wir müssen heute schließlich noch eine Menge weiterer Leute befragen.«

»Noch zwei, drei Kilometer. Dann etwa sieben bis zum Nächsten. Bei den letzten beiden wird es einfacher, die leben in der Stadt. Aber wahrscheinlich arbeiten sie noch und werden erst gegen Abend zu Hause sein.« Also würde er wenigstens den Nachmittag für sich haben. Zumindest, wenn er sie vorher loswurde.

Gerade drehte sie sich um und warf ihm einen missbilligenden Blick zu.

Er hob beide Hände. »Tut mir leid. Da kann ich auch nichts machen. Ich könnte Sie aber in Ihrem Motel absetzen und –« Er unterbrach sich, als sie den Kopf schüttelte. »Was denn?«

»Haben Sie etwa vergessen, dass ich Sie für den ganzen Tag angeheuert habe? Und ich meine den *ganzen* Tag!«

Dieu. Was für ein Sturkopf. Nun, dann würde er den Spieß eben umdrehen.

»Tja, nun. Und was haben Sie sich vorgestellt, wie wir uns den ganzen Nachmittag über die Zeit vertreiben?«, fragte er und zog dabei eine Augenbraue hoch.

Sie zögerte kurz, und Marc nutzte diesen Moment aus, um seine Beine unmissverständlich noch etwas enger um sie zu schlingen. Die zwei Jahre Abstinenz machten sich bemerkbar. So, wie er das sah, konnte die Arbeit auch eine Weile warten.

Tara errötete. »Sie sind wirklich unverbesserlich, wissen Sie das?«

Das wäre dann wohl ein Nein. »Ich nehme das mal als Kompliment.«

»Warum machen Sie immer weiter, obwohl Sie wissen, dass Sie nicht bekommen werden, worauf Sie aus sind?

»Werde ich das nicht?«

Sie stieß geräuschvoll den Atem aus. »Nein.«

Alors. Er lächelte. »Aber das hängt doch ganz davon ab, worauf ich es abgesehen habe, nicht wahr, *Chère*?«

Ein Schwall Blut spritzte in hohem Bogen durch das Zimmer.

Ihr Blut.

Gina versuchte, sich auf die elegante Kurve zu konzentrieren, auf das zarte Gebilde der hellroten Tropfen, die wie in Zeitlupe durch die Luft segelten. Darauf, wie kunstvoll die flüssigen Bläschen an der Wand zerplatzten und dabei ein lehrbuchmäßiges Muster hinterließen, das wie gemalt aussah. Und nicht auf den unerträglichen Schmerz, den sie fühlte.

Ihr blieb kaum genügend Zeit, einzuatmen, bevor der nächste Schlag sie im Gesicht traf und eine genau gleich aussehende Blutspur in der entgegengesetzten Richtung herabregnen ließ. Gefolgt von noch entsetzlicherem Schmerz.

Dieses Mal hatte sie wirklich Mist gebaut.

Und jetzt musste sie dafür büßen.

Jeder Nerv, jeder Muskel und jede Faser ihres Körpers schmerzte. Jeder Atemzug brannte wie Feuer. Beim nächsten Schlag von Tawhid hörte sie ihren Kieferknochen knacken, und ihre Augenlider schwollen zu.

Ihre Sicht verschwamm, und sie hoffte inständig, bald ohnmächtig zu werden. Aber ihr Verstand war zu sehr damit beschäftigt, sich Vorwürfe zu machen, als dass er ihr diesen kleinen Gefallen tat.

Gina hatte sich für besonders schlau gehalten. Aber sie hatte es mit einem teuflischen Gegenspieler zu tun. Tawhid hatte wohl die ganze Zeit über geahnt, was sie vorhatte. Und sie in dem Glauben gelassen, dass sie seine Biowaffe erfolgreich sabotieren konnte, obwohl ihre eigentliche Aufgabe war, dem Virus den letzten Schliff zu geben.

Und das hatte sie auch getan. Das Pulver war einsatzbereit. Genau, wie er es ihr vorgegeben hatte. Einfach anzuwenden. Tödlich. Das von einem anderen Wissenschaftler mit Milzbrand kombinierte, hochansteckende Influenza-A-Virus zu replizieren, war gar nicht so schwer gewesen. Ein Pulver daraus zu machen, das über ein Sprühsystem abgegeben werden konnte, war eine größere Herausforderung gewesen, aber ebenfalls zu schaffen. Seit Tawhid Gina vor zwei Monaten das erste Mal grün und blau geprügelt hatte, war sie jedoch dazu übergegangen, wie einst Penelope an jedem Abend die Ergebnisse ihrer Arbeit zu vernichten. Und wenn die Wachen nicht aufgepasst hatten, hatte sie heimlich Veränderungen vorgenommen: Mithilfe eines eingebauten Selbstzerstörungs-Gens hatte Gina den tödlichvirulenten Erreger in ein nicht ansteckendes Virus verwandelt. Außerdem hatte sie dafür gesorgt, dass es bei kälteren Temperaturen abstarb. Damit wäre die Waffe außerhalb der kontrollierten Schutzatmosphäre des Labors quasi wirkungslos.

Jedoch war ihr nur lächerlich wenig Zeit geblieben, um diese genetischen Veränderungen vorzunehmen. Aber wenigstens schien die Temperaturabhängigkeit geglückt zu sein. Fatalerweise war sie auf den überraschenden Test heute Morgen nicht vorbereitet gewesen. Immerhin war der letzte erst zwei Tage her. Als Tawhid also vorhin ins Labor hereingeplatzt war und von ihr verlangt hatte, sie solle eine kleine Sprühflasche mit dem Virus abfüllen, hatte sie nicht mehr rechtzeitig nach der extra für solche Fälle beiseite geschafften Probe mit dem Originalvirus greifen können, so wie bei den vorangegangenen Tests. Deswegen waren die Sumpftiere, an denen das Gift heute ausprobiert worden war, auch nicht gestorben. Und das hatte Tawhids Verdacht bestätigt, dass sie gegen ihn arbeitete.

Ihm gefiel es überhaupt nicht, wenn man sich seinen Anweisungen widersetzte. Einmal hatte er sie bereits gewarnt.

Doch jetzt war er mit seiner Geduld am Ende.

Als sie zu Boden fiel, schlug ihr Kopf heftig auf dem harten Zement auf. Sie sah nur noch Sterne, und einen Moment lang wurde ihr ganzer Körper taub. Gina versuchte, sich schützend in Embryonalstellung zusammenzurollen, war aber nicht schnell genug. Sie wurde von groben Händen gepackt, dann spürte sie einen durchdringenden Schmerz dort, wo Tawhids Stiefel sie getroffen hatte, bevor er erneut ausholte und wieder zutrat.

Irgendein Winkel ihres Verstands sagte ihr, dass er sie auf keinen Fall umbringen würde. Das konnte er gar nicht. Zumindest nicht, bevor er sich hundertprozentig sicher war, dass seine schreckliche Waffe so funktionieren würde, wie er sich das vorgestellt hatte.

Also musste Gina das hier einfach aushalten. Den Schmerz. Die Erniedrigung. Und die nagende Angst, dass sie sich irrte und heute doch der Tag war, an dem sie sterben würde. Nein! Auch wenn es sich so anfühlte. Sie würde überleben.

Eine andere Wahl hatte sie nicht. Es ging um Millionen Menschenleben, die auf dem Spiel standen. Und Gina musste sie retten.

Endlich hörten die Schläge und Tritte auf. Eine drückende, schwere Stille lag über dem Raum. Sie wagte einen Atemzug. Rührte sich aber nicht. Sollte er ruhig denken, er sei zu weit gegangen …

»Spiel mir nichts vor, du Hure«, sagte er kalt. »Ich weiß, dass du bei Bewusstsein bist.«

Sie stieß die Zunge gegen ihre Lippen. Das Blut auf ihnen schmeckte metallisch, und sie waren dick angeschwollen. Die Unterlippe war aufgerissen, die obere kaum zu spüren. Gina traute sich nicht zu antworten.

Warmes Blut und heiße Tränen rannen ihr über das Gesicht. Wenigstens war es vorbei. Und sie hatte nicht geschrien. Diese Genugtuung wollte sie ihm nicht gönnen.

»Du nimmst die Schläge hin wie ein Mann«, sagte er mit dieser ausdruckslosen kalten Stimme, die sich direkt in ihren Schädel bohrte und sich dort wie eine ekelhafte Krankheit durch ihre Gehirnwindungen fraß.

Gina atmete zittrig aus. Dankesworte wollte sie nicht äußern. Denn es hatte nicht wie ein Kompliment geklungen.

»Vielleicht *bist* du ja ein Mann«, fuhr er fort. »Sollen wir mal nachschauen?«

Sie erstarrte.

O Gott.

Dann robbte sie weg. »Nein!«

Aber er hatte sie bereits auf den Rücken gedreht und zog ihr die Hose herunter. Entblößte sie.

Gina versuchte sich zu wehren. Aber sie hatte keine Chance. Ihr Körper war zu zerschunden. Zu schwach. Die Wachen, die sie lachend festhielten, zu stark.

Tawhid entfuhr ein hässlicher Laut. »Wie ich gedacht habe.

Du bist kein Mann, aber als Frau auch nicht zu gebrauchen. Als Frau, die Gott geschaffen hat, um zu gehorchen. Dein Stolz beleidigt Allah. Du brauchst eine Lektion, damit du lernst, wo dein Platz ist, amerikanische Hure.«

Er zerriss ihr Hemd. Sie schluchzte. *Mutter Gottes, bitte hilf mir.*

Schon spürte sie sein Gewicht auf ihrem Körper und wie er ihre Beine auseinanderdrückte.

Gina verlor die Beherrschung. Schrie voller Verzweiflung auf.

Nein! O Gott. Nein!

7

Marc verschränkte die Hände hinter dem Kopf und sah Tara dabei zu, wie sie den wackligen alten Landesteg entlangging, der von einer kleinen verlassenen Jagdhütte hinabhing. Sie hatten hier angehalten, um Mittag zu essen. Als Tara am Ende des Stegs angekommen war, machte sie wieder kehrt und ging zurück. Das tat sie jetzt schon seit zehn Minuten so. Zwischendurch hatte Marc die kleine Kühltasche hervorgeholt und ihr ein Fischsandwich gereicht, das sie im Gehen verschlungen hatte. Wenig später hatte er ihr einen Eistee hingehalten, den sie, ohne anzuhalten, ausgetrunken hatte. Das Bier, das er ihr danach angeboten hatte, hatte sie jedoch abgelehnt, nachdem sie ungefähr eine halbe Minute stehen geblieben war und darüber nachgedacht hatte, ob sie es nun trinken sollte oder nicht.

Verdammt, *irgendwie* musste er sie beruhigen. Denn so langsam war er es leid, sie dabei zu beobachten, wie sie Furchen in die alten Planken zog.

»*Chère*, würden Sie sich bitte hinsetzen und sich mit mir unterhalten? Wo liegt denn das Problem?«

Er hatte sich auf den von der Sonne angewärmten Holzlatten ausgestreckt und gab sich Mühe, entspannt zu wirken, obwohl er genau das Gegenteil war.

Bis auf sein schwelendes Verlangen, das er langsam kaum noch unter Kontrolle hatte, war der Vormittag insgesamt besser als erwartet verlaufen. Obwohl diese blöde Idee von Kowalski, ihr Angst einzujagen, damit sie von sich aus verschwinden würde, komplett danebengegangen war. Dabei hatte er sich große Mühe gegeben. Aber als die Befragung der ersten beiden Männer, die die Kadaverfunde gemeldet hatten, erfolglos verlaufen war, wollte sie ihr Glück noch bei weiteren Sumpfbewohnern versuchen, bevor sie sich auf den Weg zurück in die Stadt machen würden. Selbstverständlich hatte er die einsiedlerischsten Waffennarren unter den Cajuns hier in der Gegend ausgewählt, die er persönlich kannte – damit man sie möglichst feindselig empfing, doch ohne dass sie Gefahr liefen, erschossen zu werden. Auch wenn er sich da nicht hundertprozentig sicher sein konnte. Trotzdem hatte sie keinerlei Anzeichen von Furcht gezeigt, nicht einmal mit der Wimper gezuckt, als sie direkt in den Doppellauf einer Schrotflinte geblickt hatte.

Zum Glück sprach sie kein *Cajun*-Französisch, also konnte er den Männern etwas über eine angebliche Drogenküche erzählen, nach der die Bundespolizei suchte, weil sie davon ausging, dass Chemikalien von dort die Tiere vergiftet hätten. So war er dann auch noch dazu gekommen, selbst ein paar Fragen zu stellen. Und im Gespräch mit dem letzten Jäger auf ihrer Liste hatte er sogar einige brauchbare Hinweise über *Étrangers* erhalten, die sich hier in der Nähe eingemietet hatten, und zwar in einem Gebäude, das gut als Drogenlabor taugen würde. Oder eben auch als provisorisches Genforschungslabor …

Deswegen konnte Marc es auch kaum erwarten, hier endlich wegzukommen und diese Typen aufzuspüren. Oder wenigstens Zimmermann, äh, Quinn, Bericht zu erstatten, damit das Team Nachforschungen anstellen könnte. Doch hier draußen gab es keinen Handyempfang, und er konnte ja wohl schlecht sein Satellitenfunkgerät aus dem Trockensack ziehen. Es hätte ziemlich verdächtig gewirkt, dass ein Exsträfling und angeblicher Reiseführer ein über tausend Dollar teures Gerät besaß.

Unvermittelt blieb Tara vor ihm stehen. »Vielleicht sollten wir denen sagen, dass wir zusammengehören«, sagte sie dann.

Er blinzelte. Versuchte, sich zu konzentrieren.

»Das *tun* wir doch«, erwiderte er und nahm noch einen Schluck Bier. Normalerweise trank er nie während der Arbeit, aber schließlich musste er ja sein Image als böser *Cajun*-Junge pflegen, nicht wahr? Außerdem brauchte er dringend etwas, das *ihn* ein wenig beruhigte. *Foutre de merde*. Langsam aber sicher brachte sie ihm um den Verstand. Und, nur fürs Protokoll, das lag *nicht* an ihrem Wahnsinnskörper, der im Kajak so dicht vor seinem gesessen hatte, bis er sich mit jeder Sekunde mehr nach ihr sehnte und dabei beinahe verrückt wurde.

Okay, *bon*. Es lag doch daran.

Jedenfalls zum Teil.

Aber außerdem wollte er endlich loslegen. Ihm lief die Zeit davon, und er war seinem Ziel, Tawhid zu finden, noch keinen Schritt näher gekommen. Also musste er diesen neuen Spuren nachgehen.

»Nein. Ich meine, so richtig zusammen«, erklärte sie.

Moment mal. Ganz langsam. *Quoi sa dit?* »Wie bitte?«

»Mit Ihnen reden sie alle«, erklärte sie verdrießlich. »Sie sind anscheinend mit *einfach jedem* hier in der Gegend befreundet.«

Das stimmte zwar so nicht ganz, aber ja, *einverstanden*, so gut wie jeder hier im Umkreis war mit einem seiner vielen Verwandten befreundet. Besonders seine gesellschaftlich umtriebigen Schwestern waren allseits beliebt. Deswegen wurde er auch von den meisten Menschen wie ein alter Freund begrüßt. *Mais* … »Und?«

»Und deswegen will keiner ein Wort mit *mir* wechseln. Wenn Sie mich aber für Ihre Freundin halten, werden die Leute vielleicht nicht sofort maulfaul, sobald ich die Sache mit den toten Tieren und der möglichen Gewässerverschmutzung anspreche.«

Sein Blutdruck schoss einmal mehr in die Höhe.

Bon Dieu.

Seine *Freundin*?

Er nahm einen besonders kräftigen Schluck Bier und zögerte seine Antwort hinaus. Die Möglichkeiten waren verlockend.

In den letzten Stunden hatte er gelernt, diese Frau mit ganz neuen Augen zu sehen. Seltsamerweise schien sie attraktiver zu werden, je mehr sein Respekt für sie wuchs. Sehr befremdlich. Für bewaffnete weibliche Wesen hatte Marc sich nie sonderlich erwärmen können. Und Frauen in Uniform waren ihm sogar glatt zuwider.

Andererseits trug sie heute ja gar keine Uniform.

Auch die Waffe hatte sie seit einiger Zeit nicht mehr herausgeholt, seit sie seinem Vorschlag nachgekommen war und sie im Bug verstaut hatte, um die Leute nicht zu verschrecken, die sie befragen wollte. Wahrscheinlich sollte er sich glücklich schätzen, dass sie ihm soweit vertraute.

Und jetzt wollte sie seine Freundin spielen.

Salleau prie. Das ging gar nicht. Was sie ihm da quasi auf dem Silbertablett anbot, war einfach zu verlockend.

Merde. Wie sollte er bloß aus der Nummer rauskommen?

»Wie ich bereits sagte, *Chère*«, antwortete er also gedehnt, »mich könnten Sie sich gar nicht leisten.«

Der erwartungsvolle Ausdruck in ihrem Gesicht wich aufrichtiger Empörung. »Sie verlangen von mir, dass ich Sie dafür bezahle, damit Sie meinen Freund spielen?«

»Und ob.« Marc streckte die Beine aus und setzte die Bierflasche an. »Es sei denn …« *Hoppla*. Besser, er sprach jetzt nicht weiter.

»Es sei denn was?« Sie stand mit in die Hüften gestemmten Fäusten vor ihm wie ein aufgeplusterter Vogel. Dabei wäre er selbst in gefesseltem Zustand mit ihr fertiggeworden. Er musste sich ein Grinsen verkneifen. Gleichzeitig brachte ihn dieser Gedanke vollkommen aus der Fassung.

Irgendwie musste er sie abschütteln, damit er hier wegkam. Er musste sich die Hinweise vornehmen, die er bekommen hatte. Sich die Frau vorzunehmen, dazu blieb keine Zeit. Jammerschade.

Sie beobachtete ihn argwöhnisch.

»Es ist nur so«, sagte Marc schließlich und räusperte sich. »Niemand würde glauben, dass Sie meine *fille* sind.«

»Weshalb?«, wollte sie wissen. »*So* schlimm bin ich ja nun auch wieder nicht, oder etwa doch?« Plötzlich konnte sie ihm nicht mehr in die Augen sehen.

Großartig. Jetzt hatte er sie auch noch gekränkt.

»*Mais non, Chère*, Sie sind überhaupt nicht *schlimm*. Genau da liegt ja das Problem.«

Sie wandte ihm wieder ihren Blick zu, aber der *jolie* Mund hatte sich zu einer dünnen Linie verzogen. »Mit anderen Worten bin ich zu … ich bin zu … ich bin nicht die Art von Frau, mit der Sie sich jemals einlassen würden.«

Trotz der überraschenden Anziehungskraft zwischen ihnen hatte sie damit recht. Er bevorzugte sanfte, ultrafeminine Frauen wie seine Schwestern. Jemanden, den er behüten und beschützen konnte. Eine Frau, die ihm das Gefühl gab, gebraucht zu werden. Die schwärmerisch zu ihm aufblickte, bei jeder Berührung von ihm dahinschmolz, ihn …

Plötzlich hatte er eine Eingebung. Die Lösung lag auf der Hand.

Sie hatte entsetzliche Angst davor, Nähe zuzulassen. Körperliche Nähe. Das hatte sie den ganzen Tag über immer wieder unter Beweis gestellt.

Und das konnte er sich zunutze machen.

»O nein, Schätzchen, das habe ich nun wirklich nicht gemeint.« Als er jetzt zu ihr aufschaute, legte er das ganze Verlangen, das er fühlte, in seinen Blick. »Ich will nur sagen, dass jeder hier meine Familie kennt. Und wir sind nun mal ein leidenschaftlicher Haufen, das sind wir. Wenn also irgendjemand glauben soll, dass Sie mein Mädchen sind, dann müssten Sie richtig mit mir auf Tuchfühlung gehen.«

Ihr blieb der Mund offen stehen. »Oh«, sagte sie dann und klappte ihn wieder zu.

»Solange Sie also nicht bereit sind zuzulassen, dass ich mir einige Freiheiten erlaube, und Sie sich im Gegenzug auch bei mir … wäre das Ganze einfach unglaubwürdig.«

Einen Moment lang blickte sie ihn unverwandt an, und er wusste nicht, wie er ihren Gesichtsausdruck deuten sollte. Sie trat einen Schritt näher. Sofort begann sein Puls zu rasen. *Bon Dieu* … Doch schon hielt sie wieder inne und schüttelte den Kopf.

»Nicht schlecht, Lafayette, das war echt gut. Beinahe hätten Sie mich tatsächlich drangekriegt.«

Tara verdrehte die Augen. Einfallsreich war er ja immerhin, dachte sie und unterdrückte ein verächtliches Schnauben.

»Drangekriegt? Ich habe keinen blassen Schimmer, was Sie damit meinen«, protestierte Marc mit einem Lächeln, in dem nicht die Spur von Reue lag.

»Jetzt mal im Ernst«, sagte sie. Nicht zu fassen, dass sie tatsächlich beinahe darauf *reingefallen* wäre. »Netter Versuch.«

Gleichzeitig schalt sie sich selbst, weil sie überhaupt mit dieser schwachsinnigen Idee angekommen war.

Herrje! Hatte sie wirklich vorgeschlagen, dass er ihren Freund spielte? Das würde er a) im Leben nicht tun und b) falls doch, hätte sie niemals den Mut aufgebracht, es durchzuziehen und den Mann tatsächlich zu berühren.

Gott, sie *war* eben doch ein Angsthase. Eine erbärmliche Versagerin –

Nein.

Tara schloss einen Moment lang die Augen und verscheuchte die strenge Stimme ihres Vaters aus ihrem Kopf. Sie war bestimmt kein Angsthase und schon gar keine Versagerin.

Na also. *Nichts mehr zu hören.*

»Ich denke, wir sind dann hier fertig«, sagte sie zu Marc und fing an, alles zusammenpacken.

Marc stand auf und blickte auf die Uhr. »Klar. Wie schon gesagt, ich kann Sie gerne im Hotel absetzen, bis –«

Sofort war Tara wieder fuchsteufelswild. »Haben Sie noch was vor, Lafayette? Wollen Sie mich deswegen so dringend loswerden?«

Er schaute sie an. »*Mais non*, ich wollte nur –«

Doch Tara war bereits nicht mehr empfänglich für irgendwelche Argumente. »Oder vielleicht fürchten Sie ja auch, ich könnte meine Meinung ändern und auf Ihren Vorschlag eingehen? Da ja wohl sonnenklar ist, dass ich nicht nach Ihrem Geschmack bin, obwohl Sie mich ständig – und anscheinend völlig sinnlos – angegraben haben?«

Seine Augen verengten sich gefährlich. »Vorsicht, *Chère*.«

»Nein, nein. Schon gut. Mir ist selbst klar, dass ich mich heute unmöglich aufgeführt habe. Außerdem bin ich vollkommen verschwitzt und sowieso weiß Gott nicht die Schönste. Wer kann es Ihnen also verübeln, dass Sie nicht –«

Plötzlich spürte Tara seine Hände, die ihre Arme festhielten. »Halt den Mund!«

Als er sie nach oben und an seine Brust zog, schnappte sie nach Luft. »Hey!«

Und dann küsste er sie. In diesem Kuss lag unbändiges Verlangen, ein erotisches Versprechen und … Wut?

Als er die Arme um Tara schlang, sie fest an sich zog und noch ungestümer küsste, konnte sie vor lauter Verblüffung weder klar denken noch reagieren. Nie zuvor hatte sie jemand auf diese Art und Weise geküsst.

Tara hatte das Gefühl, ihr Körper werde von einem heißen Blitz der Leidenschaft zerrissen. Sein Kuss wurde fordernder, erbarmungslos, brennend. Er biss ihr in die Lippen und saugte an ihnen, bis sie sie laut keuchend öffnete, dann glitt seine Zunge dazwischen und nahm von ihrem Mund Besitz, als würde er ihm gehören. Sie zitterte und war gleichzeitig wie erstarrt angesichts dieser heftigen Attacke.

Er vergrub die Finger in ihrem Haar und packte es, sodass sie nicht ausweichen konnte. Mit der anderen Hand umfasste er ihren Hintern und presste sie eng gegen seinen Schritt. So, dass sie ihn spürte. Groß und steinhart.

Tara schmolz dahin. Bebte. Ihr wurde schwindelig, so sehr nahm er sie gefangen.

Eine Hand schob sich zwischen ihre Schenkel. Mit der anderen zog er ihren Kopf zurück und löste sich aus dem Kuss.

Schwer atmend starrte er sie finster an.

»Du solltest niemals«, grollte er und packte dabei so fest zu, als wolle er ihre Jeans durchbohren und zu ihrer sehnsüchtig geschwollenen Scham durchdringen, die seinem Griff nur knapp entzogen war, »meine vornehme Zurückhaltung«, mit diesen Worten zog er seine Hand zurück und schob Tara bestimmt von sich, »damit verwechseln, dass ich dich nicht begehre.«

Vollkommen verwirrt und verlegen versuchte Tara, ihren Atem zu beruhigen. Ihre Beine wollten sie kaum tragen, und sie sehnte sich – erstaunlicherweise – danach, er möge genau da weitermachen, wo er aufgehört hatte.

»Okay«, brachte sie schließlich hervor. Allerdings überschlug sich ihre Stimme dabei wie die eines Jungen im Stimmbruch. »Okay.«

Er sammelte den Müll und die leere Kühltasche auf, stopfte

alles in den Trockensack und marschierte zum Kajak. Dann lud er alles ein und drehte sich zu ihr um.

»Also, *Chère*. Wie sieht's jetzt aus mit heute Nachmittag? Noch mehr sinnlose Befragungen? Oder fahren wir zu deinem Hotel und dann nichts wie ab ins Bett?«

8

O Gott. Wie sollte sie sich bloß verhalten?

Tara war innerlich hin und her gerissen wie nie zuvor in ihrem Leben.

Wie war es möglich, dass sie ihn so stark begehrte? Einen Mann, den sie kaum kannte? Und der offensichtlich nur auf eine schnelle Nummer aus war, nach der er sich so schnell wie möglich aus dem Staub machen konnte. Marc Lafayette hatte schließlich den ganzen Tag über deutlich gezeigt, dass er sie loswerden wollte.

Und doch sehnte sie sich mit jeder Faser ihres Körpers nach ihm. Danach, von ihm berührt zu werden. Sie träumte davon, was er mit ihr anstellen würde. Mit ihrem Körper.

Anscheinend konnte man ihr das Verlangen am Gesicht ablesen, denn sein Gesichtsausdruck wechselte erst langsam von wütend zu überrascht und dann wurde er … irgendwie raubtierhaft.

»*Rien à foutre*«, brummte er.

Und hatte sich mit zwei großen Schritten wieder auf sie gestürzt. Sofort verschmolzen ihre Lippen erneut zu einem leidenschaftlichen Kuss, während seine Hände überall gleichzeitig zu sein schienen: Er umfasste ihr Gesicht, löste ihren Pferdeschwanz und vergrub die Finger in ihrem Haar. Dann glitt seine Hand unter ihr T-Shirt und bahnte sich einen Weg zu ihrer nackten Brust.

Sie durfte das nicht. Aber, o Gott, nur dieses eine Mal wollte sie sich fallen lassen und erleben, wie es sich anfühlte, wenn man das Verbotene tat. Und dafür konnte sie sich keinen Besseren als ihn vorstellen. Tara stöhnte auf und vergaß alles um sich herum. Gab sich ihm und seiner Zunge hin, seinen Berührungen, diesem puren Vergnügen, und dem großen, festen Männerkörper, der sich an sie drängte. Sie spürte seine glühend heiße Haut unter ihren Händen, die kräftigen Muskeln und sein dickes Haar. Wie gut er schmeckte. Nach zügellosem Begehren. *So gut*. So männlich. So erregend. Tara glaubte, vor Lust zu vergehen, wurde immer feuchter, und ihr Körper ergab sich, denn von der ersten Sekunde, in der Marc sie berührt hatte, trieb sie einem alles verschlingenden Gefühlsausbruch entgegen.

Nachdem er ihr die Jeans und ihr Höschen bis zu den Knien hinuntergezogen hatte, glitt seine Hand zwischen ihre Schenkel. Dieses Mal war ihm nichts im Weg. Seine Finger zogen sanfte Kreise, drängten in sie hinein, bis sie immer höher emporgetragen wurde und –

»Oh, Marc«, raunte sie an seinem Mund. »Hör bitte nicht auf.«

»*Jamais, Beb*.«

Die rauen, kehligen Worte und sein unnachgiebiges Verlangen beseitigten die letzten Schranken in ihr. Laut schrie Tara seinen Namen hinaus. Es war, als hätten seine Finger den geheimen Zünder für ihre Lust gefunden, die sich jetzt explosionsartig in ihrem Körper ausbreitete. Vor lauter Wonne schrie sie auf und erbebte, schluchzte vor Lust und klammerte sich an ihm fest, um in diesem Taumel nicht den Halt zu verlieren.

Dennoch gaben ihre Beine nach, und er fing sie auf, ließ sie zu Boden gleiten, und mit einem Mal fand sie sich auf allen vieren wieder und hielt sich, nach Atem ringend, an warmem weichem Holz fest, während er sich hinter sie kniete. Dann hörte sie, wie er sich schnell ein Kondom überzog und –

O Gott. Oh, *Gott*, dann war er in ihr. Stieß fest zu und hielt sie dabei mit einem Arm so umschlungen, dass er sie genau im richtigen Winkel nehmen und tief, tief, tief hineingleiten konnte.

Wieder schrie sie laut auf, flehte ihn an, weiterzumachen, sie noch tiefer mit seinem dicken, harten Schwanz auszufüllen und sie in ein herrlich lustvolles, überwältigendes Vergessen zu führen, wie sie es nie zuvor erlebt hatte. Jedenfalls nicht so.

Er nahm sie.

Nahm alles, was sie zu geben hatte. Bis zum letzten Rest, ob sie es nun freiwillig hergab oder nicht.

Stürmisch entriss er ihrem Körper einen weiteren Höhepunkt und schien gar nicht mehr von ihr ablassen zu wollen. Es blieb keine Zeit, darüber nachzudenken, was hier geschah, es war unmöglich, überhaupt noch zu denken … bis auf die eine Frage, die ihr im letzten Moment durch den Kopf schoss, bevor sie sich unter seinem schonungslosen Drängen auflöste und sich ihm noch einmal vollkommen hingab. Ihm alles preisgab, was sie tief in sich vergraben und schon so viele Jahre vor der Welt – und sich selbst – verborgen gehalten hatte.

Und dieser letzte Gedanke war: Wie um alles in der Welt würde sie diesen Mann jemals gehen lassen können?

Darcy schauderte, als sie die Outfits aus dem Secondhandladen sah, die Quinn für sie beide in Stephensville besorgt hatte. Seine Idee war, dass sie sich ihrer Tarnung entsprechend verkleideten, bevor sie von Tür zu Tür zogen.

»Vertrau mir, das funktioniert ganz sicher«, sagte er jetzt, während sie sich in der Fahrerkabine des Autos umzogen. Den Wagen hatten sie in einer Nebenstraße ganz in der Nähe des Industriegeländes im Nirgendwo geparkt, dessen Adresse ganz oben auf ihrer Liste möglicher Terroristenverstecke stand. »Harmlos. So wollen wir wirken.«

Also hatte Quinn ihnen Kleidung für spießige Erbsenzähler besorgt, inklusive Klemmbrett und Kugelschreiberetui für die Brusttasche. Darcy übernahm die Rolle der dümmlichen blonden Assistentin. Die Tarnung sah vor, dass sie sich als Mitarbeiter einer Mobilfunkfirma ausgaben, die durch Befragung Schwachstellen in der Netzabdeckung aufspüren wollten. Wirklich brillant, wie sie leider zugeben musste. Schließlich schimpfte jeder gerne über Funklöcher, wenn sich die Gelegenheit ergab. Zugeknöpfte Bösewichte würden da deutlich herausstechen.

»Schon klar, Quinn. Ich war auch mal im Einführungskurs für Spione«, brummte sie. Auch die Nummer mit der Ablenkung durch weibliche Reize hatte sie schon früher durchgezogen. Und zwar mit Quinn.

Das hatte ihr überhaupt erst alle diese Probleme beschert.

Darcy versuchte, die Erinnerungen an ihren gemeinsamen Einsatz vor fünf Jahren zu verdrängen, bei dem sie sich zum ersten Mal begegnet waren. Damals in Istanbul hatten sie kaum die Hände voneinander lassen können, sowohl während des Auftrags als auch danach. Aber mit Quinns Geruch auf der Haut war es gar nicht so leicht, die Bilder zu verscheuchen. Duschen hatte wieder einmal nicht ansatzweise geholfen.

»Wollte ja nur nicht, dass du mir Hintergedanken unterstellst«, sagte er mit einem wissenden Lächeln, »weil ich diesen Rock und den Pullover ausgesucht habe.«

Ja, schon klar. »Hintergedanken« war praktisch Quinns zweiter Vorname. Aber sie war entschlossen, diesen Einsatz zu behandeln wie jeden anderen Auftrag, mit welchen Partnern auch immer. »Keine Sorge. Ich nehme öfter den Schulmädchen-Look, wenn ich verdeckt ermitteln muss. Ist eben ein Klassiker.«

»Nicht ohne Grund«, sagte er, da ihm ihr sarkastischer Unterton offenbar entgangen war. Als sie sich das T-Shirt auszog und der spitzenbesetzte pinkfarbene Push-up-BH zum Vorschein kam, schaute er für ihren Geschmack ein wenig zu genau hin. Was denn? Als ob er sie noch nie nackt gesehen hatte. Es war nicht mal lange her.

Er rutschte in seinem Sitz hin und her. »Himmel, Zimmie. Du bist so verdammt heiß.«

Aber sie wich seiner Hand aus. »Denk nicht einmal dran«, warnte sie ihn.

Sein Blick hing sehnsüchtig an ihren Brüsten. Es hätte Darcy nicht überrascht, wenn er angefangen hätte zu sabbern. Schnell zog er sich sein eigenes T-Shirt über den Kopf und entblößte dabei den verführerischen Anblick seiner breiten, muskelbepackten Brust. Unwillkürlich glitt ihr Blick über die gebräunte Haut und an dem dünnen Haarstreifen auf seinem flachen Bauch hinab bis zu den aufreizenden Schatten im Schritt seiner perfekt sitzenden Jeans. Offensichtlich hatte er gerade eine gewaltige Erektion.

Nicht fair. Das war einfach nicht fair.

»Ein Waffenstillstand von einer halben Stunde oder so ist wohl nicht drin?«, fragte er gedehnt. Sofort riss sie sich los und schaute wieder in sein vor Erregung leicht gerötetes Gesicht. Er hielt ihren Blick gefangen, und seine himmelblauen Augen wirkten dunkel vor Verlangen.

Er sah so unglaublich gut aus, dass sie sein Angebot beinahe in Erwägung gezogen hätte.

Verflucht. Bei ihm kam ihr einfach jeglicher Stolz abhanden.

»Keine Chance«, antwortete sie brüsk. »Wir haben was vor. Bösewichte schnappen und so.«

Er lächelte nur, zog den Reißverschluss seiner Jeans auf und schälte sich aus ihr heraus. Okay, das war *echt* unfair.

Aber sie würde *ihm garantiert nicht* die Befriedigung gönnen und zugeben, wie sehr sie ihn immer noch wollte. Also atmete sie geräuschvoll aus und entledigte sich ebenso lässig ihrer Hose.

Natürlich nutzte er genau diesen Moment aus. »Dass du mich so abblitzen lässt, das ist doch nicht, weil ich jetzt das Team leite. Oder?« Es war eine rhetorische Frage.

Für jemanden, der in den letzten fünf Jahren insgesamt nur

etwa sechs Wochen mit ihr verbracht hatte – in denen sie die meiste Zeit über *nicht* miteinander gesprochen hatten –, kannte er sie wirklich gut.

Beängstigend gut.

»Doch, natürlich«, widersprach sie ihm und schluckte das »Warum sagst du so etwas?« hinunter, das ihr auf der Zunge lag. Denn jetzt war ja wohl *überhaupt* kein geeigneter Zeitpunkt, ernsthafte Gespräche miteinander zu führen.

Dafür würde es *niemals* einen richtigen Zeitpunkt geben.

»Bisher hattest du doch nie ein Problem damit, von mir Befehle entgegenzunehmen«, sagte er und verfolgte, wie sie nach dem engen, hellblauen Pulli langte, den er für sie ausgesucht hatte, und ihn sich über den Kopf zog.

Sie warf ihm einen Blick zu. »Das gilt auch für dich.«

Er seufzte. »Das kann nur eins bedeuten: Du bist wegen etwas anderem wütend auf mich.«

»Bild dir bloß nichts ein, Quinn.«

»Geht es um Fidschi? Ich habe mich doch schon entschuldigt, dass ich nicht zu unserem Rendezvous gekommen bin.«

Nicht drauf eingehen, beschwor sie sich innerlich. Das hier hatte absolut nichts mit Fidschi zu tun.

Jedenfalls ging es nicht nur darum.

Na gut, einverstanden, ging es doch.

»Ich hatte deine Entschuldigung bereits angenommen. Also, vergessen wir die Angelegenheit, okay?«

»Darcy –«

Oha. Er benutzte ihren Vornamen. Alarmstufe Rot.

»Quinn, bitte.« Sie hob abwehrend die Hand. »Dafür haben wir jetzt keine Zeit. Wir haben Wichtigeres zu tun.« Sie schlüpfte in den Rock und schloss den Reißverschluss.

Er sah so herrlich frustriert aus, dass er ihr beinahe schon leid tat. Aber eben nur beinahe. Denn dann dachte sie daran, wie er sie behandelt hatte. Sie konnte es nicht ausstehen, wenn man sie durch jemand anderen ersetzte. Weder im Beruf noch im Privatleben. Mitleid mit ihm? Wohl kaum.

Diese Nummer war echt mies gewesen. Nicht nur hatte er sich bei dem geplanten gemeinsamen romantischen Urlaub auf den Fidschi-Inseln einfach nicht blicken lassen, er hatte es noch nicht einmal für nötig gehalten, anzurufen oder eine E-Mail zu schicken. Und später? Sie hatte herausgefunden, dass er genau diese Woche mit einer anderen Frau in Paris verbracht hatte. Ein Einsatz, hatte er immer wieder beteuert.

Na klar.

Und das Schlimmste daran? Fidschi war *seine* Idee gewesen. Eine einsame Insel, nackt in der Sonne liegen, unglaubliche Tauchmöglichkeiten, bunte Cocktails mit Schirmchen und eine ganze Woche lang ungestört miteinander schlafen. Und sie war darauf reingefallen wie eine Sechzehnjährige, die sich zum allerersten Mal verknallt hatte. Hatte sich monatelang auf ihr Stelldichein gefreut. War groß einkaufen gegangen, um eine unglaublich verführerische Urlaubsgarderobe zusammenzustellen. Na ja – eher einen hübschen Hauch von *Nichts*. Und sogar romantische Hoffnungen gehegt, dass sie dem Blödmann vielleicht tatsächlich etwas bedeutete.

Allein daran zurückzudenken war ihr peinlich. Dass sie es ihm so leicht gemacht hatte. Sie sollte sich schämen. Denn eigentlich wusste sie es besser.

Sie hatte das alles schon einmal mitgemacht: sich voller Erwartungen und von ganzem Herzen auf jemanden eingelassen, nur um so schrecklich verletzt zu werden, dass sie sich jahrelang nicht davon erholt hatte.

Aber das würde ihr nie wieder passieren. Sie war einmal zu oft an der Nase herumgeführt worden, um die schlichte Wahrheit länger ignorieren zu können.

Liebe war diesen Schmerz nicht wert.

Sex? Sicher. Sex war etwas Tolles. Je mehr, desto besser.

Aber Liebe? Pah. Eher würde die Hölle zufrieren.

Bis dahin würde sie einfach so weitermachen wie bisher. Glücklich und unabhängig sein. Keine Verpflichtungen. Keine feste Bindung. Kein Risiko. Keine Sorgen.

Sollte sich Bobby Lee Quinn doch jemand anderen suchen, dem er das Herz brechen konnte.

»Es tut mir wirklich aufrichtig leid«, wiederholte er, während er die wenig modische Hose anzog und einen Holster samt Beretta um die Wade schnallte. »Es war ein Auftrag. Ich schwöre es. Und ich habe mich nicht getr–«

»Stopp. Ernsthaft. Ich glaube dir. Und: Es ist mir egal.«

Er steckte eine H&K hinten in den Hosenbund und schlüpfte in das hässliche braune Sakko. »Aber –«

»Quinn. Wir sind schließlich kein Paar. Und das waren wir auch nie. Und werden es nie sein.« Sie befestigte das Futteral ihres Klappmessers am Handgelenk und bedeckte es mit dem Ärmel ihres Pullovers. »Also los, zeigen wir es diesen Scheißkerlen.«

Mit diesen Worten sprang sie aus dem Wagen und schob den kurzen Rock und die darunter versteckte Glock zurecht. Quinn stieg ebenfalls aus.

»Von mir aus kannst du ruhig auf hart machen«, sagte er und stolzierte neben ihr her auf die erste Adresse ihrer Verdächtigenliste zu, eine mitten in einem heruntergekommenen Industriepark gelegene Lagerhalle. »Aber ich weiß es ganz genau. Es ist dir *nicht* egal. Und du willst mich immer noch.«

Ihr gelang ein Lachen, das beinahe echt klang. »Wahnsinn! Bist du inzwischen unter die Hellseher gegangen, Quinn?«

Sie näherten sich dem Eingang der Halle, und er rückte die falsche Brille auf seiner Nase zurecht. »Gar nicht nötig. Ich war letzte Nacht auch dabei. Weißt du noch?«

Nur zu gut. »Nun, heute Nacht wirst *du* jedenfalls nicht dabei sein.«

Als Darcy den Arm nach der Klingel ausstrecken wollte, hielt er sie zurück und wirbelte sie herum, sodass sie ihn ansehen musste. Gott. Wie konnte ein Mann in solch lächerlicher Aufmachung immer noch derart attraktiv aussehen? Vielleicht lag es nur daran, dass sie wusste, wie schwer bewaffnet er darunter war? Und zwar in mehr als einer Beziehung. Dieser Kontrast war irgendwie … seltsam erregend.

»Warum denn nicht?«, fragte er, und seine Stimme vibrierte gefährlich. »Wenn dir das alles wirklich egal ist, warum willst du dann nicht einfach weiter mit mir Spaß haben? Letzte Nacht hattest du den jedenfalls.«

»Sorry, mein Fehler«, sagte Darcy. Standhaft ignorierte sie den festen Griff seiner Hände und auch den plötzlichen Schmerz in ihrer Brustgegend. »Wird nicht wieder vorkommen. Von jetzt an wird es keinen Sex mehr geben.«

»Und warum nicht?«

»Muss ich noch deutlicher werden? Es ist aus, Quinn. Das mit uns ist vorbei.«

Jetzt mal langsam. »*Wie bitte?*«

Bobby Lee Quinn war vollkommen von den Socken. Als er endlich die Sprache wiedergefunden hatte und sie gerade fragen wollte, was *zum Teufel* sie damit meinte, hatte Zimmie leider bereits auf den Summer gedrückt. Aus dem Lager hinter der Tür drangen Stimmen zu ihnen nach draußen.

Quinn war also gezwungen, gedanklich umzuschalten und die zwei halbwüchsigen Schulabbrecher auszuquetschen, die gerade dabei waren, in dem Lagerhaus eine eigene Firma für Lastwagen-Tuning aufzuziehen, mit der sie es noch nicht in die Listen der Telefongesellschaft geschafft hatten.

Ganz eindeutig keine Terroristen.

Trotzdem dauerte es ganze zehn Minuten, bis sie sich aus dem Gespräch ausklinken konnten.

»Vielleicht sind wir ein klein wenig *zu* überzeugend«, murmelte Zimmie, als sie endlich wieder zurück zum Wagen gingen. »Wir könnten uns doch stattdessen als Missionare ausgeben. Ich wusste ja gar nicht, wie sauer die Leute hier alle über den miesen Empfang sind.«

Apropos sauer … Quinns Wut war inzwischen gewaltig angewachsen und drohte, ihn zu ersticken. Natürlich hatte er damit gerechnet, für seine sorglose Unaufmerksamkeit nach dem Fidschi-Debakel abgestraft zu werden, aber das hier ging eindeutig zu weit.

Er warf ihr einen harschen Blick zu. »Rede mit mir, Frau.«

Sie wich seinem Blick aus. »Das hab ich doch schon getan.«

»Gibt es einen anderen?«, wollte er wissen und überraschte sich selbst mit dieser Frage genauso sehr wie Darcy. Sie starrte ihn mit offenem Mund an. Vielleicht lag das aber auch daran, wie heftig sein Tonfall gewesen war.

»Häh?«

»Einen anderen Kerl. Mit dem du schläfst.« Aus irgendeinem unerfindlichen Grund brannte allein der Gedanke daran wie Säure in seinem Magen. Seltsam, das war neu.

Oder hatte er bisher diese Möglichkeit einfach nie ernsthaft in Betracht gezogen?

Herrgott. War er tatsächlich so ichbezogen?

Nachdem er den Truck angelassen hatte, machte er sich mit quietschenden Reifen auf zur nächsten Adresse ihrer Liste.

»Ich dachte, wir hätten eine Abmachung«, sagte er dann. »Eine Art Vereinbarung.«

Sie zog eine Augenbraue hoch. »Worüber denn? Dass wir uns jedes Mal, wenn wir uns treffen, das Hirn rausvögeln und dann bis zum nächsten Mal keinen Gedanken mehr aneinander verschwenden? Meinst du *diese* Vereinbarung?«

Er biss die Zähne zusammen. Okay. So ausgedrückt hörte sich das nicht besonders … nun ja, romantisch an.

Romantisch? Himmel, was war denn bloß in ihn gefahren?

»Ja, genau die meine ich«, sagte er und schaltete in den dritten Gang. »Mir hat unsere Vereinbarung nämlich gefallen. Ich will nicht, dass das mit uns vorbei ist.«

Großartig. Jetzt klang er wie ein bockiges Kleinkind.

»Es gibt kein *uns*, Quinn. Hat es nie gegeben.«

Er stieß den Atem aus. »Könntest du mich bitte, nur ein einziges Mal, Bobby Lee nennen?« Sie nannte ihn immer beim Nachnamen, wenn sie alleine miteinander waren – damit hielt sie ihn auf Distanz, genau wie mit den Kondomen und der Sache mit dem getrennten Einschlafen. Es trieb ihn zur Weißglut.

Darcy ließ sich in ihrem Sitz nach hinten sinken und verschränkte die Arme. »Nein.«

»Verdammt noch mal, Zimmie –«

»Ich könnte dich ja Quinnie nennen.«

»Niedlich.« Er warf ihr einen weiteren Blick zu. Auf den Spitznamen Zimmie – wie in dem Bob-Dylan-Song – war er vor einigen Jahren gekommen, weil sie sich immer wie ein Krebs in ihren Panzer zurückzog, wenn er sie mit Darcy ansprach. »Du bist so eine blöde Kuh.«

Sie bleckte die Zähne.

Er knirschte mit seinen. »Warum machst du das, Süße? Ich weiß einfach nicht mehr, wie ich mich sonst noch entschuldigen soll. Wenn du willst, dass ich auf die Knie falle und –«

»Jetzt machst du mir wirklich Angst. Bitte, Quinn. Können wir das hier einigermaßen würdevoll über die Bühne bringen?«

»Nein. *Verflucht*, nein. Baby, ich will nicht verlieren, was wir haben.«

»*Haben?* Hab ich was verpasst? Meinst du den Sex? Den unverbindlichen Sex zweimal im Jahr?«

»Du weißt genau, dass es mehr ist«, stieß er zwischen zusammengebissenen Zähnen hervor.

»Dreimal im Jahr?« Sie verstand ihn absichtlich falsch.

»Verdammt, Frau, du … ich … wir haben eine Beziehung!«

Ach du Scheiße. War ihm tatsächlich das Wort mit dem B über die Lippen gekommen?

Sie starrte ihn mit aufgerissenen Augen an. »Das ist doch wohl nicht dein Ernst! Du glaubst doch nicht wirklich, wir hätten eine –« Sie hob die Hand. »Nein. Sag lieber nichts.«

Er starrte sie an.

Hatten sie denn etwa keine?

»Vorsicht!«

Er trat gerade noch rechtzeitig auf die Bremse, um nicht in den neben der Straße verlaufenden Maschendrahtzaun zu krachen. Und plötzlich traf ihn die Erkenntnis wie ein Blitz. Heilige Mutter Maria.

»Scheiße, du willst, dass das mit uns was Ernstes wird, stimmt's?«

Darcy konnte sich gerade noch beherrschen, um nicht auf der Stelle ihre Glock zu ziehen und den Blödmann einfach zu erschießen.

Stattdessen strich sie bedächtig – *sehr* bedächtig – ihren Rock glatt, atmete einmal tief durch und sagte noch viel ruhiger: »Nein, Quinn, das möchte ich nicht. Auch nicht nach deiner ungeheuer wortgewaltigen Bitte um Verzeihung. Und wenn ich drüber nachdenke …« Sie hielt kurz inne. »Nein. Nicht mal, wenn du der letzte Mann auf dem Planeten wärst.« Dann lächelte sie freundlich in sein versteinertes Gesicht.

Er atmete ebenso ruhig aus. Und sagte: »Okay. Wenn du es so haben willst.«

»Ja«, bestätigte sie. »Ja, genau so.«

»Na schön. In Ordnung.«

Verspürte sie da etwa leise Enttäuschung, als er so schnell aufgab? Gott, nein.

Sie nickte ihm kurz zu. »Gut. Freut mich, dass du endlich Vernunft annimmst.«

Okay, vielleicht gab er sich doch nicht so kampflos geschlagen. Denn der Blick, den er ihr zuwarf, wirkte überhaupt nicht vernünftig. Er sah eher so aus, als ob er sich zur zweiten Runde rüstete.

Ein unsinniger, schwacher Hoffnungsschimmer stahl sich in ihr Herz. War es möglich, dass er …

Nein. *Mach dir doch nichts vor, Zimmermann.*

Außerdem handelte sie ja nicht ohne Grund so. Besser ein Ende mit Schrecken als ein Schrecken ohne Ende. Na ja, jedenfalls, was sie selbst anbelangte. Ihr Herz zwar schon viel zu sehr beteiligt, auch wenn sie das selbst kaum fassen konnte. Und sie wusste schließlich sehr gut, was passierte, wenn man anfing, sich einzulassen und eine Beziehung nicht mehr locker sah. Sobald das geschah, hatte der andere genug von einem, und man wurde ersetzt. Und dieser Mann hier war noch dazu ein absoluter Schwerenöter. Selbst wenn sie also darauf aus gewesen wäre – und das war sie nicht –, er würde sich niemals häuslich niederlassen. Und ganz sicher würde er sich nicht auf eine einzige Frau festlegen. Als sie sich das erste Mal begegnet waren, hatte sie sofort das Gefühl gehabt, sie beide seien aus dem gleichen Holz geschnitzt. Und drei Jahre lang war auch alles perfekt gewesen. Aber wider Willen und zu ihrer eigenen Verblüffung hatte sie Gefühle für ihn entwickelt, die über Sex hinausgingen. *Gefährlich, du lieber Gott.* Darcy hatte in den merkwürdigsten Momenten an ihn denken müssen. Hatte nach ihren kurzen Treffen irgendwo in den entlegensten Winkeln der

Erde ein klein wenig zögerlicher von ihm Abschied genommen. Und sich vorzustellen, wie er mit einer der anderen Frauen zusammen war, wurde zunehmend zur Qual.

Denn es *gab* andere Frauen. Daraus hatte er von Anfang an kein Geheimnis gemacht. Sie hatte behauptet, dass sie sich ebenfalls mit anderen Männern traf. Woher sollte er wissen, dass sie das nur so gesagt hatte? Langsam, aber sicher war ihr klar geworden, dass ihre kleine Abmachung ihr viel zu viel bedeutete.

Schon damals hatte sie vorgehabt, das alles zu beenden. Aber nachdem er sie auf die Fidschis eingeladen hatte, hatte ihr verräterisches Herz sich an die Hoffnung geklammert und nicht mehr losgelassen. Sie hatte begonnen zu träumen … davon, dass diese Beziehung vielleicht anders sein könnte als all die anderen. Sie waren immerhin schon ziemlich lange zusammen … Und trotz der anderen Frauen war er immer wieder zu ihr zurückgekommen. Hatte ihr stets das Gefühl gegeben, als sei sie ihm wichtiger als irgendjemand sonst auf der Welt.

Jedenfalls hatte sie beschlossen, dass eine Entscheidung fällig war, so oder so. Entweder wagte sie einen letzten Versuch, um herauszufinden, ob sie vielleicht wirklich ein echtes Paar werden konnten, oder sie durfte sich nicht mehr mit ihm treffen. Aus reinem Selbstschutz.

Fidschi war der Wendepunkt gewesen. Danach war klar, dass aus ihnen niemals etwas werden konnte.

Er hatte den Test nicht bestanden. War jämmerlich durchgefallen. Und hatte eine andere Frau vorgezogen. *Wieder einmal ersetzt worden.*

Das hatte wehgetan.

Trotzdem hatte Darcy ernsthaft erwogen, ihn mit ihren neu erwachten Gefühlen zu konfrontieren. Vielleicht hatte es sich ja doch um einen Einsatz gehandelt. Und vielleicht …

Aber, tja, das hatte sich erledigt. Sein entsetzter Gesichtsausdruck, mit dem er die verhängnisvollen Worte »Scheiße, du möchtest, dass das mit uns was Ernstes wird« ausgesprochen hatte, war Antwort genug gewesen.

Besser, sie ersparte sich die Demütigung und den grenzenlosen Liebeskummer.

Weitaus besser.

Von jetzt an waren sie nur noch Kollegen.

Teamgefährten. Keine Bettgefährten.

Wenngleich das sehr schwierig werden würde.

»Nur, damit du Bescheid weißt«, sagte er und riss sie damit unvermittelt aus ihren Gedanken. »In meinen Augen ist das Blödsinn. Und ich habe nicht vor abzuhauen, nur weil du wegen eines Auftrags verrückt spielst, den ich mir nicht ausgesucht habe. Wir hatten letzte Nacht unglaublichen Sex, und ich sehe nicht ein, warum wir nicht weiterhin das Bett teilen sollten, solange wir verdammt noch mal zusammen im Einsatz sind.«

Wie romantisch. Sie öffnete den Mund und wollte etwas erwidern, doch er unterbrach sie.

»Aber du hast natürlich recht. Wir haben hier einen Job. Und wir sollten uns darauf konzentrieren, die Schurken dingfest zu machen. Also werden wir das tun. Vorerst.« Er tippte ihr mit einem Finger sachte ans Kinn. »Aber später? Wenn die Lichter aus sind? Süße, dann ist alles möglich.«

Daraufhin legte er einen Gang ein und raste mit quietschenden Reifen zurück auf die Straße.

Am liebsten hätte sie ihm direkt ins Gesicht gelacht. Ihm gesagt, dass er nicht das Recht hatte, ihre Entscheidung anzuzweifeln. Dass sie mit ihm fertig war und es verdammt noch mal nichts gab, was er dagegen tun könne.

Aber sie hielt sich zurück. Denn sie kannte seine dickköpfige Art. Wenn sie ihn provozierte, würde er sich nur beweisen wollen. Und zwar mit allen Mitteln. Und sie war nicht sicher, ob ihre Willenskraft dafür ausreichte. Jedenfalls nicht im Moment, hier an diesem Ort, ganz allein mit ihm und ohne eine Fluchtmöglichkeit. Darcy kannte sich. Und sie wusste, dass es nur einen einzigen Mann gab, der sie mit Leichtigkeit um den Finger wickeln konnte.

Er brauchte nur die drei magischen Worte zu sagen.

Aber das würde so schnell nicht passieren. Und selbst wenn doch – sie konnte nicht wissen, ob Quinn es wirklich ernst meinte. Sie war schon früher auf Liebeserklärungen hereingefallen. Das reichte für ein ganzes Leben.

Sie konnte die Sache jetzt also nicht klarstellen. Heute Abend jedoch würde sie ihn endgültig in die Wüste schicken. Und ihm sagen, dass sie ihn *wirklich nie wieder treffen* wollte. Jedenfalls nicht als Liebhaber.

Und mit ein wenig Glück würde ihr Herz an diesem Martyrium auch nicht zerbrechen.

9

Okay, das hätte er nicht erwartet.

Bon dieu.

Hoffentlich gab es nicht irgendein Gesetz, das einem untersagte, einen State Trooper zu verführen …

Allerdings hätte es gesetzlich verboten sein müssen, dass ein State Trooper so unwiderstehlich sexy war. Jetzt steckte er noch viel tiefer in der Patsche als zuvor.

Merde.

Und um dem Ganzen die Krone aufzusetzen, hatte sie auch noch *geweint*.

Er hatte ihr beinahe das Hirn rausgevögelt, dann hatte er sie umgedreht und noch einmal von vorne begonnen und ihr dabei tief in die Augen geschaut … und da war TFC Tara Reeves doch tatsächlich zusammengebrochen und hatte geweint. Nicht aus Scham oder weil sie bereute, was sie getan hatte. Das hatte sie ihm mit tränenverhangenen Augen versichert, *merci Dieu*. Sondern aus … Nun, er war nicht ganz sicher, weshalb eigentlich. Sie hatte irgendetwas über Erleichterung vor sich hin gemurmelt, und über Loslassen und … ihre Mutter? Diese Frau schien ein echter Problemfall zu sein. Aber das hatte er ja bereits geahnt.

Gott sei Dank hatte er durch seine vielen Schwestern einigermaßen Erfahrung im Umgang mit irrationalem weiblichen Verhalten gesammelt, um dem sogar noch etwas Liebenswertes abgewinnen zu können. Ansonsten wäre er wahrscheinlich total ausgeflippt.

Und doch …

Er blickte auf die schlafend an seiner Brust ruhende Frau hinab und hielt die Arme weiterhin fest um sie geschlungen, damit sie nicht auf den alten, unebenen Landesteg rutschte. Sie war so verflucht hübsch. Ihr junges Gesicht hatte im Schlaf einen geradezu unschuldigen Ausdruck angenommen. Die langen Wimpern ruhten auf ihren Wangen, und das dicke kastanienbraune Haar lag wie hingegossen auf seinem Oberkörper. Durch den Geruch nach Sumpf und Sex nahm er einen zarten Hauch Parfum wahr, vielleicht auch Shampoo – ein Duft, genauso unverwechselbar und nuancenreich wie die Frau, zu der er gehörte.

Gerade jetzt gab sie ein zufriedenes kleines Seufzen von sich, das ihn bis ins Innerste berührte. Beschützend zog er sie noch enger an sich. Sie war eine so zähe kleine Person. Zumindest wollte sie so sein. So mutig, starrsinnig und selbstbewusst. Aber jetzt sah sie einfach nur wie eine *petite fille* aus. *Donc*, wie ein ungezogenes kleines Mädchen. Die Jeans hing ihr immer noch um die wohlgeformten Knie. So wie seine eigene. Nachdem sie eingeschlafen war, hatte er versucht, sich die Hose hochzuziehen, aber da er sie nicht aufwecken wollte, hatte er die Jeans schließlich doch auf halbmast gelassen. Auch gut. So konnten sie mit den besten Stellen aneinandergeschmiegt daliegen, und seine Hand hatte ein weiches, herrliches Kissen gefunden, auf dem sie sich ausruhen konnte.

Als Marc ihren weichen, runden Hintern streichelte, war er unglaublicherweise sofort wieder erregt. Wie lange war es her, dass sie sich geliebt hatten? Höchstens eine halbe Stunde. Verdammt, eine so starke körperliche Reaktion auf eine Frau hatte er seit Jahren nicht mehr gehabt. Und jetzt ausgerechnet bei ihr. Bei einer Frau, die sich von der ersten Sekunde an nur mit ihm angelegt und wegen der er beinahe Komplexe bekommen hatte, weil sie gleich nach dem Sex in Tränen ausgebrochen war. *Merde*.

Nicht, dass er an etwas Festem interessiert wäre. *Mais non.*

Zum Teufel, man brauchte sich nur anschauen, was Kick und Rainie für ihre Beziehung alles auf sich nehmen mussten. Allein zu entscheiden, wo sie leben wollten und wer von ihnen die Arbeit aufgeben würde. Noch dazu schwebte Rainie in ständiger Gefahr, seit sie sich für jemanden aus Marcs Welt entschieden hatte. Einen Mann in diesem Geschäft zu lieben war nicht einfach. Weder gefühlsmäßig noch organisatorisch.

Deswegen hielt Marc sich auch von seiner Familie fern, obwohl er sie über alles liebte. Er wollte sie nicht gefährden. Womöglich kam irgendwann ein verrückter *Foutard*, der mit Marc noch eine Rechnung offen hatte, auf die Idee, sich an seinen Liebsten zu rächen.

Ihm war also schon lange klar, dass er besser niemanden um sich haben sollte, der ihm etwas bedeutete.

Jedenfalls nicht dauerhaft.

Tara gab ein leises Brummen von sich und schmiegte sich noch enger an ihn. Wie sehr ihn all diese Kleider störten. Er wollte ihren Körper vollkommen nackt an seinem spüren. Sie ansehen. *Überall* ansehen. Genüsslich jeden Quadratzentimeter ihrer weichen Kurven liebkosen und alle verborgenen Winkel erforschen.

Putain, allein die Vorstellung erregte ihn. Und verwandelte seine immer größer werdende Erektion in eine wärmegesteuerte Rakete, die instinktiv auf ihr Ziel zusteuerte.

Taras Lider öffneten sich flatternd. Offenbar wusste sie nicht, wo sie sich befand. Zunächst. Dann schoss ihr Kopf in die Höhe, und ihre Blicke trafen sich. Genau in diesem Moment berührte er sie dort, wo sie immer noch ganz feucht war. Sie wurde tiefrot.

»Hallo«, sagte er leise und zwinkerte ihr zu. Weiter unten jedoch wurde sie weitaus weniger zurückhaltend begrüßt.

»O Gott«, hauchte sie, kniff die Augen zusammen und stöhnte auf. Dann versuchte sie, sich von ihm herunterzurollen.

»Moment mal«. Er hielt sie fest. »Wohin so eilig, *Chère*?«

Sein Schwanz wagte sich noch weiter vor. Tara erschauerte. Vor Lust – jedenfalls hoffte Marc das.

Sie hielt die Augen fest geschlossen. »Wir haben das wirklich getan, oder?«

»O ja.«

Sie atmete gepresst aus. »Tut mir leid, dass ich auf dir eingeschlafen bin.«

»Hab auch ein wenig gedöst. Das haben wir wohl beide gebraucht.«

Da war allerdings noch etwas anderes, das sie beide brauchten. Bevor sie es sich aus Angst anders überlegte. Er glitt mit der Hand zwischen ihre Beine und spreizte sie, dann stieß er ein paar Zentimeter in sie hinein. Und stöhnte leise auf. Sie war immer noch heiß und glitschig vom letzten Mal.

»Verdammt, du fühlst dich gut an, *Chère*.«

Auch ihr war ein Stöhnen entglitten, aber jetzt schnappte sie erschrocken nach Luft. »Marc, Verhütung!«

Foutu Dieu. Sofort hielt er inne. Kein Wunder, dass es sich so unglaublich anfühlte. »Du hast wohl nicht zufällig was dabei?«, fragte er mit zusammengebissenen Zähnen. »Ich hab keine mehr. Hatte nicht wirklich damit gerechnet … ähm, so viel Glück zu haben.«

»Du wirst lachen«, sagte sie mit einem erstickten Glucksen, »ich auch nicht.«

Wenigstens ihr war der Humor nicht abhanden gekommen.

Ihm war hingegen überhaupt nicht zum Lachen zumute. Stattdessen verfluchte er sich innerlich. Und drang noch etwas tiefer in sie ein, er konnte einfach nicht anders. Sie stöhnte. Wahrscheinlich war es sowieso schon zu spät, eine Schwangerschaft auszuschließen. Und was alles andere anging – »Nur, damit du es weißt. Ich war letzten Monat im Krankenhaus. Da hat man mir einwandfreie Gesundheit bescheinigt. In jeder Hinsicht.«

Sie schluckte. »Ich, ähm …«

Er unterbrach sie mit einem langen Kuss. Menschenkenntnis machte einen großen Teil seiner Arbeit aus. Und bei ihr machte er sich überhaupt keine Sorgen. Absolut nicht.

Was ihm eher Sorgen bereitete, war, dass ihm nicht gelingen wollte, sich aus ihr zurückzuziehen. Glücklicherweise war wegen der Jeans keiner von ihnen in der Lage, sich allzu viel zu bewegen. Er küsste sie weiter und zeigte ihr, wie sehr er sie begehrte. Ihre Finger krallten sich in seine Schultern, und sie öffnete sich ihm. Offensichtlich fühlte sie dasselbe.

»Marc«, raunte sie, als er sie kurz Atem schöpfen ließ.

Aber da war er bereits vollständig in sie eingedrungen. Genug hatte er jedoch immer noch nicht.

Foutre de merde.

Ehe er noch schlimmere Dummheiten machte, packte er sie an den Hüften, hob sie hoch und legte sie auf den Rücken neben sich auf dem Steg. Er verfluchte den Himmel über sich, rang um Fassung.

Okay, *das* war wohl eindeutig das Blödsinnigste, das er jemals getan hatte – überhaupt erst ohne Kondom in sie einzudringen. So eine Nummer konnte einen Mann in ernsthafte Schwierigkeiten bringen. *Wieso* verspürte er dann den unbändigen Drang, alle Vorsicht fahren zu lassen und sich trotz der möglichen Folgen auf sie zu stürzen und gleich wieder von vorne anzufangen?

»Wieso bist du denn im Krankenhaus gewesen?«, fragte sie in die angespannte Stille hinein.

Quoi sa dit?

Ach so. Genau.

Er konnte sich gerade noch bremsen, bevor er ihr die ganze Geschichte erzählte. *Dieu.* Ihm standen die Nackenhaare zu Berge – beinahe hätte er einen Riesenfehler gemacht. Wo hatte er heute bloß seinen Verstand gelassen?

»Ein Unfall«, sagte er. »Gebrochener Arm.«

»Glück gehabt«, antwortete sie und versuchte, ihre Stimme möglichst normal klingen zu lassen. Offensichtlich war er nicht überzeugend. »Die meisten Leute werden bei einem Autounfall viel schlimmer verletzt. Du kannst froh sein, dass du das fast unbeschadet überstanden hast.«

Besonders wenn man bedachte, dass es gar kein Autounfall gewesen war, sondern ein Flugzeug, das mitten in der Luft explodiert war. Und »um Haaresbreite überstanden« traf es auch eher als »nahezu unbeschadet«. Aber er hatte trotzdem noch Glück im Unglück gehabt. Denn die gebrochenen Rippen hatten die Lunge nicht verletzt. Und er hatte überlebt. Mithilfe seiner Freunde.

Wie auch immer. Ihre Bemerkung hatte irgendwie gezwungen gewirkt. Sie tat es schon wieder. Lenkte von sich ab. Todsicher, weil –

Er drehte sich zu ihr um und betrachtete sie eingehend. *Mais*, ja. Sie stand kurz vor einem Nervenzusammenbruch. Ihr setzte das alles noch mehr zu als ihm.

»Weißt du, das hat mich echt fertiggemacht«, sagte er.

Tara hielt den Blick fest auf das Spanische Moos gerichtet, das über ihnen im Wind schaukelte. »Ein gebrochener Arm?«

Als ob sie nicht ganz genau wusste, wovon er sprach. »Nicht beenden zu können, was wir angefangen haben.«

»Sag bloß, die zwei Male haben dir nicht gereicht?« Sie schloss kurz die Augen. »Entschuldige.« Dann hob sie ihren Po an, um sich die Jeans hochzuziehen. »Wir sollten uns auf den Weg machen.«

Er tat es ihr gleich, zuckte aber zusammen, als er den Reißverschluss über seiner Erektion hochziehen musste. Als sie versuchte, sich aufzusetzen, schlang er die Arme um ihre Taille und legte sich so auf sie, dass sie sich nicht mehr bewegen konnte.

Sie wand sich unter ihm und versuchte wegzukommen. *Dieu*, das war verdammt verführerisch.

»Hör auf«, warnte er sie mit rauer Stimme.

Aber sie starrte ihn nur wütend an. »Wir müssen gehen«, wiederholte sie.

»Einverstanden. Aber erst muss ich dir noch etwas sagen.«

»Spar dir die Mühe. Ich kenne die Sprüche. Das war echt nett«, leierte sie herunter, »aber komm bloß nicht auf die Idee, dass wir uns wie–«

Er brachte sie mit einem Kuss zum Schweigen. »Bestimmt nicht.« Kein Wunder, dass die Frau eine solche Angst vor körperlicher Nähe hatte. »Und ich möchte wirklich nicht besonders gern mit dem missratenen *Connard* verglichen werden, der das irgendwann mal zu dir gesagt hat.«

Sie blinzelte ihn an.

»Was *ich* sagen möchte, ist: Wir werden das später zu Ende bringen, das werden wir. In deinem Motel, wo ich dich richtig lieben kann. Ohne Kleider und mit einem unbegrenzten Vorrat an Kondomen.«

Für eine Polizistin errötete sie wirklich erstaunlich häufig. Dennoch antwortete sie: »Das werden wir nicht. Das hier war eindeutig ein Fehler, und –«

Er schnaubte ungläubig. »Du meinst, es war echt nett, aber glaub bloß nicht, dass wir uns wiedersehen?«

Sie besaß immerhin genügend Anstand, wieder zu erröten. »Treib's nicht zu weit, Lafayette. Du weißt, was ich sagen will.«

»Weiß ich das?«

»Ach, komm schon. Soll ich etwa glauben, dass es bei deiner urplötzlich entflammten Leidenschaft nicht *nur* um Sex geht?«, warf sie ihm vor.

Bon. Die Antwort hierauf war zu kompliziert, als dass er darauf eingehen wollte. »Würdest du mir denn glauben, wenn ich ja sagte?« Er verschloss ihre Lippen mit einem weiteren Kuss. »Verdammt, und würde es überhaupt einen Unterschied machen? Ist irgendwas gegen tollen Sex einzuwenden?«

»Ja!« Sie verzog das Gesicht. »Nein. Es ist nur so …« Tara atmete heftig aus.

Sie war so leicht zu durchschauen. »Das ist eigentlich nicht deine Art«, beendete er den Satz für sie. »Jetzt kannst du dir noch einreden, ich hätte dich verführt. Aber wenn du mich mit in dein Motel nimmst, dann müsstest du zugeben, dass du das hier genau so sehr wolltest wie ich. Bin ich nahe dran?«

»Nein.« Sie verzog den Mund zu einer dünnen Linie. »Na schön, vielleicht doch. Aber darum geht es mir gar nicht.«

»Worum dann?«

»Darum eben. Marc, wir mögen uns nicht einmal besonders.«

Er lächelte. »Na ja, so langsam gewöhne ich mich an dich.«

Sie verdrehte die Augen. »Ja, und bestimmt willst du mich wiedersehen …«

»Klar, warum nicht?«

»Aber warum?«

»Ich bin ein Mann, *Chère*. Toller Sex ist ein verflucht guter Grund für einen Mann, eine Frau wiedersehen zu wollen.«

Das zumindest konnte ihr ein Lächeln abringen. Wenn es auch eher ironisch ausfiel, aber immerhin. Viel besser als Tränen. »Du bist echt ein Arsch«, sagte sie, aber ohne wirkliche Überzeugung.

Er lächelte zurück. »Hab schon Schlimmeres gehört. Sieh mal –« Als er gerade sagen wollte, dass sie es langsam angehen lassen und sich einfach von ihren Gefühlen leiten lassen sollten, fiel ihm plötzlich etwas ein. Und sofort war es um das unverhoffte Glücksgefühl geschehen.

Er steckte mitten in einem Auftrag. Es kam gar nicht infrage, dass er sich von Gefühlen leiten ließ.

Ihre Braue hob sich. »Ja?«

Außerdem hatte er den Befehl erhalten, die Frau *loszuwerden*. Und nicht eine Affäre mit ihr anzufangen, verdammt!

Merde. Was war nur *in ihn gefahren*?

Als er weiterhin schwieg, verdüsterte sich ihre Miene. Eben hatte sie noch die Arme um seinen Hals geschlungen gehabt, doch jetzt ließ sie ihn los und schob ihn von sich weg. »Runter«, sagte sie.

»Tara, warte.«

»*Sofort!*«

Er hätte am liebsten widersprochen und ihr gesagt, dass er sie wiedersehen wollte. Aber wenn er seinen Auftrag erfüllen wollte, war das unmöglich. Sie würde gehen, und er würde Tangos jagen.

Merde. Merde. Putain de merde.

Er rollte von ihr herunter und rieb sich, auf dem Rücken liegend, das Gesicht. Dabei hörte er, wie sie aufsprang und in Richtung Kajak marschierte.

»Kommst du?«, fragte sie scharf.

Unglückliche Wortwahl, dachte er gedankenverloren.

»Anscheinend nicht«, murmelte er leise vor sich hin und erhob sich, innerlich fluchend. Und fragte sich, ob er die Situation nicht doch noch irgendwie herumreißen könnte.

Denn zum Kuckuck, sie wuchs ihm langsam *tatsächlich* ans Herz.

Tara war es gewohnt, nicht gut genug zu sein.

Ihr Vater, Sergeant der US-Armee, war ein kalter, strenger Mann mit geradezu unmenschlich hohen Erwartungen, wie man sich zu benehmen und was man zu leisten hatte. Diese Erwartungen hatte sie als Heranwachsende nie erfüllen können. Regelmäßig herrschte er sie voller Unmut an und ließ sie dann einfach stehen. Und mit ihrem Chef bei der Bundespolizei verhielt es sich ganz ähnlich.

Aber sie irrten sich beide.

Denn ihr Chef war nichts weiter als ein chauvinistischer alter Knochen aus einer längst vergangenen Zeit, in der man von Frauen nichts anderes erwartete, als dass sie das Haus sauber hielten und dem Mann Kinder schenkten. Schon gar nicht, dass sie Polizistin wurden. Und ihr Vater war ein Berufssoldat aus ärmlichen Verhältnissen, der sich durch unbarmherzige Selbstdisziplin und seine halsstarrige Art hochgearbeitet hatte. Es war also kaum verwunderlich, dass er denselben Maßstab bei allen anderen ansetzte.

Dazu gehörte auch Taras Mutter, von der er ebenfalls ständig enttäuscht gewesen war. Aber mit ihrer bedingungslosen Liebe war ihre Mama für Tara quasi der lebende Beweis gewesen, dass die Meinung ihres Vaters nicht gerechtfertigt sein konnte. Und mit ihrer Wärme und Zuneigung hatte ihre Mutter ihr vermittelt, dass sie es wert war, geliebt zu werden. Daran glaubte Tara immer noch von ganzem Herzen. Bis auf diesen kleinen, tief in ihr verborgenen Winkel, der sie zwang, sich weiter zu bemühen, nachdem sie so oft versagt hatte. Schließlich hatte eine Tochter die Pflicht, ihren Vater stolz zu machen.

Aber Marc Lafayette schuldete sie nichts. Überhaupt nichts. Sie hatte ihm schon viel mehr gegeben, als ihm zustand.

Also verschloss sie sich vor dem Schmerz, den seine Zurückweisung auslöste, und konzentrierte sich auf die vor ihr liegende Aufgabe.

Zumindest versuchte sie es.

Als Tara das Kajak vom Pfahl am Ende des Stegs losband, spürte sie, wie sich Marc bedrohlich hinter ihr aufbaute, genau wie ihr Vater früher. Und genau wie ihr Vater sagte er kein Wort, sondern stand einfach nur da, während sie in seinem Schatten mit dem Knoten kämpfte.

Nach einigen endlos wirkenden Sekunden löste sich der Knoten endlich. Sie zog das Kajak näher heran, um Zeit zu schinden. Doch irgendwann musste sie sich aufrichten. Obwohl er viel zu nahe bei ihr stand. So nahe, dass sie ihn dabei streifen würde. Aber entweder hieß es aufstehen und ihn berühren oder in den Sumpf fallen.

Noch ehe sie entschieden hatte, was schlimmer war, kniete er sich hin und nahm ihr das Tau aus der Hand.

Ach du lieber Gott.

»So, wie's aussieht«, sagte sie, ohne ihren schweigsamen Liebhaber anzusehen, »werde ich deine Dienste wohl doch nicht mehr benötigen. Setz mich einfach wieder beim *Au Chien* ab, und dann kannst du gehen.«

Nach kurzem Zögern legte er ihr beide Hände auf die Schultern. »Kann ich nicht, *Chère*.«

Sie versteifte sich. Was sollte das denn? »Mach es nicht unnötig kompliziert, Lafayette.«

»Du wolltest doch noch zwei weitere Leute befragen. Und ich habe versprochen, dich zu ihnen zu bringen.«

»Das ist nicht nötig. Außerdem hast du doch gesagt, dass die Typen wahrscheinlich eh erst gegen Abend wieder zu Hause sein würden.«

Als sie aufstand, hielt er sie nicht zurück, doch er folgte ihr, packte sie an den Armen und drehte sie zu sich herum. »Das stimmt«, sagte er und sah sie finster an. Nichts war mehr von der glühenden Leidenschaft zu sehen, die nur eine Stunde zuvor in seinen dunklen Augen aufgelodert hatte. Inzwischen kam es ihr vor, als wäre das vor Ewigkeiten gewesen.

Sie wandte den Blick ab, um nicht weiter daran erinnert zu werden.

»Tara, da ist etwas, das ich tun muss.«

»Und jetzt hast du den restlichen Nachmittag dafür Zeit«, sagte sie mit fester Stimme. Und riss sich zusammen.

Marc räusperte sich. »Okay. Du hattest recht mit deinem Gefühl, dass ich wegwollte. Aber nur für ein, zwei Stunden, das schwöre ich. Und auch nur, weil ich mir ein paar Gebäude ansehen muss«, sagte er.

Gebäude. Ja, genau. Hielt er sie für *bescheuert*?

»Wie ich schon sagte«, wiederholte sie und befreite sich aus seinem Griff, »du kannst gehen, wohin du willst.«

»Komm mit mir«, forderte er sie auf.

Sie schüttelte den Kopf. »Keine Zeit.« Und auch kein Interesse. Was auch immer dahintersteckte, ihr war nicht mehr nach Spielchen.

»Einer der Orte ist ganz in der Nähe«, drängte er. »Es wird nicht lange dauern, das verspreche ich. Auf dem Weg dorthin könntest du ja nach weiteren toten Tieren Ausschau halten.«

»Wozu?«, fragte sie unwirsch.

»Ich will nicht einfach so gehen.«

Oh, bitte.

»Nein«, stellte sie richtig, »wozu musst du dir unbedingt diese ominösen Gebäude ansehen?«

Das war ja wohl eine ziemlich lahme Ausrede. Warum ging er nicht einfach auf ihr Angebot ein? Irgendetwas stimmte hier nicht, aber sie kam um ihr Leben nicht darauf, was es sein mochte. Sie konnte es sich nicht erklären, doch ihr Instinkt sagte ihr, dass etwas faul war.

»Geschäfte«, sagte er, ohne eine Miene zu verziehen.

Sie betrachtete sein langes Haar, das stoppelige Kinn, die abgetragenen Kleider. Dann fiel ihr wieder ein, dass er ihr gesagt hatte, er brauche den Job wirklich dringend.

»Ja. Glaub ich sofort.« *Von wegen!* »Versuch's noch mal.«

Er schürzte die Lippen. Schaute ihr direkt in die Augen. »Tut mir leid. Das kann ich dir nicht verraten«, sagte er dann. »Ist einfach was, das ich tun muss. Kannst du mir nicht vertrauen?«

Hallo? *Wo bitte schön* war er die letzten zehn Minuten gewesen?

Seine Miene war ausdruckslos, in seinen schwarzen Augen las sie … nichts.

Bei ihr schrillten immer mehr Alarmglocken. Mein Gott. Der Mann hatte Geheimnisse. Dunkle Geheimnisse, wie es aussah. Die er vor einer *Polizistin* verbarg.

Ihre Augen wurden zu schmalen Schlitzen. »Lafayette, bist du in irgendetwas Illegales verwickelt?«

Keinerlei Reaktion. »Nein. Bin ich nicht.« Er zuckte nicht einmal mit der Wimper.

Normalerweise hatte Tara einen guten Riecher für Lügen, aber das hier fühlte sich seltsamerweise nicht wie eine an. Welche Erklärung gab es dann?

Sie betrachtete ihn noch einmal eingehend. Sah genau hin. Seine große, stolze Gestalt, die geraden Schultern, den perfekt durchtrainierten Körper, die Art, wie er reglos auf ihre Antwort wartete.

Und ein ungutes Gefühl beschlich sie.

Erst war es kaum wahrnehmbar, dann wurde blitzschnell Gewissheit daraus.

Marc Lafayette war nicht der, für den er sich ausgab. Und schon gar kein vom Schicksal gebeutelter Sumpfführer.

Wie hatte sie nur so blind sein können?

Ihr Puls schoss in die Höhe. Verdammt.

Okay, okay. *Ganz ruhig bleiben*.

Welche anderen Möglichkeiten gab es?

Ein verdeckt arbeitender Ermittler? Oder gehörte er zu einer anderen Organisation und arbeitete an derselben Sache wie sie selbst?

Aber das ergab keinen Sinn – dann hätte er ihr doch einfach alles erzählen und sie hätten gemeinsame Sache machen können, anstatt sich die ganze Zeit nur in die Quere zu kommen.

Also dann …

Leise Furcht beschlich Tara, als sie sich wieder ins Gedächtnis rief, wie er sie vorsätzlich verfolgt und all seinen Charme eingesetzt hatte, damit sie ihm den Job gab. Dann hatte er sich nach Kräften bemüht, sie zu vergraulen, damit sie ihre Ermittlungen abbrach.

Wollte er sie jetzt ebenfalls wieder manipulieren?

Und hatte der Sex etwa *auch* dazu gehört? War er Teil seines Plans gewesen?

Langsam wich sie vor ihm zurück und fragte sich, worauf sie sich da bloß eingelassen hatte.

Wer *war* dieser Mann?

Und, was noch viel wichtiger war – was wollte er von ihr?

10

Von Entsetzen geschüttelt trieb Gina in einem Meer aus Schmerz dahin.

Das Meer war orange und rot und schwarz und blau, das Wasser heiß und klebrig süß, gleichzeitig jedoch so kalt, dass sie unkontrolliert zitterte. Es roch nach Angst und nach ihrem eigenen Urin.

Vor Wut über das, was er ihr angetan hatte, hätte sie am liebsten geweint, geschrien und um sich geschlagen. Wie durch ein Wunder war ihr die schlimmste Schändung erspart geblieben, die sie bereits hatte kommen sehen. Aber für die Unfähigkeit dieses Scheißkerls, seine Drohungen in die Tat umzusetzen, hatte sie einen hohen Preis bezahlt. Denn stattdessen hatte er Stiefel und Fäuste eingesetzt. Gina konnte sich kaum rühren, selbst das Atmen fiel ihr schwer.

Als warme Finger ihr die Tränen von der Wange wischten, zuckte sie zurück und schrie auf.

»Ganz ruhig«, sagte eine männliche Stimme. Durch das Dröhnen und Rauschen in ihren Ohren drang das Wort jedoch nur gedämpft wie durch eine Watteschicht zu ihr.

»Fassen Sie mich nicht an«, flehte Gina, aber ihre brüchige Stimme verlor sich in diesem unermesslichen, endlosen Ozean.

»Er ist eine Bestie«, hörte sie den Mann sagen, und trotz der Watteberge entging ihr der missbilligende Unterton nicht.

Seltsam …

»Es tut mir leid«, sagte die Stimme.

Dann spürte sie einen leichten Piekser im Arm. Oder hatte sie sich das nur eingebildet? Wie konnte sie in diesem Meer von Schmerzen überhaupt noch etwas spüren …

Doch dann, ganz allmählich, verschlang das Meer sie. Alle körperlichen Beschwerden verebbten, wurden unwirklich.

Oh, danke!

Dankedankedanke.

Mit einem Mal schwebte Gina, flog einer angenehmen Leere entgegen, der sich alle Erinnerungen entzogen. Seliger Frieden. Beruhigende männliche Stimme. Sie wollte schlafen. Schlafen, nur schlafen. Für immer und ewig.

Mit letzter Kraft öffnete sie die Augen. Um den Mann zu sehen, der sie von diesem grauenvollen Albtraum aus Schmerz erlöst hatte.

Oh, ich danke Ihnen!

Aber …

Sie war so unglaublich müde. Ihre Gliedmaßen fühlten sich bleiern an, dick und träge floss das Blut durch ihre Adern. Ihre Gedanken waren verworren und wie betäubt. Alles verschwamm ihr vor den Augen.

»Ganz ruhig«, sagte er jetzt mit dieser leisen, tröstlichen Stimme. Sanft berührten seine Fingerspitzen ihre verletzte Wange.

Wer war dieser Mann? Kannte sie diese Stimme nicht von irgendwoher? Oder doch nicht?

Mit aller Kraft versuchte Gina, die Augen offen zu halten, doch es war, als hingen schwere Gewichte an ihren Lidern.

Es war umsonst. Sie verlor den Kampf. Und ihr Verstand löste sich in der gewaltigen Leere auf.

»Habe gerade die Anruflisten weitergeleitet, nach denen Sie gefragt hatten, Agent Haywood.«

Zerstreut sah Rebel von ihrem mit Akten übersäten Schreibtisch auf und schenkte dem Neuen ein Lächeln. Der Junge war erst vor ein paar Wochen frisch von der Akademie gekommen. »Danke, Chip.« Sie blickte auf die Uhr: Sechzehn Uhr dreiundfünfzig. »Ist schon klar, wann der neue SAC, der Leiter des Cappozi-Falls, da sein wird?«

»Sein Flug hatte wohl vier Stunden Verspätung. Inzwischen ist er gelandet, steckt aber irgendwo bei La Guardia im Verkehr fest.«

»Ausgezeichnet.« Rebel wandte sich dem Computer zu und gab rasch einen Befehl ein, um die Datei herunterzuladen, die Chip ihr geschickt hatte.

Der Junge grinste. »Dass er im Verkehr stecken geblieben ist? Oder dass er endlich ankommt?«

»Beides«, gab sie zurück. »Ich bin da einer großen Sache auf der Spur, muss aber erst noch ein paar Dinge überprüfen, bevor ich das weitergeben kann.« Sie öffnete die Anrufliste und scrollte durch alle Telefonnummern, die Gina Cappozi im Monat vor ihrem Verschwinden angerufen hatte oder von denen aus sie angerufen worden war. Die Liste war nicht besonders lang: Die Anschlüsse gehörten hauptsächlich zum Labor der Columbia Universität, in dem Dr. Cappozi gearbeitet hatte, und zu dem Krankenhaus, in dem sie regelmäßig freiwillig aushalf. Ansonsten ein paar Anrufe bei verschiedenen Schnellrestaurants. Die Nummer von Ginas Freundin Rainie. Sonst eigentlich nichts. Anscheinend war es mit dem Privatleben von Dr. Cappozi nicht weit her gewesen.

Hmmm … Was war das?

Rebel zog die Stirn kraus. »Warum steht bei dieser Nummer kein Name?«, fragte sie Chip und zeigte auf den Eintrag. Dieselbe Nummer tauchte auch noch weiter unten auf der Liste auf. Dreimal.

Er schüttelte den Kopf. »Ein Prepaid-Handy. Wir sind dabei,

es zu orten oder zumindest herauszufinden, wo es gekauft wurde, aber bis jetzt hatten wir kein Glück.«

»Kein Glück?« Sie schaute ihn ungläubig an. »Um Himmels willen, Chip, wir sind das FBI! Wir können alles zurückverfolgen.«

Er zuckte mit den Achseln. »Hey, ich bin nur der Laufbursche.«

»Nicht einmal die Verkaufsstelle war herauszufinden?«

Wieder zuckte er die Schultern. »Sie arbeiten dran.«

Wow. Was *das* wohl zu bedeuten hatte?

Nachdem der Junge gegangen war, lehnte sie sich in ihrem Bürostuhl zurück und starrte auf die Zahlen auf dem Monitor. Neben der nicht zugeordneten Telefonnummer sprang ihr noch eine weitere sofort ins Auge.

Ein *CIA*-Anschluss.

Selbstverständlich stand dort nicht Central Intelligence Agency, aber Rebel erkannte in den aufgelisteten Namen den Decknamen für eine dem FBI unterstellte Spezialeinheit wieder. Denn vor zwei Jahren war sie die Verbindungsfrau genau dieser Einheit gewesen.

Zero Unit.

Wenn *das* mal nicht aufschlussreich war.

Innerlich führte sie einen Freudentanz auf. Ja! Ja! Eine eindeutige Bestätigung dafür, dass die von Mrs Duluth erhaltenen Hinweise stichhaltig waren.

Ganz offensichtlich hatte Ginas ehemaliger Verlobter Wade mit dem noch unbekannten Nachnamen, der fürs FBI arbeitete, ihr die Kontaktdaten für Zero Unit gegeben, als sie wegen Rainie in Sorge war. Die ja auch *tatsächlich* von Zero Unit zur Vernehmung festgehalten worden war, wie Rainie selbst bestätigt hatte.

Außerdem hatte Mrs Duluth gesagt, Gina hätte ihren neuen Freund – diesen Gregg mit zwei G, Nachname ebenfalls unbekannt – kennengelernt, als sie diese Nummer angerufen und sich mit ihm über Rainies Verschwinden unterhalten hatte. Alles passte zusammen: die Armeekleidung, die Stiefel und auch das Motorrad, über das sich Mrs Duluth mokiert hatte.

Ihr neuer Freund war ein Geheimagent. Und er arbeitete für ZU.

Und er war der Letzte, der Gina Cappozi vor ihrer Entführung gesehen hatte.

Rebel machte sich noch rasch einige Notizen, damit sie nachher überzeugend klang, wenn sie dem neuen SAC – dem Special Agent in Charge – Bericht erstattete. Dann wandte sie sich wieder dem Computer zu. Das Erste, wonach der neue SAC sie fragen würde, war bestimmt der Name des Exverlobten beim FBI. Hatte Mrs Duluth nicht irgendetwas von Bergen erwähnt? Aber das reichte nicht. Am liebsten hätte Rebel vor Ärger laut aufgestöhnt – und Kick Jackson geohrfeigt, weil er ihr nichts von dem Kerl erzählt hatte. Leider hatte sie Kicks Telefonnummer nicht. Bei den wenigen Gelegenheiten, bei denen sie sich über den Cappozi-Fall unterhalten hatten, hatte sie jedes Mal erst Alex anrufen müssen, damit er Kick Bescheid gab. Sie entschied, es stattdessen bei Kicks Ehefrau Rainie zu versuchen.

Da Rainie von STORM im Haven Oaks Sanatorium als Krankenschwester angestellt worden war und dort Alex betreute, verstrichen zunächst einige Minuten, in denen Rebel sich zähneknirschend anhören musste, wie gut Alex sich machte und was für eine nette und hübsche Verlobte er in Helena gefunden hätte.

»Apropos verlobt«, ergriff Rebel dankbar die Gelegenheit, das Thema zu wechseln, »ich rufe eigentlich an, um zu fragen, ob Sie den Namen von Ginas Exverlobtem kennen. Ich bin auf der Suche nach ihm.«

»Aber sicher. Er heißt Wade Montana.«

Halleluja! Berge und Montana – da hätte sie auch selbst draufkommen können.

»Worum geht es denn?«, erkundigte Rainie sich.

»Ich hätte nur kurz eine Frage, was das letzte Telefonat angeht, das er mit Gina geführt hat.«

»Ach. Wegen meines Verschwindens«, murmelte Rainie bekümmert.

»Ach, kommen Sie«, sagte Rebel vorsichtig. Sie wusste, dass Rainie sich die Schuld an Ginas Entführung gab. »Sie können doch nichts dafür.«

Rainie seufzte betrübt auf. »Aber wenn sie nun –«

»Das ist sie bestimmt nicht. Diese Kerle brauchen sie lebend. Und wir werden Ihre Freundin finden.«

Dann bedankte sie sich bei Rainie und versprach, bei ihrem nächsten Besuch in Haven Oaks bei ihr vorbeizuschauen. *Hoffentlich war das nicht allzu bald.*

Gerade als sie den Namen in ihren Notizen einfügte, klopfte es an der Tür. Chip steckte den Kopf durch den Spalt und sagte: »Special Agent Haywood? Der neue SAC ist da. Konferenzraum, pronto.«

»Schon unterwegs.«

Aufgeregt sammelte sie ihre Unterlagen zusammen und ging schnellen Schrittes zu dem drei Stockwerke tiefer gelegenen Besprechungsraum. Insgesamt waren fünf Mitarbeiter auf den Cappozi-Fall angesetzt – sechs, wenn man den neuen SAC hinzuzählte. Er ersetzte den alten SAC, der erst vor zwei Tagen überraschend einen Herzinfarkt erlitten hatte, und war dafür von einer anderen Außenstelle hierherversetzt worden.

Rebel hatte gerade an dem großen schwarzen Tisch Platz genommen, da betrat auch schon der Büroleiter den Raum, dicht gefolgt von einem gut aussehenden Mann um die vierzig in der unverkennbaren FBI-Uniform: dunkelblauer Anzug, weißes

Hemd, gestreifte Krawatte, Aktentasche in der Hand und die obligatorische Sonnenbrille, die aus der Brusttasche hervorlugte. Durchtrainiert wie er war und mit dem kurzen braunen Haar, dem markanten Kinn und seinen blauen Augen, die aus dem stark gebräunten Gesicht hervorstachen, wirkte er durch und durch amerikanisch. Nicht die leiseste Müdigkeit von der langen Reise war ihm anzumerken.

Während der Büroleiter vor die Gruppe trat, öffnete der andere Mann sein Köfferchen und nahm einen Stoß Akten heraus.

»Guten Tag, alle miteinander«, eröffnete der Chef die Sitzung. »Ich möchte mich dafür entschuldigen, dass dieses Meeting erst so spät stattfindet.« Chip kam herein und reichte ihm und dem anderen Mann je eine Tasse Kaffee, dann stellte er eine volle Kanne auf den Tisch. »Danke. Ich habe das Gefühl, den werden wir brauchen.« Dann wandte er sich dem anderen Mann zu. »Sind Sie so weit?«

Der SAC trat neben den Chef. »Ja, Sir.«

»Nun denn. Das New Yorker Field Office kann sich glücklich schätzen, mit einem von DCs hervorragendsten Agenten zusammenarbeiten zu dürfen. Leute, ich möchte euch den neuen Leiter des Cappozi-Falls vorstellen: den Leitenden Special Agent Wade Montana.«

11

Die Sonne würde jeden Moment ganz untergehen. Schon jetzt verschwand der Glutball hinter den Baumwipfeln und verwandelte das undurchdringliche, dschungelähnliche Laub von Louisiana in eine gelblich grüne Flickendecke aus Licht und Schatten.

In den letzten zwei Stunden hatte sich Taras wild schlagendes Herz einigermaßen beruhigt.

Sie hatte eingewilligt, Marc Lafayette bei seiner Untersuchung dieser mysteriösen »Gebäude« zu begleiten, weil ihre berufliche Neugier stärker gewesen war als die Sorge um ihre eigene Sicherheit. Sie wollte unbedingt herausfinden, wer dieser Mann war, was er im Schilde führte und welches Geheimnis er vor ihr verbarg. Also hatte Tara ihre nicht unerheblichen Bedenken beiseitegeschoben und sich von ihm immer tiefer in den Sumpf hineinführen lassen.

Inzwischen kam ihr das nicht mehr besonders schlau vor. Zwar war sie Polizistin, aber wenn irgendetwas schiefging, dann war sie hier vollkommen auf sich allein gestellt, ohne eine Möglichkeit, Verstärkung herbeizurufen.

Doch bislang war nichts weiter passiert. Tatsächlich hatte Lafayette sich überhaupt nicht bedrohlich verhalten. Nicht einmal ansatzweise. Hatte weder die Stimme noch die Hand gegen sie erhoben. Und erst recht keine Waffe.

Warum hatte sie dann das ungute Gefühl, dass sie sich in Geiselhaft befand?

Erstens, weil er trotzdem keine ihrer Fragen beantwortet hatte, und zweitens, weil er sich äußerst verdächtig verhielt.

Und wie er sich diese zwei Gebäude angeschaut hatte. Wie ein Profi. Zum Teufel, eigentlich sogar wie ein getarntes Mitglied eines Sondereinsatzkommandos.

Beim ersten Mal hatte er das Kajak ein paar hundert Meter vor einem riesigen Schrotthaufen von Tankstelle am äußersten Rand des Sumpfgebiets ans Ufer gezogen, zu der nur eine kleine Privatstraße führte. Das ganze Grundstück war mit Bergen von Altmetall und Gerümpel zugemüllt gewesen. Und die Straße war eigentlich eher ein Waldweg – so stark von Bäumen und Kletterpflanzen überwuchert, dass man ihn kaum erkennen konnte.

Aus einem Winkel hinter seinem Kajaksitz hatte Marc eine doppelläufige Mossberg-Schrotflinte hervorgezaubert. O Gott. Wie hatte sie *die* bloß übersehen können?

»Bleib hier«, hatte er sie ganz ruhig angewiesen. Dann hatte er sich den Trockensack gegriffen, war wie eine Wasserschlange aus dem Boot geglitten und im Flachwasser verschwunden.

Als Tara die Schrotflinte gesehen hatte, war sie in Panik geraten und hatte überlegt, einfach abzuhauen. So schnell wie möglich. Über diesen zugewachsenen Pfad zu verduften, der sich eine Straße schimpfte. Er war *bewaffnet*? Das Maß war voll.

Aber dann hatte sie sich noch einmal umgesehen. Sie hatte keine Ahnung, wo sie sich befand. Die Tasche samt Inhalt hatte er mitgenommen … also auch ihre SIG Sauer. Selbst wenn Lafayette sie nicht umbrachte, würde sie ohne ihn vermutlich ohnehin draufgehen, weil sie allein nicht mehr in die Zivilisation zurückfand. Oder weil ihr irgendeine zwielichtige Gestalt aus dieser Tankstelle die Kehle aufschlitzte. Der Ort sah wirklich nicht gerade einladend aus.

Nun ja. Deshalb war sie dann in ihrem Versteck geblieben und hatte das Kajak nicht verlassen.

Reiner Selbsterhaltungstrieb.

Tja, so viel zu ihrer Menschenkenntnis.

Natürlich hatte sie das Boot durchsucht, sobald Marc fort gewesen war. Jeden Winkel. Doch gefunden hatte sie nichts. Was nicht weiter überraschte. Schließlich hatte er ja den Trockensack und damit jeden möglichen belastenden Beweis mitgenommen. Der Mann war schließlich nicht bescheuert.

Als er zurückgekommen war, hatte sie entschlossen den Stier bei den Hörnern gepackt. »Was zum Teufel suchst du hier eigentlich?«, hatte sie ihn geradeheraus gefragt. »Und komm mir bloß nicht wieder mit dieser Investment-Geschichte. Ich weiß ganz genau, dass es um etwas anderes geht.«

Als Antwort hatte er ihr wieder dieses mörderisch attraktive Lächeln geschenkt. *Ach du Schande. Unglückliche Wortwahl.* »Und was sollte das wohl sein, *Chère*?« Dann hatte er sie mit einem Kuss abgelenkt.

Als ob sie *diese* abgedroschene Taktik nicht durchschaute.

Obwohl der Kuss zugegebenermaßen die Frage nach dem, was er da eigentlich im Schilde führte, *ziemlich schnell* aus ihrem Kopf vertrieben hatte. Zumindest, bis er ihr zugezwinkert hatte und weitergepaddelt war.

Das zweite Gebäude hatte sich buchstäblich im Nirgendwo befunden. Um sie herum hatte man nichts außer schwarzem Wasser und dicken Bäumen erkennen können, und dann war unvermittelt ein kleines Ladengeschäft auf Stelzen aufgetaucht. Überall auf der Veranda hatten Krabbenkörbe gehangen, und vor dem Eingang war auf einem recht neuen, handgemalten Schild zu lesen: *T-Garou's Angelbedarf und vieles mehr. Angelwürmer! Faut Carot-Grashüpfer! Schwimmer!*

Erneut ließ Marc sie mit der Ermahnung zurück, sich nicht vom Fleck zu rühren. Den Trockensack nahm er auch wieder mit. Und verschwand für zwanzig lange Minuten. So hatte Tara jede Menge Zeit, um nachzudenken.

Der Mann war unverkennbar auf der Jagd. Und sie wusste

nicht, wonach. Aber eines war ihr klar: Er hatte sie nicht deswegen so gedrängt, ihn anzuheuern, weil er einen Job brauchte oder sich zu ihr hingezogen fühlte. Sondern er hatte befürchtet, dass sie seinen Plänen in die Quere kam – worin auch immer diese bestanden – und sich lieber direkt an ihre Fersen gehängt, um sie abzulenken.

Das Ganze war doch offensichtlich: Sexy *Cajun*-Führer führt ahnungslose Städterin durch ein sinnloses Unternehmen und versucht, ihr dabei noch Angst einzujagen, damit er sich anschließend wieder ungehindert seinen eigenen Plänen widmen kann. Und als das nicht gezogen hatte, hatte er sie mit seinem Wahnsinnskörper und seinen Qualitäten als Liebhaber verführt, damit sie keinerlei Fragen stellte, während er in aller Ruhe sein Ziel verfolgte.

Tara wollte unbedingt wissen, was er vorhatte. Und ob es gegen das Gesetz verstieß.

Kundschaftete er im Auftrag von Drogenhändlern Orte aus, an denen sie ein Labor einrichten konnten? Oder war er im Dienst von Waffenhändlern auf der Suche nach einem Platz für ein Zwischenlager? Vielleicht arbeitete Marc sogar für die Leute, denen Tara auf der Spur war, und die für die todbringende Umweltverschmutzung verantwortlich waren, und suchte nach dem Platz für eine neue Deponie?

Bei *dieser* Vorstellung stellten sich ihr die Nackenhaare auf. Und erst recht, wenn sie darüber nachdachte, dass sie doch tatsächlich mit dem Mann geschlafen hatte, weil sie ihn völlig falsch eingeschätzt hatte. Zweimal.

Himmel.

Ihr lief ein Schauer über den Rücken, breitete sich bis über die Arme aus und bescherte ihr eine Gänsehaut.

Sie steckte so was von in der Patsche.

Irgendwie musste sie die Wahrheit über ihn herausfinden.

Und was er mit ihr vorhatte, wenn er erst einmal gefunden hatte, wonach er suchte. Und zwar bald. Bevor es zu spät war.

Inzwischen paddelten sie zu dem dritten Gebäude auf Marcs kurzer Liste, und Tara gelang es nur noch mit Mühe, Ruhe zu bewahren.

Die Sonne würde jeden Moment ganz verschwinden. Und sie wollte auf gar keinen Fall im dunklen Sumpf mit diesem Mann allein sein. Denn in ihrer Fantasie hatte sie bereits unzählige Schreckensszenarien durchgespielt. Und keines davon wollte sie wirklich erleben – jedenfalls keines von denen, die realistisch gewesen waren.

»Woran denkst du, *Chère*?«, fragte er mitten in ihre aufsteigende Panikattacke hinein und unterbrach so die angespannte Stille zwischen ihnen. »Dein Rücken ist so steif wie ein eine Woche altes Baguette.«

Das Kajak wurde langsamer und schwankte leicht, und sie spürte, wie er seinen Sitz dicht an ihren heranschob. Taras Puls dröhnte ihr in den Ohren. Er berührte ihre Oberarme, und sie zuckte heftig zusammen.

»Hey, hey.« Sein Griff wurde etwas fester und löste sich wieder. »Was ist denn los, *Chère*? Man könnte ja meinen, du hättest plötzlich Angst vor mir.« Er hielt kurz inne, dann fragte er: »Hast du Angst?«

Sie blickte ihn über die Schulter hinweg an. »Sollte ich denn welche haben?«

Sein verschlossener Blick verriet nichts von dem, was in ihm vorging. Lange Wimpern und dunkle Augen, hohe Wangenknochen, Stoppelkinn. Der Inbegriff eines bösen, bösen Jungen. Trotz der Gefahr begann ihr Herz, schneller zu schlagen. Vielleicht auch *genau deswegen*. Aber auch ein Badboy konnte ein guter Mensch sein.

Oder eben nicht.

O Gott.

Ihr Begehren raubte ihr den Atem. Was *stimmte* bloß nicht mit ihr?

»Tara, du bist meine Geliebte. Jeder Mann würde seine Geliebte beschützen.«

»Nicht alle Männer«, murmelte sie. Bei ihrer Arbeit hatte sie schon genug Männer erlebt, die das Gegenteil taten.

Marc umfasste ihr Gesicht, damit er ihr direkt in die Augen schauen konnte. »Dieser hier schon.«

Dann küsste er sie, erst ganz sanft, dann aber immer leidenschaftlicher. Ohne dass sie es wollte, begann ihr Körper darauf zu reagieren: Beinahe schmerzhaft zogen sich ihre Brustspitzen und auch ihre Schoßmuskeln vor Verlangen zusammen.

Sie entwand sich seinem Griff und sammelte sich. »Dann sag mir, was hier vorgeht.«

»Nichts geht hier vor, *Chère*.«

Sie nahm ihr Paddel wieder in die Hand und drehte sich wieder um. Niemand sollte so gut lügen können. Denn das tat er. Er log. Sie spürte es. »Bring mich zurück zum *Au Chien*. Es wird langsam spät, und ich muss noch meine Befragungen durchführen.«

»Einverstanden«, sagte er. »Nach dem nächsten Halt.«

Tara atmete langsam aus. »Marc –«

Sein warmer Atem strich über ihren Nacken und löste einen wohligen Schauer aus. »Und wenn wir mit den Interviews fertig sind, können wir zu dir fahren. Dann zeige ich dir, dass es nichts gibt, wovor du dich fürchten musst.«

Sie bezwang den Drang, sich umzudrehen und ihm ordentlich die Meinung zu geigen. Besser, sie verärgerte ihn nicht. Aber mal im Ernst – hallo? *Eher würde die Hölle zufrieren!*

Alles, was sie tun würde, sobald sie es ins sichere Innere ihres Polizeiwagens geschafft hatte, war, per Funk eine gründliche

Personenüberprüfung anzufordern. Er hatte offenbar vergessen, dass sie Polizistin war. Man konnte sich nicht einfach wie ein Verbrecher aufführen, ohne Verdacht zu wecken. Zweifelsohne hatte er geglaubt, dass der Sex sie ihren Job vergessen lassen würde.

Nie im Leben!

Als er kurz darauf langsamer wurde und das Kajak ans Ufer zog, traf sie eine Entscheidung.

Sie würde sich nicht länger wie ein Waschlappen aufführen. Er würde ihr nie freiwillig verraten, was er da trieb. Also musste sie sich selbst etwas einfallen lassen, um herauszufinden, ob er tatsächlich in illegale Aktivitäten verstrickt war.

Dieses Mal würde sie ihm folgen, wenn er zu diesem »Gebäude« ging.

So weit die Theorie.

Aber der Mann war wie ein Geist.

Nachdem er sie im Boot zurückgelassen hatte, zählte sie bis dreißig, dann ging sie ihm nach. Bereits zehn Sekunden später hatte sie ihn jedoch in dem Dschungel aus dicht stehenden Bäumen und wild wuchernden Pflanzen verloren. Es war inzwischen so dunkel, dass sie kaum einen Fuß vor den anderen setzen konnte, ohne zu stolpern, geschweige denn jemanden verfolgen. Aber wie es der Zufall wollte, war Marc vom Bayou aus über eine Landzunge verschwunden, die auf drei Seiten von Wasser umgeben war. Es war also unschwer zu erraten, in welche Richtung sie sich halten musste. Gleich würde auch der Mond aufgehen, und dann sollte es ein wenig heller werden. Tara beschloss weiterzugehen.

Nach ein paar Schritten kam sie an einem üppigen Blütenstrauch vorbei, neben dem etliche abgefallene Blütenblätter lagen – deutlich mehr als bei den anderen Büschen in der Nähe. Taras Kindheit in den Wäldern von Pennsylvania hatte sie gelehrt, dass das normalerweise auf ein Tier hindeutete, das hier vorbeigekommen war…

Ein Alligator? Eine große Katze? Oder womöglich ein zweibeiniges Wesen …?

Sie zögerte, kehrte um und sah sich die Sache noch einmal genauer an. Hob einen langen Stock auf und schob damit die unteren Zweige auseinander. Und wer hätte das gedacht, da war er: *der Trockensack*. Unter dem Busch versteckt.

Verdammt, sie hatte den richtigen Riecher gehabt.

Tara kniete sich hin und öffnete den Beutel, um nach ihrer SIG zu suchen. Stattdessen fand sie etwas Hartes, Rechteckiges. Sie zog das Ding hervor.

Was zum –

Ein Sprechfunkgerät? Dafür war es ganz schön groß. Sah ganz nach militärischer Ausrüstung aus. Durch das dichte Laubdach blickte Tara zu den beinahe schwarzen Himmelsausschnitten empor. Hier im Bayou gab es keinen Handyempfang. Aber ein Satellitentelefon hätte welchen.

Aber warum sollte er so ein Ding besitzen?

Höchstwahrscheinlich, weil das, worin auch immer er da verwickelt war, erstens Ausrüstungsgegenstände wie diesen nötig machte und zweitens andere Leute involviert waren.

Ach du Scheiße.

Sie grübelte noch eine Weile über das Satellitentelefon. Gab es jemanden am anderen Ende? Und wartete dieser Jemand darauf, dass Lafayette sich meldete? Vielleicht sollte sie das herausfinden.

Mit wild klopfendem Herz schaltete sie das Gerät ein. Und drückte die Ruftaste. Nach einem kurzen Rauschen hörte sie erst einmal gar nichts.

Nach etwa zehn Sekunden meldete sich eine Stimme – eine *weibliche* Stimme: »STORM Alpha Zulu, kommen, STORM Mike, over.«

Militärjargon? Sie hatte ja bereits heute Morgen überlegt,

ob er früher vielleicht beim Militär gewesen war. Verdammt. Niemand war besser als Waffenhändler geeignet als ein paar desillusionierte fronterfahrene Exsoldaten.

»STORM Alpha Zulu an STORM Mike, bitte kommen, over.«

Okay. Mike stand für den Buchstaben M. Damit war offensichtlich Marc gemeint. Also waren er und diese Frau am anderen Ende der Leitung vertraut genug, um sich mit dem Vornamen anzusprechen. Wer war diese Zulu-Braut?

Sie hörte sich jung an.

Und hübsch.

Tara stöhnte innerlich. *Na toll*. So viel zu ihrer professionellen Herangehensweise. Eifersüchtig auf eine *Stimme*? Wie verkorkst war *das* denn bitte?

Sie atmete einmal tief durch.

Zum Teufel, *überhaupt* eifersüchtig zu sein war schon so was von verkorkst, dass sie über sich selbst erschrak.

Tara schaltete das Gerät aus und steckte es wieder in den Trockensack. Dann kramte sie weiter nach der SIG. Vergeblich. Aber sie fand eine Taschenlampe. Auch nicht schlecht.

Die SIG hatte er anscheinend mitgenommen. Hatte er mit Schwierigkeiten gerechnet? Sie dachte an die Schrotflinte, die er versteckt gehalten hatte. Oder wollte er damit jemand anderem Schwierigkeiten *machen* ...?

Sie rieb sich fröstelnd die Arme, da es immer kälter wurde, verstaute den Trockensack, schaltete die Taschenlampe an und machte sich in die Richtung auf, in der Marc verschwunden war.

Und betete dabei, dass sie das nicht bereuen würde.

»Special Agent Haywood?«

Rebel blickte von ihren Notizen auf, die sie gerade zusammenpackte. Es war eine anstrengende Einsatzbesprechung gewesen.

Endlos. Über zwei Stunden lang. In denen sie sich ständig gewünscht hatte, nicht hier sein zu müssen.

Weil sich herausgestellt hatte, dass ihr Hauptverdächtiger im Fall von Dr. Gina Cappozis Verschwinden überraschenderweise gleichzeitig der neue SAC des Falls war. Eine haarsträubende Entwicklung.

Darüber musste sie erst mal nachdenken. Lange und gründlich.

Deswegen hatte sie sich auch während des ganzen Meetings kein einziges Mal zu Wort gemeldet. Aus Angst, sonst mit ihrer Anschuldigung herauszuplatzen. Aber ohne Beweise wäre ihre Karriere damit beendet. Ihr war einfach hundeelend zumute.

Das alles machte sie ganz verrückt. Denn selbst wenn sie nichts beweisen konnte, musste sie es doch irgendjemandem *sagen*. Am besten Chief Jansson. Er würde diesen Angeber so schnell von dem Fall abziehen, dass er –

»Special Agent Haywood? Alles in Ordnung?«

Rebel kam schlagartig wieder zu sich. SAC Wade Montana stand direkt hinter ihr. Ihr Herz begann, wie wild zu schlagen.

»Ja«, stieß sie hervor und drehte sich so schnell zu ihm um, dass ihr dabei alle Unterlagen aus der Hand fielen. »Mir geht es gut.«

Montana beobachtete mit hochgezogenen Augenbrauen den Papierregen. »Sicher?«

Sie spürte, dass sie gerade tiefrot wurde. Anstatt zu antworten, kniete sie sich hin und sammelte alles ein. Hoffentlich hatte sie sich nicht gerade eine Laufmasche geholt.

»Mir ist aufgefallen, dass sie sich nicht an der Besprechung beteiligt haben.«

Natürlich war ihm das aufgefallen. Er hatte es mit einem neuen Fall, einem neuen Chef und insgesamt sechzehn ihm unbekannten Untersuchungsbeamten zu tun – denn neben den fünf anderen Mitgliedern der Cappozi-Taskforce waren da ja noch all die anderen neuen Gesichter im Büro – da war das ja stinknormal! Sein Ruf war also begründet.

»Es ist meine erste Woche hier, Sir«, rechtfertigte sie sich. »Ich bin noch dabei, mir einen Überblick zu verschaffen. Deswegen höre ich im Moment lieber zu.«

»Löblich.« Er beobachtete Rebel, wie sie ihre Notizen in ihre Mappe stopfte und sich wieder erhob. »Aber kompletter Blödsinn. Begleiten Sie mich doch zu meinem Büro.«

Rebel wäre am liebsten im Erdboden versunken. Sie schluckte. »Sicher, Sir.«

»Bitte. Ich bin kein großer Freund von Formalitäten. Nennen Sie mich Wade. Ich nehme an, ich darf Sie Rebel nennen?«

»Ähm. Ja. Natürlich, Sir. Ähm … Wade. Sir.«

Er schmunzelte. »Wie lange arbeiten Sie schon für das FBI, Rebel?«

Sie hatte das unangenehme Gefühl, dass er die Antwort bereits kannte. »Fünf Jahre.«

»Aha. Und davor?«

»University of South Carolina. Abschluss in Strafrechtspflege.«

Er nickte. »Sehr schön.«

Als sie bei seinem Büro angekommen waren, hielt er die Tür auf und bedeutete ihr, vor ihm hineinzugehen.

Doch das war das Letzte, wonach ihr der Sinn stand. »Es ist schon spät. Ich bin mir sicher, Sie haben noch jede Menge zu erl–«

»Ja, habe ich. Unter anderem, mit Ihnen zu sprechen. Bitte setzen Sie sich doch.« Er hielt ihr weiter die Tür auf und betrachtete sie eingehend.

Hilfe.

Sie trat ein und setzte sich auf den Besucherstuhl. Er ließ sich auf der äußeren Schreibtischecke nieder, sodass sich ihre Knie beinahe berührten.

O-kay.

Rebel riskierte einen vorsichtigen Blick in sein Gesicht. Was genau ging hier bitte vor?

Wade Montana sah gut aus, kein Zweifel. Wahrscheinlich gut zehn Jahre älter als sie, aber er gehörte zu den Männern, die in den Vierzigern erst richtig sexy werden. Quasi in der Blüte seiner Jahre: gut in Form, gebräunt, gut angezogen und finanziell abgesichert. Alle weiblichen Wesen hier im Büro leckten sich wahrscheinlich die Lippen nach ihm. Seit er hier angekommen war, hatte sie das beobachten können. Alle bis auf Rebel.

Denn sie kannte die Wahrheit über ihn.

»Also, Rebel. Was soll ich bloß mit Ihnen machen?«, sagte er im Plauderton.

Ihr kroch ein Schauer über den Rücken. »Was wollen Sie damit sagen, Sir? Wade.« Der bedeutungsvolle Ausdruck in seinen Augen war ihr nicht entgangen. »Sir.«

»Ich will sagen, Sie *wissen Bescheid*. Über mich. Habe ich recht?« Das war keine Frage.

Rebel ersparte ihnen beiden die Peinlichkeit, noch länger so zu tun, als wüsste sie nicht, wovon er sprach. Sie konnte ihm am Gesicht ablesen, dass sie *so was von* aufgeflogen war. »Was hat mich verraten?«

Er lächelte schief. »An Ihrem Pokerface müssen Sie noch arbeiten.« Dann wurde er wieder ernst. »Haben Sie jemand anderem davon erzählt?«

Ihr Puls raste, aber es gelang ihr, nach außen hin ruhig zu bleiben. »Kommt jetzt die Stelle, wo ich Ihnen sage, dass ich einen Brief bei meinem Anwalt hinterlegt habe, der direkt an den Chief geht, falls mir etwas zustößt?«, fragte sie kühl.

Wieder lächelte er. Seine Augen allerdings nicht. »Kommen wir doch lieber zum Punkt. Was genau wissen Sie?«

»Alles.«

Er seufzte. »Nun, das bezweifle ich doch sehr.«

»Jedenfalls genug«, verbesserte sie sich. »Genug, um beurteilen zu können, dass Sie nicht als SAC bei diesem Fall eingesetzt werden dürften. Sie sollten überhaupt nicht mit dieser Sache befasst sein.«

Er blickte einen Moment lang zu Boden. »Es stimmt, dass ich eine gemeinsame Vergangenheit mit Gina Cappozi habe«, gab er dann zu. »Wir waren verlobt, aber sie hat die Verlobung gelöst. Deswegen würde mich jeder mit einem Funken Verstand ganz nach oben auf die Liste der Verdächtigen setzen.«

Er hob den Kopf und musterte Rebel, aber sie blieb stumm. Schließlich gab er ja bereitwillig Auskunft, auch ohne dass sie etwas sagte. Sie mochte kein gutes Pokerface haben, aber mit ihren Befragungstechniken war noch alles in Ordnung.

»Die Sache ist die«, sagte er düster, »möglicherweise habe ich eine Kette von Ereignissen in Gang gesetzt und dadurch bewirkt, dass eine Frau, die mir sehr viel bedeutet, von Gott weiß wem entführt wurde und jetzt zu irgendwelchen Dingen gezwungen wird. *Ich*.« Er schloss die Augen und atmete tief durch. Öffnete sie wieder und starrte Rebel an. »Verstehen Sie? Vielleicht bin *ich* für das alles verantwortlich!« Dann brach ihm die Stimme weg, und er stand abrupt auf, wandte sich ab und vergrub die Hände in den Hosentaschen. »Ich muss sie finden, Rebel. Und wenn es das Ende meiner Karriere beim FBI bedeutet.«

Sie starrte eine Zeit lang auf seinen Rücken. Er stand aufrecht da, groß und kompromisslos. Und doch wirkte er trotz der stolzen Haltung merkwürdig verletzlich. Ihr fiel auf, wie sich seine angespannten Schultermuskeln durch den feinen Stoff seines Anzugs abzeichneten.

Bei Gott, sie wollte ihm wirklich gerne glauben.

Rebel dachte daran, wie viel ihr selbst dieser Fall bedeutete. Wie entschlossen sie war, ihn zu lösen – allein wegen ihrer flüchtigen Verbindung zu Gina, über Alex Zanes Freund Kick. Wie musste der SAC sich dann erst fühlen?

»Okay«, sagte sie schließlich. »Ich denke, ich kann ihre Lage nachvollziehen.«

Sichtlich erleichtert atmete er aus. Wandte sich ihr wieder zu. »Dann helfen Sie mir. Arbeiten Sie mit mir zusammen. Helfen Sie mir, Gina zu finden. Von mir aus überwachen Sie jeden meiner Schritte. Damit Sie sehen, dass ich nichts vertusche.«

Das hörte sich alles ganz vernünftig an.

Beinahe schon *zu* vernünftig.

»Sieht so aus, als müsste ich meinem Anwalt tatsächlich so ein Schreiben überreichen«, sagte sie, nur halb im Scherz.

Er lächelte trotzdem. »Tun Sie, was immer Sie für nötig halten.«

Rebel stand ebenfalls auf. »Lassen Sie mich eine Nacht darüber schlafen.«

Sein Lächeln erlosch. »Ich könnte es Ihnen befehlen.«

»Und ich könnte Sie verpfeifen.«

Er hielt ihren Blick gefangen. Aber so leicht ließ sie sich nicht einschüchtern. Schließlich nickte er. »Gut. Sagen Sie mir morgen früh Bescheid.«

»Das werde ich.«

Wenn sie dann noch am Leben war.

Du liebe Güte. Der Mann kannte Gina Cappozi persönlich und hatte gerade zugegeben, dass er womöglich der Auslöser ihrer Entführung war. Genau wie Rebel vermutet hatte. Die Frage war nur: War das unabsichtlich geschehen? Ein unvorhersehbares Ergebnis des Bemühens, Ginas beste Freundin Rainie zu finden? Oder hatte er vorsätzlich gehandelt, um sich dafür zu rächen, dass sie ihm den Laufpass gegeben hatte? Vielleicht auch aus einem anderen Grund, den sie noch nicht kannte …? Eine große Summe etwa, die ein Terrorist zahlen würde, der auf der

Suche nach einer Wissenschaftlerin mit Dr. Cappozis Fähigkeiten war? Vielleicht hatte beides eine Rolle gespielt?

Wie auch immer, das Entscheidende war, er hätte unter keinen Umständen mit diesem Fall betraut sein dürfen. Aber Wade Montanas Ruf war einwandfrei. Deswegen musste sie erst stichhaltige Beweise finden, bevor sie ihn meldete und so womöglich seine Karriere ruinierte – von ihrer eigenen mal ganz abgesehen. Die Aussagen einer Achtzigjährigen und ihre eigene blühende Fantasie reichten dafür jedenfalls nicht aus.

Als Erstes würde sie mit Kick Jackson sprechen müssen.

Und zwar noch heute Abend.

12

Irgendjemand verfolgte ihn.

Und Marc ahnte auch, wer das war.

Fils du putain. Obwohl er damit gerechnet hatte, war jetzt wirklich der schlechteste Zeitpunkt für Tara, ihm nachzuschleichen.

Mit einem Seufzer lud Marc die Mossberg. Nur für den Fall, dass er sich irrte. Vorhin im *T-Garou's Bait and General Store* hatte er sich beiläufig nach dieser letzten Adresse auf seiner Liste erkundigt – eine baufällige, längst verlassene Baumwollspinnerei. Man hatte ihm geraten, einen weiten Bogen darum zu machen. Denn in der Ruine hatte sich irgendein *bien mauvais drigaille* eingenistet und dort offenbar eine Drogenküche für Crystal Meth eingerichtet. Mistkerle, die ohne Federlesens auf jeden schossen, der sich ihnen näherte.

Genau die Art von Abschaum, die Marc suchte. Er traute es der terroristischen Al-Sayika-Zelle durchaus zu, dass sie sich als Drogendealer tarnte.

Und er war ziemlich sicher, dass hier kein Drogenlabor in der Nähe war. Denn die Sumpfluft roch überhaupt nicht nach Chemikalien. *Non*, das hier war etwas anderes. Vielleicht ein geheimes Biowaffenlabor?

Er hob seine Nachtsichtbrille, die er vorhin aus dem Trockensack herausgesucht hatte, an die Augen und schaute sich gründlich um, auf der Suche nach Anzeichen für Wachen oder einen der Bewohner. Der dichte Wald umgab ihn jedoch wie ein Vorhang, daher waren einige Vögel und Eidechsen alles, was in seinem Blickfeld auftauchte. Und ein kleines pelziges Ding mit vier Beinen, wahrscheinlich eine Beutelratte oder ein Eichhörnchen.

Einige Hundert Meter hinter sich, dort, wo Tara sich befinden musste, hörte er Zweige knacken. *Foutu Dieu*. Er wollte sie keinesfalls in der Nähe dieses Ortes wissen. Warum konnte diese Frau nicht einfach das tun, was er ihr sagte?

Die ausgebrannte Ruine der alten Spinnerei ragte vor ihm auf. Sie schien verlassen zu sein. Zwar war das Nachtsichtfernglas nicht in der Lage, Mauern zu durchdringen, auch keine halb verfallenen, aber wenn irgendjemand hier draußen unterwegs war, würde er das sehen. Am liebsten hätte er das Nachtsichtgerät am Kopf befestigt – um die Hände frei zu haben und unliebsame Überraschungen zu vermeiden. Marc mochte keine Überraschungen. Aber falls er auf Tara traf, wollte er nicht wie ein Komparse aus einem Actionfilm aussehen. Das wäre nur wieder etwas, das er ihr nicht erklären konnte.

Sie war ohnehin bereits davon überzeugt, dass er nichts Gutes im Schilde führte. Stellte ihm dauernd Fragen, die er nicht beantworten konnte, ohne sie anlügen zu müssen. Und es war ihm zuwider, seine Geliebte anzulügen. Da hatte ihn seine Mama besser erzogen.

Wahrscheinlich erklärte das auch die zweijährige Durststrecke, was Frauen anging.

Merde. Tara Reeves war eine Komplikation, die er im Moment wirklich nicht brauchen konnte. Dennoch hatte er nicht nur mit ihr geschlafen, sondern sich auch noch außerstande gesehen, die Frau endgültig loszuwerden, als sich die Gelegenheit dazu ergeben hatte. *Mais non*. Stattdessen hatte er sie gebeten, ihn zu begleiten. Bei einem Aufklärungseinsatz! *Co fou*. Wie dämlich das doch war!

Plötzlich ließ ihn ein leises Geräusch innehalten. Er spitzte die Ohren. Oben auf der Mauer der Baumwollspinnerei waren Schritte zu hören – jemand schlich sich vorsichtig an ihn heran.

Sofort verschmolz Marc mit dem dichten Laubwerk. Setzte das Nachtsichtgerät auf und klappte die Speziallinse vor sein linkes Auge. Besser in Erklärungsnot als tot.

Tatsächlich war eine hellgrüne Gestalt in seinem Sichtfeld zu erkennen. Irgendjemand bewegte sich, gegen die Wand gedrückt, langsam vorwärts. Größer als Tara. Ein Mann. Mit einer Maschinenpistole in der Hand.

Volltreffer.

Das könnten sie sein – die Terroristen.

Dann musste er Tara allerdings unbedingt von hier wegbringen.

Marc kehrte um und lief gebückt in Taras Richtung. Schon nach etwa hundert Metern konnte er die unverkennbaren Umrisse zweier menschlicher Gestalten ausmachen. *Tara.* Und ein anderer Mann mit einer Waffe. *Der sich ihr näherte.*

»Tara, hinter dir!«, brüllte Marc und schlug sich, so schnell es ging, durch das Unterholz zu ihr durch.

Sie drehte sich gerade noch rechtzeitig um, bevor der Angreifer sie am Arm packen konnte. Dann schrie sie etwas, das Marc nicht verstehen konnte.

Während er durch die Baumreihen preschte, peitschten ihm Zweige ins Gesicht, und es kam ihm vor, als hätte er Blei in den Stiefeln.

»Wenn du sie anrührst, bist du ein toter Mann!«, brüllte er, während er die Mossberg über die Schulter auf den Rücken gleiten ließ, um die Beretta zu ziehen. Wenn er den Scheißkerl erschießen musste, wollte er nicht, dass Tara in einen Schrotkugelhagel geriet.

Hinter ihm hörte er den ersten Kerl, den er entdeckt hatte,

laut fluchen. Nur am Rande nahm er wahr, dass es sich um *Cajun*-Schimpfwörter handelte.

Also waren es wahrscheinlich doch keine Terroristen.

Einerseits war Marc erleichtert, denn das bedeutete weniger Gegner, mit denen er sich herumschlagen musste, andererseits machte es ihn fuchsteufelswild, weil er die zwei Arschlöcher nun nicht einfach ungestraft abknallen konnte. Denn *niemand* vergriff sich an seinem Mädchen, ohne dafür büßen zu müssen.

Mit dem Nachtsichtfernglas erkannte er Tara als hellen Fleck, der mit dem des Angreifers zu einem Ball verschmolz. Ab und zu löste sich ein Arm oder ein Bein daraus, und es waren wilde Schreie zu hören. *Fils du diable*. Marc hob die Beretta und gab ein paar Warnschüsse ab.

»*Arrète!* Lass sie los, oder ich puste dir die Birne weg!«, brüllte er den Kerl an, während er die letzten Meter zurücklegte. Der Typ hatte Tara den Arm auf den Rücken gedreht und schrie sie an–

Moment mal.

Marc kam schlitternd zum Stehen.

Quoi?

Tatsächlich war es *Tara*, die den Arm des Mannes im Polizeigriff hatte. Der Typ zuckte und wand sich, während sie ihm eine *Pistole* an die Schläfe hielt. Und *sie* war es auch, die ihn anschrie, er solle endlich stillhalten, sonst würde sie ihm den verdammten Kopf wegpusten.

Mon Dieu. Sie hatte den Mann überwältigt *und* entwaffnet?

Marc wusste nicht, ob er lachen oder lieber die Hände über den Kopf heben sollte, um sich zu ergeben.

Da richtete sie ihre Waffe plötzlich auf ihn. »Zurück!«, rief sie barsch und spähte durch die Dunkelheit zu ihm herüber.

»Nicht schießen, *beb*. Ich bin's«, rief er ihr zu und nahm das Nachtsichtfernglas ab, damit Tara sein Gesicht erkennen konnte.

Mit der anderen Hand hielt er die Beretta über den Kopf. Sie ließ daraufhin ihre eigene Pistole sinken, sah ihn aber misstrauisch an.

»Was zum Teufel geht hier vor, Lafayette?«

»Bin nicht ganz sicher, aber ich glaube, wir werden es gleich herausfinden.«

Mit nur zwei Schritten war er bei Tara, hatte ihr den Gefangenen abgenommen und sie – trotz Protestgeschrei – hinter seinen Rücken geschoben. Dann zog er den Kerl als Schutzschild vor sie beide. Gerade noch rechtzeitig.

Denn der erste Mann hatte sie eingeholt und fuchtelte mit einer Uzi vor ihnen herum. »Ihr habt dreißig Sekunden, um von hier zu verschwinden, oder ich werde –« Der Uzi-Schwenker blieb verwirrt stehen. »Chaz, bist du's? Was zum –« Die Knarre kam ins Schwanken, der Kerl wich einen Schritt zurück und starrte aus weit aufgerissenen Augen zu seinem Kumpel, den Marc am Kragen gepackt hatte. Beide Jungen zuckten unkontrolliert.

Offensichtlich waren sie auf Crack. Anders ausgedrückt: paranoid und unberechenbar.

»Nimm die Waffe runter. *Sofort*«, wies Marc den Uzi-Typen an. Als dieser nicht gehorchte, packte Marc den anderen Kerl etwas fester, sodass er dem guten alten Chaz die Luft abschnürte und der Junge nur noch gurgelnde Geräusche von sich gab.

»Mach schon, Jacko!«, keuchte er, als Marc ein wenig locker ließ. »Der is' verrückt! Bringt mich um!«

Mit einem Mal tauchte Tara hinter dem Uzi-Schwenker auf und rammte ihm ihren Pistolenlauf in den Rücken. »Genau, Blödmann. Tu, was mein Freund sagt, bevor ich euch verhaf–«

»Bevor sie *richtig böse* wird«, unterbrach Marc sie. Ganz tolle Idee, denen beinahe zu verraten, dass sie Polizistin war. Und *verdammt noch mal*! Er hätte wissen müssen, dass sie nicht hinter ihm in Deckung bleiben würde. Er warf ihr einen wütenden Blick zu, dann wandte er sich wieder an die zwei Halbstarken.

Sie waren noch jünger, als er zunächst gedacht hatte. Fast noch Teenager, höchstens Anfang zwanzig. Zwei ungepflegte, zuckende, dürre Bohnenstangen mit gelben Augen. Kein Zweifel, die alte Spinnerei war ein Drogenlager. Enttäuscht ließ Marc Chaz hinunter, bis der Kerl wieder festen Boden unter den Füßen hatte.

»Gibt keinen Grund, warum das hier unschön werden sollte, Jungs«, sagt er. »Wir wollen nur ein paar Informationen. Sonst nichts. Also, runter mit den Schießeisen.«

Jacko bewies, dass er sich noch nicht sämtliche Hirnzellen weggeraucht hatte. Nach kurzem Zögern tat er wie befohlen.

»Und du.« Marc wedelte verärgert mit der Beretta in Richtung Tara. »Komm verdammt noch mal hierher und stell dich hinter mich.«

Sie hatte doch wirklich den Nerv, einfach nur verächtlich zu schnauben.

Der Blick des kleinen Dummkopfes schnellte zwischen Marc und Tara hin und her. Dann wischte er sich die Nase ab. »Ohne mein' Anwalt sag ich gar nix, *Bougre*.«

Marc versetzte Chaz einen Schubs, damit er zu seinem Kumpel stolpern konnte. »Sehen wir so aus, als ob wir uns einen *foutu* feuchten Kehricht um euer *foutu* Drogengeschäft scheren? Entweder beantwortet ihr meine Fragen, oder ihr werdet es ernsthaft bereuen.«

Zwei fahle Augenpaare blickten ihm nervös entgegen. Sie registrierten seine Ausrüstung. Seine Haltung. Die vielen Waffen, die er am Körper trug. Dann glitt ihr Blick zu Tara, die mit genau der Waffe auf sie zielte, die sie ihnen kurz zuvor einfach so abgenommen hatte. Ihr zorniger Gesichtsausdruck jagte ihnen höllische Angst ein …

Natürlich konnten sie nicht wissen, dass Taras Wut in diesem speziellen Fall *Marc* galt und nicht ihnen. Ihm konnte das nur recht sein.

»Bitte töten Sie uns nicht«, wimmerte Chaz, dessen eigentlich eher dunkle Hautfarbe im Mondlicht ganz blässlich wirkte.

»Ich habe doch ges–«

»*Ihr* habt diese Leute umgebracht!«, stieß Chaz mit heiserer Stimme hervor. »Das braucht ihr gar nicht erst abstreiten!«

»Welche Leute?«, fragte Marc stirnrunzelnd. Eine äußerst unangenehme Vorahnung machte sich in ihm breit, und bei so etwas irrte er sich nie.

Jacko, die Hohlbirne, schüttelte den Kopf. »Niemand. Hab nix gesagt! Chaz, der weiß doch nich', wovon er re–«

»*Wen* umgebracht?« Marc trat drohend einen Schritt vor.

Jackos Bohnenstangenkörper wurde von wilden Zuckungen geschüttelt. »Die beim Bayou Morreau!«

»Tot? Habt ihr die Leichen mit eigenen Augen gesehen?«

Beide Jungen nickten heftig.

Marc überlegte kurz. Bayou Morreau lag mehrere Kilometer südwestlich von hier. Tief im Sumpf. Abgelegener ging es kaum. »Wie viele?«

Jacko zog die Schultern hoch, als wolle er sich unsichtbar machen. »Fünf. Vielleicht auch sechs.«

Marc fing Taras entsetzten Blick auf. *Dieu*.

»Wie sind sie gestorben?«, fragte sie.

Beide Jungs sahen jetzt so aus, als müssten sie sich gleich übergeben. »Weiß nich'.«

»Wie?«, bohrte Marc.

»Echt, *Bougre*. Keine Ahnung«, beeilte Jacko sich zu antworten, seine Stimme klang krächzend und abgehackt. »Weiß nur, dass sie krank ausgesehn ham, das ham sie. Als wärn sie an der eigenen Kotze erstickt oder so. Und mit schwarzen Blasen überall.«

Tara schlug sich eine Hand vor den Mund. Marc wurde flau im Magen. *Symptome von Anthrax und Vogelgrippe*. »Wie kommt ihr drauf, dass sie ermordet worden sind?«, fragte er.

»Weil«, sagte Jacko, verschränkte die Arme vor dem Bauch und presste sie dagegen, als hätte er Schmerzen, »sie alle mit Fußfesseln aneinandergekettet waren. Wie so 'ne *foutu* Sträflingskolonne.«

»STORM Alpha Sechs, hier ist STORM Mike, over.«

Als Lafayettes Funkspruch über das Satellitentelefon hereinkam, schnappte Bobby Lee es sich aus der Station am Armaturenbrett des Wagens und kam Zimmie damit zuvor.

»STORM Mike, hier ist STORM Alpha Sechs. Alles klar, Kumpel? Over.«

»Bestätige, over.« Marcs Stimme klang zwar, als wäre er weit entfernt, aber ansonsten schien es ihm gut zu gehen.

»Was ist da draußen los?«, fragte Bobby Lee. »Wir hatten vorhin eine Funkverbindung ohne Ton von dir und konnten dich seither nicht mehr erreichen. Over.«

Bobby Lee hörte ein wildes Fluchen, gefolgt von einer halben Minute statischem Rauschen. »Tut mir leid«, entschuldigte sich Marc, als er wieder zu hören war. »Ich werde alles erklären, sobald ihr hier seid. Wir haben Hinweise auf einen möglichen Tatort mit fünf oder mehr Todesopfern. Hört sich ganz nach der Handschrift unserer Tangos an, over.«

Du lieber Himmel. *Fünf Tote?*

»Was zum Teufel ist passiert? Over«, fragte Bobby Lee.

»Von der Beschreibung her die gleiche Art Kampfstoff wie bei den Tierkadavern. Sieht so aus, als hätten sie die Tests ausgeweitet. Schlage vor, ihr versetzt die STORM-Kommandozentrale und unsere Kumpels von der Inneren in Gefechtsbereitschaft, damit sie für den Notfall bereit sind, während wir uns einen Überblick über die Lage verschaffen. Einzelheiten folgen, over.«

Die STORM-Oberbefehlshaber und ihre Freunde von der Inneren Sicherheit konnten wahrscheinlich innerhalb einer Stunde hier sein. In Baton Rouge stand außerdem noch eine auf Gefahrengut-Fälle spezialisierte Einheit bereit, die Bobby Lees Team zu Hilfe kommen sollte, sobald sie das Labor entdeckt hatten. Mit etwas Glück konnten sie jetzt losschlagen.

Bobby Lee bedeutete Zimmie, mitzuschreiben. »Schieß los«, forderte er Marc auf.

Dann wendete er mitten auf dem Highway und raste im Eiltempo zur Basisstation zurück. Währenddessen kritzelte Zimmie alle weiteren Informationen auf ein Stück Papier. Sie würden das Schnellboot nehmen. Er wäre am liebsten sofort durch die Sümpfe gefahren, aber mithilfe der Drohne würden sie den Ort schneller finden, und er wollte keine Zeit verlieren.

Als Marc von den Zeugenaussagen berichtete, lief Bobby Lee ein Schauer über den Rücken. Himmel. Abbas Tawhid war wirklich ein kranker Mann.

»Verstanden. Wir sind oscar mike«, gab Bobby Lee zurück, was im Militärjargon bedeutete, dass sie unterwegs waren. Er verzog das Gesicht und trat aufs Gas. »Denk nicht einmal daran, dich diesem Ort ohne Sicherheitsanzug zu nähern, Lafayette. Wir treffen uns in« – er blickte auf die Uhr – »dreißig. Over.«

»Verstanden«, meldete Marc sich zurück. »Ach so, und STORM Alpha sechs? Da gibt es noch eine Kleinigkeit, over.«

Quinn stöhnte innerlich auf. Bei Marc waren die Kleinigkeiten nie klein. »Was denn, over?«

»Ich, ähm, habe mir da irgendwie noch eine weitere Gefangene zugelegt, over.«

Okay, *Gefangene*? Bobby Lee musste blinzeln. Dann warf er Zimmie einen Blick zu, die ebenso verblüfft schien wie er selbst. Marc klang weder besorgt noch aufgeregt, eher verärgert, also konnte es sich wohl kaum um einen Tango handeln.

»Zusätzlich zu den *Zeugen*?«, wollte er leicht beunruhigt wissen.

»Ähm, ja.«

Was zur Hölle?

Und dann begriff er plötzlich. Ach du *Scheiße*. Tara Reeves!

»Lafayette. *Bitte* sag mir, dass du keinen Louisiana State Trooper in Handschellen gelegt hast.«

Ein Räuspern war zu hören. »Flexi-Cuffs, um genau zu sein. Verflucht, sie schreit mich die ganze Zeit an, dass sie die LSP und den County Sheriff benachrichtigen will. Hat Glück, dass ich sie nicht auch noch knebele.«

Tatsächlich konnte Bobby Lee im Hintergrund eine sehr wütende Frauenstimme hören, deren Vorschläge für das weitere Vorgehen nicht gerade dem Polizeiprotokoll entsprachen.

Jesus, Maria und Joseph, verdammt noch mal.

»Sag ihr, wer du bist, zum Teufel!«, wies ihn Bobby Lee genervt an.

»Sie glaubt mir nicht.«

Und deshalb hatte er sie einfach *in Geiselhaft* genommen? Eine verfluchte Polizeibeamtin. Wie viele schwere Straftaten *das* wohl miteinschloss. Scheiße.

Lafayette hatte sich schon immer viel zu gut tarnen können. Er konnte so gut wie immer alle täuschen. Zumindest nach diesen vier Monaten in einem türkischen Gefängnis. Diese Zeit hatte ihn verändert. Ihn härter werden lassen. Kantiger. Diese dunklen Augen hatten jetzt einen Blick, der einem das Blut in den Adern gefrieren ließ, als wäre er der Leibhaftige, oder aber einen komplett verhexen konnte. Der Mann war eine tödliche Gefahr, eine Art Werwolf im Schafspelz, und Bobby Lee war froh, dass Marc sich auf der richtigen Seite des Gesetzes befand. Jedenfalls die meiste Zeit über.

Es war jedenfalls kaum verwunderlich, dass Trooper Tara Reeves ihm nicht geglaubt hatte, als er ihr endlich die Wahrheit über sich gesagt hatte. Wahrscheinlich war sie zuvor seiner Tarnung vollkommen auf den Leim gegangen.

»Sobald die Jungs von der Inneren auftauchen, wird sie dir glauben, over«, sagte Bobby Lee. Auf die Gardinenpredigt der STORM-Oberen, die dann unweigerlich folgen würde, hätte er jedoch lieber verzichtet.

»Da würde ich nicht drauf wetten, echt nicht. Bis dahin bleiben die Handschellen, wo sie sind, over.«

»Was immer nötig ist, damit wir weiterhin verdeckt arbeiten können«, stimmte Bobby Lee resigniert zu. »Over and out.«

»Wow«, sagte Zimmie, als er das Satellitentelefon weggelegt hatte.

»Ja, wenn das mal nicht scheiße gelaufen ist.« Verärgert stieß er den Atem aus und schob Lafayettes missliche Lage beiseite. Denn sie hatten weiß Gott größere Sorgen als eine verstimmte LSP-Beamtin. »Fünf oder sechs Todesopfer. *Verdammt!*«

»Du weißt, was das bedeutet.«

»Tawhid ist kurz davor, loszuschlagen.« Und das war Bobby Lees Schuld. Er hätte einen Weg finden müssen, diesen Mistkerl zu schnappen, bevor auch nur ein einziger Unschuldiger sterben musste.

Als hätte sie seine Gedanken gelesen, sagte Zimmie: »Gib nicht dem Team die Schuld dafür, Quinn. Oder dir selbst.«

Er sah das anders. »Wir haben den ganzen Tag damit verplempert, mit Leuten über den verfluchten *Handyempfang* zu reden! Und dabei *nichts* Relevantes herausgefunden.«

»Da hatten wir ja auch noch keinerlei Anhaltspunkte«, erinnerte sie ihn. »Wir haben lediglich eine Spur verfolgt. Deswegen wird es ja auch *Aufklärung* genannt. Und darum haben wir auch Gruppen gebildet. Diesmal war es eben Marc, der auf etwas Brauchbares gestoßen ist. Damit werden wir die Terroristen schon bald unschädlich machen können.«

»Zu spät für diese toten Menschen.«

Zimmie schüttelte den Kopf. »Tawhid ist den Geheimdiensten

jahrelang entwischt, Bobby Lee. Du kannst nicht erwarten, ihn oder Al-Sayika von heute auf morgen auszuschalten.«

Sie hatte recht. Vom Verstand her wusste er das. Aber in der Magengegend fühlte es sich immer noch falsch an. Menschen waren gestorben, während er hier Spielchen gespielt und darüber nachgedacht hatte, wie er Zimmie rumkriegen konnte. Dabei sollte er die schlimmste terroristische Bedrohung aufhalten, der sich das Land seit dem 11. September stellen musste.

Und sie hatte auch noch mit einer anderen Sache recht gehabt. So etwas passierte, wenn man Berufliches und Privates nicht trennte. Wenn man zuließ, dass aus einer Arbeitsbeziehung etwas Persönliches wurde. Dann war es mit der Konzentration vorbei. Genau wie mit der Urteilskraft. Man war nicht mehr wachsam genug. Und dann kamen unschuldige Menschen ums Leben.

Gleichwohl gab es hin und wieder Tage in diesem einsamen schmutzigen Geschäft, an denen einen nur diese eine Beziehung noch weitermachen ließ … und einem Grund zum Weiterleben gab.

Die Ironie, die darin lag, war ihm durchaus bewusst.

Aber jetzt gab es keinen Zweifel mehr, welche Entscheidung er treffen musste.

»Nein. Ich *werde* den Scheißkerl noch heute Nacht finden«, knurrte er leise. »Ich schwöre, ich werde nicht zulassen, dass weitere Menschen unverschuldet ihr Leben lassen. Nicht mit mir.«

Und wenn das bedeutete, dass er Zimmies tröstliche Umarmungen aufgeben musste, dann war das eben der Preis, den er dafür zahlen musste.

Ginas salzige Tränen hinterließen einen warmen Film auf den geschwollenen Lippen, bevor sie in die kahle Matratze hineinsickerten, auf der sie sich zusammengerollt hatte. Sie hätte die zerrissenen Kleider gern enger um den geschundenen Körper gezogen, konnte sich jedoch vor Schmerzen nicht rühren. Während sie bewusstlos gewesen war, hatte die schmerzlindernde Wirkung von dem nachgelassen, was auch immer ihr die *Stimme* gegeben hatte.

An die beruhigende männliche Stimme zurückzudenken half ein wenig gegen das unkontrollierbare Zittern, das von ihr Besitz ergriffen hatte, seit sie vor ein paar Minuten wieder zu sich gekommen war.

Wer war der Mann? Würde er zurückkommen? Sie erinnerte sich dunkel daran, dass er ihre Hand gehalten und ihr Haar gestreichelt hatte, während seine tiefe Stimme beruhigende Worte murmelte. War er hier, um ihr zu helfen? Sie zu retten?

Gina seufzte. Wahrscheinlicher war wohl, dass sie sich das Ganze eingebildet hatte. Oder geträumt. So, wie sie immer wieder von Gregg van Halen und seinem verräterischen Charme träumte. Sie konnte einfach nicht fassen, dass der Mann immer noch eine derartig starke körperliche Macht über sie hatte. Denn im Bett hatte er sie nie mit Samthandschuhen angefasst. War fordernd gewesen. Manchmal sogar beinahe beängstigend. Obwohl er sich stets genommen hatte, was er wollte, sie gefesselt und ihr den Hintern versohlt hatte, hatte sie sich dabei jedoch niemals in irgendeiner Form entehrt gefühlt. Und niemals ausgeliefert oder als Frau nicht respektiert.

Bis er sie diesen gnadenlosen Terroristen ausgeliefert hatte.

Offenbar hatte sie ein beschissenes Urteilsvermögen.

Ihre Kehle war ausgetrocknet, und der Durst verdrängte alle anderen Gedanken.

Wie lange war sie ohnmächtig gewesen? Da alle Fenster vernagelt waren und es weder Uhren noch andere Anhaltspunkte gab, war das schwer zu sagen. Möglicherweise nur Minuten. Stunden. Tage, seit …

Vielleicht nicht gerade Tage. Denn auf ihrem grün und blau geschlagenen Körper bildeten sich immer noch neue Hämatome. Auf der sonst eher blassen Haut waren sie gut zu erkennen, denn ihre Farbe war anders als die der grünlich violetten alten Blutergüsse.

Na also – Ärztin zu sein war also doch noch zu etwas anderem gut, als Terroristen bei der Herstellung von Massenvernichtungswaffen zu helfen.

Dieser deprimierende Gedanke löste eine neue Tränenflut aus.

Halt.

Während dieses bereits drei Monate andauernden Martyriums hatte Gina sich nie erlaubt, in Selbstmitleid zu zerfließen. Wütend durfte sie sein, ja. Zu Tode verängstigt, deprimiert, wild entschlossen, verzweifelt, von Schmerzen geplagt, auch das alles. Aber nicht selbstmitleidig. Und damit würde sie auch jetzt nicht anfangen.

Nicht einmal, nachdem dieser Teufel sie beinahe –

Nein.

Auch daran wollte sie nicht weiter denken. Nein. Nein. Nein.

Es war nicht dazu gekommen, und es würde auch in Zukunft nicht geschehen. Eher würde sie sich umbringen.

Und Gina würde auch nicht wie ein verwundetes Tier hier herumliegen und sich geschlagen geben. Diese Befriedigung gönnte sie dem Mistkerl einfach nicht.

Also nahm sie all ihre Willenskraft zusammen und bewegte sich ganz vorsichtig, löste sich Zentimeter für Zentimeter aus der Embryonalstellung. Prüfte, ob irgendwelche Zähne oder Knochen gebrochen waren, tastete die Rippen nach Brüchen ab und vergewisserte sich, dass sie nicht doch sexuell missbraucht worden war.

Hinter der aufgeplatzten Lippe spürte sie zwei abgebrochene

Zähne. Ansonsten hatte man sie zwar windelweich geprügelt, aber wie durch ein Wunder war nichts gebrochen. *Dem Himmel sei gedankt*.

Behutsam wischte sie sich die Tränen aus den Augenwinkeln. Sie stöhnte zitternd auf. Und quälend langsam gelang es ihr, sich aufzurichten. Endlich saß sie. Allerdings war sie außer Atem und hatte schlimmes Seitenstechen. Verdammt. Selbst ihre Kopfhaut schmerzte.

Aber sie würde das überleben. Das würde sie.

Plötzlich schnappte das Türschloss auf, und die Tür öffnete sich weit. Erschrocken hielt Gina den Atem an, als *er* den Raum betrat. Der Herr über die schlimmsten Qualen ihres Lebens.

Bitte. Nicht schon wieder.

Unbändiger Zorn kochte in ihr hoch. Bislang hatten Ginas Tötungsfantasien einzig Gregg van Halen gegolten, weil dieser sie verraten hatte. Aber dieses Verlangen war nichts – *nichts* – verglichen mit ihrem sehnlichen Wunsch, diesem Mann ein Skalpell in die Eingeweide zu rammen.

Entsetzt über ihre eigene Mordlust, kämpfte sie gegen die Wut an, denn sie verabscheute das, was dieses Gefühl aus ihr machte. Was *er* aus ihr gemacht hatte.

Tawhid betrachtete sie eine Weile mit ausdruckslosen Augen. In ihnen stand keinerlei Häme. Auch kein Vergnügen. Kein Hass. Nicht einmal ein Erinnerungsfunke an das, was er ihr angetan hatte, blitzte in ihnen auf. Nichts. Eine leere Wand.

Aber dann lächelte er. In seinem Gesicht wirkte das irgendwie falsch. Nicht freundlich – es verzerrte nur sein Gesicht und ließ seinen schwarzen Bart auf merkwürdige Weise seitlich abstehen. Dieses befremdliche Lächeln war schlimmer als alles, was er hätte sagen oder tun können.

Denn Gina wusste ganz genau, was es bedeutete.

»Gute Neuigkeiten, Dr. Cappozi«, sagte er. Und bestätigte damit ihre schlimmsten Befürchtungen. »Der Sprühmechanismus hat einwandfrei funktioniert.«

O Gott. Hatten sie etwa jemanden mit ihrem Machwerk umgebracht? Einen Unschuldigen damit besprüht und zugesehen, wie ein menschliches Wesen starb?

Diese Vorstellung war kaum zu ertragen.

In diesem Fall war es vorbei. Dann hatte Gina den Kampf verloren.

Schmerzhaft hämmerte ihr Herz gegen den Brustkorb. Sie war sicher, dass er jetzt eine Waffe ziehen und sie erschießen würde.

Ihr wurde übel, und sie bekam keine Luft mehr, aber irgendwie gelang es Gina trotzdem, ihre Qualen vor ihm zu verbergen. *Denn sie waren verdient.*

Sie hatte durchgehalten, indem sie sich vorgemacht hatte, dass sie diesen Teufel und seine unmenschlichen Pläne aufhalten könnte. Aber das von ihr eingeschleuste Selbstzerstörungs-Gen würde niemals funktionieren. Es war ein Provisorium, zusammengeschustert aus Notbehelfen. Wie naiv von ihr zu denken, dass eine derartig instabile Konstruktion funktionieren könnte.

Stumm blickte Gina auf ihre Hände hinab, die sie im Schoß gefaltet hatte. Hände, die geholfen hatten, eine Waffe zu entwickeln, die Millionen Menschen das Leben kosten würde. Wahrscheinlich sogar das ihrer Freunde. Nachbarn. Ihrer Familie.

Sie war ein verfluchter Feigling. Warum hatte sie sich nicht längst umgebracht? Bevor jemand zu Schaden gekommen war. Aber dafür war es jetzt zu spät.

Oder nicht …?

Der menschliche Geist war schon etwas Erstaunliches. Sich Tawhid zu widersetzen, würde ihr sicheres Ende bedeuten. Doch nun endlich akzeptierte sie das Unausweichliche, ihren Tod – und hatte keine Angst mehr. Lieber war sie tot, als mit der schrecklichen Schuld leben zu müssen, die sie auf sich geladen hatte. Bei Weitem besser.

Der Moment zog sich hin. Doch kein Schuss fiel.

Natürlich nicht. So einfach würde er es ihr nicht machen.

»Da wäre nur noch eine Aufgabe, die auf Sie wartet«, sagte er, als würde er ihre Verzweiflung erahnen. Sie genießen. Sich daran weiden. »Dann werden Sie die Belohnung für Ihre Arbeit erhalten.«

Ihre gerechte Belohnung, kein Zweifel. »Danke«, sagte sie, und ihre Stimme zitterte vor seelischer und körperlicher Qual. »Bin nicht so in der Stimmung für noch eine Party.«

Sein Gesicht blieb ausdruckslos. »Dann schlage ich vor, Sie tun, was ich sage. *Ganz genau*, was ich sage. Keine weiteren kläglichen Täuschungsversuche.«

In diesem Moment ergriff ein wundervoller innerer Friede von Gina Besitz. *Sie konnte das schaffen.*

Sie betete, dass das, was auch immer er wollte, sie ein letztes Mal zurück in das behelfsmäßige Labor führen würde. Damit sie die todbringenden Glasbehältnisse mit dem Virus zerstören konnte, bevor er sie dazu benutzte, ihr Land zu vernichten.

»Was soll ich tun?«, fragte sie.

»Bereiten Sie fünf Sprühkanister vor«, antwortete er. »Und füllen Sie die Behälter mit dem Virus.«

Sie blickte in das Antlitz des Leibhaftigen selbst und beherrschte nur mit Mühe ihr Zittern. Ihre Augen brannten.

»Warum tun Sie das?«, fragte sie ihn. Eigentlich hätte sie klüger sein müssen. Aber Gina konnte einfach nicht anders. »Warum planen Sie einen Massenmord an unschuldigen Menschen? Verbietet Ihnen Ihr Glaube nicht das Töten? Oder ist Ihnen mit jeglicher Menschlichkeit auch der Glaube verloren gegangen? Morden Sie deswegen? Um zu beweisen, dass Sie gottgleich sind?«

Er verzog das Gesicht zu einer hässlichen Fratze, und zum ersten Mal blitzte in seinen Augen so etwas wie eine Gefühlsregung auf.

»Steh auf, du Hure! Du tust, was ich dir sage! Sofort!«

»Und wenn nicht?«, fragte sie. »Bringen Sie mich dann um?«

»Nein«, erwiderte er. »Dann werde ich dich *langsam* töten.«

13

Tara bemühte sich, ihren Zorn über Marcs Sturköpfigkeit im Zaum zu halten… genau wie ihre unterschwellige Angst.

Sie konnte es einfach nicht *fassen*, dass er sie so schnell überwältigt hatte. Allerdings hatte er sie auch vollkommen überrumpelt, als er ihr gemeinsam mit den zwei Drogenheinis Handschellen angelegt hatte. Eben noch hatten sie die Verdächtigen gemeinsam festgenommen – jedenfalls hatte Tara das gedacht –, und im nächsten Moment war auf einmal *sie* die Gefangene gewesen. Nur Sekunden, nachdem sie ihm gesagt hatte, sie würde rasch sein Satellitentelefon holen und ihren Vorgesetzten über die Morde informieren. Sie hätte es wissen müssen …

»Was zum Teufel!«, schrie sie entgeistert auf.

»Bring mich nicht auch noch dazu, dir die Füße zu fesseln«, warnte Marc sie. Und das meinte er ernst, denn die anderen beiden hatte er bereits wie zwei Festtagsbraten verschnürt. Ihr hatte er immerhin nur die Hände vor dem Körper zusammengebunden.

»Was soll das?«, stieß sie zwischen zusammengebissenen Zähnen hervor und zerrte an den Plastikhandschellen.

Er schüttelte ungerührt den Kopf. »Das wirst du bald erfahren.«

Wutschnaubend beobachtete Tara, wie Marc das flache Fischerboot der Jungen losmachte, welches er in der Nähe der verlassenen Spinnerei gefunden hatte. Dann bugsierte er sie hinein.

Er brachte die Junkies im Kajak unter und band es wie einen Wohnwagen hinten am Boot fest, ließ den Motor an und tuckerte in die unheimliche Stille der samtig schwarzen Nacht hinein. Obwohl Tara sich ununterbrochen über ihre Behandlung beschwerte, blieb er während ihres seltsamen mitternächtlichen Ausflugs schweigsam wie der Sumpf.

Nur widerwillig führte Jacko sie zu der Stelle, an der er und Chaz die Leichen gesehen hatten. Als sie fünfzehn Minuten später dort ankamen, fanden sie ein für diese Gegend typisches, verwittertes, aber gemütlich wirkendes Pfahlwohnhaus vor. Tara wollte die Jungen schon fragen, was sie hier überhaupt verloren hatten, aber als sie Marcs grimmigen Gesichtsausdruck sah, blieb ihr die Frage im Hals stecken. Okay, na schön. Das hier war seine Show. Jedenfalls vorerst.

Knapp hundert Meter vor der Hütte glitten sie ans Ufer einer kleinen Insel.

»Besser, wir halten etwas Abstand«, sagte Marc gleichmütig. »Kontaminierungsgefahr.« Dann zog er das Satellitentelefon aus der Tasche und gab ihre Koordinaten an diese Zulu-Tussi durch, oder wer auch immer da am anderen Ende der Leitung saß.

Tara überlegte, ob sie sich das Ding einfach schnappen und abhauen sollte. Und irgendwie einen Notruf senden. Dann seufzte sie. Wohin sollte sie hier wohl rennen?

Also murmelte sie stattdessen: »Betrifft diese Gefahr uns oder den Tatort?«

Er blickte sie finster an. »Was denkst *du* denn?«

»Das willst du gar nicht wissen.«

Leider meinte Marc vermutlich sie selbst, nahm Tara an. Er hatte offenbar Leute angerufen, die hier alles säubern sollten. Irgendwie musste Tara verhindern, dass diese Leute Beweise vernichteten, sonst würden die Täter ungestraft davonkommen.

Gott im Himmel, war *das* vielleicht sein Auftrag hier gewesen? Die Leichen zu finden und das Beweismaterial verschwinden zu lassen? Kein Wunder, dass er sie loswerden wollte.

Als Marc ihr aus dem Boot half, warf sie einen Blick auf die beiden jungen Männer zurück und fragte sich, was wohl aus ihnen werden würde. Sie schauderte. Offen gestanden traute sie Jacko und Chaz noch viel weniger über den Weg als Lafayette, deswegen war sie froh, dass er sie unschädlich gemacht hatte. Zumindest vorübergehend. Denn er hatte das Kajak samt Insassen an einen im kalten Wasser treibenden Baumstamm gebunden und es ohne Paddel zurückgelassen.

Der Mond stand bereits hoch am Himmel, doch das dichte Blätterdach verschluckte das meiste Licht. Tara konnte also nur ab und zu einen Blick auf das in den Wellen hin und her schaukelnde Kajak erhaschen, wenn ein vereinzelter Strahl darauf fiel. Wahrscheinlich waren die beiden inzwischen auf Entzug. Während Lafayette Tara das matschige Ufer der Insel entlangscheuchte, drangen die abgehackten Verwünschungen und gegenseitigen Beschuldigungen der beiden Jungen an ihr Ohr.

Tara wandte sich ihrem Entführer zu. »Ich möchte wissen, was zum Teufel hier gespielt wird, Marc«, herrschte sie ihn zum tausendsten Mal an. Sie wollte endlich eine Antwort.

»Darf ich nicht sagen«, antwortete er so ruhig, dass es sie noch mehr auf die Palme brachte. »Das mit den Handfesseln tut mir leid. Ich musste nur sichergehen, dass du mit niemandem Kontakt aufnimmst, bevor die Innere Sicherheit hier eintrifft.«

Sie blieb stehen und verdrehte die Augen, weil sie nicht glauben konnte, dass er tatsächlich weiterhin auf dieser hanebüchenen Geschichte beharrte. »Du willst also behaupten, dass das amerikanische Ministerium für Innere Sicherheit Mitarbeiter entsendet hat. Hierher.«

Ja, klar. Als ob sie ihm *das* abkaufte. Genauso wenig glaubte sie ihm, dass er in einem streng geheimen, von der Regierung in Auftrag gegebenen Einsatz unterwegs war – dieses Ammenmärchen hatte er ihr nämlich aufgetischt, nachdem er ihr Handschellen angelegt hatte.

Wahrscheinlich war schon ein Drogenbaron oder ein betrügerischer Fabrikbesitzer auf dem Weg zu ihnen. Vielleicht auch ein Rivale des Mannes, für den die zwei armen Schweine im Kajak arbeiteten. Oder ein Mitarbeiter der Anlage, aus der die giftigen Chemikalien ausgetreten waren, die vermutlich sowohl die Tiere als auch diese armen Menschen hier getötet hatten.

Eben der, für den Marc arbeitete, wer immer das sein mochte.

Innere Sicherheit. Herrje. Der hatte wirklich Nerven, hier den Superpolizisten zu spielen. Dummerweise hatte er sich in der Behörde vertan. Denn die Innere Sicherheit befasste sich mit Zollvergehen und Terrorismus. Netter Versuch, mein Freund.

»Ich bin mir ziemlich sicher«, spielte sie die Scharade innerlich kochend mit, »dass das Innenministerium von mir erwarten würde, dass ich fünf oder sechs Todesopfer und ein potenzielles Drogenlabor melde.«

»Normalerweise schon«, stimmte Marc ihr zu.

»Also, was bitte schön hat die Innere hiermit zu tun?«

»Ich habe dir doch gesagt – «

»Ich weiß, ich weiß«, unterbrach sie ihn. »Du bist nicht befugt, mir das zu verraten. Und das soll ich dir glauben?«

»Ja«; sagte er und schaute sie düster an. »Bitte. Versuch mir zu vertrauen, *Chère*.«

»Wenn ich daran denke, dass ich tatsächlich kurz davor war.« Sie wandte den Blick ab, denn mehr als über ihn ärgerte sie sich über ihr eigenes, offensichtlich *mangelhaftes* Urteilsvermögen. Dann hob sie die gefesselten Hände. »Und was hat es mir gebracht?«

Er trat einen Schritt auf sie zu. »Verlier nicht gleich das Vertrauen. Kannst du das versuchen?«

»Wenn du willst, dass ich dir vertraue, dann solltest du mir auch vertrauen, Lafayette.«

»Aber das tue ich, Tara.«

Sie schnaubte. »Ja, das merke ich.«

»Wirklich. Ich vertraue darauf, dass du äußerst verantwortungsbewusst und eine engagierte Polizistin bist. Und alles daransetzen würdest, diese Vorfälle hier anzuzeigen – und mich auch. Deswegen musste ich dich aufhalten.«

Oka-ay. Vorwurf oder Kompliment?

Mit einem Mal brach Mondlicht durch die Bäume und tauchte Lafayettes kantiges Gesicht in ein ätherisches Wechselspiel heller Partien und dunkler Schatten. Sein Blick war seltsam bedauernd.

Ihre Gewissheit geriet ins Wanken.

Verdammt.

War es möglich, dass er die Wahrheit sagte?

Sie atmete einmal tief durch. Und versuchte umzudenken. »Ich soll also glauben, dass du für die Innere Sicherheit arbeitest?«

Er zögerte kurz. Weil er sich eine Lüge zurechtlegen musste? »Nicht für die. Mit ihnen zusammen. Im Moment.«

Er wirkte aufrichtig. Das war keine seiner üblichen charmanten Zweideutigkeiten.

Taras Herz schlug wild in ihrer Brust. Gott, sie wollte ihm so gerne glauben. Aber konnte sie es wagen? Ihr war bis jetzt nicht bewusst gewesen, wie sehr sie sich wünschte, dass er zu den Guten gehörte.

»Warum hast du mir das dann nicht früher gesagt?«

»Das durfte ich nicht. Niemand darf es erfahren.«

»Dennoch hast du es mir jetzt erzählt.«

»Mir blieb keine Wahl. Du steckst bereits zu tief mit drin. Und die Zeit drängt, wenn wir diese Mistkerle schnappen wollen, die das hier getan haben.«

Sie *schnappen*.

Sie starrte ihn an. Er log sie nicht an. Das spürte sie. Langsam lösten sich all ihre Verdächtigungen in Luft auf. Himmel. Er *war* einer von den Guten. Und das bedeutete …

Es gab nur eine Schlussfolgerung. Tara hatte die ganze Zeit über richtig gelegen. »Diese Morde hängen mit den Tierfunden zusammen.«

Er nickte. »Davon gehe ich aus.«

Ihr war immer noch nicht klar, was die Innere Sicherheit hiermit zu tun haben sollte. Die Hauptaufgaben des Ministeriums waren Zollprobleme und … Ach du Scheiße …

Mit einem Mal ergab alles Sinn. »Mein Gott. Das hier ist das Werk von *Terroristen*?«

»Das nehmen wir an.«

»Und es wird noch schlimmer werden, habe ich recht? Es wird noch mehr Tote geben?«

»Nicht wenn ich es verhindern kann.«

Für einen Moment vergaß Tara ihre Handfesseln. »Wie kann ich helfen?«

»Tara …« Er seufzte. »Gar nicht. Es tut mir leid.« Er schaute sie entschuldigend an. Als ob er damit rechnete –

Die brutale Erkenntnis traf sie wie ein Schlag, und sie musste schlucken. *O Gott*. Aus irgendeinem Grund war es für sie noch entschuldbar gewesen, als sie sich ausgemalt hatte, dass er ein Krimineller sei – bevor sie etwas mit ihm angefangen hatte. Aber – »Du hast *tatsächlich* versucht, meine Ermittlungen zu behindern. Das war dein Auftrag. Mich loszuwerden. Richtig?«

Seine reuige Miene war Antwort genug. »Es ist nicht so, wie du denkst, *Chère*.«

Tara kämpfte mit widerstreitenden Gefühlen. Einerseits war sie seltsam euphorisch, weil sie sich nicht in ihm getäuscht hatte. Und sich keinem Kriminellen hingegeben hatte. Und nicht dabei war, sich in einen Mann zu verlieben, der auf der anderen Seite des Gesetzes stand, einen Mann, mit dem sie nie guten Gewissens zusammen sein konnte.

Andererseits …

Sie atmete tief ein, damit der stechende Schmerz in ihrer Brust nachließ. »Das heißt also, von der ersten Sekunde unserer Begegnung an war jedes deiner Wort und alles, was du getan hast – nichts weiter als eine einzige große Lüge.«

Wow. Wer hätte gedacht, dass *das* sie so sehr treffen würde?

Offenbar konnte Marc ihr am Gesicht ablesen, wie furchtbar sie sich fühlte. Er streckte die Hand nach ihr aus. »Ah, *'tite Chère* –«

Sie riss sich los. »Nicht!«

Das war doch einfach lächerlich. Den ganzen Tag über hatte Tara sich gewünscht, er wäre nicht einfach nur ein *bon-temps Cajun*-Fremdenführer, der sich die Zeit mit Jagen und Trinken vertrieb, wenn er nicht gerade im Gefängnis saß. Hatte gehofft, er möge nicht von einer großen Firma angeheuert worden sein, um seinen beträchtlichen Charme dafür einzusetzen, ihre Ermittlungsarbeiten zu sabotieren. Da hätte sie doch jetzt begeistert sein müssen, dass er für die Regierung arbeitete, selbst wenn das nichts an seinen Absichten änderte. Und dann auch noch für die Innere Sicherheit! Anständiger und zuverlässiger ging es doch kaum.

Und doch war Tara … *enttäuscht*?

Aber es half nichts. Das war sie. Unendlich enttäuscht. Sie versuchte sich einzureden, es läge nur daran, dass er sie angelogen hatte. Einem Halunken konnte man wohl kaum vorwerfen, dass er nicht ganz ehrlich war, aber ein anständiger Mann log keine Frau an, verführte sie und tischte ihr anschließend noch mehr Lügen auf.

Doch wenn sie ehrlich mit sich war, musste sie sich eingestehen: Es war die tief in ihr vergrabene Hoffnung des liebebedürftigen kleinen Mädchens, das inständig gewünscht hatte, dass er den Job als Führer nur wegen *ihr* angenommen hatte. Und dass er sie heute mit zu den Gebäuden genommen hatte, weil er mit ihr zusammen sein wollte. Dass er sie verführt hatte, weil er sich genauso heftig in sie verliebt hatte, wie sie sich in ihn …

So unvermittelt auf die bittere Wahrheit zu stoßen fühlte sich an, als würde ihr jemand ein Messer in die Eingeweide rammen.

Was für eine gottverdammte Närrin sie doch war.

Er packte sie von hinten an den Schultern. »*Chère*, tu das nicht. Nicht *alles* war eine Lüge. Vielleicht hat einiges von dem nicht gestimmt, was ich dir gesagt habe, aber das, was zwischen uns geschehen ist, war echt.« Seine Lippen strichen über ihren Nacken. »Es war mein wahres Ich, das dich begehrt hat.« Sie spürte seinen warmen Atem an ihrem Nacken. »Es war das wahre Ich, das mit dir geschlafen hat.« Dann nahm er sie in die Arme. »Und das wahre Ich bittet dich darum, mit deinem Urteil über mich noch zu warten.«

Sie schluckte. Sie wollte nicht schwach werden. Er klang so aufrichtig. Aber verwirrt, wie Tara im Moment war, hätte sie ihm wahrscheinlich alles geglaubt.

Sie machte sich frei und drehte sich zu ihm um. Hinter ihm blitzten kleine Lichtpunkte im Gewässer des Bayou auf, und ein leises Dröhnen, wie von einem Bootsmotor, drang durch die Stille.

»Nun«, sagte Tara, »ich werde die Wahrheit vermutlich gleich erfahren.«

Die Leichen sahen weniger schrecklich aus als erwartet.

Darcy hatte schon Schlimmeres gesehen, obwohl die Verwesung durch die sumpfige Umgebung bereits weit fortgeschritten war. Allerdings verursachten ihr die Fußfesseln leichte Übelkeit.

Immerhin war keiner dieser Menschen gefoltert oder brutal behandelt worden. Nun, abgesehen davon, dass diese Familie vorsätzlich einem tödlichen Virus ausgesetzt worden war und sich gegenseitig beim Sterben hatten zusehen müssen, ohne sich irgendwie helfen oder entkommen zu können.

Ja, das war ganz schön krank.

Darcy warf einen Blick auf Trooper Tara Reeves und fragte sich, wie die Polizistin wohl mit diesem Anblick fertig wurde. Normalerweise war die Bundespolizei mit Verkehrsdelikten befasst und nicht mit Mordfällen. Sie wirkte niedergeschlagen, aber nicht übermäßig traumatisiert. Vielleicht hatten all die blutigen Autounfälle auf den Straßen sie abgehärtet.

Natürlich war das schwer einzuschätzen, solange sie alle Schutzanzüge trugen. Bevor sie sich dem Tatort genähert hatten, hatte jeder von ihnen sich entsprechend angezogen, und nun sahen sie aus wie einem Science-Fiction-Film entsprungen. Darcy sah von Trooper Reeves hinter der Maske nur die Augen und Wangen. Vielleicht war die Frau ja auch nur deshalb so niedergeschlagen, weil der Mann, den sie kennengelernt und dem sie offensichtlich vertraut hatte, sich plötzlich als jemand ganz anderes entpuppt, sie gefesselt und gegen ihren Willen festgehalten hatte.

Darcy hatte darauf bestanden, Trooper Reeves die Plastikhandschellen abzunehmen und ihr die Ausweispapiere des Einsatzleiters von der Inneren vorzuzeigen, bis die arme Polizistin sicher sein konnte, dass sie nicht erneut hinters Licht geführt wurde. Trotzdem. Dieses Erlebnis musste für sie ein echter Schock sein.

Darcy bedeutete Reeves, ihr nach draußen zu folgen, weg von den Leichen und dem geschäftigen Treiben der Spurensicherung und des PIADC-Teams zur Erforschung und Untersuchung von Tierseuchen.

»Alles in Ordnung?«, fragte Darcy durch das Helmmikrofon,

als sie am Ende des unvermeidlichen Landestegs angelangt waren, der anscheinend von jedem Haus in Louisiana zu einem alligatorverseuchten Bayou führte.

Reeves nickte stumm.

Hier draußen im Sumpf war es verdammt dunkel. In letzter Zeit hatten Darcys Einsätze sie entweder in große Städte wie München, Riad, Kairo oder in die endlosen Wüsten des Nahen Ostens geführt. Orte, an denen es unzählige flackernde Neonreklamen oder aber eine Milliarde strahlender Sterne gab, die die Nacht wie kleine Feenlichter erhellten.

Hier hingegen war es einfach fürchterlich dunkel.

Darcy beobachtete ein paar Glühwürmchen, die Kick Jacksons Kopf umschwirrten. Wahrscheinlich wurden sie von dem grünen Leuchten seiner Nachtsichtbrille angezogen. Als Scharfschütze im Team hatte Kick den Wachdienst übernommen. Geräuschlos drehte er seine Runde um den Tatort und behielt dabei die zwei Zeugen im Auge, deren Kajak nach wie vor im Wasser trieb. Marc und Quinn waren in der Hütte und suchten nach Hinweisen, die sie zum Labor der Terroristen führen könnten. Rand und Ski hatten den weitesten Weg hierher und waren deswegen immer noch mit dem Moby, der Basisstation für die Drohne, auf dem Landweg unterwegs. Rand wollte überallhin nur mit dem Moby fahren, obwohl es zum Steuern des unbemannten Luftfahrzeugs eigentlich nicht nötig war, in seiner Nähe zu sein.

Auch gut. Denn jetzt stand das Einsatzteam wirklich unter großem Druck, diese Tangos aufzuspüren. Sobald sie hier fertig waren, würden sie wohl Tag und Nacht durcharbeiten müssen, um das Labor zu finden.

»Wer tut bloß so etwas?«, fragte Tara Reeves und unterbrach damit Darcys Grübelei.

»Ich, ähm …« Wie viel sollte sie verraten?

Reeves ersparte ihr die Antwort, indem sie abwehrend die

behandschuhten Hände hob. »Schon gut. Ich vergaß. Streng geheim.«

Darcy konnte nachvollziehen, wie frustrierend das für Tara sein musste. »Ich denke, die Innere Sicherheit wird Sie bald einweihen, Trooper Reeves.« Das war gut möglich. Denn inzwischen wusste sie bereits zu viel, als dass man sie einfach so laufen lassen konnte.

»Das hoffe ich. Denn ich würde gerne dabei helfen, diese Leute zu fassen. Wer auch immer die sind.«

Darcy ließ das unkommentiert stehen. Sie zerbrach sich schon lange nicht mehr den Kopf darüber, an welchen Kriterien die Behörden festmachten, wer in was eingeweiht wurde oder nicht. Schwer vorherzusagen, wie sie im Fall von TFC Reeves entscheiden würden.

»Ich wusste doch, dass an diesen Tierfunden etwas faul ist«, murmelte die Polizistin.

»Sie haben ein gutes Gespür«, sagte Darcy ehrlich überzeugt.

Die andere Frau atmete geräuschvoll durch den Ventilator aus. Hörte sich ein wenig wie Darth Vaders Todesröcheln an. Reeves betrachtete das Fenster, vor dem sich Lafayettes Gestalt abzeichnete. Ein seltsamer Ausdruck lag in ihren Augen.

Wie ein liebeskrankes Hündchen, das gerade einen Tritt seines Herrchens bekommen hatte.

Moment mal.

Schon bei ihrem Eintreffen am Tatort war Darcy die starke unterschwellige Spannung zwischen Marc und dem hübschen Trooper aufgefallen. Und sie war äußerst überrascht gewesen, dass Marc Tara Reeves entgegen jeder Regel so viel über den Auftrag erzählt hatte, dass sie den Einsatz gefährden würde, falls es ihr gelang, zu fliehen und jemandem davon zu berichten. Zum Beispiel der örtlichen Polizeibehörde. Das wäre eine absolute Katastrophe.

Jetzt war Darcy allerdings klar, warum er das getan hatte. Damit Reeves nicht schlecht über ihn dachte.

Menschenskinder. Hatte es den Mann also endlich doch noch erwischt.

Und Tara Reeves anscheinend ebenso. Verdammt, das war ja schnell gegangen.

Auch ihr unpassendes Verhalten ergab mit einem Mal Sinn.

»O mein Gott«, entfuhr es Darcy leise.

Reeves warf ihr einen Blick zu. »Was?«

»Das glaub ich nicht. Er hat's bereits mit Ihnen getrieben!«

Der sichtbare Ausschnitt von Reeves Gesicht wurde puterrot. »Ich denke nicht, dass das irge–«

Darcy machte eine wegwerfende Handbewegung. »Verflucht, nein. Geht mich gar nichts an.« Plötzlich war auch Quinn im Fenster der Hütte zu sehen. Gemeinsam mit Lafayette beugte er sich vor, um etwas näher zu betrachten. Darcys Herz setzte kurz aus, dann zog es sich vor Bedauern zusammen. »Aber von Frau zu Frau«, sah sie sich verpflichtet hinzuzufügen, »möchte ich Ihnen verraten, worauf Sie sich da einlassen.«

»Sehen Sie, ich –«

»Verstehen Sie mich nicht falsch. Im Gegensatz zu ein paar anderen Männern, die ich kenne«, fuhr Darcy unbeirrt fort, »ist Marc Lafayette wirklich ein feiner Kerl. Einfühlsam. Rücksichtsvoll. Aber er ist auch eine unserer besten Einsatzkräfte. Elf Monate im Jahr unterwegs, und den zwölften verbringt er mit Besprechungen. Dass er jederzeit in irgendeinem gottverlassenen Land draufgehen könnte, ohne dass man je wieder etwas von ihm hört, davon will ich erst gar nicht anfangen. Wenn Sie also nach etwas Beständigem suchen, oder selbst wenn Sie nur auf ein Morgen hoffen, dann möchte ich Ihnen dringend ans Herz legen, sich woanders umzuschauen.«

Reeves räusperte sich, immer noch ganz rot im Gesicht. »Das

tue ich nicht«, sagte sie. Die Versicherung klang ein wenig dünn und kurzatmig. Aber das konnte auch an der Atemschutzmaske liegen.

»Okay.« Darcy drehte dem Haus den Rücken zu. »Wie auch immer, ich mein ja nur. Denn er scheint Sie zu mögen. *Wirklich* sehr. Das muss er wohl auch, wenn schon etwas gelaufen ist. Denn das kommt bei ihm sonst nicht vor. *Nie*. Jedenfalls nicht mit jemandem, den er gerade erst kennengelernt hat. Besonders da er –«

Ups.

»Da er was?«

Leider entging Reeves wirklich nichts. Ohne Zweifel eine sehr gute Ermittlerin. Warum sie ihre Zeit als Verkehrspolizistin verschwendete, war Darcy ein Rätsel.

»Tja, nun. Er war nicht gerade begeistert von seiner Aufgabe«, gab Darcy zu. »Bei Ihnen den Babysitter zu spielen.«

Reeves fuhr zusammen. »Wow. Babysitter. Wie nett.«

Darcy zuckte mit den Achseln. »Nicht persönlich gemeint.«

»Das erklärt immerhin einiges.«

»Offenbar hat er seine Meinung geändert«, fügte Darcy hastig hinzu. Sie wollte keinesfalls Reeves' Gefühle verletzen. Sondern sie warnen. Denn sie schien ein anständiger Mensch zu sein. »Was wahrscheinlich gut ist, Sie wissen schon, wenn man bedenkt.«

»Wenn man was bedenkt?«, fragte Reeves mit gerunzelter Stirn.

Darcy machte ein leicht amüsiertes Gesicht, war aber auch ein wenig irritiert. »Er hat Ihnen nichts davon gesagt?« *Das* hatte sie jetzt allerdings nicht erwartet. Was für ein Arsch.

Die andere Frau sah sie erwartungsvoll an. Trotz des Schutzanzugs konnte Darcy erkennen, wie sich ihr ganzer Körper versteifte. »Das wird mir nicht gefallen, habe ich recht?«

Darcy zog die Nase kraus. »Wahrscheinlich nicht.« Aber wenn Lafayette von ihr erwartet hatte, dass sie ihm hier aushalf, dann hatte er sich geschnitten.

»Verraten Sie mir, um was es geht«, drängte die andere Frau.

»Tut mir leid, Trooper Reeves«, sagte Darcy, »aber aus Gründen der nationalen Sicherheit bleibt uns keine andere Wahl, als Sie festzunehmen, bis der Einsatz vorbei ist. Und Marc Lafayette hat bereits darum gebeten, dass Sie für diese Zeit seiner Obhut überstellt werden.«

14

Es dauerte eine ganze Weile, bis Rebel Kick Jackson ans Telefon bekam. Zwar wusste Alex, wie er sich mit ihm in Verbindung setzen konnte, aber aus Sicherheitsgründen durfte sie ihn nicht einfach anrufen. Es war schon ein Riesentheater gewesen, bis er ihr damals die Wegbeschreibung nach Haven Oaks hatte geben dürfen. Selbst Helena, Alex' Verlobte, musste die von STORM gestellten Wagen mit den abgedunkelten Scheiben nehmen, wenn sie ihn besuchen wollte, und hatte keine Ahnung, wohin sie gebracht wurde. Gott sei Dank arbeitete Rebel für das FBI.

Heute Abend war sie also gezwungen gewesen, den langen Weg nach Upstate New York zu fahren, nur um Alex zu fragen, ob er sich mit seinem besten Freund in Verbindung setzen könnte. Alex würde Kick dann eine Nachricht hinterlassen, in der er ihn darum bat, sie umgehend zurückzurufen.

Natürlich konnte »umgehend« während eines Einsatzes alles bedeuten – dreißig Sekunden oder einen ganzen Monat. Aber Rebel hoffte einfach darauf, dass Kick sich bald melden würde. Denn sie wollte unbedingt mit ihm sprechen, bevor sie morgen wieder zur Arbeit ging – und sich entscheiden musste, ob sie das Angebot von SAC Wade Montana annahm, seine »persönliche Assistentin« zu werden.

Als sie weit nach Mitternacht bei Alex eintraf, schlief er schon. Sie hatte ein schlechtes Gewissen, ihn zu wecken. Aber ihr blieb keine andere Wahl. Denn abgesehen davon, dass sie Kick erreichen musste, wollte sie auch unbedingt hören, was Zane von der ganzen Sache hielt und was er ihr riet.

Schon nach zwei Sätzen ihrer hastig vorgetragenen Bitte unterbrach er sie, denn mehr als diese paar Worte brauchte es für ihn nicht. Noch aus dem Bett heraus rief er bei Kick an. Es tat gut zu sehen, wie sehr er ihr vertraute. Dass er sie respektierte. Rebel wurde ganz weich und gefühlsduselig zumute. Was zum Teil daran lag, wie er da auf dem Bett saß.

So wahr ihr Gott helfe, er sah einfach zum Anbeißen aus, und erst dieser verschlafene Blick! Sein goldblondes Haar war wie von den Händen einer Frau verwuschelt. Sie spürte einen eifersüchtigen Stich. War Helena etwa vorhin hier gewesen?

Schluss damit. Entspann dich!

Nur mit Mühe gelang es Rebel, den Blick abzuwenden. Er trug wieder einmal kein Schlafanzugoberteil. Sein nackter Oberkörper war vom Schlaf leicht gerötet und bestimmt noch ganz warm. Da er die leichte Hose nur nachlässig zugeschnürt hatte, hing sie gefährlich tief auf seinen Hüften, und jedes Einzelteil seiner Anatomie zeichnete sich unter dem dünnen Stoff überdeutlich ab.

Oje.

Eine gewaltige Versuchung.

»Also. Verrat mir, was los ist«, sagte er, nachdem er aufgelegt hatte. »Warum musst du so dringend mit Kick sprechen?«

Bleib bei der Sache, Special Agent Haywood.

»Ich habe ein paar Dinge herausgefunden. Was den Cappozi-Fall betrifft«, antwortete sie, wandte sich ab und begann, im Zimmer auf und ab zu gehen. Dabei berichtete sie detailliert von ihrem Gespräch mit Mrs Duluth.

Gerade war sie bei dem Teil angekommen, in dem Wade Montana Gina Cappozi die Nummer von Zero Unit gab, und bei der Tatsache, dass einer der Agenten wahrscheinlich Ginas letzter Freund gewesen war. Da fiel ihr aus dem Augenwinkel auf, dass Zane irgendwie unruhig wirkte.

Sie unterbrach sich mitten im Satz und wandte sich ihm wieder zu. Ja. Tatsächlich rutschte er auf dem Bett hin und her. Ein eindeutiges Zeichen. Er hatte noch nie etwas vor ihr verheimlichen können.

»Na schön, Alex Zane, was enthältst du mir vor?«, wollte sie wissen.

Sein Gesicht wirkte erst überrascht, dann verärgert. »Verdammt, Rebel, hat dir schon mal jemand gesagt, dass du viel zu gut in deinem Job bist?«

»Achte auf deine Ausdrucksweise, Zane. Eine FBI-Agentin kann übrigens gar nicht zu gut in ihrem Job sein. Und jetzt pack aus.«

Er atmete schwer aus. »Du weißt, mir gefällt ganz und gar nicht, dass du überhaupt an dem Fall dran bist.«

Rebel stemmte die Hände in die Hüften. »Wovor auch immer du mich da beschützen willst, das kannst du bleiben lassen. Es geht hier um das Leben einer Frau. Vielleicht auch um mein eigenes.«

Er wirkte bestürzt. Wie sie wusste, graute ihm vor der Möglichkeit, dass dieselbe Organisation, die ihn sechzehn Monate gefangen gehalten hatte, in den Cappozi-Fall verwickelt war. Dass Rebel womöglich irgendwie in die Fänge von Tawhid geriet. Oder noch Schlimmeres.

»Angel, bitte, das darfst du nicht mal im Scherz sagen.«

Rebel ließ sich nicht weiter durch den Kosenamen ablenken und konzentrierte sich auf die Tatsache, dass Alex vielleicht etwas über ihren Fall wusste, das er ihr verschwieg.

Aber dann streckte er die Hand nach ihr aus, und mit Rebels Konzentrationsfähigkeit war es endgültig vorbei.

Eigentlich gelang es ihr immer, eine gewisse Distanz zu wahren, wie es ihre Pflicht war. Aber heute Abend war sie so müde, nachdem sie schon so lange auf den Beinen war, und außerdem machte ihr diese Wade-Montana-Geschichte zu schaffen. Und wenn Alex sie dann auch noch so besorgt anschaute wie jetzt … oder lag da etwas anderes in seinem Blick?

Rebels Widerstand brach in sich zusammen, und sie legte ihre Hand in die seine. Er zog sie mit festem Griff neben sich auf das Bett. In letzter Zeit hatte er immer mehr trainiert und näherte sich langsam wieder seiner alten Form – selbst wenn sie gewollt hätte, hätte sie sich wohl nicht losmachen können. Aber lieber Himmel, das wollte sie auch gar nicht. Als er aus der Gefangenschaft wieder zurück in die Staaten gekommen war, hatte er sich in einem schrecklichen Zustand befunden. Sowohl körperlich als auch psychisch. Sie war so stolz darauf, wie er sich wieder aufgerappelt hatte. Unglaublich stolz.

Er berührte sanft ihr Gesicht, und sie unterdrückte ein Zittern.

»Ich sage dir, was ich weiß«, versprach er. »Aber du musst mir schwören, dass kein Wort davon diesen Raum verlässt.«

Sie nickte und blickte wie hypnotisiert in seine grünen Augen mit den goldenen Sprenkeln. »Ich gebe dir mein Wort.«

Ihr war kaum bewusst, dass er nicht weiterredete und sie einfach nur aus diesen wunderschönen, ausdrucksstarken Augen ansah, die sich damals beinahe für immer geschlossen hatten. »Gott, ich liebe es, wenn du dein Haar offen trägst«, murmelte er.

Erst drangen seine Worte gar nicht richtig zu ihr durch, dann fuhr sie sich verlegen mit der Hand in die rote Lockenpracht, die sie auf der Fahrt hierher von dem Haargummi befreit hatte. Rebels übliche Frisur – ein strenger Dutt – verursachte ihr nach ein paar Stunden immer Kopfschmerzen.

»Ich habe jede Nacht von deinem Haar geträumt«, murmelte er.

Oje. An seinem verträumten Gesichtsausdruck erkannte sie instinktiv, dass er von seiner Zeit als Gefangener sprach. Bislang hatte Rebel ihn jedes Mal unterbrochen, wenn er damit angefangen hatte, weil sie nicht wollte, dass er diese schrecklichen Tage und Nächte noch einmal durchleben musste. Aber jetzt hielt etwas in seinem Blick sie davon ab.

Ehrfürchtig berührte er eine ihrer Locken mit den Fingern. »Ich habe von seiner Farbe geträumt … von seinem Duft …« Er seufzte. »Von dir.«

Ihre Wangen brannten. Das hier war nicht richtig; sie durfte nicht hinhören. Nein, nein, nein. Aber selbst wenn ihr Leben davon abgehangen hätte, sie konnte sich nicht von ihm losreißen oder ihn unterbrechen.

»Ich habe von dir geträumt«, sagte er wie in Trance, ganz so, als würde er auch jetzt gerade träumen, »und du hast dich mit mir unterhalten. Nachts kamst du zu mir, und wir haben geredet. Über zu Hause. Darüber, was ich am meisten vermisste. Und wie ich fliehen könnte. Sechzehn Monate lang warst du der einzige Mensch, der ein freundliches Wort mit mir gesprochen hat. Du hast mir das Leben gerettet. Mein geliebter Engel.«

Er meinte sicher Helena, nicht sie. Die hübsche, lebhafte, redselige Helena.

»Mein wunderschöner rothaariger Engel.«

Rebel musste schlucken. Die hübsche, lebhafte, redselige, *brünette* Helena.

»Soll ich dir ein Geheimnis verraten?«, fragte er flüsternd und richtete den entrückten Blick auf sie.

Oh, nein.

»In meinen Träumen warst du immer nackt.«

Sie keuchte leise auf. Der Schock fuhr ihr in alle Glieder. Aber mehr noch erschrak sie über die Reaktion ihres Körpers auf sein Geständnis.

»Du hast nie zugelassen, dass ich dich berühre«, murmelte er traurig. »Nicht einmal einen Kuss.«

Gott sei Dank.

Seine Hände glitten an den Ärmeln ihrer Kostümjacke hinunter, sein Blick suchte ihren Mund. Rebel versuchte, nach hinten zurückzuweichen. Wann hatte er sie eigentlich derart nahe an sich herangezogen? *Oder hatte sie sich zu ihm gebeugt?*

Offensichtlich besaß ihr Traum-Ich mehr Willenskraft, als sie im wahren Leben hatte.

»Alex«, flüsterte sie flehentlich.

»Angel«, hauchte er zurück, und Rebel war unfähig, sich auch nur einen Millimeter zu rühren – ebenso gut hätte sie versuchen können, sich Flügel wachsen zu lassen, um wegzufliegen. *Doch genau das sollte sie jetzt tun.*

Seine Lippen waren nur noch Millimeter von den ihren entfernt.

Weit weg.

Und zwar sofort.

Bitte, Gott, bitte.

Da schrillte plötzlich ihr Handy.

»Oh!« Sie fuhr in die Höhe.

Zane kam wieder zu sich, wirkte aber sehr verwirrt, als hätte ihn jemand aus tiefer Hypnose geweckt.

Er zog sich ruckartig von ihr zurück. »Himmel. Was – mein Gott. Entschuldige!«

Mühsam rappelte Rebel sich auf und trat vom Bett weg.

Beinahe hätte sie ihn *geküsst*! Einen Mann, der verlobt war!

Was hatte sie sich nur dabei *gedacht*!

Zane langte nach ihrem Handy, ohne zu merken, dass es gar nicht sein Zimmeranschluss war, der geklingelt hatte. »Hallo? Kick! Hallo. Ja. Ich bin – Nichts. Alles klar. Ja, sie ist hier.«

Rebel wäre am liebsten im Erdboden versunken. Das war genau, was sie *nicht* wollte. Es *durfte* einfach nicht sein. Niemals.

Sie sollte sich nicht weiter quälen, indem sie davon träumte.

Hatte er wirklich gesagt, dass sie in seinen Träumen nackt gewesen war?

Sie krallte sich am Fensterbrett fest und versuchte, sich wieder in den Griff zu bekommen. Das unerwünschte Begehren niederzukämpfen, das von ihrem Körper Besitz ergriffen hatte. Denn es galt einem Mann, den sie nicht haben konnte. *Niemals haben konnte*.

»Rebel!«, sagte Zane. Zum wievielten Mal wohl? »Hier. Das Telefon. Kick ist dran.«

Nach einem tiefen Atemzug war Rebel wieder Herr über ihren Körper, konnte zu Alex hinübergehen und ihm das Telefon abnehmen. Krampfhaft versuchte sie, sich daran zu erinnern, warum sie so dringend mit Kick Jackson hatte sprechen wollen.

»Ha-Hallo, Kick«, stotterte sie. Genau. Der Cappozi-Fall. »Danke, dass Sie zurückrufen. Hat Alex Ihnen schon gesagt, worum es geht?«

»Ja.« Kicks Stimme war trotz der Entfernung gut zu verstehen, allerdings klang er ein wenig zurückhaltend. »Sagen Sie mir, was Sie schon wissen, und … ich werde Ihnen helfen, soweit ich kann.«

Angestrengt versuchte Rebel, ihre Gedanken zu ordnen. Sie wusste, dass sie ihm alles anvertrauen konnte. Die Frage war vielmehr, ob *er* ihr genügend vertraute. Aber versuchen musste sie es zumindest. Also setzte sie sich in Zanes Besuchersessel und erzählte Kick alles, auch die Geschichte von Ginas letztem Freund und was sie sich über Zero Unit zusammengereimt hatte. Und sie berichtete Kick von ihrem Misstrauen Wade Montana gegenüber.

»Hmmm«, sagte Kick. »Ich bin nicht hundertprozentig sicher, was Montana angeht, aber ich bezweifle, dass er etwas mit Ginas Verschwinden zu tun hat. Die Beweislage deutet eigentlich auf etwas anderes hin.«

»Al-Sayika?«

»Ja.«

Sie war unendlich erleichtert. »Was ist mit Zero Unit? Habt ihr da eine Verbindung herausfinden können?«

Stille am anderen Ende der Leitung.

»Kick?«

»Ich sollte Ihnen das eigentlich nicht sagen.«

»Kommen Sie mir *bloß nicht so*«, schimpfte sie. »Wenn Sie wollen, dass ich mithelfe, die Freundin Ihrer Frau zu finden, dann muss ich alles wissen.«

»Aber Sie *müssen* mir versprechen, dass die Information bei Ihnen bleibt. Sie dürfen es nicht an die Taskforce weitergeben, es darf keine Aktennotiz geben, nicht einmal eine vertrauliche Mitteilung an Montana. Das meine ich bitterernst, Rebel.«

»Ich weiß. Und ich schwöre es.« Auch wenn das schwierig sein würde, was Wade Montana anging.

»Wir hatten recht, was die ZU-Verbindung angeht«, sagte er zögernd.

»Ich *wusste* es.«

»Sie haben einen Agenten mit Namen Gregg van Halen geschickt.«

Gregg mit zwei G. So hatte Mrs Duluth Ginas Freund genannt. Halleluja. Endlich kam sie weiter.

»Er wurde beauftragt, Gina ruhigzustellen«, fuhr Kick fort. »Damit sie mit den auffälligen Fragen wegen Rainies Verschwinden aufhörte. Außerdem hatten sie Angst davor, dass Gina sich an die Presse wenden würde, wie sie gedroht hatte. Mein Informant sagte, sie hätten sich mehrmals getroffen, und Gina hörte dann tatsächlich mit ihren Anrufen bei der CIA auf.«

»War die Beziehung romantischer Natur?«, fragte Rebel.

»Davon weiß ich nichts. Aber ich wäre nicht überrascht, wenn van Halen Sex als Mittel eingesetzt hätte, um ihr Vertrauen zu gewinnen. Standardvorgehensweise bei einem Typen wie ihm.«

Rebel gab einen missbilligenden Laut von sich. »Widerlich.«

»Tja, und jetzt wird es erst richtig gruselig. Ich konnte nicht herausfinden, wer den Befehl gegeben hat und warum – aber die haben Gina zu sich beordert. Am Tag ihres Verschwindens.«

Rebel war bestürzt. Das hatte sie doch sicher falsch verstanden. »Zero Unit hat sie zu sich kommen lassen?«

»Ins ZUNO, ihr nordöstliches Hauptquartier. Raten Sie mal, wo sich das zu diesem Zeitpunkt befunden hat? In der Bronx.«

»*Deswegen* war sie also an diesem Tag in der Bronx.«

»Bitte denken Sie daran, davon darf niemand wissen, Rebel. Schwören Sie es bei Ihrem Leben.«

Langsam dämmerte ihr die tiefere Bedeutung seiner Worte. »Moment. Wollen Sie behaupten, dass *Zero Unit* Gina Cappoti gekidnappt hat? Sind Sie ganz sicher, dass Ihre Informationen stimmen?«

»Todsicher.«

»Du lieber Himmel«, murmelte sie ungläubig. »Aber warum sollten sie das tun?«

Wieder zögerte er, und Rebel meinte beinahe zu hören, wie er in Gedanken mit sich haderte, weil er nicht wusste, wie viel er ihr anvertrauen konnte

»Kick, bitte, um Gottes willen. Wenn unsere Regierung eine unschuldige Frau entführt hat, dann müssen wir etwas unternehmen.«

Es verstrichen ein paar weitere Sekunden. Dann sagte er: »Ich glaube, das hat sie. Ich bin fest überzeugt, dass Gina hier irgendwo in Louisiana von der Al-Sayika-Zelle festgehalten wird.«

Rebel schwirrte der Kopf. »Aber wenn sie bei Zero Unit verschwunden ist – nehmen wir an, mithilfe eines Verräters –, wie hat Al-Sayika sie dann dort weggeholt?«

»Das weiß ich nicht. Ich weiß ja noch nicht mal, ob sie es überhaupt zu diesem Treffen in der Bronx geschafft hat. Vielleicht war es auch nur zufällig derselbe Tag.«

Rebel glaubte nicht an Zufälle. »Oder«, sagte sie düster, »van Halen hatte seine Hände im Spiel.«

»Möglich wäre es. Ich habe schon früher versucht, ihn aufzuspüren, um ihm ein paar Fragen zu stellen, aber er ist abgetaucht. Niemand will mir verraten, ob er OCONUS für einen Einsatz unterwegs ist oder ob da etwas im Busch ist.«

Rebel pfiff leise durch die Zähne. »Könnte *er* der Maulwurf sein? Derjenige, der Sie und Alex in Afghanistan und im Sudan verraten hat?«

»Er steht jedenfalls ganz oben auf meiner Liste von Verdächtigen. Seien Sie vorsichtig, Rebel. *Sehr* vorsichtig. Ich weiß, Sie haben bereits mit Zero Unit zusammengearbeitet, aber die sind völlig skrupellos, sogar den eigenen Leuten gegenüber. Glauben Sie mir, ich spreche da aus Erfahrung.«

Rebel warf einen Blick auf Alex, der auf dem Bett saß und sie mit undurchdringlichem Gesichtsausdruck anstarrte. »Ja«, sagte sie mit grimmiger Miene. »Hab verstanden.«

»Und was Al-Sayika angeht«, fügte Kick noch hinzu, »da hat es einige Entwicklungen gegeben. Ich rechne damit, dass wir die genaue Position der Zelle innerhalb der nächsten zwei Tage herausfinden.« Er stockte kurz. »Sobald wir Gina finden, rufe ich Sie an. Gleich nach Rainie«, sagte er dann.

»Danke, Kick. Diese Informationen helfen mir wirklich sehr.«

»Und Rebel? Über Wade Montana würde ich mir an Ihrer Stelle nicht zu viele Gedanken machen. Nach dem, was Rainie mir über ihn erzählt hat, scheint er ein anständiger Kerl zu sein. Hat wohl immer noch was für Gina übrig, würde ihr aber nie etwas antun. Jedenfalls ist Rainie davon überzeugt.«

Rebel bedankte sich und legte auf. Sie war vollkommen verstört. Als sie sich zu Alex umdrehte, betrachtete er sie immer noch mit diesem unergründlichen Blick.

Rasch fasste sie zusammen, was Kick ihr gesagt hatte. »Wusstest du davon?«

»Von Ginas Verbindung zu Zero Unit?« Er schüttelte den Kopf. »Sieht so aus, als wäre Rainie nicht die Einzige, die von Kick beschützt wird.«

Sie lächelte ihn mitfühlend an. »Und das zu Recht. Du hast schließlich genug um die Ohren.«

Er verlagerte sein Gewicht, und seine Beinmuskeln spannten sich. Rebel musste einfach hinsehen. Und dachte halb erregt, halb beschämt an das, was vorhin zwischen ihnen vorgefallen war.

Sie sprang auf. »Nun, ich habe noch eine lange Fahrt vor mir, also –«

Genau gleichzeitig sagte Alex: »Rebel, was da eben passiert ist –«

»*Nichts* ist passiert«, sagte sie schnell. Ein wenig zu schnell – sie bemerkten es beide. »Hast du mit Helena schon über den Termin gesprochen?«

»Den habe ich dir doch gestern Abend genannt«, antwortete er mit fast schon vorwurfsvollem Blick.

»Natürlich. Tut mir leid, hab ich vergessen.« *Eher verdrängt*. Warum um alles in der Welt hatte sie ausgerechnet *dieses Thema* ansprechen müssen? Wahrscheinlich, um sich noch schuldiger zu fühlen. »Juni, stimmt's?«

»Februar. Der vierzehnte.«

Wie hatte sie das nur vergessen können? »So wird er nie unseren Hochzeitstag vergessen«, hatte Helena erst heute Morgen noch am Telefon gekichert, als Rebel sie angerufen hatte, um zu gratulieren. *Danke, Helena*. Jetzt würde Rebel nie wieder einen Valentinstag erleben können, ohne an *ihn* denken zu müssen –

den Mann, der immer das Richtige tat, wie dämlich es auch sein mochte. Und dann hatte Helena sie, um das Maß voll zu machen, auch noch gefragt, ob sie bei ihrer Hochzeit Brautjungfer sein würde. Wie, bitte schön, hätte Rebel sich da herauswinden können, ohne ihre unpassenden Gefühle zu offenbaren?

Was für ein entsetzliches Klischee.

Die Brautjungfer, die unsterblich in den Bräutigam verliebt war. Dessen Ehrgefühl anscheinend seine Denkfähigkeit beeinträchtigt hatte. Denn wie war es sonst möglich, dass er nicht einsehen konnte – oder wollte –, dass Helena Middleton zu heiraten, schlichtweg *falsch* war.

Die wunderschöne, vollkommene Helena, die ihm sechzehn Monate lang die Treue gehalten hatte, obwohl er für tot erklärt worden war.

Rebel hatte ebenfalls auf ihn gewartet.

Nur dass es bei *ihr* niemanden gekümmert hatte. Noch weniger, als Alex vor drei Monaten zur allgemeinen Überraschung lebendig aus der Hölle zurückgekehrt war und alle ein ungeheures Aufhebens machten und Helena mit ihrer tugendhaften Selbstaufgabe auf einen Sockel hoben. Rebel hatte das vage Gefühl gehabt, dass diese Darstellung nicht ganz der Wahrheit entsprach. *Ja,* Helena *war* ihm treu geblieben und hatte keinen anderen Mann angesehen … aber sie hatte keineswegs todunglücklich gewirkt. Im Gegenteil, ständig war sie mit ihren reichen Freundinnen aus gewesen.

Nun ja. Rebel hatte es sowieso schon vor einiger Zeit aufgegeben, Valentinstag zu feiern – in dem Jahr, als Amor den Mann ihres Herzens einer anderen zugeteilt hatte. Vielleicht würde es gar nicht so schlimm sein, immer und immer wieder daran erinnert zu werden.

Genau.

»Ich muss jetzt los«, sagte sie, fest entschlossen, mit diesen mitternächtlichen Besuchen aufzuhören. Von jetzt an würde sie ihn erst wiedersehen, wenn sie zusammen mit Helena in der Limousine vorfuhr. »Pass auf dich auf, Zane.«

Und sie würde sich doppelt so viel Mühe geben, einen *echten* Freund zu finden, der sie von dieser schrecklich unlösbaren Situation ablenken konnte.

»Rebel!«, rief Alex ihr hinterher.

Aber da hatte sie schon die Tür hinter sich geschlossen. Sie lehnte von außen die Stirn dagegen und atmete noch ein letztes Mal tief durch.

Und mit wehem Herzen dachte sie daran, dass sie nie wieder so kurz davor sein würde, Alex Zane zu küssen wie heute Abend.

15

Bobby Lee wusste genau, dass die Zuteilung der Schlafgelegenheiten für Ärger sorgen würde.

Sie waren zu siebt. Auf neun Hütten und den Moby verteilt. Eigentlich eine einfache Rechnung. Ja, genauso einfach, wie mit einem beschissenen Stachelschwein zu schmusen.

Volle drei Stunden lang hatte die Spurensicherung der Inneren Sicherheit mit den Leichen und dem kleinen Haus zugebracht. Marcs Drogenfuzzis waren zur Vernehmung weggebracht worden. Gegen Ende der Nacht hatte es dann auch noch eine kurze, aber hitzige Auseinandersetzung über Trooper Tara Reeves gegeben. Der Befehlshaber vom Ministerium vor Ort hatte sie in »Schutz«-Haft nehmen wollen, bis der Einsatz vorüber war, aber Marc hatte darauf bestanden, dass sie beim STORM-Team blieb – und zwar unter seiner Obhut. Angeblich hatte er sich von höherer Stelle die Erlaubnis dazu eingeholt.

Was sagte man *dazu?*

Obwohl es ihn ein wenig überrascht hatte, machte sich Bobby Lee keine Sorgen. Er kannte Marc lange genug, um auf sein Urteil zu vertrauen. Und ein Blick hatte ausgereicht, um zu wissen, dass er sich besser aus dem heraushielt, was da zwischen Marc und dem temperamentvollen Trooper lief. Trotzdem hatte Quinn der Versuchung nicht widerstehen können und erst einmal so getan, als wäre er dagegen. Marc hatte mit dem erstaunlich vernünftigen Argument gekontert, dass sie eine ausgebildete Polizeibeamtin war und ihnen von Nutzen sein konnte, jetzt, da sie sowieso schon in die Aufklärung des Falls verwickelt war.

Ja, klar. Bobby Lee konnte sich gut vorstellen, welche speziellen Fähigkeiten von Trooper Reeves Marc von Nutzen sein würden. Oder es wahrscheinlich sogar bereits gewesen waren, wenn man die hitzigen Blicke zwischen den beiden bedachte. Auch wenn er nicht ganz sicher war, ob diese Anspannung sexueller Natur war oder ob sie eine Art persönlichen Zweikampf austrugen. Wahrscheinlich beides.

Aber, hey, Bobby Lee war der Letzte, der mit Steinen warf.

Jedenfalls war die Sache am Ende in Marcs Sinn entschieden worden. Die STORM-Befehlshaber waren zurate gezogen worden, die Innere hatte Befehle ausgegeben, und kurz darauf war die hübsche kleine Polizistin Marcs Obhut überstellt worden. Und das wiederum hatte zu einer weiteren Verzögerung von einer Stunde geführt, weil sie einen Tobsuchtsanfall bekommen hatte und man außerdem ihre Uniform von einem zwielichtigen Raststättenparkplatz holen musste. Dann endlich hatte sich das Team auf den Weg zurück ins Lager gemacht, wo sie alle duschen und vielleicht noch ein oder zwei Stunden schlafen konnten, bevor die Jagd weiterging. Das war ungefähr gegen drei Uhr morgens gewesen.

Sobald die ganze Truppe – inklusive dem vom Moby gezogenen Boot und Tara Reeves' Streifenwagen – im Lager angekommen waren, hatte Bobby Lee verkündet, dass er das übliche mitternächtliche Treffen auf sechs Uhr morgens verlegen würde. Daraufhin hatte Rand mit einem dankbaren Winken auf dem Absatz kehrtgemacht und war zum Moby zurückgegangen. Dort schlief er fast immer. Auch Ski und Kick machten sich schnurstracks auf den Weg zu ihrer jeweiligen Hütte. Kluge Kerlchen.

»Du schläfst bei mir«, sagte Marc zu Tara, als sie aus ihrem Auto stiegen. Marc hatte darauf bestanden zu fahren. Zum Glück trug sie wieder Handschellen – Befehl des Einsatzleiters vom Ministerium.

Belustigt beobachtete Bobby Lee, wie Marc auf seine Hütte zuging, weil er offensichtlich dachte, sie würde ihm nachkommen. Lieber Himmel, auf welchem Planeten lebte der Junge bloß?

Sie gab einen abschätzigen Laut von sich. »Ganz bestimmt *nicht*.« Dann wandte sie sich an Bobby Lee, aggressiv wie eine gereizte Hornisse. »Verstößt das nicht gegen die Genfer Konvention, wenn man einen Gefangenen mit dem für die Festnahme Verantwortlichen in einem Raum schlafen lässt?«

Bobby Lee unterdrückte ein Grinsen. Die Frau war erschöpft, über und über mit Schlamm bedeckt und fuchsteufelswild – trotzdem konnte er verstehen, dass es Marc so stark erwischt hatte. Sie war echt ein Knaller.

Ehe er antworten konnte, mischte sich Marc ein. »Keine Sorge. Es gibt zwei Betten. Du musst mir also nicht zu nahe kommen, wenn du das nicht willst«, verkündete er missgelaunt.

»Um *mich* mache ich mir keine Sorgen«, gab sie zurück.

Zimmie betrachtete das kleine Nebenschauspiel ebenfalls amüsiert. Bobby Lee schaute sie aus dem Augenwinkel an und zwinkerte ihr zu. Sofort erlosch ihr Lächeln wie ein Licht, das man ausgeknipst hatte.

Zur Hölle damit.

»Sie kann bei mir in der Hütte schlafen«, sagte Zimmie und erteilte Quinn damit gleichzeitig eine eiskalte Abfuhr.

Da fiel ihm wieder ein, dass er vorhin sowieso beschlossen hatte, lieber nicht mehr mit ihr zu schlafen, damit er sich besser konzentrieren konnte. Er wollte wegen ihr keine dummen Fehler begehen, die er am Ende noch mit dem Leben bezahlte.

Eine Woge des Bedauerns erfasste ihn. Es war die richtige Entscheidung, davon war er felsenfest überzeugt. Aber in drei Teufels Namen, verdammt!

Darcy war einfach verdammt großartig. Und temperamentvoll. Aber er liebte ihre häufigen Auseinandersetzungen – genauso wie die anschließende Versöhnung.

»Kannst du vergessen«, sagte Marc genau in dem Moment, als Tara »Danke« sagte.

»Sie ist meiner Obhut unterstellt«, erklärte Marc Zimmie. »Falls sie flieht und diesen Einsatz versaut, geht das auf meine Kappe.«

»Warum sollte ich das tun?«, wehrte sich Tara und zog den Arm weg, den Marc fest umklammert hielt. »Ich schwöre, dass ich niemandem etwas verraten werde.«

»So, wie du geschworen hast, im Kajak zu bleiben?«, schoss Marc mit deutlicher Erbitterung zurück. »Sehe ich etwa aus, als könnte man mich *für dumm verkaufen*? *Non*. Ich weiß, wie du tickst. Und ich werde keinerlei Risiko eingehen.«

»Ich weiß auch, wie *du* tickst«, gab sie zurück und stach mit dem Finger nach ihm. »Und ich werde *auf keinen Fall* wieder mit dir schlafen, Lafayette!«

Also schön. Damit war *das* also geklärt.

Plötzlich erinnerte sich Tara daran, dass sie Zuschauer hatten. Sie verstummte und errötete bis zum Ansatz ihres hübschen braunen Haars.

Marc war ebenfalls krebsrot, ganz offensichtlich kochte er vor Wut. »Wie du willst, *Chère*. Dann bleib eben die ganze Nacht wach. Ich für meinen Teil werde ein wenig schlafen, das werde ich. Also komm schon mit, du.« Er legte ihr die andere Hand ins Kreuz und schob sie auf seine Hütte zu.

»Wollen Sie ihm das tatsächlich durchgehen lassen?«, wandte Tara sich über die Schulter hinweg an Bobby Lee und versuchte dabei immer noch, sich Marcs Griff zu entziehen. »Ich dachte, Sie hätten hier das Kommando!«

Er zuckte mit den Achseln. Männer mussten schließlich zusammenhalten. Anders konnten sie nicht überleben. »Marc hat recht«, sagte er dann. »Sie sind seine Schutzbefohlene. Aber wenn er gegen Ihren Willen Hand an Sie legt, schreien Sie einfach. Die Wände hier sind extrem hellhörig.«

Bei diesen Worten warf er Zimmie einen Seitenblick zu, während die zwei Turteltäubchen – immer noch hitzig diskutierend – auf dem Weg zu Marcs Hütte verschwanden.

Zimmie starrte wütend zurück. Wer hätte *das* gedacht.

Er hob seine Hand wie ein Stoppschild und machte sich auf den Weg zu seiner Hütte. Besser gesagt, zu *ihrer* Hütte. Aber alle seine Sachen waren noch dort. »Baby, ich weiß schon, was du jetzt sagen möchtest, spar dir also die Mühe.«

Da Bobby Lee heute früh als Letzter gegangen war, hatte er allerdings noch die Schlüssel. Also war es wohl *ihrer beider* Hütte. Er ließ die schmutzigen Stiefel vor der Tür stehen, schloss auf und ging hinein. Dann marschierte er geradewegs auf die winzige Dusche in dem handtuchgroßen Badezimmer zu und entledigte sich dabei seiner Kleider.

»Hey!«, rief Zimmie und lief ihm hinterher. Er hörte, wie sie hastig die Stiefel auszog und sie auf den Holzboden der Veranda fallen ließ. »Was bildest du dir ein?«

»Ich wasch mir den Gestank ab.« Er hüpfte abwechselnd auf einem Bein, bis er die Armeehosen ausgezogen hatte. »Du kannst mir gerne Gesellschaft leisten, wenn dir danach ist. Kann dir nämlich nicht garantieren, dass noch heißes Wasser übrig ist, wenn ich fertig bin.«

Ein wenig damenhafter Wortschwall verfolgte ihn in das Badezimmer.

Denn sie war eine Frau, die Komfort schätzte – und kalte Duschen gehörten definitiv nicht dazu. Bei einem gemeinsamen Einsatz hoch oben in den Anden hatte sie ihn tatsächlich einmal dazu gebracht, ihr in einem alten Schmalzbottich Wasser auf dem Motor ihres Jeeps warm zu machen, damit sie ihr Haar waschen konnte, ohne mit den Zähnen zu klappern. Er hatte ihr diesen Wunsch leicht belustigt erfüllt, und seine nette Geste war großzügig belohnt worden. Die Erinnerung löste ein leichtes Ziehen in seinen Lenden aus.

Nicht, dass er heute Abend irgendetwas anderes vorhatte, als sich zu waschen. Nein, mein Fräulein. Schließlich hatte sie sich klar und deutlich ausgedrückt, und er hatte sich entschieden, ihren Wunsch zu respektieren. Schon zu seinem eigenen Besten, zum Teufel.

Bis zu seinem Körper war die Nachricht allerdings noch nicht durchgedrungen. Allein schon die Tatsache, dass er sich splitterfasernackt mit ihr einem Raum befand, bescherte ihm sofort eine Erektion.

Er holte Seife und Shampoo aus seinem Waschbeutel, stellte die Dusche an und trat dann unter den dünnen, eisigen Strahl. »Bama«, schrie er auf, als das Wasser seine nackte Haut traf. Die meisten Leute dachten, im Süden und auch in Alabama wäre es immer heiß, aber im Winter war das keineswegs so. Quinn erinnerte sich an so manche durchzitterte Nacht in der ungeheizten Hütte mitten im Wald, wo er aufgewachsen war. »Das wird einen ganzen Kerl aus dir machen«, hatte sein Daddy immer gesagt. Doch es hatte nur dazu geführt, dass seine Mutter begann, Blut zu spucken, und schließlich starb, und dass seine kleine Schwester noch vor ihrem dritten Geburtstag von einer Lungenentzündung dahingerafft wurde. Trotzdem hatte Daddy recht behalten, eine kalte Dusche brachte Bobby Lee nicht mehr aus der Fassung.

Wie ein verspielter Hund schüttelte er den Kopf, sodass die Wassertröpfchen umherflogen. Dann fing er an, sich einzuseifen. Durch die durchsichtigen Wände der Duschkabine konnte er Zimmie im engen Durchgang zum Badezimmer erkennen. Sie stand dort mit verschränkten Armen und starrte ihn an.

Bobby Lee war keineswegs exhibitionistisch veranlagt. Und es war weiß Gott nicht das erste Mal, dass sie ihn nackt sah. Aber wenn eine Frau dastand und seinen Körper bewunderte, floss sein Blut vermehrt in eine bestimmte Richtung. Und dass sie ihn bewunderte, war offensichtlich. Hundertprozentig. Auch wenn sie mit ihren hübschen blauen Augen noch so grimmig dreinschaute und noch so sehr schmollte.

»Komm schon mit rein, das Wasser fühlt sich gut an«, lud er sie ein, während er sich gemächlich abrieb. Falls sie darauf einging, würde sie sich ganz schön wundern, wenn er sie nicht anrührte. Und das würde er wirklich nicht.

Doch sie ersparte ihm diese Feuerprobe. »Nein, danke. Ich warte.«

»Wie du willst. Aber mach mir keine Vorwürfe, wenn kein heißes Wasser mehr übrig ist.«

Sie legte den Kopf schräg. »Nur keine Sorge. Du hast anscheinend vergessen, es aufzudrehen.«

Verflucht, sie war nicht umsonst Agentin. »Tja, nun, bin ja auch kein Warmduscher.«

Er wusch sich das Haar gründlich und spülte es aus. Und schnupperte an seinem Arm. Dieser Tatort hatte widerlich gestunken, und er wollte den Geruch nicht für die nächsten zwei Tage in der Nase haben. Selbst durch den Schutzanzug hindurch hatte sich ein leichter Todeshauch auf seine Haut gelegt. Er entschied, sich rasch noch einmal abzuseifen.

Und die ganze Zeit über beobachtete sie ihn schweigend. Durch das kalte Wasser bildete sich kein Dampf, sodass sie klare Sicht hatte.

Was für eine kleine Voyeurin sie doch war.

Nicht, dass ihn das störte. Ihre sexuelle Offenheit war etwas, das sie gemeinsam hatten und das ihnen immer viel Freude bereitet hatte.

Aber als er sich zum zweiten Mal den Schaum abwusch, war er steinhart.

»Bist du bald fertig?«, fragte sie bemüht gelassen, obwohl sie genauso erregt war wie er.

Ach, zum Teufel. In diesem Zustand würde er sowieso kein Auge zubekommen.

»Noch nicht ganz«, antwortete er also mit einem leichten Grinsen.

Dann schloss er die rechte Hand um seinen Schwanz, ließ den Daumen daran hinabgleiten und drückte die angeschwollene Eichel zusammen, bis ihn die Lust wie ein Blitz durchfuhr. Er erschauerte. Vor lauter Verlangen konnte er kaum noch atmen. Ihr Blick wurde unsicher, aber man musste ihr zugutehalten, dass sie weder die Augen weit aufriss noch sonst irgendwie verriet, ob sie schockiert war oder nicht. Er glaubte eigentlich nicht, dass sie das war. Eher überrascht vielleicht. Und hoffentlich eifersüchtig. *Richtig* eifersüchtig. Auf seine Hand.

Erst drückte er, so fest er konnte, auf die pulsierende Vene an der Unterseite, fuhr dann langsam auf und ab, wieder hinauf, bis sich der Drang nach Erlösung kaum noch länger zurückhalten ließ. Sein Atem kam stoßweise.

Unsicher schaute sie ihm in die Augen. Er hielt ihrem Blick stand, während er sich weiter befriedigte. Er wollte ihr tief in die Augen sehen, während er das tat, sie sollte verstehen, dass er dabei an sie dachte. Und sich ausmalte, was er jetzt gerne mit ihr getan hätte.

Er wollte sie zu sich unter den Strahl ziehen, nackt, und die samtweiche Haut ihrer heißen Kurven einseifen, damit er all die köstlichsten Stellen ihres Körpers berühren konnte, wollte sie küssen und im Rhythmus seiner Zunge ihre Brustspitzen mit den Daumen massieren, bis sie sich stöhnend aufbäumte. Er wollte auf die Knie fallen und das zarte Fleisch zwischen ihren Beinen liebkosen, seine Finger hineingleiten lassen und sie für seine Zunge öffnen, bis sie vor lauter Begehren nicht mehr ein noch aus wusste. *Nach ihm.* Und dann würde er hochkommen, in sie eindringen und in vollen Zügen diese herrlich enge Hitze genießen; immer wieder zustoßen, hinein, hinein und immer wieder hinein.

Aahh – *Scheiße*!

Der gewaltige Höhepunkt schnürte ihm die Kehle zu, sodass der Schrei, der daraus hervordringen wollte, zu einem tiefen Stöhnen wurde.

Mit einer Hand stützte er sich an der kalten Duschwand ab, bis er mit einem letzten langen Seufzen endgültig gekommen war.

Zimmie stand da wie festgenagelt, nicht in der Lage, wegzuschauen, und mit diesen tiefroten Wangen, die sie immer bekam, wenn sie erregt war. Gott, sie war so wunderschön.

Und mit ihm fertig.

Er wandte sich von ihr ab, hin zum Wasserstrahl, um die Essenz seines Verlangens nach ihr abzuwaschen. Und schnaubte leise. Wenn es doch nur so einfach wäre. Die eben verspürte Lust hatte einen bitteren Beigeschmack, eine Art emotionale Leere. Selbst jetzt dürstete er nach wirklichem Sex. Mit ihr.

Aber dazu würde es nicht kommen. Jedenfalls nicht jetzt.

Sobald sie diesen Einsatz hinter sich gebracht hatten, würde er sich etwas einfallen lassen, um sie umzustimmen. Vielleicht. Oder war es vielleicht doch besser, loszulassen, wie sie meinte?

Erst mal brauchte er jedenfalls dringend Schlaf.

Also drehte er den Hahn zu und griff sich sein Handtuch von der Stange.

»Du bist dran«, sagte er augenzwinkernd, glitt an ihr vorbei und trocknete sich dabei ab.

Dann ließ er sich er vollkommen erschöpft auf das Bett fallen. Und war eingeschlafen, noch bevor sein Kopf das Kissen berührte.

»Tara? Bitte, *Chère*, komm doch zu mir rüber.«

Der Mann hatte wohl seinen lüsternen Verstand verloren.

»Nein«, antwortete sie.

Immerhin fühlte sie sich hundertprozentig sicher bei ihm. Er würde auf keinen Fall zu ihr herüberkommen, egal wie sehr er das wollte. Marc Lafayette war nicht die Art Mann, der sich einer Frau aufzwang.

Wie sehr sie sich auch wünschte, er würde genau das tun.

Nein. Das wollte sie *nicht*. Sie brauchte etwas Zeit für sich allein. So alleine es eben ging. Um alles, was in den letzten Stunden geschehen war, zu verarbeiten. Und zu verstehen, was das alles bedeutete. Wie es ihr damit ging. Und was sie für ihn empfand.

Nur wusste sie das bereits: Sie fühlte sich absolut hilflos und machtlos. Abgewiesen.

Wie sehr ihr dieser nur allzu vertraute Gefühlszustand zuwider war! Seit Tara denken konnte, war es ihr immer wieder so ergangen, ihr ganzes Leben hindurch. Erst hatte ihr Vater ihr dieses Gefühl vermittelt, dann, nachdem ihre Mutter gestorben war, waren es die engstirnigen Internatslehrer gewesen, die Tag und Nacht mit eiserner Hand über sie gewacht hatten. Und heute hatten ihre Scherzkekse von Kollegen und die chauvinistischen Befehlshaber deren Platz eingenommen und ihr Leben zu einem ständig währenden Kampf gegen die Ungerechtigkeiten und Vorurteile in ihrem Berufsfeld gemacht. Sie war davon ausgegangen, dass sie als Polizistin ein gewisses Maß an Respekt und Selbstbestimmung über ihr Leben erlangen würde. Wie sehr sie sich da getäuscht hatte.

Der einzige Aspekt ihres Lebens, den sie je hatte kontrollieren können, war ihre Reaktion auf das Geschehen um sie herum. Der einzige Respekt, den sie erfuhr, war der, den sie sich selbst entgegenbrachte. Beziehungen? Was das anging, war Tara immer entschlossen gewesen, sich mit niemandem einzulassen, der sie nicht als ebenbürtigen Partner sah oder ihr nicht die Eigenständigkeit zugestand, die sie brauchte.

Aber jetzt war Marc mit seiner überheblichen Art wie eine brandschatzende Ein-Mann-Armee in beide Bereiche ihres Lebens eingedrungen – den beruflichen und den persönlichen. Und hatte nichts als totale Verwirrung und Unsicherheit hinterlassen.

»Komm schon, *Chère*, sprich mit mir«, drängte er.

Jeder von ihnen lag auf seinem eigenen engen Bett an den sich gegenüberliegenden Wänden der winzigen Hütte. Aber wenn sie beide den Arm ausstreckten, würden sie sich wahrscheinlich trotzdem berühren können. Doch Tara hielt beide Arme unter der Bettdecke versteckt und über dem T-Shirt verschränkt, dass er ihr widerwillig zum Schlafen überlassen hatte. Außerdem hatte er einen Kamm und eine Zahnbürste für sie aufgetrieben, allerdings hatte sie sein Waschzeug benutzen müssen. Nach der ausgiebigen Dusche hatte sie ihm dann unmissverständlich klargemacht, dass das, was er anschließend im Sinn hatte, nicht infrage kam.

Sicherheitshalber verschränkte sie lieber auch noch die Finger ineinander. Sich von ihm fernzuhalten fiel ihr schwerer, als sie zugeben wollte.

»Worüber sollte ich mit dir sprechen wollen?«, fragte sie.

»Darüber, weshalb du so wütend bist.«

»Ich bin nicht wütend«, sagte sie. Erschöpft, verletzt, verwirrt, verärgert, ja. Aber ihren Zorn hatte sie überwunden. Jedenfalls größtenteils.

»Dann kommen also nur deshalb kleine Dampfwölkchen aus deinen Ohren, weil es dir hier drin zu heiß ist, ja?«, fragte er trocken.

In der Hütte herrschten vielleicht zehn Grad.

»Sehr witzig.«

»Ich will dich doch nur im Arm halten«, drängte er sie leise. »Mehr nicht.«

Okay, das war glatt gelogen, und das wussten sie beide.

»Werd drüber nachdenken«, log sie zurück, »wenn du mir verrätst, warum die Innere Sicherheit hier aufgetaucht ist.«

Wenngleich das Ministerium sie verhaftet und streng genommen auch vom Fall abgezogen hatte, indem es Tara eine Geheimhaltungserklärung hatte unterschreiben lassen – auch wenn niemand auf *diese* leicht zu durchschauende List reinfallen würde, Tara jedenfalls nicht –, war niemand bereit gewesen, ihr einen Grund dafür zu nennen. Sie hatten nur irgendetwas von nationaler Sicherheit gefaselt, von einem streng begrenzten Personenkreis, der eingeweiht werden durfte. Als sie sich verärgert über diese Missachtung ihrer Rechte beschwert hatte, wurde ihr gesagt, dass es hierbei nicht um sie und ihre Rechte ging; es sei ihre Pflicht als Polizeibeamtin, den Mund zu halten und die Befehle auszuführen.

Wie auch immer.

Marc seufzte, und nach einer Weile nahm sie an, dass er aufgegeben hatte und eingeschlafen war. Aber schließlich sagte er unvermittelt: »Es geht um Terrorismus. Auf heimatlichem Boden.« Und dann begann er zu erzählen, und als er fertig war, hatte Tara zum ersten Mal in ihrem Leben richtige Angst.

»Mein Gott«, flüsterte sie. »Meinst du, dieser Verrückte, dieser Abbas Tawhid und seine Zelle, sind irgendwo ganz in der Nähe und bereiten mit diesem tödlichen Virus einen Angriff auf unser Land vor?«

»Die heutigen Leichenfunde lassen zumindest darauf schließen«, antwortete er ruhig.

Sie kniff die Augen zusammen und versuchte, die schrecklichen Bilder vor ihrem geistigen Auge zu verdrängen, die durch die Erinnerung an die gefesselten und aufgeblähten Leichen noch plastischer wurden.

»Wir hatten eigentlich gehofft, uns bliebe mehr Zeit«, fuhr er fort. »Aber jetzt wissen wir, dass sie mit der Entwicklung des Virus schon weiter vorangekommen sind, als wir angenommen hatten. Wir müssen sie finden. Bald.«

Sonst … Marc sprach es nicht laut aus, aber sie hörte in seiner grimmig entschlossenen Stimme, wie ernst die Lage war.

Tara erinnerte sich noch gut an die hilflose Wut, die sie nach dem 11. September empfunden hatte. Dieser Zorn, den sie alle geteilt hatten. Amerika hatte sich davon nie erholt, das Land war für immer verändert gewesen. Was würde wohl geschehen, wenn sie Opfer eines weiteren entsetzlichen Angriffs wurden, dieses Mal noch weitaus schlimmer und mit weitreichenderen Folgen als es bei der Zerstörung der Twin Towers der Fall gewesen war? Dieses tödliche Virus konnte Millionen Menschen das Leben kosten und ganze Städte auslöschen, wenn es sich ungehindert ausbreitete. Ein wahres Armageddon.

Diese arme Wissenschaftlerin, Dr. Cappozi, die laut Marc wahrscheinlich von Tawhid gekidnappt worden war und ihm jetzt dabei helfen sollte, diese Biowaffe zu entwickeln. Welches grausame Schicksal hatte sie wohl während der vergangenen drei Monate erdulden müssen? Was für entsetzliche Schmerzen, und dann noch die unerträgliche Schuld? Oder war sie bereits tot? War sie krank, gefoltert, oder durch die eigene Hand gestorben, um nicht ausführen zu müssen, was da von ihr verlangt wurde?

Im Vergleich zu diesem Horror erschienen Tara ihre eigenen Ängste und Sorgen auf einmal viel kleiner.

Sie atmete zitternd ein und drückte die Handflächen auf die Augen.

»*Chère?*«

Mit einem Mal sehnte sie sich unbändig nach Marc. Sie wollte seine beruhigende Umarmung spüren. Sich anlehnen und von seiner Kraft zehren, die sie den ganzen Tag über beobachtet hatte. Sie musste dringend einige der aufgestauten Emotionen freilassen und wusste, sein großer, durchtrainierter Körper könnte ihr die ersehnte Erlösung bringen, wenn sie sein Angebot annahm.

Noch ehe sie genauer darüber nachdenken konnte, war sie auch schon aus dem Bett geschlüpft und tappte durch das Dunkel zu ihm hinüber. Er streckte die Arme nach ihr aus. Zog sie an sich. Und dann lag sie endlich neben ihm, eingehüllt von seiner tröstlichen Wärme und wie durch eine Wand von allen äußeren Einflüssen abgeschirmt.

Warme Tränen liefen ihr über die Wangen und fielen auf seine nackte Haut.

»Schsch«, sagte er leise. »Ist schon gut.«

»Nein«, murmelte sie. »Das ist es nicht. Aber hier mit dir kann ich beinahe daran glauben, dass es das werden könnte.«

Sie wollte ihn. Sie wollte, dass er all das tat, was er ihr heute Nachmittag versprochen hatte, als er in sie eingedrungen war, sich aber wieder hatte zurückziehen müssen.

Sie wollte, dass er sie die schreckliche Welt da draußen vergessen ließ. Die schmerzliche Vergangenheit. Die unsichere Zukunft. Wenigstens für kurze Zeit.

Er war bereits nackt. Und hart. So hart. Sie fasste nach unten und berührte ihn, um ihm klarzumachen, dass sie nicht nur zu ihm gekommen war, um im Arm gehalten zu werden.

Stöhnend reckte er sich ihrer Hand entgegen und ermutigte sie, weiterzumachen. Sie kam dem nur zu gerne nach und schloss die Finger um die seidige Haut seiner gewaltigen Erektion. Gott, war er groß. Kein Wunder, dass er sich so unglaublich gut in ihr angefühlt hatte. Und genau dort wollte sie ihn wieder spüren.

Marc rollte sich auf sie, sein Mund suchte den ihren. Dann

schob er sich zwischen ihre Beine. »Bist du sicher?«, fragte er mit angespannten Muskeln und ebenso angespannter Stimme, während er sich einige wenige Zentimeter über ihr hielt.

»Ja.« Sie bebte vor Verlangen, vor einer derartig übermächtigen Lust, dass es sie erschreckte. »Ganz sicher.« Und noch mehr, weil er ihr zugestanden hatte, sich ihm zu verwehren. »Liebe mich«, hauchte sie.

Wortlos streifte er ihr das T-Shirt über den Kopf und legte es beiseite.

Dann ließ er sich auf sie sinken. Wie heiß und lebendig er sich anfühlte! Alle Gefühle, die Tara so lange unterdrückt hatte, brandeten empor und raubten ihr den Atem. Sehnsüchtig reckten ihre Brustspitzen sich ihm entgegen, zwischen ihren Beinen breitet sich pulsierende feuchte Hitze aus. Vor Lust wurde ihr die Kehle eng. Ihre Hand, die seinen Penis umschlossen hielt, verkrampfte sich, und er zuckte zusammen wie nach einem Schlag.

Er stöhnte auf, löste sich aus ihrem Kuss und schob ihre Hand weg. »Ist schon gut, *Chère*. Ich gehe nirgendwohin. Wir haben die ganze Nacht.« Dann schlang er die Arme um ihren Hals, fand ihren Mund und stieß rhythmisch mit der Zunge hinein und wieder hinaus, wie um anzudeuten, was gleich folgen würde. Sie zog ihn hinunter, hielt ihn ganz fest, griff in sein volles langes Haar. Sie musste ihn spüren. Brauchte ihn so sehr.

Er glitt an ihrem Körper herab. Und liebkoste ihre Brüste.

Dann verwöhnte er sie ausgiebig mit der Zunge und den Zähnen, brachte sie saugend und leckend dazu, vor Wonne zu zerfließen.

Tara bäumte sich auf, genoss sein Gewicht, seine nackte Haut mit dem rauen männlichen Brusthaar auf ihrer Haut. Tief sog sie seinen Duft ein und schmolz dahin, weil sie spürte, wie sehr er sie begehrte.

Sie hob die Beine an und legte sie um seine Hüften, öffnete sich ihm ganz und gar. Sie wollte ihn mehr, als sie je etwas gewollt hatte.

»Warte«, wies er sie heiser an. »Moment.« Mit einer Hand fuhr er unter das Kissen, dann raschelte etwas, und sie hörte Plastikfolie reißen.

Kurz darauf spürte sie ihn hart und drängend an ihrem weichen Schoß.

»Marc«, flüsterte sie mit erstickter Stimme.

»Ja, *Chère*.« Auch in seinen Worten lag unerträgliches Verlangen.

»Ich bin froh, dass du einer von den Guten bist.«

Er stöhnte leise auf, und dann war er in ihr, drang so weit in sie vor, wie es möglich war. Sie schrie vor Wonne auf, bohrte ihm ihre Nägel in den Rücken, während er sie dehnte und ganz ausfüllte. Er fühlte sich so gut an. Dann zog er sich ein wenig aus ihr zurück und stieß wieder zu, bis sie beide gemeinsam aufstöhnten. Mit einer geschickten, kreisenden Bewegung seines Beckens jagte er einen blitzartigen Freudenschauer durch ihren Körper, der von dem kleinen harten Lustzentrum zwischen ihren Beinen ausging und sie Sternchen sehen ließ. Sie schnappte nach Luft.

Seine Augen suchten die ihren, ein Seufzer der Befriedigung entfuhr ihm. Er tat es noch einmal, und dann war es endgültig um Tara geschehen.

»Bitte, Marc«, flehte sie.

Er fluchte leise und stieß zu, fuhr wie von Sinnen immer wieder in sie hinein und trieb sie damit fast zum Wahnsinn. Tara konnte keinen klaren Gedanken mehr fassen, sondern gab sich vollkommen ihrer Leidenschaft hin. Ihr Körper schien zu brennen, und in ihrem Innern zog sich alles zusammen, hin zu dem Punkt, an dem ihre beiden Körper miteinander verschmolzen, und nichts existierte mehr bis auf diese fieberhafte Lust.

Einen Arm hatte er unter ihre Schulter geschoben, um ihr hinten ins Haar fassen zu können. Mit dem anderen hielt er ihren Oberschenkel umfasst und lenkte ihre ineinander verschlungenen Körper, bis Tara, die ihm vollkommen ausgeliefert war, keuchend aufschrie.

Doch er stahl ihr diesen Schrei von den Lippen, drang auch mit seiner Zunge immer weiter in ihren Mund vor und stöhnte *Cajun*-Flüche, während er das Tempo noch beschleunigte. Immer tiefer und stärker stieß er zu.

Tara bebte am ganzen Körper, rang um Atem und dann löste sich die stetig anwachsende Erregung in ihr in einer gewaltigen Explosion. Der Höhepunkt erfasste ihren ganzen Körper, bis sie sich vor Wonne aufbäumte.

Marc stieß weiter in sie hinein, einmal, zweimal, und beim dritten Mal bog auch sein Körper sich durch, er warf den Kopf zurück und kam mit einem lauten, tief tönenden Schrei.

16

Darcy starrte mit verquollenen Augen auf den Computerbildschirm. Der E-Mail-Anhang, den sie gerade durchsah, enthielt eine Liste von Labormaterialien – alle waren erst kürzlich bei einem Lieferanten in Birmingham bestellt worden. Es war einer von etwa einem Dutzend Lieferanten, bei denen sie gestern nachgefragt hatte. Erstaunlicherweise hatten die meisten von ihnen bis zum Abend geantwortet. Schon verblüffend, was eine kleine Drohung des Ministeriums möglich machte.

»Oh, ja, komm zu Mama«, murmelte sie, während sie weiterlas, denn das hier sah wirklich vielversprechend aus. Es war die dritte Bestellung mit Artikeln, wie sie Terroristen benötigen würden, die ein behelfsmäßiges Genforschungslabor einrichten wollten. Jedenfalls hatte Kowalski das gesagt, und er war schließlich Experte auf diesem Gebiet. Die drei Bestellungen waren jeweils bei einem anderen Lieferanten eingegangen und ergänzten sich perfekt, ohne dass auch nur ein Artikel zweimal geordert worden war. Ganz so, als hätte jemand die Bestellung aufgeteilt, um keinen Verdacht zu erregen. Zwar stimmten die Namen der Auftraggeber auf den Bestellformularen nicht überein, aber das hatte sie auch nicht erwartet. Die Terroristen waren vielleicht wahnsinnig, aber nicht dämlich.

Womöglich war das die heiße Spur, die das Team so dringend brauchte.

»Gute Neuigkeiten?«, fragte Kowalski und blickte von den Papieren auf, mit denen er sich gerade beschäftigte.

»Möglicherweise.« Darcy druckte alles aus und reichte ihm

die drei Bögen. »Bitte sag mir nicht, dass ich vor Erschöpfung angefangen habe zu halluzinieren.« Ganz ehrlich? Es hätte sie nicht überrascht, so müde, wie sie war.

Letzte Nacht hatte Darcy kein Auge zugetan. Nachdem sie zu ihrer Schmach Quinn zugesehen hatte, wie er sich einen runtergeholt hatte – und war *das* vielleicht eine verfluchte Übung in Selbstbeherrschung gewesen –, hatte sie auf keinen Fall mit ihm in einer Hütte schlafen wollen. Und die ganze Zeit daran denken müssen, dass er nur anderthalb Meter von ihr entfernt lag, splitterfasernackt und brünstig wie ein Bär.

Ja, dass Bären es *wirklich gerne* trieben, hatte er ihr irgendwann einmal erzählt. Sie waren wohl bekannt dafür, dass sie es stundenlang ohne Unterbrechung taten. Nur zum Vergnügen, viel länger als anständige Menschen. Ungefähr wie er. Gemeinsam hatten sie über den Vergleich gelacht und in dieser weit zurückliegenden Nacht so getan, als wären sie selbst zwei Bären. Gut, dass sie beide Honig mochten, denn sie hatte fast einen ganzen –

»Verfluchte Scheiße«, unterbrach Kowalski ihre Erinnerungen. Er ging gerade die Bestellungen durch. »Ich glaube, du bist da auf der richtigen Spur.«

Sie blinzelte, um die lebhaften Bilder zu vertreiben, die ihr immer noch vor Augen standen, und wandte sich mit einem Seufzer wieder dem Monitor zu. »Dann mache ich mich mal lieber daran, die Käufer herauszufinden.«

»Welche Käufer?«, fragte eine tiefe Stimme vom Eingang her.

Ach, zum Teufel. Darcy wusste, es war zu schön gewesen, um von Dauer zu sein. Früher oder später musste er ja hier auftauchen – und wie sie Quinn kannte, eher früher als später. Sie schaute auf die Uhr und erschrak. Fast schon sechs Uhr morgens, also Zeit für die Teambesprechung.

Sie ignorierte Quinns Schritte, die sich ihr näherten, und überließ ihn Kowalski. Jedenfalls versuchte sie es.

»Gibt es schon Antworten auf deine E-Mails?«, fragte Quinn, dem es offensichtlich egal war, ob sie ihn ignorierte oder nicht. Denn er stellte sich einfach direkt hinter sie.

Darcy versuchte, locker zu bleiben. »Ja. Ich denke, da sind ein paar dabei, bei denen es sich lohnt, dass wir sie uns genauer ansehen. Kowalski hat die Ausdrucke.« *Den* Wink mit dem Zaunpfahl würde er doch hoffentlich verstehen.

Doch dieser Blindfisch legte ihr eine Hand auf die Schulter, beugte sich über sie, gab ein paar Befehle ein, und alle Mails erschienen auf dem Bildschirm. Sie versteifte sich unwillkürlich. Aber er las nur aufmerksam alles durch, nickte und sagte: »Seh ich auch so. Gute Arbeit, Zimmie.«

Dann war er auch schon wieder weg und ging in Richtung Küchentrakt. Sie atmete tief aus, lockerte die Schultern und lauschte dem vertrauten Geräusch, als er sich einen Kaffee einschenkte und eine Schüssel Kellogs Toppas mit Milch aufgoss. »Frühstück für Helden«, hatte er immer geantwortet, wenn sie ihn damit aufzog. Dann hatte er gelächelt und behauptet, ein leichtes Frühstück würde dafür sorgen, dass er seine mädchenhafte Figur behielt. Haha. Aber Darcy vermutete, dass er sich das schon als Kind angewöhnt hatte. Damals war er vermutlich froh gewesen, wenn er überhaupt etwas in den Magen bekam.

Egal. Wenigstens hatte er sie nicht angetatscht.

Was, wenn sie so darüber nachdachte, überhaupt nicht seine Art war. Er nutzte doch sonst immer jede Gelegenheit, sie anzufassen. Was war hier los?

Als er letzte Nacht diese Nummer unter der Dusche abgezogen hatte, hatte sie angenommen, es wäre eine Art Rache gewesen, weil sie ihrer beider sexuelle Beziehung beendet hatte. Um ihr vor Augen zu führen, was ihr dabei entging. Damit sie es sich anders überlegte.

Aber jetzt war sie sich da nicht mehr so sicher. Seit sie ihm ihre Entscheidung mitgeteilt hatte, war er so ungewöhnlich zurückhaltend gewesen. Fast schon so, als ob – Mega-Schock – er es akzeptiert hätte und zur Tagesordnung übergegangen wäre.

Hatte er es akzeptiert?

Wenn ja, dann war das gut so.

Ganz ehrlich.

Denn sie wollte bestimmt nicht, dass er sich querstellte.

Die Gefahr, dass sie nachgeben und sich die ganze Sache wieder ausreden lassen würde, wäre zu groß.

Oder schlimmer noch, dass ihr womöglich herausrutschte, was sie *wirklich* für ihn fühlte. Und dann würde es richtig unangenehm werden. Zu unangenehm, um jemals wieder miteinander arbeiten zu können. Gar nicht gut. Die STORM-Oberen sahen es nicht gerne, wenn das Privatleben der Einsatzkräfte den Job beeinträchtigte. Erst recht nicht, wenn ein weiterer STORM-Agent beteiligt war. Sobald eine Beziehung zum Problem wurde, musste einer von beiden gehen. Sofort. Und weder sie noch Quinn hatten vor, STORM bald zu verlassen. Darcy hatte bereits einen unangenehmen Stellenwechsel hinter sich gebracht, als die CIA sie vor fünf Jahren nach dem Desaster in Istanbul gefeuert hatte. Quinn war ihr damals zu Hilfe geeilt und hatte sie bei STORM Corps untergebracht. Aber seine Tage als ihr Prinz in strahlender Rüstung waren offensichtlich gezählt.

Tja, nun. Das war eben der Preis, den sie zahlen musste.

Während Darcy noch dabei war, diese unangenehme Erkenntnis zu verdauen, kamen Rand und Kick in die Hütte geschlendert. Kurz darauf stießen auch noch Marc und Trooper Reeves zur Gruppe. Darcy würde sich also später mit Quinn auseinandersetzen müssen. Viel später.

Während die anderen vor der Besprechung Frühstück machten, loggte sich Darcy noch schnell in die zentrale STORM-Datenbank ein und gab die Namen der drei Firmen ein, welche die verdächtigen Bestellungen in Auftrag gegeben hatten. Sie wollte alle drei gründlich überprüfen, und zwar in dem gesamten System, das auf den Datenbestand von gut einem Dutzend nationaler und internationaler Datenbanken zurückgreifen konnte. STORM war mittlerweile für so gut wie jedes große Land der Erde im Einsatz gewesen, und der Zugriff auf den Datenpool des jeweiligen Vertragspartners war immer die Grundvoraussetzung für eine Zusammenarbeit. Mit ein bisschen Glück würde sie noch vor dem Ende der Besprechung herausfinden, ob es sich um echte Firmen handelte oder um Strohmänner, hinter denen sich jemand anderes verbarg – wie zum Beispiel Abbas Tawhid und seine terroristische Al-Sayika-Zelle.

Sie lockerte noch einmal die Schultern und stand auf, um sich eine weitere Tasse Kaffee zu holen, mit der sie sich zu den anderen gesellte, die sich bereits um den Küchentisch versammelt hatten. Zu ihrer Bestürzung war nur noch der Platz am Tischende gegenüber von Quinn frei.

»Setz dich«, mahnte er mit ausdruckslosem Gesicht.

Aber sein Blick verriet etwas anderes. Wie gut sie diese arktischen blauen Tiefen kannte – gut genug, um zu erkennen, dass sich irgendeine Gefühlsregung darin verbarg … aber leider nicht gut genug, um zu erkennen, welche es war. Wie auch immer, eins war es jedenfalls *definitiv nicht*: Begehren.

Na schön, alles klar.

»Dann mal los, Leute«, sagte Quinn. »Manöverkritik des gestrigen Tages. Kick, du fängst an.«

Darcy schüttelte die lähmende Müdigkeit ab und hörte aufmerksam zu, was die anderen zu erzählen hatten. Aber bis auf Marcs detaillierten Bericht über das, was er und Trooper Reeves gestern erlebt hatten, gab es nichts Neues. Zuletzt gab Marc wieder, wie sie die Hütte mit den Leichen ausfindig gemacht hatten.

Die hübsche Polizistin schien sich nicht wohlzufühlen. Sie saß direkt neben Marc, der unter dem Tisch mit ihr Händchen hielt, während er redete. Offensichtlich war ihr das peinlich. Niedlich, dachte Darcy. Und so dumm. Die Frau sollte lieber den Moment genießen.

Gott. Darcy konnte gerade noch verhindern, dass sie über sich selbst die Augen verdrehte. Wie sie sich anhörte!

Sie stand abrupt auf und schenkte sich Kaffee nach. Derweil quetschte Quinn Kowalski darüber aus, was er von den Wissenschaftlern der Seuchenschutzbehörde erfahren hatte, und ob es schon Ergebnisse vom STORM-Spurensicherungslabor gab, an das er Gewebeproben und Taras Proben der Tierkadaver geschickt hatte. »Handelt es sich um dasselbe Virus, das die Tiere getötet hat?«, fragte Quinn.

Kowalski nickte düster. »Definitiv. Dasselbe hochgradig ansteckende Influenza-A-Virus, gepaart mit einer resistenten Milzbrand-Variante. Aber diesmal in getrockneter Form, und es enthält Chitosan, einen Trägerpuder, der für Intranasal-Impfstoffe verwendet wird.«

Darcy verging die Lust auf ihren Kaffee. Auch ohne detaillierte Fachkenntnisse konnte jeder leicht verstehen, was *das* bedeutete.

Den Terroristen war die Fertigstellung ihres Kampfstoffes gelungen.

»*Scheiße*.« Kick sprach aus, was alle dachten. »Wir müssen diese Schweinehunde *noch heute* finden. Wenn nicht, dann könnte alles vorbei sein.«

»Leider muss ich dir beipflichten«, sagte Kowalski. »Ich vermute, dass das ihr letzter Test war. Sie könnten jetzt jederzeit einen Angriff starten.«

»*Himmel*«, fluchte Quinn und fuhr sich mit den Fingern durch das kurze Haar. Dann heftete er seinen Blick auf Darcy. »Irgendwas Neues von diesen Laborausrüstungs-Bestellungen?«

Sie ging rasch zu ihrem Monitor und scrollte durch die Ergebnisse der Datenbanksuche. »Zwei von den Bestellern sind nirgendwo gelistet. Am dritten bin ich noch dran.«

»Na also!«, rief Marc und sprang auf. »Falsche Identitäten. Das müssen sie sein. Wohin wurden die Sachen geliefert?«

Darcy ging die Formulare durch und blickte entmutigt auf. »Sind beide Male persönlich abgeholt worden.«

Marc ließ sich wieder auf den Stuhl zurückfallen. »*De putain*.«

«Die Lieferanten haben bestimmt Videoüberwachung, wetten?«, sagte Rand.

Quinn war bereits am Handy und forderte bei der Inneren Sicherheit die entsprechenden Kopien an.

»Sag ihnen, sie sollen alles zum Moby weiterleiten«, sagte Rand. »Ich kann von dort aus die Gesichtserkennungs-Software drüberlegen.«

Dieses Mal war es Kick, der aufsprang und dabei seinen Stuhl umwarf. »Und was tun wir solange? Einfach abwarten? Auf keinen Fall, verfluchte Scheiße!«

Quinn saß grübelnd da, hatte die Ellbogen auf den Tisch gestützt und starrte das bunt gesprenkelte Resopalmuster an, während er die Finger gegen die Schläfen presste. »Nein. Wir sind ganz nahe dran«, sagte er. »Ich hab es ihm Gefühl. Wir müssen nur nachdenken. Bringt die Ausdrucke der UAV-Bilder her. Sehen wir uns die noch mal an.«

Marc und Kick zogen die große Staffelei zum Tisch heran, auf der sich die von Rand vorbereiteten stark vergrößerten Luftaufnahmen aus allen umliegenden Gemeinden stapelten, die er anhand der gestern gesammelten Daten ausgewählt hatte. Gelbe Stecknadeln zeigten an, wo man tote Tiere gefunden hatte, grüne Nadeln markierten alle Gebäude, die das Team bereits untersucht hatte, und die rote Stecknadel den Ort, an dem die tote Familie gefunden worden war.

»Nehmt die grünen Nadeln mal weg«, befahl Quinn, worauf Kick sie herauszog. Somit blieben nur noch die Orte übrig, bei denen man handfeste Beweise gefunden hatte.

Jeder im Raum starrte die Vergrößerungen an.

»Ich möchte alles hören. Jede Idee, wie abwegig sie auch klingen mag.«

»Na schön«, begann Marc. »Ich denke, die Tangos haben sich irgendwo im Bayou verkrochen. Das Muster der Leichen- und Kadaverfunde lässt keine Rückschlüsse auf eine bestimmte Stadt oder ein bestimmtes Dorf zu.«

»Du gehst also nicht von einer zufälligen Verteilung aus?« Das kam von Kick.

»Nichts ist jemals zufällig«, sagte Kowalski. »Selbst wenn sie scheinbar wahllos vorgehen, ist es doch keine Zufallsverteilung.«

Alle Blicke waren auf Kowalski gerichtet.

»Wenn das stimmt«, sagte Darcy, die verstand, worauf er hinauswollte, »dann solltest du in der Lage sein, daraus ein Muster abzuleiten.«

Kowalski nickte langsam. »Theoretisch schon.«

Kick schaute ihn verständnislos, aber hoffnungsvoll an. »Kannst du dafür ein Programm entwickeln?«

»Unnötig. Gibt bereits ein Dutzend Programme, die das können. Das Problem bei der Sache ist, alle Variablen einzugeben, damit sie am Ende das ausspucken, wonach du suchst.«

»Variablen?«

»Die Topografie, Verteidigungsmöglichkeiten, die uns unbekannten Faktoren, nach denen die Terroristen den Standort sowohl für ihr Labor als auch für die Versuche ausgewählt haben. Eine Million Fakten.«

»Schaffst du das?«, fragte Quinn, ganz der lösungsorientierte Anführer. »Dann streng mal deine Gehirnwindungen an! Damit

Rand dann die Drohne auf den Ort ansetzen und nachschauen kann, ob es dort eventuell Gebäude gibt.«

Kowalski fuhr sich mit der Hand über den Mund. »Das ist ziemlich spekulativ. Aber ich werd's versuchen.« Er strich sich das Haar aus dem Gesicht und ging zu seinem Laptop, bereits tief in Gedanken. Er würde verdammt viel Glück brauchen. Darcy wusste, er suchte die Nadel im Heuhaufen.

»Schön. Der Nächste?« Quinn blickte in die Runde.

Einige Ideen folgten, wurden aber sofort wieder verworfen. Es sah so aus, als könnten sie nur immer und immer wieder die Beweise durchkämmen, bis die Aufnahmen der Überwachungskameras eintrafen. Vielleicht würden die etwas Neues bringen.

»Kommt schon, Leute«, knurrte Quinn. »Was ist uns entgangen? Da muss *irgendetwas* sein, das wir bislang übersehen haben.«

»Ein Boot«, meldete sich eine zaghafte Stimme nach einer längeren Pause zu Wort.

Alle wandten sich Trooper Reeves zu. Anstatt sich die Karten anzusehen, so wie die anderen, betrachtete sie die drei Bestellungen, die Darcy ausgedruckt hatte.

Marc griff wieder nach ihrer Hand und wollte gerade etwas sagen, als Quinn ihm das Wort abschnitt.

»Reden Sie«, befahl Quinn bellend.

Darcy verspürte einen Anflug von Stolz auf ihn, weil er die Wortmeldung der anderen Frau nicht einfach übergangen hatte. Verdammt. Er war wirklich eine gute Führungskraft. Nicht, dass sie daran gezweifelt hatte. Sie war nur in ihrem Stolz zu verletzt gewesen, es auch anzuerkennen.

Trooper Reeves schaute zu Marc hinüber. »Bist du ganz sicher, dass diese Terroristen sich irgendwo im Sumpf verkrochen haben?«

Nach kurzem Zögern nickte Marc. »Ich würde meine Karriere darauf setzen.«

Das hatte er bereits getan. Wie alle anderen im Team, dachte Darcy. Aber sie war ganz seiner Meinung. Eine dicht besiedelte Gegend wäre ein zu großes Risiko für eine Bande von geiselnehmenden Terroristen, die von jeder existierenden Bundesbehörde gesucht wurde. Besonders wenn sie mit einer tödlichen Biowaffe experimentierten.

»Dann scheint mir«, führte Trooper Reeves weiter aus, »sie müssten doch all diese Gerätschaften, die sie bestellt und selbst abgeholt haben, irgendwie durch den Sumpf zu ihrem Lager schaffen.« Sie blickte auf. »Zum Beispiel mit einem Boot.«

Die folgende Stille wurde von einem Durcheinander aus wilden Flüchen und emsigem Kramen nach Akten, Handys sowie Tastaturgeklapper unterbrochen.

Tara räusperte sich.

Alle hielten mitten in der Bewegung inne und starrten sie an.

»Und ich denke, ich weiß, wo wir es finden.«

An den Wänden des Labors hatten sich fünf Männer mit Gasmasken aufgestellt. Als Gina in den Raum gestoßen wurde, rissen sie die Waffen hoch. In ihren braunen Augen stand blanker Hass. Und Verachtung.

Zu Tode verängstigt hielt Gina den Blick auf den Boden gerichtet. Ihre Hoffnung sank. Wenn es nur eine Wache gewesen wäre oder vielleicht zwei, dann hätte sie eine winzige Chance gehabt, die Kanister mit dem Virus zu sabotieren, die sie auf Tawhids Befehl hin vorbereiten sollte. Aber eine einzige Frau gegen fünf Männer? Unmöglich.

Sie zitterte am ganzen Körper, so sehr fürchtete sie sich. Sie wusste genau, was die mit ihr anstellen würden, falls sie nicht gehorchte, denn sie hatte es bereits erlebt. Aber damals war es nur ein Mann gewesen. Dieses Mal würde es also viel schlimmer werden. Ihr Tod würde ein Akt der Gnade sein.

Aber wie sollte sie es nur anstellen, das Virus zu vernichten, solange sie auf Schritt und Tritt beobachtet wurde?

Ganz ruhig bleiben, sagte sie sich. *Und mach einfach mit*. Später würde sich schon noch eine Gelegenheit ergeben. Es *musste* einfach so sein.

Von der Folter am Morgen tat ihr immer noch alles weh. Sie kam nur schlurfend und im Schneckentempo voran. Aber ihren Entführern schien das nichts auszumachen. Ungeduld war wohl eine typisch westliche Eigenschaft. In ihrem Teil der Welt hingegen wurden Ereignisse nicht in Minuten, sondern in Jahrhunderten gemessen ... oder in Jahrtausenden ... Eine Denkweise, die westliche Politiker noch nicht einmal ansatzweise begriffen hatten. Wie sollte ein Anführer, dessen Amtsperiode achtundvierzig kurze Monate währte, auch eine Mentalität begreifen, die fünf Jahrhunderte dauernde Fehden rechtfertigte? Die Zeit arbeitete für die Terroristen. Sie mussten einfach nur warten, bis der Westen mit seinem kurzen Erinnerungsvermögen sich anderen Dingen zuwandte.

Also nahm Gina sich jetzt auch Zeit. Brachte ihre zitternden Hände unter Kontrolle, griff nach den leeren Sprühkanistern und Messbechern im Regal und reihte sie fein säuberlich vor sich auf dem hohen Arbeitstisch auf; dann holte sie den Chitosan-Puder aus dem Schrank, die Pressluftflasche aus ihrem angestammten Platz unter dem Waschbecken und sammelte die restlichen Utensilien zusammen, die sie für ihre Aufgabe brauchen würde. Auch diese stellte sie ganz ordentlich auf den Labortresen.

Bevor sie die allerletzte Zutat aus dem temperaturgeschützten Bereich holte, in dem sie aufbewahrt wurde, wandte sie sich ihrem Angreifer zu. Tawhid war inzwischen zu ihnen gestoßen und stand jetzt im Türrahmen, um sie aus sicherer Entfernung zu beobachten. *Verfluchter Feigling.*

»Bekomme ich keine Gasmaske?«, fragte sie mit dünner Stimme und hielt den Blick auf seine Füße gerichtet. *Dieser verdammte Scheißkerl.*

Trotzdem bohrte sich ihr ein eindringliches Bild der brutalen Misshandlung in den Kopf, und auch das schauerliche Gefühl seiner schmutzigen Hände auf ihrem Körper war wieder da. Die Erinnerung ließ Gina schwindeln, und beinahe wäre sie zusammengeklappt, aber irgendwie schaffte sie es, sich auf den Beinen zu halten. Diese Genugtuung würde sie ihm nicht gönnen.

Er antwortete nicht, schaute sie nur weiter unverwandt an, wie ein Vogel, der ein Insekt beobachtete.

Es spielte auch keine Rolle. Den morgigen Tag würde sie sowieso nicht erleben, da gab sie sich keinerlei Illusionen hin. Sie wollte nur, dass es geschah, ehe er erneut Hand an sie legen konnte. Und wenn sie diese Dreckschweine mit in den Tod reißen konnte, dann umso besser.

Sie ging zum Kühlschrank hinüber und öffnete ihn. Gina sprach ein stummes Gebet, in dem sie um Kraft flehte, und streckte die Hand nach dem Metallgestell aus, auf dem sich die sechs verbliebenen todbringenden Behälter befanden.

Sofort riss ihr eine der Wachen das Gestell aus der Hand. Mit einem verängstigten Aufschrei wich Gina zurück.

»Du hast doch nicht im Ernst gedacht, ich würde noch einmal zulassen, dass du die Glasröhrchen anfasst?«, sagte Tawhid mit selbstgefälliger Verachtung in der Stimme.

Gina rang um Fassung, sie stand kurz vor einem Nervenzusammenbruch. *O Herr.* Und jetzt? Hatte sie soeben ihre letzte Chance darauf verspielt, den tödlichen Mix aus Vogelgrippe und Milzbrand zu zerstören, bevor er alle auslöschte, die ihr etwas bedeuteten?

»Füll den Kanister«, befahl ihr der Widerling. »Einen nach dem anderen.«

Sie atmete tief ein. Dann ganz langsam aus. *Also gut, Mädchen. Nun ist es so weit.* Jetzt musste Gina beweisen, was in ihr steckte.

»Nein«, sagte sie. »Das werde ich nicht.«

Rebel war kotzübel. Der Cappozi-Fall erforderte ihre ganze Kraft, und dann noch die ständigen Fahrten nach Haven Oaks, um Zane zu sehen … von den schlaflosen Nächten, die auf diese Ausflüge folgten, ganz zu schweigen. Besonders nach dem, was beinahe geschehen war … Letzte Nacht hatte sie geträumt, ihr wären Flügel gewachsen, und sie wäre mit offenem Haar in *seinem* Traum umhergeflogen.

Nackt.

Gott steh ihr bei.

Rebel befestigte noch schnell ein paar verirrte Strähnen, die sich aus ihrem lockeren Dutt gelöst hatten – nach diesem Traum war sie einfach viel zu verwirrt gewesen, um sich ordentlich zu frisieren –, atmete einmal tief durch und klopfte an die geöffnete Tür des Büros von Wade Montana.

Er blickte vom Schreibtisch auf und sah immer noch genauso attraktiv aus, wie sie ihn in Erinnerung gehabt hatte. Natürlich kam er nicht an Zane heran. Aber er wirkte putzmunter. Offensichtlich plagte ihn keinerlei schlechtes Gewissen.

»Rebel. Kommen Sie rein.« Als er lächelte, zeigten sich die Grübchen, die ihm das gewisse Etwas verliehen. Na ja, die blauen Augen waren ebenfalls zum Dahinschmelzen. Schade, dass er ihr Vorgesetzter war – und ein Verdächtiger. Ansonsten hätte sie ernsthaft in Erwägung gezogen, mit ihm auszugehen. »Schließen Sie die Tür«, wies er sie an.

Die Realität hatte sie wieder.

Vielleicht hätte sie *doch* diesen belastenden Brief verfassen und bei ihrem Anwalt hinterlegen sollen. Nur hatte sie leider gar keinen Anwalt.

Ach was, sie war viel zu misstrauisch. Wie konnte sie sich ihn in der einen Minute als potenziellen Partner vorstellen und sich in der nächsten vor ihm fürchten? Wenn das mal keine gemischten Gefühle waren.

Rebel trat ein und schloss die Tür hinter sich. Aber instinktiv hielt sie den Türknauf weiter fest. »Also, ich habe mich entschieden, Ihr Angebot anzunehmen«, kam sie direkt zur Sache.

»Ausgezeichnet.« Er schaute zur Wanduhr. In sechseinhalb Minuten würde sich die gesamte Taskforce zur allmorgendlichen Besprechung treffen. »Bevor wir loslegen, möchte ich, dass Sie sich das hier ansehen.« Als er ihr die Unterlagen hinhielt, war sie gezwungen, den Türgriff loszulassen. O. K., sie *war* paranoid. Auf dem Ausdruck waren Ginas Telefonverbindungen aufgelistet – dieselbe Aufstellung, die Rebel gestern von Chip bekommen hatte. Montana beobachtete ihre Reaktion. »Das ist Ihnen nicht neu.«

An ihrem Pokerface musste sie wirklich dringend arbeiten.

»Nein«, gab Rebel zu. Und wartete auf seine Antwort. Schließlich war es immer noch möglich, dass er sie aufs Glatteis führen wollte.

»Erkennen Sie irgendeine der Telefonnummern?«

Er musste doch wissen, dass es so war. Bestimmt stand in ihrer Akte, dass sie als Verbindungsfrau für Zero Unit gearbeitet hatte. »Klar«, sagte sie unverbindlich. Er musste die Nummer doch auch erkennen. Denn er hatte sie Gina schließlich damals gegeben.

»Ich denke, es ist an der Zeit, dass wir denen mal einen Besuch abstatten.«

Moment. »Zero Unit?« Dieser Vorschlag kam überraschend, obwohl sie selbst auch schon mit dem Gedanken gespielt hatte.

»Sind Sie einverstanden?«

»Absolut. Ich werde mich darum kümmern. Wo soll das Treffen stattfinden?«

Er schüttelte den Kopf. »Nein. Ich meinte eigentlich, dass wir bei denen anklopfen. Höchstpersönlich, ohne Vorwarnung.«

Sie starrte ihn mit offenem Mund an. »Im Ernst?« In all den Monaten als ZU-Verbindungsfrau hatte sie ZUNO, das nordöstliche Hauptquartier hier in New York, nie besucht. Wenn es Informationen auszutauschen galt, hatte sie sich mit ihrem Verbindungsmann, damals war das meistens Zane gewesen, immer an einem öffentlichen Ort getroffen. Meistens in irgendeiner Bar in Downtown oder in einem Café. Zero Unit nahm es mit der Geheimhaltung sehr genau. Kein Außenstehender durfte je die Zentrale betreten. »Kennen Sie denn überhaupt die genaue Adresse?«

»Ja«, sagte der SAC, führte das aber nicht weiter aus. Er stand auf, griff nach einer dicken Akte und schickte sich zum Gehen an. »Nach dem Meeting«, wies er sie an, »halten Sie sich bereit.«

Mit einer nagelneuen Angelrute über der Schulter und einem breiten Lächeln im Gesicht schlenderte Marc auf Charlie Thibadeaux' Bootsverleih zu.

»Hallo, Froschgesicht!«, begrüßte ihn Charlie mit ebenso breitem Grinsen und klopfte ihm auf den Rücken. »Wo zum Teufel hast du'n die ganze Zeit gesteckt?«

Er und Charlie waren zusammen aufgewachsen und auf dieselbe Schule gegangen – zumindest an den wenigen Tagen, an denen sie dort aufgetaucht waren. Damals hatte Marc den Wert einer guten Ausbildung noch nicht zu schätzen gewusst. Bei Charlie war das auch heute noch so.

»Ach, hier und dort«, gab Marc zurück und schüttelte seinem Freund die Hand. »Hab dir was mitgebracht.« Er gab ihm die Angel.

»Ist ja 'ne echte Schönheit.« Charlie schien gleichermaßen erfreut und verwirrt. Zögernd nahm er das Geschenk entgegen. »Aber ich versteh nich' ganz, *Bougre* – hat dir deine Frau das Angeln verbot'n?« Er warf einen Blick in Richtung Geländewagen, in dem Tara auf dem Vordersitz saß. Bobby Lee und Kick warteten hinten im Wagen auf ein Zeichen von Marc. Aber er wusste, was Charlie dachte. Eine naheliegende Vermutung bei einem Bayoubewohner. Marc lachte. »*Mais non*. Bin nicht verheiratet, ich doch nicht. Jedenfalls noch nicht«, fügte er dann unerklärlicherweise hinzu. »*Écoute*. Du müsstest mir da einen Gefallen tun, Charlie.«

»Für einen alten Freund tu ich doch alles. Um was geht's denn?«

»Soweit ich weiß, ist vor ein paar Monaten eines deiner Boote ziemlich übel zugerichtet worden. Von irgendwelchen Touristen, die damit Zeug transportiert haben, das zu schwer war.«

Charlies Gesicht verdüsterte sich. »*Foutu étrangers*. Ham mein Boot im Sumpf verrotten lassen. Wenn ich die Hunde erwisch, wer'n die den Sumpf nich' lebend verlassen, das is' mal sicher.«

»Tja, nun.« Marc legte ein Versprechen in sein düsteres Lächeln. »Könntest du dabei nicht vielleicht ein wenig Hilfe gebrauchen, *mon ami*?«

17

Marc, Charlie, Quinn und Kick hatten eine Landkarte auf Charlies Anlegesteg ausgebreitet und das Suchgebiet eingegrenzt. Orientiert hatten sie sich dabei an der Route, die die Tangos mit ihrer Ausrüstung genommen und bei der sie das Boot überladen hatten. Zwar waren die Terroristen bemüht gewesen, das Schiffswrack zu verstecken. Die heftigen Regenfälle der letzten Wochen hatten jedoch die schweren Steine in Bewegung gebracht, mit denen sie den Kahn versenkt hatten. Vor einigen Wochen hatte dann ein Freund von Charlie die umhertreibenden Überreste entdeckt, als er draußen beim Angeln war.

Marc zog mit dem Kugelschreiber einen engen Kreis auf der Landkarte. »Ich habe gerade mit Ski gesprochen, und ausgehend von seiner Zufallsanalyse meinte er, dass wir uns diese Gegend hier näher ansehen sollten.« Der von Marc gezeichnete Kreis deckte sich zum großen Teil mit dem anderen Kreis, den sie bereits unter Einbeziehung aller mit Booten befahrbaren Routen gezogen hatten. »Passt. Die Tangos sollten sich demzufolge irgendwo innerhalb dieses Gebiets verkrochen haben.«

»Also gut. Wir sind oscar mike. Lasst uns die Wichser aufstöbern«, sagte Quinn und sprang auf. Marc und die anderen taten es ihm gleich. »Boote ab ins Wasser und alle Mann bereitmachen. Ich werde die Koordinaten des Suchgebietes an Rand durchgeben, dann kann er die Drohne hinterherschicken.« Quinn winkte Charlie zu, dem sie erzählt hatten, sie seien einem zur Fahndung ausgeschriebenen Verbrecher auf der Spur. »Sie kommen mit, ja?«

»Würd ich mir um nichts in der Welt entgeh'n lassen«, versicherte Charlie.

Marc drehte sich um und prallte mit Tara zusammen, die während der Diskussion stumm hinter ihm gestanden hatte. »Findest du allein zum Lager zurück?«, fragte er und hielt sie fest, damit sie nicht rückwärts ins Wasser fiel.

Verflucht. Er hätte es besser wissen sollen.

»Wovon redest du?«, fragte sie und streckte störrisch ihr Kinn vor. »Ich komme mit dir.«

Nur über seine Leiche. »*Non*. Tara, *Chère*, das wirst du nicht, und darüber gibt es keinerlei Disk–«

»Du vertraust mir *immer noch nicht*«, warf sie ihm vor und hörte sich megabeleidigt an.

»Wie kannst du so etwas sagen? Natürlich vertraue ich dir. Das tun wir alle. Darum geht es doch gar nicht –«

Sie kniff die Augen zusammen. »Worum geht es denn dann? Um die Tatsache, dass ich eine Frau bin?«

»Du bist *meine Frau*«, verbesserte er sie hitzig. »Und ich will nicht, dass du dich in Gef–«

»O mein *Gott*«, entfuhr es ihr ungläubig. »Weil ich mit dir geschlafen habe, kann ich plötzlich nicht mehr meine Arbeit machen?«

»Das hier ist *nicht* deine Arbeit«, wies er sie zurecht. Warum regte sie sich eigentlich so auf? Er wollte sie doch nur in Sicherheit wissen. Und meilenweit entfernt von diesen irren Tangos mit ihrem Armageddon-Virus.

»Ich lege weder darauf Wert, von dir beschützt zu werden, noch ist das nötig, Marc! Ach so, und noch was, ich bin *nicht* deine Frau.«

Schlagartig hatte sie seine volle Aufmerksamkeit. Mit gerunzelter Stirn blickte er zu ihr hinunter. Was sollte er jetzt von dieser Ansage halten?

Marc versuchte, im Geist bis zehn zu zählen, kam jedoch nur bis zur Fünf.

»Na schön«, sagte er dann aufgebracht. »Also habe ich vielleicht geträumt, und das *warst* gar nicht du, die letzte Nacht über mich hergefallen ist.«

Sie reckte das Kinn noch ein wenig höher. »Das macht mich noch lange nicht zu deiner Frau. Das war bloß …« Sie blickte sich um.

Er zog die Brauen hoch.

»Bloß Sex«, beendete sie den Satz mit gesenkter Stimme.

Ach ja? Also für ihn hatte sich das definitiv nicht nach »bloß Sex« angefühlt. Eher so wie … nun ja, jedenfalls anders als alles, was er bisher empfunden hatte. Diese Verbundenheit, und auch gefühlsmäßig waren sie … sich *näher* gewesen, als das bei »bloß Sex« der Fall wäre.

Quoi sa dit? Urplötzlich stellten sich ihm die Nackenhaare auf. *Verbundenheit?* Was zum Teufel war in ihn gefahren?

»Und ich bin keinesfalls über dich hergefallen«, fügte sie mit Bestimmtheit hinzu und schaute sich dabei noch einmal um, ob auch niemand sie belauschte. Aber Kick und Quinn waren gerade dabei, das hinter dem Geländewagen befestigte, schmale Motorboot loszumachen. Und Charlie war hinunter zum Dock gegangen, um eines seiner eigenen *Bateaus* ins Wasser zu lassen. Keiner von ihnen war in Hörweite.

Trotzdem trat Marc einen Schritt auf sie zu, bis er dicht vor ihr stand. »Und *wie* du das getan hast«, sagte er, sein Gesicht direkt vor ihrem. »Und ich will mehr davon. Aber dazu musst du für mich *am Leben* bleiben. Und deswegen wirst du *ganz bestimmt nicht* mitkom–«

»Nicht zu fassen.« Sie starrte ihn ungläubig an. »Du benimmst dich so unglaublich daneben, das ist nicht mal mehr lustig.«

»*Chère* –«

»Hör mir mal gut zu, Lafayette. Ich gebe ja gerne zu, dass ich mich gestern Nacht sehr verwundbar gefühlt habe. Und du hast … mir geholfen. Dafür bin ich dir auch sehr dankbar.«

Dankbar? Er öffnete den Mund, um ihr mit deutlichen Worten zu verstehen zu geben, wohin sie sich ihre *foutu* Dankbarkeit stecken sollte, aber noch ehe er seiner Wut Luft machen konnte, hatte sie bereits eine Hand gehoben.

»Kein Grund, gleich eingeschnappt zu sein. Ganz offensichtlich fühle ich mich zu dir hingezogen. Aber wenn du meinst, dass das etwas daran ändert, wie und wann ich meine Arbeit erledige, dann bist du nicht ganz dicht. Himmel, Marc. Ich will diese Scheißkerle genauso sehr wie du erwischen. Ich bin *Polizistin,* Himmelherrgott noch eins! Und da ich jetzt mit drinstecke, werde ich mithelfen, sie zur Strecke zu bringen. Dazu brauche ich *ganz bestimmt nicht* dein Einverständnis.«

Eigentlich brauchte sie es sehr wohl. Denn sie war ihm ganz offiziell unterstellt worden, was bedeutete, dass sie theoretisch alles tun musste, was er ihr verdammt noch mal sagte.

Warum wollte sie sich nicht von ihm beschützen lassen?

Er zwang sich dazu, einmal tief durchzuatmen. Hier ging es nicht um Sex und auch nicht um seine verletzten Gefühle. Der Auftrag stand auf dem Spiel.

Außerdem verriet das kämpferische Funkeln in ihren Augen Marc, dass ihm nur eine weitere heftige Auseinandersetzung bevorstand, wenn er ihr seinen Willen aufzwang. Wenn sie sich erst einmal in eine Sache verbissen hatte, war sie hartnäckig wie ein *foutu* Kampfhund. Das war ihm gleich zu Anfang klar geworden. Tara Reeves war absolut nicht wie die Frauen, mit denen er sonst zu tun hatte: sanfte, fügsame Wesen, die seinen Wünschen Folge leisteten, einfach, weil er sie darum bat. Die Art von Frau, die ihm eindeutig lieber war.

Nein, sie war nun wirklich das genaue Gegenteil seiner

Schwestern. Eigensinnig, streitlustig und aufmüpfig. Solchen Frauen ging er sonst lieber aus dem Weg. Deswegen war ihm die unwiderstehliche Anziehung, die *diese* nervtötende Frau auf ihn ausübte, auch ein Rätsel.

Dieu. Damit konnte er sich im Moment wirklich nicht auseinandersetzen. In seinem Inneren tobten unbändiger Zorn und angeborener Beschützerinstinkt und drohten ihn zu überwältigen.

Besser, er gewann ein wenig Abstand, um sich zu beruhigen.

»*Bon*«, sagte er und trat ein paar Schritte zurück. »Wie du willst, *Chère*.« Er wandte sich ab, um zu Quinn und Kick hinüberzugehen und ihnen mit dem Boot zu helfen. Und wieder einen klaren Kopf zu bekommen.

»Marc.«

Irgendetwas in ihrer Stimme ließ ihn innehalten, aber umdrehen würde er sich nicht. Kindisch? Vielleicht. Aber er wollte einfach nichts sagen, was er später bereuen würde. Sie berührte ihn am Oberarm. Zupfte an seinem Ärmel.

Ach, verflucht. Das überstieg seine Willenskraft, und er wandte er sich ihr wieder zu. Zu seiner Überraschung schlang sie ihm die Arme um den Hals und schmiegte sich an ihn. Dann hob sie den Kopf und küsste ihn.

Einen kurzen Moment lang nahm er sich zurück. Aber das hielt er nicht lange durch. Weiß Gott, er konnte einfach nicht anders. Dafür begehrte er sie zu sehr. Mit einem widerwilligen Seufzen versank er in ihrem Kuss.

Und was für ein Kuss – leidenschaftlich, feucht und besitzergreifend. Sie wieder zu schmecken ließ Erinnerungen von letzter Nacht vor seinem geistigen Auge aufsteigen. Und nicht nur das stieg auf. Er war diesem inneren Ansturm hilflos ausgeliefert. Wie war es möglich, dass eine Frau wie sie ihn derartig in der Hand hatte?

»Bitte, Marc«, bat sie leise, als sie sich endlich voneinander lösten, und dabei bedeckte sie sein Gesicht mit zarten Küssen. »Mach es uns doch nicht so schwer.«

»Zu spät«, murmelte er seufzend und meinte damit nicht nur seine Erektion. Aber das würde er ihr ganz bestimmt nicht verraten. Stattdessen legte er ihr die Hände auf den Hintern und presste sie gegen seine Hüften, damit sie spüren konnte, was sie in ihm auslöste.

Das entlockte ihr ein halb verärgertes, halb belustigtes Keuchen. »Du weißt, was ich meine.«

Leider nur zu gut. »Ja«, sagte er. »Dass ich verloren habe.« Zumindest diesen Kampf. Aber was die Schlacht anging, war noch alles offen.

»Nein.« Sie gab ihm noch einen sehnsüchtigen Kuss.

»Diese Terroristen werden verlieren. Das ist alles, woran wir heute denken sollten.«

Er atmete gepresst aus. Verflucht. Die Gegenwart hatte ihn wieder und verdrängte die unsichere Zukunft. »Ich weiß. Du hast recht. Aber wenn dir etwas passiert –«

»Das wird nicht geschehen. Ich bin gut in meinem Job, Marc.«

Im Strafzettelausstellen, oder was?, hätte er beinahe gefragt. Sie war ein State Trooper, gottverdammt, und kein Mitglied eines Sondereinsatzkommandos. Aber Marc riss sich zusammen. Er hatte auch so schon genug am Hals. In jeder Hinsicht.

»*Bon*«, sagte er stattdessen. »Du kannst mitkommen.« Er musste nur dafür sorgen, dass sie auf keinen Fall in die Nähe der Kampfhandlungen geriet. Sie so gut es ging beschützen.

»Danke.« Sie strahlte ihn an. »Das wirst du nicht bereuen. Versprochen.«

Zum Teufel, das tat er bereits.

Sie küsste ihn ein letztes Mal und wollte sich dann aus seiner Umarmung befreien.

Aber Marc konnte sie einfach nicht gehen lassen. Er hielt sie weiter umschlungen, so fest es ging. »Eines solltest du allerdings wissen, *Chère*. Du irrst dich. Und zwar gewaltig.«

»Was meinst du?«, fragte sie ihn stirnrunzelnd.

»Dass du mir gehörst.« Er legte die Hände um ihr Gesicht und sah ihr tief in die Augen. »Du bist meine Geliebte. Meine Frau. Ob es dir nun gefällt oder nicht, Tara Reeves, du gehörst *mir*.«

18

Rebel ging gemeinsam mit dem SAC zum Taskforce-Meeting, das nach etwa einer Stunde auch schon wieder vorbei war. Montana hörte sich alle Berichte an und verteilte anschließend die verschiedenen Aufgaben sowie eine Schachtel Cannoli – der Mann hatte wirklich Stil. Bevor er das Treffen auflöste, ermahnte er jeden im Team, sich bei ihm zu melden, sobald sie einer wichtigen Sache auf der Spur waren.

Allerdings hatte er mit keiner Silbe erwähnt, dass Rebel von nun an seine Assistentin sein würde. Sollte sie deswegen nervös sein? Oder erleichtert, weil sie so nicht den kleinlichen Eifersüchteleien der anderen Mitarbeiterinnen ausgesetzt sein würde …? Schwer zu sagen.

Herrgott. Das war überhaupt nicht schwer. Wade Montana hatte Gina Cappozi *nicht* ermordet. Davon hatte er Rebel inzwischen überzeugt. Und Kick war derselben Meinung. Warum dachte sie also so dummes Zeug?

Nach der Besprechung bedeutete er ihr, ihm zu folgen, riss seinen Burberry-Mantel vom Garderobenständer vor dem Büro und nahm die zwei dampfenden Pappbecher mit, die bereits auf dem Tisch seiner Sekretärin gewartet hatten. Während sie über den Flur zum Fahrstuhl eilten, reichte er Rebel einen davon. »Kaffee«, sagte er. »Zwei Päckchen Milch, kein Zucker. Richtig?«

Sollte sie sich geschmeichelt fühlen? War das wieder eine seiner subtilen Flirtoffensiven? Oder bildete sie sich das nur ein? Wie sie ihren Kaffee trank, war nun wirklich nicht besonders schwer herauszufinden. Wahrscheinlich hatte er einfach Chip gefragt. Oder es seiner Sekretärin überlassen.

Als sie an Rebels Arbeitsplatz vorbeikamen, blieb Montana nicht einmal stehen. »Mantel«, erinnerte er sie.

Sie blinzelte, griff rasch nach dem Mantel und versuchte, ihn wieder einzuholen, was nicht so einfach war, weil sie gleichzeitig, mit dem Kaffeebecher in der Hand, den Mantel anzog. Da er so groß war, musste sie praktisch rennen, um es noch rechtzeitig zum Fahrstuhl zu schaffen, bevor sich die Türen schlossen. Nicht ganz einfach, wenn man Rock und hohe Schuhe trug – aber ihr war keine Zeit geblieben, um schnell in die Turnschuhe zu schlüpfen, die sie für solche Fälle in ihrem Schreibtisch aufbewahrte. Aber sie trug sie sowieso nicht gern und niemals im Büro. Verdarb das ganze Outfit.

Als Rebel wieder zu Atem gekommen war, nahm sie erst mal einen großen Schluck Kaffee. »Der ist hoffentlich ohne Koffein?«, sagte sie.

Er schnaubte verächtlich. »Wenn Sie mal wieder mehr schlafen, kriegen Sie auch entkoffeinierten Kaffee von mir.«

Wie um alles in der Welt konnte er *das* wissen? Ihr Blick schnellte zu ihrem Spiegelbild, das von der Fahrstuhlwand zurückgeworfen wurde. Okay, alles klar, diese schwarzen Ringe unter den Augen kamen nicht vom Eyeliner.

»Deswegen verdiene ich ja auch so viel«, sagte er ironisch, als hätte er ihre Gedanken gelesen. Wieder einmal.

Rebel schnitt ihm ein Gesicht und nahm noch einen Schluck. »Also, wohin geht's, Boss?«, fragte sie.

Er schaute sie vielsagend an. »Das wissen Sie doch.«

»Ich meine die Adresse. Was soll ich ins Navi eingeben?«

»Das ist geheim. Und fahren werde ich.«

Ein Vorgesetzter, der sich selbst ans Steuer setzte? Das war neu.

Rebel zog eine Braue hoch. »Was haben Sie vor? Mir die Augen verbinden?«

Er verzog den Mund zu einem schiefen Lächeln. »Würde Ihnen das gefallen?«

Hoppla! Beinahe hätte sie sich am Kaffee verschluckt. Okay, jetzt hatte er *ganz sicher* mit ihr geflirtet. Oder … so ähnlich. Sie spürte, wie sie rot wurde. »Das wird nicht nötig sein.«

Inzwischen waren sie in der Tiefgarage angekommen. Er drückte auf den Autoschlüssel, und ein Wagen ganz in der Nähe piepte. Ein BMW. Blau. Wie seine Augen.

»Ich sammle Punkte mit der Kreditkarte«, sagte er, als sie anerkennend durch die Zähne pfiff. Selbstverständlich wegen des *Autos*. »Das verschafft mir ein Upgrade beim Mietwagen.«

Das war bestimmt angenehm. Rebels Kreditkarten würden sie wahrscheinlich bald wegen chronischer Vernachlässigung verklagen, wenn sie weiter rund um die Uhr arbeitete.

Als sie im Wagen saßen, lenkte Montana ihn in Richtung Norden, bis sie zur Canal Street kamen, und bog dann links ab, genau auf den Holland-Tunnel zu.

»Jersey?«

Er antwortete nicht. Aber es war einleuchtend. Denn auf der anderen Seite des Flusses gab es unzählige Orte, an denen sich eine paramilitärische Einheit unentdeckt hätte einrichten können. Eine Dreiviertelstunde später waren sie im beschaulichen Bayonne angekommen. Dort folgte er einer mit Schlaglöchern übersäten Straße bis zur Hafengegend. Heruntergekommene Lagerhäuser und übel riechende Containeranlagen reihten sich an riesige, vor sich hin rostende Vorratstanks.

Vielleicht sollte sie sich jetzt *doch* Sorgen machen. Oder zumindest nervös werden. Auch wenn er mit ihr geflirtet hatte, war es nicht sehr schlau, mit ihm in eine solche Gegend zu fahren – mit einem Mann, der selbst zugegeben hatte, dass jeder mit einem Funken Verstand ihn für den Hauptverdächtigen im Cappozi-Fall halten musste. Besonders, da niemand wusste, wohin sie unterwegs waren. Der Taskforce hatte er jedenfalls nicht Bescheid gesagt. Und auch seiner Sekretärin nicht. Zum Teufel, nicht einmal Rebel selbst wusste, wohin sie unterwegs waren. Jedenfalls nicht genau.

Verstohlen berührte sie den Griff ihrer Glock 40, die sie sich wie immer um die Hüfte geschnallt hatte. Genau dort, wo sie sein sollte, gut zu erreichen. Es gab also keinen Grund, den Kopf zu verlieren.

Außerdem war er unschuldig. Davon war sie aufrichtig überzeugt. Sonst hätte sie ihn sofort ihrem Stabschef gemeldet. Und wäre nicht einmal bis zum nächsten Starbucks mit ihm gefahren, geschweige denn hierher.

»Woher wissen Sie eigentlich, wo ZUNO sich befindet?«, fragte sie und prägte sich den Weg genau ein, den er fuhr – obwohl sie ihn für unschuldig hielt. Paranoia? Nein. Einfach nur Wachsamkeit.

»Ich habe meine Quellen.«

»Verraten Sie mir, welche das sind?«, hakte Rebel nach.

»Nein.«

Diese Mister-Geheimnisvoll-Nummer ging ihr langsam auf die Nerven. »Wissen Sie«, sagte Rebel, »wenn ich Ihre Assistentin sein soll, dann könnten Sie ruhig etwas mitteilsamer sein, meinen Sie nicht? Besonders, da immer noch nicht ganz ausgeschlossen ist, dass Sie irgendwie in Dr. Cappozis Verschwinden verwickelt sind.«

Er schaute sie mit schiefem Lächeln an. »Sie halten mich noch immer für einen Bösewicht?«

»Meine Meinung tut hier nichts zu Sache. Was zählt, ist einzig die Beweislage.«

»Und die verrät Ihnen, dass ich mit drinstecke?«

»Knietief.«

Er lenkte den Wagen auf eine weitere holprige Straße, die an einer Reihe verlassener Lagerhäuser entlangführte. »Und doch«, sagte er, »sind Sie hier. Allein mit mir in einer Gegend, wo man ihre Leiche erst in ein paar Jahren finden würde.«

Rebels Puls schoss in die Höhe. Instinktiv glitt ihre Hand wieder zur Glock. »Vergessen Sie nicht, dass ich –«

Er verdrehte die Augen. »Ja, ja. Dass Sie einen Brief bei Ihrem Anwalt hinterlegt haben.«

Trotz ihrer Anspannung musste Rebel lachen. Würde ein Mann mit einem so trockenen Humor einem anderen Menschen je etwas antun? »Dass ich eine Waffe trage, wollte ich eigentlich sagen. Aber das kommt ja aufs Gleiche raus.«

Als er fast bis zum Ende der Gasse gefahren war, hielt er an und wandte sich Rebel zu, um sie anzuschauen.

»Ach so, was die Waffe angeht«, sagte er ungerührt. »Die werden sie vermutlich einkassieren. Gewöhnlich haben diese Kerle ein klitzekleines Problemchen mit fremden Besuchern, die eine Waffe tragen.«

Sie hielt seinem Blick stand. »Wie gut, dass ich keine Fremde bin.«

Dieses Mal musste *er* lachen. »Dort gilt doch jeder ohne die spezielle Tätowierung oder das Wissen über den geheimen Gruß als Fremder.«

Ach ja. Das berühmt-berüchtigte Zero-Unit-Tattoo. In ihrer Zeit als Verbindungsfrau hatte sie das noch für einen Mythos gehalten. Aber dann hatte sie zufällig einen Blick auf Zanes Tattoo erhaschen können, als sie ihn nach seiner Rettung im Sanatorium besucht hatte. Eine der Schwestern hatte ihn gewaschen, während er ohnmächtig gewesen war, und die cremige Seifenlauge war an der detailreichen Zeichnung hinabgelaufen … direkt auf einen Teil seiner Anatomie, der eigentlich nicht für ihre Augen bestimmt war. Na gut – vielleicht war das auch nicht rein zufällig geschehen. Sie war eben neugierig gewesen. Wow. Selbst in schlaffem Zustand wahrlich ein Anblick. Wenn sie daran zurückdachte, wurde ihr wieder ganz heiß.

Oje. *Egal.*

»Und wer sagt, dass ich das nicht habe?«, fragte sie zurück und verdrängte die Gedanken an irgendwelche Tätowierungen.

SAC Montana betrachtete sie ein wenig erheitert und irgendwie … neugierig?

»Tatsächlich«, sagte er, und sein Blick glitt kurz zu ihrem Schoß, dann wieder hinauf zu ihren Augen. »Das würde ich an Ihrer Stelle lieber nicht erwähnen. Vielleicht möchten die das sonst gerne überprüfen.«

Rebel schloss die Augen. *Ach du lieber Himmel.* »Ich meinte den Gruß«, murmelte sie.

Plötzlich fühlte sie eine leichte Berührung an ihrer Wange. Als sie die Augen aufschlug, stellte sie fest, dass er ihr eine ihrer roten Locken hinter das Ohr gestrichen hatte.

»Was tun Sie da?«, fragte sie erstickt.

»Ich warte, bis Sie bereit sind«, sagte er sanft.

Rebel schluckte. Okay. Das hier war gar nicht gut. Sie wollte *ganz sicher* nicht wissen, wofür sie bereit sein sollte.

»Wir sind da«, fügte er hinzu. »Ich muss nur noch hupen. Sie bestimmen den Zeitpunkt.«

Hier?

Vor ihnen lag die Steinmauer eines Lagerhauses. Keine Türen. Keinerlei Eingänge. Auch kein Ausgang.

Ach so, *hier!*

Natürlich musste es so aussehen. Heruntergekommen. Verlassen. Wenig einladend. Gut versteckt. Zero Unit legte keinen Wert auf unangekündigten Besuch.

Sie streckte die Hand aus und drückte ein paarmal auf die

Hupe. Das Geräusch verhallte, und die Stille fing sich in den mit Graffiti beschmierten Steinwänden.

Doch plötzlich hob sich ein quadratischer Ausschnitt des verdreckten Gebäudes vor ihnen wie ein schwerfälliges Garagentor. Dahinter gähnte eine schwarze Öffnung. Trotz des vernachlässigten Eindrucks, den der Ort von außen machte, wirkte das Ganze wie eine stählerne Festung und ganz so, als wäre es ohne größere Sprengkraft nicht einzunehmen.

Na gut. Jetzt war sie *wirklich* beunruhigt.

Montana legte einen Gang ein, und der BMW rollte langsam hinein. Sobald das Auto im Lagerhaus war, glitt das Garagentor wieder hinter ihnen zu und schnitt sie vollkommen von der Außenwelt ab. Ein Deckenlicht ging an, und gleißendes Licht erhellte die Halle, sodass Rebel nichts mehr erkennen konnte.

»Aussteigen«, rief eine barsche Stimme.

Als sie aus dem Wagen stiegen, liefen zwei bewaffnete Wachen mit erhobenen Gewehren auf sie zu.

»Hände hoch«, befahlen sie. »Wenn Sie nach der Waffe greifen, sind Sie tot.«

Viel zu spät dachte Rebel an Gina. Auch sie war ins Zero Unit-Hauptquartier gebracht worden. Von einem Mann, dem sie vertraut hatte.

Aber das war nur eine List gewesen, um sie in die Falle zu locken.

Seitdem war Gina verschwunden.

Rebel zog sich der Magen zusammen.

War sie auf die gleiche List hereingefallen? Und somit in die gleiche Falle getappt?

Es war ruhig.

Viel zu ruhig.

Dennoch hatte Bobby Lee ein ganz mieses Gefühl, was diesen

Ort hier anging. Hatte sogar eine Gänsehaut bekommen. Aber das war gut. *Richtig* gut. Vielleicht hatten sie diese Scheißkerle ja endlich gefunden.

Der klotzige Betonbau stand auf einem aufgeschütteten Stück Land und war von einem hohen Zaun umgeben. Auf einem Schild, das am Zaun hing, stand: Außenstelle 5, Louisiana State University. Biologisches Institut. Betreten verboten!

Eine *Forschungsstation*. Seltsam.

»Ich hatte das schon überprüft«, wehrte sich Zimmie, als er sie über Satellitenfunk fragte, *warum um alles in der Welt* sie das hier nicht früher unter die Lupe genommen hatten. Der Ort stand nicht einmal auf ihrer Liste potenziell geeigneter Gebäude. »Verdammt«, schimpfte sie über das statische Rauschen hinweg, »ich habe den Leiter des LSU-Biologie-Instituts sogar persönlich angerufen! Er sagte, einige Doktoranden würden dort an einem Projekt über Schwimmvögel arbeiten. Sie melden sich aber regelmäßig bei ihm, und er hat mir versichert, dass dort nichts Besonderes vorgefallen ist.«

»Irgendjemand lügt hier. Das ist unser Zielobjekt. Ich spüre es.«

»Tut mir leid«, sagte sie und klang, als wäre sie auch ein wenig wütend auf sich selbst.

Hoffentlich lag diesem Professor nicht allzu viel an seinem Posten, denn egal, wie das hier ausging, würde er den wohl mit Sicherheit bald verlieren.

»Mach dir keine Vorwürfe, Zulu«, sagte Quinn, an Zimmie gewandt. »Romeo, hast du die Situation im Blick, over?« Rand hatte ihren Vorstoß überwacht und die Drohne vom Lager aus in Position gebracht. Rand selbst war mit dem Moby zurückgeblieben, da er ja schlecht in den Sumpf hineinfahren konnte.

»Nur von außen.«

Na super. »Wir gehen rein, um alles auszukundschaften. Informiere du die STORM-Befehlshaber, und auch die Innere soll sich bereithalten, over.«

»Verstanden.«

»Pass gut auf dich auf da draußen, Alpha sechs, over«, sagte Darcy.

Weil ihr ja so viel daran lag, was aus ihm wurde. *Scheiße. Daran* durfte er jetzt gerade nicht denken. »Over and out«, murmelte er.

Quinn und Kick näherten sich vorsichtig dem Gebäude und verständigten sich dabei mit Handsignalen. Quinn bedeutete Kick, sich die rechte Seite anzusehen, er selbst hielt sich links. Beide versuchten, durch die Fenster zu spähen, während Marc, Charlie und Tara für Ablenkung sorgten, indem sie in Charlies Flachboot auf dem Bayou vorbeifuhren. Sie taten so, als würden sie sich mit Angeln und Biertrinken amüsieren. Marc war zwar nicht wirklich glücklich über diese Arbeitsaufteilung gewesen, hatte schlussendlich aber doch eingewilligt. Man merkte deutlich, wie sehr ihm sein sexy State Trooper den Kopf verdreht hatte. Himmel. Das ganze Team spielte langsam verrückt.

Was Bobby Lee nur in seiner Entscheidung bestätigte, was Darcy Zimmermann betraf. Das mit ihnen musste ein Ende haben. Denn für Liebe war bei einem Sondereinsatz wie diesem kein Pl–

Moment! Liebe? Nein, nein. Sex hatte er gemeint. Für *Sex* war absolut kein Platz bei –

Mist. So kam er nicht weiter.

Er trat sich in Gedanken in den Hintern, kletterte über den Zaun und glitt auf der anderen Seite zu Boden. Sobald er unten war, rollte er sich hinter ein paar Büsche, brachte sich in Position und richtete seine Waffe auf das Haus.

Bis auf das vorbeifahrende Party-Boot rührte sich nichts. Kein Alarm. Keine Wachen. Niemand steckte den Kopf aus der Vordertür, um nachzusehen, was dieser ganze Lärm bedeuten sollte.

Tja, zum Teufel. Vielleicht waren diese Idioten ja tatsächlich nur mit ihren Sumpfvogelstudien beschäftigt. Misstrauische Tangos hätten sich jedenfalls schon längst blicken lassen, so viel stand fest.

Oder das Team war zu spät gekommen. Hatte Tawhid bereits die Zelte abgebrochen und war zu Stufe zwei seines Terrorangriffs übergegangen?

Verflucht noch eins.

Bobby Lee rannte geduckt zu dem Gebäude hinüber und hielt währenddessen nach versteckten Sprengladungen oder gespannten Drähten Ausschau. Er nutzte jede mögliche Deckung aus. Aber alles lief glatt. Mit jeder ruhigen Minute, die verstrich, wurde er nervöser. Wenn sie nun zu spät gekommen waren …

Mit dem Rücken an der Wand spähte er durch das erste Fenster, an dem er vorbeikam. Innen war eine Art Schlafsaal zu erkennen. Überall ungemachte Betten und zwei Kommoden, aus denen einige Kleidungsstücke hervorschauten. Auf einem Metallgestell thronte ein uralter Fernseher. In einer Ecke lagen mehrere offen stehende Koffer auf dem Boden, als wären sie hastig durchsucht und dann zurückgelassen worden.

Keine Menschen. Keine Waffen.

Die Anspannung wurde unerträglich.

Vorsichtig lugte Quinn um die Ecke und sah Kick, der dasselbe von der anderen Seite aus tat. Sein Kumpel wirkte wütender als eine aufgescheuchte Klapperschlange. Sie gaben sich mit Handzeichen zu verstehen, dass keiner von ihnen bislang fündig geworden war. *Verdammt.* Dabei war er sich *so* sicher gewesen.

Da erst fielen Bobby Lee die drei rückwärtigen Fenster auf. Alle waren mit Sperrholz vernagelt, und die Planken waren offensichtlich erst kürzlich mit irgendeinem klebrigen Zeug versiegelt worden.

Doch die Hurrikansaison hatte noch nicht begonnen. Sein

Puls raste. Er machte Kick auf die Fenster aufmerksam, und sie wechselten einen besorgten Blick. Wenn die Bretter nicht als Wetterschutz gedacht waren, dann vielleicht, um jemanden einzusperren.

Zum Beispiel eine entführte Wissenschaftlerin.

Mit angespannter Miene gab Kick Bobby Lee ein Zeichen, um das Gebäude herum zurückzugehen und ihn vorne zu treffen.

Bobby Lee sah das genauso. Sie waren lange genug hier herumgeschlichen. Seinem Gefühl nach war das hier keine Falle, die gleich zuschnappen würde. Vielmehr deutete dieses Ziehen in der Magengegend darauf hin, dass sie wahrscheinlich zu spät dran waren, um überhaupt noch in einen Hinterhalt geraten zu können. *Scheiße*.

Hastig lief Quinn denselben Weg, den er gekommen war, wieder zurück, hielt sich dabei immer dicht an der Seitenmauer und schaute in jedes Fenster. Zuerst kam der Schlafsaal – immer noch kein Lebenszeichen, dann eine kleine Küche – auch dort war niemand zu sehen –, und zuletzt noch eine Art Aufenthaltsraum mit Sofas, Stühlen und einem Esstisch an der Wand. Kein Mucks war zu hören.

Quinn flitzte um die Ecke und traf Kick auf der Eingangsterrasse. »Und?«, fragte er mit gesenkter Stimme.

Kick schüttelte den Kopf. »Nur noch mehr zugenagelte Fenster. *Verdammt* noch mal!«, knurrte er leise.

Einen kurzen Moment lang sahen sie sich an. Bobby Lee wusste, Kick dachte dasselbe wie er. Der Auftrag lautete eigentlich, die Terroristen *aufzuspüren*. Von Kampfhandlungen war nie die Rede gewesen. Aber zum Teufel damit.

»Wollen wir uns dem direkten Befehl von STORM *und* der Inneren widersetzen?«, murmelte Bobby Lee.

»Dachte schon, du würdest nie fragen.«

Auf einmal drangen Geräusche wie von einem Handgemenge

aus dem Gebäude. Gefolgt von einem erstickten Schrei. Der Schrei einer *Frau*.

Kick zögerte keine Sekunde und trat die Tür ein. Bobby Lee hatte bereits zum Funkgerät gegriffen.

»Hier ist STORM Alpha sechs. Geisel in Gefahr. Wir gehen rein.«

Gina konnte kaum glauben, dass sie überlebt hatte.

Nur knapp. Aber sie war am Leben.

Die Terroristen hatten sie wieder in ihr Zimmer gesperrt. Dort lag sie verletzt und blutend auf der Matratze.

Aber am Leben!

Was war geschehen? Wieso hatte Tawhid sie verschont?

Nachdem sie sich geweigert hatte, seinen letzten verbrecherischen Auftrag auszuführen, hatte er sie zusammengeschlagen. Und zwar brutal. Sie musste ohnmächtig geworden sein. Sie wusste weder, wie lange, noch was in der Zwischenzeit passiert war. Gina konnte sich dunkel erinnern, dass einer der Aufpasser sie hierhergeschleift und aufs Bett geschleudert hatte. Wie lange mochte das wohl her sein? Unmöglich zu sagen – alle Fenster waren vernagelt, und es brannte kein Licht.

Gina versuchte, ihren schmerzenden Körper zu bewegen. Vielleicht konnte sie ja aufstehen und die Deckenlampe einschalten. Ein leises Stöhnen entrang sich ihr. *Himmel, es tat so weh.* Sie konnte sich ganz bestimmt nicht bewegen.

Also lauschte sie.

Alles war ruhig. So still wie noch nie bisher. Kein Fernseher. Kein unverständliches Geplapper. Keine laut gesungenen Gebete. Waren sie alle fort? Und hatten Gina in dieser eisigen Dunkelheit zurückgelassen, damit sie hier verreckte? Beinahe war sie ihnen dankbar dafür.

Doch dann drang ein Laut an ihr Ohr: kaum wahrnehmbar,

aber eindeutig als *Atemgeräusch* erkennbar. Schwer und gleichmäßig. Da war noch jemand im Zimmer.

O Gott.

Warum hatten sie sie nicht einfach umgebracht?

Weil Gina sich widersetzt hatte. Tawhid hatte sie gewarnt, was die Folge sein würde. Die anderen Mitglieder der Zelle waren wahrscheinlich längst fort und verfolgten ihre abscheulichen Pläne. Alle, bis auf diesen letzten Mann. Seine Aufgabe war es, sie hinzurichten. Langsam und schmerzhaft, wie Tawhid versprochen hatte.

Warum nur hatte sie sich nicht selbst umgebracht?

Sie hörte den Mann im Dunkeln etwas sagen, verstand ihn aber nicht. Gina erkannte die raue Stimme. Sie gehörte dem Jüngsten unter den Terroristen, vielleicht achtzehn Jahre alt. Er war der Fanatischste von ihnen allen. Und gewalttätig. Wie konnte ein junger Kerl wie er nur schon so gefühllos sein? In seinen Augen hatte sie Hass und Mordlust gesehen. Kaum vorstellbar, dass Gina vor nicht allzu langer Zeit selbst jüngere Männer bevorzugt hatte.

Wieder sagte er etwas, dieses Mal etwas lauter. Sprach er mit ihr? Wenngleich sie ihn nicht verstand, war ihr die Bedeutung seiner Worte klar. Gina war ein Geschenk an ihn gewesen. Er hatte nur gewartet, bis sie das Bewusstsein wiedererlangt hatte, und jetzt wollte er sein Geschenk auspacken.

Ein verzweifelter Laut entrang sich ihr. *Das durfte nicht geschehen.* Nicht schon wieder. Sie würde ihn dazu bringen, sie vorher zu töten. Oder sie würde sich selbst umbringen.

Plötzlich ging das Licht an und blendete sie.

Dann war er über ihr. Der Gestank nach altem Schweiß und seinem Mundgeruch war überwältigend. Gina würgte, dann schlug sie zu, so gut sie konnte, trat um sich und versuchte, ihn zu kratzen. Ignorierte die Schmerzen und setzte sich mit letzter

Kraft zur Wehr. Ihr Knie traf ihn zwischen den Beinen. Er fluchte, sein Gesicht verzerrte sich zu einer wütenden Grimasse. Plötzlich hielt er ein Messer in der Hand. Hob es über ihre Brust.

Sie schrie laut auf. Es war sinnlos, hoffnungslos, das wusste sie. Trotzdem schrie sie, schlug nach ihm, trat um sich und kämpfte mit aller Kraft. Sie hörte ein lautes Krachen, er brüllte und verfluchte sie, doch für jeden Schlag, mit dem er sie traf, kassierte er zwei. Plötzlich vernahm sie ein lautes *Peng!* Der Körper über dem ihren versteifte sich, und sie sah den überraschten Gesichtsausdruck des Jungen. Gina kniff die Augen zu, während ihr wieder einmal Blut über das Gesicht lief. Aber glücklicherweise war es dieses Mal nicht ihr eigenes.

Noch ehe sie reagieren konnte, wurde sie auf einmal von seinem Gewicht befreit. Um sie herum schrien mehrere Männer wild durcheinander. *Auf Englisch.*

In ihr stieg ein Schluchzen auf. Ein zittriger Freudenschrei. Aber er blieb Gina im Hals stecken, so sehr wurde sie von ihren Gefühlen überwältigt.

Durfte sie daran glauben?

Inmitten dieses heillosen Durcheinanders nahm jemand vorsichtig ihre Hand. »Dr. Cappozi?«

Sie wagte nicht, die Augen zu öffnen. Vielleicht bildete sie sich das alles nur ein, oder jemand erlaubte sich einen grausamen Scherz.

Bitte lass dies keinen Scherz sein.

»Gina?«, fragte die Stimme des Mannes leise. Beinahe zärtlich. »Es ist alles gut. Sie sind jetzt in Sicherheit. Wir bringen Sie nach Hause.«

19

Niemand hatte Tara gesagt, dass es eine Geisel gab. Eine *weibliche* Geisel.

Die Frau, die da zu ihnen hinaufstarrte, lag zusammengekrümmt auf einer blutverschmierten Matratze und zitterte am ganzen Körper. Ein glitzerndes, gebogenes Messer lag gleich neben ihr auf dem Boden und zeugte davon, wie knapp sie dem Tod entkommen war.

Tara trat beiseite, damit Marc und Quinn den jungen Mann aus dem Zimmer schleiften konnten, der die Frau angegriffen hatte. Er schrie aus vollem Halse und blutete wie ein abgestochenes Schwein aus dem Stumpf am Handgelenk, wo ihn Quinns gut platzierter Schuss getroffen hatte. Die Hand selbst hing herunter, nur noch durch ein dünnes Stück Fleisch mit dem Arm verbunden.

Die Geisel wirkte zu Tode verängstigt und bog sich von den bewaffneten Männern in Uniform und ihrem Gefangenen weg. Kick hatte sich neben sie gekniet, hielt ihre Hand und versuchte, sie irgendwie zu beruhigen. Aber es war für alle offensichtlich, dass die Frau unter Schock stand und kein Wort von dem mitbekam, was er zu ihr sagte. Tara schlüpfte an Kick vorbei, um an die Geisel heranzukommen.

»Lass mich mal«, sagte Tara und legte ihm die Hand auf die Schulter. »Wissen wir, wer sie ist?«

»Dr. Gina Cappozi«, sagte Kick, dann machte er ihr widerstrebend Platz. »Eine Wissenschaftlerin aus New York. Sie ist die beste Freundin meiner Frau.«

Bei seinen letzten Worten zog Tara überrascht die Augenbrauen hoch, fragte aber nicht weiter nach. Das konnte warten. »Schau doch mal, ob du vielleicht einen Waschlappen und etwas heißes Wasser auftreiben kannst«, sagte sie. »Und eine Decke.«

»Wir müssen sie befragen«, erwiderte Kick bedauernd. »Wenn sie weiß, wohin Tawhid gegangen ist oder wann die anderen Tangos von hier abgehauen sind, dann könnten wir –«

»Verstehe. Aber zunächst muss sie uns vertrauen.«

Kick überlegte kurz, dann nickte er. »Du hast recht. Ich besorge die Decke und etwas Wasser.«

Tara wandte sich Dr. Cappozi zu. Gina. Sie erschrak zutiefst, als sie die vielen schrecklichen Verletzungen am Körper und im Gesicht der Frau sah, versuchte aber, sich nichts anmerken zu lassen. Was nicht leicht war. Dr. Cappozi musste in der Gewalt dieser Bestien durch die Hölle gegangen sein.

Tara kniete sich hin. »Gina, ich heiße Tara. Ich bin Polizistin. Halten Sie durch, ja? Medizinische Hilfe ist unterwegs.«

Große braune Augen inmitten von Blutergüssen starrten sie an. Aber die Angst, die in ihnen stand, ließ ein klein wenig nach.

»Sollen wir jemanden benachrichtigen? Um Bescheid zu geben, dass Sie in Sicherheit sind?« Keine Reaktion. »Kick sagte, Sie seien die beste Freundin seiner Frau. Ist das Rainie? Rainie Jackson? Wir könnten Rainie anrufen, wenn Sie das möchten.« Tara wusste zwar nicht, ob das wirklich in Ordnung ging, suchte aber nach einem Weg, die Frau aus ihrer Schockstarre zu lösen.

Gina versuchte zu sprechen. Dann bewegte sich ihr Kopf ruckartig hin und her. »Rainie … nicht … verheiratet.«

Eine Antwort. Tara war unendlich erleichtert. »Ach so«, sagte sie und fragte sich, ob sie Kick da vielleicht falsch verstanden hatte. Aber wie viele Frauen konnte es schon geben, die Rainie hießen? »Nun, vielleicht –«

»Sie haben erst vor zwei Monaten geheiratet«, unterbrach

Marc sie. Er stand im Türrahmen und hielt eine Decke in der Hand, außerdem hatte er ein Tuch sowie einen Topf mit dampfend heißem Wasser dabei. »Darf ich reinkommen?«

Ginas Blick schnellte zu Tara, ihre Augen weiteten sich panisch. Diese Frau hatte schreckliche Angst vor Männern … oder vielleicht auch nur vor schwarzhaarigen Männern mit dunkler Haut. Wer konnte ihr das verdenken?

»Schon in Ordnung«, beruhigte Tara sie. »Er gehört zu mir. Durch und durch amerikanisch. Marc tut Ihnen ganz bestimmt nichts.«

Marc trat gerade nahe genug heran, dass er Tara alles reichen konnte, was er mitgebracht hatte, und noch eine Flasche Wasser dazu, zog sich dann aber sofort wieder zur Tür zurück. »Ich war mit Rainie im Sudan«, sagte er. »Dorthin hat man sie … gebracht, damals, als Sie sie gesucht haben. Aber inzwischen ist sie wieder zu Hause. Und wohlauf. Und das werden Sie auch bald sein.«

Gina schaute ihn an und schien mit sich zu kämpfen. Dann schluckte sie, ihre Lippen bebten, als ob sie versuchte, etwas zu sagen. Tara öffnete die Wasserflasche und flößte Gina einen Schluck ein.

»Rainie hat mir dort das Leben gerettet«, sagte Marc mit ruhiger, aber bewegter Stimme. »Und auch meinem Freund Kick. Ich habe noch nie eine so mutige Frau kennengelernt. *Donc*, jedenfalls nicht bis heute.«

Eine Träne lief Gina aus dem Augenwinkel und tropfte auf die Matratze. Tara bekam ebenfalls feuchte Augen. Sie kannte diese Geschichte nicht, aber Marcs aufrichtig und liebevoll vorgetragenes Bekenntnis berührte sie ungemein.

Jeder hier in der Truppe – Marc, Kick, selbst Quinn und die anderen – war so anders als alle Männer, die Tara bisher gekannt hatte. Auf der einen Seite traten sie knallhart auf, waren extreme Machos und hätten im Notfall einen Gegner, ohne zu zögern, im

Bruchteil einer Sekunde ausschalten können. Sobald allerdings ein anderes menschliches Wesen auf ihre Hilfe angewiesen war, kam eine einfühlsame und verletzliche Seite zum Vorschein, die so gar nicht dazu passen wollte. Keiner von ihnen schien Angst davor zu haben, Gefühle zu zeigen, wenn es darauf ankam.

Sie dachte an die letzte Nacht zurück und daran, wie zärtlich Marc gewesen war. Nach all den furchtbaren Dingen, die Tara erfahren hatte, war sie verstört und verängstigt gewesen. Er hatte sie getröstet und ihr eine Nacht geschenkt, an die sie sich noch ihr ganzes Leben lang erinnern würde. Heute Morgen hatte sie sich furchtbar geschämt, weil sie sich ihm so schwach gezeigt hatte, so bedürftig. Deswegen hatte sie auch versucht, ihn auf Distanz zu halten, und so getan, als ob nichts vorgefallen wäre. Doch da hatte er nicht mitgespielt. Stattdessen hatte er ihr ganz offen gezeigt, wie sehr er sie immer noch wollte, selbst vor den anderen. Obwohl sie ihm gegenüber nicht hatte zugeben können, dass es ihr genauso ging.

Was stimmte bloß nicht mit ihr?

»Fünf«, sagte Gina in diesem Moment leise und mit rasselndem Atem.

Tara riss sich von Marcs Anblick los und wandte sich wieder Gina zu. Auch er kam näher. »Wie bitte?«

»Fünf … Sprühkanister«, sagte Gina mit vor Anstrengung zittriger Stimme. Tara gab ihr noch einen Schluck Wasser. »Virus. Im Labor.«

»Fünf Kanister. Das hilft uns wirklich sehr, Dr. Cappozi«, sagte Marc und machte vorsichtig noch einen weiteren Schritt auf sie zu. »Können Sie uns mehr über die Männer sagen? Wie viele? Und wer sie waren?«

Ginas Körper begann auf einmal zu zucken und unkontrolliert zu zittern. Tara langte nach der Decke und deckte Gina behutsam damit zu. »Marc, sie ist nicht in der Verfassung, zu reden.«

»Doch«, widersprach Gina. »Möchte. Tawhid ...« Sie zögerte.

»Abbas Tawhid?«, half ihr Marc auf die Sprünge, mit einem Mal hochkonzentriert. »Anführer von Al-Sayika, der terroristischen Vereinigung? Sind Sie sicher, dass er es war? Haben Sie ihn persönlich zu Gesicht bekommen?«

Gina schloss die Augen, ihr Gesicht fiel in sich zusammen. Dann atmete sie mühsam ein. »Ja. Und vier andere. Fünf ... Vielleicht. Oder ein Traum ... Albtraum.« Sie hielt erneut inne und kniff die Augen noch fester zu.

Tara warf Marc einen beschwörenden Blick zu. »Sie sind in Sicherheit, Gina«, sagte sie, an die Frau gewandt. »Niemand kann Ihnen mehr etwas tun. Versprochen.«

Marc wartete kurz und hakte dann nach. »Alles Männer? Keine Frauen?«

»Nein«, flüsterte Gina. »Er hasst Frauen. Hat mir dauernd gesagt, ich müsste sterben wie all die anderen Huren.«

Noch mehr Tränen rannen über ihre Wangen. Okay, das war ein gutes Zeichen. Sie war also nicht vollkommen abgestumpft, hatte durch das Geschehen nicht die Fähigkeit verloren, überhaupt noch etwas zu empfinden. Marc hatte recht gehabt. Sie war eine unglaublich starke Frau.

»Wissen Sie vielleicht, wohin die Männer gegangen sind?«, fragte Marc. »Gab es irgendeinen Hinweis?«

»Nein. Tut mir leid.«

»Wie sind sie weggefahren?«

Gina befeuchtete die Lippen, und Tara gab ihr einen Schluck Wasser. »Boot. Haben mich mit einem Boot hergebracht.«

»Okay. *Bon.*« Er nickte. Und kam offenbar zu dem Schluss, dass er im Moment nicht mehr von ihr erfahren würde. »Wir werden diese *fils du putains* finden, Dr. Cappozi. Das verspreche ich Ihnen hoch und heilig.«

»Töten Sie sie«, krächzte Gina mit einem Ausdruck in der

Stimme, der Tara Gänsehaut verursachte. »Bitte. Töten Sie sie, alle.«

Beim Anblick von Gina verstand Tara diesen Wunsch vollkommen.

»Um dieses Privileg werde ich mich wohl mit Kick streiten müssen«, sagte Marc düster. »Der Mann ist eindeutig auf Rache aus.«

»Kick«, sagte Gina stockend und klang verunsichert. »Hat Rainie entführt … und dann geheiratet?«

»*Mais*, ja. Hat sich unsterblich verliebt, der Kerl.« Marc schenkte ihr ein sanftes Lächeln. »Er ruft sie jetzt gerade an. Um ihr zu sagen, dass Sie am Leben sind.«

Tara beobachtete, wie Ginas verkrampfter Körper sich ein wenig entspannte, während ihr erneut die Tränen kamen. Endlich fasste sie Vertrauen. »Danke Ihnen. Beiden. Für …«

»Nicht nötig. Ist mir ein Vergnügen, Ma'am.« Marc ging zurück zum Ausgang. Sein Blick fiel auf Tara, er blieb stehen. »STORM hat einen Hubschrauber losgeschickt, um Dr. Cappozi zu evakuieren, bevor die Innere Sicherheit hier eintrifft. Könntest du bei ihr bleiben? Und dafür sorgen, dass das auch wirklich so abläuft?«

»Natürlich. Aber weshalb?«

»Zu ihrer eigenen Sicherheit. Das werden sie dir alles während des Fluges erklären.«

Tara horchte auf. »Moment mal. Wo gehst du hin?«

»Weiß ich noch nicht genau. Ich lass von mir hören.«

»Du wirst diese Kerle verfolgen, habe ich recht?«, sagte Tara und sprang auf.

»Das ist noch nicht klar.«

Die Erkenntnis traf sie mit voller Wucht. »Du gehst ohne mich.«

Sie wusste nicht, warum es sich dieses Mal anders anfühlte.

Schlimmer. Als würde ihr Herz mit einem Rasiermesser aufgeschnitten. Heute Morgen bei Charlie hatte sie ihm beinahe den Kopf abgerissen, obwohl er gestern Nacht so liebevoll gewesen war. Hatte ihm tatsächlich gesagt, sie sei *dankbar* für die gemeinsamen Stunden. Sie war eiskalt gewesen … hatte er jetzt etwa genug von ihr?

Tara rang um Fassung, er sollte ihr nicht am Gesicht ablesen, wie sie sich fühlte. Dass sie sich ihm am liebsten in die Arme geworfen und ihn angefleht hätte, nicht ohne sie zu gehen.

»*Chère*, versteh das nicht falsch. Jemand muss bei Dr. Cappozi bleiben, bis –«

Ach, was soll's. Sie rannte zu Marc hinüber und klammerte sich an ihm fest. »Es tut mir leid, Marc. Ich bin so ein Dummkopf. Ich *gehöre* dir, genau wie du gesagt hast.«

Sein Blick wurde ganz weich. »Ich weiß, *mon cœur*. Aber vorerst musst du dich um Gina kümmern. Ich melde mich.« Er gab ihr einen Kuss. »*D'accord?*«

»Aber …«

Er küsste sie noch einmal. Dann war er fort.

Sie war ein kleines bisschen enttäuscht. Und verunsichert.

Ich weiß?

Gott sei Dank hatte sie nicht auch noch »Ich liebe dich« gesagt.

»Er scheint ein … guter Mann zu sein.« Ginas angestrengte Worte unterbrachen Taras heftige Selbstzweifel.

Sie atmete geräuschvoll aus, drehte sich um und kniete sich wieder neben das Lager. »Ja. Das ist er. Ich bin diejenige, die vollkommen daneben ist.«

Zum ersten Mal legte sich der Anflug eines Lächelns auf Ginas aufgesprungene Lippen. »Willkommen im Club«, flüsterte sie. Dann schloss sie die Augen und seufzte schmerzerfüllt auf. »Wenigstens hat er Sie nicht verführt … dazu gebracht, sich in ihn zu verlieben und Sie dann an Terroristen verkauft ... von denen er wusste, dass die Sie benutzen und umbringen würden.«

Tara zog die Stirn kraus. Wie schrecklich, wenn das von Gina hier Angedeutete wahr sein sollte. Tara hatte selbst bereits einiges durchgemacht, aber sie konnte sich einen Betrug dieses Ausmaßes trotzdem nicht einmal vorstellen.

Dann begriff sie erst richtig, was die andere Frau ihr da gerade erzählt hatte. »Gina, Sie *kennen* denjenigen, der Ihnen das hier angetan hat?«

Ginas Körper erschauerte. »Ja. Jedenfalls den Mann, der mich den Entführern ausgeliefert hat.«

Gütiger Himmel. »Wer war es?«

Gina schluckte schwer. »Gregg van Halen. Arbeitet für die CIA. Verdeckte Operationen.«

»Mein Gott. Einer von *uns*?«

Jetzt verstand Tara, warum Kick so viel daran gelegen hatte, Gina hier herauszubekommen, bevor die Innere Sicherheit eintraf.

»Das hätte ich ihm nie zugetraut.« Gina liefen Tränen aus den verquollenen Augen. »Er war mein Geliebter«, flüsterte sie, bevor ihr die Stimme brach.

Himmel. »Bestimmt hassen Sie ihn«, sagte Tara ohne nachzudenken.

»Sie ahnen ja nicht, wie sehr.« Aber der Ausdruck auf Ginas Gesicht wirkte nicht hasserfüllt. Eher vollkommen verzweifelt.

Behutsam nahm Tara Ginas schwer verletzte Hand in ihre. Ginas Schicksal erfüllte sie mit Zorn. »Bitte sagen Sie mir nicht, dass Sie immer noch *Gefühle* für diesen Mistkerl hegen?«

Die ehemalige Geisel wandte ihr das Gesicht zu und blickte mit tränenverhangenem Blick zu Tara auf. »Wie könnte ich denn Gefühle für einen Mann hegen, der so abgrundtief böse und herzlos ist?«

Ach du Schande. Die arme Frau war schlimmer dran, als Tara vermutet hatte. Ihr Körper würde sich wieder erholen. Aber wie sollte ein derart gebrochenes Herz jemals heilen? Dieser verfluchte *Scheißkerl*.

»Sie lieben ihn *nicht*«, sagte Tara bestimmt. »Sie sind bloß verwirrt. Stehen unter Schock. Sie sind noch nicht wieder Sie selbst. Haben Sie schon einmal vom Stockholm-Syndrom gehört?«

Gina lächelte freudlos. Schwach, aber immerhin ein Lächeln. »Ja«, flüsterte sie. »Stockholm-Syndrom. Das wird es sein.«

Das war ganz klar ein Einschüchterungsversuch.

Aber Rebel konnten sie damit keine Angst einflößen. Im Ernst. Da mussten sich diese Zero-Unit-Trottel schon etwas Besseres einfallen lassen, als sie eine gute Stunde lang in einem hässlichen Nebenraum schmoren zu lassen, der von zwei bis an die Zähne bewaffneten Gorillas in Armeeuniformen bewacht wurde. Für sie war das Arbeitsalltag. Na ja. Jedenfalls wenn man die Armeeuniformen gegen schlecht sitzende Polyester-Anzüge tauschte.

Außerdem konnte man sich schwerlich vor zwei Typen fürchten, die so unverblümt ihre Beine bewunderten. Mit beiden auf einmal wäre sie zwar nicht fertiggeworden, doch mit ihren Kampfsportkenntnissen hätte sie zumindest einen von ihnen ganz schön alt aussehen lassen. Aber das sparte sie sich lieber. Warum sollte sie es sich mit den Gorillas verderben? So schlimm war ihr Gegaffe auch wieder nicht. Wem sie wesentlich lieber einen Dämpfer verpassen wollte, war deren Vorgesetzter, wenn der auftauchte.

Sie lief weiter mit klackernden Absätzen auf und ab, bis die schmutzige Stahltür aufgestoßen wurde und ein Mann in den Raum schritt. Drahtig, muskulös, älter als die Gorillas – ging bestimmt auf die fünfzig zu. Eindeutig der Zoowärter. Ein Ruck ging durch ihre Aufpasser, sie nahmen Haltung an und richteten den Blick starr geradeaus. Diesen Respekt hatten sie *ihr gegenüber* nicht für nötig gehalten. Sei's drum.

Nachdem er sich kurz als ZU-Befehlshaber Oberst Frank Blair vorgestellt hatte, fragte er: »Haben Sie keine Angst, Miss Haywood?«

Da Rebel nicht gleich Streit mit ihm anfangen wollte, entschied sie, nicht auf die Provokation einzugehen, dass er sie nicht mit ihrem FBI-Titel angesprochen hatte. »Sollte ich denn Angst haben?«, fragte sie stattdessen mit zuckersüßer Stimme und schaute ihm direkt in die fahlen haselnussbraunen Augen.

Er kam einen Schritt näher und versuchte, sich bedrohlich vor ihr aufzubauen, aber ihre zehn Zentimeter hohen Pfennigabsätze machten seine Absicht zunichte. Er hatte ein hartes, sonnengegerbtes Gesicht, und der Soldatenhaarschnitt war so kurz, dass mehr Kopfhaut als silbernes borstiges Haar zu sehen war. Die schmalen Lippen schienen lieber zu befehlen, als zu lächeln. Rebel erinnerte sich nicht, ihm während ihrer Zeit als Verbindungsfrau je begegnet zu sein. Nicht einmal der Name Oberst Frank Blair war ihr bekannt. Aber das war nicht weiter überraschend, denn Alex war damals sogar noch verschlossener als heute gewesen. Allerdings hatte er ein paarmal von einem knallharten Truppenführer gesprochen, und sie wäre jede Wette eingegangen, dass es sich dabei um niemand anderen als diesen Mann gehandelt hatte.

»Haben Sie eine Vorstellung, was ich Ihnen für Schwierigkeiten machen könnte, weil Sie ohne offizielle Erlaubnis der CIA hier auftauchen?«, bellte er sie an.

»So, wie Sie es damals bei Gina Cappozi getan haben, Sir? Moment. Die haben Sie ja höchstpersönlich hierherbeordert. War es nicht so?«

Er sah sie scharf an. »Was genau wissen Sie über Dr. Cappozi?«

Aha. Er leugnete nichts, sie hatte also einen Volltreffer gelandet. »Warum? Befürchten Sie, mit ihrer Entführung in Verbindung gebracht zu werden?«, schob Rebel hinterher.

Dieses Fragespiel konnte sie gut und gerne noch den ganzen Nachmittag fortsetzen, ohne auch nur das Geringste preiszugeben. Im Gegensatz zu ihm – denn offenbar war er mehr Frontsoldat und weniger ein Verhörexperte. Gerade hatte er zugegeben, dass er Gina kannte. Denn Rebel hatte sie *nicht* Dr. Cappozi genannt.

Man sah ihm an, dass er seinen Fehler inzwischen bemerkt hatte. *Zu spät*. Er warf ihr einen vernichtenden Blick zu.

Schön ruhig bleiben.

»SAC Montana und ich leiten die Untersuchung, die das FBI wegen Dr. Cappozis Verschwinden eingeleitet hat«, sagte sie und gab sich ebenso autoritär wie Blair. Dann schlug sie einen versöhnlicheren Tonfall an. »Sie sollten uns alles sagen, was Sie wissen, Oberst Blair. Wir sind nicht hinter Zero Unit her. Es sei denn, ZU hat etwas damit zu tun …« Sie ließ den Satz im Raum stehen. Quasi als Einladung, die Karten auf den Tisch zu legen.

Wenngleich sie nicht davon ausging, dass er das tun würde. Und so war es auch. Stattdessen starrte er Rebel eine volle Minute lang wütend an. Vielleicht auch zwei Minuten. Netter Versuch, alter Knochen. Sie zuckte mit keiner Wimper. Und hielt seinem Blick stand. Um sich die Zeit zu vertreiben, zählte sie seine Krähenfüße. Als sie bei dreiundzwanzig angekommen war, unterbrach er die Stille mit einem Knurren.

»Sie sind eine ausgenommen dumme Frau, Miss Haywood. Sie haben überhaupt keine Ahnung, mit wem Sie es hier zu tun haben, verdammt. Wenn Sie auch nur ansatzweise andeuten wollen, dass meine Truppe irgendetwas mit dieser Sache zu tu–«

»Darüber hätten Sie nachdenken sollen, bevor Sie einen Ihrer Männer auf Dr. Cappozi angesetzt haben«, unterbrach sie sein Säbelgerassel.

»Das habe ich nicht.«

»Merkwürdig, denn die von ZU für solche Fälle vorgesehene Telefonnummer findet sich auf der Liste der bei Dr. Cappozi eingegangenen Anrufe. Und falls Sie erwägen, sich in die Datenbank der Telefongesellschaft einzuhacken und diese Auflistung zu löschen: Die Unterlagen befinden sich bereits in jeder FBI-Akte, die mit dem Fall betraut ist.«

Ein Muskel in seiner Wange zuckte. Schuld?

»Ich möchte mit dem Mann sprechen, der zu ihr geschickt wurde«, forderte Rebel.

»Ich weiß überhaupt nicht –«

»Sein Name ist Gregg van Halen. Und *das* steht ebenfalls in den FBI-Akten.«

Wieder zuckte der Muskel. »Hauptmann van Halen ist nicht zu sprechen.«

Ach, welche Überraschung. Aber ein Hauptmann, soso. Rebel merkte sich diesen neuen Informationsschnipsel.

»In diesem Fall verraten Sie mir doch, warum Dr. Cappozi hierher zu Zero Unit zitiert wurde, Oberst Blair?«

»Machen Sie sich nicht lächerlich«, bellte er. »Außenstehende sind in ZUNO nicht willkommen und werden erst recht nicht herbeizitiert. Gerade Sie sollten das wissen, Miss Haywood. Wenn wir mit truppenfremden Personen sprechen, dann finden diese Treffen woanders statt.«

»Ich habe eine Zeugin, die etwas anderes behauptet«, verriet sie ihm.

Sein Blick bekam etwas Gefährliches. »Dann irrt diejenige sich.«

Zwar hatte Rebel nicht erwartet, dass sie von irgendjemandem hier die Wahrheit erfahren würde. Dennoch war das alles frustrierend. Abgesehen davon, dass diese Vertuschungsversuche nur zu bestätigen schienen, dass etwas nicht in Ordnung war. Zero

Unit, oder zumindest ein Mitglied der Einheit, war tatsächlich an Ginas Verschwinden beteiligt. Oder sogar an noch weitaus Schlimmerem.

Die Frage war jetzt bloß: Handelte es sich um einen Einzeltäter oder war die gesamte Truppe darin verwickelt? Eine beunruhigende Frage.

»Die Verbindung mit gesuchten Terroristen ist ein sehr schwerer Vorwurf«, bemerkte sie. »Wie hört sich für Sie eine Anklage wegen Landesverrats an?«

Die Wachen wurden unruhig, Blair hingegen gefährlich ruhig. »Wie mir scheint, Miss Haywood, ist es doch Ihr Freund Alex Zane, der in den letzten anderthalb Jahren mit Terroristen Umgang gepflegt hat. Warum fragen Sie nicht lieber *ihn* über Dr. Cappozis Verschwinden aus?«

Nach dieser vorsätzlichen Beleidigung war sie kurz davor, dem widerlichen Heuchler eine zu verpassen.

Vorsichtig, ermahnte sie sich. Schließlich fischte er hier nur im Trüben, um sie aus der Reserve zu locken, damit sie ihm verriet, wo Alex sich aufhielt. »Er ist doch Teil *Ihrer* Truppe, Oberst Blair«, sagte sie gefasst. »Sagen Sie mir, wo er sich versteckt, dann will ich ihn gerne befragen.«

Blairs Augen wurden zu Schlitzen. »Seltsam, dass das FBI *sein* Verschwinden nicht untersucht, obwohl er ebenfalls wie vom Erdboden verschluckt ist.«

Also *war* Zero Unit auf der Suche nach Alex. Suchten sie ihn aus reiner Besorgnis? Oder um einen unbequemen Mitwisser auszuschalten, so, wie sein Freund Kick Jackson befürchtete?

Rebel verschränkte die Arme vor der Brust. »Alex Zane ist ein Agent für verdeckte Operationen, die von der CIA geleitet werden. Ich nehme an, abzutauchen gehört zu seinem Beruf.« Sie zog die Augenbrauen hoch und tat verwundert. »Aber warum fragen Sie? Können Sie ihn etwa auch nicht finden? Ist er tatsächlich verschwunden?«

Blair gab keine Antwort. Wurde er langsam klüger? Wohl kaum.

»Wie dem auch sei.« Sie langte in ihre Jackentasche. Sofort wurden die Waffen der zwei Wachen auf sie gerichtet. Da man Rebel ihre eigene Waffe abgenommen hatte – genau wie Montana vorhergesagt hatte –, warf sie dem Oberst einen vernichtenden Blick zu. »Oh, bitte. Sagen Sie Ihren Untergebenen, Sie sollen sich entspannen.« Sie zog eine Visitenkarte hervor und hielt sie Blair hin. »Hier haben Sie meine Nummer. Wenn Sie doch noch mit uns zusammenarbeiten wollen, oder falls van Halen wieder auftaucht, rufen Sie mich an.«

Er nahm die Karte nicht an.

Das wurde langsam langweilig. Rebel steckte sie ihm in die Hemdtasche. »Was haben Sie übrigens mit SAC Montana angestellt?«

Nicht, dass sie sich ernsthaft um ihn sorgte. Blair hatte ihren Chef garantiert zuerst verhört. Der Oberst war ganz klar ein Militär der alten Schule. Nie im Leben hätte Blair in einer Frau eine Bedrohung gesehen – weder für sich selbst noch für ZU.

Er ignorierte ihre Frage. Rebel hatte das untrügliche Gefühl, dass der alte Raubvogel sich irgendwie auf den Schlips getreten fühlte. Und tatsächlich machte er jetzt auf dem Absatz kehrt und marschierte ohne ein weiteres Wort aus dem Zimmer.

Die zwei Wachen drängten sie nach ihm hinaus, einer vor ihr und einer hinter ihr. Sie gingen denselben verwinkelten Korridor zurück, durch den Rebel bei ihrer Ankunft geführt worden war. Sie schaute sich auf dem Weg nach draußen jedes Mal um, wenn sie an einer Gabelung vorbeikamen. Die riesige Lagerhalle war mithilfe von Metallwänden in einen wahren Irrgarten von Nebenräumen und engen Durchgängen verwandelt worden, aber die Trennwände reichten nur etwa bis zur Hälfte des zweistöckigen Gebäudes. Es gab kaum Möbel oder sonstige Büroeinrichtungsgegenstände. Zu hören war nur entferntes derbes Gelächter sowie das laute Summen der elektronischen Geräte, das von den stählernen Dachsparren widerhallte.

Irgendwie passte das nicht. Alles war behelfsmäßig. Bunt zusammengewürfelt. Ganz anders als die hochmoderne und gut ausgerüstete Einsatzzentrale, von der Rainie berichtet hatte, und in der man sie festgehalten hatte, bevor sie von dort aus gemeinsam mit Kick in ihr grauenhaftes Abenteuer geschickt wurde. Und die wenigen vagen Anspielungen, die Alex früher manchmal über seinen Arbeitsplatz hatte fallen lassen, deckten sich ebenfalls nicht mit dem, was Rebel hier sah.

Allerdings war ZUNO auch nicht mehr am selben Ort wie damals, als die beiden dort gewesen waren. Vielleicht hatten sie hier noch nicht alles wieder auf ZU-Standard gebracht.

»Alles klar?«

Sie drehte sich zu der männlichen Stimme um. Es war Montana. Sie waren wieder bei dem Ladeplatz angekommen, wo der BMW stand.

Als sie sich aus der Gruppe löste und zu ihm ging, stieß sich Montana von der Stoßstange ab, gegen die er sich gelehnt hatte, und stemmte die Hände in die Hüften. Sein wütender Blick glitt von ihr zu den Wachen. Er öffnete den Mund.

»Haben Sie sich etwa Sorgen um mich gemacht?«, schnitt sie ihm das Wort ab, bevor er etwas sagen konnte, das ihnen nur noch mehr Ärger einhandeln würde. Womöglich mussten sie sonst noch länger in diesem grässlichen Loch bleiben. Rebel wollte nur noch hier raus.

»Natürlich mache ich mir Sorgen«, stieß er zwischen zusammengebissenen Zähnen hervor. »Das waren zwei verfluchte Stunden. Gott weiß, was sie hätten tu–«

»Achten Sie auf Ihre Ausdrucksweise, Sir«, wies sie ihn zurecht und lächelte ihn erleichtert an. Unglaublich, wie gut es sich anfühlte, ihn zu sehen. »Mir geht es gut. Wirkli–«

Doch sie verstummte geschockt, als er ihr eine Hand auf die Schulter legte und einen Kuss auf die Wange gab. »Gott sei Dank«, murmelte er und schob sie in den BMW. »Öffnen Sie das verdammte Tor«, rief er dann den Wachen zu.

Okay, *das* war wirklich unprofessionell.

Aber … nicht unangenehm.

Rebel musste plötzlich an Zane denken und fühlte sich ein klein wenig schuldig.

Was einfach nur lächerlich war. Schließlich hinterging sie ihn nicht, nur weil Wade sie auf die Wange geküsst hatte. Außerdem war Rebels Beziehung zu Alex *in keiner Weise* romantischer Natur. Und das würde sie auch nie sein.

Wenn Wade sie also küsste, ob nun auf die Wange oder sonst wohin, war das absolut nichts, weswegen sie sich schämen musste. Er sah gut aus, war intelligent und verdammt anziehend. Wenn sie auch nur einen Funken Verstand hatte, dann ermutigte sie ihn, den Kuss zu wiederholen – und dieses Mal nicht auf die Wange.

Natürlich abgesehen davon, dass er ihr Vorgesetzter war.

Herrje. Keine gute Idee. Man küsste seinen Chef nicht.

Auf keinen Fall.

Auch wenn es sie von Alex Zane abgelenkt hätte.

Mit quietschenden Reifen vollführte Wade eine Kehrtwendung, bevor der BMW wieder in die helle Nachmittagssonne hinausschoss. Das große Tor fiel krachend hinter ihnen zu und entließ sie mit einem letzten metallischen Klappern in die Freiheit. *Gott sei Dank*. Dieser Ort verursachte ihr eine Gänsehaut.

Sonnenstrahlen strömten wie flüssiges Gold durch die Windschutzscheibe in das Wageninnere. Nach einigen Stunden in der höhlenähnlich düsteren Lagerhalle musste Rebel die Augen zusammenkneifen. Dann hielt sie sich eine Hand an die Stirn und schaute sich um, um sich wieder zu orientieren. Offenbar hatte Montana ebenfalls Schwierigkeiten, sich wieder an das helle Licht zu gewöhnen. Denn sobald sie am Eingang der Seitenstraße angekommen waren, bremste er abrupt ab und hielt einfach an.

»Verflucht«, murmelte er.

»Achten Sie au–«, begann Rebel.

»Sei still und komm her«, sagte er und streckte die Arme nach ihr aus.

Ihr fielen beinahe die Augen aus dem Kopf. »Wa–?«

Doch da hatte er sie schon an sich gezogen, seine warmen Lippen auf ihre gelegt und küsste sie ungestüm.

»Oh!«

Und mit einem Mal war ihr seine Ausdrucksweise egal.

20

Marc hatte nur ungern mit angesehen, wie der Hubschrauber wegflog und Tara mit sich nahm. Aber ihm blieb keine andere Wahl. Der Befehl lautete, Abbas Tawhid zu verfolgen. Und auf diese gefährliche Jagd konnte sie unmöglich mitkommen. Abgesehen davon *wollte* Marc sie auch gar nicht dabeihaben. Besser, sie blieb unter der Obhut von STORM und kümmerte sich um Gina Cappozi.

Bis Marc wieder zu ihr zurückkommen konnte.

Sobald das Team der Inneren Sicherheit in der Forschungsstation eintraf, fuhr die STORM-Truppe auf schnellstem Weg zurück zu ihrem Basislager, um zu packen und loszufahren. Wohin, wusste er noch nicht. Alles, was sie am Tatort gefunden hatten, waren ein paar liegen gelassene Kleidungsstücke und ein Stapel Sportzeitschriften. Waren diese Magazine ein Hinweis? Möglich. Oder da hatten einfach gelangweilte Männer gehaust, die sich für Sport interessierten. Obwohl der Fernseher auf CNBC eingestellt gewesen war. War das nicht ein Wirtschaftssender? Jedenfalls lief dort kein Sport. Wie dem auch sei, diese Zeitschriften waren die einzige Spur, die sie zu ihrer Zielperson führen konnte – oder zumindest zu einer Art Zielperson. Eventuell. Gina war in dieser Hinsicht keine große Hilfe gewesen.

Marc fegte durch seine Hütte im Lager und stopfte in Windeseile ein paar Sachen in seinen Seesack. Doch bei einem bestimmten Kleidungsstück auf dem Bett hielt er inne.

Es war das T-Shirt, das er Tara letzte Nacht gegeben hatte.

Dasselbe Hemd, das er ihr später über den unglaublichen

Körper gezogen hatte, bevor sie sich geliebt hatten. Als sie verängstigt und verwirrt zu ihm gekommen war, weil sie seine Umarmung und seinen Trost gebraucht hatte.

Die Erinnerung daran raubte ihm beinahe den Atem.

Oder war das aufsteigende Panik?

Er wollte doch zu ihr zurückkehren … oder nicht?

Vielleicht sollte er ihr aber lieber fernbleiben … Sie gehen lassen, obwohl es sich mit ihr einfach richtig anfühlte. Trotz dieser für ihn untypischen und irrationalen Überzeugung, dass sie zu ihm gehörte. *Dieu*, er hatte sie mehr oder weniger gezwungen, das ebenfalls zuzugeben. Das war eigentlich gar nicht seine Art. Seine Schwestern hatten ihm schließlich beigebracht, dass ihn schöne Worte bei Frauen weiterbrachten als etwas einzufordern. Wie kam es bloß, dass Tara Reeves in ihm jedes Mal den inneren Höhlenmenschen weckte? Seit er sie das erste Mal gesehen hatte, konnte er einfach nicht anders.

Und weiß Gott, er hatte überhaupt keine Zeit für eine Frau. Aber selbst wenn – er war nicht überzeugt, dass Tara die Art Frau war, auf die er sich einlassen wollte. Die starke emotionale Verbundenheit von letzter Nacht hatte er sich bestimmt nur eingebildet – weil er viel zu lange mit keiner Frau mehr zusammen gewesen war und sie gemeinsam eine extrem angespannte Situation durchlebt hatten …

Oder … waren diese verrückten Gefühle vielleicht ein Hinweis darauf, dass sie die Richtige war? Und er sie mit beiden Händen festhalten sollte, damit sie ihm nicht wieder entglitt?

War er dabei, sich ernsthaft in diese nervtötende Polizistin zu verlieben?

Bordel de merde. Rasch stopfte er das *foutu* T-Shirt in die Tasche.

Jetzt war *wirklich nicht* der richtige Zeitpunkt, sich über sein Liebesleben den Kopf zu zerbrechen. Oder darüber, dass er keines hatte. Denn mit jeder weiteren Minute gewannen Tawhid und seine Zelle einen größeren Vorsprung. Und für die Verfolgungsjagd benötigte Marc einen klaren Kopf.

Ganz in der Nähe hörte er einen Hubschrauber landen. Quinn steckte den Kopf durch die Tür. »Der Heli ist da. Wir sind oscar mike.«

»Bin schon unterwegs.«

Marc warf sich den Seesack über die Schulter und rannte Quinn bis zum Landeplatz zwischen den Hütten hinterher, Kick und Darcy stießen auf halbem Weg zu ihnen. Marc sprang als Letzter in den Heli.

»Rand und Kowalski?«, brüllte er.

»Mit dem Moby unterwegs«, schrie Quinn zurück.

Marc fuhr zusammen. Wahrscheinlich saß Ski am Steuer und bretterte mit über hundert Sachen die Landstraßen entlang, während Rand hinten die Monitore im Auge behielt, über die das RPV gesteuert wurde. Bestimmt nicht leicht, die Luftaufnahmen der letzten achtundvierzig Stunden auszuwerten, wenn man sich dabei die ganze Zeit festklammern musste. Aber vielleicht konnte das Team so an Bilder der Tangos kommen, die in der Forschungsstation gelebt hatten.

Mit ein wenig Glück könnte Rand auch herausfinden, wann sie von dort abgehauen waren und was für ein Fahrzeug sie fuhren. Aber in der Zwischenzeit …

»Wo fliegen wir hin?«, fragte er über den im Helm integrierten Sprechfunk.

»Baton Rouge«, antwortete Quinn. »Mögliche Sichtung unserer Zielpersonen.«

»Jetzt schon?«, fragte Kick überrascht.

Darcy, die neben Quinn saß, nickte. »Rein spekulativ, aber der Polizei wurde ein Vorfall gemeldet, der sich dort am Stadtrand abgespielt hat. Ein besorgter Tankstellenmitarbeiter hat von sechs Männern berichtet, die sich dort lauthals gestritten haben, und zwar in einer Sprache, die sich nach Arabisch anhörte. Einer von ihnen wirkte krank.«

Sie rief eine Karte auf ihrem Laptop auf und zeigte auf einen Punkt am südlichen Rand von Baton Rouge. »Hier.«

»Zeitraum?«, fragte Marc.

»Vor weniger als einer Stunde.«

Nicht ideal, aber ihnen den Weg abzuschneiden war immer noch möglich.

»Dem Bericht nach waren sie mit zwei Autos und einem Transporter unterwegs«, fügte Quinn hinzu. »Das könnte passen. Der Tankwart hat von einem der Wagen das Nummernschild erkennen können, zumindest teilweise.«

Darcy bearbeitete ihren Laptop wie Schroeder von den Peanuts sein Kinderklavier. »Hab gleich die Bilder der Überwachungskameras von der Tankstelle«, sagte sie, »und ich kann mich in die Verkehrsüberwachungskameras am Freeway einhacken, bis Rand das RPV neu auf Baton Rouge ausrichtet.«

Das Satellitenfunkgerät knackte. »STORM Alpha sechs, hier ist STORM Sierra, over.«

»Hier ist STORM sechs, kommen, Sierra, over«, antwortete Quinn. Am anderen Ende hatte anscheinend Ski das Funken übernommen, weil Rand anderweitig beschäftigt war.

»Die Kollegen von der Inneren haben am Flughafen sowie an den Bahnhöfen in der Stadt Notfallteams postiert, over.«

»Tawhid wird nicht riskieren, mit öffentlichen Verkehrsmitteln zu fahren. Noch nicht«, sagte Kick kopfschüttelnd in sein Helmmikro, damit ihn nicht nur Ski, sondern auch die anderen hören konnten.

»Erst wenn er kurz davor ist, das Virus freizusetzen«, pflichtete Marc ihm bei.

Quinn reichte ihm einen Straßenatlas der USA. »Und wir

gehen davon aus, dass er damit mehrere Ziele überall im Land angreifen will. Irgendwelche Vermutungen?«

»Da sie mit drei Fahrzeugen unterwegs sind, haben sie sich bestimmt längst getrennt«, warf Marc ein und versuchte, den Plan so zu falten, dass Louisiana oben lag, doch in der engen Kabine gelang es ihm nicht, und die anderen bekamen die Karte ins Gesicht. Darcy schlug das zerknitterte Papier beiseite.

Wieder knackte der Satellitenfunk. »Der STORM-Führungsstab meldet die Vorbereitung einer Echtzeit-Wahrscheinlichkeitsanalyse, die anhand der Route der Tangos mögliche Zielorte festlegen soll, over.«

Kicks Miene verriet deutlich, wie wenig er davon hielt. »Was für eine Wahrscheinlichkeit? Dass diese durchgeknallten Fanatiker eine rationale Entscheidung treffen werden? Sag ihnen, ich wünsch ihnen viel Glück dabei, over.«

Quinn blickte Kick an und zog eine Grimasse, dann wandte er sich an Ski: »Wir müssen über jedes gestohlene Fahrzeug auf allen infrage kommenden Wegstrecken informiert werden, over.«

»Ja, Sir. Bereits angefragt, over«, bestätigte Ski.

»Halt mich auf dem Laufenden, over.«

Quinn öffnete den großen Stahlwaffenschrank, der zwischen den Sitzen am Boden festgeschraubt war. Mit einer riesigen Auswahl aller eventuell für einen Einsatz benötigten Ausrüstungsgegenstände.

»Falls noch irgendwelche Zweifel bestehen sollten«, sagte er an das ganze Team im Heli gewandt, »wir haben Befehl, diese Dreckskerle aufzuhalten – mit allen Mitteln.«

Kick nahm ohne ein weiteres Wort eine Handvoll Munition aus der Kiste. Dann zog er ein langes Gewehr aus seinem Seesack, das Marc als HK-Präzisionsgewehr erkannte, und begann routiniert damit, die Waffe Schritt für Schritt zu überprüfen.

Marc gab die Falterei auf und drückte Darcy die Karte in die Hand, die daraufhin die Augen verdrehte. Aber er lächelte nur. Was denn? Er arbeitete eben lieber mit anderem, weitaus tödlicherem Rüstzeug.

Er nahm ein Dutzend Magazine für seine Beretta aus der Waffenkiste, einen M4-Karabiner mit ausreichend Munition sowie ein Kampfmesser, Handgranaten und noch mehrere Blendgranaten. Da er auf heimischem Boden keinerlei Sprengsätze verwenden wollte, ließ er alles in dieser Richtung liegen. Er legte noch eine Dose Pfefferspray dazu. Man wusste schließlich nie.

»Hier spricht STORM Romeo. Das Tankstellenvideo ist da, over«, informierte Rand sie über Satellitenfunk.

Darcy brachte es auf den Monitor ihres Laptops und drehte diesen so, dass alle darauf schauen konnten.

Marc warf einen Blick zu Kick hinüber, der auf einmal wie erstarrt wirkte, bis auf den Muskel an seinem Kinn, der heftig zuckte.

»Ist er das?«, fragte Quinn. »Kannst du bestätigen, dass es sich um Tawhid handelt?«

Kick nickte heftig. »Ja, Sir. Das ist er. Derjenige, der aus dem Transporter steigt.«

»Sierra«, sagte Quinn ins Funkgerät, »informiere die STORM-Oberen, dass die Zielperson eindeutig identifiziert ist, over.«

»Verstanden, over.«

Alle Blicke richteten sich auf das verschwommene Video. Einer der Tangos betankte den braunen Transporter ohne Fenster, während die anderen sich bei der Zapfsäule versammelten und offensichtlich heftig miteinander stritten. Selbst ohne Ton war klar, dass sie sich nicht einigen konnten, wer mit den anderen beiden Wagen fahren sollte.

»Dr. Cappozi sprach von vier oder vielleicht auch fünf anderen neben Tawhid und ihrem Angreifer«, sagte Marc. »Ich sehe hier aber nur vier Männer, Tawhid *bereits mitgezählt*.«

Da war Tawhid sowie ein kleiner dürrer Kerl, ein älterer Mann mit schütterem Haar, der eine Art Turban trug, und noch ein Typ mit Bart und dicker Wampe.

»Nein, fünf«, sagte Darcy und zeigte auf einen Mann im Innern des Transporters, von dem allerdings nur ein Turnschuh durch die geöffnete Seitentür zu sehen war.

»Da könnten auch noch mehr Männer drinsitzen, die wir jetzt nicht sehen können«, sagte Quinn. »Romeo, besteht die Chance, dass du ins Wageninnere kommst, over?«

Neben den Luftaufnahmen konnte die Drohne auch Bilder mit einer Wärmekamera machen.

»Sorry, Sir. Selbst wenn wir durch Metall hindurchschauen könnten, wäre das UAV erst in etwa zwanzig in Sichtweite, over«, gab Rand zurück.

»Wurden die anderen vier Tangos inzwischen identifiziert?«, fragte Quinn Rand.

»Negativ. Die STORM-Zentrale setzt Gesichtserkennungs-Software ein, ist aber noch nicht fertig, over.«

»Verstanden. Okay, solange wir keine Namen haben«, sagte Quinn und bedeutete Darcy, das Video anzuhalten, »ist Tawhid Tango Eins. Tango Zwei wird der hier sein.« Er zeigte auf den Bärtigen. »Tango Drei ist der Glatzkopf und Tango Vier der Dürre. Mister Turnschuh ist Tango Fünf.« Während er sprach, versah Darcy die Bilder auf dem Monitor mit den entsprechenden Namen und schickte alles an Rand.

Als alle wieder bereit waren, ließ Darcy das Video weiterlaufen. Sie beobachteten, wie der Streit abflaute und Tawhid zum Lieferwagen zurückmarschierte. Tango Drei klemmte sich hinter das Steuer eines der anderen beiden Autos, einem silbernen Limousine.

»Sieht so aus, als ob Tango Vier beim Münzewerfen gewonnen hat«, bemerkte Marc, als der dürre Terrorist in den weißen Kleinwagen stieg, den bei der Ankunft an der Tankstelle noch Tango Zwei gefahren hatte. Der kletterte aber gerade gemeinsam mit Tawhid in den Lieferwagen. Dann fuhren alle drei Fahrzeuge von der Tankstelle ab und zurück auf den Freeway. Kurz danach waren sie außer Sichtweite.

»Sierra, haben wir ein Fahndungsgesuch für die Tangos, over?«

»Bestätigt«, antwortete Ski. »Die Bundespolizei hat den Wagen, bei dem wir einen Teil des Nummernschildes vorliegen haben, bereits zur Fahndung ausgeschrieben. Aber was die anderen Fahrzeuge angeht, können sie nicht viel tun, over.«

»Alpha sechs, ich arbeite daran, die restlichen Nummernschilder zu vergrößern, aber die Qualität der Videoaufnahme ist echt mies, over«, rief Rand dazwischen. Und sie in einem fahrenden Lieferwagen von hinten zu sichten, machte die Arbeit bestimmt nicht gerade leichter, dachte Marc.

Darcy hatte inzwischen bis zu der Stelle vorgespult, an der die Beamten der Bundespolizei mit ihrem Wagen bei der Tankstelle vorfuhren. Die Trooper unterhielten sich kurz mit dem Tankwart, als einer von ihnen einen Funkspruch erhielt. Während er zuhörte, spannte sich sein ganzer Körper an.

»Das ist wahrscheinlich der Befehl von der Inneren Sicherheit, die Verdächtigen festzunehmen«, vermutete Darcy.

Und tatsächlich rannten die zwei Trooper zu ihren Wagen, schalteten Blaulicht und Sirene ein und jagten in die Richtung davon, in der die Tangos verschwunden waren. Nach der auf dem Video eingeblendeten Uhrzeit war das alles bereits eine knappe halbe Stunde her.

Genau da meldete sich Ski zurück: »Alpha sechs, LSP hat ein weißes Auto gemeldet, dessen Beschreibung auf den Fahndungswagen passt, und das sich östlich der Stadt auf der I-12 befindet. Von den anderen Wagen keine Spur, over.«

Alle im Helikopter horchten auf. Das war Echtzeit!

Ski gab Darcy die Koordinaten durch, und wie von Zauberhand gelang es ihr innerhalb kürzester Zeit, die entsprechende Verkehrskamera auf der Interstate 12 anzuzapfen. Als die Kennnummer des Polizeiwagens zu sehen war, fror sie das Bild ein. Volltreffer! Der weiße Kleinwagen fuhr direkt vor dem Polizeiwagen her. Langsam spulte Darcy zurück und zoomte dabei näher an den Verkehr heran. Einige silberne Limousinen glitten vorbei. Aber ohne Angaben zum Nummernschild konnten sie den richtigen nicht von den anderen unterscheiden. Von einem braunen Transporter war nichts zu sehen.

»Romeo, kannst du dem UAV Feuer unterm Hintern machen, over?«, fragte Quinn.

»Sorry, Sir. Fliegt bereits mit Höchstgeschwindigkeit, over«, teilte Rand ihnen mit.

»So eine Scheiße«, murmelten Marc und Kick wie aus einem Mund, während sie den Blick immer noch auf den Monitor gerichtet hielten.

Die Drohne war ideal zum Auskundschaften, aber immer an eine bestimmte Position gebunden und nicht dazu gedacht, von einem Ort zum anderen zu fliegen und deswegen auch nicht viel schneller als hundertfünfzig Stundenkilometer. So verstrich wertvolle Zeit, während sie auf dem Weg von einem Einsatzort zum nächsten war. Und die hatten sie im Moment nicht.

Der Polizeiwagen verschwand aus dem Sichtfeld, und Darcy sprang zur nächsten verfügbaren Kamera. Kurz darauf war der weiße Kleinwagen zu sehen.

Mit einem Mal hielt er unvermittelt auf dem Seitenstreifen des Freeways an.

Den Helikopterinsassen entfuhr ein kollektives überraschtes

»Himmel!«. Dann »Mist!«, als die State Trooper direkt daneben parkten. Türen flogen auf.

Darcy presste die Hände an die Wangen. »Gott, nein.«

»Bleibt in dem beschissenen Wagen!«, knurrte Kick den Computer an.

Aber das taten sie nicht. Stattdessen stiegen die beiden Beamten mit gezückten Waffen aus.

»*Non, sacre* –« Marc und die anderen mussten hilflos mit ansehen, wie Tango Vier mit dem Spraykanister in der Hand aus dem weißen Auto sprang.

»Gott*verdammt* noch mal!«

»Ach du Scheiße!«, brüllte Quinn, als die Situation auf dem Monitor plötzlich eskalierte. Tango Vier rannte mit erhobenem Kanister auf die Polizisten zu und zielte genau auf ihre Gesichter. »Sierra! Hol mir die Innere in die Leitung, und zwar *sofort*, over!«

»Bin dran, Boss!«

Zu spät. Tango Vier drohte den beiden Beamten mit dem Kanister, während er eine Waffe aus dem Hosenbund zog. Sofort waren die Polizisten auf dem Boden und eröffneten das Feuer. Tango Vier wurde auf der Stelle niedergestreckt.

»Sag den zuständigen Behörden, sie sollen den Verkehr umleiten«, rief Darcy, die wie wild auf ihrem Handy herumtippte.

»Wann ist das passiert, verdammt noch mal?«, fragte Quinn sie. »Bitte sag mir, dass der Zeitstempel nicht korrekt ist.«

»Nein, das passiert wirklich gerade jetzt. Echtzeit.«

Quinn wandte sich an den Piloten und schrie ihm einige Koordinaten zu. »Bring uns dahin!«, befahl er ihm. Dann drehte er sich wieder zum Team um. »Wir werden das übernehmen, bis die Innere Sicherheit eingetroffen ist. Schutzkleidung anlegen, Leute. Das ist keine Übung.«

Marc und Kick wechselten einen kurzen entschlossenen Blick

und nickten dann beide gleichzeitig. Zeit, das Team aufzuteilen.

»Boss«, sagte Marc zu Quinn. »Wir dürfen uns Tawhid nicht durch die Lappen gehen lassen. Du und Darcy, ihr könnt das auch alleine hinbekommen. Ich erbitte mir die Erlaubnis, den braunen Transporter verfolgen zu dürfen.«

Anscheinend hatte sie den Verstand verloren.

Halbherzig versuchte Rebel, sich von SAC Wade Montana zu lösen, der immer dichter an sie heranrückte. Sie standen im Flur eines Viersternehotels vor dem Zimmer, das er gerade für sie gebucht hatte.

»Letzte Gelegenheit, Nein zu sagen.«

Das war *vollkommen* verrückt. Auch wenn sie sich immer wieder gesagt hatte, dass sie einen anderen Mann finden musste, um über Alex hinwegzukommen ... Aber dabei hatte sie nicht an so etwas gedacht. Und nicht an *diesen* Mann.

Aber dann küsste er sie. Ein bodenloser, leidenschaftlicher Kuss mit vollem Körpereinsatz, der keinerlei Widerstand duldete und ihr jeden Zweifel raubte, wohin dies führen würde, sobald sie in das Zimmer gingen. Direkt in das extra große Bett, das den größten Teil des Raumes einnahm. Wie lange war es her, dass sie sich so gefühlt hatte? Eine Ewigkeit.

Sie ergab sich, stöhnte ein leises »Ja« in sein Ohr und erwiderte den Kuss. Er drängte sie durch die Tür und verschloss sie hinter ihnen beiden.

Sein Jackett fiel zu Boden, dann ihre Jacke, und dabei schob er sie unnachgiebig weiter nach hinten auf das Bett zu, während er ihr ein Kleidungsstück nach dem anderen auszog. Seine Krawatte und die Schuhe folgten. Als Rebel stolperte, fing er sie auf, hob sie irgendwie aus den Schuhen, die in die Ecke flogen. Dabei hörte er nicht auf, sie zu küssen. Sein Atem ging heftig, und auch Rebel stöhnte immer lauter. Seine Hände schienen überall gleichzeitig zu sein, während seine Zunge ihren Mund erkundete.

Ja. Ja, bitte mehr davon …

Nun zog er ihr den Rock von den Hüften, umfasste ihren Hintern, glitt mit der Hand zwischen ihre Beine, dann nach oben unter die Bluse, bis er ihre Brüste berühren konnte.

Sie schnappte nach Luft, als er sich einen Weg unter den BH bahnte und die nackte, empfindliche Haut darunter massierte, bis sich ihre Brustwarzen aufrichteten und ihr Sichtfeld verschwamm. Sie stieß mit den Kniekehlen gegen das Bett und fiel nach hinten auf die Matratze. Er ließ sich auf sie sinken und knöpfte ihr die Bluse auf, ohne dabei von ihr abzulassen. Dann wurden ihre Füße angehoben, und er zog ihr die Strümpfe aus. Ein Schwall kühler Luft fuhr ihr zwischen die Beine, als er sie auseinanderschob und sich dazwischenlegte. Ein Kondom hatte er auch griffbereit.

Bevor Rebel Atem holen konnte, war er auch schon in sie eingedrungen, stieß tief hinein, bis es nicht mehr weiter ging.

Sie unterdrückte einen heiseren Schrei. Halb schockiert, halb erfreut fragte sie sich, wie es so schnell dazu hatte kommen können.

Mit einem tiefen Stöhnen hielt er inne, nur um gleich darauf ganz langsam noch weiter vorzudringen, indem er sich mit den muskulösen Beinen, die unter ihr lagen, nach vorne schob.

»Fick mich, Rebel«, stöhnte er ihr ins Ohr. »Fick mich, bis ich um Gnade bettele.«

Sein Flüstern ergriff von ihr Besitz, so, wie sein Körper es bereits getan hatte. Mächtig, roh, *unwiderstehlich*.

»Erst du«, flehte sie und öffnete sich ihm noch weiter. Sie wollte mehr. Wollte wissen, wie es ich anfühlte, ganz und gar genommen zu werden, von einem Mann, der nicht aufhören würde, bis er bekommen hatte, was er wollte. Der ihrem Körper alles entlocken würde, was er zu bieten hatte. Einem Mann, der *sie* wollte.

Er stieß ein weiteres Mal zu und presste den kräftigen Körper fest und unnachgiebig gegen ihre weichen Kurven. »Sprich es aus«, verlangte er.

»Bitte«, flehte sie und atmete scharf ein, da er sie inzwischen ausfüllte und dehnte, bis es nicht mehr weiter ging. Sie bebte am ganzen Körper. *Sie hatte vergessen, wie gut sich das anfühlte.*

Er knabberte an ihrem Ohrläppchen, bis sie sich unter ihm wand und nicht mehr denken konnte, nur noch fühlen.

»Sag es, Rebel«, befahl er ihr, und seine Stimme war kaum mehr als ein raues Flüstern. Dabei glitt er mit den Händen ihre Schenkel hinauf, packte sie in den Kniekehlen und spreizte ihre Beine noch weiter auseinander. »Was soll ich mit dir tun?«

Er zog sich etwas aus ihr zurück und stieß dann wieder zu, wie um ihr zu zeigen, welches Wort er hören wollte. Und um die Macht zu demonstrieren, die er über sie hatte.

Endlich verstand sie. Zitternd überlegte Rebel, ob sie imstande wäre, es auch auszusprechen.

»Ist es zu sagen so viel schwieriger, als es zu tun?«, fragte er.

»Ich fluche nie«, sagte sie unglücklich. Sie war hin und her gerissen. Und dann wurde ihr bewusst, wie absurd sich das in dieser Situation anhören musste.

Er leckte ihr über die Wange. »Aber du fickst. Du fickst deinen Chef. Verflucht, einen Mann, der möglicherweise die letzte Frau umgebracht hat, die er gevögelt hat.«

Und genau in diesem Moment kehrte die Unsicherheit in Bezug auf ihn wie ein Sturzbach zurück.

Sie musste aus diesem Bett raus! Weg von ihm! Denn sie war viel zu verletzlich. Hatte ihm nichts entgegenzusetzen. War zu–

Moment mal.

Erst jetzt wurde ihr klar, was er da gerade gesagt hatte.

Die *letzte* Frau …? Sie schaute zu ihm auf. Aber er und Gina hatten sich vor über zwei Jahren getrennt.

Auch er blickte ihr in die Augen, und langsam breitete sich ein angespanntes Lächeln in dem vor Lust verzerrten Gesicht aus. »Na schön. Vielleicht gab es da noch ein, zwei andere zwischendurch.«

Dieses Eingeständnis löste ein seltsames Gefühl in ihr aus. Eigentlich hätte sie in dieser Lage eifersüchtig sein *müssen*. Stattdessen war sie seltsamerweise … erleichtert.

Wegen Alex? Weil sie diesem Mann hier nicht so viel bedeuten wollte … da sie in einen anderen verliebt war?

Nein.

Alex Zane hat in diesem Bett nichts zu suchen, Mädchen.

Denn Alex wollte sie nicht. Das hatte er durch seine Verlobung mit einer anderen überdeutlich klar gemacht. Und Rebel stand nicht auf Dreier. Egal welcher Art.

Sie wollte *diesen* Mann hier. Der in ihr war.

Rebel atmete tief ein. Hob die Lippen bis an den Mund ihres Chefs und flüsterte: »Fick mich, Wade. Fick mich jetzt.«

Der STORM-Heli setzte etwa vierhundert Meter von dem Polizeiauto entfernt zur Notlandung auf dem gen Osten führenden Fahrstreifen des I-12-Freeways an. Eine Ausfahrt früher wurde der Verkehr umgeleitet, und den zwei Beamten der Bundespolizei, die noch nicht wussten, dass sie die nächste Woche vielleicht nicht mehr erleben würden, war per Funk befohlen worden, sich von jedem anderen Menschen, ganz besonders dem Verdächtigen, fernzuhalten.

Sobald Darcy und Quinn in ihren Schutzanzügen und mit Schutztaschen, in denen sich Erst-Hilfe-Kästen sowie ihre persönlichen Ausrüstungsgegenstände befanden, auf die Straße gesprungen waren, hob der Helikopter wieder ab. Kick und Marc blieben an Bord. Darcy winkte ihnen zum Abschied zu und fragte sich kurz, warum zum Teufel ausgerechnet *sie* jetzt mit Quinn alleine ein Team bildete? Aber ihr blieb keine Zeit, über ihre privaten Probleme nachzudenken. Da draußen gab es ein viel größeres Problem, mit dem sie sich befassen mussten.

Die gute Nachricht war, dass Tango Vier wie durch ein Wunder immer noch am Leben war. Sollten sie ihn also ins Krankenhaus schaffen können, bevor er verblutete, dann würde er vielleicht durchkommen.

Darcy und Quinn waren ein eingespieltes Team. Nach all ihren gemeinsamen Einsätzen wusste jeder von ihnen nach ein paar Handzeichen und gegenseitigem Nicken genau, was er zu tun hatte. Sobald sie zum Tatort kamen, übernahm Quinn den Verdächtigen, während Darcy sich um die Zeugen kümmerte. In diesem Fall handelte es sich um zwei besonders aufsässige Ordnungshüter der alten Schule, die überzeugt waren, dass es keine Krankheit gab, der nicht mit zwei Aspirin und einem Schuss Bourbon beizukommen wäre. Dieses seltsame Spray hielten sie folglich für ungefährlich. Bis Darcy den Begriff Milzbrand fallen ließ. Da hatte sie mit einem Mal ihre volle Aufmerksamkeit. Und das führte zur zweiten guten Neuigkeit des Tages.

»Is' das Zeug unsichtbar, oder was?«, fragte einer der Beamten und beäugte nervös seine Kleider und Hände. »Woher weiß man dann, dass man was abbekommen hat?«

»Die Rückstände sollten wie weißer Puder aussehen. Wo hat er sie erwischt?«

»Nun, verflucht, Liebes, da kam nix raus aus dem alten Parfumzerstäuber, mit dem er uns vollsprühen wollte.«

Der andere Mann nickte bekräftigend und schaute zu Quinn hinüber, der gerade den gefesselten Terroristen in einen Spezial-

Schutzanzug steckte. »Wir dachten, das is' Pfefferspray, und wir hätten einfach Glück gehabt.«

Die beiden Polizisten wirkten benommen wie Leute, die zusammen zwar schon Schlimmes erlebt, aber noch nie dem eigenen Tod ins Auge geblickt hatten.

»Wir hatten wohl *echt* Glück.«

»Ja«, stimmte Darcy ihm zu. Und da waren sie nicht die Einzigen. Denn wenn es stimmte, was die Beamten berichtet hatten, und tatsächlich gar kein oder nur sehr wenig Spray ausgetreten war, dann hatten sie alle verdammt viel Schwein gehabt.

Darcy gab alles an Quinn weiter, und er funkte sofort die anderen an.

Aber sie wollte kein Risiko eingehen. Deswegen redete Darcy den zwei Troopern so lange zu, bis sie ebenfalls Schutzanzüge anlegten – gerade noch rechtzeitig, bevor das Team der Inneren Sicherheit mit drei eigenen Helikoptern eintraf. Außerdem spritzte sie den beiden Männern das mitgebrachte Cipro-Breitbandantibiotikum. Anschließend half sie den Polizisten in denselben Heli, in den auch die Bahre mit Tango Vier geladen wurde, damit sie in ein sicheres Krankenhaus ausgeflogen werden konnten.

Quinn war ebenfalls nicht untätig gewesen. Er hatte den Kanister in einen Gefahrstoffbeutel verpackt und suchte jetzt gerade das weiße Auto nach möglichen Spuren ab, die sie zu den anderen Terroristen oder einem möglichen Anschlagsziel führen könnten.

»Irgendetwas Verwertbares dabei?«, fragte sie ihn.

Er schüttelte den Kopf und hielt mehrere Plastikbeutel mit Beweisstücken hoch, in denen sich neben drei Wasserflaschen noch ein Koranbüchlein und eine abgetragene Baseballmütze befanden. Auf der Mütze prangte das Logo der Knicks. »Da sind bestimmt DNA-Spuren drauf. Aber die Sachen werden uns nicht viel über ihr Ziel verraten.«

Stirnrunzelnd betrachtete Darcy die Baseballmütze. Das verstellbare Band hinten war fast ganz ausgelassen. »Sieht irgendwie zu groß für unseren Kerl hier aus, meinst du nicht?«

Quinn musterte die Kopfbedeckung kritisch. »Hm. Stimmt. Aber saß nicht auch ursprünglich Tango Zwei am Steuer dieses Wagens? Der könnte sie hier liegen gelassen haben, als er in den Transporter umgestiegen ist.«

Klang einleuchtend. T2 war sehr viel stämmiger gewesen als der dürre T4. »Du hast recht.«

»Wir werden trotzdem einen DNA-Abgleich vornehmen lassen, nur für alle Fälle. Sehr gut beobachtet«, sagte Quinn.

Dann übernahm der Heimatschutz, die Männer mit den Schutzanzügen säuberten den Tatort gründlich und nahmen Proben mit. Gott sei Dank wurde keine Spur des Virus gefunden. Trotzdem musste der gesamte Streckenabschnitt des Freeways mit einem speziellen Schaum desinfiziert werden, bevor hier wieder Verkehr durchgeleitet werden konnte. Dadurch ging weitere kostbare Zeit verloren.

Darcy und Quinn wurden in einen der zwei noch verbliebenen Helikopter gepfercht und warteten dort auf die anderen. Gemeinsam würden sie zu einem nicht mehr genutzten Parkplatz ganz in der Nähe fliegen, auf dem das Dekontaminationszelt aufgebaut worden war.

»Das ist reine Zeitverschwendung«, grummelte Darcy wütend und versuchte, es sich bequem zu machen, so gut das in der sperrigen Schutzkleidung auf einem engen Helikoptersitz ging. »*De*kontaminiert zu werden, obwohl wir gar nicht kontaminiert wurden, ist doch einfach sinnlos.«

Quinn war jedoch so sehr in das Auseinanderfalten einer Landkarte vertieft, dass er gar nicht reagierte. Seine abgehackten Bewegungen verrieten ihr dennoch, dass er dasselbe dachte wie sie. Aber Quinn beschwerte sich nie, selbst wenn er wahnsinnig verärgert war. Vielleicht sollte sie sich das von ihm abschauen.

Verstimmt holte sie den Laptop aus ihrem Seesack hervor und öffnete Google Maps. »Du bist immer so altmodisch. Wonach suchst du denn?«

»Du meinst außer einem kalten Bier und einer heißen Frau?«, murmelte er.

»Ich lache später.«

Trotz der Helme, die sie beide trugen, war Darcy sein bitterer Blick nicht entgangen. Ja, sie war abgebrüht. Das hatte sich Darcy schon vor Jahren angewöhnt. Wenn sie in diesem Job nicht verrückt werden wollte, musste sie sich einen Schutzpanzer anlegen.

Möglicherweise war es auch die Arbeit, die ihr erlaubte, diese hohe Mauer um ihre Gefühlswelt herum zu errichten. Damit sie nicht kaputtgemacht wurde von all den Dingen, die sie sah … oder von Männern wie Bobby Lee. In letzter Zeit allerdings hatte sie so ihre Zweifel bekommen. Denn irgendwie hatte Quinn sich über die Mauer hinweg in ihr Herz gemogelt. Und sie wusste absolut nicht, wie sie ihn daraus wieder vertreiben sollte.

»Ich suche nach möglichen Anschlagsorten«, sagte er, rollte die Karte profimäßig auseinander und faltete sie dann genau so, dass er den Abschnitt vor sich hatte, den er hatte ansehen wollen.

Am liebsten hätte sie geschrien, getobt und ihn gewürgt – er war so verflucht perfekt. Stattdessen atmete sie einmal tief durch, um sich zu beruhigen, und konzentrierte sich dann auf ihren Laptop. Sie schickte eine Nachricht ans STORM-Hauptquartier und fragte nach Updates. Aber es gab nichts Neues.

»Gehen wir doch mal davon aus, dass diese Sportzeitschriften nicht ohne Grund in dieser Forschungsstation herumlagen.«

»Vermutest du, dass sie Stadien mit dem Virus angreifen werden?«

»Ein Stadion bedeutet eine große Menschenmenge.«

»Stimmt. Was hat gerade Saison?«

»Football. Basketball. Hockey. College-Football«

»Das sind eine Menge Stadien.« Plötzlich fiel ihr die Mütze wieder ein, die sie gefunden hatten. »Was sind die Knicks für eine Mannschaft?«

Mit einem typisch männlich-überlegenen Augenrollen antwortete er: »Basketball.« Dann weiteten sich seine Augen und ihre Blicke trafen sich. »Im Madison Square Garden.«

Madison Square – verfluchte Scheiße. Sie versuchte, alles an Erinnerungen auszugraben, was sie über dieses New Yorker Wahrzeichen wusste. Nicht viel, außer … »Liegt das nicht direkt über der *Penn Station*?«

»Ja«, sagte Quinn. »Verdammt. Ich denke, wir sollten das melden.«

»Meinst du nicht, es ist vielleicht etwas zu weit hergeholt?«

»Zum Teufel, ja. Aber im Moment ist es alles, was wir haben.«

Er griff sich ihren Laptop und versuchte, mit zwei vollschutzanzugbehandschuhten Fingern »Knicks« bei Google einzugeben, was ihm erst nach mehreren Versuchen gelang. Als der Spielplan der Saison auf dem Bildschirm erschien, lächelte er triumphierend. Gott, war er niedlich.

Darcy musste sich abwenden und die Arme verschränken, so sehr wollte sie ihn berühren.

»Wir sind wirklich ein gutes Team, wir zwei«, sagte Quinn wenige Minuten später in das unangenehme Schweigen hinein.

»Besser, als mit all deinen anderen Frauen?«

Verdammt. Das hatte sie eigentlich nicht laut aussprechen wollen.

»Baby, du weißt, dass ich nur dich will.«

Sie ignorierte den Freudensprung, den ihr Herz absurderweise vollführte. Komm schon. Nur sie? Ja klar, für die Dauer des Einsatzes.

Das war ihr nicht genug.

Nicht mehr.

»Lass mich dir zeigen, wie sehr.«

Ihre Antwort musste sie herunterschlucken, da einige der Jungs der Inneren Sicherheit endlich auf sie zu kamen und in den Helikopter stiegen.

Quinn schaute sie noch einen Moment lang an, aber sie hielt den Blick abgewandt, stattdessen lächelte sie die gesichtslosen Männer an und klappte den Laptop zu. Sie wollte das hier endlich hinter sich bringen. Je eher sie Tawhid schnappten, desto eher konnte sie von Quinn wegkommen. Ihr seelisches Gleichgewicht wiederfinden. Und sich die lächerliche Vorstellung aus dem Kopf schlagen, dass ein Mann wie er – oder überhaupt *irgendein* Mann – sie jemals für immer lieben könnte und nicht nur, bis jemand Besseres auftauchte.

Bis zur Entseuchungsstation war es nur ein Katzensprung. Neben dem großen Zelt stand ein damit verbundener Tanklaster. Selbstverständlich hatte Darcy diese Prozedur schon einige Male mitgemacht, jedoch nicht in dieser Größenordnung. An dem Zwischenfall auf dem Freeway waren gut ein Dutzend Menschen beteiligt gewesen, die jetzt alle duschen und ihre Anzüge abschrubben mussten, bevor sie sich die Schutzkleidung ausziehen konnten. Nachdem die Menschen fertig waren, würden die drei Helikopter mit einem ganz ähnlichen Verfahren gereinigt werden, deswegen hatte der STORM-Pilot sie vorhin auch so weit von dem Vorfall entfernt abgesetzt.

Nun, zumindest würden sie sich nicht nackt ausziehen müssen. Denn die giftigen Substanzen konnten nur *von außen* auf die Schutzanzügen gelangt sein und nicht darunter. Immerhin etwas.

Quinn zwinkerte ihr zu, als hätte er ihre Gedanken erraten.

Sie erinnerte sich daran, wie er gestern nackt in der Dusche gestanden hatte. Und trotz Sichtscheibe konnte sie sein anzügliches Grinsen erkennen.

Er mochte ja niedlich sein, aber Gott, auch so überheblich.

Sie formte ein geräuschloses »Mistkerl« mit den Lippen.

Aber er lachte nur, und seine eisblauen Augen funkelten wie ein Polarlicht.

Und da erkannte sie mit einem Mal, wie es wirklich um sie stand. Und ihr Herz wurde schwer. Denn sie hatte absolut keine Chance.

Sie war hoffnungslos in dieses Arschloch verliebt.

Und es gab verdammt noch mal nichts, was sie dagegen tun konnte.

21

Darcy dachte gerade an ihn. Genauer gesagt, an seinen Schwanz.

Obwohl sie scheinbar gleichgültig vom Heli weg zum Entseuchungszelt stolzierte, wusste Bobby Lee es besser. Ihm konnte sie nichts vormachen. Selbst im letzten Licht des Tages erkannte er noch die verräterische Röte auf ihren Wangen, die sein zweideutiges Zwinkern dorthin gezaubert hatte. Und in ihren Augen hatte er eindeutig Verlangen aufblitzen sehen, bevor sie sich wieder zusammengerissen hatte und davonmarschiert war.

Quinn musste zugeben, dass er dieselbe Sehnsucht fühlte. Und wie.

Zur Hölle mit seiner Entscheidung, sich ihren Wünschen entsprechend zu verhalten. Er wollte sie, verdammt noch mal. Und sie wollte ihn. *Ganz* sicher. Echtes Begehren konnte man nicht verbergen, egal wie viel Mühe man sich gab – und schon gar nicht echte Leidenschaft, wie sie beide sie füreinander empfanden.

Die Frage war nur, warum Darcy das überhaupt versuchte. Schlimmer noch, warum sie ihre Beziehung beendet hatte. Das ergab einfach keinen Sinn. Sie hatten ihrer gegenseitigen körperlichen Anziehung von Anfang an nachgegeben. Nur wenige Stunden nach ihrem Kennenlernen hatte sie bereits unter ihm gelegen. Und in den beinahe sechs Jahren, die seitdem verstrichen waren, hatte sie sich ihm immer bedenkenlos hingegeben.

Bis zu diesem Einsatz.

Was zum Teufel war bloß geschehen?

Er weigerte sich zu glauben, dass ihr Sinneswandel etwas mit der bescheuerten Fidschi-Geschichte zu tun haben könnte. Für diesen Fehltritt hatte er sich mehr als einmal entschuldigt. Als ihm gestern unvermittelt während der Fahrt die verrückte Idee gekommen war, dass sie vielleicht lieber etwas Festes wollte, hatte sie das ebenfalls in ziemlich beleidigenden Worten unmissverständlich bestritten. Und sexuell hatte sie ihn *eindeutig* nicht satt. Auf gar keinen Fall, das konnte er nach dieser ersten Nacht hier im Lager ausschließen, in der er zu ihr ins Bett gekrochen war.

Aber danach hatte sich alles verändert – nachdem sie sich in dieser ersten Nacht geliebt hatten und sie aus ihm herausgequetscht hatte, dass er sie als Teamleiter ablösen würde. War sie etwa immer noch deswegen aufgebracht? Sie musste doch wissen, dass er das auf der Stelle hinschmeißen würde, wenn es ihr so viel bedeutete. Machtkämpfe waren nicht sein Ding … Ihm ging es nur darum, dass der Job erledigt wurde, und nicht darum, wer das Sagen hatte. Nach all den Jahren musste sie ihn doch gut genug kennen, um das richtig einschätzen zu können.

Wenn es nicht daran lag, woran denn sonst?

Dass sie sich so plötzlich zurückzog, wollte ihm einfach nicht einleuchten.

Und um ganz ehrlich zu sein, war die Vorstellung einer Zukunft ohne Darcy Zimmermann als Bettgefährtin … nun ja, entsetzlich deprimierend.

Quinn bekam Schmerzen in der Brust.

Er ging ihr hinterher und riss den Eingang des Dekontaminationszelts auf. Im Zeltinneren hatte sich ein Dutzend Kerle in Schutzanzügen versammelt, die sich gegenseitig unter viel Gelächter und Scherzen mit den von der Decke baumelnden roten Duschschläuchen abspritzten. Mittendrin erkannte er Zimmie, die von den Männern geneckt und herumgeschubst wurde. Rein vom Verstand her war Bobby Lee klar, dass diese gutmütige

Balgerei eine natürliche Reaktion auf die gerade überstandene Gefahrensituation war, bei der sie alle viel Glück gehabt hatten. Zudem waren sie allesamt von Kopf bis Fuß in Raumanzüge verpackt, verdammt!

Das wusste er.

Trotzdem flirtete da direkt vor seinen Augen eine ganze Horde Männer mit Zimmie, und sie fassten sie sogar an.

Seine Zimmie. Die aus unerfindlichen Gründen nicht mehr mit *ihm* flirtete und jeder *seiner* Berührungen auswich.

Er wurde von Zorn gepackt und musste sich zurückhalten, um nicht in die verdammte Meute geifernder Männer zu gehen und sie mit Schlägen auseinanderzutreiben.

Stattdessen duschte er sich ruhig und peinlich genau ab und machte, dass er da rauskam. Als er an ihr vorbeilief, herrschte er sie jedoch an: »Zimmermann! In sechzig Sekunden will ich dich draußen sprechen!«

Das Gerangel hatte auf der Stelle ein Ende. Offensichtlich fanden diese Blödmänner von der Inneren seine Anweisung höchst amüsant. Denn die überraschte Stille wurde gleich darauf von schallenden Lachsalven und gekicherten Kommentaren über Bobby Lees mutmaßliche Absichten gebrochen.

Ehe ihm eine unpassende Erwiderung herausrutschte, sah er zu, dass er durch den am anderen Ende des Zelts gelegenen Durchgang in den angrenzenden Umkleidebereich kam. Außer sich vor Wut zog er den Schutzanzug aus und reichte ihn einem aufmerksamen Mitarbeiter, der ihm im Gegenzug seinen Seesack gab. Dann marschierte er hinaus, um dort auf seine störrische Geliebte zu warten. Die Sonne versank gerade hinter dem Horizont, und Bobby Lee zog den Reißverschluss seiner Jacke zu, weil es sicher gleich kälter werden würde.

Darcy brauchte ein wenig länger als sechzig Sekunden, aber nicht viel.

Sie schüttelte tadelnd den Kopf. »Tolle Arbeit, was die Verständigung mit den anderen Behörden angeht, Quinn«, bemerkte sie trocken.

Gott bewahre, jetzt kam sie ihm auch noch frech.

»Ach, war es das, was ich da gerade gesehen habe?«, gab er zurück, weil er kurz vorm Platzen war. »Tut mir leid, dass ich unterbrechen musste, aber falls du es vergessen haben solltest, wir haben noch mindestens vier Tangos zu schnappen.«

Ihr blieb der Mund offen stehen, und sie starrte ihn fuchsteufelswild an. »Das habe ich keineswegs vergessen. Wie kannst du es wagen, anzudeuten –«

Aber davon wollte er nichts hören. »Rand hat uns einen Geländewagen besorgt«, unterbrach er sie. »Er steht am nördlichen Ende des Parkplatzes.« Dann verschwand er in entsprechender Richtung in die abendliche Dämmerung.

Hinter sich hörte er ihre schnellen Schritte. »Du benimmst dich wie ein Hornochse, Quinn, weißt du das?«, rief sie ihm nach.

Verärgert wirbelte er herum, stemmte die Hände in die Hüften und wartete, bis sie ihn eingeholt hatte. Darcy blieb nur wenige Zentimeter entfernt stehen. Obwohl er so aufgebracht war, dass er kaum noch klar denken konnte, bewunderte er sie dafür. Sie hatte niemals Angst. Vor ihm nicht. Vor überhaupt nichts. Quinn war bewusst, dass er eigentlich der große, starke Superagent sein sollte, der verdeckte Operationen leitete, aber wenn er mit ihr zusammen war, konnte er sich auf ihre Unterstützung verlassen. Wenn sie angegriffen wurden, verteidigte sie ihn ebenso wie er sie. Er hätte Darcy jederzeit sein Leben anvertraut. Egal worum es ging. Und es gab nicht viele Menschen, von denen er das behaupten konnte. Aber im Moment brachte ihn ihr Mut nur noch mehr auf die Palme.

Sie streckte das Kinn vor. »Was denn?«, fragte sie und starrte ihn ebenso wütend an. »Spuck's doch einfach aus.«

»Wenn du nicht mit mir schlafen willst«, knurrte er mit zusammengebissenen Zähnen, »dann meinetwegen. Aber reib es mir *nicht* auch noch unter die Nase.«

Sie konnte sich echt gut verstellen, das musste er ihr zugutehalten. Sie wirkte aufrichtig verblüfft. Zum Teufel, eigentlich hatte er seine absurde Eifersucht nicht auch noch öffentlich zur Schau stellen wollen.

Sie riss die Augen auf. »Meinst du etwa, da eben im –« Darcy fehlten die Worte. »Das ist doch wohl nicht dein Ernst.«

Da es jetzt eh schon zu spät war … Er baute sich vor ihr auf, bis sie Nasenspitze an Nasenspitze dastanden. »Ach nein? Du denkst, ich meine das nicht ernst. Verflucht, und wie ernst ich das meine. Ich will *verdammt noch mal* wissen, was hier gespielt wird. Warum die Frau, mit der ich fünf Jahre lang das Bett geteilt habe, mich plötzlich ohne Erklärung absägt und anfängt, mit jedem anderen Mann zu flirten, der ihr in den Weg kommt.«

Ihre Lippen teilten sich. Gerade weit genug, um ihn abzulenken.

Gott verflucht.

Er konnte sich nur noch auf ihren Mund konzentrieren. Sein Blut geriet in Wallung wie nie zuvor. Er war kurz davor, ihr störrisches Kinn zu umfassen und sie zu küssen, zum Auto zu zerren und –

Doch in diesem Moment stolperten die Agenten vom Ministerium aus dem Dekon-Zelt, lachten und klopften sich gegenseitig auf den Rücken.

Schlagartig wurde Bobby Lee wieder klar im Kopf. Er trat einen wackligen Schritt zurück. *Herrgott*. Solche Gedanken konnte er jetzt überhaupt nicht gebrauchen.

Denn sie waren immer noch *im Einsatz*.

»Quinn«, begann sie zögerlich.

Du lieber Herr im Himmel. *Genau diese* Art von Ablenkung

hatte er unterbinden wollen, als er ihr Ultimatum angenommen hatte. Ablenkung, die einen Mann in ernsthafte Schwierigkeiten bringen konnte. Und einen Auftrag zum Scheitern.

»Lass gut sein«, knurrte er. »Auf geht's. Wir sind oscar mike.«

Er wartete nicht auf ihre Erklärung. Oder auf weitere Widerworte. Er ging einfach los und suchte den dunklen Parkplatz ab. Da war ein Schatten neben einem Geländewagen. Das musste ihre Kontaktperson sein.

Zimmie war ihm gefolgt und versuchte, Schritt zu halten, kam aber nicht ganz hinterher. Als Bobby Lees Wut langsam verrauchte, fiel ihm ein, dass er bei Einsätzen sonst immer ihr die Führung überließ. Er genoss den Anblick ihres Hinterns. Und er fühlte sich besser, wenn er sie im Blick hatte, weil er sie dann im Ernstfall besser beschützen konnte. Darüber hinaus fand er einfach, dass sie verdammt gut im Auskundschaften des Einsatzgebiets war; sie hatte immer das Ziel vor Augen und schreckte nicht vor einem gefährlichen Weg zurück, wenn er der bessere war. Sie war schlau wie eine Füchsin und einfallsreich wie sonst niemand. Die perfekte Anführerin. Und normalerweise fand sie auch großen Gefallen an dieser Position.

Deswegen war ihm auch nicht wohl damit, dass sie nun von sich aus hinter ihm ging.

Er konnte ihren Blick im Rücken spüren. Und es löste das gleiche Prickeln aus, das er sonst bei einer feindlichen Falle spürte. Nur war dieses Mal etwas anderes der Grund dafür, dass sein inneres Alarmsystem anschlug. Ihm war, als ob … als ob ihm etwas entging. Etwas Wichtiges. Etwas, das mit *ihr* zu tun hatte. Aber er konnte sich beim besten Willen nicht vorstellen, was das sein mochte.

Langsam stieß er den angehaltenen Atem aus.

Ja. Er war definitiv kurz vorm Durchdrehen.

Nach diesem Einsatz war es Zeit für einen Urlaub. Er musste

sich Gedanken machen, wie es mit seinem Leben weitergehen sollte. Mit sich ins Reine kommen, damit ihm so ein Mist nicht noch einmal passierte.

»Major Quinn?«

Er schüttelte diesen Gedanken ab. »Jawohl.«

Der Mann neben dem Geländewagen reichte ihm einen Schlüsselbund. »Hinten im Wagen ist eine verschließbare Kiste, in der Sie allerlei nützliches Gerät vorfinden, sowie eine volle Kühltasche.« Der Mann lächelte Zimmie an. »Miss Zimmermann. Vorne an Ihrem Platz ist ein Bildschirm eingebaut, mit dem Sie über Satellitenfunk mit der mobilen Kommandozentrale Ihres Teams verbunden sind. Außerdem können Sie per Sprechfunk mit allen Teammitgliedern kommunizieren.«

Sie erwiderte das Lächeln. »Haben wir die anderen beiden Fahrzeuge inzwischen identifiziert, Sir?«

»Rand Jaeger arbeitet noch daran. Soweit ich weiß, hat er die Suche auf inzwischen jeweils ein halbes Dutzend möglicher Wagen eingrenzen können. Die Überprüfung der Nummernschilder läuft in diesem Moment.«

»Die silberne Limousine?«

»Ist höchstwahrscheinlich in Richtung Westen unterwegs. Gehen Sie von dieser Annahme aus, holen Sie sie ein, stellen Sie den Sprühkanister sicher und fassen Sie die Zielperson. Lebendig wäre besser, aber nach Rücksprache mit dem Führungsstab ist auch ein finaler Rettungsschuss möglich. Verstanden?«

»Vollkommen. Und was mögliche Anschlagsorte angeht, da hätten wir eine Theorie«, sagte Bobby Lee.

»Ich höre.«

Rasch fasste Bobby Lee die wenigen Hinweise zusammen, die sich aus den Sportzeitschriften und der Mütze ableiten ließen. »Uns ist bewusst, dass das eine gewagte Theorie ist, dennoch wollten wir sie nicht unerwähnt lassen.«

Der andere Mann nickte bedächtig. »Mad Garden wäre ein großes Anschlagsziel. Der Führungsstab wird dem auf jeden Fall nachgehen«, sagte er dann. »Ausgezeichnete Arbeit von Ihnen beiden.«

»Vielen Dank, Sir«, erwiderte Zimmie.

Der Mann reichte Bobby Lee einen Briefumschlag. »Viel Glück, Major Quinn. Miss Zimmermann.« Wieder lächelte er Zimmie an. Bobby Lee spürte, wie ihm die Hutschnur hochging. Er versuchte sich einzureden, dass es daran lag, wie höflich sie zu dem Kerl war, während dieser Bobby Lee mit seinem alten Militärrang angesprochen hatte. Nur wenige Menschen wussten überhaupt davon, und ihm passte es gar nicht, wenn Außenstehende ihn erwähnten. Der Mann war jedoch bereits wieder in den dunklen Schatten zwischen den parkenden Autos verschwunden, schnell und routiniert, wie es nur ein erfahrener Agent vermochte.

Himmel, er musste sich wirklich langsam am Riemen reißen.

Zimmie blickte dem Mann nach. »Wow. Das war Kurt Bridger.«

Bobby Lee schaute sie überrascht an. »Du machst Witze.« Aber sie sah nicht so aus. »Woher weißt du das?«

Kurt Bridger war eine lebende STORM-Legende, einer von den Gründungsmitgliedern der Firma, die vor über zehn Jahren allesamt von der berüchtigten CIA-Einheit Zero Unit abgeworben worden waren. Zwar war er nur wenige Jahre älter als Bobby Lee, aber bereits zum festen Mitglied des Führungsstabs aufgestiegen. Jeder, der für STORM arbeitete, hatte von Bridger gehört, aber nur eine Handvoll Agenten wussten, wie er aussah.

»Wir hatten einmal zusammen einen Einsatz«, sagte Darcy. »Damals, als ich neu bei STORM war.«

Aus irgendeinem Grund versetzte diese Information Bobby

Lee einen Stich ins Herz. Okay, vielleicht auch noch etwas weiter unten. Wieder kochte glühende, vollkommen unvernünftige Eifersucht in ihm hoch. »Hast du ihn auch gefickt?«

Anstatt es zu leugnen, presste sie die Lippen fest aufeinander. »Du hast echt ein Problem, weißt du das?«

O ja, das wusste er. Was er nicht wusste, war, wie er damit umgehen sollte.

Sie öffnete die hintere Luke, schleuderte ihren Seesack hinein und wollte dann zum Beifahrersitz hinübergehen.

Bekümmert, verletzt und verwirrt fasste er sie um die Taille und hielt sie auf. »Tut mir leid«, sagte er zerknirscht. Obwohl sie abwehrend den Körper anspannte, vergrub er das Gesicht in ihrem langen blonden Haar. Ihr Duft hüllte ihn ein, und der vertraute Körper an seinem eigenen entlockte ihm ein leichtes Stöhnen. »Ich vermisse dich einfach, verdammt, und wie. Baby, bitte verrate mir, was ich getan habe, dass du mich so sehr hasst. Ich werde es wieder gutmachen, das schwöre ich.«

Ihre Muskeln lockerten sich ein klein wenig. »Werd jetzt bloß nicht dramatisch, Quinn. Du weißt, dass ich dich nicht hasse.«

»Aber was ist es dann? Bitte, Süße, sag es mir, damit ich es in Ordnung bringen kann.«

Darcy seufzte. »Jetzt ist nicht die richtige Zeit dafür, Bobby Lee. Lass uns erst diesen Einsatz zu Ende bringen, okay? Wenn wir damit fertig sind, können wir uns unterhalten, wenn du das dann immer noch möchtest.«

»Verflucht, Zimmie –«

»Bestimmt beobachtet uns Bridger. Du weißt, wie der Führungsstab zu Beziehungsproblemen innerhalb der Truppe steht. Ich will nicht meinen Job verlieren.«

Ehe er sie aufhalten konnte, hatte sie sich ihm auch schon entwunden.

Zum Teufel, sie hatte ja auch recht. Er verhielt sich unprofessionell und riskierte ihrer beider Karriere, indem er wegen dieses Beziehungswirrwarrs den Auftrag schleifen ließ.

Also warf er ebenfalls sein Gepäck ins Auto und knallte den Kofferraum zu. Er musste sich jetzt wirklich ernsthaft zusammenreißen. Wahrscheinlich hatte die Kommandantur Bridger geschickt, weil sie bereits Wind von der Affäre bekommen hatten. Denn sonst erschienen sie nur dann persönlich, wenn es um eine mögliche Beförderung ging. Und damit war Bobby Lee verdammt noch mal sicher nicht an der Reihe.

Himmel. Stand womöglich sein Rauswurf zur Diskussion? Wusste Zimmie vielleicht davon und distanzierte sich deswegen von ihm, um seine Karriere nicht zu gefährden? Oder ihre eigene …?

Ein ernüchternder Gedanke.

Er klemmte sich hinter das Steuer, ließ den Motor an und schaute schnell zu ihr hinüber. Er überlegte kurz, ob er sie fragen sollte. Aber nein. Er vertraute ihr. Blind. Sie würde ihm *bestimmt* sagen, wenn er in Schwierigkeiten steckte.

»Na schön«, sagte er und schenkte ihr ein angespanntes Lächeln. »Das können wir später klären. Jetzt sollten wir erst mal Rand in die Leitung holen. Los, lass uns die Welt retten.«

Doch in seinem Inneren machte sich leise Hoffnung breit. Denn zum allerersten Mal hatte sie ihn Bobby Lee genannt.

Gina fuhr schreiend aus dem Schlaf hoch.

»Schon gut«, beruhigte eine sanfte, weibliche Stimme sie. Ein warmes, feuchtes Tuch lag auf ihrer Stirn. »Sie sind in Sicherheit. Das war nur ein Traum.«

Entschlossen drängte Gina die Bilder zurück, die immer noch in ihrem schläfrigen Bewusstsein umherschwirrten. *Blut. Fäuste. Hassverzerrte Gesichter.*

Schaudernd öffnete sie die Augen. Und fand sich in einem engen Bett wieder, das in einem kleinen, aber freundlichen Zimmer stand. Es war sauber und roch fantastisch. Nach Blumen. Ein großer Strauß gelber Rosen stand am Fußende des Bettes, in dem sie lag. Seltsam. Das Wasser in der Vase war in leichter Bewegung. Und es lag ein komisches Summen in der Luft. Plötzlich merkte Gina, dass sie ans Bett gefesselt war.

»Wo bin ich?«, schrie sie und versuchte sich aufzusetzen, aber die Gurte hielten sie zurück. Die Angst aus ihrem schrecklichen Albtraum ergriff erneut von ihr Besitz, nur war dies hier die Realität. Verzweifelt warf sie den Kopf hin und her.

Eine hübsche Frau mit leicht gewelltem braunem Haar lehnte sich von einem Sitz neben der Koje zu Gina herüber. »Sie sind in einem Privatflugzeug«, sagte sie und berührte sie vorsichtig an der Schulter. »Deswegen haben wir Sie angeschnallt. Wir fliegen an einen sicheren Ort, Gina. Alles in Ordnung. Sie sind jetzt *in Sicherheit*. Ehrenwort.«

Erst jetzt merkte Gina, dass sie die Hand der Frau umklammerte. Sie hatte so fest zugepackt, dass sie ihr womöglich gleich etwas brechen würde.

»Tut mir leid«, flüsterte sie und bemühte sich, ganz ruhig zu atmen. Und den Griff zu lockern.

Die Frau lächelte sie freundlich an und tätschelte mit der freien Hand ihre verschlungenen Finger. »Keine Sorge. Ich bin nicht so zerbrechlich, wie ich aussehe. Erinnern Sie sich an mich? Ich heiße Tara.«

Gina versuchte, sich zu erinnern. Erleichtert stellte sie fest, dass es ihr gelang. *Dieser grauenhafte Ort, das schreckliche Schicksal, das ihr bevorstand. Und dann ein Wunder.* »Sie waren dabei, als sie …« Gina schluckte schwer.

»Als sie Sie gerettet haben. Ja.« Taras Lächeln wurde breiter, auch sie schien erleichtert. »Willkommen zurück, Dr. Cappozi.«

Mit einem Mal fiel Gina auch alles andere wieder ein. »Das Virus! Haben sie die Kanister?«

»Bislang konnten wir einen davon sicherstellen. Den anderen sind wir auf der Spur.«

Gina geriet in Panik. »Sie müssen die Kanister finden. Sie *müssen* einfach, sonst –«

»Das werden sie.« Tara beugte sich näher zu ihr herunter. »Gina, gibt es noch etwas, an das Sie sich erinnern können? Vielleicht etwas, das Ihre Entführer gesagt haben und das uns helfen könnte, mögliche Anschlagsziele zu bestimmen?«

Gina atmete zittrig aus und schüttelte den Kopf. »Es tut mir leid. Alles ist noch so verschwommen. Ich weiß nicht einmal mehr, wie ich in dieses Flugzeug gekommen bin.«

Wieder lächelte Tara sie liebevoll an. »Sie haben ein Beruhigungsmittel und eine hohe Dosis Antibiotikum bekommen. Deswegen haben Sie während des ganzen Transports zum Flughafen geschlafen. Aber machen Sie sich keine Sorgen. Denken Sie später noch einmal darüber nach, wenn Sie nicht mehr so erschöpft sind.«

Gina schaute sich um und bemerkte, dass es keinerlei Fenster gab. »Wohin bringen Sie mich?«

»In ein streng geheimes New Yorker Sanatorium«, sagte Tara. »Mir wurde gesagt, dass Sie dort so lange bleiben können, bis Sie sich vollständig erholt haben. Bis Sie sich hundertprozentig sicher fühlen.«

Sicher.

So würde sie sich noch sehr lange nicht fühlen. Wenn überhaupt jemals wieder.

Aber, o Gott, sie war am Leben!

Gina versuchte zu begreifen, dass sie wirklich und wahrhaftig in Sicherheit war.

Nur wollte ihr das nicht gelingen.

Sie wagte kaum, ihre schlimmste Furcht in Worte zu fassen. Allein der Gedanke daran brachte sie zum Zittern. »Und wenn er mich doch finden sollte?«, hauchte sie.

»Dort kann Sie niemand finden«, sagte Tara. »Weder Abbas Tawhid noch sonst irgendjemand.«

Gina schüttelte den Kopf. »Sie verstehen nicht. Die CIA –«

»Ihre Befreier sind keine Regierungskräfte. Und sich dessen bewusst, dass ihre Entführung einige Fragen aufwirft. Deswegen wurden Sie aus dem Versteck der Terroristen weggebracht, noch ehe die Leute vom Ministerium für Innere Sicherheit eingetroffen sind. Und nur eine Handvoll Menschen wissen, dass Sie lebendig befreit wurden.«

Als Gina die Bedeutung dieser Worte klar wurde, war sie unendlich erleichtert. »Alle denken, ich sei tot.«

»Vorerst. STORM Corps hielt das für sicherer.«

Gina entspannte sich noch ein wenig mehr. »STORM Corps?«

»Das steht für Strategic Technical Operations and Rescue Missions Corporation. Die Firma, für die der Ehemann Ihrer Freundin arbeitet.«

Sie sprach von Rainie. Die inzwischen verheiratet war. Gina schloss die Augen und bekam sogar ein Lächeln zustande. Ihre beste Freundin würde ihr so einiges erklären müssen. »Weiß Rainie, dass ich am Leben bin?«

»Ja. Ich kann Ihnen gar nicht sagen, wie glücklich sie war, als sie von Ihrer Rettung erfahren hat.«

Gina seufzte tief, angesichts dieser guten Nachricht konnte sie sich jetzt voll und ganz entspannen. »Wann kann ich sie treffen?«

»Sie erwartet uns bereits. Schlafen Sie jetzt«, drängte Tara sie. »Sie brauchen ein wenig Ruhe.«

Mehr musste Gina nicht hören. Sie war mit einem Mal schrecklich müde. »Werden Sie bei mir bleiben?«

Ihre Hand wurde sanft gedrückt. »Ich gehe nirgendwohin.«

Endlich war sie sicher.

Sicher vor Tawhid. Vor den Schlägen und der Folter; von der Bürde, ihr geliebtes Land verraten zu müssen.

Sie war jetzt in Sicherheit.

Nun … Zumindest fast. Leider gab es da noch eine Gefahr, vor der sie ihre Retter niemals würden bewahren können.

Es stimmte, ihr Körper würde heilen, die Terroristen gefasst werden, und alle würden Gina versichern, dass sie nun nichts mehr zu befürchten habe. Dass ihr keinerlei Gefahr drohe.

Aber da irrten sich alle. Und wie.

Denn solange dieser Bastard Gregg van Halen nicht tot und beerdigt war, war die schlimmste Gefahr noch nicht gebannt: der Verrat, der ihr durch das eigene Herz drohte.

Das hier war der gesuchte Transporter.

Aber er war leer.

Merde.

Marc hatte das Gefühl, vor Wut zu platzen. Unter heftigen Flüchen hämmerte er mit den Fäusten auf das Dach des zurückgelassenen Fahrzeugs ein.

Fort.

Die Terroristen hatten den ältesten Trick der Welt angewandt. Waren mit dem braunen Wagen auf den gut besuchten Parkplatz eines Einkaufszentrums gefahren und hatten ihn dort stehen lassen. Obwohl es um sie herum nur so vor Menschen wimmelte, hätte Marc sein Jahresgehalt darauf verwettet, dass dies keines der Anschlagsziele war. Wahrscheinlich hatten die Tangos ein oder zwei Autos geknackt oder waren in bereits auf sie wartende Wagen gestiegen, aber auf die Kunden hier hatten sie es bestimmt nicht abgesehen.

Leider durfte die Innere Sicherheit trotzdem kein Risiko eingehen. Das gesamte Einkaufszentrum würde evakuiert und danach durchsucht und gereinigt werden müssen. Irgendjemand musste auch all die aufgebrachten Kunden beschwichtigen, vielleicht würde es sogar einen richtigen Tumult geben. Das bedeutete schon wieder eine Menge Zeit und Aufwand, der nicht in die Verfolgung gesteckt wurde.

Tawhid wusste ganz genau, was er da tat.

»*De putain*«, knurrte Marc und versetzte dem Auto noch einen letzten Schlag.

»Ja«, stimmte Kick ihm zu. Er war mindestens genauso wütend, aber als Scharfschütze zeigte er nur selten Gefühle, sondern wirkte fast immer ruhig und gelassen. »Wird schwer für die Innere, das unter Verschluss zu halten.«

Laut Befehl aus Washington sollte aber genau das geschehen, solange die Terroristen frei herumliefen und die Bedrohung durch das Virus noch nicht ausgeräumt war. Der Presse gegenüber hatten sie den Vorfall auf dem Freeway einem bewaffneten Einzeltäter zugeschrieben. Aber irgendwann brachten die Medien die Wahrheit doch immer ans Licht, wenn es auch nur den kleinsten Hinweis gab. Irgendein besonders schlauer Reporter würde diese Bombendrohung im Einkaufszentrum mit der Schießerei von vorhin in Verbindung bringen, alle umständlich formulierten Pressemeldungen des Ministeriums noch einmal sorgfältig durchlesen und dann anfangen, unangenehme Fragen zu stellen. Obwohl das Ministerium für Innere Sicherheit eine nationale Informationssperre verhängt hatte, würde doch früher oder später alles ans Licht kommen.

»Wir sollten über alle Berge sein, bevor der ganze Rummel losgeht«, sagte Marc. »Überlassen wir das den Einsatzkräften vor Ort. So entsteht auch weniger Panik.«

»Ja«, stimmte Kick ihm zu, der gerade sein Smartphone in der Hand hielt und nach irgendetwas suchte. »Hm. Da ist noch etwas, das ich gerne überprüfen würde, bevor wir uns aufteilen.«

»Muss ich mir Sorgen machen?«, fragte Marc, als Kick nach der Sporttasche langte, in der er sein HK-Präzisionsgewehr, Munition und seine restliche Ausrüstung verstaut hatte, und sie sich über die Schulter warf.

Kick schenkte ihm ein düsteres Lächeln. »Immer.« Dann trottete er zwischen endlosen Autoreihen davon. »Wir sehen uns in zehn Minuten beim Heli«, rief er über die Schulter zurück.

Hinter ihnen war das Einkaufszentrum inzwischen von Polizisten und Mitgliedern der Nationalgarde belagert, die Ansagen mit Megafonen machten. Überall flackerte Blaulicht. Währenddessen hielt ein Abschleppfahrzeug ohne Firmenaufschrift hinter dem braunen Lieferwagen, um ihn klammheimlich von hier fortzuschaffen, damit die Innere Sicherheit ihn in die Mangel nehmen konnte. Für Marc blieb eigentlich nichts mehr zu tun.

»Hey, warte mal!«, rief er Kick hinterher und eilte ihm nach. Als er ihn eingeholt hatte, sprangen sie beide mit einem Satz in den Graben neben dem Parkplatz, überquerten ein Paar Gleise und folgten dann einer engen Gasse. Sobald Marc das Schild von einem der Gebäude dort sah, wusste er, was Kick suchte: Evangelikales Bibelseminar.

Das konnte nichts Gutes bedeuten.

Ohne seinen Lauf zu verlangsamen, holte Kick eine Windjacke aus seiner Tasche und warf sie Marc zu. Auf der Rückseite prangte der goldene FBI-Schriftzug. Gleichzeitig zog sich Kick eine schwarze Baseballmütze mit demselben Logo über sein Headset.

»Ein neuer Job, von dem ich noch nichts weiß?«, scherzte Marc über sein eigenes Mikro.

»Nur vorübergehend«, gab Kick grinsend zurück.

Marc besah sich das Hauptgebäude des Seminars. Es war einer dieser modernen Bauten aus Beton und Glas, achteckig, mit quadratischen Türmen an jeder Ecke. Die Dachsimse waren mit weißen Lichtern geschmückt, und die grell leuchtende Anzeigetafel versprach für den Dezember jeden Abend um sieben Uhr besondere Andachten. Jetzt war es gerade Viertel vor sieben.

»Hast du auch so ein schlechtes Gefühl?«, fragte er Kick.

Der nickte nur. »Auf dem Weg zum Einkaufszentrum müssten sie hier vorbeigekommen sein. Ich wette, die Gelegenheit war zu verlockend, um sie verstreichen zu lassen. Könnte auch als Ablenkung dienen, damit sie sich unbemerkt aus dem Staub machen können.«

Marc musste ihm recht geben.

Als sie sich dem Gebäude näherten, zeigte Marc auf den Turm, der ihnen am nächsten war. »Ich werd da reingehen, versuch du es vorne.«

Marc joggte am Haupteingang vorbei, Adrenalin pumpte durch seine Adern. Kick hatte genau den richtigen Riecher gehabt. Da war tatsächlich jemand im Innern des Gebäudes, der für Aufregung unter den im Foyer versammelten Menschen sorgte. Verärgerte Menschen schrien einen bärtigen dicken Mann an, der eine lange weiße Robe trug, mit den Armen wedelnd inmitten der Menschenmenge stand und unverständliches Zeug brüllte.

Tango Zwei.

Marc glitt unbemerkt hinein und verschaffte sich rasch einen Überblick über das Gebäudeinnere. Der hohe Eingangsbereich führte in einen Irrgarten von Räumen und Durchgängen, die alle in einen zentralen mehrstöckigen Kirchensaal übergingen, von wo aus er einen Chor singen hörte.

Er zog sich die FBI-Windjacke über, rannte zur geschwungenen Marmortreppe und drückte auf den Funkknopf: »Hier ist STORM Mike. Bitte kommen, STORM Alpha sechs. Wir haben hier wahrscheinlich ein Problem, over.«

Unter der Treppe sammelten sich immer mehr Menschen, und das Geschrei lockte auch die Angestellten aus den Büros zu beiden Seiten der Eingangshalle dazu. Es wurde immer lauter.

Nach einigen Sekunden meldete sich Quinn: »Hier ist STORM Alpha sechs. Was geht da vor, over?«

»STORM Mike, hier spricht Kilo«, schaltete Kick sich dazwischen. »Habe mich positioniert, um Deckung geben zu können. Von dir aus auf vier Uhr. Plastikmunition geladen, over.«

Gute Wahl. Wenn es Marc nicht gelang, Tango Zwei zu überwältigen, dann konnte ihn ein Schuss zu Boden bringen, ohne dass die Umstehenden gefährdet wären. Und ohne Blut zu vergießen.

Marc überprüfte den höchstgelegenen Gang, der um das Foyer zwischen den Türmen entlangführte, und konnte direkt unterhalb des glänzenden Geländers den Rand von Kicks schwarzer Mütze erkennen. Der Lauf und das Visier seines Präzisionsgewehrs lagen auf dem weißen Marmor wie die Augen und das geöffnete Maul einer schwarzen Kobra. Nachdem Marc Kick ein Zeichen gegeben hatte, rannte er noch ein paar Stufen weiter nach oben. Kein Zweifel – der Mann, der hier diesen Riesenaufruhr veranstaltete, war Tango Zwei. Trotzdem brauchten sie noch eine Bestätigung, ehe sie losschlugen. Also machte er schnell ein Foto mit seinem Smartphone und schickte es an Rand, der im Moby saß.

»Alpha sechs«, sagte Marc leise in sein Mikrofon, »wir haben vermutlich Tango Zwei gesichtet. Schicke ein Bild an Romeo, um das abzuklären, over.«

Ein leiser Schwall wilder Flüche ertönte über Funk von dem ganzen Team. Dann war Quinn zu hören: »Wo befindest du dich genau, STORM Mike, und ist Kilo immer noch bei dir, over?«

»Wir sind in dem Bibelseminar neben dem Einkaufszentrum, bei dem der Lieferwagen gefunden wurde. Kilo gibt Deckung mit nicht tödlicher Munition und ich bin in Position, over.«

»Wartet auf Verstärkung. Ich schicke die Innere Sicherheit, over.«

Während Marc sich einen Notfallplan zurechtlegte, falls die Situation hier aus dem Ruder lief, hatte Tango Zwei den großen Kirchensaal hinter sich entdeckt. Der Chor war bereits verstummt, und auch die Zuhörer hatten sich verunsichert von ihren Sitzen erhoben, weil sie den Tumult in der Empfangshalle mitbekommen hatten.

Marc hörte ein Knacken in der Leitung. »STORM Alpha, hier ist Romeo. Wir haben eine positive Identifizierung für Tango Zwei, over.«

»Alpha sechs, hier ist STORM Mike. Wir haben Tango Zwei identifiziert, und die Situation eskaliert. Erbitte Erlaubnis, einschreiten und die Zielperson festnehmen zu dürfen, over.«

Von weit her war Sirenengeheul zu hören.

»Status des Kanisters, over?«

»Dringender Handlungsbedarf«, unterbrach Kick sie. »Jetzt gerade zieht Tango Zwei die Sprühflasche hervor, Sir.«

Quinn fluchte. »Erlaubnis erteilt, STORM Mike. Wenn es nötig sein sollte, kannst du den Scheißkerl abknallen, Kick, over.«

Noch bevor Quinn den Befehl zu Ende ausgesprochen hatte, hob Marc den Fuß und ließ seinen schweren Kampfstiefel mit voller Wucht auf den Marmor krachen. Der Knall war so laut, als hätte sich ein Schuss aus einer 350er-Magnum gelöst.

»FBI, alle auf den Boden«, bellte Marc.

Die hysterische Menge warf sich augenblicklich zu Boden, alle schrien oder hielten schützend die Hände über den Kopf. Nur Tango Zwei war stehen geblieben, rezitierte weiterhin lauthals Verse und streckte beide Arme gen Himmel wie ein Prophet. Er bekam gar nicht mit, was um ihn herum vorging.

Da zerriss das unverkennbare Krachen eines Gewehrschusses die Luft.

Tango Zwei klappte wie eine Marionette in Zeitlupe zusammen. Überrascht, aber nicht tödlich verletzt.

Le bon Dieu. Kick war wirklich ein Könner.

Während der Feind umkippte, sprang Marc von der Treppe aus ins Foyer. Er landete auf den Füßen und konnte die Sprühflasche noch in der Luft auffangen. Erst ließ er sie vorsichtig in die Tasche seiner Windjacke gleiten, dann schnappte er sich T2 und legte ihm Plastikhandschellen an.

»STORM Kilo hier«, hörte er Kick in seinem Ohr. »Tango Zwei ist überwältigt. Wiederhole: Zielperson gefasst, over.«

»Und der Sprühkanister, over?«

»Ist sichergestellt«, sagte Marc. »Wann treffen unsere Freunde von der Inneren hier ein, over?«

Noch während er sprach, stürmten vier Männer mit dunkelblauen Windjacken durch den Vordereingang und übernahmen das Kommando.

Marc übergab ihnen seinen Gefangenen und nutzte die allgemeine Verwirrung, um aus dem Eingangsbereich zu flüchten. Sobald er draußen war, tauchte er in die Dunkelheit ein und ging denselben Weg zurück zum Einkaufszentrum, über den sie hergekommen waren. Fünf Minuten später war er beim Helikopter.

»Wo hast du denn so lange gesteckt?«, zog ihn Kick über Funk auf, als Marc mit flatternder Jacke angetrabt kam. Der Team-Scharfschütze saß bereits im Eingang des Vogels und ließ die Beine herunterbaumeln, den Rücken an den Türrahmen gelehnt.

Marc musste lachen. Der Kerl war wirklich ein Phantom. »Hast du dir Flügel wachsen lassen oder was, Jackson?«

Mit einem leichten Lächeln in Marcs Richtung zog Kick sein Smartphone aus der Sporttasche. »Mich tragen die Schwingen der Liebe, Kumpel.«

Belustigt schüttelte Marc den Kopf, denn er wusste, dass Kick sofort seine Frau anrufen und ihr berichten würde, dass ein weiterer von den bösen Jungs gefasst war. Und wahrscheinlich würde er die Gelegenheit gleich nutzen, um noch ein wenig Telefonsex einzuschieben. Ihren Gesprächen zuzuhören konnte ganz schön peinlich sein. »Dich hat's echt erwischt, *mon ami*.«

»Oh, ja«, gab Kick fröhlich zu. »Und mir ist es nie besser gegangen. Du solltest das auch mal versuchen, mein Freund. Leg der hübschen kleinen Polizistin lieber ein Paar Handschellen an, bevor sie dir noch endgültig entwischt.«

Marc räusperte sich.

Tara in Handschellen. *Dieu*.

Als sie für einige Stunden tatsächlich welche getragen hatte, war ihm die eine oder andere Fantasie durch den Kopf gegangen. Die Vorstellung gefiel ihm also durchaus. *Bon*. Sie war überaus reizvoll. Diese Frau war allerdings auch schon so schon eine Wucht, dazu brauchte sie gar nicht gefesselt in seinem Bett liegen. Nur …

Verflucht, er wusste selbst nicht, was sein Problem bei der Sache war.

Na gut, vielleicht doch.

Mais, ja, ihm gefiel die Vorstellung, dass sie ihm hilflos ausgeliefert wäre. Und als sie so niedergeschlagen, verängstigt und verletzlich zu ihm ins Bett gekrochen war, das hatte ihm auch gefallen. Weil sie ihn gebraucht hatte, seiner Stärke und seines Trostes bedurft hatte.

Aber ganz ehrlich? Was ihm *nicht* gefiel, war ihr Beruf. Eine Frau mit einer Schusswaffe konnte nämlich gut auf sich selbst aufpassen. War nicht auf einen männlichen Beschützer angewiesen. Brauchte all das nicht, was Marc einer Frau zu bieten hatte: weder seine Stärke noch seinen Schutz noch seine Fähigkeit, für sie und eine Familie sorgen zu können. Eine Polizistin schaffte das alles allein.

Wozu sollte eine starke unabhängige Frau wie Tara Reeves einen Mann wie ihn brauchen?

Er seufzte.

Und dennoch …

War sie sein. Wie er ihr letzte Nacht klargemacht hatte.

Und das war auch das Letzte gewesen, das sie ihm zugeflüstert hatte, bevor er sie zurückgelassen hatte.

Er war so verdammt verwirrt.

Dieu. Liebe war einfach viel zu kompliziert. Vielleicht ließ er besser die Finger davon.

Wenn er doch nur diese atemberaubende, wunderschöne und viel zu vorlaute Frau aus dem Kopf bekommen könnte, verflucht!

22

Ach du Schande.

Was hatte sie bloß getan?

Rebel saß in ihrem Wagen, den sie wie üblich auf dem Besucherparkplatz des Haven Oaks Sanatoriums abgestellt hatte, und legte die Stirn auf den Rand des Lenkrads. Obwohl das voll aufgedrehte Gebläse heiße Luft auf ihre nackten Beine pustete, zitterte sie vor Kälte. Sie trug keinen Schlüpfer. Den hatte ihr Wade Montana heruntergerissen. Direkt bevor er…

Ach. Du. Schande.

Wenn sie nur daran *dachte*, was er alles mit ihr angestellt hatte, errötete sie bis zum Haaransatz. Es war einfach unglaublich gewesen. Unglaublich waghalsig. Und unglaublich erotisch.

Unglaublich dämlich.

Und ganz im Ernst – das Letzte, wonach ihr jetzt gerade der Sinn stand, war, Alex Zane unter die Augen zu treten. Denn er würde es *wissen*. Sofort. Oh, ja, er würde es ihr an den Augen ablesen können – jeden Kuss, jeden Seufzer, jeden Lustschauder. Und ihre heimliche Fantasie, dass *er* es gewesen war, der sie besaß, dass *er* sie zum Höhepunkt gebracht hatte und nicht Wade Montana. Sie war sich hundertprozentig sicher, dass ihr jede beschämende Einzelheit in das schuldbewusste Gesicht geschrieben stand.

Mit einem weiteren unwilligen Stöhnen knallte sie die Stirn zum wohl zwölften Mal auf das Lenkrad. So bekam sie ihn nie aus dem Kopf.

Sie wollte auf der Stelle tot umfallen. *Bitte*.

Aber ihr blieb keine Wahl. Sie musste hinein und sich Alex stellen.

Denn Kick Jackson hatte ihr auf die Mailbox gesprochen und gesagt, dass sein STORM-Corps-Team Gina Cappozi gefunden hatte.

Eigentlich war das eine wunderbare Nachricht. Die ehemalige Geisel wurde gerade aus Louisiana hergeflogen und würde nun, nach einem dreistündigen Zwischenstopp in Washington D.C., jede Minute im Sanatorium eintreffen. Damit hatte Rebel eine glaubwürdige Ausrede dafür gehabt, um nicht mit ihrem Boss essen zu gehen … oder sonst irgendetwas mit ihm zu unternehmen. Stattdessen war sie hierhergefahren, obwohl alles in ihr sich dagegen sträubte. Selbstverständlich rechnete Alex mit ihr. Kick hatte ihn angerufen – nachdem er ihr auf die Mailbox hatte sprechen müssen, weil ihr Handy den ganzen Nachmittag über aus gewesen war. Während sie mit Wade Montana im Bett gewesen war. Nackt.

Erschwerend kam noch hinzu, dass Montana ihr Boss war – und noch dazu der leitende Ermittler im Cappozi-Fall.

Was für ein grandioser, liebesvernebelter Irrsinn.

In ihrem ganzen Leben war Rebel noch nie so knapp davor gewesen, ihre Wortwahl über Bord zu werfen. »Oje« reichte einfach nicht für eine Katastrophe dieses Ausmaßes.

Rebel atmete tief durch und zwang sich, ihren Aktenkoffer zu ergreifen und auszusteigen. Sie schloss ihren Wagen ab, dann ging sie zum Vordereingang, wo die üblichen Wachmänner sie freundlich lächelnd einließen.

Sehr gut. Vielleicht war auf ihrer Stirn ja doch nicht in leuchtenden Lettern »strohdumm« zu lesen.

Ach du.

Schande.

»Na du?«

Alex' unerwartete Begrüßung ließ sie aufschrecken. Ihr fiel die Aktentasche aus der Hand. Hektisch griff Rebel danach, aber stattdessen angelte Alex sie sich mitten im Flug, drückte sie an seine breite Brust und lächelte sie überlegen an. »Du fängst wie ein Mädchen.«

Sie fächerte sich Luft zu. »Du meine Güte, erschreck mich ruhig zu Tode.« Ihr Herz raste. Und das nicht vor Schreck. Um seinem Blick auszuweichen, wandte sie sich ab und lief in Richtung Fahrstuhl.

»Ich habe dich schon erwartet«, sagte Alex, während er neben ihr herging.

»Weshalb?«, brach es viel zu schnell aus ihr heraus.

Er zog die Brauen in die Höhe. »Ähm, weil sie Gina Cappozi gefunden haben – lebendig? Weißt du noch? Diese Frau, wegen der du mich seit Wochen ständig belämmerst? Die von denselben kranken Arschlöchern entführt wurde wie ich?«

Sie wand sich innerlich. »Selbstverständlich. Ich weiß. Tut mir leid. Ich bin … Also heute ist irgendwie –«

Er blinzelte verwirrt. Dann zog er die Stirn kraus.

Sie hätte sich ohrfeigen können. Herrje. Mist. »Äh, achte auf deine Ausdrucksweise, Zane«, ergänzte sie lahm.

Viel zu spät.

Sein Gesichtsausdruck wurde noch misstrauischer. Dann packte er Rebel mitten im Empfangsbereich am Arm und zwang sie zum Stehenbleiben. »Na schön, sag mir sofort, was mit dir los ist.«

Da gerade Abendbrotzeit war, tummelten sich hier besonders viele Patienten und Angestellte, die entweder auf dem Weg zum Speisesaal waren oder von dort kamen. Definitiv *nicht* der geeignete Ort für so ein Gespräch.

»Nichts. Wirklich«, versuchte sie, ihn zu beruhigen.

Aber das kaufte er ihr nicht ab. »Blödsinn. Sag mir, was geschehen ist, Angel«, sagte er wütend. Er sah aus, als würde er auf jeden losgehen, der sie auch nur schief ansah.

Das war zu viel. Die Wahrheit wollte ans Licht, gleich würde sie aus ihr herausquellen wie eines dieser fiesen Monster in den Alien-Filmen.

»Also gut!«, platzte sie heraus. »Ich habe mit meinem Chef geschlafen.«

Sie bereute *augenblicklich,* dass sie das gesagt hatte.

Zanes Miene wirkte mit einem Mal wie versteinert, die blauen Augen verdunkelten sich bedrohlich.

»Montana?«, stieß er hervor, und seine Finger bohrten sich schmerzhaft in ihren Arm.

Rebel nickte. Sie fühlte sich schrecklich elend. »Oh, Alex, was soll ich bloß tun?«

Sie zogen bereits Blicke auf sich. Also bugsierte er sie etwas unsanft zum Fahrstuhl. Ohne ein weiteres Wort brachte er sie in sein Zimmer und knallte die Tür hinter ihnen zu.

Sie setzte sich auf sein Bett und vergrub das Gesicht in den Händen, während er auf und ab marschierte.

Nach einiger Zeit blieb er stehen und drehte sich zu ihr um. »Liebst du ihn?«, wollte er wissen.

Sie ließ die Hände sinken. »Bist du *wahnsinnig*? Ich habe furchtbare Angst vor ihm!«

Alex Gesichtszüge entgleisten. »Was willst du damit sagen? Hat er dich etwa gezwungen –«

»Nein!«, ruderte sie zurück. »Um Gottes willen, nein, das nicht. Es war alles meine, ich meine, er –« Sie schlug sich erneut die Hände vors Gesicht. »Es war in gegenseitigem Einverständnis. Nur, dass ich …«

Alex stellte sich direkt vor Rebel. Sie konnte die Wut spüren, die er ausstrahlte. »Nur, dass was?«, fragte er grob.

Sie ließ die Hände in den Schoß sinken und schaute unglücklich zu ihm auf. Wie hätte sie ihm sagen können, dass sie sich nur gewünscht hätte, *er* hätte mit ihr im Bett gelegen?

»Ich weiß nicht, was ich tun soll«, sagte sie.

Er schnaubte verächtlich. »Nun, bei ihm wusstest du anscheinend ganz genau, was zu tun war.«

Sie hatte es verdient, aber weh tat ihr die gemeine Bemerkung trotzdem. »Alex, du musst ja nicht gleich fies werden. Ich fühle mich auch so schon schlecht genug.«

Seine Kiefermuskeln zuckten. »Das passt gar nicht zu dir, Rebel. Wie konntest du nur? Wie konntest du mit einem Mann schlafen, den du nicht liebst?«

»Weil der Mann, den ich liebe, vergeben ist, du Tölpel!«, wollte sie schreien, biss sich aber auf die Zunge.

Stattdessen atmete sie tief durch. »Ich bin auch nur ein Mensch, Alex«, sagte sie. »Ich bin einsam, und Wade wollte mich. Es ist schön, zur Abwechslung mal begehrt zu werden.«

Sie fing seinen Blick auf. Schaute nicht weg. Forderte ihn heraus. Alex sollte zugeben, dass *er* sie auch wollte. Gestern war er so kurz davor gewesen, sie zu küssen. Hatte ihm das denn überhaupt nichts bedeutet? Oder hatte ihr liebeskranker Verstand sich das alles nur eingebildet …?

Abrupt wandte er sich ab. »Wirst du dich weiter mit ihm treffen?«

Das Herz wurde ihr schwer. »Das weiß ich nicht«, antwortete sie ganz ehrlich. »Jetzt, da der Cappozi-Fall geklärt ist, wird er wahrscheinlich zurück nach Washington gehen, nehme ich an.«

»Bist du denn sicher, dass der Fall geklärt ist?«, fragte Alex und starrte aus dem Fenster.

»Wieso denn nicht?«

»Weil die Regierung ja nicht weiß, dass Dr. Cappozi wiedergefunden wurde. Das einzige Nicht-STORM-Mitglied, das davon weiß, bist du.«

Das überraschte sie. »Wozu diese Geheimniskrämerei?« Dann fiel es ihr wieder ein. »Ach so. Wegen des Verräters.« Der Al-Sayika-Maulwurf innerhalb der CIA.

»Kick und ich sind überzeugt, dass der Verräter etwas mit Dr. Cappozis Entführung zu tun hat. Wenn Abbas Tawhid erst geschnappt ist, dann wollen wir den Scheißkerl finden und erledigen.«

»*Ausdruckweise*, Zane.«

Er drehte sich wieder zu ihr um und blickte sie wütend an. »Hat es dir gefallen, ihn zu ficken?«

Der abrupte Themenwechsel traf Rebel unerwartet. Erst war sie schockiert, dann verletzt. Ihr Kinn hob sich ganz leicht. »Ja«, gab sie zurück, obwohl sie vor Scham beinahe im Boden versunken wäre. »Wade ist ein guter Liebhaber. Und was ist mit Helena? Wie ist sie so im Bett?«

Derselbe Dämon, der vor Kurzem erst von Rebels Körper Besitz ergriffen hatte, schien jetzt ihre Seele erreicht zu haben und zwang sie, diese Dinge zu sagen, obwohl es ihr schwerfiel. Aber jetzt war es ohnehin zu spät, sie zurückzunehmen. Dieses Gespräch war doch längst fällig gewesen. Sonst wären sie noch irgendwann beide an dieser ewigen Anspannung erstickt.

»Keine Ahnung«, erwiderte er scharf, und wieder zuckte dieser Muskel in seiner Wange. »Wir haben noch nicht miteinander geschlafen.«

Rebel wich ruckartig zurück, als hätte er sie getreten. Ihr verschlug es den Atem. »Aber –«

Sie hatte angenommen – *oh, nein*. Die ganze Zeit über war sie selbstverständlich davon ausgegangen, dass Alex und Helena eine sexuelle Beziehung hatten. Helena hatte das jedenfalls angedeutet, und zwar so ziemlich nach jedem Date, das sie mit Alex gehabt hatte. Zumindest bevor er verschwand. Deswegen war sie doch damals auch aus der WG ausgezogen und hatte sich eine eigene Wohnung gesucht. Sie und Alex bräuchten Privatsphäre, hatte sie gesagt und geziert gekichert. Rebel war unendlich neidisch und eifersüchtig gewesen.

»Warum denn nicht?«, fragte sie Alex vollkommen verblüfft.

»Weil sie das so will«, sagte er trocken. »Und ich –« Er zuckte mit den Achseln. »Was soll ich denn sagen? Bitte, kann ich dich wenigstens einmal ficken, bevor wir heiraten, damit ich weiß, ob du wirklich so perfekt bist, wie es scheint?«

Okay, wow. War *das* jetzt nötig gewesen?

Dann trat er einen Schritt auf sie zu. »Oder wäre dir lieber: Bitte, kann ich dich wenigstens einmal ficken, damit ich mir nicht mehr vorstelle, deine beste Freundin zu vögeln?«

Dieses Mal traf sie der Schock wie eine Dampflok. »Zane!«

Plötzlich flog die Tür auf. Und hereingeweht kam genau der Mensch, dem Rebel in diesem Moment am allerwenigsten begegnen wollte.

»Helena!«

»Hallo, ihr zwei!«, begrüßte Rebels perfekte beste Freundin sie und klatschte wie ein übermütiges Kind in die Hände. »Das ist ja toll! Ich wusste gar nicht, dass du uns heute Abend zum Essen begleiten würdest, Rebel. Also, du ahnst nicht, was ich dabei habe!« Sie nahm eine schwere, perlmuttschimmernde Schachtel aus ihrer übergroßen Gucci-Tasche. »Sieh nur, Alex, Schatz! Unsere Hochzeitseinladungen!«

23

»Mein Gott! Gina!«

Beim Klang der vertrauten Stimme wandte Gina den Kopf auf der Tragbahre, die gerade aus dem Krankenwagen geschoben wurde, der eher einer Luxuslimousine ähnelte. Eine blonde Frau in blauer Schwesternkleidung trat aus der Eingangstür des schicken Privatsanatoriums, zu dem sie gebracht worden war, und rannte auf sie zu. Gina schossen Tränen in die Augen. Das war der letzte Beweis. Ihre Qualen waren vorüber.

»Rainie«, sagte sie mit erstickter Stimme.

»Gina!«

Wenn sie hätte aufstehen können, wären sie einander jetzt stürmisch in die Arme gefallen, hätten sich auf und ab hüpfend umarmt, gemeinsam geweint und währenddessen wild drauflosgeplappert.

Unter den gegebenen Umständen mussten sie sich mit dem gemeinsamen Weinen begnügen. Rainie eilte an Ginas Seite, blieb aber einen Moment zögernd stehen, als sie das Ausmaß ihrer Verletzungen erkannte.

Schluchzend schloss sie ihre Freundin dann ganz behutsam, aber dafür umso inbrünstiger in die Arme. Rainie nahm Ginas Hand und strich ihr zärtlich über Gesicht und Haar. »Gott sei Dank! Oh, Gott sei gedankt, dass sie dich gefunden haben! Ich kann einfach nicht glauben, dass all das nur wegen mir geschehen ist. Es tut mir *so* leid, Gini.«

Die Tränenflut, die sich in Gina angestaut hatte, seit sie an jenem grauenvollen Ort die Augen geöffnet und Rainies frischgebackener Ehemann wie einen Erlöser über sich erblickt hatte, war nicht länger aufzuhalten. Wie schön es sich anfühlte, liebevoll berührt zu werden und nicht aus Hass und Grausamkeit.

»Das war doch nicht deine Schuld, Rain«, beteuerte Gina mit tränenerstickter Stimme zwischen weiteren Umarmungen, um den schuldbewussten Ausdruck aus dem Gesicht ihrer besten Freundin zu vertreiben.

Rainie wischte sich mit dem Ärmel über die Augen. »Doch, war es. Und ich werde mir das niemals verge–«

Gina nahm das Gesicht ihrer Freundin in beide Hände. »Hör auf. Es gibt nichts zu vergeben. Wir sind beide durch die Hölle gegangen, aber wir haben überlebt. Das ist alles, was jetzt zählt.«

»Du hast recht«, schluchzte Rainie, sichtlich bemüht, sich zusammenzureißen. »Aber –«

»Kein Aber.« Gina lächelte durch den Tränenschleier hindurch. Endlich durfte sie sich ein wenig geborgen fühlen. »Versprich mir nur eines.«

Rainies Lächeln war zaghaft, doch es brachte ihr Gesicht zum Leuchten. »Alles, was du willst.«

Gina blickte Rainie in die Augen. »Wenn ich das nächste Mal zum Speeddating gehen will, dann tu mir einen Gefallen und erschieß mich vorher«, sagte sie trocken.

Das entlockte ihrer Freundin immerhin ein ersticktes Lachen. Denn mit diesem Speeddating hatte damals alles begonnen. Dort war Rainie Kick begegnet, und das Schicksal hatte seinen Lauf genommen.

»O mein Gott, und ob ich das werde.«

Sie verschränkten ihre beiden kleinen Finger und gaben sich das alte Schulmädchen-Versprechen, dann lachten sie mit tränenüberströmten Gesichtern, während die Bahre an dem Willkommensschild von Haven Oaks vorbeirollte.

Endlich in Sicherheit.

Nie war Gina so erleichtert gewesen, irgendwo anzukommen.

Taras Gedanken kreisten um die Frage, warum Marc sie nicht angerufen hatte.

Schließlich hatte er es ihr *versprochen.*

Hatte sie geküsst, ihr als Antwort auf Taras unbeholfenen Versuch, ihm ihre eigenen Gefühle zu offenbaren, versichert, dass sie ihm gehöre … und war dann gegangen. Aus der Forschungsstation und aus ihrem Leben.

Etwa für immer?

O Gott. Sie hätte es wissen müssen.

Schließlich war sie mit einem Soldaten als Vater aufgewachsen, der die meiste Zeit von zu Hause weg gewesen war. Der hereinschneite und wieder verschwand, als wäre Taras eigenes Leben vollkommen unwichtig. Sie hatte mitbekommen, wie einsam ihre Mutter ein Leben lang gewesen war, und wie sehr sie ihn später als Krebskranke eigentlich gebraucht hätte. Aber seine Karriere aufzugeben war für ihren Vater niemals infrage gekommen, also hatte die Mutter auf ihn verzichten müssen.

Wieso war ihr nicht gleich aufgefallen, dass Marc einen ganz ähnlichen Beruf hatte? Er würde ebenfalls niemals bei ihr bleiben. Aber Tara wollte nicht so leben. Egal, wie sehr sie ihn liebte.

Also gut, dann war es doch eigentlich besser, wenn er sich nicht meldete. Und das auch gar nicht vorgehabt hatte.

Dieser miese Scheißkerl.

»Officer Reeves?«

Tara nahm augenblicklich Haltung an. Sie stand immer noch in der Eingangshalle des ausgesprochen protzigen Privatkrankenhauses, zu dem der superschicke Krankenwagen sie und

Dr. Cappozi vom irgendeinem Flughafen mitten in der Pampa gebracht hatte.

»Trooper Reeves«, verbesserte Tara automatisch.

Der unfassbar junge Krankenhausangestellte, auf dessen Namensschildchen »Bob« stand, starrte sie verständnislos an. »Ma'am?«

»Meine Rangbezeichnung ist Trooper – Trooper bei der Louisiana State Police.«

Auch wenn sie im Moment nicht so aussah, denn während des Flugs hatte man ihr einen weichen Hosenanzug aus Wollstoff sowie einen dazu passenden Kaschmirrolli gegeben. Ihre eigenen Kleider waren vollkommen ruiniert gewesen. Und die dazugehörigen kniehohen Stiefel eigneten sich auch eher für den Laufsteg als für die Verbrecherjagd. Das ganze Outfit hatte wahrscheinlich mehr gekostet, als Tara in einem Monat verdiente. Nicht, dass sie sich beschweren wollte …

Die gepiercte Augenbraue des jungen Mannes hob sich, und er musterte sie kurz. Diese Reaktion war sie gewohnt. Als ob ihm ihre körperlichen Vorzüge etwas über den Unterschied zwischen Officer und Trooper verraten hätten. Oder warum eine Polizistin aus Louisiana, egal welchen Ranges, sich in irgendeinem Nest im Staate New York oder wo auch immer zum Henker sie hier war, die Augen aus dem Kopf heulte … weil irgendein unzuverlässiger Kerl sie nicht angerufen hatte.

Verbittert? Wer, sie etwa?

Eher am Boden zerstört.

»Ach so. Okay. Wie auch immer«, sagte Spongebob. »Na jedenfalls dachten wir, da die Schwestern gerade Miss Ginas Zimmer herrichten, ob Sie vielleicht Hunger haben? Es gibt nämlich immer noch Abendessen. Wenn Sie mir folgen wollen, Ma'am, dann führe ich Sie zu Ihrem Platz.«

Essen. Was für ein schwindelerregender Gedanke. Ob die in

einer Entzugsklinik wie Haven Oaks wohl alkoholische Getränke ausschenkten? Oder was auch immer das hier für eine Einrichtung war. Hm, wohl eher nicht.

Aber Fragen kostete ja nichts.

Verdammt, vielleicht hatte der kleine Kid Rock hier sogar einen kleinen Alkoholvorrat angelegt, den er mit ihr teilen würde. Bei ihrem Pech waren seine privaten Vorlieben aber eher illegaler Natur.

»Offic–, äh, Trooper Reeves, Ma'am?«

Aha? Die Jungen waren also noch lernfähig. Er hatte es dieses Mal sogar geschafft, ihr dabei nicht auf die Brüste zu starren. Vielleicht, weil sie ihn an seine Mutter erinnerte. Wenn er sie noch ein einziges Mal »Ma'am« nannte, würde sie anfangen zu schreien. »Ja?«

»Wollen Sie lieber doch kein Abendessen, Ma'am?«

Sie zwang sich zu einem breiten Lächeln. »Nein, danke. Das werde ich heute mal ausfallen lassen. Aber wissen Sie, was ich wirklich gerne tun würde?«

»Was denn, Ma'am?«

Sie widerstand dem Drang, die SIG zu ziehen und den kleinen Mistkerl abzuknallen. Leider hatte man ihr die Waffe abgenommen und nicht wieder gegeben. »Mit jemandem von STORM sprechen.«

»Äh, Ma'am?«

Sie seufzte. »STORM Corps.«

Der Junge wirkte ratlos. Aber ehe er sie zur örtlichen Wetterstation schicken konnte, wurde sie von einer männlichen Stimme in ihrem Rücken gerettet, die sagte: »Kann ich Ihnen helfen, Miss Reeves?«

»Gott, das hoffe ich«, murmelte Tara. Als sie sich umdrehte, stand sie vor einem großen, vornehm wirkenden Mann mit stark gebräuntem markantem Gesicht, aus dem leuchtend grüne Augen hervorstachen. Sein freundliches Lächeln war trügerisch. Trügerisch deswegen, weil der kühle und abschätzende Blick aus seinen intelligenten, smaragdgrünen Augen so gar nicht dazu passen wollte. Trotzdem waren es weder sein Blick noch der Kurzhaarschnitt, woran Tara ihn als STORM-Mitglied erkannte – Kick und Marc hatten schließlich beide sehr viel längeres Haar. Aber er wäre ihr in einer Gruppe von Menschen sofort aufgefallen. Ihn umgab dieselbe Aura wie die anderen Team-Mitglieder. Eine Aura der *Gefahr*. Hinter der scheinbar entspannten Fassade verbarg sich der stahlharte Kern eines Mannes, der jederzeit für einen Kampf um Leben und Tod bereit war.

Er hielt ihr die Hand hin. »Nennen Sie mich Bridger«, sagte er, während sie sich begrüßten. Sein Händedruck war kräftig und bestimmt. »Darf ich Tara zu Ihnen sagen?«

»Wenn Sie in der Lage sind, mir zu helfen, dann dürfen Sie mich nennen, wie Sie möchten«, erwiderte sie, ohne auch nur ansatzweise überrascht zu sein, dass er ihren Namen kannte. Jeder hier schien über sie Bescheid zu wissen.

Er lächelte zurückhaltend. »Ich werde mein Bestes tun. Hören Sie, Tara, ich weiß, Sie möchten nicht zu Abend essen, aber ich war den ganzen Tag unterwegs und bin halb verhungert. Würden Sie mir vielleicht beim Essen Gesellschaft leisten? Dann könnten wir gemeinsam besprechen, wie ich Ihnen helfen kann.«

Also ließ sie sich doch noch in den Speisesaal führen. In dem hohen Raum mit den Säulen, dem glänzenden, antiken Mobiliar und den weißen Tischdecken fühlte sie sich plötzlich trotz der neuen Kleider zu schlicht angezogen.

Was *war* STORM Corps bloß für eine Organisation, die verdeckte, teils sogar illegale Operationen ausführte und gleichzeitig solch piekfeine Privatkrankenhäuser besaß, die eines Königs würdig waren?

Ihr Begleiter wählte einen Tisch in einer Ecke des Saales, gleich neben einem prasselnden Kaminfeuer. Als er ihr den Stuhl zurechtrückte, der mit der Rückenlehne zur Wand stand, und somit selbst den Platz einnehmen musste, der ihn angreifbar machte, war sie kurz überrascht. So viel zu *diesem* Agenten-Mythos.

»Seien Sie unbesorgt. Ich habe auch hinten Augen«, sagte er lächelnd. Offenbar konnte er auch noch Gedanken lesen.

Nachdem sie beide bestellt hatten, lehnte sich Bridger in seinem Stuhl zurück und betrachtete Tara nachdenklich. »STORM Corps weiß es sehr zu schätzen, wie gut Sie sich um unseren besonderen Gast kümmern«, begann er dann. »Das alles war bestimmt nicht einfach für Sie – so mitten aus dem gewohnten Leben gerissen zu werden. Dennoch haben Sie nicht gezögert und sind sofort eingesprungen, um einer Ihnen vollkommen fremden Person zu helfen.«

Tara zuckte mit den Achseln, weil ihr sein Lob unangenehm war. »Das hätte doch jeder andere an meiner Stelle auch getan.«

»Nein, wohl kaum. Aber wie dem auch sei, über Ihren Job zu Hause müssen Sie sich jedenfalls keine Gedanken machen. Ihrem Chef wurde bereits mitgeteilt, dass das Ministerium für Innere Sicherheit Sie für einen Auftrag von unbestimmter Länge abbeordert hat. Genießen Sie also Ihre Zeit hier und besuchen Sie unser Spa, wenn Sie möchten. Sobald Sie wieder nach Hause fahren möchten, wird ein Privatjet für Sie bereitgestellt werden.«

Spa.

Privatjet.

Mannomann.

Sie starrte ihn an. Er sah nicht so aus, als ob er scherzte.

War ja *klar*, dass ein einmaliges Angebot wie dieses ausgerechnet an *dem einen* Tag in ihrem Leben kam, an dem sie es unmöglich annehmen konnte.

Hastig nahm Tara einen Schluck von ihrem Wasser. »Das ist wirklich sehr großzügig«, brachte sie mühsam hervor, denn eigentlich wollte sie nicht ablehnen. »Aber was diese Sache angeht, bei der ich Ihre Hilfe bräuchte – nun, ich hatte eigentlich gehofft, Sie könnten mich zurück zum Team bringen.«

Jetzt war es an ihm, sie verwundert anzustarren.

»Sie wissen schon, das Team, das, ähm –«, nervös blickte sie sich um, »die Entführer jagt.«

Sein braun gebranntes Gesicht verriet keinerlei Regung. »Ich fürchte, das Team ist aufgeteilt worden.«

»Ach.« Enttäuschung machte sich in Tara breit. Okay. Das war nachvollziehbar. Gina hatte berichtet, dass sie das tödliche Virus in fünf verschiedene Kanister hatte füllen müssen. Wahrscheinlich war jeweils ein STORM-Agent auf einen Kanister angesetzt. Aber … wenn sie sich getrennt hatten, dann … »Wollen Sie damit sagen, dass Sie die Verdächtigen aufgespürt haben?«

Bridger verschränkte die Finger auf dem Tisch. »Wir haben zumindest eine Spur. Aber Einzelheiten kann ich hier nicht besprechen.«

»Verstehe. Natürlich.« Was sollte sie jetzt bloß tun? Nachdem sie einen Vorgeschmack darauf bekommen hatte, was es bedeuten würde, in einem Team von Ebenbürtigen zu arbeiten. Mit Menschen, die ihr das Gefühl gaben, dass sie schlau und kompetent war und einen wertvollen Beitrag leistete. Endlich hatte Tara an etwas wirklich Bedeutungsvollem teilgehabt – so wie damals bei ihrer freiwilligen Hilfe nach Katrina. Oder bei ihrer Suche nach der Quelle der Vergiftungsfälle. Wie sollte sie nach alldem zu ihrer langweiligen Arbeit als Verkehrspolizistin zurückkehren?

Da kam der Kellner mit ihren Getränken. Überrascht stellte Tara fest, dass ihr statt der bestellten Diät-Cola ein Bier serviert wurde.

»Wie ich höre, bevorzugen Sie frisch Gezapftes?«

Okay, der Mann war beängstigend. »Von wem haben Sie das gehört?«

»Von so ziemlich jedem, den wir gefragt haben.«

Tara rauschte das Blut in den Ohren. Sie wartete, bis der Kellner wieder gegangen war, dann beugte sie sich zu Bridger. »*Gefragt?* Wieso haben Sie *überhaupt* jemanden nach meinen Getränkevorlieben gefragt?«

Er legte den Kopf schräg. Nach einer kurzen Pause sagte er dann ganz ruhig: »Das mit Ihrer Mutter tut mir übrigens sehr leid.«

Tara zuckte zurück, als hätte er ihr ins Gesicht geschlagen. Sie fragte ihn nicht, was ihre Mutter damit zu tun hatte. Denn diese war ja tatsächlich der Grund, warum sie jetzt hier saß. Und nicht irgendwo auf einer von Louisianas Straßen unterwegs war, um Strafzettel auszustellen, wie es eigentlich ihre Aufgabe war. Aber das wusste niemand. Niemand. Weder ihr Chef noch ihr Vater, nicht einmal der Mann, mit dem sie zwei Tage lang durch den Sumpf gepaddelt war, um nach Beweisen für illegale Industrieabfälle zu suchen.

Aber dieser Mann hier wusste es.

Das bedeutete dann wohl, dass er auch alles andere über sie wusste: angefangen von ihrer verkorksten Kindheit mit einem kaum zu ertragenden herrischen Soldatenvater und einer liebevollen Mutter, die wegen Umweltgiften an Krebs erkrankt und gestorben war. Und wahrscheinlich auch, dass sie in den letzten sechsunddreißig Stunden so gut wie ständig wilden Sex mit einem seiner Kollegen gehabt hatte.

Tara räusperte sich.

Also gut.

»Vielen Dank«, antwortete sie auf die Beileidsbekundung.

Bridgers Miene blieb weiterhin undurchdringlich. »Also«,

fuhr er fort. »Ich nehme an, Marc Lafayette ist der wahre Grund, warum Sie zurück ins Team wollen.«

Gott sei Dank saß sie so dicht am Kaminfeuer. So konnte man den Schweiß, der ihr vor Verlegenheit auf der Stirn stand, genauso gut der Hitze zuschreiben.

»Nein, eigentlich –«

»Ich möchte mich in diesem Zusammenhang auch für die Handschellen entschuldigen«, unterbrach er sie. »Da ist Lafayette eindeutig zu weit gegangen.«

O Gott. Er wusste von den Plastikhandschellen? Tara nahm einen großen Schluck von ihrem Bier.

»Und dafür, dass er Sie gezwungen hat, mit ihm in einem Raum zu schlafen. Er hat damit seine Befugnis überschritten.«

Ach du lieber Himmel, jetzt wäre sie am liebsten im Erdboden versunken. Und nie wieder herausgekommen.

Fast hätte sie sich an ihrem Bier verschluckt. »Das ist schon, ähm …«, winkte sie ab.

»Falls Sie eine Beschwerde einreichen möchten, werde ich Ihnen gerne –«

»Nein, nein«, unterbrach sie ihn und hüstelte verlegen. »Wirklich, das wird nicht nötig sein. Ich bin –« Sie war sicher, ihr Gesicht würde jeden Moment in Flammen aufgehen. Aber Marc sollte nicht dafür bestraft werden, dass er seine Arbeit erledigt hatte, selbst wenn sie im Moment richtig wütend auf ihn war. Verflucht, außerdem war sie genauso schuld wie er selbst. Wenn nicht sogar mehr als er. »Das ist schon in Ordnung. Wir«, sie räusperte sich erneut, »ähm, sind da zu einer Einigung gekommen.«

Davon war sie zumindest ausgegangen. In den ersten sechs Stunden, nachdem sie sich voneinander getrennt hatten. Danach war sie sich nicht mehr so sicher gewesen. Trotzdem hatte sie dem heftigen Drang widerstanden, nachzuschauen, ob er ihr auf dem Handy eine Nachricht hinterlassen hatte.

Bridger nickte. »Schön. Das hatte ich mir zwar bereits gedacht, aber ich wollte sichergehen.«

Als ihnen das Essen serviert wurde, seufzte Tara unglücklich. Es sah einfach köstlich aus, aber sie bekam keinen Bissen hinunter.

»Na jedenfalls«, fuhr Bridger fort und langte kräftig zu, »könnte ich Sie eventuell wieder mit Lafayette zusammenbringen. Er und Jackson wollen sich heute Abend mit Kowalski und Jaeger treffen, um die Luftbilder auszuwerten. Sie suchen nach Beweisen für die Spur, von der ich gesprochen habe. Sind Sie immer noch daran interessiert, sich dem Team anzuschließen?«

Tara war sich plötzlich nicht mehr sicher. Was würde Marc wohl davon halten, wenn sie einfach dort auftauchte? Und würden die anderen ihr gegenüber immer noch so zugänglich sein, wenn sie und Marc kein Paar mehr waren?

Sie rutschte auf ihrem Stuhl hin und her. »Ob Sie es nun glauben oder nicht, ich würde tatsächlich gerne helfen. Schließlich habe ich gesehen, was diese Mistkerle Dr. Cappozi angetan haben. Sie hat mir auch von dem tödlichen Virus berichtet, und was damit geplant ist. Ich möchte STORM nicht nur aus rein persönlichen Gründen verbunden bleiben. Sondern auch, weil ich mein Land vor einer terroristischen Bedrohung schützen will. Ich würde jedem im Team liebend gerne helfen. Wo auch immer ich gebraucht werde.«

Lange Zeit blickten sie sich direkt in die Augen. Dann nickte er kurz. »Also schön. Dann nehme ich Sie beim Wort. Rand Jaeger könnte Hilfe gebrauchen. Dann hätte Kowalski Zeit, um an Gegenmaßnahmen für das Virus zu arbeiten.«

Tara fühlte, wie sich ihr Herz enttäuscht zusammenzog, weil sie nicht bei Marc sein würde. Aber mal im Ernst, irgendwann musste sie der Realität ins Auge sehen. Je eher, desto besser.

Es gelang ihr, aufrichtig erfreut zu lächeln. »Abgemacht«,

sagte sie zu Bridger. »Ich helfe gerne im Moby aus. Wann muss ich los?«

Er griff wieder zur Gabel und deutete auf ihr Essen. »Ich werde den Jet herbestellen, sobald Sie aufgegessen haben.«

Gleich bei ihrem ersten Bissen vibrierte sein Handy. Er entschuldigte sich bei Tara und klappte das Telefon auf. Nachdem er kurz zugehört hatte, beendete er das Gespräch und schenkte ihr ein schiefes Lächeln. »Die Pflicht ruft«, sagte er. »Entschuldigen Sie mich also, ich muss nach oben zur FBI-Vernehmung von Dr. Cappozi.«

»FBI?«, fragte Tara beunruhigt. »Aber ich dachte, die Regierung sollte nichts von Ginas Rettung erfahren?« Das Team hatte schließlich alles dafür getan, ihr Überleben geheim zu halten, besonders vor den Behörden. »Für den Fall, dass es dort einen Verräter gibt.«

Bridger horchte auf. »Sie sind darüber informiert?«

Tara schob ihr Essen auf dem Teller herum. »Gina vermutet, es handelt sich um einen CIA-Agenten, der Gregg van Halen heißt.«

»Das habe ich auch gehört.« Bridger musterte sie prüfend. »Hören Sie, warum begleiten Sie mich nicht einfach?«

»Im Ernst? Das würde ich wirklich gerne.«

Er deutete auf ihr Essen. »Schön. Dann lasse ich das hier für Sie einpacken.«

Sie wollte ihm sagen, dass das nicht nötig sei, aber er hatte dem Kellner bereits ein Zeichen gegeben. Also bedankte sie sich stattdessen höflich.

»Nach der Befragung wird eine Limousine auf Sie warten, und ich gebe Bescheid, damit ein Jet bereitsteht, um Sie zurück nach Louisiana zu fliegen. An Bord wird man Sie darüber informieren, wo Sie wieder zum Team stoßen können.«

»Einverstanden, danke.«

»Und vergessen Sie nicht Ihr Essen«, ermahnte er sie augenzwinkernd, als sie aufstanden und der Kellner ihr die Schachtel mit den Essensresten überreichte.

Dieser Mann war wirklich hartnäckig. Na gut. Vielleicht bekam sie ja später noch Appetit.

Irgendwann im nächsten Jahrhundert, fügte sie in Gedanken noch hinzu.

Lächelnd gab sie sich geschlagen und nahm die Schachtel an. Dann folgte sie Bridger zum Fahrstuhl. »Vielen Dank, Dad«, murmelte sie kaum hörbar vor sich hin.

»Das habe ich gehört«, sagte er, ohne sich umzudrehen, und hob mahnend einen Finger.

24

Gina war in einem großen, luftigen Krankenzimmer untergebracht worden, von dessen hohem Erkerfenster man auf einen mondbeschienenen Blumengarten mit lichtergeschmückten Bäumen hinausblickte, über den sich eine zarte Schneedecke gelegt hatte. Sie saß aufrecht und mit einer Menge Kissen im Rücken in einem dieser verstellbaren Krankenhausbetten. Mit Rainies Hilfe hatte sie ausgiebig geduscht und war endlich wieder sauber. Herrlich! Dann hatte Rainie ihr das Haar gebürstet, bis es glänzte, und die schlimmsten Wunden verbunden. Eben hatte Gina eine ganze Schüssel herzhafter Suppe gelöffelt und dazu den heißen Kaffee getrunken, der auf ihrem Nachttisch gestanden hatte. Inzwischen fühlte sie sich schon fast wieder wie ein Mensch.

Wenigstens quälte sie nicht länger die schreckliche Angst, es könne sich bei alldem nur um einen Traum handeln.

Kurt Bridger steckte den Kopf durch die Tür. »Hallo. Ich komme hoffentlich nicht ungelegen?«

Gina lächelte. Bridger war derjenige, der sich bei ihrer Ankunft in Haven Oaks um alles gekümmert hatte. Er arbeitete für STORM Corps, und gemessen daran, wie respektvoll ihn alle im Krankenhaus behandelten, musste er ein ziemlich hohes Tier sein. Sein Wunsch war offensichtlich jedem hier Befehl. Da er Gina gleich gefragt hatte, ob sie für eine Vernehmung zur Verfügung stehen würde, hatte sie ihn bereits erwartet. Sehr zu ihrer Freude hatte er Tara Reeves mitgebracht.

»Bitte, kommen Sie doch herein«, sagte sie also. »Schön, Sie wiederzusehen.« Tara kam zu ihr ans Bett und umarmte sie kurz.

»Ganz meinerseits, Gina. Gut eingelebt?«

»Alle hier sind so nett zu mir.« Gina wandte sich an Bridger. »Noch einmal vielen Dank. Das Zimmer ist einfach wunderschön. Und dass sich Rainie hier um mich kümmert …« Beschämt stellte sie fest, dass sich ihre Augen schon wieder mit Tränen füllten. »Ich kann Ihnen gar nicht sagen, wie viel mir das bedeutet.«

»Schön, dass Sie sich wohlfühlen«, erwiderte er und trat zu ihr ans Bettende. »Und wie geht es Ihnen sonst?«

Gina nickte. »Ich stehe immer noch unter Schock, aber im positiven Sinne«, gab sie zu, dann lachte sie peinlich berührt. »Auch wenn ich nicht aufhören kann zu weinen.«

»Halten Sie bloß nichts zurück«, sagte Tara und drückte ihr liebevoll die Hand. »Sie haben sich jede einzelne dieser Tränen der Erleichterung verdient. So tapfer, wie Sie gewesen sind.«

Gina seufzte mitgenommen. »Wenn ich nur wirklich tapfer gewesen wäre.«

»Selbstverständlich waren Sie das«, sagte eine Frau vom Türrahmen aus. »Unfassbar tapfer.« Mit dem schicken Kostüm und den hohen Schuhen sah sie einfach umwerfend aus. Eine dieser gertenschlanken, rothaarigen, irischen Schönheiten, die Gina immer um ihre cremeweiße Haut und die engelsgleichen Gesichtszüge beneidet hatte. Allerdings wirkte ihr freundlicher Gesichtsausdruck im Moment ein wenig angestrengt.

»Special Agent Haywood, nehme ich an?«, fragte Bridger und ging zu ihr, um die Papiere zu prüfen, die sie hochhielt.

Moment mal. Diese Frau war beim *FBI*? Gina und Tara wechselten einen überraschten Blick.

»Das bin ich. Kick Jackson hat mich gebeten, nach Dr. Cappozi zu sehen. Und mich zu vergewissern, dass sie und Rainie sich gefunden haben.«

»Das haben wir. Sie haben meine Freundin nur knapp verpasst«, sagte Gina. »Sie ist gerade zum Abendessen gegangen.«

»Sie kennen also Rainie Jackson, Special Agent Haywood?«, fragte Tara, nachdem sie sich ebenfalls kurz vorgestellt hatte.

Die Agentin nickte lächelnd. »Wir haben uns vor ein paar Wochen hier in Haven Oaks kennengelernt. Und nennen Sie mich doch alle bitte Rebel.«

Bridger ging zum dunklen Erker hinüber. »Wenn ich richtig informiert bin, sind Sie außerdem mit Alex Zane befreundet.«

Der Name ließ Special Agent Haywood – Rebel – zusammenzucken. Sie wurde blass.

Was hatte es damit auf sich? Und wieso kam der Name Gina so bekannt vor?

»Ja«, erwiderte Rebel, die sich schnell wieder gefangen hatte. »Ich war vor einigen Jahren die Verbindungsfrau zu seiner Einheit, Zero Unit. Alex war meine Kontaktperson.« Dann wandte sie sich an Gina und erklärte: »Alex war auch der Trauzeuge von Kick bei seiner Hochzeit mit Rainie. Er ist mit Helena Middleton verlobt, einer, ähm, guten Freundin von mir. Deswegen war ich ebenfalls dabei. Helena sprang als Brautjungfer ein.«

Deswegen war ihr der Name also bekannt vorgekommen. Alex war Kicks Freund, den sie im Sudan gerettet hatten.

»Mir tut es so furchtbar leid, dass ich die Trauung versäumt habe«, sagte Gina mit zittriger Stimme. Und schon wieder flossen die Tränen. Rainie hatte ihr von der kleinen Feier berichtet, die hier in Haven Oaks stattgefunden hatte. Wie gerne sie alles aufgeschoben hätte, bis Gina gefunden wurde, aber dass Kick jeden Moment damit hatte rechnen müssen, wieder in einen Einsatz geschickt zu werden und deswegen nicht länger warten wollte. Gina konnte ihm das nicht verübeln. Eigentlich machte es ihn nur noch sympathischer, dass er sich durch nichts aufhalten ließ, wenn es um seine Liebe zu Rainie ging. So glücklich und selbstbewusst hatte sie ihre Freundin noch nie gesehen. Kick tat ihr offensichtlich sehr gut.

Rebel blickte sie mitfühlend an. »Rainie war schrecklich traurig darüber, Sie nicht bei sich zu haben.«

Gina tupfte sich die Augen. »Soweit ich gehört habe, hatten die Ärzte Alex strenge Bettruhe verordnet, weil sein körperlicher Zustand damals noch so schlecht war.«

Die Agentin nickte. »Inzwischen geht es ihm allerdings besser. Er kann es kaum erwarten, Sie zu treffen, und wartet draußen im Flur.« Wieder erstarb ihr Lächeln. Doch rasch hatte sie sich wieder gefangen und fuhr fort: »Na, jedenfalls waren ihre Freunde alle fest entschlossen, Sie wiederzufinden, Dr. Cappozi. Ich war davon derartig beeindruckt, dass ich am nächsten Tag zu meinem Chef gegangen bin und um meine Versetzung gebeten habe, damit ich auch mithelfen konnte.«

»Nennen Sie mich doch bitte Gina.« Sie schluckte mühsam. »Und ich dachte die ganze Zeit über, alle hätten mich im Stich gelassen.« Wieso hatte sie bloß so wenig Vertrauen gehabt?

»Glauben Sie mir, das haben sie nicht«, versicherte ihr Tara jetzt. »Zu keinem Zeitpunkt.«

»Und auch das FBI nicht«, fügte Rebel hinzu.

Gina war unendlich gerührt. »Ich bin allen so dankbar.«

Bridger löste sich von der Wand neben dem Erkerfenster. »Und damit das auch so bleibt, wäre es uns lieber, wenn Sie mit niemandem außerhalb von Haven Oaks Kontakt aufnehmen würden. Jedenfalls eine Zeit lang. Das ist doch sicher kein Problem, oder?«

Sie blinzelte. »Ähm. Nein, ich denke nicht. Aber weshalb? Rainie sagte, dass zwei der Terroristen bereits gefasst seien.«

Bridger schaute sie ernst an. »Ja, aber wir vermuten, dass Al-Sayika jemanden in die CIA oder auch beim FBI eingeschleust haben könnte.«

»Gregg van Halen. Ich weiß, er ist der Verräter!«

»Möglicherweise. Aber wir dürfen kein Risiko eingehen. Jedenfalls nicht, solange Tawhid noch auf freiem Fuß ist und der Verräter nicht eindeutig identifiziert wurde.«

Ginas Herz schlug schneller. Ihr Blick schnellte von Bridger zu Agent Haywood und wieder zurück. »Aber ... das FBI?«

»Keine Sorge. Niemand dort weiß, dass Sie gefunden wurden«, versicherte Rebel ihr. »Und ich bin auch nur hier, weil Kick und ich auf privater Ebene Informationen über den Fall ausgetauscht haben. Da lief nichts über offizielle Kanäle.«

Tara zog die Stirn kraus. »Aber ... wenn Sie dem FBI nicht sagen dürfen, dass Gina am Leben ist ...«

Rebel verzog das Gesicht und sah zu Bridger hinüber. »Da spricht sie etwas Wichtiges an. Ich muss gestehen, dass ich in diesem Punkt selbst ratlos bin. Mein SAC –« Bei dem A stockte ihre Stimme kurz, und sie räusperte sich. »Mein SAC wird merken, wenn ich ihn anlüge. Und das werde ich müssen, es sei denn, der Fall wird irgendwie abgeschlossen oder mein SAC löst sich in Luft auf.«

»Möchten Sie denn, dass er sich in Luft auflöst?«, fragte Bridger. Als sich die Augen der Agentin weiteten, breitete sich der Ansatz eines Lächelns auf dem Gesicht des STORM-Mitarbeiters aus. »Natürlich nicht für immer. Nur für einige Zeit ... vielleicht nach Washington.«

»Das könnten Sie arrangieren?« Rebel wirkte skeptisch.

»Wenn nun eine Leiche auftauchen würde, die auf Dr. Cappozis Beschreibung passt – irgendwo weit weg von Louisiana natürlich. Dann würde die Taskforce so lange stillgelegt, bis eine positive Identifizierung möglich ist. Und das wiederum könnte sich über Monate hinziehen. Währenddessen würden Sie alle neuen Fällen zugeteilt und er wieder nach Hause geschickt werden. Problem gelöst.«

Rebels Lächeln wirkte ein wenig bemüht, so wie vorhin. »Bei jedem anderen würde das vermutlich klappen. Leider … gibt es bei diesem Fall eine zusätzliche Komplikation.«

Bridger spitzte die Lippen. »Sie meinen, weil Ihr SAC Wade Montana heißt.«

Gina schnappte nach Luft. »Wade? *Wade* ist der Hauptverantwortliche in meinem Fall? Besteht da nicht ein gewisser Interessenkonflikt?«

»Wohl wahr.« Rebel biss sich auf die Lippe und nickte. »Um ganz ehrlich zu sein, hielt ich ihn zunächst für Ihren Mörder. Ich ging davon aus, dass er sich aus Rache für –« Ihre Wangen verfärbten sich rosa. »Nun, ganz offensichtlich lag ich damit falsch. Er ist aufrichtig besorgt, Gina. Und er gibt sich selbst die Schuld an Ihrer Entführung. Ich denke, er sollte erfahren, dass Sie noch leben.«

»Einen Moment«, warf Tara ein. »Wer ist dieser Wade Montana?«

»Wade ist mein ehemaliger Verlobter«, erklärte Gina.

Taras Augenbrauen schossen überrascht in die Höhe. »Das nenne ich aber wirklich einen Interessenkonflikt! Wie konnte das FBI ihm nur diesen Fall zuweisen?«

Rebel verschränkte die Arme vor der Brust. »Er hat niemandem etwas von dieser früheren Beziehung verraten. Ich habe auch nur zufällig davon erfahren. Daraufhin habe ich ihm gedroht, alles öffentlich zu machen, aber er konnte mich von seiner Aufrichtigkeit überzeugen.«

»Das war entweder sehr mutig oder aber sehr dumm von Ihnen, Special Agent Haywood«, schaltete sich Bridger ein.

»Zweifellos Letzteres«, gab die Agentin zurück und wich den Blicken der Anwesenden aus.

Gina runzelte die Stirn. *Lief da etwa etwas* zwischen Wade und dieser Frau? Wie sie ihn kannte, wahrscheinlich schon.

Aber Gina war die Letzte, die ihm deswegen Vorhaltungen machen würde. Denn ihr mieser, verräterischer Liebhaber hatte sie schließlich an Terroristen ausgeliefert, während ihr verlogener Exverlobter sie gesucht … und offensichtlich gleichzeitig eine Untergebene gevögelt hatte.

Aber diese ganzen Verwicklungen waren für sie bedeutungslos. Denn sie würde sich ohnehin niemals wieder auf einen unaufrichtigen Scheißkerl einlassen – solange sie lebte.

Ihr kam die Galle hoch. *Kein* Mann würde sie jemals wieder besitzen. Nicht nach dem, was ihr widerfahren war.

»Da stimme ich Ihnen zu, Rebel«, krächzte Gina und riss sich aus den traumatischen Erinnerungen. »Mag das restliche FBI mich ruhig für tot halten, aber Wade sollte zumindest wissen, dass ich am Leben bin. Das bin ich ihm schuldig.«

»Vergessen Sie aber nicht, dass Sie es waren, die sich von Montana getrennt hat«, bemerkte Bridger und betrachtete sie eingehend. »Wollen Sie wirklich Ihr Leben in seine Hände legen?«

»Selbstverständlich.« Gina schluckte. Selbst wenn Wade seinen Kollegen gegenüber nicht aufrichtig gewesen war, hatte er *sie* doch niemals angelogen. Zumindest … nicht, soweit sie davon wusste. »Sie denken doch nicht ernsthaft, dass er etwas damit zu tun haben könnte?«

Bridger hob die Schultern. »Irgendein Insider arbeitet für Al-Sayika. Ich weiß, dass Sie van Halen für den Schuldigen halten, Dr. Cappozi, aber solange wir dafür keine Beweise haben –«

Gar nicht erst an ihn denken. Gina rollte den Kopf auf dem Kissen hin und her. Nicht nur, weil sie Bridgers Theorie nicht zustimmte, sondern auch, um die Gedanken an den wahren Verräter zu verscheuchen. »Aber Wade ist es auf keinen Fall. Da bin ich mir ganz sicher.«

Bridgers Blick ruhte noch ein wenig länger auf Gina. »Als wir ihn überprüft haben, ist uns zumindest nichts aufgefallen. Okay.

Wenn Sie sich also sicher sind, was ihn angeht, dann können wir ihn meinetwegen einweihen.«

»Er wird sich davon überzeugen wollen, dass Gina noch lebt«, warnte Rebel. »Persönlich.«

Bridger hob eine Augenbraue und sah Gina fragend an. »Ja? Nein?«

Gina atmete gepresst aus. »Sicher. Warum nicht?«

»Mit ein bisschen Glück«, sagte Rebel, »kann er die Task-Force auch auflösen, ohne dass eine Leiche gefunden wird.«

»Darum werden wir uns kümmern, ebenso wie um das Treffen«, sagte Bridger, dann wandte er sich wieder an Gina. »Wären Sie, Dr. Cappozi, währenddessen bereit, uns von ihren schrecklichen Erlebnissen zu berichten? Denn jede Kleinigkeit, an die Sie sich erinnern, ist von größter Bedeutung. Selbst das unwichtigste Detail könnte uns bei der Suche nach den Terroristen helfen. Wir müssen also alles erfahren.«

Diese Befragung war notwendig. Das wusste Gina. Besser, sie brachte es gleich hinter sich. »Ich werde mir Mühe geben«, sagte sie. Aber bereits jetzt zog sich ihr vor Angst der Magen zusammen, und sie bekam Atemnot.

»Erst wenn Sie so weit sind«, sagte Bridger rücksichtsvoll. Tara schien Ginas aufsteigende Panik zu bemerken. Sie setzte sich auf die Bettkante und nahm Ginas Hand, um sie zu beruhigen. »Ich bin bei Ihnen.«

Gina schloss die Augen und bereitete sich am ganzen Körper zitternd auf den Abstieg zurück in die Hölle vor.

»STORM Alpha Sechs, hier spricht Romeo.« Rands zufriedene Stimme kam klar und deutlich über das Headset. »Tango Drei ist geortet, und wir haben auch ein Bild von ihm, over.«

Bobby Lee fuhr aus dem kleinen Nickerchen auf, das er auf dem Beifahrersitz des Geländewagens gehalten hatte. Adrenalin pumpte durch seine Adern. Na endlich! Zu guter Letzt hatte das Warten doch noch ein Ende. Dieses Katz-und-Maus-Spiel der letzten Tage wurde langsam langweilig.

Nachdem Bobby Lee gesehen hatte, was diese Terroristen der armen Geisel aus der Forschungsstation angetan hatten, wollte er diese Schweinehunde mehr denn je erwischen und ihrer gerechten Strafe zuführen. Was für Bestien konnten eine Frau so behandeln? Sie hatten den Tod verdient.

Rasch wechselte er einen erwartungsvollen Blick mit Zimmie, die hinter dem Steuer saß, dann schaltete er das Mikrofon seines Headsets an.

»Hier ist STORM Alpha Sechs. Wie ist die Position von Tango Drei, over?«

Anscheinend hatte Kowalski sich breitschlagen lassen, Rand im Moby zu unterstützen, denn er war es, der antwortete: »Immer noch auf der Interstate 10, knapp fünfzehn Kilometer östlich von Lake Charles, over.«

»Gott sei Dank«, murmelte Zimmie, als er das mit der I-10 erwähnte, aber gleich danach entfuhr ihr ein »Mist«, als Kowalski die genaue Position durchgab.

Denn einen Terroristen in einer großen Stadt wie Lake Charles abzufangen, war ihnen allen viel zu riskant. Das konnte leicht in einem Fiasko enden.

»Leite die Infrarotaufnahmen auf Zulus Laptop weiter«, sagte Rand. Infrarot deshalb, weil es bereits auf Mitternacht zuging und sonst überhaupt nichts auf den Bildern zu erkennen gewesen wäre. »Sowohl die Limousine als auch euer Wagen sind markiert. Alpha Sechs, du befindest dich momentan sechseinhalb Kilometer hinter dem Zielfahrzeug, over.«

Zimmie gab Gas und schaltete die Sirene und das Warnlicht ein. »Verdammt. Wir werden sie nie vor Lake Charles einholen«, sagte sie, wie immer realistisch.

Währenddessen hatte Bobby Lee die Verbindung zum Moby hergestellt und holte sich das Video auf den Laptop. Er konnte erkennen, dass sie langsam aufholten, aber die silberne Limousine hielt sich nicht an die Geschwindigkeitsbeschränkung. Auch ohne ein Mathe-Genie zu sein, konnte er sich leicht ausrechnen, dass sie den Wagen erst in der Stadt eingeholt haben würden, wenn sie nicht mit mindestens hundertsechzig Sachen fuhren.

»Wie sieht's mit der Inneren Sicherheit aus?«, fragte er. »Wie weit ist deren Luftabwehrteam entfernt, over?«

Nach einer kurzen Pause meldete sich Ski zurück: »Ungefähr fünfzehn Minuten, over.«

Zu weit.

»Was meinst du?«, fragte Bobby Lee Zimmie. »Aufholen und ihn bis zu einem weniger befahrenen Freewayabschnitt verfolgen oder die städtischen Einsatzkräfte mit ins Spiel bringen, damit wir ihn aufhalten, ehe er den Stadtkern erreicht?«

Sie war gerade dabei, den Geländewagen geschickt zwischen den wenigen anderen Autos hindurchzulenken, die zu dieser Uhrzeit noch unterwegs waren. Der Tacho zeigte knapp hundertfünfzig Stundenkilometer an. Trotzdem trat sie nicht ein einziges Mal auf die Bremse. »An ihn dranhängen. Und dann warten wir auf das Team der Inneren. Die Einsatzkräfte vor Ort wären überfordert. Zu gefährlich für alle Beteiligten.«

Bobby Lee war der gleichen Meinung.

»Romeo, gibt es Neuigkeiten von Tango Zwei und Vier?«, erkundigte er sich nach den beiden bereits gefassten Terroristen. »Reden sie schon, over?« Als er das letzte Mal nachgefragt hatte, war T4 gerade an seiner Schusswunde operiert worden. T2 hatte man den Beamten vom Justizministerium übergeben, er weigerte sich aber, irgendetwas Verwertbares von sich zu geben. Zu schade, dass Kick den Scheißkerl nur mit Plastikmunition getroffen hatte.

»Negativ, Alpha Sechs«, antwortete Ski. »Aber die Ärzte sagen, Tango Vier sollte bald wieder zu sich kommen, over.«

Bobby Lee hoffte, dass die Vernehmungsbeamten bei ihm mehr Glück haben würden. Vielleicht lockerte das Narkosemittel ihm die Zunge, und er konnte bestätigen, dass sie sich um den Madison Square Garden kümmern mussten. Wäre nützlich zu wissen, ob das wirklich der Ort war, den Tawhid für seinen großen Angriff vorgesehen hatte.

Die gute Nachricht war, dass Lake Charles wohl kaum als Anschlagsziel infrage kam und T3 höchstwahrscheinlich nur auf der Durchreise zu einem anderen Ort war.

Aber wie Kick schon gesagt hatte – das alles setzte voraus, dass diese Mistkerle vernünftig vorgingen. Und in diesem Geschäft war es ein großer Fehler, überhaupt etwas vorauszusetzen.

Apropos Kick … »STORM Mike, STORM Kilo, hörst du mich, over?«

»Jawohl, klar und deutlich«, kam Kicks Antwort. »Wir sind beim Moby und einsatzbereit. Sollen wir als Verstärkung in den Heli steigen, over?«

Bobby Lee dachte kurz darüber nach. »Nein. Erst mal nicht. Haben wir Tango Eins inzwischen lokalisiert, over?«

»Ebenfalls negativ«, warf Marc verdrossen ein. »*De foutre*. Obwohl wir eine Vermutung haben, wohin er unterwegs sein könnte, bleibt der Mann ein Phantom, over.«

Jetzt war Bobby Lee nur noch entschlossener, T3 zu schnappen, bevor der auch noch abtauchte. »Also gut, Leute, dann wollen wir sichergehen, dass wir den hier erwischen, over.«

Gemeinsam besprachen sie kurz das weitere Vorgehen, während Rand sich mit dem Oberbefehlshaber der Inneren Sicherheit abstimmte. Die I-10 in westlicher Richtung führte nahe der Grenze zu Texas über eine längere Strecke durch unbewohntes Sumpfland. Hier würden sie zugreifen.

In diesem Moment gab das Notebook ein Warnsignal von sich. »Nur noch achthundert Meter bis zum Zielfahrzeug«, warnte Bobby Lee Zimmie, die daraufhin sofort die Sirene abstellte. Sie fuhren durch die Vororte von Lake Charles und wollten nicht, dass der Terrorist auf sie aufmerksam wurde und vom Freeway abfuhr.

Kurz darauf schaltete sie auch das Blaulicht wieder aus und ging vom Gas, bis sie nur noch ein klein wenig schneller als die anderen Autos fuhr.

»Dort. Das ist er.« Bobby Lee zeigte auf die Scheinwerfer vor ihnen. Noch ein Stück weiter entfernt hob sich die beleuchtete Brücke über dem *Calcasieu River* vor dem dunklen Nachthimmel ab. Sie steuerten direkt darauf zu.

Zimmie fuhr so, dass immer ein gleichbleibender Abstand zwischen ihnen und der Limousine blieb. Während des Fahrens dehnte sie kurz Rücken und Hände.

Bobby Lee stellte sein Mikrofon aus, dann warf er einen Blick auf Zimmies müdes Gesicht, die verspannten Schultern und fragte: »Alles in Ordnung?« Zwar war er schon vor sechs Uhr morgens aufgestanden, aber sie hatte im Gegensatz zu ihm vermutlich überhaupt nicht geschlafen. Vorhin hatte sie als Erste ein Nickerchen im Wagen gehalten, aber das war viel zu kurz gewesen, und er schätzte, sie war langsam am Ende ihrer Kräfte.

»Keine Sorge«, sagte sie. »Ich schaff das schon.«

Als ob sie je etwas anderes behaupten würde.

»Was zum –« murmelte sie dann plötzlich, versteifte sich und spähte durch die Windschutzscheibe.

Auch Bobby Lee richtete seinen Blick wieder auf die Straße und begann ebenfalls zu fluchen. »Gottverdammte *Scheiße*!« Vor ihnen kam ein Streifenwagen mit Blaulicht über die Autobahnauffahrt herangerast und heftete sich an die Fersen der Limousine. Er schaltete das Mikrofon wieder ein. »Verdammt noch mal, Romeo! Hat niemand den Beamten hier in der Nähe gesagt, sie sollen sich zurückhalten, over?«

»Bestätigt. Was ist los, over?«

Bobby Lee stieß einen wilden Fluch aus. Zimmie gab Gas.

Nicht schon *wieder*, verdammte Scheiße.

»Da ist ein gottverdammter Bulle, der ihn anhalten will, over!« Oder jedenfalls versuchte der Streifenwagen das. Aber Tango Drei legte einfach noch einen Zahn zu. Offenbar hatte er nicht vor, anzuhalten. »Einer von euch muss auf der Stelle mit ihm in Verbindung treten und ihn warnen, dass – oh, *verflucht*.«

Die silberne Limousine vollführte ohne Vorwarnung eine scharfe Wendung und fuhr vom Freeway ab. Dann nahm sie eine Abkürzung über den Rasen, schlitterte auf den Straßenabschnitt, der in die entgegengesetzte Richtung führte und raste wie ein geölter Blitz davon. Der Streifenwagen hatte die Abfahrt verpasst und war somit abgehängt.

»Scheiße«, stieß Zimmie zwischen zusammengebissenen Zähnen hervor, schaltete Sirene und Blaulicht wieder ein, scherte ebenfalls aus, und die Verfolgungsjagd verlagerte sich auf die Nebenfahrbahn. »Verflucht noch mal, das ist eine Einbahnstraße!« Und sie waren natürlich in die falsche Richtung unterwegs.

»Wo zum Teufel steckt die Innere, over?«, rief Bobby Lee in sein Mikro.

»Noch fünf Minuten, over«, gab Ski durch.

Scheiße.

Mit wildem Hupen drängte sich T3 mitten in einer unübersichtlichen Kurve, die in südlicher Richtung unter dem Freeway durchführte, an einem entgegenkommenden Wagen vorbei und verfehlte ihn dabei nur um Haaresbreite. Zimmie konnte ihm ebenfalls ausweichen. Gott sei Dank gab es um diese Uhrzeit wenig Verkehr, sonst wären es aus mit ihnen gewesen. Wie von Sinnen hackte Bobby Lee auf die Tastatur des Notebooks ein, holte sich eine Kartenansicht neben der anderen auf den Schirm und zoomte hinein, aber die wilde Fahrt machte es schwierig, überhaupt etwas zu erkennen. »Verdammt! An alle, wo will er hin, over?«

»Anscheinend nach … Lake Charles«, antwortete Kick. »Der See, nicht die Stadt. Südlich des Sees führt ein Fluss in die Sümpfe, dann kommt ein weiterer See und dahinter der Golf von Mexiko, over.«

Himmel. »Okay. Also dann wird er ein Boot brauchen. Wird er auch eins finden, over?«

Zimmie fluchte, als die silberne Limousine scharf rechts über den Mittelstreifen auf die Nebenspur raste und dann wieder in die vorgeschriebene Richtung fuhr. Sie blieb ihm auf den Fersen, und für eine Sekunde hing ihr Wagen auf der Seite, so stark musste sie sich in die Kurve legen. Sie preschten an einem verlassenen Verwaltungszentrum vorbei.

»Positiv«, sagte Ski. »Nach ein, zwei Blocks kommt eine Reihe Privatanlegeplätze, over.«

»Lass ihn«, sagte Zimmie und knirschte mit den Zähnen, während sie den Wagen zu Höchstleistungen antrieb.

Sein Blick schnellte zu ihr hinüber. »Wie bitte?«

»Wir kommen gleich in eine Wohngegend. Und wir können nicht riskieren, dass er das Virus dort versprüht. Lass ihn auf den See.«

Die silberne Limousine samt Tango Drei kam mit quietschenden Reifen neben dem ersten Anlegeplatz zum Stehen. Sofort sprang ein Mann heraus und rannte auf das nächstgelegene Schnellboot zu.

Bobby Lee traf in Windeseile eine Entscheidung. »Du hast recht. STORM Alpha, wir lassen ihn an der langen Leine. Romeo, stell sicher, dass du das Boot auf dem Schirm hast, over.«

»Wird in diesem Moment markiert, Boss, over.«

»Und findet ein schnelleres Boot für mich. Aber pronto! Und besser, ihr sagt der Inneren Bescheid, dass der Angriff zu Wasser stattfinden wird, over.«

Um die Küstenwache herbeizurufen, fehlte ihnen die Zeit. Zu schade. Die waren schließlich Experten auf diesem Gebiet.

»Alpha Sechs, am dritten Dock ist ein Schnellboot vertäut, over«, informierte Ski sie.

»Verstanden. Das nehmen wir«, sagte Bobby Lee, suchte Zimmies Blick und zeigte auf das Boot. Dann klappte er den Laptop zu, drehte sich im Sitz nach hinten und griff nach ihren Jacken und Seesäcken. Sobald Zimmie gebremst hatte, warf er ihr eine der Taschen zu, dann rannten sie zum Schnellboot.

Nachdem er an Bord gesprungen war, machte er sich kurz an der Zündung zu schaffen, und schon sprang der Motor an. Er überprüfte alle Messgeräte. Der Tank war voll. Gott sei Dank. »Halt dich gut fest«, schrie er Darcy zu, die sich gerade in den Beifahrersitz fallen ließ, dann rasten sie in die Dunkelheit hinein.

T3 war bereits auf dem schwarzen See verschwunden, als Spur blieb ihnen nur das leise Surren seines Motors und die schlingernde Heckwelle, in der sich die Lichter der hinter ihnen liegenden Stadt fingen.

»Wie ist dein Plan?«, brüllte Zimmie, zog Bobby Lees Nachtsichtbrille aus dem Seesack und reichte sie ihm.

»Plan?«, fragte er, während er sich die Brille überzog und die Speziallinse herunterklappte. »Sag du's mir.«

Die Wärmesignatur von T3 erschien als orangefarbener Umriss in seinem Blickfeld. Sonst war absolut nichts zu sehen. Der Tango fuhr direkt auf den See hinaus. Gut.

Zimmie setzte ihre eigene Brille auf. Bobby Lees Lächeln wich einem lüsternen Grinsen. Es hatte ihn schon immer scharf gemacht, wenn sie so aussah. Eigentlich machte sie ihn immer scharf, egal, was sie trug. Sie war eindeutig die verführerischste–

»Konzentration, Soldat!«, schnauzte sie ihn an.

»Yes, Ma'am«, antwortete er und richtete seine Aufmerksamkeit wieder auf die Arbeit. Für ihn bestand kein Zweifel daran, dass sie ihren Mann erwischen würden.

Und er hatte gerade noch etwas anderes, sehr Wichtiges begriffen. Mit Darcy Zimmermann Schluss zu machen, verbesserte seine Konzentrationsfähigkeit *überhaupt nicht*. Was helfen *würde*, wäre, sie immer an seiner Seite zu haben. Zusammen waren sie einfach unschlagbar.

Nach diesem Einsatz musste er unbedingt darum ersuchen, dass sie ihm als ständiger Partner zugeteilt wurde. Ob ihr das nun passte oder nicht.

Der Wind trug die kalte Gischt, die das Boot hinter sich herzog, zu ihnen nach vorne. Wie ein ausgelassener Cockerspaniel schüttelte Bobby Lee den Kopf und genoss die angenehme Abkühlung auf dem Gesicht und am Hals. Genau wie die Gewissheit in seinem Herzen.

Rands Stimme kam über Funk: »Die Innere hat gemeldet, dass ihr Zugriffskommando nicht für Wassereinsätze gerüstet ist.« Ein verächtliches Schnauben folgte. »Anscheinend haben die Jungs ihre Neoprenanzüge vergessen, over.«

Bobby Lee verdrehte die Augen und lenkte das Schnellboot in Richtung Süden, immer dem orangefarbenen Punkt auf seinem Nachtsichtgerät hinterher. Tango Drei steuerte auf den Fluss zu.

»Dann bleibt es wohl an uns hängen, meine Damen und Herren«, sagte er entschlossen. »Wird Zeit, dass wir dieser Fuchsjagd ein Ende machen und dem Wichser zeigen, mit wem er es zu tun hat.«

Selbst im Dunkeln und trotz der Nachtsichtgläser konnte Darcy Bobby Lees Gesichtsausdruck erkennen. Er zeigte pures Hochgefühl. Das hier war das, wofür er lebte. Die Aufregung der Jagd;

die unglaubliche Euphorie, die es auslöste, einen Verbrecher zu schnappen und die Welt retten zu können.

Verdammt, ihr ging es ganz genauso.

Zumindest … war das immer so gewesen.

Also, was hatte sich geändert? Seit wann war für sie die Niederlage im Gesicht ihres Feindes weniger berauschend als die Begeisterung auf Bobby Lees Gesicht, kurz bevor er für dessen Kapitulation sorgte?

Verflucht.

Es war wohl eher sie, die sich konzentrieren musste.

»Was meinst du?«, fragte sie ihn. »Blendgranate oder eine Kugel in den Kopf?«

»Ich denke, wir könnten ihn von Rand durch einen einzigen Schlag des UAV ins Weltall pusten lassen.«

Sie schürzte die Lippen. »Wenn man mit Kanonen auf Spatzen schießen will.«

Er verzog das Gesicht. »Würde den Steuerzahlern eine Menge Geld sparen, die sonst für eine Gerichtsverhandlung draufgeht.«

»Allerdings wird die Innere ziemlich verärgert sein, wenn sie ihn nicht mehr befragen kann.«

Er seufzte theatralisch auf. »Scheiße.«

»Du sagst es.«

»Also schön. Dann eben die Blendgranate.«

Er gab Gas, und das Schnellboot schoss wie eine Rakete nach vorne. Darcy kramte in ihrem Seesack und zog zwei M84er-Granaten hervor.

Er schaute kurz zu ihr herüber und zog eine Augenbraue hoch. »Gleich zwei?«

Sie schenkte ihm ein herausforderndes Lächeln und zuckte mit den Achseln. »Sicher ist sicher.«

»O ihr Kleingläubigen«, sagte er zu ihr und verzog ironisch

das Gesicht, während Darcy für sie beide den Gehörschutz heraussuchte, den sie dann statt der Nachtsichtbrillen überzogen.

Sie kicherte und hielt Quinn eine Gasmaske hin.

Aber er winkte ab.

Sie gab nicht auf. Dieser Sturkopf! »Zieh sie einfach über, Quinn.«

Er lächelte schief. »Ich bin dir also *doch nicht* egal.«

»Blödsinn. Schwarz steht mir nur einfach nicht.«

Er lachte in sich hinein. »Hier. Übernimm du das Steuer.«

Nachdem sie ohne Probleme die Plätze getauscht hatten, kontaktierte Quinn das Team: »STORM Alpha, wir schlagen zu. Ihr werdet ein paar Minuten lang nichts von uns hören, over.«

»Verstanden, over«, antwortete Rand, dann schalteten Quinn und Darcy die Headsets aus.

Er nahm ihr eine der Granaten ab und legte an. Suchte einen sicheren Halt auf dem schaukelnden Deck und konzentrierte sich nur auf das Ziel. Wie ein Sportler, der es auf die Goldmedaille abgesehen hatte.

Der Wind fuhr ihm ins goldblonde Haar, und seine Silhouette zeichnete sich messerscharf vor der sie umgebenden Dunkelheit ab. Er war so schön, dass es schmerzte, geradezu göttergleich.

Da sie den Gehörschutz aufgesetzt hatte, konnte sie nichts hören, bis auf das Pochen ihres angeschlagenen Herzens. Mit einem geschickten Manöver lenkte sie ihr Schnellboot nahe genug an Tango Drei heran.

Quinn ließ die Blendgranate fliegen, und ihr rotes Licht beschrieb einen eleganten Bogen am Nachthimmel. Sie musste nicht erst nachschauen, um zu wissen, dass er genau dorthin getroffen hatte, wo er wollte – direkt vor den Feind. Er war nicht umsonst Werfer im STORM-Baseballteam.

Rasch zog sie das Schnellboot wieder in die entgegengesetzte Richtung, blockierte das Steuer und warf sich mit zugekniffenen

Augen zu Boden. Quinn landete auf ihr und zog sich die Gasmaske doch noch über. Eine Millisekunde später war ein lauter Knall zu hören, der ihr Boot ordentlich durchschüttelte, und durch die geschlossenen Augen nahm sie den Abglanz des gleißend hellen Blitzes wahr.

Quinn zog Zimmie gleich wieder hoch, sie umfasste das Steuerrad und wendete scharf. Innerhalb von Sekunden hatten sie T3 eingeholt und fuhren neben ihm her. Quinn lehnte sich aus dem Boot und griff sich den angeschlagenen Terroristen. Ehe der Mann noch wusste, wie ihm geschah, war er bereits an Händen und Füßen gefesselt.

Darcy riss sich den Gehörschutz herunter. »Das Virus?«, schrie sie.

Quinn suchte im Boot, bückte sich und kam dann mitsamt Kanister wieder hoch, den er triumphierend in die Höhe hielt. Er aktivierte das Mikro.

»Hier ist STORM Alpha Sechs«, meldete er sich beim Team. »Tango Drei ist gefasst, Objekt gesichert.«

25

Ein starkes Paar Arme hob Darcy hoch. *Quinns Arme*. Sie erkannte ihn auch mit geschlossenen Augen daran, wie er sie an seine Brust zog, und an seinem moschusartigen, unwiderstehlichen Körpergeruch.

Wann war sie eingeschlafen?

»Du hättest mich wecken sollen«, murmelte sie und versuchte, die trägen Lider zu öffnen.

»Wie denn? Mit einem Kanonenschuss? Du hast letzte Nacht kein Auge zugetan, habe ich recht?«

Oh-oh! Er klang verärgert.

Tja, sie hatte tatsächlich nicht geschlafen. Und schuld daran war seine Idee gewesen, sich vor ihren Augen in der Dusche selbst zu befriedigen. Außerdem hatte sie einfach viel zu tun gehabt. »Keine Zeit«, sagte sie matt und krallte sich in sein warmes weiches T-Shirt. »Musste Verbrecher jagen.« *Und ihm aus dem Weg gehen*.

Apropos … das Letzte, an das sie sich erinnern konnte, war, wie sie die Augen geschlossen hatte, während Quinn ihren Gefangenen auf der Bootsrampe an die Innere Sicherheit übergab. Sein Gespräch mit dem Verantwortlichen dort hatte sich ewig hingezogen. Wahrscheinlich war sie währenddessen eingenickt.

Sie hörte die Tür des Geländewagens zuknallen, dann lief Quinn mit ihr in den Armen los.

»He, wo bringst du mich hin?«, wollte sie wissen. Es fiel ihr schwer, deutlich zu sprechen, was ihrer Frage die Schärfe nahm.

»Ins Bett.«

Da bekam sie endlich ein Auge auf, um ihn anzusehen. Sein weltmännisches Gesicht wirkte noch markanter als sonst, die Wangen und das kantige Kinn waren von einem blonden Bartschatten überzogen. *Gott*, wie gut er aussah! Sie durfte auf keinen Fall mit ihm im Bett landen. Denn sie würde ihm einfach nicht widerstehen können.

Also öffnete sie den Mund, um etwas zu erwidern.

Aber er kam ihr zuvor. »Geht das jetzt schon wieder los?«, grummelte er noch wütender als zuvor. »Wenn ja, dann lasse ich dich auf der Stelle fallen, und du kannst auf dem Bürgersteig schlafen.«

Sie klammerte sich an ihm fest, denn sie wusste, er würde die Drohung wahrmachen. Sie hatte keine Lust, mit dem Hintern auf der harten Straße zu landen. »Wo sind wir überhaupt?«

Die Luft roch ... warm. Und ein wenig salzig. Als sie das andere Auge auch noch öffnete und sich im Dunkeln umschaute, erblickte sie einen leeren Parkplatz vor einem hübschen pinkfarbenen Motel. Eine rote Neonlanguste wies die Vorbeifahrenden winkend auf freie Zimmer hin. Um sie herum war es derart ruhig, dass sie sogar das elektrische Surren der großen Langustenschere hören konnte, die sich auf und ab bewegte.

Quinn öffnete eine Tür mit einer Nummer außen dran, und trug sie in ein kleines, aber ordentliches Zimmer, dessen Einrichtung aus nicht viel mehr als einem riesigen Bett bestand. Darüber hingen drei Flusskrebsbilder.

»Ich bin mir ziemlich sicher, dass wir irgendwo in Louisiana sind«, gab er zurück. Dann ließ er sie auf das Bett fallen und fing an, sich auszuziehen, während er zum Bad ging.

O mein Gott. Sie hatte ein Déjà-vu.

Nur würde sie ihm dieses Mal nicht nachgehen und ihm *definitiv* nicht beim Duschen zusehen. Wenn sie das nämlich tat, würde sie ihre Hände bestimmt nicht lange bei sich behalten können.

Zwei Minuten später war er wieder da. Trocken. Splitterfasernackt.

Himmel hilf.

Darcy war wie gelähmt. Seit er weggegangen war, hatte sie sich nicht einen Zentimeter bewegt, sondern lag immer noch genauso auf der Matratze, wie er sie zurückgelassen hatte. *Konnte* sich selbst dann nicht rühren, als er zu ihr trat und genau vor ihren Beinen stand, die an der Seite des Bettes herunterhingen.

Sie stöhnte innerlich auf.

Verdammt, sein hochgewachsener Körper mit den breiten Schultern war einfach umwerfend. Muskeln, die er sich beim Wiederaufbau ausgebombter Schulen, dem Transport schwerer Munition über Gebirgspässe oder an Fahrzeugwinden, mit denen er in fernen Ländern irgendwelche festgefahrenen Jeeps befreite, ehrlich verdient hatte. Sein kurzes, blondes Haar war auf fünf verschiedenen Kontinenten von der Sonne gebleicht worden, und die Hände hatten in hundert verschiedenen Ländern gekämpft, um die eine Nation zu schützen, die ihm so viel bedeutete.

Er war der attraktivste Mann, dem sie jemals begegnet war, und nichts hätte sie lieber getan, als die Knie zu öffnen und ihn einzuladen, sie einfach zu nehmen, wie er sich auch immer alles andere genommen hatte, das er haben wollte. Ohne Rücksicht auf Verluste, gründlich und schonungslos.

Wie würde es sich wohl anfühlen, von einem Mann wie Quinn geliebt – wahrhaftig geliebt – zu werden? Wäre er ihr dann ebenso loyal ergeben wie dem Land, an dem sein Herz hing?

Als er sich über sie beugte, den Saum ihres T-Shirts in die Hand nahm und es ihr langsam auszog, erschauerte sie. Es bestand nicht der leiseste Zweifel daran, was er vorhatte.

Sie legte die Hände auf seine. Hin und her gerissen. Gequält. »Quinn.«

»Willst du mit mir kämpfen, Süße?«, fragte er sie mit loderndem Blick. »Versuch es ruhig. Denn wir wissen doch beide, dass ich gewinnen werde.«

»Ich dachte, wir wollten uns unterhalten.«

»Davon habe ich die Nase voll.« Er zwang ihr das T-Shirt über den Kopf und warf es beiseite. »Baby, wir können das hier auf die harte Tour durchziehen oder aber ganz sanft. Du hast die Wahl.«

Sein dominantes Verhalten erregte sie heillos. Dieses Spielchen hatten sie bereits viele Male gespielt.

Mit einem Unterschied. Dieses Mal war es kein Spiel.

»Quinn«, sagte sie. Aber der Name kam als gestöhnte Aufforderung aus ihrem Mund und klang nicht nach der Warnung, die sie im Sinn gehabt hatte.

Also zog er ihr auch noch den BH aus und ließ ihn neben das Bett fallen.

»Ja, Süße?«

»Du musst damit aufhören.«

Er hielt inne. »Warum?«

Sie biss sich auf die Lippen, um nicht mit den drei Worten herauszuplatzen, die sie so fürchtete … den Grund, warum es sie umbringen würde, wenn sie weitermachten. Sie konnte ihm nicht sagen, welche Art Gefühle sie für ihn entwickelt hatte. Das *ging einfach nicht*. So würde sie wenigstens nicht auch noch ihre Würde verlieren. Wie die anderen Male in ihrem Leben, bei denen sie entsorgt und ersetzt worden war.

Achselzuckend begann er, ihr die Armeehose aufzuknöpfen, immer einen Knopf nach dem anderen. Und nach jedem einzelnen davon schaute er ihr tief in die Augen. Sie verging fast vor Verlangen.

»Das ist nicht fair«, hauchte sie atemlos.

Er schnürte einen ihrer Stiefel auf und zog ihn ab. »Du irrst dich. Was nicht fair ist« – jetzt war der andere Stiefel dran – »ist, dass du mich ohne eine Erklärung einfach so abserviert hast. Du wolltest reden? Dann solltest du dich beeilen, wenn du mich noch aufhalten willst.«

Verzweifelt warf sie den Kopf hin und her. Wenn sie ihm die Wahrheit sagte, dann würde er in null Komma nichts verschwinden. Na ja, er würde wohl heute Abend noch mit ihr schlafen. Aber danach würde er die erste Gelegenheit nutzen, um von ihr wegzukommen. Bobby Lee war kein Mann für immer und ewig. Verflucht, er war noch nicht mal der Mann für den Tag danach. Die Worte »ernsthafte Bindung« kamen in seinem Vokabular nicht vor. Aber eine weitere Zurückweisung konnte sie nicht verkraften. Erst recht nicht, da sie plötzlich so tiefe Gefühle für ihn hegte. Das hatte sie schon zu oft durchmachen müssen.

»Was ich zu sagen habe, würde dir nicht gefallen«, flüsterte sie.

»Davon kannst du verdammt noch mal ausgehen.«

Sie zuckte zusammen. Herrje, hatte sie das gerade eben laut ausgesprochen?

Seine Hand glitt zu ihrem Hosenbund, und er zog ihr die Armeehose ganz langsam über die Hüften. Als sie seine Haut auf ihrer spürte, überkam Darcy blinde Panik. Keuchend sog sie dem Atem ein und versuchte, sich ihm zu entwinden. Das genügte ihm. Sofort saß er auf ihr und drückte ihr die Handgelenke mit eisernem Griff über dem Kopf zusammen auf das Kissen. Hob sie ein wenig an und zog ihren Körper unter sich höher auf das Bett. Dabei streifte er ihr gleichzeitig mit den Knien die Hose bis zu den Fußgelenken hinunter.

Er hielt sie weiterhin fest, schaute auf sie hinab und liebkoste ihren Körper mit den Augen. *O Gott*. Sie wurde schon feucht, nur weil er sie ansah. Irgendwie gelang es diesem Mann, jeden einzelnen seiner lüsternen Gedanken in seine blassblauen Augen zu legen. Und sie wollte jeden einzelnen davon mit ihm ausleben.

Der Witz an der Sache war, er hätte sofort aufgehört, wenn sie sich einfach nicht mehr gewehrt und ihm stattdessen gesagt hätte, dass sie müde sei und schlafen wolle.

Wenn sie also nur noch einen Funken Verstand besaß, dann tat sie genau das.

Aber sie spürte ihn mächtig an ihrem Venushügel, fühlte sein unbändiges Verlangen nach ihr. Ihre Brustwarzen hatten sich längst schon hart aufgerichtet und rieben an seinem Brusthaar. Er fühlte sich so gut an, dass sie sich kaum noch beherrschen konnte. Darcy wollte alles aufsaugen, jede berauschende Empfindung, damit sie sich in den kommenden Jahren, in denen sie sich nach ihm verzehren würde, an jede Einzelheit erinnern konnte, wenn ihr danach war.

Nur noch eine Minute, dann würde sie das hier beenden.

In diesem Moment legte er sich auf sie, als hätte er ihre Gedanken erahnt und wüsste genau, wie hilflos sie seiner sexuellen Ausstrahlung ausgeliefert war. Als sein nackter Körper ihren bedeckte, stöhnte er voller Vorfreude auf.

Eine Hand hielt weiterhin ihre Handgelenke umfasst, die andere ließ er jetzt langsam an ihrem Körper hinabgleiten, über die Hüfte, den Oberschenkel bis zu ihrer Kniekehle, die er leicht anhob, sodass sie mit einem Bein ganz aus der Hose schlüpfte. Aber er zog das Bein noch weiter hoch. Sie wusste, was er vorhatte, er wollte ihre Beine so weit spreizen, bis er in sie eindringen konnte, also versuchte sie dagegenzuhalten. Aber sie hatte keine Chance. Er war einfach zu stark.

Vor lauter Ärger bäumte sie sich auf.

»Du willst es also grob«, sagte er leise.

»Nein«, widersprach sie noch. Aber zu spät. Denn sie hatte dem Spiel längst stillschweigend zugestimmt. Zwar wehrte sie sich immer noch heftig gegen seinen Griff und schäumte vor Wut. Doch es war Wut auf sich selbst. Weil sie ihn so verdammt heftig begehrte. Und ganz aus den Augen verlor, wie schrecklich das hier enden würde.

»So ist es gut, Baby, kämpf mit mir«, befahl er ihr sanft.

Also kämpfte sie, und zwar richtig, sie wollte wissen, ob er stark genug war und auch, wie sehr er sie wollte. Ihr Atem ging schneller, und ihr Herz hämmerte wie verrückt. Während er sie niederrang, verdunkelten sich seine Augen, bis sich kobaltblaue Ringe um das helle Innere bildeten. Auch er wurde immer erregter. Härter. Mächtiger. Stärker. Er wollte sie.

Er wollte sie.

Sie zappelte solange, bis er sie endgültig unterworfen hatte, indem er seinen Körper auf ihren drückte. Die Kraft seiner Gliedmaßen schien sie auf das Bett zu nageln. Sein Schwanz drückte gierig gegen ihren Oberschenkel. Er ließ die Hand zwischen ihre Körper gleiten. Und berührte sie.

Sie stöhnte auf, als er die Finger über ihre Scham gleiten ließ. Und in sie hinein. Mit wissenden Bewegungen bahnte er sich einen Weg immer tiefer hinein, bis er ihr Lustzentrum gefunden hatte. Dort ließ er einen Finger kreisen, bis sie das Gefühl hatte zu zergehen.

»Quinn«, keuchte sie, »wir müssen reden.«

»Dann rede«, sagte er, hielt jedoch nicht eine Sekunde inne mit seiner erbarmungslosen Verführung. Stattdessen beugte er sich über sie und vollführte mit Lippen und Zunge denselben Tanz wie weiter unten. Er knabberte, wagte sich vor, leckte sie zärtlich, bis sie sich ihm und seinem Verlangen immer weiter öffnete. Und auch ihrem eigenen.

»Bobby Lee, bitte«, stöhnte sie.

Ein zustimmendes Brummen drang aus seiner Brust. »So ist es besser«, murmelte er. »Sprich weiter, Süße. Ich will, dass du mich anflehst.«

Es wäre nicht das erste Mal gewesen. Es kam oft vor, dass einer von ihnen den anderen beim Sex zum Betteln brachte. Zwischen ihnen gab es keine Schamgrenzen. Sie benötigten auch kein Zauberwort, das alles beenden würde, weil sich ihre sexuellen Vorlieben einfach perfekt ergänzten.

Ein weiterer Grund, warum sie den Mann wahnsinnig liebte. Bei ihm konnte sie immer ganz sie selbst sein. Ohne mädchenhafte Scheu.

Seine geschickten Hände hatten sie schon fast zum Höhepunkt gebracht. Gequält schloss sie die Augen. Sie hatte dem nicht nachgeben wollen. Dieses Mal nicht.

»Verdammt, Mädchen, du solltest nicht so traurig aussehen, wenn ich dich zum Orgasmus bringe.«

Keuchend ergab sie sich dem Sinnesrausch und wurde von einem wilden Strudel aus purer Leidenschaft erfasst, der alle Gedanken auslöschte. »Ich kann nicht anders.«

»Warum?«, wollte seine tiefe Stimme wissen, während seine Hände sie immer weiter in die unendliche Tiefe dieser dunklen See hinabtrieben.

»Weil – *oh, Gott*!« Es hatte keinen Zweck. Sie wurde von einer Welle der Lust fortgetrieben und bäumte sich noch ein letztes Mal auf, bevor sie sich ihm ganz ergab. Auch dem Sehnen in ihrem Herzen hatte sie nichts mehr entgegenzusetzen. Und so schluchzte sie die Worte, die ihr Schicksal besiegeln würden: »Weil *ich dich liebe*.«

Als Rebel aus dem Lincoln-Tunnel herausfuhr, hatte sich eine dünne Schneeschicht über Manhattan gelegt. Der Mond lugte durch die Wolkendecke, die die gesamte Stadt einhüllte, und sein Licht verwandelte alles in eine bunt schillernde Zuckerwattewelt.

In der Weihnachtszeit besaß die Stadt geradezu etwas Magisches, mit all den festlichen Lichtern und farbenprächtigen Bannern. Besonders wenn eine Milliarde winziger weißer Flöckchen über den Himmel flimmerten. Als ob man in einer dieser zauberhaften Schneekugeln lebte. Normalerweise heiterte nichts sie so zuverlässig auf wie dieses Bild. Selbst die Taxifahrer waren zu dieser Jahreszeit nicht so unfreundlich wie sonst, sondern genossen wie alle anderen auch diese kurz währende Freude.

Aber heute Abend nahm Rebel das alles kaum wahr. Es gab so vieles, über das sie nachdenken musste – wie sollte sie da die Schönheit der Umgebung genießen?

All die schrecklichen Erlebnisse, von denen Gina ihr erzählt hatte.

Und all das, was zuvor mit Wade geschehen war.

Mal ganz abgesehen von der Bombe, die Alex danach hatte platzen lassen …

Ihr schwirrte der Kopf. Auch weil sie vollkommen übermüdet war. Ihr Gehirn lief auf Hochtouren, aber körperlich war sie einfach am Ende.

Was sie jetzt brauchte, war ein heißes Schaumbad, ein Glas Wein und ein starkes Paar Arme, die sie festhielten, während sie drei Tage lang schlief. Einfach nur festhielten.

Ja, träum weiter.

Ihr Handy klingelte zum wohl zwölften Mal. Wer mochte es sein? Wade oder Alex? Sie riefen schon seit einiger Zeit abwechselnd an, und offensichtlich würden sie erst damit aufhören, wenn sie abnahm. Also atmete Rebel resigniert aus und drückte die Sprechtaste.

»Haywood.«

»War ich wirklich so schlecht?« fragte eine tiefe, männliche Stimme gespielt verzweifelt.

Erstaunlicherweise musste Rebel daraufhin lächeln. Seine Fähigkeit, sich über sich selbst lustig zu machen, ließ ihn in ihrer Achtung nur noch weiter steigen. »Oh, ganz grauenhaft.

Dieser vierte Orgasmus, den du mir geschenkt hast, war definitiv unterdurchschnittlich.«

Wade gab ein Geräusch von sich, das entfernt nach einem Lachen klang. Es wirkte jedoch eher humorlos. »Warum bist du dann weggelaufen?«

Sie suchte nach Worten, die sich nicht nach einer Entschuldigung anhören würden. Aber ihr fiel nichts ein.

»Wow«, sagte er gedehnt. »Nicht einmal eine tote Mutter oder eine kränkelnde Tante?« Er klang so trocken wie die Sahara. Und auch ein wenig bissig.

Rebel war elend zumute – er musste denken, dass sie einfach abgehauen war. Aber damit konnte sich jetzt nicht auch noch befassen. »Tut mir leid. Ich bin einfach … vollkommen erschöpft.«

»Merkwürdig. Ich kann nicht schlafen. Wo hast du die letzten zwölf Stunden gesteckt, Rebel?«

Er war nicht der Typ, der lange um den heißen Brei herumredete.

»Wade –«

»Wenn du schon nicht dem Mann antworten willst, den du gestern den ganzen Nachmittag gefickt hast, dann vielleicht deinem Vorgesetzten. Wo also sind Sie gewesen, Agent Haywood? Ich habe den ganzen Abend über versucht, Sie zu erreichen.«

Sie wand sich vor Verlegenheit. »Ausdrucksweise, Wade.«

»Verdammt noch mal, antworte mir einfach.«

Sie war zu müde, um sich ihm zu widersetzen. »Na schön. Es hat da … einige Entwicklungen gegeben.«

»Betreffend?«

Sie atmete schwer aus. »Den Cappozi-Fall betreffend.«

Er schwieg einen Moment. »Unmöglich. Denn wie du ja weißt, bin ich der SAC bei diesem Fall, also wäre ich benachrichtigt worden, wenn sich etwas Neues ergeben hätte.«

»Es tut mir leid«, sagte sie. »Wahrscheinlich sollten wir reden.«
»Was du nicht sagst. Komm her. Und zwar auf der Stelle.«
So viel zu ihrem Schaumbad. Sie schaute auf die Uhr am Armaturenbrett. »Gut. Bis zum Büro brauche ich noch –«
»Nein. Mein Hotelzimmer. Wenn ich schon abserviert werde, dann lieber im privaten Rahmen.«
Sein Hotelzimmer.
In dem die Laken wahrscheinlich immer noch von gestern Nachmittag glühten.
»Wade, ich halte das nicht für –«
»Gott*verdammt* noch mal, Rebel! In zehn Minuten will ich deinen Hintern hier sehen, oder du kannst deine Karriere an den Nagel hängen.«
Ihr Display erlosch. Wade hatte aufgelegt.
Sie seufzte. Ihr war klar, dass das eine leere Drohung war. Wenn sie unterging, dann er mit ihr. Aber sie konnte seine Wut verstehen. Und zwar vollkommen. Trotzdem war sie kurz davor, einfach umzukippen. Waren ein paar Stunden Schlaf wirklich zu viel verlangt? Offensichtlich schon.
Also fuhr sie zu seinem Hotel.
Zwölf Minuten später öffnete er auf ihr leises Klopfen hin die Tür.
Er stand barfuß, mit kunstvoll zerrauftem Haar und in einer schwarzen tief sitzenden Jogginghose vor ihr. Dazu trug er ein offenes Flanellhemd, ganz so, als hätte sie ihn gerade aus dem Bett geholt, was sie wohl auch getan hatte. Die Krähenfüße um seine Augenwinkel traten ein wenig deutlicher hervor als sonst, und auch sein Lächeln wirkte nicht ganz so einladend wie heute Nachmittag. Aber davon mal abgesehen war er gut aussehend und anziehend wie immer.
War es verrückt von ihr, nicht zuzugreifen und diesen Mann mit beiden Händen festzuhalten? Wahrscheinlich schon. Wade

Montana war ein toller Fang. Und sie hätte wirklich gerne einen festen Freund gehabt. Einen besseren als ihn würde sie nicht finden. Was war also ihr Problem?

Als ob sie das nicht wusste.

»Komm rein«, sagte er steif.

Tja, nun. Zweifelsohne hatte sie inzwischen jegliche Chance auf eine Beziehung verspielt. Denn sie hatte ihm mehr oder weniger seinen Fall entrissen und ihn angelogen … besser gesagt, Dinge verschwiegen. Nicht gerade die beste Grundlage für eine Partnerschaft.

»Danke«, erwiderte sie. Und dann bemerkte sie den Rolltisch mitten im Zimmer, der für zwei Personen gedeckt war. Mit hübschen Blumen und inzwischen beinahe vollständig heruntergebrannten Kerzen. Ein Teller war halb leer gegessen, der andere unberührt. Eine Flasche Champagner trieb in einem Eiskübel, doch die Eiswürfel waren längst geschmolzen.

Ach du Schande!

Sie drehte sich zu ihm um. »Tut mir leid«, wiederholte sie zum tausendsten Mal.

»Mir auch. Und jetzt verrate mir, was zum Teufel hier vor sich geht.«

»Ausdrucksweise, Wade.«

Wütend hob die Hand. »Ich fluche. Finde dich damit ab. Und fang an zu reden.«

»Es geht um Gina. Sie ist gefunden worden.«

Wade erstarrte. Sein Blick bohrte sich in ihren. »Geht es ihr gut?«

Rebel nickte. »Ein wenig mitgenommen, aber insgesamt ja.«

»Wo ist sie?«

Rebel räusperte sich. Das würde ihm nicht gefallen. »Das darf ich dir nicht sagen.«

»*Wie bitte?*« Er ging sofort in die Luft. »Verdammte Scheiße, was soll das denn jetzt heißen? Ich bin der verfluchte *SAC* dieses beschissenen Falls. Entweder du verrätst es mir, oder –«

Rasch kramte sie in ihrer Kostümjackentasche nach Kurt Bridgers Visitenkarte und hielt sie ihm hin. »Ruf diesen Mann an. Er wird dir alles erklären.«

Er riss ihr die Karte aus der Hand und musterte sie, während Rebel zu der kleinen Couch hinüberging und dort Handtasche und Regenmantel ablegte. Nach kurzem Zögern zog sie auch ihren Blazer aus. Und streifte die Pumps ab. Dann drehte sie sich wieder zu Wade um, der gerade sein Handy zückte und die Nummer wählte, die auf der Karte stand. Sein Gesichtsausdruck wirkte ... schwer zu sagen. Zornig? Besorgt? Beleidigt? Alles auf einmal?

»Hier ist Special Agent in Charge Wade Montana vom Federal Bureau of Investigation«, knurrte er. »Mit wem spreche ich?«

Das konnte eine Weile dauern.

Sie schlenderte zum gedeckten Tisch hinüber und hob die Silberhaube des noch unangetasteten Tellers an. Hummer. *Autsch*. Sie hob einen weiteren Deckel. Salat. Eine der kleinen Kirschtomaten wanderte in ihren Mund. Beim Kauen entfaltete sich ihr süßlich bitterer Geschmack. Gut. Aber Rebel war immer noch nicht hungrig. Stattdessen beäugte sie die Champagnerflasche. Nach ein, zwei Gläschen davon würde er sie vielleicht weniger hassen, selbst wenn der Champagner lauwarm war. Oder es würde ihr weniger ausmachen. Sie schenkte ein, ging zu Wade und reichte ihm eines der beiden hohen Gläser. Doch er ignorierte sie und redete einfach weiter. Das Glas nahm er allerdings trotzdem.

Schmeckte auch ungekühlt ganz gut. Eiskalt war es vermutlich ein richtig guter Tropfen. Sie war bereits beim zweiten Glas, als ihr Blick am Badezimmer hängen blieb. Das mit einer dieser wundervollen riesigen Deluxe-Badewannen ausgestattet war. Inklusive Schaumdüsen. Am Rand stand ein hübsches Körbchen mit einer Badeserie bereit. Es war mit einer Schleife geschmückt, als handele es sich um ein Geschenk extra für sie. Rebel ging langsam zum Wannenrand und zog einen Zettel aus dem Korb. Badezusatz. Flieder.

Dieser Versuchung konnte sie einfach nicht widerstehen. Und es war ja nicht so, dass sie befürchten musste, Wade würde hereinkommen. Seinem Gesichtsausdruck nach zu urteilen würde er vermutlich nie wieder mit ihr reden. Was konnte schon passieren? Außerdem hatte er sie sowieso schon nackt gesehen. Sie schloss also die Tür, ließ sich Wasser ein und zog sich aus.

Ach, es war einfach himmlisch! Heiß, mit viel Schaum und dem süßlichen Duft einer Sommerwiese. Der Champagner rann ihr prickelnd die Kehle hinunter, und jeder Muskel ihres Körpers entspannte sich. Sie schloss die Augen und seufzte genießerisch auf. *Genau* was sie gebraucht hatte. Ihr Verstand beruhigte sich endlich, bis die Gedanken nur noch träge dahinflossen und sich schließlich ganz auflösten.

»Rebel?«

Sie fuhr aus dem Schlaf auf. Wade stand über die Wanne gebeugt und schaute auf sie herunter. Das heiße Wasser hatte sich abgekühlt. Herrje. Sie war eingeschlafen.

»Du hast Glück, dass du nicht ertrunken bist.«

»Wie bitte? Oh, ja.« Sie richtete sich auf. Rieb sich die Augen. Öffnete sie und sah Wade, dessen Blick über ihren nackten Körper glitt. Okay, offenbar hatte sie sich getäuscht, was die Frage anging, ob er hereinkommen würde. Ihre Brustwarzen richteten sich auf. Na gut, vielleicht hatte sie sich auch nur eingeredet, dass es ihr lieber war, wenn er draußen blieb. Erinnerungen an den vergangenen Nachmittag stiegen in ihr auf. Und auch ihr Körper schien sich zu erinnern.

»Also. Redest du noch mit mir?«, fragte sie ihn nervös.

Er leckte sich über die Lippen, und sie beobachtete es sehnsüchtig. »Vielleicht. Fickst du noch mit mir?«

Holla!

Sie schluckte. Eigentlich hätte sie Nein sagen müssen. *Auf keinen Fall*. Denn ihr Herz hatte sie an jemand anderen verschenkt, und … »Vielleicht«, antwortete sie.

Seine Augen verengten sich ein klein wenig. »Steh auf.«

Obwohl sie instinktiv wusste, dass es falsch war, ergriff sie die Hand, die er ihr hinhielt. Er zog sie aus dem Wasser. »Wade, da gibt es etwas, das du –«

»Sei still.«

Okay. Er *war* also immer noch sauer. Das verriet ihr nicht nur der kurzangebundene Befehl, sondern auch die Art und Weise, wie er sie abtrocknete. Nicht wirklich grob. Aber auch nicht besonders zärtlich. Mehr in die Richtung »wenn ich dir dein Gehirn rausvögeln darf, dann überlege ich mir noch mal, ob ich dir verzeihe, aber in diesem Moment hasse ich mich selbst dafür, dass ich dich begehre«.

Nicht, dass sie ihm deswegen einen Vorwurf gemacht hätte.

Er warf das Handtuch beiseite. Dann folgte sein Flanellhemd.

Junge, Junge.

Selbst unter der Jogginghose sah seine Erektion gewaltig aus.

»Wade –«

»Habe ich dir erlaubt zu sprechen?«

Er ließ seine Fingernägel an ihrem Körper hinaufgleiten, von der Hüfte bis zu den Innenseiten ihrer Brüste, und sie verging beinahe vor Lust. Sie wollte ihn. Als er mit ihren Brustwarzen spielte, stöhnte sie freudig erregt auf, gleichzeitig quälten sie immer noch Schuldgefühle. Aber der Mann wusste wirklich, wie man mit dem Körper einer Frau umzugehen hatte.

Mit einer Hand fasste er ihr ins Haar und löste die Spange, die ihre Lockenpracht zusammenhielt. Klappernd fiel sie zu Boden.

Dann fuhr er ihr mit der Hand durchs Haar und zog einige Strähnen nach vorne, bis die wilden roten Locken ihr über die Schultern fielen und ihre Brüste halb bedeckt waren. Als Wade einen Schritt näher kam, rieb sein Brusthaar an den aufgerichteten Brustwarzen. Dick und mächtig drängte seine Erektion gegen ihren Bauch. Die dünne Baumwolle über der Eichel war ganz feucht. Rebel atmete zittrig ein.

»Zieh sie aus«, befahl er ihr mit rauer Stimme.

Sie blinzelte.

»Die Jogginghose. Zieh sie mir aus.«

Eigentlich hätte sie hin und her gerissen sein müssen. Aber das war sie nicht. Sie wollte das hier. Sie wollte ihn. Obwohl sie wusste, dass es nicht richtig war. Selbstsüchtig und falsch.

Rebel kniete sich hin und zog langsam die Hose hinunter, bis sein Schwanz hoch aufgerichtet vor ihr entblößt war. Als sie aufschaute, trafen sich ihre Blicke. Es war erregend. Sie merkte, dass sie feucht wurde. Sie zog die Hose weiter nach unten, über die muskulösen Schenkel und die männlichen Füße. Legte die Lippen an die Innenseite seiner Oberschenkel. Glitt mit der Zunge langsam nach oben. Er vergrub die Hände in ihrem Haar und hielt sie mit ganzer Kraft fest. Sie fuhr weiter nach oben. Bis sie ihm die Hoden lecken konnte. Dann küsste sie seine Peniswurzel. Ließ die Lippen ganz sachte und gemächlich bis zur Spitze gleiten und nahm ihn in den Mund.

Da endlich stöhnte er. Ein tiefes, verführerisches Geräusch voller Verlangen.

Plötzlich verstärkte sich sein Griff in ihrem Haar, und er riss ihren Kopf zurück.

»O nein, Special Agent Haywood«, sagte er mit rauer Stimme. »So leicht kommst du mir nicht davon.«

26

Diese ganze Angelegenheit war extrem frustrierend – erst hatte es nicht schnell genug gehen können, und jetzt hieß es warten, warten und nochmals warten.

Nach der Festnahme von T2 hatte der Hubschrauber Marc und Kick auf dem Parkplatz eines Motels in Baton Rouge abgesetzt, in dem die Innere Sicherheit ihr Basislager aufgeschlagen hatte. Ski und Rand waren mit dem Moby ebenfalls dorthin gekommen und parkten jetzt neben den anderen mobilen Einheiten des Ministeriums.

Als Quinn und Darcy vor einer halben Stunde Tango Drei verfolgt und gefangen genommen hatten, waren alle hier vollkommen aus dem Häuschen gewesen. Anschließend hatten sich Marc und Kick das Verhör des Gefangenen mitangehört, weil sie gehofft hatten, dass sie das irgendwie weiterbringen würde. Bislang hatten sie jedoch kein Glück gehabt. Laut Einsatzbefehl sollten sie sich jetzt einfach bereithalten und weitere Anweisungen abwarten.

Also hatten alle Bodeneinheiten ihren hektischen Betrieb wieder aufgenommen … was in diesem Fall bedeutete, dass sie Informationen erfassten und auswerteten.

Das UAV war einige Male über die gesamte Umgebung gekreist – glücklicherweise sowohl bevor, als auch nachdem der braune Transporter in dem Einkaufszentrum zurückgelassen worden war. Ein Dutzend Experten, inklusive Rand und Ski, arbeiteten jetzt fieberhaft am Computer und verglichen die Bilder, um das neue Fahrzeug oder die neuen Fahrzeuge zu finden, die Tango Eins und Fünf genommen hatten. Dann würden sie vielleicht auch ein mögliches Ziel ermitteln können. Bei der silbernen Limousine von Tango Drei hatte die Computerfreak-Truppe ganze Arbeit geleistet. Der Transporter hingegen … an dem bissen sie sich die Zähne aus. Mittlerweile waren alle Beteiligten die reinsten Nervenbündel.

Dieu. Marc hatte ja keinen blassen Schimmer gehabt, wie viel monotone Analysearbeit hinter jedem erfolgreichen Einsatz des unbemannten Luftobjekts steckte. Ihm war auch nicht klar gewesen, was für eine unglaubliche Geschicklichkeit demjenigen abverlangt wurde, der eine solche Drohne steuerte, wenn er kleine Ziele ausmachen, markieren und verfolgen sollte. Als einfacher Soldat sah man immer nur den wie aus dem nichts kommenden Raketeneinschlag, der eine Panzerfaust des Feindes traf oder ein Fahrzeug von Aufständischen oder was auch immer. Heutzutage hielt man diese Art Unterstützung irgendwie für selbstverständlich. Nun, er tat das jetzt nicht mehr.

Aber Marc und Kick waren keine Datentüftler, die bei dieser Form der Arbeit helfen konnten. Sie waren Spezialisten für den direkten Kampfeinsatz mit der Waffe in der Hand; gewohnt, die von den Analysten entwickelten Strategien auszuführen. Mit anderen Worten, sie waren im Moment zu nichts nütze. Sobald Tawhids Aufenthaltsort allerdings bekannt war, lag die Sache anders. Vorerst jedoch hatte man ihnen unmissverständlich klargemacht, dass sie verschwinden sollten.

»Sucht euch einen Schlafplatz. Legt euch ein wenig hin«, hatte Bridger ihnen befohlen. »Ihr macht die Analysten nervös, wenn ihr ihnen in voller Kampfmontur und bis an die Zähne bewaffnet über die Schulter schaut.«

Quoi? Er und Kick hatten den Befehl mit überraschter Miene entgegengenommen. Da sie jederzeit abberufen werden konnten, hatten sie jeweils eine Pistole an der Hüfte, eine weitere im

Hosenbund, und Marc hatte sich außerdem ein riesiges Messer ans Bein geschnallt. Kicks HK lehnte gleich neben der Tür des Moby an der Wand, direkt neben Marcs beeindruckendem Spezialwerkzeug, mit dem er sich überall Zugang verschaffen konnte.

Die beiden Männer warfen sich einen Blick zu, verdrehten die Augen und zuckten mit den Achseln. »Waschlappen«, formte Kick noch lautlos mit den Lippen in Marcs Richtung.

Trotzdem überließen sie die Computerfreaks ihrer Arbeit, nahmen ihre Sachen und machten sich auf den Weg zu den Zimmern, die man ihnen im Motel zugewiesen hatte. Wahrscheinlich war es sowieso eine gute Idee, sich kurz hinzuhauen. Immerhin waren sie seit Tagesanbruch auf den Beinen. Und gestern Nacht hatte Marc auch schon nicht besonders viel Schlaf abbekommen. Eigentlich so gut wie gar keinen.

Wegen Tara.

So unvermittelt an sie erinnert zu werden löste unendliches Verlangen und eine tiefe Sehnsucht in ihm aus. Die gleich darauf von einem Gefühl der Schuld abgelöst wurde. Er hob grüßend die Hand, da er zu seinem Hotelflur gekommen war und sich von Kick trennen musste. Er schaute reflexartig auf die Uhr: null Uhr dreiundvierzig. Zu spät, um sie anzurufen?

Alors. Er hatte es schließlich versprochen. Und in dem Moment auch wirklich vorgehabt. Trotzdem hatte er den ganzen Tag über dem heftigen Drang widerstanden, ihre Handynummer zu wählen, um ihren niedlichen Yankee-Akzent hören zu können.

Dieu, er hatte sich bereits Hals über Kopf in die Frau verliebt und quälte sich mit Fantasien, wie es wohl wäre, wenn sie die Chance hatten, zusammen zu sein. Obwohl sie sich erst so kurze Zeit kannten, bedeutete sie ihm mehr als jede andere Frau zuvor. Er hätte es überhaupt nicht für möglich gehalten, dass er so fühlen konnte.

Und eigentlich sollte er das auch gar nicht.

Während er den Flur entlanglief, suchte er die Zimmernummern ab. Seines musste gleich um die Ecke liegen.

Was er tun *sollte*, war, sie gehen zu lassen. *Fini*. Denn er konnte ihr sowieso keine feste Beziehung bieten. Wie sollte das also aussehen, selbst wenn sie wirklich mit ihm zusammen sein wollte?

So wie bei Quinn und Zimmermann? Sich nur ein paarmal im Jahr sehen, sich aufeinanderstürzen und dann wieder auseinandergehen, um sein eigenes Leben zu leben, bis er wieder mal für fünf Minuten in der Stadt war?

Oder sie wären in derselben Zwickmühle wie Kick und Rainie – dann würde er tage-, wochen- oder sogar monatelang ohne sie unterwegs sein, wenn er einen Auftrag hätte. Und sie würde sich in irgendeinem geheimen STORM-Unterschlupf verkriechen müssen, keiner normalen Arbeit nachgehen und nicht mal gefahrlos das Haus verlassen können, weil überall jemand lauern könnte, der sich für etwas, dass *Marc* getan hatte, rächen wollte. Dann wären sie zwar verheiratet, aber immer getrennt, beide in Lebensgefahr …

Non, wenn man für STORM Corps arbeitete, waren die Aussichten auf eine Beziehung wirklich scheiße. Besser er blieb stark und ertrug jetzt diesen leichten Liebeskummer, um den viel größeren abzuwenden, der ihm sonst bevorstand.

Er steckte die Hände in die Hosentaschen und bog um die Ecke. Genau in diesem Moment hielt eine Frau vor Rand Jaegers Zimmer und hob die Hand, um zu klopfen.

Tara!?

Quoi fais foutre?

Sie schaute in seine Richtung und ließ die Hand abrupt wieder sinken. Es war *tatsächlich* Tara!

»Was um alles in der Welt hast du hier verloren?«, brach es aus ihm hervor.

Sie blieb wie angewurzelt stehen. »Äh-m«, stammelte sie dann. »Ich bin, ähm, ich suche Rand.«

Marc wurde gefährlich ruhig. Blinder Zorn stieg in ihm auf. »Rand?«, wiederholte er fassungslos. Sie war hier, in Baton Rouge, im selben Motel wie er, und … auf der Suche nach *Rand Jaeger*?

»Ja, ich bin, ähm, mir wurde aufgetragen, ihm zu helfen.«

»Aufgetragen«, wiederholte er wie ein gottverdammter Papagei. Was *zum Teufel* ging hier bitte vor sich? Seit wann konnte Trooper Tara Reeves *aufgetragen* werden, bei einem STORM-Einsatz zu helfen? Misstrauisch runzelte er die Stirn. »Wobei sollst du ihm helfen?«

Sie zog den Arm zurück. »Bei allem, was so ansteht.«

Sein skeptischer Gesichtsausdruck wurde noch ungläubiger. Um seine Vernunft war es geschehen. »Bei *allem*?«

Es verstrichen einige lange Sekunden, dann atmete Tara geräuschvoll aus und schürzte die Lippen. Nur ihre verkrampfte Kiefermuskulatur ließ ahnen, wie sie sich wirklich fühlte.

»Nun«, sagte sie leichthin. »Ich bin mir sicher, seine Ansprüche an mich werden nicht allzu persönlicher Natur sein. Ich meine, schließlich hast du ihm ja *bereits gesagt*, dass ich komme, und dass du und ich, nun ja, dass zwischen uns etwas läuft, habe ich recht?« Sie blinzelte betont arglos. »Ach nein« – sie schlug sich mit der Hand gegen die Stirn … *Er war so was von erledigt* – »warte mal. Du *wusstest* ja gar nicht, dass ich zurückkomme, weil du es nicht für nötig gehalten hast, mich anzurufen, obwohl du es versprochen hattest. Was auch immer zwischen uns war, es hat dir offenbar einen Dreck bedeutet.« Am Ende ihrer kleinen Ansprache wurde ihre Stimme schrill. »Also, vergiss es!«, sagte sie kurzangebunden und drehte ihm den Rücken zu.

Merde.

»Tara, *Chère* –«

Ihre Hand schoss in die Höhe. »Spar dir das, Lafayette. Es interessiert mich nicht. Sag mir einfach nur, wo ich Rand finde, und dann bist du mich los.«

»Beb, non –«

»Im Ernst«, unterbrach sie ihn, als er die Hand nach ihr ausstreckte, und wich zurück. »Ich bin drüber weg. Bin nur hier, um einen Job zu erledigen.«

Ja, sicher war sie das.

»Eigentlich war es so«, verkündete sie, »als Kurt Bridger mich gefragt hat, mit wem ich gerne zusammen arbeiten würde, habe ich ausdrücklich um Rand gebeten.« Sie versuchte, sich an ihm vorbeizudrängen.

Er glaubte ihr *kein Wort*. Blitzschnell drückte er eine Hand gegen die Wand und versperrte ihr dadurch den Weg mit seinem Arm. »*Arrète!*« Die andere Hand legte er rasch auf der anderen Seite an die Wand, sodass sie zwischen seinen Armen gefangen war. »Glaubst du, du kannst mich einfach so stehen lassen?«

»So wie du es mit mir gemacht hast?«, erwiderte sie. »Ja, das habe ich vor. Und jetzt lass mich gehen.«

»Den *Teufel* werde ich tun.«

Er starrte auf sie hinab, wusste, dass er ihr etwas bedeutete, dass sie ihn immer noch wollte – warum wäre sie sonst so wütend gewesen? –, aber er traute sich nicht, sie zu küssen, weil er das untrügliche Gefühl hatte, dass er dann ihr Knie zwischen den Beinen gehabt hätte.

Sie schloss die Augen und atmete gequält aus. Öffnete sie wieder. Ihre Miene war völlig gefasst. Und sagte: »Hör mal. Ich hab schon verstanden, okay? Wir sind uns durch die Umstände nähergekommen, und die Hormone haben verrückt gespielt. Aber als du heute Morgen gegangen bist, jetzt mal ganz ehrlich – bist du doch davon ausgegangen, dass du mich nie wiedersehen wirst.«

Ein Muskel in seiner Wange zuckte. »Tar–«

»Bitte. Marc. Nicht. Der Tag heute war schon schlimm genug, auch ohne dass du mir weiter Hoffnungen machst. Tu mir den Gefallen und lass uns einfach so tun, als hätte es die letzte Nacht – verflucht, die letzten drei Tage – nie gegeben. Einverstanden?«

Ihr Ton war gleichermaßen ironisch wie resigniert, und wenn er ihr nicht in die Augen geschaut hätte, dann hätte er vielleicht sogar zugestimmt. Sie machte es ihm einfach. Es war sicherlich *klüger*, darauf einzugehen. Und so unkompliziert aus der Sache herauszukommen, wie sie es ihm gerade ermöglichte. Aber wenn er in diese tieftraurigen, seelenvollen grünen Augen blickte, die so sehr darum bemüht waren, sich den Schmerz und die Verletzlichkeit hinter der starken, gleichgültigen Fassade nicht anmerken zu lassen, brachte er das einfach nicht über sich.

Ihn verlangte einfach zu sehr nach ihr. Nicht nur körperlich, sondern mit allem, was dazugehörte. Vielleicht war manches davon sogar wichtiger als der Wunsch, sie wieder unter sich zu spüren. *Mais, Dieu*, aber auch das wollte er.

Seufzend gab er seine bedrohliche Haltung auf und schlang die Arme um sie. »Tut mir leid, das geht nicht«, sagte er und hielt sie ganz fest, als sie sich ihm entwinden wollte. »Kann sein, dass das stimmt, was du da sagst. Und ich gebe gern zu, dass ich ein verdammt selbstsüchtiger, armseliger Mistkerl von einem Mann bin. Aber jetzt, wo ich dich wieder in meinen Armen halte, kann ich dich einfach nicht wieder gehen lassen. Und das werde ich auch nicht.«

»Himmel, Marc. Was willst du von mir?«, fragte sie ihn gereizt.

»Nichts«, gab er zurück, zog sie aber trotzdem noch näher zu sich heran. »Alles.«

Ihr entfuhr ein kurzes, verzweifeltes Lachen. Aber sie widersetzte sich nicht. Jedenfalls nicht sehr stark. »Na, wenn's weiter nichts ist.«

»Die bessere Frage ist doch: Was kann ich dir als Gegenleistung geben?«

Offenbar verstand sie, was er meinte. Abwehrend streckte sie das Kinn vor. »Na schön, also gut. Was *hast* du mir denn zu bieten?«

Er seufzte. »Nicht gerade viel.«

»Welche Überraschung.«

Er küsste sie auf die Stirn, genau dahin, wo sich ihre kleine Zornesfalte abzeichnete. »Du kennst meine Arbeit, *Chère*. Da bleibt nicht viel Raum für ein Privatleben. Aber dieser Beruf macht mich aus, ich kenne nichts anderes. Und ich kann ihn nicht aufgeben.«

»Das würde ich auch nicht von dir verlangen.«

Aber gab es denn überhaupt eine andere Möglichkeit?

Der Duft ihrer Haut und ihr anschmiegsamer Körper benebelten ihm die Sinne. »Ich kann nicht von dir verlangen, so ein Leben zu führen. Nie zu wissen, wo ich bin, wann ich zurück sein werde … *ob* ich zurückkomme. Das kann man keiner Frau zumuten.«

Obwohl er von seinen eigenen Worten überzeugt war, machte sich in seinem Körper eine vollkommen andere Überzeugung bemerkbar. *Er begehrte sie mehr als je zuvor*. Und er würde sie auf keinen Fall gehen lassen. Jedenfalls noch nicht jetzt.

»Lass mich los, Marc«, flehte sie sanft. »Ich werde Rand suchen, und das war's dann mit uns.«

Das war's dann mit uns.

Dieser unerträgliche Gedanke verstärkte sein Begehren nur noch mehr. Sanft strich er ihr eine Haarsträhne aus dem Gesicht.

»Rand ist beschäftigt«, sagte er. Sein Unterleib schmerzte vor Verlangen. »Er hat mich und Kick weggeschickt, damit er ungestört arbeiten kann. Sobald sich was Neues ergibt, wollte er sich melden. Bis dahin wird er deine Hilfe also nicht brauchen.« Sein hungriger Schwanz drückte gegen ihren Bauch.

Überrascht starrte sie ihn an, dann schien sie zu verstehen. »Marc«, rief sie halb erstickt. »Das ist ja wohl nicht dein Ernst. Du hast mich gerade erst abserviert!«

»Ich hab dich gehen lassen. Und das war nicht meine Entscheidung. Lass mich dir zeigen, wie sehr ich mir wünsche, du könntest bei mir bleiben.«

Erneut lachte sie dieses bittere, kurze Lachen. »Wow. Funktioniert dieser erbärmliche blöde Spruch etwa bei all den anderen Frauen, die du ins Bett ziehst und dann sitzen lässt?«

Er legte ihr eine Hand ans Gesicht. »*Chère*, ich war seit zwei Jahren mit keiner Frau zusammen außer dir. Glaub mir, das ist kein blöder Spruch.«

Sie schaute ihn forschend an. Dann verdunkelten sich ihre Augen. »Du bist wirklich ein Mistkerl, weißt du das?«

»Ja. Ich weiß.« Er zog sie noch fester an sich und küsste sie. Fordernd. Leidenschaftlich. Damit er nicht mehr daran denken musste, was er für ein Scheißkerl war. Wenn er auch nur einen Funken Anstand besessen hätte, dann hätte er sie jetzt gehen lassen. Damit sie ihn und sein Dilemma hinter sich lassen, besser noch, davor fliehen konnte.

Aber das brachte er einfach nicht fertig. Er wollte sie. *Dieu*, er wollte sie besitzen. Fest in sie eindringen und für immer dort bleiben.

»*Pitié d'amour*«, flüsterte er an ihrem Mund und berührte ihre Zungenspitze sanft mit seiner. »*Vien. Baise-moi.*«

Er spürte, wie sie langsam nachgab, ein störrischer Muskel nach dem anderen lockerer wurde. Er zog sie über den Flur bis zu seiner Tür, während er sie immer weiter küsste, und kramte in der Tasche nach der Zimmerkarte.

Als sie vor seiner Tür angekommen waren, drückte sie ihm

eine Hand auf die Brust. »Nur damit das klar ist«, sagte sie mit vor Verlangen zittriger Stimme. »Das ist das letzte Mal. Dann muss das aufhören. Du bringst mein Leben vollkommen durcheinander, und damit komme ich nicht länger klar.«

Sie kam damit nicht klar? Und was war bitte schön mit *ihm*? Er wurde sofort wieder wütend, obwohl er wusste, dass es ungerechtfertigt war. Sie verstand einfach nicht, worum es ging. Trotzdem stieß er die Tür auf, drängte sie hinein, wirbelte herum und schob sie gegen das nach innen gewölbte Holz.

»Denkst du etwa, für mich wäre es einfacher?«, fragte er sie hitzig. »Immer wenn du in meiner Nähe bist, kann ich an nichts anderes mehr denken als daran, wie sehr ich dich will. Ich kann mich nicht auf meinen Auftrag konzentrieren, nicht auf meine Arbeit oder was ich sonst zu tun habe. Ich bin einfach *complètement fou*, zu nichts mehr nütze, wenn ich mit dir zusammen bin.«

Merde, *er* war derjenige, der nicht mehr klarkam. Nicht verstand, wie sie in ihn so kurzer Zeit derartig an sich hatte binden können. So sehr, dass er tatsächlich erwog, seinen Job an den Nagel zu hängen, der ihm immer alles bedeutet hatte, ihm eine Identität verliehen hatte – und das alles nur, um mit ihr zusammen zu sein.

Aber nun hob sie ihre Lippen an seine, und er konnte überhaupt nicht mehr denken.

»Gott sei Dank«, stöhnte sie, leckte über seine Lippen und krallte sich mit beiden Händen in sein T-Shirt. »Gott sei Dank bin ich nicht die Einzige.«

Donc. Damit hatte sie das Problem auf den Punkt gebracht. Sie war es eben doch – die Einzige. Er wollte nur sie. Nur sie durfte ruhig diesen Einsatz durcheinanderbringen … *Merde*, sein ganzes *foutu* Leben. Weil er die nächsten fünfzig Jahre nur mit ihr verbringen wollte. Nur sie brachte sein Blut in Wallung, bis er an nichts anderes mehr denken konnte als daran, in sie einzudringen.

»Na schön«, sagte er laut. »Das ist das letzte Mal. Und jetzt zieh dich aus. Wir haben genug geredet.«

27

Das *letzte Mal*.

Noch als er sie hochhob und zum Bett trug, hallten Marcs Worte in Taras Gedanken nach und nagten an ihr. Warum musste er sich auch so verflucht gut anfühlen? So herrlich schmecken? Sie auf diese verführerische Art und Weise berühren?

Jetzt, da sie ihn gefunden und erfahren hatte, wie wahre Liebe sich anfühlte, wie sollte sie da jemals ohne ihn leben?

Innerhalb kürzester Zeit hatten sie sich ihrer Kleider entledigt, und ihre nackten Körper verschmolzen miteinander, während sie sich ohne Atempause küssten.

»*Ah, Chère, si belle.*« Er hielt sie fest und drängte zwischen ihre Beine. »Wie könnte ich dich nicht für immer haben wollen?«

»Aber ›für immer‹ kannst du mir nicht geben«, erinnerte sie ihn, und auch sich selbst. Es war so unglaublich schwer, die Realität zu akzeptieren.

Besonders jetzt, da seine Hände und sein Mund ihren Körper erkundeten, jede ihrer Fantasien erfüllten und all ihre Sehnsüchte stillten. Warum konnte *das hier* nicht die Realität sein, für immer und ewig? Stöhnend bog sie sich ihm entgegen, und er ließ die Zunge über ihre Brüste gleiten. Sie war entschlossen, jeden Moment auszukosten, der ihr mit ihm blieb. Bald schon würde er fort sein und sie ihr Leben weiterführen, das ohne ihn so schrecklich einsam war. Wie sollte sie das nur überstehen?

Er fand ihr Lustzentrum und brachte sie mit wissenden Händen zu einem berauschenden Höhepunkt. Erst dann kam er hoch und glitt in sie hinein. Sie keuchte auf. Es fühlte sich so wunderbar an, wenn er von ihr Besitz ergriff. *Sie ganz ausfüllte.* »O Marc!«, rief sie sehnsuchtsvoll.

Erregt blickte er auf sie herab und schlang die Arme um sie. »*Bien?*«, fragte er dann.

»Mehr als *bien*«, versicherte sie ihm atemlos. *Zumindest bis er sie wieder verließ.* Aber daran wollte sie jetzt nicht denken. »Liebe mich, Marc«, hauchte sie. »Bitte liebe mich.«

Sein Blick wurde ganz sanft, und sie war ganz sicher, dass er etwas sagen wollte. Aber dann drang er nur weiter in sie ein, bis es nicht mehr weiter ging, senkte die Lider mit den langen, dunklen Wimpern und gab ein dumpfes Stöhnen von sich. Und dann liebte er sie.

In den nächsten Stunden – Minuten? – dachte sie an nichts mehr außer an ihn. Fühlte nichts mehr außer ihn. Träumte nur noch von ihm.

Bis sie aufwachte, weil das Laken weggezogen wurde und sein warmer Körper neben ihrem eisiger Leere wich.

Tara verscheuchte die benebelte Zufriedenheit, die sie umgab. »Du gehst?«, fragte sie in den dunklen Raum hinein.

»Ich hätte mich schon längst zurückmelden müssen«, sagte Marc. Sie hörte das Bedauern in seiner Stimme. Oder war das nur Wunschdenken?

»Also war's das?«, fragte sie mit wehem Herzen. Der Schmerz war schlimmer, als sie sich je hätte ausmalen können.

Er atmete geräuschvoll aus. »Wir müssen stark sein. Besser, wir quälen uns nicht mit einem langen Abschied. Das würde nur alles schlimmer machen.«

»Also war das wirklich das letzte Mal …«, flüsterte sie und setzte sich auf.

Er machte Licht im Bad und zog sich die Armeehose an. »Wenn es eine Möglichkeit gäbe, dass wir zusammen sein könnten – du weißt, ich würde es probieren … Aber ich kann nicht von dir verlangen, diese Art Leben zu führen. Nie zu wissen, wo ich bin. Ob ich verletzt oder in irgendeinem Gefängnis in der Dritten Welt gelandet bin, aus dem ich nie wieder herauskomme.« Er klang sehr bestimmt.

»Ich weiß«, murmelte Tara. »Ich verstehe das.«

Und so war es. Sie hatte das alles jahrelang mit ihrem Vater durchgemacht. Und so zu leben hatte ihr nicht gefallen. Traurig schaute sie ihm dabei zu, wie er sich anzog, das Licht wieder ausknipste und seine Ausrüstung aufhob.

»Bekomme ich denn keine Umarmung zum Abschied?«, fragte sie ihn, unfähig, das Zittern in ihrer Stimme zu unterdrücken.

Die Neonbeleuchtung des Motels draußen vor dem Fenster fiel durch die dünnen Vorhänge ins Zimmer und tauchte sein Gesicht abwechselnd in rotes und grünes Licht. Er schluckte schwer. »Ich fürchte, wenn ich dich noch einmal berühre, schaffe ich es nicht mehr, dich gehen zu lassen.«

Dann tu es nicht, wollte sie schreien. Aber sie wusste, Männer wie Marc oder ihr Vater würden sich niemals ändern. Würden niemals bleiben. Nicht für eine Frau. Die Pflicht stand immer an erster Stelle. Immer. Danach erst, wenn noch Zeit übrig war, kamen Liebe und Familie. Aber Tara war nicht bereit, sich mit dem zweiten Platz in Marcs Herzen zufriedenzugeben. Sie hatte gesehen, was dieser Kompromiss bei ihrer Mutter angerichtet hatte.

»Okay«, sagte sie also und schob den Schmerz mit eisernem Willen beiseite.

»Leg dich wieder hin«, riet er ihr. »Rand kann auch noch bis morgen warten.«

»Ja«, sagte sie, obwohl ihr nichts unwahrscheinlicher schien als schlafen. Sie würde wahrscheinlich nie wieder dazu in der Lage sein.

Mit einem Mal fröstelte es Tara. Folgsam legte sie sich unter die Decke und zog sie bis zum Kinn hoch. Würde sie sich ohne seinen Körper je wieder wohlig warm fühlen?

In diesem Moment klingelte das Telefon auf dem Nachttisch und schreckte sie auf. Als sie abnahm, traf ihr Blick auf den von Marc. Er blieb mit der Hand am Türgriff stehen. »Hallo?«

Es gab eine kurze Pause. »Äh … Tara?« Es war Rand.

»Ja, hier ist Tara. Was gibt's?«

»Tut mir leid wegen der, ähm – wir bräuchten Marc hier, und zwar schnell. Wir haben endlich Tawhid ins Fadenkreuz bekommen.«

Sie war schlagartig hellwach. »Großartig! Wo seid ihr?«

Doch als sie sich zu Marc umdrehen wollte, um ihm die guten Neuigkeiten mitzuteilen, war er weg. Einfach hinausgeschlüpft, ohne dass sie es bemerkt hätte. Zurückgelassen hatte er nichts bis auf diese dunkle Leere.

Ihr Herz krampfte sich schmerzhaft zusammen. *O Gott*. Würde sie ihn jemals wiedersehen?

»Tara?«

Sie zwang sich, das Telefongespräch fortzusetzen und nicht in Tränen auszubrechen. »Er ist schon unterwegs. Und, Rand? Kurt Bridger hat mich hergeschickt, um dir zu helfen. Hoffe, das ist in Ordnung.«

»Willst du mich auf den Arm nehmen?« Er klang aufrichtig erleichtert. »Ich könnte definitiv Hilfe gebrauchen. Ski kann es ohnehin kaum erwarten, zu seinen Petrischalen zurückzukommen.«

»Gib mir nur ein paar Minuten, dann bin ich unten«, gelang es ihr noch zu sagen.

Dann legte sie auf, schloss die Augen und atmete zitternd aus. Und versuchte sich einzureden, dass die warme Nässe auf ihren Wangen nicht von Tränen der Verzweiflung rührte.

Sie brauchte ihn *nicht*. Sie würde diese Trennung überstehen.

Sie würde darüber hinwegkommen. Irgendwann. So wie jedes Mal zuvor, wenn sie von denen, die sie liebte, verlassen worden war.

Aber ach, wie sehr sie sich wünschte, er hätte sie nicht zurücklassen müssen. Wie sehr sie sich wünschte, dass es *dieses Mal* anders gelaufen wäre. Dass sie endlich das Glück gefunden hätte, das ihr so lange verwehrt geblieben war. Und dass sie, nur ein einziges Mal in ihrem Leben, nicht so verdammt stark sein müsste.

28

Ungefähr vierzig Kilometer nordöstlich von Baton Rouge gab es einen Privatflughafen, von dem aus Abbas Tawhid und Tango Fünf eine kleine Propellermaschine genommen hatten. Mit der waren sie gestartet, ohne den Flug zu melden. Ein schwerer Fehler der Terroristen, der sie teuer zu stehen kommen würde. Da alle Flughäfen angehalten waren, verdächtige Aktivitäten zu melden, hatten die Zuständigen dort nämlich sofort die Innere Sicherheit alarmiert.

Danach hatte es Rand ganze dreißig Sekunden gekostet, das Flugzeug mittels UAV-Radar aufzuspüren. Anschließend hatte er einen knallroten Stingray-Helikopter der Küstenwache zu Marc, Kick und Ski geschickt, der sie vom Parkplatz des Motels abholen sollte, weil der STORM-Flieger gerade mit Bridger unterwegs ins Hauptquartier war.

Marc verstaute seine Ausrüstung, setzte sich nach hinten, und als der Heli in den immer noch dunklen Himmel aufstieg, klammerte er sich an einem Haltegriff fest. Dann stellte er die Lautstärke seines Headsets richtig ein und spannte die Bauchmuskeln an, weil der Küstenwache-Pilot es anscheinend lustig fand, den Vogel so steil nach oben zu lenken, dass den harten Kerlen hintendrin ihre Mahlzeiten wieder hochkamen. Aber darauf konnte er lange warten.

Der Hubschrauber kam ohne Extras aus, es gab nicht einmal Sitze, und die große Seitentür stand sperrangelweit offen, sodass eiskalte Nachtluft in die Kabine wirbelte.

Zum Teufel, wer brauchte schon Sitze? Das Gefühl, sich aus

der Tür eines fliegenden Hubschraubers hinauszuhängen, der gerade bis auf sechshundert Meter aufstieg, versetzte Marc in einen wahren Adrenalinrausch, auch wenn er sich dabei beinahe den Hintern abfror. Außerdem musste er sich so sehr darauf konzentrieren, nicht hinauszufallen, dass er nicht an viel anderes denken konnte.

Und das war auch gut so.

Denn wenn er erst einmal anfing, über Tara nachzugrübeln und darüber, wie sie ihn angeschaut hatte, als er fortgegangen war, dann würde er –

Non. Merde. Nicht weiter dran denken!

Kick, der neben ihm saß, unterbrach seine quälenden Gedanken, indem er über das Motordröhnen hinweg in sein Funkgerät brüllte: »Hier ist STORM Kilo. Kannst du mich hören, Romeo, over?«

»Hier spricht STORM Julia«, kam die Antwort und traf Marc schlimmer in der Magengrube als sämtliche Flugmanöver zuvor. »Wir verstehen dich laut und deutlich, Kilo. Der Vogel ist markiert, und Romeo verfolgt euren Weg über Infrarot, over.«

Kick wandte sich stirnrunzelnd an Marc und Ski. »Wer zum Teufel ist Julia?«, fragte er über das Headset.

Marc presste die Lippen aufeinander. *Si foutu amusant.* Es war eine feste Regelung, dass niemand im Team die Abkürzung Tango verwendete, auch wenn der Anfangsbuchstabe des Namens ein T war, und Rand war bereits Romeo. Also hatte Tara sich einen anderen Namen aussuchen müssen.

Und Julia gewählt.

De putain.

»Das ist Tara«, half Ski Kick auf die Sprünge, weil Marc zu beschäftigt damit war, vor Eifersucht mit den Zähnen zu knirschen. »Sie ist zurückgekommen, um Rand zu helfen.«

Kick bedachte Marc mit einem überraschten Blick, hielt sich

aber zurück – obwohl er bestimmt dasselbe dachte wie Marc vorhin, als er gesehen hatte, wie sie an Rands Zimmertür geklopft hatte. Da hatte sie auch behauptet, sie habe sich vorsätzlich Rand zuteilen lassen. Aber Marc hatte das nicht glauben wollen, sondern es nur ihrer Wut zugeschrieben. *Also, aus welchem anderen Grund hatte Bridger sie jemand anderem zugeteilt?* Verflucht, der STORM-Oberst war bekannt dafür, dass er alles über jeden seiner Mitarbeiter wusste. Also wusste er auch von der Sache zwischen Marc und Tara. Hatte er sie etwa absichtlich getrennt? Hatte er Zweifel an Marcs Fähigkeit, Arbeit und Privates zu trennen? Verdammt, war das denn so offensichtlich gewesen?

Oder hatte Tara sich diese Zuteilung vielleicht doch selbst ausgesucht? Schließlich war sie *wirklich* wütend auf ihn gewesen, ehe er alles wieder geradebiegen konnte … zumindest vorübergehend.

»Schön, dass du wieder bei uns bist, STORM Julia«, sagte Kick über Funk, ohne auf Marcs wütenden Blick zu achten. »Wohin ist Tango Eins unterwegs, over?«

»Die Koordinaten müssten in diesem Moment auf deinem Smartphone eingehen, over«, antwortete Rand. Der wahrscheinlich direkt neben ihr im Moby saß. Berührten sie sich womöglich an den Schultern? *Dieu*. Marc gefiel die Vorstellung überhaupt nicht, dass Tara so eng mit einem anderen Mann zusammenarbeitete.

Obwohl ihn das nicht stören durfte. Er hatte sich schließlich gegen eine Beziehung entschieden, und es ging ihn daher nichts mehr an. Und damit war die Sache erledigt.

Er musste sich also damit abfinden. Und Tara vergessen.

Stattdessen musste er seine Aufmerksamkeit auf die vor ihm liegende Aufgabe richten. Die Mistkerle schnappen. Und die Kanister mit dem tödlichen Virus finden. *Das* war wichtig. Und nicht seine unsinnige Eifersucht. Oder sein Herzschmerz. Auch nicht die Tatsache, dass die vor ihm liegenden Jahre, in denen er nur Terroristen als Wegbegleiter haben würde, ihm einfach zu einsam vorkamen, um sie ertragen zu können.

Foutre de foutre.

Er versetzte sich selbst einen gedanklichen Tritt in den Allerwertesten und konzentrierte sich wieder auf den Einsatz.

Ski hatte sein Smartphone hervorgeholt und betrachtete die auf dem Display angezeigte Karte. »Sieht so aus, als ob die Jungs in nordöstliche Richtung unterwegs sind.«

»Da geht's direkt nach Atlanta«, sagte Tara über Funk.

Marc spähte Ski über die Schulter. »Und dahinter liegt Washington.«

»Oder New York City«, sagte Ski und zog eine Linie mit dem Zeigefinger bis dorthin. »Quinn vermutet, dass mindestens einer von ihnen es auf den Madison Square Garden abgesehen hat.«

»So weit werden sie niemals kommen«, sagte Marc.

Kick fluchte leise. »Auch in Atlanta gibt es jede Menge Veranstaltungsorte. Wir gehen doch immer noch von Sportarenen als Angriffsziele aus, habe ich recht?«

»Romeo, kann ihr Flugzeug vor uns in Atlanta sein, over?«, fragte Marc und stieß ebenfalls wilde Verwünschungen aus.

»Wenn nichts Unvorhergesehenes dazwischenkommt, auf keinen Fall«, versicherte Rand ihnen. »Die Tangos hatten nur fünfzehn Minuten Vorsprung, und euer Pilot hat bereits ganz schön aufgeholt, over.«

»Also gut, Leute, wie kommen wir an die Terroristen ran, ohne den Piloten zu töten?«, fragte Marc in die Runde. Dabei hätte er das verdammte Flugzeug am liebsten mit einer gut platzierten Rakete des UAV abgeschossen. Ihm als Einsatzleiter war aufgetragen worden, die Tangos unter allen Umständen vom Himmel zu holen. Aber wenn das einen unschuldigen Piloten das Leben kosten würde, dann war er nicht dazu bereit.

Kick tätschelte sein treues HK-Gewehr. »Bringt mir die Wichser vor ein Fenster von diesem Flugzeug, und sie sind mausetot.«

»Ja, wenn es nur einen Schuss bräuchte, würde das klappen, aber der zweite wäre dann nicht mehr so einfach«, wandte Marc ein.

»Dann muss ich eben mit einem Schuss beide erledigen.«

Marc musste lächeln, obwohl ihm eigentlich überhaupt nicht danach zumute war. Kick hatte wirklich eine Riesenklappe, das musste man ihm lassen. »Ich nehme an, du hast deine Spiderman-Röntgenbrille dabei?«, fragte er ihn, und brachte damit alle anderen in der Leitung zum Kichern. Denn auch Suchscheinwerfer hatten nur eine begrenzte Reichweite. Draußen war es stockfinster, und trotz allem, was Hollywood einem weismachen wollte, konnten Wärmebildkameras in der Realität weder durch Flugzeugwände noch durch Glas hindurch aufnehmen. Selbst wenn Kick mithilfe der Suchscheinwerfer einen der Tangos erwischen sollte, war es daher anschließend unmöglich, den zweiten innerhalb des Fliegers aufzuspüren. Und nach einem Schuss würde der sich garantiert irgendwo außer Sichtweite verstecken.

»Das mit dem Schießen könnt ihr getrost mir überlassen«, sagte Kick und streichelte sein Gewehr, als wäre es eine Geliebte. »Bringt uns einfach nur nahe genug ran, dass wir die Scheinwerfer einsetzen können.«

»Die Frage ist nur, wie«, sagte Marc und schaute auf die leuchtenden Ziffern seiner Armbanduhr. »Wir haben noch genau sechs Minuten, um uns etwas auszudenken, Leute. Dann beginnt die Vorstellung.«

Erschöpft lag Rebel unter Wades unglaublichem Körper. Sie hatte sich nie besser gefühlt.

Und nie schuldbeladener.

Er schien ihr vergeben zu haben. Vielleicht hatte auch die körperliche Anstrengung ihres Liebesspiels seinen Zorn verrauchen lassen. Wenn man das, was sie getan hatten, so nennen konnte.

Sie war eigentlich eher geneigt, das andere Wort zu gebrauchen, das er so gerne sagte. Und das meinte sie nicht negativ. Jedenfalls nicht unbedingt. Sie hatten es offensichtlich beide gebraucht, und reine Lust war schließlich auch nichts, wofür man sich schämen musste.

Mit einem zufriedenen Grunzen rollte er von ihr herunter. Als er sie in den Arm nahm und an seine Seite zog, ging sein Atem immer noch schwer. »Verflucht, Rebel.«

Sie maunzte zustimmend. »Das war unglaublich.«

Er hob ihr Kinn an und gab ihr einen langen, elektrisierenden Kuss. »Mir gefällt es, wenn eine Frau nicht zu schüchtern ist, um ihre Bedürfnisse zu äußern«, murmelte er.

Sie spürte, wie ihre Wangen brannten. Dann schaute sie auf die Champagnerflasche. Sie war leer. *Ups.*

»Ich habe nur eine Frage«, fügte er hinzu und hielt sie weiter am Kinn fest.

»Ja?« Sie fuhr sich über die vom Küssen angeschwollene Unterlippe. »Und die wäre?«

Sein Griff wurde fester. Er blickte sie kalt an. »Wer zum Teufel ist Alex?«

Rand saß wie der Zauberer von Oz vor seiner futuristischen Tastatur am Fernsteuerelement des Moby, tippte ununterbrochen darauf herum und holte so immer wieder neue Karten oder Infrarotaufnahmen auf den Bildschirm, die er dann miteinander abglich. Nebenbei liefen endlose Zahlenkolonnen an einem weiteren Monitor hinab. Über Funk war das restliche Team zugeschaltet, das gerade diskutierte, wie sie jetzt am besten vorgehen sollten.

Verglichen damit kam Tara sich nutzlos vor. Sie hatte den Auftrag, die Funkverbindung zu überwachen, mit dem Helikopterpiloten Kontakt zu halten und im Notfall zum STORM-Oberkommando oder der Inneren Sicherheit durchzuschalten. Das war ungefähr, als würde sie in der Ecke mit Legoklötzchen spielen, während die großen Jungs *Resident Evil* auf der Xbox daddelten. Warum kam ihr dieses Gefühl bloß so bekannt vor? Sie hatte gedacht, bei STORM würden die Dinge endlich anders laufen.

»Also, du und Lafayette.«

Die unerwartete Bemerkung ließ Tara aufschrecken. Rasch warf sie einen Blick hinüber, um zu sehen, ob Rand auch sein Mikrofon stumm geschaltet hatte. Hatte er, Gott sei Dank.

»Was ist mit uns?«, fragte sie und versuchte, sich nicht weiter zu ärgern, obwohl sie so sehr darauf brannte, endlich auch etwas tun zu können.

»Na ja«, sagte Rand ganz sachlich. »Ihr habt die Nacht miteinander verbracht. Zweimal.« Durch seinen kauzigen südafrikanischen Akzent klang die doch sehr persönliche Bemerkung eher liebenswürdig als unverschämt.

»Ja.« Als hätte sie das abstreiten können.

Tara hielt den Blick fest auf einen kleinen Fernseher gerichtet, der nebenher lief. Rand hatte Bloomberg eingestellt, damit er während der Arbeit die Aktienkurse im Auge behalten konnte. Offensichtlich war er dabei, ein kleines Vermögen anzuhäufen, obwohl erst vor Kurzem sämtliche Kurse in den Keller gefallen waren.

»Dennoch«, fuhr er unbeirrt fort, »weichst du dem Thema Marc die ganze Zeit aus, schon seit du hier bist. Immer wenn sein Name fällt, lenkst du ab. Und du hast kein einziges Mal einen Kommentar zu seinen Funksprüchen abgegeben.«

Das hatte sie übrigens einige Mühe gekostet. Tara war verdammt stolz darauf, dass sie nicht an jedem seiner Worte geklebt hatte, während er fachmännisch einen Angriffsplan ausarbeitete.

Und außerdem war das auch gut so. Er schien ihre Stimme nämlich gar nicht erkannt zu haben. Ski hatte Kick erst erklären müssen, dass sie Julia war.

»Was willst du damit sagen?«, murmelte Tara.

»Gar nichts«, sagte Rand. »War nur eine Frage.« Kurz darauf wagte er sich weiter vor. »Also bist du nicht … mit ihm zusammen?« Als sie aufschaute, blickte sie direkt in seine hellgrünen Augen, die sich in dem Bildschirm vor ihr spiegelten. Und registrierte ein interessiertes Funkeln.

Wow. Wie sollte sie jetzt darauf regieren? Rand Jaeger war ein absoluter Computerfreak. Technisch hochbegabt. Groß und langgliedrig, mit leicht rötlichem Haar und langen Wimpern unter der Drahtgestellbrille. Nichts entging seinem einfühlsamen Blick. Und sein Körper war eigentlich auch nicht übel, von den schlecht sitzenden Klamotten mal abgesehen. Wenn er mal mehr als fünf Minuten im Jahr unter freiem Himmel verbracht hätte und das durchaus attraktive Gesicht nicht mehr ganz so blass gewesen wäre, dann hätte er richtig gut ausgesehen.

Tara war trotzdem *überhaupt nicht* an ihm interessiert. An *niemandem*. Es lag nicht an Rand.

»Ja, also. Das mit Marc und mir … ist kompliziert.«

Genau. So kompliziert wie eins minus eins gleich null.

»Aha«, sagte er.

Sie zappte durch die Sender und blieb bei CNBC hängen. Dort erklärte gerade eine sehr bekannte weibliche Finanzexpertin einer ahnungslosen Frau, wie sie ihre völlig schiefgelaufenen Anlagen retten konnte. Tara stellte ein wenig lauter. Ihr gefiel die feministische Moderatorin schon lange – sie nahm nie ein Blatt vor den Mund und kannte sich wirklich in ihrem Metier aus. Leider gab es keine vergleichbare Sendung, in der sie ahnungslosen Frauen erklärte, wie sie ihr völlig schiefgelaufenes Leben wieder in Ordnung bringen konnten.

»Jedenfalls«, fügte sie an Rand gewandt noch hinzu, »ist keiner von uns im Moment auf der Suche nach einer festen Beziehung. Besonders ich nicht.«

»Okay, hab schon verstanden«, sagte er gutmütig.

Sie lächelte ihn an. »Rand, eines schönen Tages wirst du ganz bestimmt ein toller Freund für irgendeine glückliche Frau sein. Aber glaub mir, mich willst du lieber nicht.«

»Na ja, kann man mir ja nicht übel nehmen, dass ich mal nachgefragt habe«, sagte er und starrte wieder hochkonzentriert auf den Monitor. Tara hatte das unbestimmte Gefühl, dass er die Frage schon wieder vergessen hatte.

Während der Werbepause spielte sie mit einem Stift herum. Dann setzte sie sich plötzlich auf. »Ich werd nicht mehr«, murmelte sie und las die Ankündigung auf dem Bildschirm.

»Wie bitte?«, fragte Rand.

Tara zeigte auf den Fernseher. »Gott, sieh nur! Meine Lieblingsmoderatorin ist gerade in der Stadt! Sie wird heute im *Maravich Centre* eine Rede zum Thema ›Financial Fitness‹ extra für Frauen halten. Da würde ich echt gerne hingehen!«

»Herrje.« Rand zog eine Grimasse. »Ohne mich. Diese Frau ist eine Männerhasserin, ist dir das klar?«

Tara verzog ebenfalls das Gesicht. Warum fühlten sich Männer nur immer bedroht, sobald eine starke Frau auftauchte? »Nein, das ist sie keineswegs. Sie setzt sich nur dafür ein, dass Frauen die Kontrolle über ihre eigenen Finanzen haben.«

»Wenn du das sagst.« Er tippte kurz etwas ein, und schon waren die Aufnahmen der UAV-Wärmebildkamera auf dem Schirm. Auf ihnen sah man den Hubschrauber, der gerade ein kleines Privatflugzeug einholte. Rand tippte kurz auf das Mikro an seinem Headset, um es wieder zu aktivieren. »STORM Mike, hier ist Romeo. Du erreichst die sechs des Tangos, over.«

»Verstanden, over.«

Als Tara drei flimmernde menschliche Umrisse erkannte, die sich aus den geöffneten Seitentüren des Helis lehnten, hielt sie unwillkürlich den Atem an. Zwei der Männer waren mit Gewehren bewaffnet, der dritte hielt einen tragbaren Scheinwerfer. Marc bellte einige kurze Anweisungen, und dann beschleunigte der Hubschrauber plötzlich und schwebte direkt über dem Flieger, als würde er huckepack getragen. Falls der Pilot der Maschine etwas bemerkt hatte, so tat er jedenfalls nichts, um auszuweichen.

Kurz darauf war Marcs Stimme zu hören: »Halte dich mit dem Licht bereit, Ski. Wir legen los in drei, zwei –«

Bei *eins* stieg der Hubschrauber weiter auf, preschte vor das Flugzeug und vollführte eine Vierteldrehung. Genau in dem Moment, als der Scheinwerfer anging und die Schnauze des Flugzeugs in grelles Licht tauchte, schaltete Rand von Infrarot auf Normalbild um. Kicks langes Präzisionsgewehr zielte direkt auf die Windschutzscheibe, dann gab es einen Ruck, und ein einzelner Schuss hallte durch die Luft.

»Zielperson eins ist unter Kontrolle«, teilte Kick ruhig mit. »Suche nach Zielperson zwei.«

Der Hubschrauber flog ruhig vor dem Flugzeug her, während die Scheinwerfer über das Cockpit des Fliegers schwenkten. Allerdings war dort nur der wild gestikulierende Pilot zu erkennen, der offensichtlich Todesangst ausstand. Endlich war auch etwas über Funk zu hören: »Nicht schießen. Bitte, ich habe nichts mit ihm zu tun! Er hat mich mit einer Waffe bedroht!«

Der Pilot fing an, seinen Namen und die Standortnummer des Flugzeugs herunterzurasseln, doch Marc unterbrach ihn. »Hier ist Küstenwache-Helikopter Sierra Eins. Ist der Entführer tot?«

»Ja! Mein Gott, direkt in die Stirn! Und meine Windschutzscheibe ist –«

Wieder wurde er von Marc unterbrochen. »Soweit wir wissen,

haben zwei Männer ihr Flugzeug bestiegen. Wo ist der andere?«

»Er ist wieder ausgestiegen«, beeilte sich der Pilot zu sagen.

»*Aus*gestiegen?«

»Ja. Nachdem sie das Flugzeug entführt hatten, haben sie mich die Landebahn langfahren lassen, dann musste ich umdrehen und in die andere Richtung fahren. Als ich langsamer wurde, um das Flugzeug zu wenden, ist er abgesprungen.«

Ein kollektives »Scheiße« war über die Funkverbindung zu hören.

Sofort machte Rand sich wieder an seiner Tastatur zu schaffen. Er zoomte den toten Mann heran, bis sein Gesicht zu erkennen war. Dann fluchte er ebenfalls. »Schlechte Nachrichten, Team. Der Mann, den Kick erwischt hat, ist nicht Abbas Tawhid. Muss sich also um Tango Fünf handeln.«

Nach einem ebenso wütenden Fluch wies Marc den stammelnden Piloten an, zu dem Flughafen zurückzusteuern, von dem er abgeflogen war. Dort würde bereits ein Team der Inneren Sicherheit auf ihn warten. Dann drehte der Heli ab, beschrieb einen Bogen über dem Flieger und geleitete ihn zum Flughafen.

Tara hatte die ganze Zeit über die Luft angehalten und atmete jetzt erleichtert aus. Dann lehnte sie sich auf ihrem Sitz zurück. Meine Güte, *das* war mal gute Teamarbeit gewesen.

Marc gab noch einen letzten Befehl, der sie verwirrte. »Julia, funke STORM Alpha Sechs und Zulu an. Sag ihnen, sie sollen ihren Hintern schleunigst hierherbewegen. Sieht aus, als stünde eine Verbrecherjagd bevor.«

»Verstanden«, bestätigte sie. »Erbitte Erlaubnis, mich auch an der Suche beteiligen zu dürfen, over.«

»Erlaubnis nicht erteilt«, kam prompt die Antwort. »Ich will dich nicht in der Nähe von diesem Kerl wissen. Außerdem brauchen wir dich an der Funkanlage, over.«

Im Ernst jetzt?

Tara kämpft eine weitere Welle der Enttäuschung nieder. »Du hältst mich wohl wirklich für vollkommen nutzlos«, murrte sie vor sich hin, ohne zu merken, dass die Funkverbindung noch offen war.

Es gab eine kurze Gesprächspause. »Mach dich nicht lächerlich. Ich versuche nur, dich zu beschützen«, erwiderte Marc.

»Wie oft muss ich dir denn noch sagen, dass ich darauf keinen Wert lege. Ich möchte auch dabei helfen, diese Terroristen zu schnappen!«

»Aber das tust du doch. Genau da, wo du jetzt bist.«

Sie schnaubte. »Schön. Wie auch immer.« Als würde sie gegen eine Wand reden. Vielleicht hatte sie nachher ja mehr Glück, wenn Quinn dazukam. *Er* war schließlich der Anführer des Teams.

Im Hintergrund hörte sie, wie sich jemand leise räusperte. Ach, verflucht. Sie hatte ganz vergessen, dass sie Zuhörer hatten.

»Und in der Zukunft wäre ich dir verbunden, wenn du die Funkregeln einhalten könntest«, wies er sie höflich zurecht. »Over.«

Während Taras Lieblingsfinanzgenie im Fernsehen ihren bevorstehenden Auftritt im *Maravich Centre* ankündigte, zählte sie innerlich langsam bis zehn, um sich zu beruhigen. »Ja, Sir«, antwortete sie dann. »Over and *out*.« Dann zerrte sie sich hektisch das Headset vom Kopf und legte es auf dem Kontrollpult ab … Obwohl sie das verdammte Ding lieber auf den Boden geschleudert und ein kleines Flamenco-Tänzchen darauf vollführt hätte.

Rand beobachtete sie mit einem leicht amüsierten Gesichtsausdruck. Tara knirschte mit den Zähnen. »Ist er immer so ein verflucht männlich-chauvinistischer Scheißkerl?«

Rand nickte. »O ja. Wie wohl jeder Mann, der mit fünf Schwestern aufgewachsen ist.«

»Tja, nun, ich bin jedenfalls *nicht* seine verdammte Schwester«, stieß sie wütend hervor.

»Nein. Viel schlimmer als das«, bemerkte Rand gelassen. »Du bist die Frau, in die er verliebt ist.«

29

Bobby Lee wurde vom Handyklingeln wach.

Und von der Gewissheit, dass sein Leben sich unwiderruflich verändert hatte.

Darcy Zimmermann liebte ihn.

Wenn das mal kein Hammer war.

Er schnappte sich das Telefon. »Leg los.«

»Hier ist STORM Alpha Julia. Tango Fünf ist gefasst, und wir haben Tango Eins im Visier«, sagte eine weibliche Stimme, die sich verdächtig nach Marcs kleinem State Trooper anhörte. »Wo befinden Sie sich?«

Quinn schnappte sich eine Broschüre des Motels vom Nachttisch und ratterte den Namen sowie die Adresse des Motels herunter.

»Ein Heli ist unterwegs. Seien Sie in fünfzehn bereit. Ich nehme an, Zulu muss ich nicht extra informieren?«

»Sie ist hier bei mir.«

Er legte auf und drehte sich zur Seite, um Zimmie – Darcy – zu wecken. *Die Frau, die ihn liebte.* Aber sie war schon wach. Als er sie anschaute, ging ihm das Herz auf.

»Hey«, sagte er liebevoll und gab ihr einen langen Kuss.

»Selber hey«, murmelte sie verschlafen. »Was ist los?«

Gute Frage. Was *war* mit ihm los?

Wenngleich ihm noch nicht klar war, wie genau sich diese ganze Liebesgeschichte auswirken würde, wusste er doch, dass gewichtige Dinge auf dem Spiel standen. Ihr Herz. Seine Art zu leben. Nie zuvor hatte er sich fest binden wollen. Aber wie sie ihn gestern Nacht angesehen hatte, als sie sich geliebt hatten …

»Wir müssen los. Sie haben Tawhid ausfindig gemacht und schicken einen Hubschrauber.«

Das Komische war, dass ihm der Gedanke an eine radikale Änderung seines Lebens überhaupt keine Angst einflößte.

»Alles klar bei dir?«, fragte Zimmie ihn, als sie seinen veränderten Gesichtsausdruck registrierte.

»O ja«, gab er zurück.

Denn tatsächlich fühlte er sich ziemlich großartig.

Na ja. Besonders jetzt. Nach einigen Stunden voller Lust und Leidenschaft, die sie erschöpft, satt und zufrieden hatte einschlafen lassen. Jedenfalls war es ihm so gegangen. Und nach ihrem Lächeln zu urteilen, fühlte sie sich genauso. »Dann schlage ich vor, dass du mich losmachst«, sagte Darcy und zerrte an den Fesseln, die immer noch um ihre Handgelenke gebunden waren.

Gestern Nacht war er viel zu verblüfft gewesen, um auf die Liebeserklärung, die ihr offensichtlich furchtbar schwergefallen war, anders als körperlich zu reagieren. Nach einer kurzen Schrecksekunde hatte er sie einfach genommen. Hart und schnell. Noch einmal. Und dann war sein innerer Machoschweinehund erwacht. Er hatte sie immer weiter getrieben, um zu sehen, wie weit sie sich ihm unterwerfen würde.

Jetzt strich er ihr zärtlich eine Haarsträhne aus dem Gesicht. Dann zog er langsam die Laken nach unten, um ihren herrlichen, nackten Körper betrachten zu können.

Fünfzehn Minuten … Er sollte ihr wirklich die Fesseln abnehmen. Aber verdammt, es gefiel ihm, wenn sie ihm so ausgeliefert war. Denn das kam nicht allzu häufig vor, also genoss er es umso mehr, wenn es mal der Fall war.

»Nur keine Eile«, sagte er, während er eine Hand über ihren Körper gleiten ließ. »Wir haben noch ein paar Minuten.«

»Quinn …«

»Hm?«

Sie hätte sich jederzeit mit Leichtigkeit befreien können. Diese Frau war eine Kampfsportmeisterin … und sehr geschickt darin, beengten Verhältnissen zu entfliehen. Verflucht, er erinnerte sich noch gut daran, wie sie einmal zusammen eine Geisel aus den Klauen von Drogendealern hatten befreien müssen – die Ehefrau eines kolumbianischen Richters. Er und Zimmie waren aufgeflogen und ebenfalls in Gefangenschaft geraten. Gemeinsam hatten sie in einer Scheune auf den Boss der Gangster gewartet, der sie wahrscheinlich kurzerhand erschießen würde. Bobby Lee hatte schon gedacht, sein letztes Stündchen hätte geschlagen, doch da war es Zimmie irgendwie gelungen, sich aus den Fußfesseln zu befreien, durch einen ekelerregenden Abwasserkanal nach draußen zu kriechen und Verstärkung zu holen. Dadurch hatte sie nicht nur den Auftrag, sondern auch seine Haut gerettet.

In der darauf folgenden Nacht hatte er Zimmie festgebunden, damit sie ihm zeigen konnte, wie sie sich befreit hatte. Nun ja, natürlich hatte eine Sache zur anderen geführt, und schon bald war er viel zu abgelenkt gewesen, als dass er sich aus den Fesseln hätte befreien können, in die sie ihn im Gegenzug gelegt hatte.

Er ließ die Fingerknöchel über ihre Hüften gleiten und berauschte sich an ihrem Anblick, während er sich an jene Nacht zurückerinnerte. Es war das erste Mal gewesen, dass einer von ihnen beim Sex gefesselt gewesen war. Um der Wahrheit Genüge zu tun: Meist war es Bobby Lee, der zu guter Letzt am Kopfende hing. Zum Teufel, ihm war das nur recht. Nur ein echter Mann, der sich in seiner Haut wohlfühlte, konnte das genießen. Und was das anging, hatte Bobby Lee keinerlei Probleme. Hm, mal sehen … sich auf dem Rücken liegend von einer wunderschönen Frau verwöhnen zu lassen, bis er vor Lust verging? Keine schwere Entscheidung. Selbst für einen Mann, der normalerweise gerne das Kommando übernahm, verstand sich das wohl von selbst.

Zimmie fiel es schwerer, sich fallen zu lassen – sich ihm ganz anzuvertrauen. Er hatte sich oft gefragt, was sie wohl erlebt haben musste, um derart hohe Mauern um sich zu errichten. Aber sie selbst hatte er nie danach gefragt. Das stand einem Zwei-Mal-im-Jahr-Liebhaber ohne feste Absichten auch gar nicht zu.

Aber jetzt … jetzt, da sie ihn liebte …

Verflucht noch eins.

Was zum Teufel sollte er jetzt bloß tun?

Da er ihr nicht länger widerstehen konnte, legte er sich auf sie und nahm einen aufgerichteten Nippel in den Mund. *Herrlich.*

»Mmm«, stöhnte sie und bog sich ihm anmutig entgegen. Er schloss die Augen und saugte zärtlich an ihr. Das entlockte ihr ein leises Keuchen, sie schlug die Augen auf und versuchte, sich auf die Unterarme zu stützen, wurde aber von den Fesseln zurückgehalten.

Also machte er einfach weiter, umfasste mit einer Hand ihre andere Brust und rieb den Daumen an ihrer Brustwarze.

»Quinn«, wiederholte sie atemlos, was ihn zum Lächeln brachte. »Komm schon. Wir müssen los.«

»Ich finde wirklich«, sagte er, während er mit der Zunge einen kleinen Kreis zog, »dass du anfangen solltest, mich Bobby Lee zu nennen, jetzt, wo du in mich verliebt bist.«

In ihr Stöhnen mischte sich Verzweiflung. »Du bist so ein Arsch. Bobby Lee, wir müssen wirklich gehen. Der Heli–«

»Ja, ja«, sagte er lächelnd und löste widerstrebend die Fesseln an ihren Handgelenken.

Sofort sprang sie aus dem Bett und ging ins Bad.

»Außerdem habe ich das nie gesagt«, verkündete sie von dort aus.

»Das hast du wohl«, widersprach er ihr. So leicht kam sie ihm nicht davon.

»Dann habe ich es nicht so gemeint«, beharrte sie.

Ja, genau. »Netter Versuch, Süße.«

Die nächsten Minuten zogen sie sich schweigend an, und ihrem Gesichtsausdruck war nicht zu entnehmen, was sie dachte. Dann lehnte sie sich plötzlich auf das Waschbecken und senkte den Kopf.

»Oh, Gott. Es tut mir so leid«, flüsterte sie und schloss die Augen. »Ich wollte dir das nicht antun.«

Bobby Lee trat hinter sie und nahm sie in den Arm. »Was meinst du? Mir tut es nicht leid. Ich fühle mich geschmeichelt. Geehrt. Ich bin … Vielleicht habe ich ja ganz ähnliche Gefühle für dich.«

Erschrocken riss sie die Augen auf, ihre Blicke trafen sich im Spiegel. »Wie bitte?« Sie starrte ihn ungläubig an.

Ach du Schande. »Habe ich das gerade laut gesagt?«

»Sehr komisch.« Sie schluckte und wand sich steif aus seinem Arm. »Lass mich los. Der Hubschrauber wird jeden Moment hier sein.«

»Der kann warten.«

»*Quinn* –«

»Nenn mich Bobby Lee, und bitte mit etwas mehr Gefühl.«

»Bobby Lee, ich schwöre, ich werde –«

Mit einem theatralischen Seufzer gab er sie frei, und sie ging schnell ins Zimmer zurück, um ihren Seesack zu Ende zu packen.

Er folgte ihr. »Verdammt, Mädchen. Du könntest wenigstens *versuchen*, es mir nicht so schwer zu machen.«

»Ach? Weil du es mir immer so einfach gemacht hast?« Sie schloss ihre Tasche, marschierte zur Tür und stieß sie auf. Die aufgehende Sonne kämpfte sich eben am Horizont empor und schenkte gerade genug Licht, dass er den unglücklichen Ausdruck auf ihrem Gesicht erkennen konnte.

Mit einem Mal verstand er. Ehe sie gehen konnte, hielt er sie am Handgelenk zurück. »Oh, Baby, sag bloß, du wolltest dich deswegen von mir trennen? Weil du Angst davor hattest, mir zu sagen, dass du mich liebst?«

»Nein«, grummelte sie. Mied aber nach wie vor seinen Blick, während er die Tür hinter ihnen zuzog.

Er glaubte ihr nicht. »Warum dann?«

Sie zögerte. »Ich *wollte* mich nicht verlieben. In niemanden. Schon gar nicht in dich.«

Autsch. »Also, Baby, das hat jetzt echt wehgetan.«

Daraufhin schnaubte sie doch tatsächlich nur verächtlich.

»Ja gut, einverstanden«, räumte er ein. »Kann ja sein, dass ich mich früher, schön, vielleicht noch bis vor Kurzem … genauer gesagt bis gestern – nicht mit der Vorstellung hätte anfreunden können. Aber jetzt …«

Als er ihr Gesicht zu sich drehte, schaute sie ihn verunsichert und misstrauisch aus ihren großen grünen Augen an. *Jetzt oder nie*. Er musste es ihr sagen. Ihr offenbaren, was er für sie fühlte. Aber die Worte blieben ihm im Hals stecken, und er brachte nur ein halb ersticktes Husten hervor.

Das Rotorgeräusch des herannahenden Hubschraubers mischte sich in die angespannte Stille.

In ihre wunderschönen Augen trat eine Verzweiflung, die ihm schier das Herz brach. »Du musst nichts sagen«, beruhigte sie ihn, machte sich los und ging hinaus auf den Parkplatz. »Wirklich. Ist schon in Ordnung.«

»Nein, du verstehst nicht –«, krächzte er und rannte ihr nach. Der Hubschrauber landete auf dem offenen Feld hinter dem Motel.

»Doch, das tue ich. Unter dieser kompromisslosen« – sie warf ihm einen Blick zu – »Männlichkeit steckt ein anständiger Kerl, Quinn. Deswegen hast du es gesagt … angedeutet … damit ich mir nicht wie ein Idiot vorkomme.«

Schon wieder autsch. Er versuchte, das nicht persönlich zu nehmen, aber es gelang ihm einfach nicht. Also schwang er sich in den Heli und streckte die Hand aus, um ihr hinaufzuhelfen. »Du fühlst dich wie ein Idiot, weil du mich liebst?«

Ihr Blick wurde weich, sie ergriff seine Hand. »Nicht weil du es bist, sondern weil ich es eigentlich hätte besser wissen müssen. Ich hätte mich gar nicht erst verlieben dürfen.«

Er nickte und verzog den Mund, während der Hubschrauber abhob. Das wiederum konnte er nachvollziehen.

Sie reichte ihm ein Headset, aber er setzte es nicht auf, sondern schüttelte den Kopf und legte eine Hand auf ihr Headset. Die anderen sollten jetzt nicht zuhören.

Er musste reinen Tisch machen. Es einfach ausspucken. Schließlich war er auch sonst nicht der Typ, der lange fackelte oder Ausflüchte machte, wenn es darum ging, Entscheidungen zu treffen. Als Spezialeinsatzkraft war er darauf trainiert, flexibel zu sein, sich immer wieder auf eine neue Situation einstellen oder eine Strategie abändern zu können, wenn er dadurch ans Ziel kam. Und wenn er Darcy nicht verlieren wollte – und das wollte er auf keinen Fall –, dann musste er ihr zumindest auf halbem Weg entgegenkommen.

»Weißt du« – er beugte sich zu ihr und sprach laut und deutlich, damit sie ihn inmitten des Rotorenlärms überhaupt hören konnte – »gestern ist mir was Lustiges passiert.«

Sie stöhnte hörbar auf und bedeckte das Gesicht mit den Händen. »Warum ersparst du mir nicht einfach die Demütigung und –«

»Nein, hör mich an, Baby.« Er lehnte sich noch näher zu ihr. »Weißt du, gestern war ich so verflucht wütend auf dich, dass ich mich auf nichts anderes mehr konzentrieren konnte. Ich konnte nur an dich denken. Und daran, dass du mich auf einmal nicht mehr wolltest. Zum Teufel, ich war so abgelenkt, dass ich wusste, ich würde den Auftrag in Gefahr bringen, wenn ich mich nicht bald zusammenreiße. Also habe ich mir eingeredet, es sei wohl am besten, mich mit deiner lächerlichen Trennungsansage abzufinden. Ich hab mir eingeredet, das eigentliche Problem sei die Verknüpfung von Sex und Arbeit.« Nicht, dass das früher je ein Problem gewesen war … Das nannte man dann wohl Selbsttäuschung.

Darcy lehnte den Kopf gegen die Nackenstütze und beäugte ihn vorsichtig. »Und das soll lustig sein?«

»Nein.« Liebevoll nahm er eine ihrer Haarsträhnen und strich sie ihr hinter das Ohr. »Das Lustige daran war, dass es nicht geholfen hat. Als du mit diesen Typen von der Inneren geflirtet hast, wäre ich beinahe durchgedreht. Ich war rasend vor Eifersucht und schäme mich nicht, das zuzugeben.« Er verzog den Mund zu einem leichten Lächeln. »Na, wie auch immer.«

Sie schaute ihn verwirrt an. »Quinn, was genau willst du damit sagen?«

Er atmete langsam aus und lehnte seine Stirn an ihre. »Ich will damit sagen, vielleicht ist es an der Zeit, den nächsten Schritt zu gehen.«

Darcy wich mit offenem Mund und fassungsloser Miene vor ihm zurück. Wartete sie auf die Pointe? Er wand sich innerlich.

»Himmel«, schoss es dann aus ihm heraus, und er fühlte sich so verunsichert wie nie zuvor in seinem Leben. »Muss ich noch deutlicher werden?«

»Äh, ja?« Sie wirkte immer noch so, als zweifelte sie an dem, was er da sagte. Als wäre das irgendein schlechter Scherz.

Hatte *er* ihr das angetan? Sie in der Vergangenheit so schlecht behandelt, dass sie jetzt ständig auf der Hut war?

Dann war es höchste Zeit, das wiedergutzumachen.

Er griff nach ihren Händen. »Ich musste dich erst beinahe verlieren, um zu erkennen, wie sehr ich dich in meinem Leben haben möchte, Süße. Ich hätte nie gedacht, dass ich das jemals zu einer Frau sagen würde, aber … Ich will dich, Darcy Zimmermann. Dich, und nur dich. Können wir da irgendeine Regelung treffen, wir zwei?«

Sie blinzelte. Dann entfuhr ihr ein Lachen. Sie zog die Hände weg und verschränkte die Arme vor der Brust. »Wow, Quinn. Schon wieder so ein romantischer Antrag. Wie könnte ich da widerstehen?«

Aufstöhnend ließ er sich in den Sitz zurückfallen und verdrehte die Augen gen Himmel. »Verdammt noch mal, Mädchen! Gut, einverstanden.« Er wandte sich ihr erneut zu. Nahm ihr Gesicht in beide Hände. »Heirate mich«, bat er. »Okay? Bitte, Darcy, ich –«

»*Wie bitte!?*« Sie machte sich hektisch los. »Nein! Bist du *wahnsinnig* geworden? Quinn, du redest irres Zeug!«

Er sah sie warnend an. »Darce, ich schwöre bei Gott –«

»Bobby Lee«, unterbrach sie ihn. Dann drückte sie ihn mit ausgestrecktem Arm von sich weg, aber in ihrem Blick lag so viel Wärme, dass sich seine zum Zerreißen gespannten Nerven beruhigten. Jedenfalls ein klein wenig. »Lass uns nichts überstürzen.«

Aber … »Wenn du nicht heiraten willst, was denn dann?«, fragte er sie verzweifelt.

Sie fuhr sich mit der Zunge über die Lippen. »Du meinst das also tatsächlich ernst?«

»Und wie, verdammt noch mal.«

»Aber wenn es nun ein großer Fehler ist?«

»Wir sind beide intelligente Erwachsene. Da wird uns schon was einfallen.«

Sie knabberte an ihrer Unterlippe. »Aber was, wenn –«

»Darce, bitte. Lass mich nicht am ausgestreckten Arm verhungern. Komm mir doch ein wenig entgegen, bitte.«

Sie schloss kurz die Augen. Dann öffnete sie sie wieder. »Okay. Wir könnten … Nun, wir könnten STORM sagen, dass wir gerne gemeinsam arbeiten würden?«

Er nickte ermutigend. »Gut. Ja. Und?«

»Und vielleicht könnten wir uns ja sogar … na ja, irgendwo ein gemeinsames Haus oder eine Wohnung nehmen? Und erst mal ausprobieren, wie das mit dem Zusammenleben klappt? Bevor wir einen so großen Schritt tun.«

Er war unendlich erleichtert. Und nicht etwa, weil er sie nicht heiraten wollte. Sondern, weil er plötzlich mit absoluter Sicherheit wusste, *dass* er es wollte.

Und ja, *das* wiederum jagte ihm entsetzliche Angst ein.

Und wenn sie das taten, was sie vorschlug, war es weniger wahrscheinlich, dass er eine ausgewachsene Panikattacke erlitt.

»Ja, das würde mir gefallen«, sagte er und lächelte darüber, dass die Frau, für die er sich ein für alle Mal entschieden hatte, so unglaublich klug war. Oder hatte eher sie sich für ihn entschieden …? So oder so – »Hört sich nach einem hervorragenden Plan an.«

Endlich ließ sie sich in seine Arme ziehen, und er gab ihr einen langen, liebevollen Kuss … den schönsten Kuss seines Lebens. »Du bist eine wunderbare Frau, Darcy Zimmermann«, flüsterte er. Er war voller Staunen, dass dies hier dem Jungen passierte, der geschworen hatte, die Liebe würde ihm niemals begegnen – und der entschlossen war, vor ihr zu fliehen, falls es doch geschah.

»Du auch«, hauchte sie. »Aber, Bobby Lee?«

»Ja, Baby?«

»Ähm, wir werden beobachtet.«

Da erst merkte er, dass der Hubschrauber längst gelandet war und das gesamte Team sich vor der geöffneten Seitentür versammelt hatte. Und alle grinsten über beide Ohren.

Auch auf Bobby Lees Gesicht machte sich ein Lächeln breit. »Was ist los, Leute? Noch nie einen Mann gesehen, der seiner Frau einen Antrag macht?«

Tara wurde mit jeder Minute ungeduldiger, die sie auf die Videoaufnahmen der Drohne starrte und dem Funkverkehr zuhörte. Der Rest des Teams durchkämmte gemeinsam mit einigen Dutzend Männern der Inneren Sicherheit das Mosaik von Feldern, Wäldern, Seen und Flüssen rund um den Flughafen, an dem Abbas Tawhid das letzte Mal gesehen worden war. Offensichtlich hatte der Mann sich in Luft aufgelöst.

Unglücklicherweise zogen sich auch noch jede Menge verschlungener Straßen durch das Gebiet. Und auf denen war ein zwar nicht allzu dichter, aber doch stetiger Strom morgendlicher Pendler unterwegs. Über jede dieser Straßen konnte Tawhid seinen Verfolgern entkommen. Oder schlimmer noch, vielleicht war er das bereits.

Es konnte Stunden dauern, ihn wieder aufzuspüren. Und Tara war immer mehr davon überzeugt, dass ihnen nicht mehr so viel Zeit bleiben würde.

Sehr zu ihrem Verdruss hatte Quinn Marcs Entscheidung bestätigt, sie nicht mit auf die Suche zu nehmen. Angeblich, weil sie noch keine entsprechende Ausbildung durchlaufen und Kurt Bridger sie bei Rand im Moby eingeteilt hatte. Und er wolle sich nicht dem direkten Einsatzbefehl eines STORM-Oberen widersetzen, indem er eine gegenläufige Entscheidung traf.

Aber Rand brauchte überhaupt keine Hilfe. Er hatte sich einige Experten der Inneren Sicherheit in den Moby geholt, und sie alle waren in ihre Analysen vertieft. Mit der hochempfindlichen Drohnenkamera konnten sie an jedes einzelne Nummernschild heranzoomen und es überprüfen. Tara war ihnen dabei nur im Weg und nahm hier quasi einen Platz weg, den ein richtiger Analyst einnehmen könnte.

Also hatte sie mehr oder minder Däumchen drehend dagesessen und nachgedacht. Bis sich ein äußerst beunruhigender Gedanke in ihr breitgemacht hatte.

Alle waren damit beschäftigt, Tawhid zu schnappen, bevor er aus ihrem Fahndungsnetz schlüpfen konnte. Denn sie waren überzeugt, dass er so schnell wie möglich nach New York wollte. Aber der Terrorist war ja nicht dämlich. Er musste wissen, dass ganz Louisiana durchkämmt werden würde. Dass er auf jeder Fahndungsliste, ob nun des FBI oder der Polizei, ganz weit oben stand, und jeder einzelne Beamte sein Gesicht kannte. Erst recht in New York. Und es folglich nur eine Frage der Zeit war, bis er geschnappt werden würde.

Aber für einen Fanatiker wie Abbas Tawhid war die Flucht vielleicht gar nicht das Ziel. Jedenfalls jetzt nicht mehr. Als er illegal in die USA eingereist war, um seine Massenvernichtungswaffe fertigzustellen, hatte er dies anscheinend als seinen finalen Dschihad geplant. Er ging sicher davon aus, hier zu sterben – und wollte so viele Menschen wie möglich mit in den Tod reißen. Gleichzeitig würde ihm daran gelegen ein, durch die Tat seine kranken Absichten kundzutun.

Und wenn er es nicht bis nach New York City schaffen sollte, dann musste er sich jetzt an einem Ort verstecken, an dem er mit dem einen verbliebenen Kanister des tödlichen Virus größtmöglichen Schaden anrichten konnte. Und zwar genau hier, in Louisiana.

Das Team ging immer noch davon aus, dass er es auf ein Sportstadion abgesehen hatte, wenn er schon nicht den Madison Square Garden erreichen konnte. Sie waren außerdem überzeugt, dass sie mit ihrer Suche noch bis heute Abend Zeit hatten, weil nirgendwo in der Nähe eine Sportveranstaltung vor achtzehn Uhr angesetzt war.

Aber Tara war sich da nicht so sicher.

Während sie untätig im Moby saß, zuschaute und zuhörte, wie alle außer ihr Tawhid jagten, hatte sie außerdem über ihre Stellung innerhalb des Teams nachgedacht. Und über ihre Beziehung zu Marc. Ständig wurde sie unterschätzt oder ins Abseits geschoben, nur weil sie eine Frau war. Wenngleich Marc das heftig bestritten und nur auf ihre mangelnde Ausbildung geschoben hatte. Aber er strafte seine Worte Lügen, indem er andauernd so tat, als müsse sie verhätschelt und beschützt werden, anstatt sie wie jemanden zu behandeln, der ihm ebenbürtig war. Das erinnerte Tara natürlich an ihre Erlebnisse als weiblicher State Trooper und auch an ihren Vater. Das wiederum hatte ihre Gedanken zu Gina schweifen lassen und zu dem, was diese ihr von ihrer Gefangenschaft erzählt hatte.

Es bestand absolut kein Zweifel daran, dass Abbas Tawhid Frauen mit einer Leidenschaft hasste, die ihresgleichen suchte. Das hatte er Gina oft gesagt. Ständig hatte der Mann sie erniedrigt und als Hure beschimpft. Was diesen fanatischen Frauenhass ursprünglich einmal ausgelöst hatte, blieb ein Rätsel. Aber aus diesem Hass heraus hatte er versucht, Gina zu vergewaltigen. Und als ihm das nicht gelungen war, hatte er sie brutal zusammengeschlagen, um ihr seine Macht zu demonstrieren und ihr eine Lektion zu erteilen. Sie sollte am eigenen Leib erleben, dass der Mann der Frau von Natur aus überlegen war.

Tara erinnerte sich auch an einen anderen von Al-Sayikas Anschlägen, der damals Schlagzeilen gemachte hatte: die grausame demonstrative Ermordung einer saudischen Prinzessin, die versucht hatte, Reformen für die Frauen in ihrem konservativem Land voranzutreiben.

Und dann war wieder der Werbespot über den Bildschirm

geflimmert, der diesen *Vortrag* ankündigte, der für heute Morgen an der Universität geplant war. Der Vortrag richtete sich an Frauen, die in Finanzangelegenheiten kompetenter werden wollten. Bestimmt würde der Saal rappelvoll sein – voll mit Frauen, die stärker und weniger von Männern abhängig sein wollten. Und die somit Tawhids »naturgegebener Ordnung« zuwiderhandelten.

Dieser Gedanke wiederum hatte ihr einen Schauer über den Rücken laufen lassen. Denn wenn man Tawhids Obsession bedachte, waren diese Frauen ein ideales Anschlagsziel.

Tango Eins war auf dem Weg zur Universität, zu genau diesem Vortrag.

Da war sich Tara ganz sicher.

Aber als sie dem Team von ihrer Theorie berichtet hatte, war nur Darcy Zimmermann ernsthaft darauf eingegangen. Wen wunderte es. Immerhin hatten sie ihr höflich zugehört und die Idee sogar einige Minuten lang per Headsets diskutiert, während sie im Wald umherstapften.

Aber letztendlich hatte Quinn entschieden, das Team lieber weitersuchen zu lassen. »Wir haben klare Beweise dafür, dass er hier gewesen ist und sich auch jetzt höchstwahrscheinlich noch irgendwo in der Gegend aufhält, um sich zu verstecken, bis die Suche vorüber ist. Besser, wir erwischen ihn, ehe er überhaupt Gelegenheit hat, das Virus freizusetzen. Aber ich werde die Kollegen von der Inneren informieren, damit einer von ihnen das überprüft«, hatte er ihr versprochen. Und das dann auch getan.

Das war etwa vor einer halben Stunde gewesen, aber der Agent des Ministeriums hatte sich immer noch nicht gemeldet. Hatten die Zuständigen dort überhaupt jemanden losgeschickt?

All ihr aufgestauter Ärger entlud sich in einem schweren Seufzer, dann blickte Tara auf die große Uhr, die an der Wand im

Moby hing. Kurz nach acht. Der Vortrag sollte um neun beginnen. Sie presste die Handballen auf ihre brennenden Augen und zählte bis zehn. Zweimal.

»Müde?«, fragte Rand und unterbrach damit ihre düsteren Gedanken.

Verwirrt blickte sie zu ihm auf. Nach seiner befremdlichen Behauptung, Marc Lafayette sei in sie verliebt, hatten sie kaum mehr ein Wort miteinander gewechselt. Verliebt … o Gott, das war echt abwegig.

Sie atmete erneut aus. »Erschöpft.« Obwohl Müdigkeit offen gestanden im Moment das Letzte war, was Tara zu schaffen machte.

»Geh doch wieder ins Hotelzimmer zurück«, schlug er vor. »Und leg dich kurz hin. Danach fühlst du dich bestimmt besser. Quinn weiß, was er tut, Tara, und Marc … na ja, der ist ein verfluchter Idiot.«

Zumindest mit einem von beiden hatte er recht.

Rand lächelte sie mitfühlend an und scheuchte sie mit einer Handbewegung davon. »Geh schon. Ich melde mich, wenn wir etwas herausfinden.«

Tara überlegte keine drei Sekunden. »Danke«, sagte sie dann. »Ich könnte wohl wirklich ein wenig Schlaf gebrauchen.«

Sie nahm ihre Sachen vom Kontrollpult und trat in die kühle Morgenluft hinaus. Ja, ein Nickerchen klang nicht schlecht.

Nur leider würde sie keines machen.

Denn hey – Tara Reeves war ein Louisiana State Trooper und würde ihrer Arbeit nachgehen. Daran konnte sie verdammt noch mal niemand hindern.

Auf dem Weg nach draußen hatte sie sich nicht nur ihre Handtasche, sondern auch die Schlüssel zu Darcys und Quinns Geländewagen gegriffen. Bevor Tara sich jedoch ans Steuer setzte, schaute sie noch schnell in den Waffenkoffer im hinteren

Teil des Wagens. Als sie eine SIG Sauer fand, breitete sich ein grimmiges Lächeln auf ihrem Gesicht aus. Das war ihre übliche Dienstwaffe. Sie steckte die Pistole in den Hosenbund.

Dann ließ sie den Motor aufheulen und schaltete das Navi ein. Und gab ihr Fahrziel an.

Louisiana State University.

30

Wade wirkte alles andere als glücklich auf Rebel.

Wahrscheinlich war das normal für einen Mann, wenn eine Frau unter ihm während des Höhepunkts den Namen eines anderen herausgeschrien hatte.

Ging es noch peinlicher?

Ja, wenn man sich nämlich auch noch eingestehen musste, dass man diesen anderen Mann liebte, und dass der, mit dem man im Bett gewesen war, folglich nur als Ersatz gedient hatte.

Ganz toll, Haywood.

Als wäre das alles noch nicht schlimm genug, hatte Wade auch noch den ganzen Morgen damit verbringen müssen, die Cappozi-Taskforce aufzulösen. Und Chief Jansson zu erklären, dass er ihm dafür keinen Grund nennen und auch nicht preisgeben konnte, ob Gina tot oder noch am Leben wäre. Das war bestimmt das reinste Vergnügen gewesen.

Jetzt saß Wade im hinteren Teil einer STORM-Limousine mit abgedunkelten Scheiben Rebel gegenüber. Sie waren gemeinsam auf dem Weg nach Haven Oaks, wo sie Kurt Bridger und Gina treffen sollten. Damit Wade sich persönlich davon überzeugen konnte, dass es seiner Exverlobten gut ging, und diese ganze merkwürdige Vorgehensweise gerechtfertigt war.

»Es tut mir leid«, entschuldigte Rebel sich zum x-ten Mal.

Wade starrte sie nur wütend an.

»Ich habe das alles nicht gewollt.«

Er zuckte nicht einmal mit der Wimper.

Und blieb auch die nächsten Kilometer über stumm wie ein Fisch.

»Ich persönlich finde jedenfalls, dass du ein fantastischer Liebhaber bist«, sagte sie schuldbewusst und wich seinem kalten Blick aus, indem sie auf ihre Hände starrte. Sie konnte sich das alles selbst überhaupt nicht erklären. Obwohl sie tatsächlich bis über beide Ohren in Alex Zane verliebt war, erregte Wades Nähe sie derartig, dass ihr die Kehle eng wurde und auch ihre Brustwarzen sich aufrichteten, weil sie sich nach seiner Berührung sehnten.

Er schnaubte leise. »Wenn du *das* willst, kann ich dir gleich hier im Wagen dein Höschen ausziehen und es dir besorgen. Soll ich? Um der guten alten Zeiten willen?«

Sie befeuchtete ihre Lippen und wünschte, die Vorstellung würde ihr nicht den Puls in die Höhe treiben. »Du musst nicht gleich so fies werden, Wade.«

»Liebes, du hast ja gar keine Ahnung, was richtig fies ist.«

War das etwa eine Drohung? Sie hob den Blick und schaute in sein gut aussehendes, wenn auch abweisendes Gesicht, sah aber keine echte Bosheit darin. Er war wütend. Und offensichtlich verletzt. Aber grausam? Nein, so wirkte er nicht.

»Kann schon sein«, sagte sie und beschloss, das Thema zu wechseln. »Aber Gina bestimmt. Sie hat so viel … durchgemacht.«

Sobald sie seine Exverlobte erwähnte, wurde sein Blick sanft. Sie bedeutete ihm wohl tatsächlich noch sehr viel. »Was muss ich wissen, bevor ich Gina treffe?«, fragte er dann, ohne weiter auf ihrer beider persönlichen Problemen herumzureiten.

Rebel atmete langsam aus. Wie sollte sie ihn am besten darauf vorbereiten? »Sie ist ganz schön durcheinander. Körperlich und seelisch schwer angeschlagen. Sie musste einiges ertragen. Folter und Schläge.«

Bei dem Wort »Folter« zuckte Wade zusammen und stieß einen heftigen Fluch aus.

»Gina schämt sich dafür, überlebt zu haben«, fuhr Rebel fort. »Dafür, dass sie getan hat, was die Terroristen von ihr verlangt haben, anstatt sich umzubringen.«

»Und was genau war das?«

»Hat Bridger dir nichts gesagt?«

»Er wollte wegen der unsicheren Telefonverbindung nicht genauer werden.«

»Ach so. Nun ja, sie haben Gina ein tödliches Hybridvirus entwickeln lassen. Wenn das freigesetzt wird und unschuldige Menschen tötet, dann würde sie sich das niemals vergeben können.«

»Himmel«, flüsterte er. »Also ist es wahr. Sie wurde von Terroristen entführt, weil sie sich mit Virengenetik auskennt.«

»Wichtiger war den Terroristen die nasale Impftechnik. Sie haben Gina gezwungen, das Virus in Sprayform zu bringen, so wie bei den Kinderimpfungen, an denen sie forscht. Damit er leichter zu verbreiten ist.«

Das brachte Wade erneut zum Fluchen. »Und ist ihr das gelungen?«

»Ja. Sie hat aber auch versucht, ein Selbstzerstörungsgen einzubauen. Dadurch würde das Virus absterben, bevor es sich einen neuen Wirt suchen kann. Momentan werden die sichergestellten Behälter überprüft, um herauszufinden, ob das geklappt hat. Aber mindestens einer dieser Sprühkanister ist noch da draußen.«

Er schloss die Augen und schwieg die restliche Fahrt über. Nein, sie war nicht in Wade Montana verliebt. Nicht so, wie sie in Alex verliebt war. Aber sie mochte ihn. Mochte ihn sehr. Und wenn Alex nicht wäre, hätte da sicherlich mehr draus werden können.

Manchmal war das Leben echt scheiße.

Und das wurde ihr noch viel deutlicher vor Augen geführt, als sie in Haven Oaks ankamen, im ersten Stock aus dem Fahrstuhl stiegen und Kurt Bridger begegneten. Denn genau neben ihm stand – wie könnte es anders sein – Alex Zane.

Rebel blieb wie angewurzelt stehen, bis die Fahrstuhltür wieder zuging und ihr einen Schlag gegen die Schulter versetzte.

Hilfe.

Sie hätte nichts lieber getan, als direkt rückwärts wieder hineinzugehen und den Knopf zu drücken, der sie direkt nach China bringen würde.

»Special Agent Haywood«, begrüßte Bridger sie und streckte die Hand aus. »Schön, dass wir uns wieder treffen. Ich hoffe, es macht Ihnen nichts aus, dass Mr Zane bei unserem Treffen mit Dr. Cappozi dabei sein wird. Damit die beiden sich austauschen können.«

Ausmachen? Warum um alles in der Welt sollte es ihr etwas ausmachen, dass der für sie unerreichbare Mann ihres Herzens mit ihrem aufgebrachten Geliebten in einem Raum sitzen würde?

»Aber nein«, sagte sie und ignorierte die beiden Männer, die sich wütend anstarrten. Stattdessen konzentrierte sie sich lieber auf den Mann, mit dem sie gerade sprach. »Darf ich Ihnen meinen SAC, Special Agent in Charge Wade Montana, vorstellen?« Wade und Bridger schüttelten sich nun ebenfalls die Hand.

Als Rebel sich anschließend an Alex wandte, um ihm Wade vorzustellen, verdüsterte sich Alex' Miene nur noch mehr. Er gab ihm nicht die Hand. Konnte er erkennen, dass sie die Nacht zusammen verbracht hatten?

»Hab viel von Ihnen gehört, Zane«, sagte Wade gelassen und musterte seinen Rivalen prüfend. Alex sah heute ausnehmend gesund aus. Er trug Jeans und ein enges T-Shirt, das sich an seinen inzwischen wieder trainierten Körper schmiegte – kein Vergleich zu den Krankenhauskitteln, die er sonst immer anhatte.

»Ebenso«, gab Alex zurück.

»Sie scheinen sich ja schnell von dieser schlimmen Sache zu erholen«, versuchte es Wade.

»Hoffentlich gelingt das Ihrer Verlobten genauso schnell«, parierte Alex.

Autsch.

»*Ex*verlobte«, berichtigte Wade ihn kühl.

Bridger verfolgte den Schlagabtausch, dann zog er eine Braue hoch und warf Rebel einen durchdringenden Blick zu.

Na super. Jetzt wussten alle Bescheid.

»Ist Gina in ihrem Zimmer?«, fragte sie und wandte sich demonstrativ Bridger zu.

Er machte eine ausladende Handbewegung in Richtung der Tür. »Ja. Gehen wir doch hinein.«

Sie schenkte ihm ein angespanntes Lächeln. Manchmal war es schlauer, einer Sache aus dem Weg zu gehen. »Tatsächlich würde ich lieber im Speisesaal warten, falls ich nicht wirklich dringend gebraucht werde. Könnte eine Tasse Kaffee vertragen.« Besser noch einen starken Drink.

»*Nein*«, sagten Wade und Alex gleichzeitig.

»Du gehst nirgendwohin«, sagte Wade.

Also schön.

Bridger räusperte sich. »Wie mir scheint«, sagte er trocken, »werden Sie doch hier gebraucht, Special Agent Haywood.«

Sie seufzte auf. »Also gut. Wenn Sie darauf bestehen.«

Du lieber Himmel.

Sie steckte wirklich in Schwierigkeiten.

Marc zog sein Headset vom Kopf und klopfte sich den gröbsten Schmutz von den Stiefeln, bevor er die Tür des Moby öffnete. Er war von oben bis unten verdreckt, durchnässt und halb erfroren. Und außerdem auf hundertachtzig. In wenigen Minuten musste er wieder zurück zum Team. Vorher wollte er sich nur schnell im Moby die Thermoskanne mit Kaffee auffüllen und sich von Rand auf den neuesten Stand bringen lassen.

Jedenfalls redete er sich das ein.

Drei Stunden lang hatten er und die anderen ohne Unterbrechung Wälder und Sumpfgebiete durchkämmt, brachliegende Felder und eiskalte Flüsse abgesucht. Aber alles, was sie gefunden hatten, waren die weggeworfenen Plastikhüllen von drei Rettungsdecken.

Immerhin erklärte das, warum der Scheißkerl den Infrarotsensoren der Drohne verborgen geblieben war. Da Tawhid sich von Kopf bis Fuß in die dünne isolierende Folie eingewickelt hatte, war er komplett vom Radar verschwunden und hatte sie so alle ausgetrickst. Außerdem hatte er die Plastikbeutel, die er zurückgelassen hatte, mit einer Dosis des tödlichen Geflügelgrippe-Milzbrand-Virus eingesprüht. Als die Diensthundeführer geholt worden waren, hatten zwei der Suchhunde auf der Stelle Symptome entwickelt und waren kurz darauf gestorben. Die Beamten, die mit ihnen unterwegs gewesen waren, hatte man schnellstmöglich ins Krankenhaus geschafft und ihnen dort eine hohe Dosis antiviraler Medikamente verabreicht. Danach mussten alle Suchtrupps Schutzanzüge tragen, und die Hunde wurden komplett abgezogen.

Der Morgen war also nicht besonders gut gelaufen, um es mal so auszudrücken.

Und es hatte nicht geholfen, dass Marc die ganze Zeit an nichts anderes hatte denken können als an Tara.

Tara, Tara und immer wieder Tara.

So konnte es nicht weitergehen. Bevor er noch durchdrehte, musste er irgendetwas unternehmen.

Er duckte sich unter der Moby-Tür hindurch und sah sich im Wageninneren nach ihr um. Aber da waren überall nur Computerspezialisten, die hochkonzentriert auf ihre Monitore starrten. Von Tara keine Spur. Er runzelte die Stirn.

»Hey, Rand«, rief er und lehnte sich gegen den Türrahmen. »Wie läuft's hier so bei euch? Irgendeine neue Spur?«

»Wir sind nahe dran«, lautete die Antwort. Rand wirbelte auf seinem Stuhl herum. »Du erfährst es als Erster, wenn wir Tango Eins ausfindig gemacht haben.« Irgendetwas an Marcs Gesichtsausdruck musste ihn allerdings verraten haben, denn Rand fügte noch hinzu: »Tara ist nicht hier. Sie wollte sich kurz hinlegen.«

Marc zuckte mit den Schultern und gab sich gleichgültig. »Geht mich nichts an.«

»Genau«, sagte Rand trocken. »Spiel nur weiter den Unnahbaren. Damit sie auch ganz sicher weiß, das du ein Vollidiot bist – bisher vermutet sie es ja nur. So hab ich dann bessere Chancen bei ihr.« Er verzog den Mund zu einem spöttischen Lächeln.

Die Eifersucht, die von Marc Besitz ergriff, war nicht mehr zu überbieten. Buchstäblich jedes Körperteil bebte vor Wut. *Le foutu tayau!* Er musste die Hände zu Fäusten ballen, um nicht zu Rand hinüberzumarschieren und sie ihm um den blassen, dünnen Hals zu legen.

Le bon Dieu mait le main.

Erst nach einigen Sekunden hatte er sich wieder so weit gefangen, dass er eine Antwort geben konnte. »Viel Glück«, sagte er so gelassen wie möglich. Dann machte er auf dem Absatz kehrt und zog die Tür des Mobys mit einem lauten Krachen hinter sich zu.

Als ob Tara sich jemals für jemanden wie Rand interessieren würde. Nachdem sie mit *ihm* zusammen gewesen war.

Oder vielleicht doch?

Verflucht, auf keinen Fall. *Nicht wenn er ein Wörtchen mitzureden hatte.*

Schnurstracks marschierte er zu seinem Zimmer, knallte die Karte in das Schloss und warf die Tür auf. Er sah aus wie eine

Sumpfratte und roch wahrscheinlich auch wie eine, aber wenn sie das störte, weil sie zu zartbesaitet war, dann hatte sie verdammt noch mal Pech gehabt!

»Tara?«, blaffte er. Damit sie aufwachte. Auf der Stelle. Und sich anhörte, was er ihr zu sagen hatte. Und zwar …

Merde. Was das war, wusste Gott allein. Marc jedenfalls nicht. Aber da war weder leises Yankee-Gähnen zu hören noch wütender Protest dagegen, dass er einfach so reingeplatzt war. Das einzige Geräusch im Zimmer war das Echo seines rauen Atems.

Marc drückte auf den Lichtschalter. Das Bett war leer. Und offensichtlich nicht mehr benutzt worden, seit das Zimmermädchen es gemacht hatte. Das war heute Morgen gewesen, kurz nachdem sie beide gegangen waren.

Dieu. Sie musste sich ein eigenes Zimmer genommen haben. Er hätte es wissen müssen. Nachdem er sie einfach so zurückgelassen hatte, wollte sie wahrscheinlich nicht mehr in seiner Nähe sein. Na schön, er hatte verstanden.

Warum fühlte es sich dann so an, als hätte ihm jemand ins Gesicht geschlagen?

Doch er schluckte seine Enttäuschung hinunter und ging zum Empfang hinunter, zeigte dort seine Ausweispapiere vor und fragte, in welchem Zimmer sie untergekommen war.

Unendlich langsam überprüfte der minderbemittelte Rezeptionsmitarbeiter den vorsintflutlichen Computer. Dann schüttelte er den Kopf. »Tut mir leid. Wir haben niemanden unter diesem Namen hier verzeichnet. Tara Reeves hat also kein Zimmer bei uns.«

Marcs Augen verengten sich zu Schlitzen, während er überlegte, welche Alternativen möglich waren. Eine davon erschien ihm besonders wahrscheinlich und brachte ihn zur Weißglut.

In nur dreißig Sekunden war er zurück im Flur und hatte

Rands Tür gefunden. Mit irgendwelchen Feinheiten hielt er sich gar nicht erst auf. Stattdessen hob er einen Stiefel an und trat zu. Die Tür knallte gegen die Wand und blieb dort vibrierend stehen. Marc selbst bebte ebenso stark – vor Zorn.

In dem Zimmer war alles dunkel.

Aber das Bett war leer.

Merci Dieu.

Marc fuhr sich mit einer Hand durchs Haar und atmete einmal tief aus, um sich zu beruhigen. Dann stützte er sich Halt suchend an der Wand des Korridors ab.

Bon. Wo zum Teufel steckte sie bloß?

Ein ungutes Gefühl breitete sich in seiner Magengegend aus. Er war verzweifelt. Hatte sie endgültig genug von ihm – hatte sie den Einsatz abgebrochen und alles hingeschmissen?

Es erschien ihm undenkbar. Denn noch vor wenigen Stunden war sie doch wild entschlossen gewesen, dabei zu sein, hatte ihm mit solcher Überzeugung von ihrer Theorie über diese Finanzexpertin und ihre Rede berichtet, also –

Mon Dieu. Ihre *Theorie*. Natürlich!

Er schaute auf die Uhr. Halb zehn. Wann genau sollte dieser Vortrag beginnen? Um zehn? Und wo? Hatte sie das überhaupt erwähnt?

Als er sein Smartphone aus der Tasche gezogen hatte, fiel ihm auf, dass er ihre Nummer gar nicht gespeichert hatte. *Merde*.

Also trottete er zum Moby zurück und steckte den Kopf durch die Tür. »Rand, wo wird diese Rede gehalten, von der Tara erzählt hat?«

Der andere blinzelte ihn an. »An der Universität, glaube ich. Warum?«

»Weil sie nicht im Motel ist. Könnte sie dorthin gegangen sein?«

»Na ja, sie hat erwähnt, dass sie gerne hinwollte. Aber es wäre doch komisch, wenn sie einfach so, ohne Bescheid zu sagen, dahin abhauen würde.«

»Hättest du sie gehen lassen, wenn sie dich um Erlaubnis gebeten hätte?«

»Ich hab ihr geraten, sich kurz hinzulegen.« Rand zuckte mit den Achseln. »Ich glaube, sie hat sich ein wenig zurückgewiesen und nutzlos gefühlt. Also, ja, ich hätte sie wohl gehen lassen.«

Marc stieß einen Fluch aus und presste die Fingerspitzen gegen seine Schläfen. *Zurückgewiesen und nutzlos.* Das war alles ganz allein seine Schuld. Er war derjenige gewesen, der Quinn gebeten hatte, sie nicht mit auf die Suche zu nehmen. Wenn er sich vorstellte, dass sie auch nur ansatzweise in die Nähe dieses Teufels Tawhid gelangen könnte –

Dieu. Er musste aufhören, sie nur als Frau zu sehen und sie endlich wie ein vollwertiges Teammitglied behandeln. Denn das war sie.

Und seine Frau war sie *auch nicht*.

Jedenfalls noch nicht. Aber er hatte gerade entschieden, dass sich das ändern musste. Und zwar bald. Bevor er noch vollkommen durchdrehte.

»Gibt es ein Problem?«, fragte Rand.

Verdammt gute Frage.

Marc versuchte, sich zusammenzureißen. Konzentrier dich, Lafayette!

War sie in Gefahr? Vermutlich nicht. Das ganze Team hatte diese Veranstaltung an der Universität nicht als wahrscheinliches Angriffsziel eingestuft.

Unwahrscheinlich, aber nicht ausgeschlossen, beharrte sein Bauchgefühl. Quinn hatte die Theorie immerhin beachtenswert genug gefunden, um das Ministerium für Innere Sicherheit zu informieren. Welches einen seiner Männer dorthin abbestellt hatte. Der wiederum hatte jedoch bislang nichts Auffälliges gemeldet.

Marc ließ sich von Rand Taras Handynummer geben und ging nach draußen. Auf dem Weg zu seinem Zimmer versuchte er, Tara zu erreichen. Aber er wurde direkt auf ihre Mailbox umgeleitet.

»Verdammt noch mal, Tara! Wo zum Teufel steckst du?«, wollte er nach dem Piepton wissen. *Bon*. Das war vielleicht nicht die klügste Vorgehensweise, wenn er auf einen Rückruf hoffte. Also erstickte er die aufsteigende Besorgnis im Keim. »*Chère*, du kannst nicht einfach so verschwinden«, sagte er stattdessen in halbwegs ruhigem Tonfall. »Du musst dich melden und uns wissen lassen, wo du dich aufhältst. Wir machen uns Sorgen um dich.« Er fuhr sich mit einer Hand über den Mund. »*Ich* mache mir Sorgen. Ruf mich an. Bitte, Tara.«

Als er wieder in seinem Zimmer angekommen war, zog er frische Kleider an und überlegte, ob er Quinn Bescheid sagen sollte oder nicht.

War er überängstlich? Kam dieses Kribbeln von seinem Beschützerinstinkt, den er sich beim Aufwachsen mit fünf wilden und verrückten Schwestern zugelegt hatte? Und der bei der Frau, die er liebte, verrückt spielte?

Wahrscheinlich.

Und doch … Aus irgendeinem Grund drehte sich ihm der Magen um, wenn er darüber nachdachte – über die winzige Chance, dass Tara eventuell richtig gelegen hatte und das Team besser auf sie hätte hören sollen. Und dass Tawhid dort an der Universität war, um dort sein zerstörerisches Virus über einer Gruppe hilfloser Frauen zu versprühen. *Inklusive Tara*.

Mon Dieu.

Sollte er ihr zu Hilfe eilen? Sich auf Taras weiblichen Instinkt verlassen und dadurch wertvolle Zeit verlieren, die von der Suche abgehen würde? Nur, weil sie ihn vielleicht brauchte?

Aber wenn sie Hilfe benötigte, warum hatte sie ihn dann nicht angerufen?

Weil es ihr gut ging, deswegen. Er war einfach nur paranoid.

Es wurde Zeit, wieder zu den anderen zu gehen.

Gerade als er sich das Headset aufsetzen und das Mikrofon aktivieren wollte, um Quinn anzufunken, klingelte sein Handy. Er ließ es aufschnappen. »Tara?«

Sie flüsterte so leise, dass er sie kaum verstehen konnte: »Marc, o Gott, komm schnell. Tawhid ist hier!«

Tara stand mit dem Rücken an der Wand und schluckte mehrmals aufgeregt, um sich nicht übergeben zu müssen.

Sie hatte endlich den Agenten der Inneren Sicherheit gefunden, und zwar in einer Umkleide hinter der Bühne.

Tot.

Inmitten einer riesigen Blutlache.

Man hatte ihm brutal die Kehle durchgeschnitten, und der klaffende Schnitt wirkte wie der Mund einer grotesken Maske, die zu weit nach unten verrutscht war. Es floss immer noch Blut aus der Wunde. Er konnte also noch nicht lange tot sein.

»*Tara!*« Marcs Stimme am Telefon durchbrach den Schleier, der sich über sie gelegt hatte. »Sprich mit mir, *Chère*!«

Wie lange hatte sie vor Schreck und Ekel wie gelähmt dagestanden, nachdem sie aus reinem Instinkt seine Nummer gewählt hatte?

»Bist du verletzt?«, wollte er wissen. »Was ist da los? Tara, ich schwöre, wenn du nicht gleich etwas sagst, dann werde ich –«

»Ich bin da. Sorry«, krächzte Tara. Sie musste sich zusammenreißen. Unbedingt. *Tawhid war ganz in der Nähe*. Dieser brutale Überfall konnte nur sein Werk sein. »Ich habe den Mann von der Inneren gefunden, den Quinn geschickt hat. Er ist tot.« Mit zitteriger Stimme beschrieb sie ihm die Szenerie und versuchte, wieder einen klaren Kopf zu bekommen.

»Wo genau steckst du?«, fragte Marc. Im Hintergrund hörte sie, wie eine Tür zugeknallt wurde.

»Ich bin hinter der Bühne des Maravich Centers. Louisiana State University.«

»*Bordel du merde*«, stieß er hervor, und sie hörte, wie er losrannte. »Das Maravich Centre ist ein verdammtes *Stadion*! Warum hast du uns das nicht *gesagt*?«

Also gut, dann hatten sie beide recht gehabt. Das war in diesem Moment wenig tröstlich. »Ich sagte LSU. Aber von Sport habe ich keine Ahnung. Tut mir leid, das wusste ich nicht.«

»Na schön. Mach, dass du da wegkommst«, befahl er ihr. »*Sofort*. Ich werde –«

»Auf keinen Fall«, unterbrach sie ihn. *Sie war Polizistin. Sie wurde schon damit fertig.* »Ich werde nicht zulassen, dass dieser Scheißkerl jemandem etwas antut.«

»Tara, du näherst dich Tango Eins unter keinen Umständen ohne Verstärkung.«

»Aber vielleicht bleibt keine Zeit, um auf Verstärkung zu warten. Wenn er nun die Zuhörer einsprüht oder bereits eingesprüht hat –«

»Dann können wir sie umgehend ins Krankenhaus bringen. Ski und die Seuchenschutzbehörde haben bereits Behandlungsmöglichkeiten entwickelt.«

»Dann habe ich doch auch nichts zu befürchten. Ich verspreche, dass ich nicht in seine Reichweite komme.«

Marc ließ eine ganze Reihe französischer *Cajun*-Schimpfwörter vom Stapel – jedenfalls nahm sie das an, wenn sie den Tonfall bedachte. »*Chère*«, sagte er dann, »du musst auf Verstärkung warten. Warte auf *mich*.«

»Beeil dich einfach«, drängte sie und klappte das Handy entschlossen zu. Sicherheitshalber schaltete sie es auch noch aus.

Dann zog sie ihre SIG aus dem Hosenbund und befestigte

das LSP-Schild an ihrer Jackentasche. Zuletzt griff sie sich noch die Baseballmütze des Agenten und setzte sie sich auf. Sie wollte schließlich niemanden im Zweifel darüber lassen, dass sie auf der richtigen Seite stand. Nach einem letzten tiefen Atemzug öffnete sie vorsichtig die Tür, die auf einen Flur hinter der Bühne führte, und schlüpfte in den dunklen, stillen Korridor hinaus.

31

Fils du putain.

Es hatte beinahe sechs Minuten gedauert, bis das Team zusammengezogen war, alle zum STORM-Helikopter gerannt waren und der Vogel abgehoben hatte. Geschätzte Ankunftszeit am Maravich Center: in zwei weiteren Minuten. Also waren es insgesamt acht Minuten, seit der Kontakt zu Tara abgebrochen war.

In acht Minuten konnte viel passieren.

Marc hatte gerade zum zwölften Mal bei Tara angerufen und wieder nur die Mailbox erreicht. Frustriert legte er auf und spannte die Kiefermuskulatur an, um nicht vor Wut zu schreien. Vor Wut auf sich selbst. *Warum hatte er bloß nicht auf sie gehört?*

»Beruhig dich, Kumpel«, sagte Quinn, der gerade seine schlammverschmierte Jacke auszog. »Ihr geht es bestimmt gut. Sie ist eine intelligente und talentierte Frau. Und eine gute Polizistin.«

Darcy tippte in Windeseile auf ihrem Laptop herum und holte all die Schaubilder und anderen Informationen über das Maravich Center auf den Schirm, die Rand ihnen zuschickte. Während sie nach Schwachstellen suchte, leitete sie gleichzeitig die wichtigsten Daten auf die Handys der anderen Teammitglieder weiter. »Sieht nach einem ganz gewöhnlichen Stadion aus«, sagte sie. »Da gibt es nicht viele Orte, an denen er sich verstecken könnte.«

»Er will sich ja auch gar nicht verstecken«, sagte Kick, der gerade die Kevlar-Schutzkleidung verteilte. »Er will größtmöglichen Schaden anrichten. Wahrscheinlich wird er das Virus überall dort versprühen: auf die Menge, die Geländer, Türgriffe, alles Mögliche.«

Sichtlich aufgewühlt zog sich Darcy eine Schutzweste über den Kopf und atmete heftig aus. »Wenn also die infizierten Personen das Stadion verlassen, werden sie wiederum jeden Menschen anstecken, mit dem sie anschließend in Kontakt kommen.«

»Es sei denn, Ginas Selbstzerstörungsgen hat funktioniert«, erinnerte sie Skis Stimme. Gemeinsam mit Rand war er dem Team per Funk zugeschaltet und stand auf Abruf bereit, um medizinische Hilfe zu leisten.

»Dann lasst uns beten, dass es so ist«, sagte Darcy und nahm ihre Glock von Quinn entgegen. »Ansonsten sind wir alle erledigt.«

»Die gute Nachricht ist, dass Tawhid sich ebenfalls infizieren wird«, sagte Quinn, und in seiner Stimme schwang eine düstere Befriedigung mit. Er schnallte sich seine Waffen um. »Vielleicht können wir ihn in irgendeinen Schrank sperren, bis ihn das Zeug umbringt.«

»So lange wird er nicht leben«, stieß Marc zwischen zusammengebissenen Zähnen hervor, lud seine Beretta mit einem neuen Magazin auf und verstaute noch drei weitere in seiner Weste. Der Befehl lautete, Tango Eins zur Strecke zu bringen, tot oder lebendig. Und für ihn gab es keinen Zweifel, was *ihm* lieber war.

Seine kleine eingeschworene STORM-Familie hielt inne, und alle betrachteten ihn mitfühlend und entschlossen zugleich. Sie wussten, wie viel Tara ihm bedeutete und würden alles in ihrer Macht Stehende tun, um sie lebend da rauszubekommen. Das wusste er.

Aber er wusste auch, dass das Leben einem manchmal übel

mitspielte. Dinge konnten außer Kontrolle geraten. Bevor sie das Gebäude verließ, gab es keine Garantie dafür, dass er sie lebend wiedersehen würde. Nie wieder ihr hübsches Gesicht sehen oder ihre frechen Antworten hören … oder ihren unglaublichen Körper berühren … niemals wieder.

Aber sie hatte sich geweigert zu gehen.

Ihn packte die Angst, aber er kämpfte dagegen an. Sie war einfach mutiger, als gut für sie war.

Kick erkannte Marcs innere Qual und sah ihn mitfühlend an. »Du musst ihr langsam mal vertrauen«, sagte er. »Ich habe Tara bei der Arbeit beobachtet. Sie weiß, was sie tut, Marc. Lass sie ihren Job erledigen. Sie folgt nur ihrem Instinkt. Und das ist der beste Weg, um in diesem Geschäft zu überleben.«

Quinn und Darcy wechselten einen zärtlichen Blick voller Zustimmung. »Hör auf den Mann«, sagte Quinn. »Er hat recht.«

Er hatte leicht reden. Darcy war für diese Arbeit wie geschaffen. Tara hingegen war anders. Sie war …

Non. Kick lag *falsch*.

»Wer hat gesagt, dass wir mit ihr zusammenarbeiten müssen?«, fragte Marc wütend. Warum hatten sich bloß auf einmal alle gegen ihn verschworen?

»Sie ist doch zu uns zurückgekommen, oder?«, sagte Darcy. »Hat um einen Einsatz in unserem Team gebeten.«

»Aber doch nur, um in meiner Nähe zu sein«, antwortete Marc ohne nachzudenken.

Darcy verdrehte die Augen. »Mannomann.«

Quinn musste grinsen. »Ja, red dir das ruhig weiter ein, Kumpel.«

Marc öffnete den Mund, kam aber nicht mehr dazu, ihm zu antworten, weil der Hubschrauber endlich zum Landeanflug vor dem Haupteingang des Maravich Centers ansetzte. Aber dann blieb er mitten in der Luft stehen. Warum landeten sie nicht?

Marc schaute nach unten. Und ihm sank das Herz. Durch die Mitteltüren kam gerade eine Menge Frauen, die alle laut schrien.

Foutre de merde!

»Das ist kein gutes Zeichen«, sagte Kick.

»Was du nicht sagst«, murmelte Quinn.

Marc schob die Schiebetür des Hubschraubers auf und lehnte sich wild gestikulierend und schreiend hinaus. »Aus dem Weg! Lassen Sie uns landen!« Es nützte nichts. Die verängstigten Frauen ignorierten ihn einfach. Vielleicht hörten sie ihn durch den Lärm der Rotoren auch gar nicht.

Darcy sprach bereits mit der verantwortlichen Security-Firma des Centers und bat darum, dass sie jemanden nach draußen schickten, der den Platz für sie räumte. Dann schüttelte sie den Kopf. »Alle zehn Männer werden drinnen gebraucht. Sie versuchen, die Menschenmenge unter Kontrolle zu halten.«

»Verdammte Scheiße«, sagte Marc, duckte sich wieder in den Heli und griff nach dem Abseilgurt, der neben der Tür befestigt war. »Ich bin weg.«

Dann ließ er sich aus dem Vogel fallen und befand sich drei Sekunden später auf dem Weg zum Gebäude. In der Ferne war Sirenengeheul von vielen Fahrzeugen zu hören. *Merci Dieu*.

»Wo?«, fragte er aufs Geratewohl, während er mit gezückter Waffe durch die Doppelglastüren stürmte. Einige der Frauen zeigten in Richtung Stadion. Ihm krampfte sich der Magen zusammen. Das hatte er befürchtet.

Nachdem er dort hineingestürmt war, kämpfte er sich bis zum Geländer des Fußgängerwegs auf dem Halbgeschoss durch. Von dort aus konnte er das große Stadion überblicken. Was er sah, zog ihm beinahe den Boden unter den Füßen weg.

Unten in der Wettkampfanlage standen sich Tawhid und Tara gegenüber. Beide hatten die Arme ausgestreckt und zielten mit der Waffe auf einander. Tara mit ihrer Pistole; Tawhid hielt den Kanister des Todes in der Hand. Eine klassische Pattsituation.

Mit einer Ausnahme.

Denn selbst aus dieser Entfernung konnte Marc den feinen Sprühnebel erkennen, der auf Taras Kopf und ihren Körper niederging. Doch sie stand einfach da und *redete* mit dem Scheißkerl.

Non!

Marc geriet in Panik.

Warum drückte sie nicht einfach ab?

»Erschieß ihn!«, schrie er aus vollem Hals. »Erschieß den Schweinehund!« Aber sie konnte ihn unmöglich hören. Und selbst wenn doch – sie konnte nicht schießen. Denn die Rednerin stand mit ihren Mitarbeitern hinter Tawhid und damit direkt in der Schusslinie.

Marc zückte die Beretta und versuchte, über die Menschenmenge hinweg zu zielen. Denn *ihm* stand niemand im Weg. Aber dann setzte sich seine jahrelange Ausbildung durch und sein Verstand wieder ein, und er ließ die Waffe sinken. Er war außer Schussweite und würde wahrscheinlich eher einen unbeteiligten Zuschauer treffen.

Nun erkannte er auch, was Tara vorhatte. Indem sie mit Tawhid sprach und so tat, als wolle sie verhandeln, lenkte sie die Aufmerksamkeit des Terroristen von der Rednerin weg hin zu sich, sodass die Frau und ihre Begleiter sich von der Bühne stehlen konnten. Tara opferte sich selbst, damit die anderen gerettet werden konnten. Bis jemand die Chance zum Schießen bekam. Marc musste zusehen, wie die Frau, die er liebte, mit dem tödlichen Hybridvirus infiziert wurde, und kämpfte mit den Tränen. So stark, wie sie dem Virus ausgesetzt war, würde es einem Wunder gleichkommen, wenn sie überlebte.

Non! Sie *durfte* ihm einfach nicht genommen werden! Gerade jetzt, nachdem ihm endlich ein Licht aufgegangen war. Und er erkannt hatte, wie dämlich es von ihm gewesen war, sie zu verlassen.

Endlich hatte er die Frau gefunden, nach der er sein ganzes, einsames Leben lang gesucht hatte. Er würde sie nicht gehen lassen. Nicht so.

Das konnte er nicht zulassen. Auf keinen Fall.

Fest entschlossen, Abbas Tawhid zu töten, hob er die Beretta und drehte sich um. Er dachte nicht länger an die Folgen.

Aber eine starke Hand packte ihn an der Schulter und zog ihn zurück.

»Warte«, sagte Kick und positionierte sich neben ihm auf dem Vorsprung. Seelenruhig spreizte er die Beine und nahm Tawhid mit seinem HK-Gewehr ins Visier. »Ich erledige ihn.«

Marc hielt seinen Freund zurück. »Nein. Lass mich.« Das hier war *seine* Sache.

Als sich ihre Blicke trafen, musste nichts mehr gesagt werden. Wortlos reichte Kick ihm das Präzisionsgewehr.

Inzwischen hatte die Rednerin bereits einige Schritte von Tawhid zurückweichen können. Sie würde also keinesfalls getroffen werden. Ebenso wenig wie Tara.

Marc nahm eine stabile Position ein und legte an. Er zielte auf einen Punkt direkt über dem Ohr des Feindes, atmete einmal so ruhig wie möglich ein und aus …

Und drückte ab.

Tawhids Kopf wurde ruckartig zur Seite gerissen. Ein dunkelroter Strahl seines Blutes spritzte wie eine Fontäne aus seinem Schädel.

Taras Herz setzte einen Moment lang aus. *Gott sei Dank. Es war doch noch jemand gekommen!*

Während der Körper des Terroristen zuckend von der Bühne stürzte, fingen ihre eigenen Gliedmaßen an, unkontrolliert zu zittern. Aber aus irgendeinem Grund konnte sie sich nicht rühren. Konnte den Ellbogen nicht lösen und die Waffe sinken lassen. Auch die Füße konnten der ekelhaften Blutlache nicht ausweichen, die sich in Richtung ihrer Schuhe ausbreitete. Wie in Trance beobachtete sie das rote Rinnsal und bekam plötzlich keine Luft mehr.

Sie wollte sich umdrehen und sehen, wer ihr zu guter Letzt zu Hilfe geeilt war. Ein mutiger Wachmann? *Oder etwa Marc?* Ihr Körper schien sich jedoch in eine Steinsäule verwandelt zu haben, die von einem Erdbeben der Stärke Acht erfasst wurde. Eine Säule, die *zusammenbrach*.

Tawhids tödlicher Sprühnebel hatte sich überall auf ihr verteilt, und sie hatte das Gefühl, als würden Ameisen über ihren Körper krabbeln. Tara spürte, wie sich die schreckliche Krankheit einen Weg in ihr Innerstes bahnte. Ihre Lunge brannte, und es juckte sie am ganzen Körper. Ihr wurde schlecht.

Gott, das war ihr *Ende*.

Ein unerwartetes Schluchzen drang aus ihrer Kehle.

Um sie herum spielten alle verrückt. Rannten laut schreiend umher. Schubsten sich gegenseitig aus dem Weg. *Keine Panik!*, wollte sie ihnen zurufen. *Es gibt keinen Grund mehr!* Tawhids Schicksal war besiegelt!

Ihr eigenes jedoch ebenfalls.

Plötzlich sah sie die tote Familie aus dem Sumpf vor ihrem inneren Auge. Das Virus wirkte schnell. Sie konnte in wenigen Stunden tot sein. Oder auch Minuten. Und die Schmerzen würden furchtbar sein.

Ehe sie Marc hatte sagen können, was sie wirklich fühlte. Wie sehr sie ihn liebte. Dass sie gedacht hatte, sie müsse sterben, als er fortgegangen war. Wie sie alles, einfach alles dafür getan hätte, um ihn nicht gehen lassen zu müssen – für seine Liebe.

»Tara!«

Sie hörte ihn von weit her rufen. *Seine Stimme.* Wieder schluchzte sie verzweifelt auf. *Bitte, lass mich ihn nur noch einmal sehen.* Wenn sie doch nur aufhören könnte zu zittern, um sich umzudrehen.

Heiße Tränen rannen über ihre Wangen. Vielleicht war es ja besser so. Denn jetzt konnte er weiterhin frei sein, so wie er es gewollt hatte. Und ihr blieb der unerträgliche Schmerz erspart, ohne ihn weiterleben zu müssen.

»Tara!«

Ihr nächster Atemzug glich einem Wimmern. Denn nein, sie wollte nicht sterben. Jedenfalls nicht so. Mit dem Schmerz würde sie leben können. Es wäre nicht das erste Mal, und –

Ein kräftiger Körper landete krachend auf der Bühne. *Marc!* Er kam auf die Füße. »Tara, sieh mich an, *Chère*.«

Er durfte nicht näher kommen! Während sie ihm ihren Blick zuwandte, wackelte ihr Kopf vor und zurück. Er stürzte auf sie zu. »N-nein!«, keuchte sie und fing an zu husten. »K-k-komm nicht näher!«

Zu spät!

Er hatte sich zwischen sie und Tawhids leblosen Körper geschoben, der auf dem blutverschmierten Boden lag, sodass sie die Leiche nicht mehr sehen konnte. Jetzt packte er ihren Arm, der immer noch die Waffe hochhielt. Und griff mit der anderen Hand nach der SIG.

»Fa-fass mich nicht an!«, schrie sie heftig hustend und versuchte, sich ihm zu entziehen. »Ich bin infiziert!«

»Das ist mir so was von scheißegal«, sagte er. Seine Stimme war fest, aber es lag mehr Gefühl darin als je zuvor. »Tara, gib mir die Waffe.«

Sie schaute auf ihre Hände hinab, die die SIG fest umklammert hielten. Versuchte, die Finger zu entspannen. Und rang nach Luft. »Bitte, Marc«, röchelte sie. »Du sollst nicht auch sterben.«

Irgendwie gelang es ihm, ihr die Waffe abzunehmen. »Niemand außer Tawhid wird hier sterben. Und jetzt sieh mich an, *Chère*.« Er nahm ihren zitternden Arm und drückte ihn behutsam nach unten.

Schwarze Punkte tanzten vor ihren Augen. Sie konnte kaum noch schlucken, denn sie fühlte, dass das Ende nahe war. Ein letztes Mal blickte sie zu dem Mann auf, den sie über alles liebte. Hustete. *Sie musste es ihm sagen*. »Marc, ich muss di–«

»Schone deine Kräfte, *Beb*. Ich bringe dich ins Krankenhaus.« Und schon hatte er sie hochgehoben und trug sie in seinen Armen davon.

»Marc«, krächzte sie, verzweifelt bemüht, seine Aufmerksamkeit zu bekommen, aber sie brachte kaum mehr als ein fürchterliches Husten zustande.

Sinnlos. Er rannte, so schnell er konnte, die Treppen hoch und bahnte sich einen Weg durch die hinausströmende Menge. Als Tara die Hand hob, um sich an seinem T-Shirt festzuhalten, bemerkte sie, dass sich bereits entzündete Blasen auf ihrer Haut bildeten. *O Gott*.

Da sie den Kopf nicht länger hochhalten konnte, ließ sie ihn einfach an seine Brust sinken. Schloss die Augen. Eingehüllt in seinen unverkennbaren, tröstlichen Körpergeruch beruhigte sich auch ihr wild schlagendes Herz ein wenig. Wenigstens würde sie genau dort sterben, wo sie am liebsten sein wollte – in seinen Armen.

»Halte durch, *mon amour*«, sagte er mit tränenerstickter Stimme. »Du musst durchhalten. Kämpfe für mich, *ma douce*.«

Plötzlich umgab sie kühle Winterluft. Sie wurde angerempelt und hörte hoch über sich Kicks Stimme: »Reich sie mir hoch.« Marc ließ sie kurz los.

»Nein«, hauchte sie panisch und versuchte, sich an ihm festzuklammern.

»Ich bin bei dir.« Schon war sie wieder in seinem Arm.

Ihr Körper erzitterte noch einmal. Mit allerletzter Kraft hob sie die Lippen an sein Ohr.

Und während sie das Bewusstsein verlor und alles um sie herum im Dunkel versank, flüsterte sie »Ich liebe dich«.

32

Ein dunkler Schatten huschte über die unberührte Schneedecke unter dem Erkerfenster von Ginas Zimmer.

Orientierungslos fuhr sie aus dem Schlaf hoch. Starr vor Schreck.

Wo war sie?

Ihr Puls raste, und die entsetzlichen Erlebnisse ihrer Gefangenschaft drohten sie zu überwältigen – Tawhid, die Folter, die unaussprechliche Angst …

Dann kehrte die Erinnerung zurück. STORM. Die Befreiungsaktion. Haven Oaks. Der Anruf von gestern Abend.

Er war tot.

Und sie hatte überlebt. Sie war jetzt in Sicherheit.

Aber wovon war sie dann geweckt worden?

Als Gina die schwarze, sich vor dem eisig hellen Hintergrund deutlich abzeichnende Silhouette bemerkte, keuchte sie angsterfüllt auf. Ganz deutlich war da der Umriss eines Mannes zu erkennen, der sich wie ein Scherenschnitt von dem jungfräulichen Weiß abhob.

Sie konnte ihn nicht erkennen, nur den Schatten, den er warf. Er hielt sich eng an der Mauer und schlich daran entlang, sodass er ihrem Blick entzogen blieb, es sei denn, sie lehnte sich aus dem Fenster. Aber das konnte sie nicht, denn sie war immer noch an Schläuche und Maschinen angeschlossen. Außerdem hätte sie es nicht gewagt. Früher war sie furchtlos gewesen. Aber das war vorbei.

Während der Schatten hinter einer Hausecke verschwand,

zog sie die Decke enger um sich und versuchte sich einzureden, dass es sicherlich nur einer der Männer vom Wachdienst gewesen war. Oder einer der Mitarbeiter, der eine Zigarettenpause gemacht hatte. Aber sie wusste, dass es nichts helfen würde. Ihr Herz hämmerte einfach weiterhin ängstlich gegen ihren Brustkorb.

Denn … *O Gott*. Die Bewegungen des Schattens waren ihr schrecklich vertraut vorgekommen; ebenso wie die breiten Schultern und die Art, wie derjenige den Kopf schräg gelegt hatte, um zu lauschen. Dieses grausam gut aussehende Profil mit der Adlernase …

Panisch drückte Gina immer wieder den Alarmschalter neben ihrem Bett.

Zwei Pflegekräfte und einer der beiden für diesen Flügel abbestellten STORM-Bewacher stürmten in ihr Zimmer. Gott sei Dank war Rainie eine der beiden Schwestern.

Aufgeregt eilte sie Gina zur Seite. »Gina! Was ist los?«

Die andere Krankenschwester machte sich hastig daran, alle über dem Bett angebrachten Monitore zu überprüfen, die wie verrückt piepten. Der Wachmann zog seine Waffe und überprüfte jeden Winkel des Zimmers. »Geht es Ihnen gut, Ma'am?«

Ihr Puls raste. »Jemand wollte hier eindringen!«, schrie sie und griff verzweifelt nach Rainies Händen. »Oh, Rainie, er ist hinter mir her!«

Rainie schaute sich besorgt um. »Wer?«

»Wo?«, fragte der Wachmann gleichzeitig mit besorgtem Gesichtsausdruck.

Gina zitterte so heftig, dass sie mit den Zähnen klapperte. »Do-dort«, sagte sie und deutete auf das Erkerfenster. »Er i-ist unter meinem F-Fenster herumgeschlichen.«

Der STORM-Agent trat ans Fenster und blickte nach unten.

»Hier ist niemand, Ma'am. Sind Sie ganz sicher, dass es ein Mensch und kein Reh gewesen ist?«

»Ja!« Gina wollte schon den Namen dieses Schweinehundes nennen, doch sie biss sich gerade noch rechtzeitig auf die Zunge. Denn sie hatte schließlich nur seinen *Schatten* gesehen. Wie konnte sie also sicher sein, dass er es war? Die anderen würden sie für verrückt halten und glauben, dass sie sich alles eingebildet hatte. Verflucht, sie hielt es *selbst* für möglich, dass sie halluziniert hatte. Dennoch konnte sie nicht aufhören zu zittern.

Rainie setzte sich zu ihr auf die Bettkante und umarmte ihre Freundin. Von ihr festgehalten zu werden war tröstlich. »Ist schon gut, Gini. Wer auch immer das war, ist nicht mehr da. Versuch dich zu entspannen.«

Der Wachmann griff zu seinem Sprechfunkgerät und ging wieder zur Tür. »Ich schicke einen Mann raus, der sich dort umschaut. Aber machen Sie sich keine Sorgen. Selbst wenn es jemandem gelungen sein sollte, sich Zutritt zum Gelände zu verschaffen, kann er unmöglich bis hier oben durchkommen. An jedem Eingang steht eine Wache, allein auf diesem Flur sind wir zu zweit, und nur ein Affe könnte es schaffen, von dort unten bis zum Fenster hinaufzuklettern. Von unserer Alarmanlage, die auf dem neuesten Stand ist, mal ganz abgesehen.« Bevor er ging, schenkte er Gina noch ein beruhigendes Lächeln. »Vertrauen Sie mir, Dr. Cappozi, Sie sind hier vollkommen sicher.«

Gina nickte, tat so, als wäre sie tatsächlich beruhigt und ließ die zweite Schwester so lange am Tropf und den Geräten herumhantieren, bis das Piepen langsamer wurde. Anschließend schüttelte die Frau ihr noch das Kissen auf und legte ihr eine weitere Decke über den Körper, weil die Ahnungslose dachte, sie würde vor Kälte zittern.

»Würden Sie gerne etwas nehmen, um besser schlafen zu können?«, fragte sie dann mitfühlend. Gina war der mitleidige

Ausdruck zuwider, mit dem sie hier jeder anschaute. Alle bis auf Rainie. Sie war die Einzige, die Gina zu verstehen schien.

Gina schüttelte den Kopf. »Nein, danke.«

Nachdem Rainie der anderen Frau bedeutet hatte, sie mit ihrer Freundin alleine zu lassen, strich sie Gina vorsichtig eine Locke aus dem Gesicht. »Schätzchen, ich weiß, dass Wades Besuch gestern dich mitgenommen hat. Aber das ist auch schon alles, du bist nur ein wenig nervös deswegen.«

Und *wie* verstörend dieser Besuch gewesen war. Zwar war das Verhältnis von Wade und Gina bereits angespannt gewesen, seit sie sich letztes Jahr von ihrem ehemaligen Verlobten getrennt hatte. Aber als er ihr dann dabei geholfen hatte, Rainie aufzuspüren, hatte Gina gehofft, er hätte ihr verziehen. Einmal hatte er sogar gefragt, ob sie es nicht noch einmal miteinander versuchen wollten – nicht, dass sie das je in Erwägung gezogen hätte. Aber jetzt gab er sich die Schuld an ihrer Entführung und war überzeugt, sie versehentlich ins Fadenkreuz der Terroristen gebracht zu haben.

Obendrein schien er in eine bizarre Dreiecksgeschichte mit seiner Untergebenen – dieser hübschen, rothaarigen FBI-Agentin – und Alex Zane verwickelt zu sein. Jedenfalls war die Anspannung zwischen den dreien während des Treffens beinahe mit den Händen greifbar gewesen.

Um dem Ganzen die Krone aufzusetzen, hatten Rebel und Kurt Bridger ihr eine Frage nach der anderen über ihren letzten »Freund« gestellt, weil der CIA-Zero-Unit-Agent verdächtigt wurde, ein Verräter zu sein und für Al-Sayika zu arbeiten.

Wenn sie an den miesen Scheißkerl dachte, schoss ihr Puls gleich wieder in die Höhe, ganz zu schweigen davon, wenn sein Name fiel.

Kein Wunder, dass Rainie ihre Ängste für reine Projektion und den Mann eben für eine Ausgeburt ihrer Fantasie hielt.

Aber so war es nicht. Er *war* dort draußen. Irgendwo unter ihrem Fenster. Und lauerte ihr auf.

»Warum ist er immer noch hinter mir her?«, murmelte sie verzweifelt. *Nach so kurzer Zeit.*

Eines Tages würden sie wieder aufeinandertreffen. Aber noch nicht jetzt. *Bitte, noch nicht.* Sie war einfach noch zu schwach, um sich ihm zu stellen. Sie konnte nicht einmal aufstehen, geschweige denn, dass sie genügend Zeit gehabt hätte, sich so weit vorzubereiten, um ihm ohne Angst begegnen zu können. Dann würde sie ihn fragen, warum er ihr das angetan hatte. Ihm in die Augen schauen …

Und einen Dolch mitten in sein schwarzes Herz stoßen.

»Du weißt doch, dass du jetzt in Sicherheit bist, oder?«, fragte Rainie besorgt.

»Nein«, flüsterte Gina. »Ich werde nirgendwo sicher sein. Nicht ehe er tot ist.«

»Aber er *ist* tot«, gab Rainie zurück, die offensichtlich davon ausging, sie hätte von Tawhid gesprochen. »Und die anderen sind hinter Gittern.«

»Ich weiß«, sagte Gina und atmete tief durch. »Aber der, den ich gesehen habe, war keiner von ihnen.«

»Wer war es dann? Wen hast du da draußen gesehen, Gina?«

Sie blickte zu ihrer Freundin auf und sagte mit vor Angst bebender Stimme: »Es war Gregg van Halen. Er will mich umbringen.«

»Marc ist ein totales Wrack«, verkündete Darcy, als sie sich zum Rest des Teams im Speisesaal des Haven Oaks Sanatoriums gesellte. »*Irgendjemand* muss dafür sorgen, dass er ein paar Stunden schläft.«

Sechs skeptische Augenpaare richteten sich auf sie.

»Viel Glück damit«, sagte Kick ironisch und zog seine Frau,

die neben ihm auf der Bank saß, näher zu sich heran, während er spöttisch die Stirn runzelte. Denn Rainie sah ebenfalls wahnsinnig erschöpft aus. Da sie ununterbrochen Tara Reeves versorgte, die ein Stockwerk höher um ihr Leben kämpfte, hatte sie fast genauso wenig geschlafen wie Marc. Sie alle waren abwechselnd da oben bei Tara und Rainie im Krankenzimmer gewesen. Aber Rainie kümmerte sich nebenbei auch noch um Dr. Cappozi, und bei der machte sich in den letzten zwei Tagen eine posttraumatische Belastungsstörung stark bemerkbar – inklusive Halluzinationen und was sonst noch dazugehörte. Rainie war gelinde gesagt am Ende.

»Glaub mir«, sagte sie jetzt und schob den halb leeren Teller zur Seite. »Marc wird nicht schlafen, ehe Tara über den Berg ist.«

Darcy setzte sich neben Bobby Lee. »Und wie lange wird das dauern?«, fragte sie aufrichtig besorgt. Denn von all den Menschen, die im Maravich Center dem Virus ausgesetzt gewesen waren, hatte Tara die höchste Dosis abbekommen. Tawhid hatte alle Geländer dort eingesprüht, bevor er die Bühne gestürmt hatte und so an die fünfhundert Besucher infiziert. Glücklicherweise konnten sie alle schnell zur Entseuchungsstation gebracht und rechtzeitig behandelt werden, sodass die Symptome größtenteils gar nicht erst ausgebrochen waren. Was das Team – und am meisten Dr. Cappozi selbst – überrascht hatte, war, dass das von ihr eingebaute Selbstzerstörungsgen tatsächlich funktioniert hatte. In keinem einzigen Fall war die Infektion weiter vorangeschritten. Das Armageddon-Virus war dank ihres Mutes, ihrer Fähigkeiten und ihres Weitblicks eingedämmt worden, noch ehe es sich richtig verbreiten konnte.

Die arme Tara Reeves hatte jedoch so viel von dem tödlichen Virus eingeatmet, dass sie sehr schnell zusammengebrochen war. Seitdem rang sie mit dem Tode … und das schon drei Tage lang.

Die Ärzte sagten, es sei ein wahres Wunder, dass sie überhaupt so lange durchgehalten hatte. Daraus hatten sie alle neue Hoffnung geschöpft, Tara könne es am Ende vielleicht doch noch schaffen.

»Sie ist eine Kämpferin«, sagte Rainie. »Wenn sie die kommende Nacht übersteht, sollte sie es packen.«

»Hoffen wir das Beste«, sagte eine männliche Stimme hinter Darcy. Als sie sich umdrehte, fiel ihr Blick sehr zu ihrer Überraschung auf Kurt Bridger. Der Mann war während dieses Einsatzes öfter in Erscheinung getreten als in den ganzen fünf Jahren zuvor, die sie bereits für STORM Corps arbeitete. Schön zu wissen, dass die hohen Tiere nicht nur an der Erfüllung eines Auftrags aktiv Anteil nahmen, sondern auch an seinen Folgen.

»Hallo, Commander Bridger«, begrüßte sie ihn. Dann stellte sie ihn den anderen vor, denn die meisten hatten den legendären STORM-Oberen noch nicht persönlich kennengelernt. »Möchten Sie sich zu uns setzen?«

Aber Bridger winkte ab, wie immer hochprofessionell. »Danke, nein. Bin nur hier, um nach Miss Reeves zu schauen und um Sie wissen zu lassen, dass das gesamte Team eine Woche freibekommt. Aber bleiben Sie erreichbar, damit wir Sie anfordern können, falls es doch nötig sein sollte.«

Rund um den Tisch erklang ein gemurmeltes »Danke, Sir«, aber Darcy war sicher, dass keiner von ihnen aus dem Krankenhaus weggehen würde, bevor Taras Schicksal nicht entschieden war.

Bridger wandte sich zum Gehen, hielt jedoch noch einmal inne und drehte sich wieder zu ihnen um. »Ach ja. Das hätte ich beinahe vergessen.« Er kramte in der Jackentasche und holte einen bronzefarbenen Umschlag hervor. Den überreichte er Bobby Lee. »Ein neuer Auftrag, Major Quinn. Innerhalb der nächsten zwei Tage werden Sie versetzt. Tut mir leid, dass wir Ihnen nicht länger freigeben konnten, aber wir brauchen Sie so bald wie möglich im aktiven Dienst.«

Mit diesen Worten ging er.

Darcy blieb beinahe das Herz stehen, ihr Blick suchte den von Bobby Lee. *Versetzt?*

»Scheiße«, murmelte Bobby Lee mit angespannten Kiefermuskeln. »Gottverfluchter Mist, verdammter.«

In den turbulenten letzten Tagen war er noch nicht dazu gekommen, dem STORM-Führungsstab vom neuen Status ihrer Beziehung zu berichten. Oder einen Antrag zu stellen, damit sie weiterhin zusammenarbeiten konnten.

»Ach Darce«, sagte Rainie und drückte ihr die Hand. »Es tut mir so leid.«

»Sein Timing ist echt für'n Arsch«, sagte Ski, aber Darcy war sich nicht sicher, ob er damit Bridger oder Quinn meinte.

Alle anderen nickten mitfühlend. Das ganze Team hatte positiv auf die Verlobung reagiert. Offenbar war allen außer Darcy und Quinn klar gewesen, dass sie füreinander bestimmt waren.

»Komm her, Baby«, sagte Bobby Lee und zog sie zu sich auf den Schoß. Dann gab er ihr einen aufmunternden Kuss. »Das wird nichts ändern. Es ist nur eine kleine Verzögerung. Wir werden das in null Komma nichts erledigt haben.«

Sie schluckte ihre selbstsüchtige Enttäuschung hinunter und erwiderte seinen Kuss, wenn auch mit leichtem Schmollmund. »Ich hatte mich wirklich darauf gefreut, dich eine Zeitlang ganz für mich zu haben.«

Er zwinkerte ihr zu. »Ja. Ich auch.«

Rand deutete auf den Umschlag in Quinns Hand. »Also, wohin verschlägt es dich dieses Mal? Tierra del Fuego? Mogadischu? Detroit?«

Leise fluchend riss Quinn den Umschlag auf und faltete das

Dokument auseinander. Darcy versuchte, einen Blick darauf zu erhaschen, aber er hielt es absichtlich hinter ihren Rücken.

Sobald er anfing zu lesen, zog er die Stirn kraus. Dann verstrichen einige Sekunden, in denen er keinen Ton von sich gab. Aber sein Gesichtsausdruck wurde immer ungläubiger.

»Was ist?«, fragte sie.

»Himmel«, raunte er.

Okay, jetzt bekam sie Angst. »Quinn. Was steht da drin?«

»Schluss mit dem Quatsch.« Kick beugte sich über den Tisch und riss Quinn den Brief aus der Hand. Dann fing er an, ihn laut vorzulesen. »An Major Bobby Lee Quinn, erstellt im Hauptquartier der Strategic Technical Operations and Rescue Missions Corporation ...« Er riss die Augen auf und warf Quinn einen fassungslosen Blick zu. »Scheiße, Kumpel.«

Das konnte nichts Gutes heißen.

»Was?«, wollte Darcy wissen.

Jetzt griff Ski sich den Wisch und las weiter. »Blabla, Quinn, Blabla. Hiermit informiert sie der STORM-Führungsstab über Ihre – gottverdammt!« Sein erstaunter Blick schnellte zu Quinn hinüber.

Also gut, nun war sie wirklich zu Tode verängstigt.

»Verdammt!«, brauste Darcy auf. »Wenn mir nicht gleich jemand verrät, was da drin steht, dann schwöre ich, dass ich –«

Bobby Lee nahm Ski wortlos den Zettel ab und reichte ihn an Darcy weiter. Sie versuchte, ihm an den Augen abzulesen, um was es gehen könnte, doch sie konnte seinen Blick nicht einmal ansatzweise deuten.

Mit klopfendem Herzen las sie:

An Major Bobby Lee Quinn, erstellt im Hauptquartier der Strategic Technical Operation and Rescue Missions Corporation. Hiermit informiert Sie der STORM-Führungsstab über Ihre

Beförderung zum Commander. Bitte melden Sie sich innerhalb von zwei Tagen nach Erhalt dieser Order im Hauptquartier, um Ihre neue Stellung im STORM-Kommandostab anzutreten

Gratulation, Commander Quinn. Sie haben es verdient.

33

Es war so weit. Jetzt hieß es Abschied nehmen.

Rebel atmete tief durch und klopfte mit bangem Herzen an Alex' Zimmertür. Ihr graute vor den nächsten Minuten.

Die Tür flog auf, und er stand er vor ihr. Halb nackt, wie üblich. Er sah so verführerisch und zum Anbeißen aus, dass Rebel die Arme verschränken musste, um sie nicht nach ihm auszustrecken und die breite goldbraune Brust zu berühren.

Wieso tat er ihr das nur *jedes* Mal an?

»Hallo«, sagte sie.

»Komm rein«, erwiderte er kurz angebunden und trat zur Seite, um sie einzulassen.

Einen kurzen Moment lang fragte Rebel sich, ob es besonders klug war, mit ihm alleine in einem Zimmer zu sein. Aber sie wollte nicht, dass jemand im Flur hörte, was sie ihm zu sagen hatte. Außerdem würde da drin wohl kaum etwas zwischen ihnen vorfallen. Denn er wirkte nicht besonders erfreut, sie zu sehen.

Welche Überraschung. Ihre letzte Begegnung war bei diesem katastrophalen Treffen mit Wade und Gina gewesen. Katastrophal in dem Sinne, dass die Spannung zwischen den beiden Männern nicht zu übersehen gewesen war. Selbst die arme Gina hatte in ihrem traumatisierten Zustand erkannt, dass da irgendetwas Brisantes zwischen Rebel, Alex und ihrem ehemaligen Verlobten lief.

Daraufhin hatte Rebel sich entschieden, den Stier bei den Hörnern zu packen und diese verrückte Geschichte mit Alex zu beenden. Das konnte nicht so weitergehen. Ständig lügen und sich verstellen zu müssen machte sie fertig. Da er auch noch ihr bester Freund war, kam sie sich vor wie in einer Shakespeare-Tragödie. Diese Beziehung tat ihnen beiden nicht gut. Besser, sie fand ein Ende. Rebel musste nach vorne blicken. Damit sie jemanden finden konnte, der ihre Liebe erwidern und mit ihr zusammen sein würde. Jemanden wie Wade.

»Danke«, sagte sie und schob sich an ihm vorbei ins Zimmer.

Und blieb überrascht stehen. Auf seinem Bett lag ein geöffneter Koffer.

Er packte seine Sachen.

»Du willst Haven Oaks verlassen?«, fragte sie und bemühte sich um einen ruhigen Tonfall, der ihren inneren Aufruhr nicht verriet.

»Die Terroristen sind gefasst, Rebel. Abbas Tawhid ist tot. Ich denke, ich kann mich jetzt nach draußen wagen«, sagte er mit leicht sarkastischem Unterton.

Sie ignorierte das. »Aber was ist mit dem Al-Sayika-Spitzel? Das Regierungsmitglied, das deine Truppe in Afghanistan und Kick im Sudan verraten hat? Derjenige ist immer noch da draußen.«

»Dessen bin ich mir durchaus bewusst. Deswegen muss ich ja auch von hier weg. STORM stellt ein Team zusammen, das ihn aufspüren soll. Ich habe darum gebeten, mit eingeteilt zu werden.«

Rebel starrte ihn ungläubig an. »Du bist STORM Corps beigetreten? Alex, hast du *den Verstand* verloren? Du bist überhaupt nicht in der Verfassung, um –«

»Danke«, unterbrach er sie verärgert. »Ich weiß dein Vertrauen in mich wirklich zu schätzen.« Dann wandte er sich ab und zog Kleider aus einer Schublade.

»Du warst ein Gefangener! Über ein Jahr lang haben sie dich

geschlagen, gefoltert und ausgehungert! Alex, du musst dir für die Heilung Zeit lassen. Es wäre reiner Wahnsinn, wenn du –«

»Rebel, was willst du?«, unterbrach er sie. »Ich bin gerade ziemlich beschäftigt.«

Dass er sie und ihre Sorge um ihn einfach so zurückwies, schmerzte mehr, als sie erwartet hätte. Auch wenn sie das wohl verdient hatte.

Halt, nein. Sie hatte es *nicht* verdient.

Na schön, sie hatte mit einem anderen Mann geschlafen. War *sie* deshalb jetzt die Böse? Immerhin war er es, der verlobt war – und eine ihrer ältesten Freundinnen heiraten würde! Was hatte er denn von ihr erwartet? Dass sie ins Kloster ging und darauf wartete, bis er seine Meinung änderte? Was er ganz offensichtlich nicht vorhatte. Nicht einmal nach diesem glühend heißen Beinahe-Kuss und dem Geständnis, dass er mit ihr schlafen wollte ... und als Helena zehn Minuten später mit diesen verflixten Hochzeitseinladungen vorbeigekommen war, hatte er einfach so getan, als wäre nie etwas vorgefallen und alles in bester Ordnung. Und als könnte er es gar nicht erwarten, endlich zu heiraten.

Bitte. Rebel war vielleicht eine Närrin, aber nicht bescheuert.

Na gut.

Sie richtete sich auf und starrte auf seinen Hintern, da er sich gerade bückte, um etwas aus der untersten Schublade zu holen. »Ich bin vorbeigekommen, um mich zu verabschieden«, sagte sie. Und verbarg dabei, dass ihr Herz in diesem Moment in tausend Stücke gerissen wurde.

Einen kurzen Moment lang schien es, als wollte er innehalten. Reines Wunschdenken. Er kramte weiter in der Schublade herum. »Ach ja? Fährst du weg?«

Bei seinem gleichgültigen Tonfall zog sich ihr Herz schmerzhaft zusammen. »Ich bin versetzt worden.«

Daraufhin drehte er sich zu ihr um und starrte sie mit schmalen Lippen an. »Tatsächlich? Wann hast du darum gebeten?«

»Vor drei Tagen.« Am Tag nach der katastrophalen …

»Das ging schnell.«

»Es hilft, wenn man jemanden kennt, der etwas zu sagen hat.«

Seine Augen verengten sich kaum merklich. »Montana?«

Sie nickte.

»Aha. Du wirst also nach Washington gehen. Hätte ich mir ja denken können.«

»Norfolk, um genau zu sein. Es ist Agenten im selben Büro nicht erlaubt, miteinander Umgang zu haben.«

Ein Muskel in seiner Wange zuckte. »Nur zwei Stunden voneinander entfernt, wenn ich mich nicht irre.«

»Eher drei.«

Er wirbelte wieder herum und stopfte Klamotten in seinen Koffer. Der breite Rücken war hart wie ein Brett. »Nahe genug jedenfalls. Ihr zwei seid also jetzt ein Paar.«

Rebel war nicht ganz sicher, was sie darauf antworten sollte. Er durfte keinerlei Zweifel daran haben, dass sie nach vorne blickte. Aber sie hatte auch entschieden, die Sache mit Wade langsamer anzugehen … alles andere wäre ihm gegenüber nicht fair gewesen, solange sie noch nicht zu einer ernsthaften Bindung bereit war. »Nicht wirklich ein Paar. Wir wollen nichts überstürzen, sondern erst mal abwarten, wohin sich das alles entwickelt.«

Er schnaubte verächtlich. »Das ist ja wohl offensichtlich.«

Wie sehr sie das verletzte. »Alex –«

»Nein.« Er drehte sich zu ihr um. »Tut mir leid. Du hast es verdient, glücklich zu ein. Ist ja nicht so, als ob ich –« Er unterbrach sich abrupt. »Doch, das ist großartig. Gratuliere, Rebel. Ich wünsche dir alles Gute.«

»Da gibt's nichts zu gratulieren«, sagte sie mit leicht zittriger

Stimme, die ihre tiefe, wenn auch unerklärliche Enttäuschung verriet. »Ich bin schließlich nicht befördert worden. Und Wade und ich … Wir sind nur …«

Alex' Blick ließ ihr das Blut in den Adern gefrieren. »Lass mal von dir hören. Helena wird dich vermissen.«

Hinter Rebels Lidern brannten Tränen. Und was war mit *ihm*? »Ja«, antwortete sie und schluckte. Dann schaute sie ihn einen endlosen Moment lang an, aber er schwieg stur weiter, auch sein Gesichtsausdruck verriet keinerlei Gefühl. »Nun. Ich muss dann mal los. Meine Wohnung ausräumen.« Sie versuchte ein klägliches Lachen. »Du hast nicht zufällig Interesse, dort einzuziehen? Du könntest das Apartment auch untervermieten.«

Seine Miene blieb weiterhin ausdruckslos. »Ich werde bei Helena einziehen.«

Rebel hatte geglaubt zu wissen, was Herzschmerz war, doch in diesem Moment wurde sie eines Besseren belehrt. Es war kaum auszuhalten. Sie wandte sich rasch ab und griff tränenblind nach der Türklinke. Nur nicht losheulen, bevor sie draußen war.

»Toll«, gab sie zurück. »Ich bin mir sicher, ihr werdet sehr glücklich miteinander.« Wie könnte es auch anders sein? Helena war die perfekte Frau.

»*Rebel!*«, rief er jedoch barsch, bevor sie die Tür aufreißen konnte. Und dann war er plötzlich dicht hinter ihr.

Rebel zitterte am ganzen Körper.

Er berührte sie nicht. Aber sie konnte seine Körperwärme an ihrem Rücken spüren, so nahe waren sie sich. Die Spannung, die von ihm ausging, übertrug sich auf ihren Körper, bis sich ihr die feinen Härchen im Nacken und auf den bebenden Armen aufstellten. Sie gab keine Antwort. Wagte es nicht. Sie traute sich auch nicht, sich zu rühren. Aus Angst, was sie dann sagen … oder tun würde.

Stattdessen wartete sie einfach ab.

Und spürte seinen warmen Atem in ihrem Haar. »Rebel«, murmelte er wieder, dieses Mal ganz ruhig.

Sie wollte nichts mehr als sich zu ihm umdrehen, ihm die Arme um den Hals schlingen, sich an ihn lehnen und ihn so lange küssen, bis er ganz genau wusste, was sie für ihn fühlte.

Damit er endlich verstand und seine Meinung änderte. Damit er …

Aber das konnte sie nicht.

Er gehörte einer anderen Frau. Ihrer Freundin.

Also biss sich Rebel auf die Lippen, um ihr Schweigen nicht zu brechen. Ihr Herz hämmerte wild.

Immer noch wartete sie.

Bis sie ihn leise seufzen hörte. »Mein Engel«, flüsterte er. »Auf Wiedersehen.«

34

»Ich hol mir schnell einen Espresso. Kann ich dir auch was mitbringen, Kumpel?«

Marc hob den Kopf von seinem festen Platz an Taras Bett und sah den Sprecher mit leerem Blick an. Es war Rand. Also war die Schicht von Mitternacht bis drei Uhr morgens dran.

»*Non, merci*«, antwortete er, und seine heisere Stimme klang matt. »Ich brauch nichts, mir geht's gut.«

»Das stimmt nicht«, erwiderte Rand. »Du wirst noch zusammenklappen, wenn du nicht endlich mal schläfst.«

»Kann nicht«, antwortet Marc automatisch. Das hatte er alles schon unzählige Male gehört, und er gab jedem dieselbe Antwort, egal ob Familienmitglied oder Arzt. »Ich möchte für sie da sein, wenn sie aufwacht.« Und jedes Mal folgte dieselbe unangenehme Stille.

Sie alle gingen davon aus, dass Tara sterben würde.

Aber sie irrten sich.

Das würde er nicht zulassen.

Ihn hielt einzig sein starker Wille wach, trotzdem redete er mit ihr, berichtete ihr von den Plänen, die er für ihr zukünftiges gemeinsames Leben geschmiedet hatte; sagte ihr, wie sehr er sie liebte, dass es ihn umbringen würde, wenn sie aufgab und ihr kostbares Leben losließ.

Dieu, einmal war er sogar in die Krankenhauskapelle gegangen, um für sie zu beten. Wann war er wohl zuletzt in einer Kirche gewesen? Oder hatte ein stummes Gebet an Gott gerichtet?

»Okay«, sagte Rand resigniert. »Bin in null Komma nichts zurück.«

»Lass dir Zeit«, murmelte Marc. »Ich komm hier schon klar.«

Das war glatt gelogen. Er kam überhaupt nicht klar. Nicht, ehe sie ihr wunderschönen grünen Augen öffnete und ihn wieder anlächelte.

Die letzten drei Tage und Nächte hatte sie einfach nur dagelegen. Der hübsche Mund war von einem grässlichen Plastikschlauch entstellt, weil man sie an ein lautes Beatmungsgerät angeschlossen hatte, solange ihre Lunge mit der furchtbaren Krankheit kämpfte. Die blasse Haut unter dem Schlüsselbein war blau von den Einstichen und Kathetern. Die kleinen, feingliedrigen Hände waren von offenen Wunden überzogen … und eine dicke Cremeschicht sowie Mullbinden hinderten ihn daran, sie zu berühren oder gar in den Arm zu nehmen – Anweisung der Ärzte. Ihre Kleidung hatte Gott sei Dank den Rest ihres Körpers geschützt. Und da sie die Mütze des getöteten Agenten getragen hatte, als Tawhid dieses Teufelszeug auf sie gesprüht hatte, verschwand der Ausschlag in ihrem Gesicht auch langsam.

Doch auch ihre Vitalwerte schwanden dahin.

Ihm waren die zunehmend beunruhigten Mienen der Ärzte und auch von Rainie nicht entgangen, wenn sie die Werte auf den Monitoren ablasen.

Tara hatte so hart gekämpft. Doch nachdem die Vergiftung sie drei Tage lang gebeutelt hatte, gab ihr Körper langsam auf.

Und da war nichts, was Marc tun könnte, um diese Abwärtsspirale aufzuhalten. Außer mit ihr zu reden.

Aber er würde auf keinen Fall aufgeben. Also hatte er die letzten sechs Stunden über ununterbrochen auf sie eingeredet. Bis seine Stimme so kratzig geworden war, dass Rainie ihn unterbrochen und genötigt hatte, eine Tasse Tee mit Honig zu trinken und sich ein wenig auszuruhen.

Nachdem Rand jetzt fort war, wollte Marc die wenigen kostbaren Momente mit Tara nutzen, um es ihr noch einmal zu sagen. Einen letzten verzweifelten Versuch zu starten, sie zurückzuholen. Zurück von den Toten.

Als er sie allerdings so schmächtig und hilflos auf dem gestärkten weißen Laken liegen sah, von kalten sterilen Geräten umgeben, übermannte ihn die Verzweiflung, und ihm kamen die Tränen.

»O *Chère*. Verlass mich nicht, *fille*. Gott kann warten. Ich brauche dich hier auf der Erde bei mir.«

Er streckte die Hand nach Tara aus und streichelte ihren Arm, dann ließ er zärtlich den Handrücken über ihre Wange gleiten. Ihm schien es unerträglich, dass er sie nicht umarmen konnte.

Denn er wusste, dass dies vielleicht seine letzte Gelegenheit dazu war.

Scheiß auf die Anweisungen der Ärzte.

Ruckartig erhob Marc sich von dem Stuhl, auf dem er gesessen hatte und kletterte vorsichtig neben sie auf das Krankenbett. Dann schlüpfte er zu ihr unter die Decke, kuschelte sich an ihren kalten, zerbrechlichen Körper und nahm sie ganz vorsichtig in den Arm. Das Gesicht vergrub er in ihrem Haar.

»Bitte, *Chère*«, flüsterte er gequält. Verzweifelt ließ er seinen Tränen freien Lauf. »Vergib mir. Ich war bisher ein furchtbarer Idiot. Ich liebe dich so sehr. Bitte, Tara. Lass mich nicht allein. Mein Leben ist wertlos ohne dich. Komm zu mir zurück, *fille*. Komm zurück.«

35

Gott, ihr tat einfach alles weh.

Der ganze Körper.

Innen und außen.

Ihre Lunge brannte wie Feuer.

Thor schien mit seinem Hammer auf ihren Kopf einzuschlagen.

Und ihr Herz … Ihr Herz schmerzte so sehr, dass es ihr den Atem raubte.

Tara hatte von ihrer Mutter geträumt. Ihrer geliebten, wundervollen Mutter, die ihr viel zu früh genommen worden war. Mama hatte geweint und Tara angefleht, zu ihr zu kommen. Nur … Nein, das stimmte gar nicht. Sie hatte gelächelt, liebevoll die Arme ausgestreckt und war von einem wunderschönen hellen Licht umgeben gewesen. Tara war auf sie zu gerannt, hinein in die warme tröstliche Umarmung ihrer Mama, die ihr liebe und beruhigende Worte ins Ohr geflüstert hatte. Tara hatte vor Freude geweint, weil sie so glücklich gewesen war und es sich so gut angefühlt hatte. Oh, wie sehr sie Mama in all diesen Jahren vermisst hatte!

Aber dann hatte Mama sie wieder weggeschickt und ihr sanft zu verstehen gegeben, dass sie fortmusste, zurück in die Welt aus Schmerz und Leiden. Sie konnten nicht zusammen sein. Noch nicht.

Tara schluchzte lautlos. Sie wollte nicht gehen! Sie war so müde. Warum länger gegen das Unvermeidliche ankämpfen.

Gott, wie sehr ihr alles wehtat! Der ganze Körper bestand nur noch aus qualvollem Schmerz.

Selbst das Schlucken schmerzte so sehr, als würde etwas sie innerlich zerreißen.

Wie konnte Mama das von ihr verlangen?

Dann drang unendlich langsam eine andere Empfindung zu ihr durch. Kein Schmerz … vielmehr etwas Warmes, Beruhigendes an ihrer fiebrigen Haut. Ein Körper. Ein großer, männlicher Körper, der sie vorsichtig umarmt hielt, wie um sie zu beschützen. Als wäre sie eine wertvolle, zarte Puppe. Ein Körper, der ihr versprach, er würde auf sie acht geben, bis sie endlich zu ihm zurückkehrte.

Ihre Lider öffneten sich flatternd, und sie versuchte, ihn anzuschauen. Aber sie konnte sich nicht bewegen. Sie bemühte sich zu sprechen. Entsetzlicher Schmerz schoss ihr in die Kehle und von da aus bis in die Zehenspitzen und wieder zurück. Tara schloss die Augen und atmete vorsichtig durch die Nase aus. Dabei konzentrierte sie sich auf das Gefühl seiner Haut an ihrer, auf die Wärme seines Atems an ihrer Schläfe. Wunderte sich über die Feuchtigkeit … Waren das ihre Tränen, die sie auf seiner Wange spürte? Oder waren es seine Tränen auf ihrer Wange …?

Ganz langsam löste sich der Knoten in ihrem Herz und wich einer stillen Freude.

Bestimmt liebte dieser Mann sie genau so sehr wie ihre Mama!

Aber irgendetwas war nicht in Ordnung. Hinter seiner vorsichtigen Umarmung und dem flachen Atem spürte sie tiefe Traurigkeit und unendlichen Schmerz.

War er der Grund, warum Mama sie zurück in das Leiden der Welt geschickt hatte? Damit sie mit ihm zusammen war?

Möglicherweise.

Ja, das war wohl der Grund, warum sie noch aushalten musste.

Für ihn.

Denn was würde aus diesem zärtlichen, verletzlichen Mann

werden, wenn sie sich entschied, hinüberzugleiten und ihn für immer zu verlassen …?

Vielleicht musste sie tief in sich selbst nach ihrem letzten Quäntchen Kraft suchen und gegen diese schreckliche Sache kämpfen, die ihr beinahe jeglichen Lebenswillen geraubt hatte.

Ihm zuliebe.

Für den Mann, der so ruhig neben ihr lag.

Für den Mann, den sie aus tiefstem Herzen liebte.

Denn sie fürchtete, wenn sie aufgab … dann tat er das womöglich auch.

»Marc?«

Tara schwebte immer noch in der Grauzone zwischen Ohnmacht und Bewusstsein. Sie war gerade wach genug, um zu wissen, dass sie etwas laut ausgesprochen hatte. Und dass sie eine sehr lange Zeit in diesem Bett hier gelegen hatte.

Da ihr der Hals furchtbar wehtat, war sein Name auch mehr als leises Keuchen herausgekommen. Aber er musste sie verstanden haben – denn sein großer Körper löste sich ruckartig von ihrem.

»Tara? Bist du wach? *Chère*?«

Quälend langsam befeuchtete sie ihre eingerissenen Lippen. »Ich denke schon«, flüsterte sie dann.

»*Mon Dieu!*«

Sie spürte, wie er vom Bett aufsprang, und hörte ihn nach jemandem rufen.

Mit letzter Kraft hob Tara die Hand und bekam Marc am Arm zu fassen. »Nein. Warte.«

Er blieb stehen. »Aber Liebes, du musst sofort einen Arzt se–«

»Noch nicht«, krächzte sie und versuchte zu schlucken. »Wasser.«

»Himmel«, fluchte er, und dann lag ein Strohhalm an ihren

Lippen. Sie sog gierig daran. »Langsam, *Chère,* schön langsam.« Er zog den Strohhalm wieder weg.

»Wie lange?«, ächzte sie.

»Fünf nicht enden wollende Tage und Nächte«, sagte er mit seltsam gepresster Stimme. »Wir dachten …«

Dann nahm er ihr Gesicht in beide Hände und strich ihr das Haar aus dem Gesicht. Das Bett bewegte sich, als er sich neben sie setzte, ihr einen zärtlichen Kuss gab und vorsichtig die Arme um sie legte. Genau wie in den Tagen, als sie im Sterben gelegen hatte. »*Merci Dieu*. Oh, *merci Dieu*.«

»Mehr Wasser«, flüsterte sie, schon ein wenig wacher. Sie tastete nach dem Strohhalm. Bekam aber nur seine Hand zu fassen. »Mein Hals tut weh.«

Er flößte ihr einen weiteren Schluck ein. »Bis gestern bist du noch künstlich beatmet worden. Du hast uns einen ganz schönen Schrecken eingejagt, *fille*.«

»Tut mir leid«, sagte sie leise. »Dass ich nicht gewartet habe.«

Er blickte sie aus feucht glänzenden Augen an. »Ich schwöre bei Gott, ich weiß nicht, was ich getan hätte, wenn ich dich verloren hätte, Tara.«

»Du hast mich gerettet.« Sie wusste, er musste es gewesen sein, der abgedrückt hatte. Nun zog sie ihn näher zu sich heran. Genoss seine Umarmung, in der sie sich geborgen fühlte. »Ich wusste, dass du kommen würdest.«

»Ich werde immer für dich da sein, *Chère*. Von jetzt an. Ich schwöre, das werde ich.«

Ihr ging das Herz über, als er die Wange an ihre legte. Sie war ganz kratzig, als hätte er sich tagelang nicht rasiert. Wie gut sich das anfühlte. So wirklich.

»Tara, ich war so ein Dummkopf«, sagte er und küsste sie zärtlich. »Als du mir gesagt hast, dass du mich liebst, da habe ich panisch reagiert. Weil ich dachte, mit einer starken und unabhängigen Frau wie dir könnte ich nicht umgehen. Und dass mich das zu einem weniger männlichen Kerl machen würde. Aber in Wahrheit machst du mich zu einem besseren Menschen.«

»Oh, Marc«, murmelte sie und schloss die Augen. Tränen stiegen in ihr auf. Sie wollte sich nicht zu viele Hoffnungen machen.

War sie tatsächlich bei Bewusstsein? Oder war dies hier nur ein weiterer Wunschtraum?

»*Je t'aime, mon cœur*«, flüsterte er. »Ich liebe dich von ganzem Herzen, Tara.«

Sie konnte die Tränen nicht länger zurückhalten. War das die Realität? Geschah das hier gerade wirklich? Sie blickte auf und direkt in seine braunen Augen, in denen so viel Liebe und Hoffnung lag.

»Bitte sag mir, dass ich nicht zu spät gekommen bin«, flehte er.

»Gott, nein«, krächzte Tara, und die Freude bahnte sich einen Weg in sie hinein wie Sonnenstrahlen, die durch dunkle Gewitterwolken brechen. Sie schluckte schwer. »Ich werde dich immer lieben, Marc. Auch wenn du manchmal etwas länger brauchst, um zu begreifen.«

»*Merci Dieu*«, sagte er mit sanftem Lächeln. »Denn begriffsstutzig bin ich manchmal wirklich.«

Sie schmolz in seinen Armen dahin. Hielt ihn mit bebenden Händen fest. »Nicht mehr als ich, als ich dich habe gehen lassen.«

»Das wird nicht wieder vorkommen. Das schwöre ich bei meinem Leben. Heirate mich, Tara. Sei für immer mein.«

Sie blinzelte zu ihm hinauf. *Das* träumte sie doch jetzt aber sicher. »Ernsthaft?«, fragte sie und ihre Stimme war kaum mehr als ein schwaches Flüstern. »Meinst du das wirklich ernst?«

»Von ganzem Herzen.«

»Aber deine Arbeit … Was ist mit –«

»Es gibt jede Menge Aufgaben hier in den Vereinigten Staaten, die ich übernehmen kann. Für diese harten Einsätze im Ausland werde ich sowieso langsam zu alt.«

»Das würdest du für mich tun?«

Er lächelte. »*Mais non*. Es wäre rein egoistisch.«

Da war sie nicht so sicher. Aber sie würde bestimmt nicht mit ihm darüber streiten. »Ja«, sagte sie glücklich. »O ja, ich will dich heiraten!«

Keine Schmerzen mehr.

Nun. Jedenfalls nur noch im Körper … doch der würde heilen. Aber der gewaltige Schmerz in ihrem Herzen war verschwunden. Von der aufrichtigen Liebe eines wunderbaren Mannes vertrieben worden. Ein Mann, der sie so liebte, wie sie war, genau so und nicht anders. Wer hätte das für möglich gehalten? Doch sie wusste, wer. Danke, Mama.

»Ich liebe dich, Marc«, hauchte sie.

»Ich liebe dich auch, *Chère*«, flüsterte er zurück.

»Wirst du bei mir bleiben?«

»Ich bleibe hier. Solange du mich brauchst.«

Und als Tara dieses Mal langsam in einen friedlichen Schlummer glitt, geschah es mit einem breiten Lächeln auf dem Gesicht und grenzenloser Freude im Herzen.

Danksagung

Von unschätzbarem Wert bei allen medizinischen Fragen (in dieser Geschichte) war die Hilfe von C. J. Lyons. Wenn der Wahrheit manchmal ein wenig nachgeholfen oder etwas falsch beschrieben wurde, dann ist das allein mir zuzuschreiben. Ebenfalls danken möchte ich Dorothy McFalls, weil sie die beste Erstleserin und Ratgeberin der Welt ist. Danke, die Damen!

Außerdem habe ich wieder einmal meiner großartigen Herausgeberin Kate Seaver und meiner unvergleichlichen Agentin, Natasha Kern, zu danken. Es ist wirklich eine wahre Freude, mit Euch zusammenzuarbeiten!

Leseprobe

NINA BRUHNS
Zero Unit
Bittere Wahrheit

Manhattan
April, morgens, Gegenwart

Sie wurde als Köder benutzt.

Dr. Gina Cappozi hatte das Gefühl, verfolgt zu werden. Den ganzen Tag über hatte sie Blicke im Rücken gespürt, es verursachte ihr eine Gänsehaut … offensichtlich drückten sich die STORM-Corps-Spezialeinsatzkräfte in die Schatten von Hauseingängen und kleinen Gassen und taten das, was sie am besten konnten: Gina im Auge behalten und die belebten Straßen Manhattans auf mögliche Gefahren hin beobachten. Immer für sie da. Stets auf der Hut. Geduldig darauf wartend, dass ihr gemeinsamer Feind sich zeigen würde. Zumindest kam es Gina so vor.

Ihr wäre es lieber, sie würden einfach verschwinden und sie verdammt noch mal in Ruhe lassen.

Eigentlich hätte ihre ständige Gegenwart sie beruhigen sollen. Ihr das tröstliche Gefühl vermitteln müssen, beschützt zu werden. Aber so war es nicht. Zwar hatten sie ihr bereits einmal mit heldenhaftem Einsatz das Leben gerettet und waren auch jetzt auf ihre Sicherheit bedacht – dennoch verfolgten diese Spezialeinsatzkräfte einen ganz eigenen Plan: Sie wollten *ihn* in die Finger bekommen, ihren unsichtbaren Feind, und das um jeden Preis.

Und Gina diente ihnen dabei als Judasziege.

Tja, Pech für sie. Diese Kerle würden sich hinten anstellen müssen, wenn sie diesen Scheißkerl erwischen wollten. Denn *Gina* war als Erste dran.

Sie wollte ihn – ihre Nemesis. Hauptmann Gregg van Halen.

Gina stieg an der Lexington Avenue in den schwarzen Schlund des U-Bahnhofs hinab und schaute sich dabei immer wieder um. Doch keines der Gesichter im Gedrängel dieses stumpfsinnigen Stroms von Pendlern, der sie mit sich zog, kam ihr bekannt vor. Würde sie ihre Aufpasser heute abschütteln können?

Oder hatten sie inzwischen gar genug von ihren Versteckspielchen, waren längst weg und hatten Gina sich selbst überlassen?

Dann war es vielleicht van Halen, den sie im Nacken spürte.

Schön. Sollte der Bastard nur kommen.

Er sollte ruhig versuchen, ihr etwas anzutun. Gina war vorbereitet. Ihr Körper war wiederhergestellt. Und ihre Seele … nun, die ebenfalls, zumindest so gut es ging. Vorläufig.

Selbstverständlich war sie bewaffnet. Ohne ihr Lieblingsmesser ging sie nie vor die Tür. Zum Teufel, selbst in ihrem Zuhause aus dunklem Sandstein legte sie es niemals ab. Denn sie war nirgends sicher. Jedenfalls nicht, solange van Halen noch am Leben war.

Fest schlossen sich ihre Finger um den Schaft des tödlichen KABAR-Messers in ihrer Manteltasche. O ja. Sie hatte sich vorbereitet, und wie! Immer wieder hatte Gina sich auf die Strohattrappe gestürzt und zugestochen, bis sich kleine Häufchen auf dem Boden bildeten, und die Kleidung der Puppe in Fetzen an ihr hinabhing. Jeden Tag, wochenlang. Zum Leidwesen ihres Selbstverteidigungstrainers hatte sie in dieser Zeit bestimmt hundert Dummys zerschlissen.

Inzwischen fühlte sie sich sicher, hatte keine Angst mehr davor, sich dem Mann zu stellen, der sie während der letzten sechs Monate in ihren Albträumen verfolgt hatte. Dem Mann, der sie kaltblütig an Terroristen ausgeliefert hatte und dann verschwunden war, ohne einen weiteren Gedanken an sie zu verschwenden.

Denn was konnte er ihr schon antun, das sie nicht bereits durchlitten hatte? Nichts. Er konnte sie nicht mehr verletzen. Nicht noch einmal. Weder ihren Körper noch ihr Herz. Er würde sie nicht wieder einfach so überrumpeln. Dazu würde er keine Gelegenheit bekommen.

Niemand würde das. Niemals wieder.

Denn Gina Cappozi hatte ihr Leben wieder in die Hand genommen.

Und Gregg van Halen würde seines verlieren.

So viel stand fest. Dieselbe Hand, die ihn liebkost und seine Leidenschaft entfacht hatte, würde seinem jämmerlichen Dasein ein für alle Mal ein Ende setzen.

Und mit sehr viel Glück war es noch heute so weit.

STORM-Agent Alex Zane war eigentlich nie klaustrophobisch veranlagt gewesen.

Andererseits gab es eine Menge Dinge, die er früher nicht gewesen war … bis die Erlebnisse der vergangenen zwei Jahre ihn unwiderruflich verändert hatten. Es hätte ihn also nicht besonders überraschen sollen, dass er plötzlich in albtraumhaften Wahnvorstellungen gefangen war, die ihm die Luft zum Atmen raubten. Und dass er in blinde Panik geriet. Aber genau das tat es.

Verdammte Scheiße, nicht schon wieder.

Alex bekam keine Luft mehr. Versuchte mit aller Kraft, das bedrohliche Wüstenszenario zu unterdrücken, das sich über die Backsteinwände und den Asphalt vor seinem Autofenster schob. Aber Afghanistan ließ sich nicht ausblenden. Starr vor Entsetzen lauschte er den gellenden Phantomschreien, die in Wahrheit längst verstummt waren.

Nein! Hier stimmte irgendwas nicht!

Er war doch in New York City. Dies war sein erster Einsatz als STORM-Agent, und er hatte den ganzen Tag über im Auto gesessen und Wache geschoben – und nicht auf irgendeinem gottverlassenen Berg gegen Aufständische gekämpft. Was er eigentlich sehen sollte, waren Hochhäuser, er sollte Hupgeräusche hören und das Geplapper der Geschäftsmänner, die sich ihre Blackberrys ans Ohr hielten.

Nur ein weiteres verfluchtes Flashback …

Sein Verstand wusste das. Aber es half nichts. Die Schreie wurden immer lauter, obwohl er dagegen ankämpfte. Das Trugbild wirkte so real, dass er schon meinte, endgültig den Verstand verloren zu haben.

Wie hatte er nur einnicken können, verflucht noch mal? Er musste da rauskommen, es irgendwie zurück in die Gegenwart schaffen!

Doch vergebens. Alex' gequälter Geist hatte der aufsteigenden Panik nicht viel entgegenzusetzen. Der Duft der Frühlingsblumen und die Gerüche aus dem nahe gelegenen Restaurant wurden von einem beißenden Gestank überlagert. Erinnerungen, die er für sein Leben gerne vergessen würde, stürzten auf ihn ein, sobald er diesen Geruch menschlichen Elends wahrnahm. Alex hielt sich die Ohren zu, um die Schreie seiner zum Tode verdammten Zero-Unit-Kameraden nicht hören zu müssen. Damit er nicht gezwungen war zu reagieren. Die Qualen, die dann unvermeidlich folgen würden, nicht erneut durchleben musste.

»Nein!«, schrie er auf.

Zu spät. Aus diesem Albtraum führte kein Weg mehr hinaus.

Er hielt sein Gewehr im Arm und presste den Rücken fest gegen den Felshang direkt über dem afghanischen Dorf, an dem er schon seit Stunden hockte und auf das Signal zum Angriff wartete. Die in der vor Hitze flirrenden Luft widerhallenden Schmerzensschreie klangen wie Lockrufe des nahenden Todes.

Nach einem kurzen Knacken im Ohr hörte Alex die energische Stimme seines Anführers über Funk. »Zero Alpha Zulu, hier ist Alpha sechs, kannst du mich hören?« Kick Jackson klang gefasst. Routiniert. Beherrscht. *Im Gegensatz zu Alex.*

Wie ein schiffbrüchiger Matrose klammerte er sich an diese Stimme. »Was ist da draußen los, Alpha sechs?«, fragte Alex und kämpfte gegen die aufsteigende Panik an. *Atmen, Soldat, verdammte Scheiße!*

»Nicht vorrücken! Das ist eine Falle. Wiederhole, auf keinen Fall … Ver*dammt* noch mal! Drew! Komm zurück!« Erst hörte Alex einen Schwall wilder Verwünschungen, dann nur noch Kicks schnellen Atem, als wäre er plötzlich losgesprintet. Die entsetzlichen Schreie im Hintergrund wurden lauter. »Abbrechen und zurückziehen!«, schrie Kick, fluchte wieder, und dann war die Verbindung unterbrochen.

Plötzlich gab es eine laute Explosion im Dorf. Alex schwang sich das Gewehr auf den Rücken und kletterte den Hang hinauf, um nachzusehen, was geschehen war. Auf keinen Fall würde er sich zurückziehen und Kick und die anderen hierlassen, damit sie –

Direkt über Alex strömten etwa ein Dutzend bewaffnete Dörfler zum Bergkamm. Sie zielten auf seinen Kopf und brüllten ihn an. Sein Puls schoss unkontrolliert in die Höhe. *Verdammte Scheiße!* Er drehte auf dem Absatz wieder um und warf sich den Abhang hinunter. Dann drückte er auf die Sprechtaste. »Zulu kommt runter.«

Die Angreifer schwärmten ihm nach. Er musste sie von den anderen weglocken!

Nein! Tu es nicht!, rief sein Verstand. *Nicht –*

Schüsse fielen. Gefolgt von noch mehr Schreien. Seinen eigenen?

In seiner Schläfe brannte es wie Feuer, und auch in der Schulter fühlte er einen grauenvollen Schmerz. Alex verkrampfte sich und stolperte. Alles um ihn herum schien zu schwanken, dann wurde es schwarz. Aber wie durch ein Wunder blieb er bei Bewusstsein. Vor Entsetzen konnte er kaum atmen. Er kämpfte sich auf die Beine zurück und rannte blindlings davon.

Ein Flashback! Nur ein Flashback!

O Gott. Reiß dich endlich zusammen!

Alex rannte direkt in sein Verderben hinein. Er wurde brutal gepackt und an den Haaren gezogen, dann fuhr ein Gewehrkolben auf seine Organe und Weichteile herab. Er schrie auf vor Schmerz, versuchte sich zu wehren und trat in blinder Wut um sich.

Aber seine Angreifer lachten nur. Dann prügelten sie ihn windelweich.

Anschließend wickelten sie ihm ein Seil um die Knöchel und warfen ihn zu Boden.

Ein raues Schluchzen drang aus seiner Kehle. Scheiße, nein! Nein. Nein. *Um Himmels willen, nein!*

»Alex?« Kicks beruhigende Stimme strömte wie eine kühle Brise heran.

Alex versuchte, ihm eine Antwort zuzuschreien. Aber sie wollte ihm einfach nicht über die Lippen kommen, alles, was er hervorbrachte, war ein stummer Schrei. Er wusste nur allzu gut, was jetzt kommen würde. Und dass er nichts weiter tun konnte, als es zu erdulden. *Wieder einmal.*

Oder aber verrückt zu werden.

Das konnte genauso gut passieren. *Wieder einmal.*

»Alex?«, rief Kick von weither. *Zu weit.* Er würde ihn nicht mehr rechtzeitig erreichen.

Der Motor des Jeeps heulte auf, und das Getriebe knirschte. Alex warf sich hin und her, versuchte, sich aus den Fesseln zu befreien. *Zum Teufel, verfluchte Scheiße noch eins!*

Ruckartig straffte sich das um seine Knöchel gebundene Seil. *O Gott, das hier passierte wirklich.* Er spannte den Körper an. Versuchte, sich gegen den furchtbaren Schmerz zu wappnen.

»Alex!«

Der Jeep zog an. Und schleifte ihn mit. Eine Spur aus Blut und Hautfetzen blieb hinter ihm am Boden zurück.

Er konnte einfach nicht anders. Er musste schreien.

»Alex! Aufwachen!« Wie die Stimme Gottes drang der Befehl klar und deutlich zu ihm durch. Duldete keinen Widerspruch.

Als Alex aus seinem Albtraum aufschreckte, stieß er sich den Kopf am harten Dachhimmel des Geländewagens.

Zurück in Manhattan.

»Mist!«, rief er und atmete wie ein Ertrinkender ein. *»Mist!«* Ihm war so schwindelig, dass er sich am Lenkrad festklammern musste. Außerdem brummte ihm der Schädel. Mit brennender Lunge versuchte er, den Aufruhr in seinem Innern in den Griff zu bekommen.

Aber die zermürbende Panik wollte nur langsam weichen. Bis er endlich imstande war, zögerlich die Finger vom Lenkrad zu lösen und auch die Magenkrämpfe nachließen.

»Alles klar?«, fragte Kick nach einiger Zeit.

Angestrengt versuchte Alex, auszuatmen. Dann blickte er in das besorgte Gesicht seines besten Freundes, der sich ins Auto beugte und den Fensterrahmen des Geländewagens dabei so fest umklammert hielt, dass die Knöchel weiß hervortraten. Jedoch ohne Alex zu berühren oder den Arm nach ihm auszustrecken. Er beobachtete ihn einfach nur, jederzeit zum Eingreifen bereit. Denn das hier kannte er bereits. Sie beide erlebten es nicht zum ersten Mal.

»Scheiße«, sagte Alex, der immer noch wie Espenlaub zitterte. »Verfluchte Scheiße.«

»Ja«, gab Kick zurück. In seinem Blick spiegelte sich tiefes Verständnis. An jenem Tag in Afghanistan, an dem Alex gefangen genommen worden war, wäre Kick beinahe draufgegangen, weil er auf eine Landmine getreten war. Für sie beide war es ein langer, steiniger Weg zurück ins Leben gewesen.

Und er war noch lange nicht vorbei. Bei Weitem nicht.

Aber *zum Teufel*. Alex war so sicher gewesen, wieder einsatzfähig zu sein. Immerhin konnte er inzwischen wieder sehen, hatte ordentlich Muskeln aufgebaut und auch sein während der Gefangenschaft verlorenes Gewicht wieder drauf. Insgesamt war er beinahe im selben körperlichen Zustand wie vor der fürsorglichen Behandlung durch die Al-Sayika-Wächter … wenn man von den knallroten Narben überall auf der Haut absah. Außerdem zuckte Alex nicht mehr zusammen, wenn ein unerwartetes Geräusch zu hören war oder jemand eine ruckartige Bewegung machte.

Jedenfalls nicht immer.

Aber diese verfluchte Platzangst machte ihm immer noch zu schaffen. Wer hätte gedacht, dass sie selbst in einem Fahrzeug von ihm Besitz ergreifen würde? Alex seufzte. Ein weiteres gefundenes Fressen für seinen Seelenklempner.

Nachdem seine Hände zu zittern aufgehört hatten, fuhr er

sich durchs Haar. »Keine Ahnung, wie lange ich weggetreten war. Hab ich's vermasselt? Habe ich sie verpasst?«

Mit *sie* meinte er Dr. Gina Cappozi, deren Überwachung gerade so richtig schiefgegangen war. Gina Cappozi war ebenfalls von Al-Sayika entführt worden, allerdings hatte man sie während der drei Monate währenden Gefangenschaft hier auf amerikanischem Boden festgehalten, und das außerdem aus gänzlich anderen Gründen als Alex. Und nachdem sie befreit worden war, hatte die schwer angeschlagene terroristische Vereinigung Gina mit ihrer unnachahmlichen Logik dafür verantwortlich gemacht, dass sie selbst versagt hatte. Deswegen war eine Belohnung auf Dr. Cappozis Kopf ausgeschrieben worden. Eine sehr hohe. Doppelt so hoch wie das auf Alex und Kick ausgesetzte Preisgeld. Sie alle, Alex eingeschlossen – verflucht, Alex ganz besonders –, rechneten also jeden Moment damit, dass irgendein fanatischer Extremist auftauchte, der das Geld einkassieren wollte.

Daher war ein Team zu Ginas Sicherheit abbestellt worden, zu dem auch er und Kick gehörten. Geleitet wurde der Einsatz von STORM Corps, bei denen Alex mittlerweile beschäftigt war. STORM Corps stand für *Strategic Technical Operations and Rescue Missions Corporation*.

Alex war zunächst als Leibwächter für Gina eingeteilt gewesen, hatte sich aber als zu schreckhaft erwiesen. Er war fest davon überzeugt gewesen, dass neben STORM noch jemand anders ihr folgte. Aber keiner aus dem Team hatte irgendetwas entdeckt, das darauf hindeutete. Anscheinend litt Alex unter Verfolgungswahn.

Was für eine Riesenüberraschung.

Also wurde er mit der Überwachung ihres Hauses betraut – einer anspruchslosen Aufgabe, die er kaum in den Sand setzen würde, zumindest hatten sie sich das wahrscheinlich so gedacht … auch wenn niemand es gesagt hatte.

Tja, da hatten sie sich wohl gewaltig geirrt.

»Mach dir keine Sorgen«, beruhigte ihn Kick. »Dr. Cappozi geht's gut. Sie ist gerade in die U-Bahn gestiegen.«

Alex meinte sich zu erinnern, dass Kick ihr heute auf den Fersen bleiben sollte, und zwar zusammen mit Kowalski. »Was hast du denn dann hier verloren?«, fragte er. »Ist auch wirklich nichts passiert?«

»Gina ist in Sicherheit«, beruhigte Kick ihn. »Aber es gibt Neuigkeiten. Der Geheimdienst hat vergangene Nacht einige interessante Gespräche mitgeschnitten.«

Sofort war Alex wieder hellwach. »Was denn für Gespräche? Über Al-Sayika?«

Kick nickte.

Alex' Augen verengten sich zu Schlitzen. Er und Kick hatten viele Jahre gemeinsam für eine Truppe mit Namen Zero Unit gearbeitet. Eine streng geheime Kommandoeinheit für verdeckte Operationen, die aus dem Zentrum der amerikanischen Central Intelligence Agency heraus gesteuert wurde. Aber nach dem tödlichen Desaster in Afghanistan und einem Einsatz im Sudan ein halbes Jahr später, der beinahe unglücklich geendet hatte, war Kick überzeugt, dass es einen Al-Sayika-Maulwurf in der Truppe gab. Es konnte ein Zero-Unit-Mitglied sein oder auch jemand aus der Führungsriege der CIA. Vielleicht sogar aus einer der anderen Behörden, die eng mit Zero Unit zusammenarbeiteten. Wie hätten die Terroristen sonst an derartig detaillierte Kenntnisse der beiden unglückseligen Einsätze kommen können? Ihre Informationen hatten ausgereicht, um alles zu sabotieren und fast das gesamte Team auszulöschen.

Alex war mit Kick einer Meinung. Sie hatten es hier mit einem Verräter der schlimmsten Sorte zu tun – aus den eigenen Reihen.

Also waren sie beide bei Zero Unit ausgestiegen und hatten

sich STORM Corps angeschlossen, einer ganz ähnlich aufgebauten Spezialeinheit, die allerdings nicht der Regierung unterstand. Diese Organisation war mit ziemlicher Sicherheit nicht von diesen Terroristen unterwandert. Letztes Jahr hatten sie Dr. Cappozis Rettungsaktion in Louisiana durchgeführt und außerdem Kick aus dem Sudan herausgeholt – beide Male war nichts nach außen durchgesickert.

Die Überwachung von Dr. Cappozi war Teil eines größeren Plans: den verfluchten Verräter aufzuspüren, der als Maulwurf in der amerikanischen Regierung saß, und ihn auszuschalten. Mit anderen Worten: die Person, die für die Folter und Gefangenschaft von Alex sowie für Kicks furchtbare Verletzungen verantwortlich war. Nicht zu vergessen für den grauenhaften Tod ihrer Teammitglieder.

Für Alex und Kick ging es bei diesem Auftrag einzig um Rache.

Kick öffnete die Beifahrertür und setzte sich zu Alex in den Wagen. »Quinn hat ein Meeting angesetzt«, sagte er. »Wir sollen alle so schnell wie möglich zurück ins Hauptquartier kommen.«

»Und was ist mit dem Cappozi-Haus?«, fragte Alex und warf einen Blick zu dem dreistöckigen Sandsteingebäude hinüber, bevor er zögerlich zum Zündschlüssel griff. »Wenn ich mir das alles nun *doch nicht* eingebildet habe und –«

»Johnson und Kowalski bleiben in der U-Bahn dicht an ihr dran. Und sie haben Miles herbeordert, damit er deine Schicht hier übernimmt«, sagte Kick. »Sie wird also in guten Händen sein, bis Marc und Tara um neun mit der Nachtschicht beginnen.«

Alex stieß geräuschvoll den Atem aus. »Na schön«, gab er sich geschlagen und blickte auf die Uhr am Armaturenbrett. Kurz nach fünf. »Ich denke, das wird ausreichen.«

Kick sah mit hochgezogener Augenbraue zu, wie er den

Schaltknüppel umlegte. »Bist du wirklich fit genug, um zu fahren, Kumpel?«, fragte er dann.

Alex lachte trocken. »Machst du dir etwa Sorgen wegen meiner psychischen Verfassung?«

»Verflucht, ja. Ich muss am Leben bleiben. Frisch verheiratet und so, du erinnerst dich?«

»Wie könnte ich das vergessen«, murmelte er spöttisch. Trotz der todernsten Lage war Kick erbarmungslos gut gelaunt, seit er unter der Haube war. Nicht, dass Alex das seinem Freund missgönnt hätte. Im Gegenteil war er froh darüber, dass wenigstens *einer* von ihnen beiden sein Glück gefunden hatte.

Alex ließ den Motor aufheulen. »Und Kick, falls es dir noch nicht aufgefallen sein sollte, in dieser Stadt fahren alle wie die Irren, verdammt. Also vertrau mir – ich falle da gar nicht weiter auf.«

In letzter Sekunde war Gregg van Halen hinter Gina Cappozi in den U-Bahn-Wagen geschlüpft. Damit sie nicht schnell wieder aussteigen konnte, kurz bevor sich die Türen schlossen.

Aber das hatte sie nicht getan. Hatte es nicht einmal versucht.

Keine große Überraschung. Letzte Woche war sie aus ihrem nördlich von New York verbrachten Genesungsaufenthalt zurück nach Manhattan gekommen, und seither hatte seine ehemalige Geliebte nie etwas unternommen, um eventuelle Verfolger abzuschütteln. Oder der in den Schatten lauernden Bedrohung zu entkommen, die es auf sie abgesehen hatte.

Fast so, als wollte sie ihn herausfordern. Oder das Schicksal. Ab und zu musterte sie mit leerem Blick ihre Umgebung, aber sonst deutete nichts darauf hin, dass sie in ständiger Angst lebte.

Obwohl die STORM-Agenten Gina wachsam beobachteten, gelang es Gregg, sich unbemerkt in die Pendlerhorde einzureihen, die es nach Hause drängte. Als die Schiebetüren zuknallten und die Bahn laut klappernd und quietschend anfuhr, langte er wie zufällig nach der Haltestange in der Mitte des Waggons und lauschte dem unverkennbaren Geräusch der New Yorker U-Bahn.

Gina wandte er den Rücken zu. Er musste sie nicht direkt ansehen. Eigentlich war es ihm sogar lieber, ihr flackerndes Spiegelbild im schmutzigen Wagenfenster zu betrachten. Denn so lief er nicht Gefahr, dass die Wut in seinem Gesicht ihn verriet.

Während Gina sich an einer der oberen Haltestangen festhielt, huschten ihre dunkelgrünen Augen umher, musterten jeden einzelnen Mitfahrer. Ihr Blick war unruhig. Immer auf der Suche.

Nach ihm.

Am liebsten hätte er ein düsteres Lächeln aufgesetzt. Wie schön, so ein begehrter Mann zu sein.

Sie würde ihn jedoch niemals entdecken. Sie würde nur einen Mann sehen – einen großen Mann. Aber nicht *ihn*, Gregg van Halen. Er würde entscheiden, wann er sich ihr zu erkennen geben würde. Wahrscheinlich noch nicht jetzt. Solange diese STORM-Witzfiguren jeden ihrer Schritte überwachten. Wenn es sein musste, konnte er durchaus geduldig sein.

Nachdem er so viel Zeit seines Lebens in einer Art Schattenwelt verbracht hatte, fiel es ihm leicht, sich unsichtbar zu machen. Selbst am helllichten Tag verbarg er sich im Dunkel, als wäre er dort zu Hause. Wie ein Geist.

Ein Gespenst.

Seine Mundwinkel zuckten. Jeder Spion sollte über diese Eigenschaften verfügen. Aber für ihn war das mehr als ein Job.

Die Dunkelheit selbst zog ihn magisch an. Lockte ihn. Auch jetzt winkte sie ihm aus der pechschwarzen Leere hinter dem stroboskopartig flackernden U-Bahn-Fenster zu, in dem er sein eigenes Spiegelbild erblickte. Und das seiner Frau.

Leider konnte er ihrem Ruf nicht folgen. Bevor er in die

tröstlich schützende Anonymität zurückfallen konnte, musste er erst noch etwas erledigen. Musste den unbändigen Zorn in seinem Herzen stillen. Und sich um diese Frau kümmern. Seine Geliebte.

Dr. Gina Cappozi.

Denn sie kannte sein wahres Gesicht.

Die von der Scheibe zurückgeworfenen Standbilder schienen einem Film noir entsprungen zu sein. Sorgfältig hielt er nach Anzeichen des Wiedererkennens Ausschau. Oder der Panik. Aber er sah nichts dergleichen.

Er hingegen spürte ihre Nähe, sie löste ein Ziehen in der Brust aus, das selbst die dort brodelnde Wut durchdrang. Es weckte den unwiderstehlichen Drang in ihm, Hand an sie zu legen. Dieses Bedürfnis war derartig übermächtig, dass er beinahe die Kontrolle verloren hätte.

Er *kannte* diese Frau. Wie kein anderer. Ihren Körper und ihre tief verborgenen Ängste. War tief in sie eingedrungen und hatte gefühlt, wie sie vor Wonne bebte. Wusste, wie es sich anfühlte, wenn sie ihm vollständig ausgeliefert war und angesichts seiner Macht erschauerte.

Und er wollte sie wieder beben und erschauern sehen.

Aber das würde sie niemals zulassen. Ihn nie wieder an sich heranlassen, wie sie es früher getan hatte.

Weil er sie verraten hatte.

Alles zwischen ihnen verraten hatte.

Die Wut drohte ihn zu übermannen. Aber er riss sich zusammen und verdrängte diese unerwünschte Gefühlsaufwallung. Denn sie würde ihm nicht helfen. Das konnte er nur selbst, indem er handelte.

Als sich der Zug laut quietschend in eine Kurve legte, ließ er die Haltestange los. Sofort wurde er von der Gina umgebenden Pendlertraube eingekeilt. Unnötig, sich noch weiter festzuhalten.

All die Jahre als Söldner für Onkel Sam hatten ihm eine beinahe unheimliche Wendigkeit und Körperbeherrschung verliehen. Langsam arbeitete er sich zu ihr vor. Ein zufälliges Anrempeln hier, ein kleiner Schritt zur Seite dort… bis er mit dem Rücken direkt vor ihr stand. Jedoch ohne sie zu berühren.

Aber, ach, so kurz davor.

Nahe genug, um den verlockend vertrauten Duft der Frau einatmen zu können, die er früher an sein Bett gefesselt und von der er auf diese für sie beide so aufregende Art und Weise Besitz ergriffen hatte … die ihr aber gleichzeitig eine Heidenangst eingejagt hatte.

Sie hatte sich von Anfang an vor ihm gefürchtet. Seit ihrem ersten, von Misstrauen und Argwohn erfüllten Zusammentreffen hatte er ihr schreckliche Angst eingejagt. Die Angst machte einen Teil seiner Anziehungskraft auf sie aus. Und ihrer auf ihn. Diesen Nervenkitzel hatte sie früher geliebt. Aber jetzt … jetzt fühlte sie nur noch Hass für ihn. Sie hasste ihn mit einer Leidenschaft, die es beinahe mit seiner eigenen aufnehmen konnte.

In diesem abgelegenen Sanatorium hatte er gut versteckt beobachten können, wie sich ihr Körper langsam von dem schrecklichen Martyrium erholte, das sie durchlebt hatte. Aber seelisch war sie immer noch genauso traumatisiert wie während ihrer Gefangenschaft. Deswegen hatte sie gelernt, sich zu verteidigen. Hatte ihr Messer immer wieder in eine Strohpuppe gebohrt, die wie ein Mann aussah. Und dabei zweifellos die ganze Zeit an sein eigenes schwarzes Herz gedacht.

Während der Monate, in denen er sie überwacht hatte, war ihm eines überdeutlich klar geworden: Gina Cappozi wollte ihn tot sehen.

Und *sie* wollte diejenige sein, die ihn umbrachte.

Wirklich ein Jammer, dass er das nicht zulassen konnte.

Während die Bahn durch den finsteren Tunnel ruckelte, flackerten die Lichter im Takt der ohrenbetäubend kreischenden Stahlschienen. Er neigte den Kopf leicht zur Seite und atmete tief ein. Versuchte, den einzigartigen Duft seiner Geliebten aus dem Gemisch tausender parfümierter, schwitzender Körper, Unrat und dem verbrannten Geruch der Bremsen herauszufiltern, das den Waggon erfüllte.

Beunruhigt blickte sie sich um. Nervös. Sie schien das nahe Raubtier instinktiv zu spüren.

Doch er studierte ungerührt mit abgewandtem Gesicht eine Werbetafel, die an der Waggonwand hing. Ängstlich suchte Gina Blickkontakt mit dem STORM-Agenten, der am anderen Ende des Wagens stand. Doch der schüttelte nur beruhigend den Kopf. Also stieß sie einen zittrigen Atemzug aus. Erneutes schrilles Quietschen kündigte an, dass der Zug in die nächste Station einfuhr, also klammerte Gina sich noch etwas fester an die Haltestange über ihrem Kopf.

Die Bahn hielt, und um sie herum strömten Passagiere aus den Türen. In dem Gerempel wurde er von ihr weggedrängt. Als kurz darauf Neuankömmlinge in den Wagen stürzten, konnte er sich ihr jedoch wieder unauffällig nähern. Die Türen schlossen sich.

Ohne auf die Gefahr zu achten, entdeckt zu werden, drehte Gregg sich um und stellte sich genau hinter Gina. Obwohl sie groß war, besonders mit den hohen Schuhen, die sie zur Arbeit trug, überragte er sie deutlich. Sehr deutlich. Mit pochendem Herzen langte er nach der Stange und spreizte dabei leicht die Beine.

Dann blickte er auf sie herab. *Nahe. So nahe*. Einige seidige Strähnen ihres langen schwarzen Haares kitzelten ihn an der Nase … sie dufteten nach der Frau, die er nackt ausgezogen und dazu gebracht hatte, ihn so zu befriedigen, wie es keine andere vor ihr vermocht hatte.

Sein Körper erinnerte sich noch gut daran. Viel zu gut. Daran, wie sie stöhnend aufgeseufzt hatte, wenn er von ihr Besitz ergriffen hatte, und an ihre heiseren Lustschreie. Ihm war, als könnte er noch ihre Finger und die Zungenspitze auf der Haut spüren. Sie hatten sich immer so leidenschaftlich geliebt.

Wenn er daran zurückdachte, wurde er augenblicklich hart.

Nun verlangsamte sich der Zug, die Bremsen quietschten auf, und die Menschen um ihn herum drängten vorwärts, um sich auf den Ausstieg vorzubereiten.

Er hätte sie so gerne berührt, dass ihm die Hände zitterten. Wollte sich an sie pressen. Seinen Körper mit den festen Muskeln an ihre weichen Kurven schmiegen. Nur einmal, ganz kurz.

Aber er wagte es nicht.

Sie hatte jedoch anscheinend die Spannung in der Luft wahrgenommen, die von seinem unerträglichen Begehren aufgeladen worden war. Hatte seine männlichen Pheromone eingeatmet, die sie wieder in sein Bett locken wollten. Denn ganz unvermittelt versteifte sich ihr ganzer Körper. Die Knöchel ihrer Hand traten weiß hervor. Dann fuhr ihr Kopf herum, und sie suchte mit bangem Blick die Gesichter der Umstehenden ab.

Doch da hatte er sich bereits abgewendet. Damit sie ihm sein Verlangen nicht am Gesicht ablesen konnte. Oder was er mit ihr vorhatte. Sobald der passende Moment gekommen war.

Um sie in seine Gewalt zu bringen.

Als der Zug abrupt zum Halten kam, stolperte sie rücklings in ihn hinein. Und keuchte erschrocken auf. Er blieb wie angewurzelt stehen. Konnte aber nicht verhindern, dass die von all den Erinnerungen zwischen seinen Schenkeln heraufbeschworene Erektion ihn verriet. Mit angehaltenem Atem ließ sie die Hand sinken. Um ihn zu berühren?

Er wusste es besser. Sie langte nach ihrem Messer.

Aber zu spät.
Denn er war bereits zur Tür hinausgeglitten.
Noch war es nicht so weit. Noch nicht ganz.
Aber bald würde sie ihm gehören.
Sehr bald.